'19
年鑑代表
シナリオ集

日本シナリオ作家協会編

SCENARIO2019

令和２年度次代の文化を創造する新進芸術家育成事業

文化庁

二〇一九年版　年鑑代表シナリオ集　目次

〈収録作品　公開順〉

装丁　塚本友書

半世界

阪本順治

〈脚本家略歴〉

阪本順治（さかもと　じゅんじ）

1958年生まれ。大阪府出身。大学在学中より石井聰亙（現：岳龍）、井筒和幸、川島透らの各監督の現場にスタッフとして参加する。89年、赤井英和主演『どついたるねん』で監督デビューし、芸術選奨文部大臣新人賞、日本映画監督協会新人賞、ブルーリボン賞最優秀作品賞など数々の映画賞を受賞。藤山直美を主演に迎えた『顔』（00）では、日本アカデミー賞最優秀監督賞、毎日映画コンクール日本映画大賞・監督賞などを受賞した。その他の代表作に、『KT』（02）、『亡国のイージス』（05）、『魂萌え！』（07）、『闇の子供たち』（08）、『座頭市　THE LAST』（10）、『大鹿村騒動記』（11）、『北のカナリアたち』（12）、『人類資金』（13）、『団地』（16）、『ジョーのあした―辰吉丈一郎との20年―』（16）『エルネスト』（17）『半世界』（19）。2020年は最新作『一度も撃ってません』が公開。

監督：阪本順治

製作・配給：キノフィルムズ

〈スタッフ〉

製作総指揮　木下直哉
エグゼクティブプロデューサー　武部由実子
プロデューサー　椎井友紀子
撮影　儀間眞悟
照明　宗賢次郎
録音　藤本賢一
美術　原田満生
編集　普嶋信一
音楽　安川午朗

〈キャスト〉

高村紘　稲垣吾郎
沖山瑛介　長谷川博己
高村初乃　池脇千鶴
岩井光彦　渋川清彦
岩井麻里　竹内都子
高村明　杉田雷麟
大谷吉晴　小野武彦
岩井為夫　石橋蓮司

1　雨上がり

午後の斜光が、濡れそぼつ樹木やその葉に溢れ。
二人の男が、山の傾斜を登り、頂きにある神社の鳥居の前を抜けて、林道を行く。
沖山瑛介と、岩井光彦。共に三十九歳。
瑛介は黒いスーツすがた。
光彦はコートを着て。
光彦の手には、スコップ。
二人は、中学時代の同級生。
瑛介、来た道を振り返ると、
瑛介「光彦……神社の反対側じゃなかったっけ?」
光彦「違うよ。あっちだよ」
と、さらに林道を進んで木立の中に入り、
光彦「ほら、この木だよ、瑛介」
と、ある樹木の根元をこなす。
瑛介「よく覚えてんな」
光彦「根っこ、見ろよ、なんかいやらしいから、だから、ここがいいって」
根っこ、男女が絡み合ったような……。
瑛介「だったな。バカだったんだ、三人とも」

×　×　×

光彦が、根元の土をスコップで掘り、瑛介が手を伸ばすと、土の中に錆びたアルミの菓子缶が。

瑛介、その菓子缶の、こびり付いた土を払う。

西日が、山を覆う。

メインタイトル『半世界』

2　漆黒に『三ヶ月前』のテロップ

その町の農耕地帯。
一軒の元みかん農家の廃屋がある。
ひとりの男が、軽のワンボックスカーで通りかかる。
その男が、ふと廃屋を見ると、その荒れた庭地に入っていく人影が。
その人影は瑛介。故郷に戻ってきた、その日。
ひとりの男「……!　瑛介!」
と、呼びかける。
瑛介、振り向く。
ひとりの男「紘だよ。同級生の」
高村紘《こう》。ニット帽に、汚れたズボン。
荷台に、『備長炭』と書いた幾つもの段ボール箱。
瑛介「(紘を思い出し)あぁ、紘か……」
紘「北海道から?」
瑛介「あぁ」
紘「ったく、戻ってくるなら、連絡しろよ」
瑛介「(苦笑い)……ちょっとな」
紘、ワンボックスを降りて、瑛介に近づき、
紘「なにが、ちょっとな、だよ。おまえ、何年ぶりだよ」
瑛介「八年」
紘「だろ。むかしはちょこちょこ帰ってきてたのに」
瑛介「(廃屋を見上げ)ぼろぼろだな」
紘「おふくろさんが亡くなってから、おまえがほったらかしにしてたからだ」
瑛介「……また、ここに住むよ」
紘「あ、そう」
瑛介「なんか、訊かないのか」
紘「追々《おいおい》、訊くよ」
瑛介「……ひとりになった」
紘「(理解して)……」
瑛介「……」
紘「……女の子だっけ、まだ、ちっちゃいんだろ」
瑛介「ああ、九歳。そっちはもう中学か」
紘「(頷いて)夜、うちに来いよ。光彦も呼ぶから」
瑛介「(廃屋をこなし)中、片付けたいから」
紘「あしたでいい。オレが言ってんだから、あしたでいい」
瑛介「……」

紘　「……ひさしぶりだな」

3　紘の家（夜）

平屋の、親の代からの一軒家。
離れの側面に『備長炭　全国どこへでも発送』の看板。
食卓を囲んで、紘と瑛介と、合流した冒頭の光彦。
紘の妻、初乃が、食べ終わった食器を下げている。
初乃、紘たちの一つ年下。
光彦、焼酎を手に、喋くる。

光彦「……（瑛介に）そりゃ、帰ってきたのは嬉しいけど、もったいないことしたんじゃないの、せっかくの国家公務員だったのに、退職しちゃってさ。あ、初乃ちゃんも、ここ来て呑んだら」
初乃「その、〝ちゃん〟を付けるの、やめてくれる」
光彦「呼び捨てにはできないだろ、人妻を」
初乃「（紘に）無視していい?」
光彦「無視したら、だめ」
紘　「（初乃に）座れば」
初乃「（首を振り）久しぶりなんだから、三人で（どうぞ）」

と、「先に入るね」と、勝手口の外に設けた風呂場へ。
紘、冷蔵庫から水を出し、

紘　「（瑛介に）これから、どうすんだ」
瑛介「……まだ、なにも」
紘　「まず、家、片付けないとな」
光彦「手伝うから」
瑛介「ひとりでやるよ」
紘　「甘ったれんじゃないよ」
光彦「それ、意味、逆でしょ」
紘　「（瑛介に）なんかあったら、（風呂場をこなし）あいつのおやじに手伝ってもらえよ。まだ大工やってるから」

と、玄関に音がし、紘の息子、明が帰ってくる。十四歳。
三人を一瞥すると、無言で玄関すぐ脇の自室に行こうとする。
紘、「明」と、呼び止め、

紘　「（瑛介をこなし）瑛介だ。小さいとき、会ってるだろ。自衛隊。いまは、元自衛隊か」
明　「……」

と、光彦が、明に、

光彦「きょうも、遅かったな」
明　「なんか、関係あんの、あんたに」
紘　「（明に）心配して言ってんだろ、光彦は。ふざけるな」

明、無視して、そのまま自室へ。
その背を見送る紘、

紘　「ったく……どうしようもない」
光彦「……いろいろあんだよ、あの歳は」
紘　「いっそ自衛隊に入れるか、なぁ、瑛介」
瑛介「ちゃかすなよ（と、ちょっと不愉快に）」
紘　「初乃もいろいろ言いすぎなんだよ」

それを、自室のドアの前で、聞いていた明。
ふと、気にかけた光彦が窺うと、明と眼が合う。
明、自室へ消える。

4　同・玄関（夜中）

玄関で、光彦を見送る紘。

光彦「うちじゃ、泊められないからさ。じじもばばも、おやじもおふくろも姉ちゃんも、おまけに後期高齢のブルドッグまで」
紘　「わかってるよ。あいつ、よく泊まっていったからさ、むかし」
光彦「なんか、変わったな、瑛介」
紘　「疲れてんだよ」
光彦「じゃあ、初乃によろしく言っとけ」
紘　「（笑って）早く、結婚しろ」

5　廃屋（翌日）

光彦が、雑巾を手に、畳を拭き掃除。

瑛介は、箪笥の抽き出しを整理し、要らないものをゴミ袋に。
紘は、瑛介の指示で、朽ちた家具類を、粗大ゴミとして庭へ降ろす。
と、光彦、スマホに着信があり、

光彦「（スマホに）はい、なに？……おやじいるだろ？……寄り合いだって？　嘘だよ、カラオケだよ、昼から……わかったよ」
と、切り、奥の瑛介と、庭にいる紘に、
光彦「悪い。取り立て。おふくろ、泡喰ってるから」
紘「取り立て？　借金でもあんのか」
光彦「逆だよ、トラック二台分の代金、いつまでも払わねぇから、内容証明送ってやったら、怒鳴り込んできやがった」
紘「拘らないほうがいいよ、そんな客に」
光彦「あぁ、どうせ不法投棄とかに、使ってんだろな」
紘「（屋内を見て）あとは細々《こまごま》だから、二人でやれるから」
光彦「済んだら、すぐ戻るから」
紘「甘ったれんじゃないよ」
光彦「だから、それ、逆でしょ（と、奥に）悪いな、瑛介」
と、瑛介を振り返ると、表情を変え、
光彦「え、なに？」
紘も視線移すと、瑛介、箪笥の前で泣き崩れている。
手に、大きな赤いリボン。
光彦、思わず近づくと、
光彦「それ、おまえが柔道大会で」
リボンには『準優勝』と『沖山瑛介君』の文字が。
紘「……」
光彦「おふくろさんが（ずっと、大事に）」
と、箪笥の抽き出しを見る。
瑛介、まだ泣いている。

6　紘の家（その夜）

食卓に紘と初乃、ふたり。
夕食。
初乃「きょうは泊めてあげなくても、よかったの」
紘「なんとか片付いたから」
初乃「そう」
紘「でさ、お義父さんに頼んでほしいんだけど、雨戸が腐ってるんだ。寒くて、あいつ、眠れないだろうから」
初乃「頼むのはいいけど」
紘「いいけどって」
初乃「瑛介君が言った？」
紘「いや……うちが払うからさ。なに、それが不満なの」
初乃「支払いのことなんか、訊いてないでしょ」
紘「……いまの、そう聞こえるだろ」
初乃「勝手に決めないでほしいだけよ」
紘「瑛介だぞ」
初乃「わかってるわよ。私だって、同じこと考えるわよ」
紘「じゃあ、変な訊き方するなよ」
初乃「（不意に）明、高校行かせるよね」
紘「（あいまいに頷き）神保さん、焼肉屋、閉めちゃったからな、あれが痛かったんだよ。なんとかするから」
初乃「なにをするの」
紘「……いまの仕事じゃ、むりだって、そう言いたいのか？」
初乃「そんなこと、いつ言った。お義父さんから継いだ仕事でしょ。いっしょに考えてって、言ってるだけじゃない」
紘、むっとして箸を置き、
紘「もういい。飯がまずくなった」
と、逃げるように立とうとすると、
初乃「待って。明の変な噂、聞いたの」
紘「……」

7　同（翌朝）

玄関の三和土で、紘に弁当を渡す初乃。
と、そそくさと奥へ。
紘「……」

8　**同・表の庭地**
ワンボックスカーに乗り込み、発車させる紘。

町を貫く国道へ。

途中、光彦一家が経営する中古車販売店兼修理工場の前を通ると、気づいた光彦が、あくびをしながら、手を挙げる。

9　**その中古車販売店**
物干し台に取り付けたスピーカーからラジオの時報が流れ、どこからともなく、光彦の父、為夫、母、豊子、修理工の姉、麻里、じじ、ばば、ブルドッグがぞろぞろ現れる。
×　×　×
全員でラジオ体操をしている。

10　**国道から逸れて、坂を上がっていく紘のワンボックスカー**

11　**山道を巡り**
向こうの山間に、トタン屋根の炭焼き小屋が見えてくる。

12　**炭焼き小屋の敷地**
に、ワンボックスクスを停め、降りると、小屋の中へ。

粘土と煉瓦で封じられた炭焼きの窯口。

紘、軍手をし、下部の粘土を崩して焚き口を作り、その焚き口に薪をくべ続ける。

紘は父親から引き継いだ炭焼き窯を守り、白炭（備長炭）を生産している。

焚き口の奥に、真っ赤に燃える炭材のウバメガシが見える。

いまはウバメガシの炭化を待つ精煉の日々。

13　**元の紘の家**
玄関外に設けた事務室で、電卓を手に請求書を書く初乃。

事務机のＰＣには、料亭の屋号名や個人宅の名や住所。

足もとには、配達伝票を貼った宅配便の段ボール。

初乃、事務机の抽き出しの奥からたばこを出し、火をつけて、事務椅子をくるくる回す。

初乃「……イボ痔、切れ痔、赤字……イボ痔、切れ痔、赤字……」

と、わけのわからないこと呟いて。

と表に、宅配業者のトラックが見えて、慌てて、手鏡で口紅を付け、
初乃「（運転手に）ご苦労さまぁ」

×　×　×

庭先に植えた草花の手入れをしている初乃。

初乃、「あったかいねぇ、きょうは」と花に囁く。

14　**元の炭焼き小屋の窯（昼時）**
小屋の外へ弁当箱を手に出てくる紘。
通りかかったライトバンから陽気なクラクションが。
ボディに、葬儀社のロゴマーク。
紘、振り向くと、運転席から葬儀社職員の池田が、
池田「初乃ちゃん、大事にしてるかぁ（と、いきなり）」
紘「来るたび、うるさいっすよ、先輩」
池田「こんど、その窯、貸してくれよ、焼き場、遠くて」
紘「骨まで、燃え尽きますよ、窯の中、１０００℃ですよ、もっといえば１２００℃」
池田「冗談だよ」
紘「当たり前でしょ」
池田「（と、山奥をこなし）トヨノばあ、亡くなってな、百二歳だよ。大往生……じゃあな」
と、池田、山奥へと去る。

紘、見送ると、外に設けたベンチに座り、弁当の蓋を開ける。

と、ご飯にそぼろで『バカ』と書かれている。

『バカ』の文字を箸で崩して、食べはじめる。

と、枯葉を踏む小さな足音に気付き、振り返る。

その頭上、山頂へと登っていく人影。

瑛介。手にスコップ。

立ち上がり、声をかけようとするが、思わず箸で掴んだおかずを落とし、気を取られているうちに、瑛介、森の中に消える。

紘「……」

15　廃屋（数日後）

すっかり汚れも取れ、住めるようになった瑛介の家。

庭では、初乃の父親で大工の大谷吉晴が、弟子を一人連れて、雨戸を新たに作り直している。

薄暗い屋内に、瑛介の影がちらちら見える。

そこへ、やって来る紘。

紘「（吉晴に）お義父さん、すみません。急に頼んじゃって」
吉晴「（屋内の瑛介をこなし）あいつのオヤジ、小中の先輩だから」
紘「そうだったんですか」
吉晴「いつも、いじめやがって」
紘「……」
吉晴「あいつ、あんなに無口だったかね」
紘「このあいだまで、あいつ、赴任先、海外でしたから。疲れてんですよ」
と、吉晴、話を変え、
吉晴「で、なんだ、（工事費）おまえが払うのか」
紘「……初乃が言ったんですね」
吉晴「いいよ、カネなんて、いいから」
と、気配がし、いつのまにか背後に、瑛介。
瑛介「ちゃんと払います」
吉晴「（ちゃっかり）あ、そう。（弟子をこなし）こいつの日当だけでも貰えりゃ」
瑛介「いくらですか」
と、ポケットから、がさつに、分厚い札束を。
吉晴「（札束に眼をやり）一でいいよ」
瑛介「材料費もあるでしょ、四、取って下さい」
吉晴「（思わず）四か、縁起悪いな」
瑛介「じゃあ、五で」
と、札を数え、吉晴に。
瑛介「退職金、それなりにあるんで」
紘「……」
吉晴「（機嫌よくして瑛介に）ついでにその潰れた自転車、直してやろか、ただでいいから」
瑛介「自分でできますから」
吉晴「あ、そうか、戦車だって修理できんだからな」
紘「できませんよ」
瑛介「できますよ」
紘「あ、そう」
瑛介「……雨戸、閉めますね。ありがとうございました」
と、紘、吉晴の眼前で、雨戸を閉め切る瑛介。
紘「……」

16　紘の家

帰宅した紘。

表に自転車がずらり。

玄関を入り、三和土を見ると、複数のスニーカー。

食卓に入ると、夕食の準備をしている初乃に、

紘「（三和土を振り返り）帰っているのか、あいつ」
初乃「そう。いっぱい連れて（と、不満げ

に）」

紘「……」

　紘、明の自室に行き、ドアをノックし、開ける。

17　同・明の自室・六畳の間

　紘、中を覗くと、明の同級生四人、堅田、江木、泉、黒井が、だらしなく床やベッドに座っている。

　紘を見て、泉が、「こんばんは」と言うと、それぞれ、「おじゃましてます」とか「ちわー」とか、口々に挨拶する。

紘「あぁ、狭いけど、ゆっくりしていって」

　と、紘が、ドアを閉めて去ると、黒井が、明のゲームソフトや漫画を、自分の学生鞄に。

　明、「そんな」と取り返そうとすると、ベッドから江木が、蹴りを入れる。

　と、間髪いれず、最も体躯のいい堅田、その江木のみぞおちに思い切り蹴りを入れ、笑っている。

　みんな、こわばる。

18　同・食卓

　に、戻り、
紘「焼飯でも作ってやったら」
初乃「え」
紘「友だち、来てんだから」
　×　　×　　×
　夜遅く。
　堅田たちが玄関を出て行く。
　見送る明。
　明、自室に戻ろうとすると、紘、焼酎で顔を赤らめながら、
紘「いい子たちじゃないか（と、なにげに言う）」
　明、咄嗟に形相を変え、紘を睨みつける。
紘「なんだ」
　明、応えず、自室へ、飛び込むように。
　それを見て、初乃、明の自室へ。

19　同・明の自室

　初乃、ノックもせず、入ってきて、ベッドに伏せる明を一瞥し、
初乃「お皿、洗うんだから」
　と、床に散らばった焼飯の皿を重ねながら、
初乃「ちゃんとした高校、行かせるからね、かあさんは」
　と、皿を手に、出て行く。

20　同・元の食卓

　初乃、戻ってきて、
初乃「さっきの、本気？　いい子たちだ、なんて」
紘「おまえが噂で聞いたの、ちょっと大袈裟だったんじゃないか。見た目はあれだけど。ガキの頃は、あんなもんだよ」
初乃「……」
紘「寝るよ。疲れた。あした命日だからな」
　と、椅子から立ち上がる。
　初乃、憮然と、皿を洗い始める。

21　寺院・高台にある墓地への長い階段

　初乃の手に、仏花。
　紘、初乃に遅れて、やがて、階段途中で足を止める。
初乃「（振り向き）なに、もう息切れ？」
紘「先、行っていいよ」
　と、肩で息をして、身をかがめ、
紘「歳食った」
初乃「まだ三十九でしょ」
　×　　×　　×
　高村家の墓前。
　二人、線香を焚き、手を合わせる。
紘「（呟く）……みんな元気、すべて順調」
初乃「……」

22　窯（数日後）

煙道口から漂う煙。

紘、窯口を塞いでいた粘土や煉瓦を崩していく。

燃えさかる炭で紘の頬が、黄金色に染まっていく。

× × ×

防塵マスクとシールドで顔を覆う紘。

黄金色に燃えた炭を、金属の網の上に掻き出すと、その網ごと引きずり、囲われたブロックの中に炭を返す。紘、その炭全体にスコップで、灰（消し粉）を掛けて、一気に冷却する。

紘の額から頬に汗が溢れ。

23 中学校の屋上

明の顔に、墨汁を塗る泉と黒井。

江木「（明に）笑えよ」

明、塗られながら、笑っている。

黒井「（顔を覗き込み）もしかして、泣いてる」

明「泣いてない」

体格のいい堅田、加わらず、Tシャツすがたで、筋トレしている。

24 紘の家（夕刻）

台所のシンクに、明、顔を突っ込んでいる。

石鹸で洗った明の顔を、タオルで乱暴に拭き取る初乃。

明「自分でやるから、ほっといてよ」

そこへ、「疲れた」と、帰ってきた紘。

初乃、紘に、真っ黒になったタオルを示し、

初乃「こんなことされて、これでも、友だちって言えるの？」

紘「（意味分からず）え？」

明「いいよもう、大袈裟にしなくて、ただの遊びだから」

初乃「家のことバカにされたんでしょ、それのどこが遊びなの」

紘、灰まみれのジャンパーを勝手口の洗濯かごに入れ、

紘「こんないなかに、いじめなんかないって」

初乃「（紘に）なんで、言い切るの」

と、明、ムキになり、

明「いいとこもあるんだよ、あいつら」

と、立ち去ろうとすると、初乃、遮って、

初乃「なに、かばってんの、明。あんなどうしようもない、虫けらみたいな」

と、明、突如、初乃を突き飛ばす。

初乃、シンクに背中をぶつけ、床に倒れる。

明、玄関へ。

紘、追いかけ、三和土で明の腕を掴むと、

紘「おまえ、なにしたか、わかってんだろな」

明「ああ、だから、出て行く」

紘「わかってんなら、謝れ、かあさんに」

明「わかってないの、とうさんだから」

と、紘の手を払い、靴の踵を踏んだまま、出て行く。

紘、なす術も無く。

と、「とうさん」と呼ぶ声がして、紘、台所に戻ると、初乃、しゃがみ込んだまま、

初乃「あの子ね」

紘「……」

初乃「近づいたら、あの子、すっごく大きかった」

紘「……」

25 スナック『月波』

カウンターテーブルに、紘と光彦。

光彦、ビールを運んできたママの奈月に、

光彦「ママさ、昼間のカラオケやめてくんねぇかな。おやじが、仕事しねぇ」

奈月「私だっていやよ。すぐお尻触るし」

光彦「あ、そうなの」

奈月が「いっぱい呑んでよ」と、去ると、

紘、光彦のコップにビールを注ぎ、

紘「オレが、わかってないって、どういうことよ」
光彦「あいつが、もの言いたいのは、初乃ちゃんじゃなくて、おまえなんだよ」
紘「なにが」
光彦「おまえ、明に関心も興味も持ってないだろ。それが、あいつにもバレてんだよ。このあいだの、瑛介と呑んだ夜に、わかったよ」
紘「……」
光彦「明のことは初乃ちゃん任せで、家に帰りゃ、オレは疲れてんだから、あれこれ相談持ちかけるなって、焼酎あおるだけ。それも明にバレてんだよ」
紘「オレの仕事、やってみたらわかるよ」
光彦「でも、おまえのおやじさんは、おまえにもっと関心があったよ。興味もな」
紘「……もういいよ、黙れ」
光彦「なんだよ」
紘「子供いなくて、よく言うよ」
光彦「あ、そう。呼び出したのおまえだからな」
　と、キレて、カウンターに二千円置くと、椅子を立つ。
　出て行こうとして、思い出したように振り向き、
光彦「瑛介、あいつ、スーパーで総菜買って、それ以外は、ずっと閉じこもってるからな。それだけ言っておく」
　と、去る。
紘「……」
　紘、ビールをあおる。
　と、見ていたママの奈月、紘のコップにビールを注ぎ、
奈月「仲いい証拠よ」

26 その帰り道

　暗い道を行く紘、あれから何杯も呑んだようす。
　怒りにまかせて、やがて、落胆して。
　と、ふと、対岸への定期連絡船の船着き場を見ると、明がうなだれて、ベンチに。
　明も、紘に気づいて、眼を逸らす。
　紘、近づくと、明、立って、逆方向に歩く。
　変わらず、靴の踵を踏んで。
紘「(その背に) 靴、ちゃんと履けよ」
　明、それを聞いて、
明「そんなことしか、言えねぇのかよ (と、怒鳴り返す)」
　紘、明の後ろ姿を、見送るだけ。
紘「……関心、持ったのにな。違うか……」

27 紘の家・寝室

　帰宅した紘、寝室に入ると、初乃、布団の中。
　パジャマに着替えず、普段着のままで。
　初乃、眠れずにいて、
初乃「(眼を合わさず) ……光彦君、なんか、言ってた?」
紘「……ん……明がああなったのは、おまえのせいだ、と」
初乃「そう……ねぇ、着替えたいんだけど」
紘「え」
初乃「からだが重くて……脱がせてよ」
　と言われ、紘、仕方なく布団を剥ぐと、初乃、その紘の腕を掴んで、引き寄せ、
初乃「わたしを放って、行きやがって、バカ」
　と、捩じ伏せ、強引に口づけする。
初乃「(思わず) 酒臭せぇ」
　と、いきなり、玄関を激しく叩く音。
初乃「え、なに?」

28 同・玄関

　に、行くと、ドアの向こうから、「オレだあ」の声。
　紘、開けると、泥酔した光彦。
光彦「アタマきたから、呑み直してきたんだよ。なんか、オレに言いたいことあるだ

ろ」
紘「……悪かった」
光彦「わかった。では、おやすみ」
紘「それだけかよ」
光彦「それより、口紅、付けてんじゃねぇよ」
紘「（慌てて唇を拭い）……」
光彦「おまえ、大事なこと、忘れてるよ」
紘「なにが」
光彦「一年二組、二年四組、三年一組、ずっとおまえと一緒で、だから、誰も言えないこと、オレが言うしかないだろ」
紘「……」
光彦「瑛介も入れて、三角形なんだよ。誰が偉いというわけじゃなし、だから、二等辺三角形じゃないぞ、正三角形だ」
紘「それは、中学ンとき、聞き飽きた」
光彦「算数、ちょっと得意だったからな」
紘「もういいか」
光彦「なんで」
紘「いまから、セックスなんだ」
光彦「あ、それはごめん。失礼します」
と、千鳥足で去っていった。

29 同・同（翌朝）

いつものように紘に弁当を渡す初乃、
初乃「あのね、朝、鏡、見たら（と、自分の髪を触り）白髪、出てきた。まだ、三八なのに」
紘「……」
初乃「……なんとかなるよね」
紘、あいまいに頷く。

30 窯

窯の中に新たなウバメガシを立てかける紘。
何本も何本も、立てかける紘。
紘「……なんともならないよ（と、呟きつつ）」

×　×　×

窯口を粘土と煉瓦で塞いでいく紘。
塞がず残した焚き口に、新聞紙や草木を入れて、窯に点火する紘。

×　×　×

窯の熱が眠気を誘い、簡易チェアで、うたた寝している紘。
そして、眠りの中で。

31 山深く（夢）

濃霧の、鬱蒼とした森の中、ひとり、歩いている。
ふと、見上げると、顔に火の粉が落ちてきて、霧は、いつのまにか赤く染まり、
紘、そのまま自分が消え去っていくような……。
やがて、パチパチと、炭がはぜる音が聞こえ、眼を覚ますと、

32 元の窯の前

怯える紘がいた。
そばの小川からポンプで水を引き、ドラム缶に溜めていたその水で、顔を洗った。

33 瑛介の家（数日後の午後）

紘が、来る。
日中なのに、光彦が言ったとおり、雨戸が閉めっ放し。
玄関にも、鍵。
玄関の戸を何度も叩くと、暫くして、瑛介が顔を。
紘「何日も、なに、籠ってんだ」
瑛介「……いいんだ」
紘「カネあるからって」
瑛介「カネは関係ないよ……」
紘「……オレの仕事、手伝えよ。掃除、手伝っただろ」
瑛介「おせっかいはいい」
紘「違うよ。きついんだよ、ひとりじゃ」
瑛介「オレのこと気にしてんなら、いいんだよ」
紘「じゃあ、なんのために戻ってきたんだ

よ。オレたちがいなくても、おまえ、戻って来たかよ。いるから、のこのこ帰ってきたんだろ。あぁ、故郷にはあいつらがいる、久しぶりに会ってみたいな。顔、見たいなあって」
瑛介「バカか」
紘「あ、いま、ちょっと笑ったな。笑って、バカと言った」
瑛介「笑ってねぇよ」
紘「なあ、追々訊くって言っただろ。何があったか言えよ。オレも光彦も暇じゃないんだ。気になるだろ」
瑛介「……」
紘「（その無言に）わかった。じゃあ、勝手にしろ」
　と、踵を返す。
　紘、瑛介に背を向けて去りながら、苛立って、
紘「一年二組、二年四組、三年一組、ずっとおまえと一緒で。小学校だって、一年はオレと、二年は光彦と、三年はオレと、四年は光彦と、かわりばんこに同級生やってきたんだよ、五年はまたオレで、六年は光彦で」
瑛介「……」
紘「光彦も入れて、三角形なんだよ。二等辺三角形じゃないぞ」
瑛介「その例えさ、光彦だろ、あいつの口癖で」
紘「だから、なんだ」
瑛介「（半ば呆れ）……訊くけど、オレを雇うカネなんかないだろ、おまえのとこ、大変で」
紘「甘ったれんじゃないよ。ボランティアで頼んでんだよ」
瑛介「……」

34　山肌（翌日）

　崖ほどの急斜面に生息する炭材のウバメガシを、チェーンソーで伐採している紘。

　眼にはシールド、足元は滑り止めの鋲付き地下足袋。

　紘、伐採したウバメガシを枝打ちし、短く切断する。

　と、そばにいる瑛介が、その切断したウバメガシを一所に集める。

　瑛介、結局、手伝うはめに。

×　　×　　×

　伐採したウバメガシを数本束ね、ワイヤーのフックに吊るし、山中に張り巡らせた滑車を通じて、眼下の国道に降ろしていく。
　その国道で、トラックに載せ替える。
　二人とも、汗だく。
瑛介「（思わず）こんなこと、ひとりでやってきたのか」
紘「おやじの時代は窯がふたつもあって、弟子も数人いて、バブルもあったからな」
瑛介「明君に継がせるのか」
紘「いいや（と、近くの山頂を指差し）あそこ、覚えてるか。むかし展望デッキがあった場所……（あそこで）飯喰うと美味いんだ」
瑛介「（同じく見上げて）……」
紘「おまえのおふくろさんと遭ったこともあるよ。ひとりで海、眺めて、水筒のお茶飲んでた……」

35　窯の焚き口に薪をくべ続ける初乃

　火を絶やさないため、紘がいない時間帯は、初乃が。

36　山頂

　朽ちた展望デッキのベンチに座り、初乃が作った握り飯を喰う紘と瑛介。

　眼下に美しいリアス式海岸。

紘「……おまえのおふくろさん、正月になったら、いつも黒豆炊いて、オレや光彦の家に持ってきてくれたよ。で、どうぞ上がって下さいって言っても、いえ、私はここでって言いながら、ずっと玄関で、おま

えの近況、喋ってたよ。いまはどこどこの方面隊にいてとか、レンジャーとやらに所属したとか、きっと、それ言いたくて来たんだな。黒豆は口実なんだよ。それで、オレも光彦も、瑛介は元気にやってるって、安心した」
瑛介「……」
紘「おふくろ、早くに亡くしたからな、羨ましかった」
瑛介「……」
紘「またきょう、三人で集まろうや」

37　いつかのスナック『月波』(夜)

テーブル席で、紘、瑛介、光彦、杯を重ね、談笑中。
光彦、小さなステージでテレサ・テンの『つぐない』を歌っている父親の為夫に、
光彦「おい、おやじ、オレが外で呑んでるときは、家で、じじ、ばばの世話しろよっ。ったくよ、能天気なんだから。こら、尻触るな、ママの」
腹から笑ってる瑛介、話の続きを、
瑛介「でな、その熊みたいな部下、熊みたいにでけぇのに、名前が早乙女誉《ほまれ》なんだよ。その早乙女、愛国心はいっぱしなんだけど、移動中に、対向車線にちょっと不審な車両見つけると、『やばくないですか、やばくないですか』って、『うるせぇ』て怒鳴ると、『便所行かせてもらっていいですか』って」
光彦「なんで、便所」
瑛介「早乙女、赴任してから、ずっと便秘で、そういうとき出そうだって言うんだよ。オレは『バカ。こんなとこで降りたら、撃たれるだろ』って」
紘「でも、降りなきゃ、漏らすんだろ」
瑛介「だから、なんか歌歌えって、歌って紛らわせろって。で、早乙女、『海ゆかば』を、力の限り」
光彦「軍歌かよ」
紘「でも、相当な音痴なんだろ、そういうやつってさ」
瑛介「いや、美声でな、誉は。泣かせられるんだよ」
と、いつのまにか歌い終わった為夫がそばにいて、
為夫「『海ゆかば』、あれね、軍歌じゃなくて、元は万葉集かなんか」
光彦「いきなりなんだよ、同窓会やってんだから、あっち行って」
為夫「オレ、久しく同窓会行ってないからさ」
光彦「おやじ、同級生じゃないだろ」
為夫「(無視して瑛介に)橋かなんか、造ってたの」
瑛介「いえ、警ら隊で」
為夫「あ、そういや、ニュース映ってたな、派遣されるとき、『あ、瑛介のヤローだっ』って、かかぁに言ったら『なんでビデオ録らないのー』って」
光彦「わけわかんないから、行って」
為夫「(また、無視して)よく帰ってきた、瑛介、そして、国民を代表して、ありがと(と、瑛介の手を取り、泣き始め)」
光彦「邪魔だって言ってるだろ、おやじ(と、からだを押す)」
為夫「(その手を払い)邪魔ってなんだよ、おまえらが中学のとき、車の運転教えてやったの誰だよ。第一ここ、四人席だろ。四人で座るための席なんだよ(と、奈月に)ねぇ、ママ、ここ四人席だよね」
奈月「(来て)ごめんなさい(と、為夫の席を抜く)」
奈月、ずるっとこけかけた為夫の手を引いて、「ほら、帰って韓流ドラマ観るんでしょ」と、連れて行く。
光彦「(瑛介に)すまんな、おやじが」
と、瑛介、不意に、
瑛介「……海、行こうか」
光彦「海?」
瑛介「よく三人で、呑んだなあって」

光彦「だな。こっそり呑んだな、たばこも吸って。オレ、毛布とってくるわ（自宅から）」
　と、テーブルのウイスキーのボトルを握った。

38　冬の海（夜）

　光彦が自宅から持ってきた毛布に包まり、三人、ウィスキーを回し呑みする。
紘「なんか、臭くないか、おまえんちの毛布」
光彦「すまんすまん、これ、ばばがいつも、犬くるんでるやつだから。老犬なんで、加齢臭も」
紘「勘弁しろよ」
瑛介「でも、あったかいから、いいじゃん」
紘「あ、そう」
光彦「あ、そう」
瑛介「……たばこ、なんだっけ」
光彦「味もわからず缶の『ピース』。みんな禁煙しちゃったけど」
紘「あのさ、初乃が、隠れて吸ってんだよな。ときどき臭うんだよ」
光彦「あ、そう」
瑛介「あ、そう」
紘「やめろって、言えないんだよな」
光彦「あ、そう」
瑛介「あ、そう」
紘「言うとな」
光彦「離婚だわな」
瑛介「たばこで離婚」
光彦「離婚といえば、オレの姉ちゃん、結婚するかもしんねぇ」
瑛介「まだ、してなかったのかよ、なんだっけ、麻里ちゃん」
光彦「ひと月前だよ、その姉ちゃんが、やっと結婚するって言って、おやじもおふくろも喜んだんだけど、それで、男、連れて来たんだよ、そしたら、おふくろは卒倒するし」
瑛介「なんで」
光彦「おやじより二つも上なんだよ、その男、男じゃねぇよ、じじいだよ。名前、藤吉郎っていうんだよ」
　と、紘、瑛介、大笑い。
　と、紘のスマホに、初乃から。
紘「あぁ、ごめんごめん……ん、波音？　そう、海……」
　と、そのスマホを奪い、
光彦「初乃ちゃん、こいつ嘆いてるぞ、〝ナニ〟の途中で、初乃が鼾かいたって、喘ぎ声だと思ったら鼾かいて寝てたって、情けねぇってオレも、瑛介も……」
　と、瑛介を見ると、波打ち際でウイスキーの瓶を逆さにし、海に撒いている。
紘「……」
光彦「なに？」
　瑛介、その視線に振り返ると、何かを誤魔化すように、
瑛介「……おしくらまんじゅうとかも、したよな、ここで」
紘「え」
光彦「……おしくらまんじゅうは、やめようよ（恥ずかしいから）」
×　×　×
　三人でおしくらまんじゅうを、している。
　中学時代の流行歌、大事ＭＡＮブラザーズバンドの『それが大事』をがなりながら。
三人「負けないこと♪　投げださないこと♪　逃げださないこと♪　信じ抜くこと♪　だめになりそうなとき　それが　いちばん大事♪」

39　紘の家

　洗面台の鏡の前。
　初乃、白髪を見つけては、抜いている。
初乃「どいつもこいつも。鼾かいたのおまえだろ」

40　町の国道（数日後）

国道を、ワンボックスカーが走る。
運転席に紘。助手席に瑛介。
荷台に炭を入れた箱がいくつも。
と、眼前に、横断歩道を渡ろうとする女性。
紘「あ、光彦の姉ちゃん」
と停車し、すぐさま窓を開け、
紘「麻里姉《ネ》ェ、婚約、おめでとうございます！」
瑛介「（も、車内から）おめでとうございます！」
と、麻里、「ありがとう」と、駆け寄ってきて、
麻里「（嬉々として）彼氏の写真見る？（と、スマホを）」
紘「いや、からだに悪いんで」
麻里「なに、それ」
と、紘、急発進。
二人、大笑い。

41 走るワンボックスカー

郊外へと。
瑛介「紘さ」
紘「なに」
瑛介「むかし、なんか、埋めたよな、山の中に」
紘「あぁ、どこに埋めたか、忘れたけど……もしかして、それ探してたのか、あのとき、スコップ持ってさ」
瑛介「なんだ、見てたのか」
紘「うちの小屋から、見えたんだよ。でも、なんでいま？」
瑛介「ここを離れたとき、どんな気持ちだったのか、知りたくなったんだよ。別の将来とか考えないようにしてたからな、あの頃は……埋めてから一週間でもう横須賀だったから……でも、（場所）どこかわかんなかった」
紘「そうか……光彦なら、覚えてっかな、場所」
と、都市部へと続く高架上を走るワンボックスカー。

42 都市部の、ある料亭

玄関をそろり開けて、奥にいた女将に挨拶すると、瑛介とともに勝手口にまわり、炭を納品する紘。

43 鰻屋に炭を納品する紘と瑛介

「缶コーヒーでも」と、主人から五百円玉を渡される紘。

44 ある割烹旅館

のエントランスにワンボックスカーを入れる紘。
裏手の広大な厨房に顔を出し、そこにいた料理見習いに声をかける紘。
その若い見習い、恩田に、
紘「恩田さん、銘柄、これだったよね」
と、たばこを一箱手渡す。
恩田「あ、すみません」

×　×　×

冷蔵庫が並ぶ食材倉庫に、瑛介が炭の箱をいくつも降ろすと、紘、茶封筒に入った伝票を恩田に渡し、
紘「また、来月分、連絡待ってます」
と、立ち去ろうとすると、後から恩田が、
恩田「あの、親方が伝えておくようにと」
紘「はい？」
恩田「次回から、宅配でいいですよ、と」
紘「いや、親父の代からこちらには随分と」
恩田「少し、仕入れを減らすようです」
紘「え」
瑛介「……」
紘「なんか、うちの炭に（問題でも）」
恩田「違うと思います」
紘「じゃあ、なんで？　恩田さん、言ってくれないと」
恩田「私は、立ち会ってないんですが……他県から売り込みがあって、値段と質を比べ

たいと、親方が……」

紘　「……連絡くれるように、伝えてくれる？　三十年来の付き合いなのに」

恩田「はい。たばこ、ありがとうございました」

と、バツ悪そうに、奥の厨房へ消える。

見送り、

紘　「……値段ったって、ぎりぎりだよ……」

瑛介「行こう。こっちだって、売り込むんだろ、いまから」

45　老舗すき焼き店

幹線道路沿いに四階建てビルを構えるすき焼き店。

十間ほどもある玄関の自動ドアを、遠慮がちに入る紘、瑛介。

客と間違え、すぐさまスリッパを揃えた女性従業員に、

紘　「支配人の津山さん、いらっしゃいますか。さきほどご連絡させていただいた、私、高村製炭所のものです」

×　×　×

支配人、津山の案内で大広間に招き入れられる紘たち。

大広間には円卓が何十と並び。

宴会の準備をする従業員たちが、円卓の五徳の炉に黒炭を重ねていく。

津山「創業以来、うちはご覧のとおり、クヌギの黒炭《くろずみ》で賄っていますので」

紘、布でくるんだ備長炭を見せると、

紘　「火付きは悪くても、火持ちがしますから。それに、遠赤外線の効果が」

津山「でも、白炭《しろずみ》は、はぜることあるでしょ。お客様のすぐ眼の前ですから……」

紘　「……」

津山「(もう) よろしいでしょうか」

46　瑛介の家・表（午後遅く）

ワンボックスカーから降りる瑛介。

送ってもらった。

紘　「また、あした、迎えに来るから」

瑛介「あぁ（と、改めて）……なんか、おまえ、めげてるか」

紘　「いいや。これで、精一杯だし」

47　町を貫く川・自宅への帰路

その川沿いを、自宅へと走らせる紘。

と、明と、堅田たちが川の反対側を歩いている。

紘、クラクションを鳴らすと、一同気づき、連中、紘におざなりな会釈。

紘　「(明に) 帰るんなら、乗れ」

明、手振りで、向こうへ行けと。

紘　「……」

48　元の瑛介の家・中（その後）

瑛介、雨戸を一つだけ開け、夜空を見る。

初めて開けた雨戸。

×　×　×

瑛介、座敷で、スマホを手に、

瑛介「……夏江か、まだ、起きてたのか……ん、とうさんか？　とうさん、いま、ん―、なんて、言ったらいいのか、炭を焼いてる、え、焼き鳥屋じゃないよ……いや、だから、焼肉屋でもない……薬？　ん、ちゃんと飲んでるよ……ごめんな、いやなとうさんだっただろ……かあさんは？……そうか、働き始めたんだ」

×　×　×

夜中。

眠れず、布団の上であぐらをかいている瑛介の背。

耳鳴りがやまない。

×　×　×

食卓で、安定剤を飲む瑛介。

49　町の警察署（別の日）

明を伴い、紘が出てくる。

署内の駐車場に向かう二人。

明　「なんで、とうさんが来たんだよ」

紘「興味あったんだよ、どんな顔してんのか」
明「なんでもないよ、これぐらい」
紘「万引き、ほんとはおまえひとりじゃないだろ。なんで、あいつらのこと、警察に言わなかったんだ」
明「……あいつら、オレのこと、もうバカにしなくなるんだよ。黙っててやったんだから」
紘「それを恩に、あいつらと別れろ。できるだろ」
明「できないよ、いじめなんかないって、言ってたの誰だよ」
紘「……とうさんがだめなら、担任に相談する」
明「そんなことしたら、ぶっ殺すぞ！」
紘「なんだその言い方」
　と、思わず、明の胸ぐらを激しく掴む。
明「（ちょっと、びっくりして）なにすんだよ」
　と、その紘の手を剥がし、
明「オレ、バスで行くとこあるから」
　と、紘を振り切って去っていく。
紘「……」

50　警察署前のバス停

　に、向かう明。
　盗み見るように、ちらり警察署を振り向くと、紘がワンボックスに乗り込むところ。
　自分のことなど、見てくれていない。
　バス停に、バスが来る。

51　バスに乗り込む明

　最後部のシートに座る明。
　バスが発車し、窓の外、警察署が遠ざかる。
　明、我慢できずに、涙が。

52　元の警察署の駐車場

　紘、エンジンをかけたまま、じっと。
　と、思わず、悔しくて、ハンドルを叩く。

53　紘の家（夜中）

　明、帰宅。
　食卓で、カップ麺を食べようとすると、寝室からパジャマにカーディガンの初乃が起きてきて、灯りをつけ、
初乃「食べるものあるから。はい、座って」
明「いいよ。とうさんが起きてきたら、うっとおしいから」
初乃「さっき窯に行った。窯出しが近いから、瑛介君と」
明「……」

×　×　×

　初乃、豚の生姜焼きをフライパンから皿へと移し、
初乃「ほれ、出所祝い（と、食卓に置く）」
明「（箸をつけ）オレもう、あいつらと対等だから」
初乃「じゃあ、ほんとのバカになったんだ。よかったじゃない」
　明、ムカッとすると、
明「……高校なんか、いいから」
初乃「あんたが決めることじゃない」
明「逆じゃね、ふつう」
初乃「かあさんの意地よ。逆らえないから」
明「行く気も、勉強する気もないから」
初乃「あ、そう」
　とキレて、台所に行き、音を立ててゴミ袋を拡げ、皿を取り上げて、生姜焼きを捨て、
初乃「小林さんち、豚、飼ってるでしょ。餌にあげる」
明「豚は豚喰わないだろ」
初乃「根性あれば、食べます（明に）この、根性なし！」
　と、一喝して、寝室に去る。
明「……」

54　窯（そのころ）

紘、窯口の隙間から黄金色に変わっていく炭を、見つめながら、耳に当てたスマホを、
紘「わかった（と、切り、背後の瑛介に）明、さっき、帰って来たって」
瑛介「そうか（と、気遣って）……こんど、明君と飯喰っていいか」
紘「……あいつ、誘っても、つきあわないよ」
と、また、炭に眼をやり、
紘「……煙の臭い、炭の色合いで、炭化の進み具合を見極めるんだ。その見極めが難しくてな。窯を封じるタイミング、少しずつまた窯口を拡げていくタイミング……」
瑛介「……」
紘「……このあいだの割烹旅館な、意見したら打ち切られた」
瑛介「打ち切られたって、付き合いを？」
紘「明を迎えにいった帰りに、連絡あってさ。オレもどうかしてたんだけど、食い下がったら、怒らせたらしく」
瑛介「……」
紘「いつもな、おやじの炭と、比べられるんだ」
瑛介「……」
紘「おやじは、ひとりじゃなかったからな。言い訳か、これは」
瑛介「あのさ」
紘「いいよ、そっちは気にしなくて」
瑛介「いや……オレも頑張るからさ」
と、それを聞いて、思わず笑う紘。
瑛介「なんで、笑うんだ」
紘「いや、そんなにやる気になるなんて」
瑛介「やることがあって、オレも……よかったんだ」
紘「（考え直し）……明な、いつか誘ってみてよ、飯に」
瑛介「あぁ、彼、なにが好きなんだ」
紘「カッ丼とラーメン」

× × ×

ウバメガシが完全に炭化し、紘、その黄金色に輝く炭を掻き出しては灰を掛け、それを何度も繰り返す。
手伝う瑛介。

55 段々畑が朝陽を浴びて

56 紘の家・玄関外の事務室（数日後）

紘と初乃、宅配便の配達伝票を炭の入った段ボール箱に貼っている。
と、紘に向き直り、改まって、
初乃「来月、高校の同窓会あるんだけど、行ってきていい？」
紘「（頷き）たまには外へ」
初乃「ん。あなた、いつか案内来ても、行かなかったね」
紘「おもしろかったの、中学までだから。高校のは、行かない」
と、そこへ段ボール箱を抱えた瑛介が。
瑛介「このみかん、ついでに送ってほしいんだ。ここに」
と、宛先の名と住所を書いたメモを紘に渡す。
メモに『早乙女　多恵子』の文字。
紘「早乙女って、あの便秘の」
瑛介「あぁ、誉の母親宛に」
紘「……手間、いっしょだから、いいよ」
と、初乃、「これ」と、茶封筒を瑛介に渡す。
初乃「わずかだけど」
瑛介「いいよ、いつか困ったら、ちゃんと貰うから」
と、「弁当これからは自分で作るから」と、自転車で去る。

57 海・灯台のそば

泉、明の自転車のサドルに痰を吐くと、明に、
泉「吸えよ、これ」
明「かばったのに、なんだよ、おまえら」
江木「急に、偉そーに、だからだよ」

と、明、黒井に強引に髪を掴まれ、サドルに口元を。
江木「吸ったら、仲間だから、認めてやるって」
顔を歪め、しかたなく痰を吸い込む明。
笑い声。
明、思わず連中を睨みつけると、倒され、あちこちを蹴られ続ける。
明、必死に立ち上がると、黒井がその頬を殴る。
と、堅田、黒井をなぎ倒し、
堅田「誰が顔殴れって言ったよ」
と、黒井の腹に思い切り踵を落とす。
と、そこへ、自転車が投げ込まれ、
瑛介「おまえら、本物の銃、撃ったことあるか」
と、ひるむ連中をどけ、明を連れ出す。

58　海岸沿いの道

瑛介と、明、二人共、自転車を押しながら歩いている。
瑛介「……ほんとは、あいつら、やっちまいたいだろ」
明「いいや」
瑛介「あの、一番デカいやつだけやっちゃえば、他はたいしたことない」
明「堅田には、あいつには誰も逆らえないんだって。あいつが去年転校してきてから、誰も勝てない」
瑛介「だからって、黙っててもしょうがないだろ。やっちゃえ」
明「……だから、できるわけないって」
瑛介「オレを、だれだと思ってんだ」
明「とうさんのバカ友だち」
瑛介「あ、そう」

59　瑛介の家・庭

瑛介が、明に戦闘術を教えている。
半ば強引に。
瑛介「こうやって胸ぐら掴まれたら、おまえが、膝から落ちりゃ、相手もこける。掴まれた状態では、重心はおまえとオレの四本脚で成り立ってる。だから、おまえがこけたら、オレもいっしょにこける」
とか、
瑛介「喉のここに親指を捩じ込むんだ。この急所に、はまったら、だれでも、瞬時に失神する」
とか、
瑛介「肘打ちしたら、間髪いれずにチン蹴り。いいか、ほぼ同時のつもりでやるんだ」
とか。
と、明、瑛介の指導を制し、
明「あのさ、こんなこと中途半端に覚えて、逆にやられたら、どうすんだよ」
瑛介「そのときは、オレの負けだ」
明「そういう話じゃないっしょ」

60　なんでもありの食堂

明と瑛介、ラーメンをかき込んでいる。
餃子も、カツ丼もがむしゃらに喰う明。
瑛介「（ビールを掲げ）呑むか」
明「未成年です」
瑛介「もう、おまえの歳で呑んでたよ、オレたちは。親が知らないだけで……おまえのおやじな、おまえのじいさんに、よく殴られていたよ。帰りが遅い、酒呑んでんのか、成績が悪い、バカな瑛介や光彦なんかと付き合うな、って。たまには、備長炭で殴られて、硬いんだってな、あれ」
明「殴られてた」
瑛介「おやじさん、跡、継がせたくなかったんだよ。公務員になれって」
明「じゃあなんで」
瑛介「あいつ、意地で継いだんだよ。親の望みに逆らったんだよ」
明「嘘だよ。継いだ方が楽だったからだろ」
瑛介「じゃあ、やってみろよ、山に行って」
明「……」
瑛介「あいつ、後悔したくない一心で、他に気がまわらないんだ」

61　瑛介の家・表（朝）

停めたワンボックスから、クラクションを鳴らす紘。
暫くして、瑛介が玄関から出て来る。
瑛介の家、縁側の雨戸がすべて開いている。
瑛介、乗り込みながら、
瑛介「……ほら、弁当、作ってきた（と、タッパーを見せ）」
紘「でけぇな」
瑛介「明君と、飯喰ったよ」
紘「そうか……変なこと喋ってないよな（と、発車させ）」
瑛介「変なことだけ、喋った」

62　光彦の中古車販売店（同じ頃）

トラック二台が乱暴に入ってきて、その音に事務室から出てくる光彦。
トラックと共に、他府県ナンバーのセダンも。
トラックとセダンから降りて来る男たち四人、北見、上村、他。
光彦「北見さん、どういうこと」
北見「おまえら、うるせえから、返しにきた」
光彦「ちょっと待ってよ。買ったんだろ一旦は、ちゃんとカネ払ってよ」
北見「試乗しただけだろ。エンジンひどいね、ポンコツで」
光彦「いなかの販売店だと思って、舐めてんのか」
上村「試乗運転でカネ取るのか、おまえんとこは」
と、トラックのキーを光彦に投げ、セダンに乗り込み、去ろうとする北見たちに、
光彦「知ってんだからな。不法投棄だろ。荷台、ぼろぼろじゃねぇか。どうせナンバーも替えて乗ってたんだろ」
と、光彦の父親、為夫が、来て、
為夫「また、君らか。警察呼ぶぞ」

63　走るワンボックスカー

通りかかった紘たち、光彦の販売店が眼に入る。

紘・瑛介「……」

光彦、北見たちに殴られてる。

為夫も、地面に転がされ。

物干し台にいた麻里、「やめて！」と叫んでいる。

64　元の中古車販売店

敷地内にワンボックスを入れ、
瑛介「オレが行くよ」

と、瑛介、咄嗟に降り、走る。

瑛介、止めようと、北見の腕を取ると、「なんか関係あんのか、おまえ」と言われ、「同級生」とだけ返す。

瑛介、最初は、平手で殴られても堪えて、胸を突き返すぐらいだったが、やがて、両腕を取られ、殴られ、蹴られるうちに、みるみる顔を紅潮させ、形相を変えると、男たちの脛に踵をぶつけ、そのすきに体をかわし、腕をねじ上げ、喉を突き、鼻頭を叩き、投げ飛ばし、倒れたその背を執拗に蹴り、とうとう、ひとりの腕をへし折った。

近くの鉄パイプを拾い、別の男が瑛介の背を殴ると、瑛介、そのパイプを奪い、それで殴りつけ、倒すと、馬乗りになり、相手が気絶しても殴打し続けた。

と、
紘「やめろ。死ぬぞ」

と、その声に、振り向く瑛介。

その顔、狂気。

何かの歯止めが、外れた。

地面に倒れ、呻き声を上げる北見たち。

瑛介、立つと、声を荒げ、北見たちに、
瑛介「次、会ったら、ぶっ殺すぞ！」

と、言い放ち、紘たちをも睨みつけて、

立ち去る。
紘、その背を見送りながら、唖然として。

65　瑛介の家（夜）
紘が、来る。
縁側のガラス障子が何枚も割れている。
紘、中に入る。
暗闇の中に、瑛介がいる。
ガラスを素手で割ったのか、拳が血にまみれている。
その背中に近づく紘。
気配に、瑛介が背を向けたまま、
瑛介「……北海道でも、こんな感じでな」
紘「……」
瑛介「あした、出頭するから、それまで、ひとりにしてくれるか」
紘「光彦が、いま、警察で、おまえを庇って……」
瑛介「……よくわからないんだ、自分が」
紘「おまえのことは、おまえより知ってるよ、オレは」
瑛介「むかしのことだろ（と、笑って）おまえらは、世間しか知らない……世界を知らない」
紘「そんな難しいこと言うなよ」
瑛介「……」
紘「なにがあったか、訊いていいか……」
瑛介「（応えず）……帰るところなんか、なかったんだ。それだけだよ」

66　紘の家（同じ頃）
帰宅する明。
食卓に初乃、明と眼を合わさず、
初乃「さっき、あの連中、来たわよ」
明「……」
初乃「挨拶もせず、『帰ってきたら教えろ』だって」
明「別に気にしなくていいよ（と、見回し）……おやじは？」
初乃「実は……瑛介君がね」
と、明を見る。

67　海と月とさざなみ
紘、波打ち際にいる。
と、背後に気配がして、
紘「（振り向き）……明」
明、紘に近づきながら、
明「海って、意外と、うるさくね」
紘「（応えず）瑛介と飯喰ったんだって」
明「うん……瑛介、相手はおまえぐらいのガキだった、って言ってたよ」
紘「……ガキ？」
明「ガキが銃持って、撃ってきたら撃ち返すしかないから、それが怖かったって……」
紘「そうか、そんなことを……とうさんと瑛介な、半年口きかないこともあったんだよ、中三のときだけど」
明「なんで」
紘「『息子に自衛隊行かせるなんて、いまどきそんな親いるか』と、言ったんだ、瑛介に」
明「……」
紘「おふくろさんのこと、バカにしたんだな、自衛隊に行くって決めたのは瑛介だったのにな……でも、とうさん、謝らなかったんだ」
明「……」
紘「ずっと口きかないでいたら、卒業式の夜に光彦がうちに来て、『三人で海行って、一杯やろうや、卒業記念にさ』って……光彦、そのまま卒業するのいやだったんだな」
明「……」
紘「で、光彦、瑛介も説得して……三人で、な、ここに来て。あいつのお陰で、仲直りだ。とうさんも、おふくろさんのこと、謝った……」
明「……なぁ、ひとつ訊いていい？」
紘「ん？」
明「警察署のバス停で、オレ、振り返った

ら、とうさん、オレのこと、見てもいなかった。気にもしてなかった。それでも親かよ、って」
紘「……おまえが振り向くとは思わないから、それが、怖かったんだよ。ずっと背中を見せられてるのが」
明「そう」
紘「てな答えで、いいか」
明「許してやるよ」
紘「あ、そう」

68 瑛介の家（数日後）

紘が来る。
なにやら袋を抱えて。
また、雨戸が閉まったまま。
また、玄関に鍵。
紘「（戸を叩き）瑛介、鹿肉持ってきたから、いるんだろ、開けろ」
応答なく、仕方なく勝手口にまわり、が、そこにも鍵。
紘「ったく、おまえ、どこまでガキなんだ。明に笑われるぞ」
と、勝手口を蹴飛ばし、
紘「甘ったれんじゃないよ！」

65 その声が聞こえたかのように

瑛介、振り返る。
いつかの定期連絡船の船着き場。
連絡船が着岸して、待っていた瑛介、乗り込む。
バッグひとつ、持って。

69 英介の家（一ヶ月後・朝）

初乃の父親、吉晴が、玄関の扉に板をはめ込み、釘で打ち付ける。もう、出入りできない。
見ていた紘に、
吉晴「これで、いいか」
紘「すみません」
吉晴「ひと月近く、帰って来ないんだからな。まあ、用心だ」
紘「携帯も『現在使われてません』だし、電気もガスも、自分で止めていったようなので」
と、打ち付けた板になにやら貼り紙をする紘。
吉晴、大工道具を軽トラに乗せつつ、話題変え、
吉晴「……初乃が、うまくいかないって、言ってたぞ。オレの知り合いで、誰か炭買う人いないかって訊いてきた」
紘「……そうですか、初乃が」
吉晴「……初乃がやいやい言っても、気にするな」
紘「あ、はい」
吉晴「なんかあったら、オレが初乃に言ってやるから」
紘「はい」
吉晴「言うっていっても、やんわりね。あいつ怒ったら怖いから」
紘「なんか投げてきますからね」
吉晴「そうだよ。むかし、秋刀魚が水平に飛んできたことがあったよ。刺さるかと思った」
紘「いっしょですよ。だから、秋刀魚のときは、ケンカしないようにしてます」
吉晴、笑うと、紘が貼った貼り紙を見て、
吉晴「心配だな、あいつ」
貼り紙には、『気が変わって戻ってきたらまた連絡よこせよ　紘』の文字。
吉晴「そのうち、便り、よこすよ」
紘「……」
と、なにかを思い出した紘。

70 紘の家・玄関外の事務室

初乃はいない。
紘、入って、事務机のファイルを手に、めくる。
紘「あった」
手にしたメモは、瑛介がいつか宅配を頼んだ『早乙女　多恵子』の住所。

そこに書いてあった電話番号に、卓上電話機からかけてみる紘。

紘「……早乙女さんのお宅ですか？……あのー突然すみません。誉《ほまれ》さんのおかあさまですか……私、高村というものですが、誉さん、ご在宅でしょうか？」

多恵子の声「誉ですか……誉は」

×　×　×

唖然として、受話器を置く紘。

71　光彦の中古車販売店（時が経って）

買い求めにきた主婦、白川を、高級中古車の前に連れて行き、あれこれ特典を、喋ってるつもりの為夫。

為夫「これ、いまなら、ほれ、あれが込み込みで、そこのところ、よくお考えなさって、なさって、だって、アハ」

しかも、すでに昼カラオケで呑んだのか、ろれつが。

白川「（その口臭に）あのー、酔ってません？」

為夫「そうなんですよ。だから、きょうはね、運転しません。大丈夫です」

白川「あたりまえでしょ」

為夫「で、これ、お買い上げで」

白川「いえ、私が欲しいのは〝軽〟で、こんな高級車」

為夫「〝軽〟？　〝軽〟は軽いですよォ」

白川「はあ？」

と、光彦が来て、為夫を押し退け、

光彦「（白川に）すみません。代わります（為夫に小声で）瑛介のこと、紘が」

と、為夫、振り向くと、事務室の前に紘がいる。

×　×　×

レジに光彦の母、豊子、暇そうに編み物を。

事務室のソファに紘と為夫。

為夫「ん、きのう会ったよ。会ったというか、見かけた」

紘「どこで」

為夫「どこでって、呑んで帰る途中に、道ばた歩いてるのを」

紘「どこの道ばたですか」

為夫「國ちゃんの後家に送ってもらったから、遠いとこ。んー（と、舟を漕ぎ始め）」

紘「眠いんですか」

為夫「大丈夫。いま、起きた」

紘「で、どこですか」

為夫「んー。ずっと先のほら、漁港あるでしょ、昼から國ちゃんちで鰯で一杯やって、その帰り。オレ、車乗ったらすぐ寝ちゃうから、乗ってすぐだな。眼、開いてたんだから。もういい？」

紘「寝て下さい（と、立つ）」

と、また為夫、がばっと起きて、

為夫「あいつな、元気そうだったよ」

紘「……」

為夫「で、いいんじゃないかな、そう思うよ、オレ、無事だったら……おやすみ」

72　その漁港（翌日）

陸揚げされた魚類が並べられ、忙しく働く漁師たち、女たち、買い付け業者。

その中を行く紘。

うろうろと。

73　同・岸壁

漁船が係留された岸壁沿いを、捜し歩く紘。

と、ある漁船のデッキで、清掃と後片付けをしている瑛介を見つける。

紘「……」

瑛介、視線に気づき、振り向く。

瑛介、ヤッケのフードを被ると、紘を無視して、操舵室の裏へ消える。

紘、岸壁のぎりぎりまで近づき、

紘「おまえがあのとき、ウイスキーを海に撒いた理由が、わかったよ」

瑛介、応えない。

紘「おまえ、ずっと早乙女のかあちゃんに、いろいろ送ってたんだってな」
　瑛介、やっと操舵室の陰から顔を出す。
紘「いつも感謝してるって言ってた、誉が死んでから、ずっと気にかけてもらって、て、泣きながら、さ」
瑛介「なんで、連絡したんだ」
紘「おまえが、どこにいるか知らないかなって」
瑛介「……」
紘「自分の責任だと思ってんなら、違うと思うよ」
瑛介「なにがわかるんだ」
紘「誉君、赴任から戻ってからだろ、もうおまえとは関係ない」
瑛介「あいつはな、いつまでもずっと、オレの部下だ」
紘「誉君が海に入ったのは、〝コンバット・ストレス〟、そう言うんだろ、おまえらの業界では。責任はおまえじゃない」
瑛介「オレの責任だ。それから、おまえたちの責任だ」
紘「あぁ、世界を知らないからな」
瑛介「……帰ってくれ。もう、終わったんだ」
紘「わかったよ……言っとくけどな、こっちも世界なんだよ。いろいろあんだよ」
　と、立ち去る。
　その背後から、
瑛介「紘」
紘「なに」
瑛介「……海の上にいると落ち着くんだ。慰みじゃない。ほっとしてるんだ。嘘じゃない」
紘「……」
瑛介「ふりまわして、すまなかった」

74　紘の家

　炭を入れたやかんで湯を沸かし、緑茶を入れる初乃。
　食卓に紘と光彦。
　光彦、紘から瑛介のことを聞いて、
光彦「そうか、あいつが決めたんならしょうがないか」
初乃「（台所から）離れていったのは残念だけど、いつまでも、あなたたちべったりって、おかしいもん。同級生っていったって、いつまでも誰かの役に立つわけじゃないし、あなたたちに、そんな器量があると思えないし」
光彦「相変わらずきついね……でも、もう三十九だもんな、オレたち。あと半分だよ、折り返しだよ。このまま、おやじみたいになるのかね、オレ」
初乃「変わってるけど、いいおとうさんじゃない」
紘「……」

75　窯（翌日の午後）

　焚き口に薪をくべ続ける紘。
　赤い炎。
　と、そこに初乃。
初乃「代わろうか」
紘「いいよ」
初乃「ひとりになりたい？」
紘「そんなことない（と、笑って軍手を手渡し）」
　受け取った初乃、紘と交代して、薪をくべる。
　紘、あらたな薪を取りに行き、
紘「実は……最後には笑ってたんだ、瑛介、心配するなって」
初乃「ん。瑛介君なりに、折り返す場所、見つけたんだね」
紘「（頷き）あいつな、『オレも頑張るから』って言ったんだよ。オレが気落ちしてるときだな。それ聞いて、オレ、笑ってしまったんだけど」
初乃「……」
紘「笑っちゃいけなかったよなあって、いまさらながら……ね。気持ち、汲めなかったんだ」
初乃「……」
紘「きっと、オレのそういうところ、明にもバレてんだな」
初乃「……」
　と、初乃、また薪をくべると、
初乃「ねぇ」
紘「なに」
初乃「火、見てると、あきないね」
　と、その初乃の赤く染まった横顔に、
紘「（ちょっと見とれて）……」
　と、不意に、
初乃「あなた」
紘「え」
初乃「お義父さんはお義父さん、あなたはあなた」
紘「……」
初乃「でないと、こっちが迷惑だもん」

76　それからの日々

窯から、炭を掻き出し続ける紘。

すべて掻き出したあとの窯の中で、まるで蛍のように火の粉が舞う。

　×　　×　　×

炭を太さ長さで仕分けしながら、ふと、二本の炭を叩き合わせてみると、金属音のような心地いい音が。

その音を、幾度も耳のそばで聞く紘。

　×　　×　　×

ウバメガシの、崖のような急斜面。

ひとり、重たいチェーンソーを抱え、登っていく紘。

頂上から張ったロープを頼りに、何度か、足を滑らせそうになりながら。

振り返ると、眼下に、広大な海。

暫く見入り、ふーっと深呼吸する、その穏やかな眼。

　×　　×　　×

窯口に漂う青細い煙を手で仰ぎ、臭いを確かめる紘。

77　紘の家（夜）

勝手口外にある風呂から上がって、中に戻ってきた紘。
柱時計見て、台所で生ゴミを纏めている初乃に、
紘「また、遅いな、明」
初乃「塾だから」
紘「塾！」
　と、思わず、食卓の角に股間をぶつけ。
初乃「でもね、あの連中が、塾の前で待ってるんだって」
紘「オレが迎えにいくよ、こんど」

78　同・寝室

初乃は、すでに布団の中。
紘は、床の間の仏壇に手を合わせ、別の布団へ。
紘「……あした、同窓会だろ」
初乃「覚えてたんだ」
紘「冷蔵庫にメモ貼ってあったから……で、むかし付き合ってたあいつも来るんだろ。桐生っていったっけ」
初乃「なに、嫉妬？」
紘「よくあるだろ、同窓会で久しぶりに、なにすると」
初乃「バカじゃない」
紘「また、バカって書いてくるなよ、弁当に」

79　入り江・漁船（夜明け近く）

瑛介、他の漁師とともに定置網を引き上げる。

大量の鯵が、網の中で跳ねる。

網を引き、魚倉に氷をくべ、舫《もやい》をたぐる瑛介。

上空を、その鯵を狙ってカモメが、乱舞する。

80　紘の家・玄関（朝）

初乃、紘に弁当を渡しながら、

初乃「じゃあ、私、昼前には出るから。六時半には帰れると思うけど。だからちょっと待ってて。夕飯はいっしょに」
紘「わかった。で、晩飯はなに?」
初乃「秋刀魚」
紘「……いいね（と、思わず）」

81　国道を走るワンボックスカー
助手席に置かれた弁当の包み。

82　化粧台の前で丹念に紅をひく初乃
玄関を出る初乃。

なぜか、大きめの鞄を手に。

83　漁船
漁を終え、帰港する瑛介たち。

瑛介、後尾に座り、風を受け、その充実感に溢れた表情。

84　窯（昼時）
窯口の前に腰を下ろし、薪をくべながら恐る恐る弁当の蓋を開ける紘。

と、ご飯にそぼろで『おバカ』と書いてある。

紘「〝お〟を付けりゃ、いいってもんじゃないだろ」

と、笑って、食べはじめる。

85　ある都市部
デパ地下の食料品売り場で、菓子折りを買っている初乃。

86　同・歩道
スマホで地図を検索しながら、歩く初乃。

ときには、迷って。

87　中古車を洗う光彦と為夫
そこへ麻里とその婚約者、藤吉郎が現れて、為夫に、
藤吉郎「おとうさん、これ、故郷で獲れたみかんです」
為夫「なにがおとうさんだよ、向こう行けよ、気持ち悪い。それに、バカ。ここはみかんの産地だぞ、そこへ普通みかん持ってくるか！（と、逃げる）」
藤吉郎「（追いかけ）逃げても無駄ですから、きょうは大安です！」
為夫「（逃げつつ）意味わかんねぇよ」
麻里「（追いかけ）孫、欲しいって、三十年前から言ってたでしょ！」
為夫「こいつにそんな精力あるとは思わねぇよ。だいたい、おまえら、どこで知り合ったんだ！」
麻里「岩手の鍾乳洞！」
そのドタバタに、光彦、大笑いしている。

88　元の窯
半分ほど食べ終える紘。

と、急に、ご飯に咽《むせ》たかのように、咳をする。

やがて、からだをかがめ、堪える。

片手で、弁当箱を、必死で、保ちながら。

箸を持つ手で、心臓のあたりを押さえ。

89　雄叫びをあげる明
水が涸れた石だらけの川底。

明、瑛介に習った戦闘術はすっかり忘れて、手にした備長炭!?　を振り回し、ただがむしゃらに、江木、泉、黒井の背や尻や腹を叩く。

叩かれては、その場にしゃがみ込む江木たち。

と、気配に振り向くと、堅田。

堅田、いきなり明の脇腹《レバー》に一撃。

顔を歪め、うずくまった明、後ずさりしながら、身構えると、
堅田「行っていいよ……」

明「なんで」

堅田「いや、おもしろかったから」

明「はあ」

堅田「オレも前の学校で、おまえみたいだっ

たから」

90 いつかの老舗すき焼き店

自動ドアが開き、恐る恐る初乃が入ってくる。

手には、鞄と、デパ地下で買った菓子折り。

また、女性従業員が客と間違いスリッパを揃える。

× × ×

初乃、いつかの支配人、津山に、ロビーの片隅で、
初乃「あのー、以前、炭を見てもらった高村というものですが、そのときは主人がお伺いしたのですが、その節は」
と、菓子折りを手渡すと、
津山「いや、これ戴いても……そのときご主人にはお伝えしたのですが」
初乃「（スマホを見せて）こちらのホームページを拝見して、すき焼きコースの他にステーキコースというのも、ご評判と知りまして」
津山「ステーキは炭では焼いておりませんので」
初乃「ですよね、ですよね。で、厨房のコンロかなんかで」
津山「はい」
と、鞄から備長炭の束を出して、
初乃「是非、これで試していただけませんか。なんといっても遠赤外線です。備長炭とステーキは相思相愛といいますか、まるで恋仲に落ちたかのような」
津山「恋仲？　いや、私どもが代々受け継いできた調理方法を、変えることはなかなか」
初乃「許されない愛ほど、燃えます」
津山「愛？……論点が、いまいちわからなくなってきたのですが」
初乃「大丈夫です。私がわかってますから」
初乃、同窓会には行かなかった。

91 元の窯

日没の、光。

地面に、弁当箱がひっくり返り、おかずやご飯が散乱し、箸もこぼれ、紘が、倒れている。

眼を見開き、虫の息で。

92 山深く

いつかの幻想的な夢。

赤く染まった霧の中で、消えていく自分。

93 元の窯・外の道

葬儀社の池田のライトバンが、ふと、停まる。

いつかのように陽気なクラクションを鳴らして。

が、紘が現れる気配はなく、まるで無人のように、そこに小屋が佇んでいるだけ。

池田「……」

94 電車・帰路（夜）

シートでうとうとしている初乃。
セカンドバッグの中で、マナーモードの音。
初乃、遅れて気づいて、スマホを手に立ち上がって、ドア口へ。
初乃「なに？　おとうさん……」
と、踏切の警告音が近づき、
吉晴の声「……心筋梗塞でな、突然の……」
踏切を、通過する電車。
ドアのガラス越しに、くずおれる初乃が見える。

95 総合病院

エレベーターを降り、集中治療室へと走る初乃。
向こうのベンチに、父、吉晴。
吉晴、初乃に気づき、立つと、
吉晴「おまえのこと、待ってるよ。さぁ」

96 同・集中治療室

初乃、吉晴とともに入ると、光彦と明。

振り向いた明、眼に涙がいっぱい。

ベッドに、昏睡状態の紘。

無数のチューブに繋がれ。

初乃、紘に近づくと、頬を撫で、

初乃「……あしたには、起きてね、いい報告あるからね、同窓会、行かなかったんだよ……」

97 いつかの漁港（翌朝）

デッキで、漁具の手入れをしている瑛介。

と、「瑛介」と呼ぶ声。

瑛介、振り向くと、光彦。

光彦「……紘が」
瑛介「……」
光彦「紘がな」

と、瑛介、なにかを察し、

瑛介「え」
光彦「……もたなかったんだよ……一晩、頑張ったんだけど」
瑛介「……」

98 海岸から山越えの道

速度を上げて走る光彦の軽自動車。

助手席に、瑛介。

瑛介「オレが、あのまま手伝ってれば……」
光彦「なに、綺麗ごと、言ってんだよ（と、怒る）」

99 寺院・庫裏《くり》

三和土で乱暴に靴を脱ぎ、光彦と、漁師すがたのままの瑛介が、奥の座敷に入ると、紘の遺体を、布団から棺《ひつぎ》に移し替えるところ。

瑛介・光彦「……」

初乃、棺に納められた紘を見て、

初乃「（棺に）私も入りたい、私も入りたい」

と、泣きじゃくり、本当に、入ろうとする。

明が、抱き抱えて止める。

と、葬儀社の池田が、

池田「（事務的に）まもなく通夜となりますので、これより（と、思い直して言い換え）初乃ちゃん、明君、いいかな」
明「（毅然と）……お願いします」

他の葬儀社職員たちが、棺の蓋を持ってくる。

池田「男性の方、お手を添えて下さい」

瑛介、光彦、為夫、吉晴たちがその蓋に手を添え、棺に、ゆっくりと降ろす。

瑛介や光彦の視界から、紘の顔が隠れていき、消える。

瑛介「……すまん。ありがとう」
光彦「……」

100 空（翌朝）

雨雲が迫る。

町や段々畑に黒い影を落とし、その影、移動していく。

風に乗って、僧侶の読経が、響き。

101 雨の寺院

紘の告別式を終え、まもなく、出棺の時刻。

見送る参列者が、おのおの傘をさし、表に待機している。

暗がりの本堂から、住職を先頭に、白木の位牌を持つ初乃、遺影を持つ明、続いて、棺が出てくる。

棺を担ぐのは、光彦、吉晴、為夫、初乃の親類たち、そして、喪服に着替えた瑛介……。

麻里、藤吉郎が差し出す傘の下で、泣いている。

全員が寄り添うようにして、棺が、広い境内を抜け、霊柩車が待機する山門へと向かう。

雨に濡れないよう、参列者が傘で棺を覆って。

玉砂利を歩く足音、傘を打つ雨の音。

吉晴、為夫、棺に眼を向け、声をかける。

吉晴「紘ちゃん、頼むよ、初乃と明、ちゃんと見守ってやってくれな。あいつら、なんだかんだ言ったかもしれないが、強くも何ともねぇから」

為夫「うちのバカ息子が言ってたよ、おまえ、おやじといっしょに呑んだことないんだってな、おまえ、やることやったから、だから、あっちでおやじに、酒でも注いでもらえ」

山門を抜け、数段の階段を降りると、霊柩車。

棺が、その霊柩車に納められ、扉が閉まろうとするとき、瑛介、靴を揃え、その場で自衛隊式の礼をした。

その横顔を見た光彦、不意に滂沱の涙。

池田の「火葬場に行かれる方は、それぞれお車にお乗り下さい」と言う涙声。

その声に、瑛介、礼を解いた。

× × ×

霊柩車が、クラクションとともに、出棺。

102 霊柩車の助手席

位牌を手に、
初乃「……（運転手に）雨、やみますかね？」
とだけ、言う。
後部座席の明、ふと窓外を見ると、傘もささず、堅田がこちらを見て、立っている。
明の表情、少し、和らいで。
紘の遺影が、笑っている。

103 雨上がり

冒頭に戻り。
雨雲が去り、山が西日で覆われて。
瑛介が、掘り出した菓子缶の土を払い、蓋を、そっと、開ける。
骨上げ法要を終えて、ここに来た二人。
菓子缶の中には、なぜか〝ピース〟やカセットテープや学生服のボタンや、三人分の生徒手帳。
そして、一枚の写真。
その写真を手に取り、
光彦「あ、これ、海で撮った写真だ」
瑛介「海？」
光彦「卒業式の夜、オレが誘っただろ、おまえらどうしようもないから」
瑛介「あぁ、あのとき」
光彦「オレ、カメラ持って行ったから……ふざけて撮ったのに、なんか、いま見ると……」
瑛介「……」
光彦「ガキで、バカだったな……」
瑛介「……いまも変わらずだよ」
光彦「……」
瑛介「……」
光彦「これ……戻そうか」
瑛介「……」
光彦「まだ、続くんだから」
瑛介「……あぁ」
光彦「続くんだから」

× × ×

元の場所に菓子缶ごと埋め直している二人。

104 バス停

瑛介が、来たバスに乗り込む。
見送る光彦、
光彦「また会おうや」
瑛介「あぁ」
光彦「（不意に）こんなことあるんだな」
瑛介「気づいたよ」
光彦「なにを」
瑛介「おまえには、わかってること。じゃあな」
バスのドアが閉まり、瑛介を乗せたバスが去って行く。
光彦「……」

105 走るバス

光彦を振り向いていた瑛介、向き直ると、

瑛介「こっちも世界」
　と、呟いた。

106　その後の窯
いまだ、ぼうぼうと燃えていて、と、焚き口に新しい薪がくべられ、初乃と明、黙したまま、くべ続けて。
煙道口から、その煙が、空へと。
その空に、二人の声が聞こえる。
明の声「……この窯、どうする？」
初乃の声「じぶんで考えなさい」
明の声「ガチまじっすか」
初乃の声「……ガチまじっすよ」
　雲が晴れていき。

107　暗闇に、土に埋もれた菓子缶が浮かび上がる
缶の中にカメラが入って行くと、褪色した一枚の写真。

冬の海で、十五歳の紘、瑛介、光彦が、焚火の上に、それぞれの手を重ね合わせた、その俯瞰写真。

アスリートたちが気合いを入れるときのような。

写真の隅に、三人で被る毛布も映り込み。

その一番上に重ねた紘の手の甲に、なにやら落書きが。

暗くてぼんやりしたその落書きが、徐々に鮮明になり、――それはあの光彦の口癖のまま、焚火の炭で書いたであろう、一辺が均等な、三角形。

紘と瑛介が、光彦の采配で、仲直りしたその日の、記録。

ＥＮＤ

空の瞳とカタツムリ

荒井美早

〈脚本家略歴〉

荒井美早（あらい　みさき）

１９８６年生まれ。東京都出身。荒井晴彦、荒戸源次郎に師事。２０１１年、テレビドラマ『深夜食堂2』（ＭＢＳ）で脚本家デビュー。主な作品は『ソドムの林檎～ロトを殺した娘たち』（ＷＯＷＯＷ、13）、『深夜食堂3』（ＭＢＳ、14）など。『空の瞳とカタツムリ』は初の映画脚本。

監督：斎藤久志

製作：ウィルコ　アクターズ・ヴィジョン

制作プロダクション：ウィルコ　アルチンボルド

配給：太秦

〈スタッフ〉

企画　荒井晴彦

タイトル　相米慎二

プロデューサー　成田尚哉

製作　橋本直樹

　　松枝佳紀

撮影　石井勲

照明　大坂章夫

録音　島津未来介

美術　福澤裕二

編集　細野優理子

音楽　阿藤芳史

〈キャスト〉

岡崎夢鹿　縄田かのん

高野十百子　中神円

吉田貴也　三浦貴大

大友鏡一　藤原隆介

○ **夢鹿のアトリエ（夜）**

平屋建ての古い一軒家。
岡崎夢鹿《むじか》（26）がコラージュを作っている。
若い女の裸体写真にメスをあてる。
刃が女の体の輪郭をなぞって刻んでいく。
トリミングした素材を並べて液状糊で固定する。
作品の中に女を閉じ込めるような静謐な快感。
夢鹿、女に触れようとする。
しかし、触ることができない。

夢鹿「……」

夢鹿、メスを左手首にあてる。
手首には引き攣れた古傷が白く浮かんでいる。
メスを引くと、皮膚が口を開けたように血が溢れる。
夢鹿、女の上に血を滴らせる。
夢鹿、手首の傷を唇でふさぐ。
零れた血がトレス台に落ち、床を汚す。
血は乾き、やがて茶色く変色していく。
夢鹿、それを爪で削る。
粉になった血を小壜に入れ、小さく振る。

夢鹿「……」

○ **製パン工場（深夜）**

クリスマスイブ。
スピーカーからクリスマスソングが流れる。
白衣の人々が淡々と作業する中に、写真の女・十百子《ともこ》（26）がいる。
みんな、サンタクロースの帽子をかぶっている。
製造ラインを等間隔で流れてくるクリスマスケーキ。
イチゴやプレートが次々と載せられていく。
大勢が同じ動作を繰りかえす様は妙に厳かで、神聖な宗教儀式のように見える。

○ **仝・外（早朝）**

十百子、出てくる。
東の空が夜明けを予感させる。
大型のトラックが何台も行き過ぎていく。

○ **アパート・十百子の部屋・玄関**

十百子、鍵を開ける。
ドアノブに除菌シートをかぶせ、廻す。

○ **仝・洗面所**

除菌シートをゴミ箱へ捨て、蛇口をひねる。
石鹸を泡立て、手を洗う。

十百子「吊革、お金、手すり。病院、傷口、風俗。古本、血液、人間。アトピー、エイズ、セックス」

十百子、泡を流すが、落ち着かない。
再び石鹸を泡立て、しつこく手をこする。

十百子「こんなに汚いものばっかりじゃ生きていけない。生きられない。死にたい。死にたい……」

十百子、蛇口にも泡をつけて洗う。
何度も何度も水をかける。
再び石鹸を泡立てる。

夢鹿の声「私を殺して死ぬのと、私に殺されて死ぬの、どっちがいい？」
十百子「それって心中？」
夢鹿の声「あなたが死ねば、私も死ねる」

十百子、ようやく手を拭く。
ベランダへ行く。
夢鹿、咥え煙草でペディキュアを塗っている。
その手首に巻かれた新しい包帯。
十百子、夢鹿の足を手に取り、ペディキュアを塗る。

夢鹿「あなたは誰にも触れないのに、どうして私には触れるの？　誰もあなたに触れないのに、どうして私は触れるの？」
十百子「……あなたがあなただから」
夢鹿「……」

夢鹿、十百子の顎に手をそえて上を向かせ、その唇に紫煙を吐きかける。

○　タイトル「空の瞳とカタツムリ」

○　美術大学・デッサン室（朝）

様々な石膏像が屹立している。

それらと混ざりあい、裸の夢鹿が立っている。

学生たちがイーゼルに向かい、夢鹿をデッサンしている。

静寂の中、鉛筆や木炭、コンテの走る音が響く。

夢鹿「……」

夢鹿、体の奥が濡れてくる。

○　仝・廊下

夢鹿、教室を出てくる。

教授の小豆畑（65）、呼び止める。

小豆畑「岡崎くん」

夢鹿「先生」

○　仝・校内

夢鹿と小豆畑、歩いている。

小豆畑「解剖台の上でのミシンと蝙蝠傘との不意の出会いのように美しい」

夢鹿「ロートレアモンですか？」

小豆畑「デペイズマンの基本だけどね。君たち3人を見るたび、よくその言葉を思い出したよ」

夢鹿「ちぐはぐだっておっしゃってます？」

小豆畑「三すくみに近いかも知れない。君の作品は箱庭って感じがして、僕は好きだよ」

夢鹿「箱庭って……」

小豆畑「箱庭療法。コラージュを作る行為が君の精神を安定させるんだろう。ジョゼフ・コーネルもそうだ、きっとね」

夢鹿「……」

○　ボート乗り場のある公園・池（午後）

夢鹿と十百子、スーツ姿の貴也の漕ぐボートに乗っている。

貴也「カート・コバーン」

十百子「石川啄木」

夢鹿「原口統三」

貴也「ジミ・ヘンドリックス」

十百子「樋口一葉」

夢鹿「グラム・パーソンズ」

十百子「金子みすゞ」

夢鹿「久坂葉子」

貴也「ジャニス・ジョプリン」

十百子「尾崎豊」

夢鹿「夭折って何歳まで？」

十百子「太宰は三十九じゃなかった？」

貴也「なんだか代り映えしないな。大学のときもこうやって、何をするでもなくグダグダと管巻いて」

十百子「三位一体なんてからかわれたりしてね」

夢鹿「三人で乱交してるなんて噂たてられて」

貴也の携帯電話が鳴る。

貴也「（電話に出て）もしもし、はい、はい、すみません」

夢鹿「一晩中ケーキにイチゴ載せるバイトって、気が狂いそうにならない？」

十百子「ロマンティックでしょ？」

夢鹿「墓掃除よりはね」

貴也、携帯電話を切って、

貴也「何それ」

十百子「人のお墓を掃除するバイト」

貴也「小説は？　もう書かないの？」

夢鹿「貴也こそ人形は？　広告代理店なんか入っちゃってさ」

貴也「やりがいある仕事だよ」

一同、一瞬の沈黙。

夢鹿「私が落ちたら助けてくれる？」

貴也「もちろん。助けるよ」

夢鹿「十百子は？」

十百子「夢鹿、泳げるでしょ」

夢鹿、立ちあがり、背中から池に倒れこむ。

貴也「おい！」

貴也、櫂を置き、慌てて上着を脱ぐ。

十百子、何も顧みず、飛びこむ。

突然、二人が顔を出す。

夢鹿「何これ、浅い」

十百子「バカ！」

貴也「ほら、早く」

貴也、それぞれに手を差し伸べる。

夢鹿と十百子、その手を掴むと、申し合わせたように池に引っ張る。

貴也、ボートから落ちる。

三人、笑う。

○ **駅前（夜）**
ずぶ濡れの三人、歩いてくる。

十百子「じゃあ、また」

貴也「メールする」

十百子、去る。

夢鹿、歩きだす。

貴也、夢鹿の腕を掴む。

夢鹿「……」

○ **夢鹿のアトリエ・玄関**
夢鹿、入ってくる。

貴也、おずおずと様子を窺いながら、
貴也「お邪魔します……」

夢鹿、濡れた服を脱ぎはじめる。

貴也、眼を逸らし、取り繕うように、
貴也「そういえばさ、死んだんだ。叔母さんが」

夢鹿「叔母さん？」

夢鹿、どんどん服を脱いでいく。

貴也「母親の従妹。大学受験で初めてこっち来たとき泊めてもらって、それからずっと」

夢鹿「……」

貴也「何でもされたし、何でもさせてくれた」

夢鹿「好きだったの？」

夢鹿、下着姿。

貴也「俺、小学生のときに母親死んじゃったから。こんな感じなのかなって」

夢鹿「……違うでしょ」

夢鹿、作業台に腰かけ、貴也を見つめる。

貴也、夢鹿にキスする。

貴也「好きだよ。君が好きだ」

夢鹿「8年間、いつ言いだすのかと思ってた」

貴也、作業台に夢鹿を横たえ、唇を這わせる。

夢鹿、貴也のシャツを脱がせ、その背に手をそえる。

貴也、夢鹿の下着を脱がせ、愛撫する。

貴也「いい？」

夢鹿「……」

貴也、挿入する。

丁寧で単調な動きの波が夢鹿の体を揺らす。

夢鹿、横を向く。

コラージュの中の十百子が責めるように見ている。

夢鹿「……」

○ **仝・リビング（翌朝）**
母・純代（56）から、固定電話に着信。
貴也、寝ている。
夢鹿、子機を持って庭に出る。
夢鹿「もしもし」
純代の声「電話、どうして出ないの？」
夢鹿「……」
純代の声「何とか言いなさいよ」
夢鹿「私が小さいとき私に包丁向けて、殺してやるって言ったでしょ？」
純代の声「一緒に死のうって言ったのよ」
夢鹿「私、洗面所に逃げて必死で踏ん張って、背中でドアを押さえてた」
純代の声「それなのに何？　今は自分で手首を切ってるの？」
夢鹿「……お母さん、私ね」

純代の声「死にたい死にたい死ぬ死ぬって、あんたそればっかり」
夢鹿「……」
純代の声「夢鹿？　もしもし？」
夢鹿、話し続ける子機を縁側に置き、窓を閉める。
貴也、肌寒さに目覚める。
貴也「おはよう」
夢鹿「起きたなら、帰って」
貴也、夢鹿を後ろから抱きしめる。
貴也「ちゃんと付き合いたい」
夢鹿「私、あなたのお母さんにはなれない」
貴也「酷いこと言うね」
夢鹿「私、男となら誰とでも寝るの。でも、一度寝た男とはもう二度と寝ない」
貴也「なんだよ、それ」
夢鹿「男と寝ると、自分が大きな穴になったような気がするの。深くて、暗くて、先が見えなくなる」
貴也「だったらなんで俺と寝たんだよ」
夢鹿「あなた、お父さんに似てる」
貴也「どうすれば、君は穴じゃなくなるの？」
夢鹿「十百子と寝て。あの子を女にしてみてよ」
貴也「おかしいだろ、そんなの」
夢鹿「『危険な関係』みたいで素敵じゃない？」
貴也「狂ってる」
夢鹿「私が落ちたら助けるって言ったのに、飛び込まなかった」
貴也「……」
夢鹿「十百子と寝ないなら、もう会わない」

○ **繁華街・ピンク映画館・前（夜）**

夢鹿、通りかかる。
アルバイト募集の張り紙がある。
夢鹿「……」
支配人の千葉（58）、箒と塵取りを手に出てくる。
張り紙を見ている夢鹿に気づき、
千葉「どう？」
夢鹿「……」

○ **ラブホテル**

夢鹿と千葉、ベッドに横たわっている。
夢鹿「どうしてラブホテルには聖書がないのかな」
千葉「自殺防止用だからじゃない？」
夢鹿「セックスしてるときって死にたくならない？」
千葉「男は射精するたび死んでるんだよ」
夢鹿、起きあがり、服を着る。
千葉「どうして僕を誘ったの？」
夢鹿「あなた、お父さんに似てる」
千葉「本当のお父さんは？」
夢鹿「出てった。小さいとき」
千葉「……」
夢鹿「昔、父親と寝た夢を見たことがあるの」
千葉「おぞましいね」
夢鹿「でも、それよりももっとよく見る夢がある」
千葉「……」
夢鹿「母親とセックスする夢」

○ **ピンク映画館・受付**

十百子、露骨に警戒しながら入って来る。
受付カウンターの中に千葉がいる。
十百子「あの、岡崎夢鹿の紹介で」
千葉「ああ、高野十百子さんね」
十百子「はい」
千葉「券は発券機が出すし、ここに座ってもぎればいいだけだから」
入場料金表には、大人一六〇〇円、シニア一三〇〇円、学生一三〇〇円、二階席一九〇〇円、再入場三〇〇円の表記。
千葉「普通、若い女の子は雇わないんだけどね。客が恥ずかしがるからさ。でも君、男の子みたいだし、問題ないでしょ。ちょっかい出される心配もないと思うよ」
十百子「……」

きわどい服装の女性客が来る。

千葉、女性客のチケットをもぎる。

千葉「簡単でしょ」

十百子「女の人も来るんですね」

千葉「男だよ。じゃ、暇なときはセックス以外何してもいいから。続き、よろしくね」

千葉、控室へ去る。

若い男・鏡一(19)、入ってくる。

鏡一、肌を隠した服を着て、手袋をしている。

十百子「え、あ……」

鏡一「……再入場」

鏡一、小銭を置くとロビーの隅に立つ。客がドアを開け、狭いロビーに喘ぎ声が響く。

十百子、小銭をしまう。除菌ジェルを手に擦りこみ、除菌シートで周囲を掃除しはじめる。

他の客たち、鏡一を値踏みするように見ている。

○ 植物園（昼）

十百子と夢鹿、歩いている。
夢鹿「新しいバイト、どう?」
十百子「死にたい」
夢鹿「パン工場の短期バイトが終わっちゃったって言うから探してあげたんじゃない」
十百子「いつも変なバイトばっかりやらせようとする」
夢鹿「じゃあ、いっそ風俗嬢は?」
十百子「処女なの知ってるよね」
夢鹿「手でイカせて、その手を洗えばいいんだから、案外向いてたりして」
十百子「馬鹿にしないで」
夢鹿「何が怖いの?」
十百子「人から出る液体が怖い。唾液とか血液とか精液とか。体に空いてる穴が怖い。そこから何かが入って来て、私を侵していく気がする」
夢鹿「死にたい死にたいって手を洗って、水道代稼ぐためにバイトして、それでまた死にたくなって何度も何度も手を洗って」
十百子「死んだら手を洗わなくてよくなるね」
夢鹿「死ぬなら、どんな死に方がいい?」
十百子「……」
夢鹿「私は激しく殺されたい」
十百子「じゃあどうして手首を切るの?」
夢鹿「これは祈り。そして抵抗。あなたはそうじゃないの?」
十百子「私は……分からない。十年もこんな生活してると、本当は何が綺麗で何が汚いのか、もうよく分からない。私の価値観はとっくに壊れてて、自分が決めた根拠のないルールにただ従ってるだけなのかも」
夢鹿「あんた、貴也と寝なさいよ」
十百子「どういう意味?」
夢鹿「セックスなんて単なる儀式じゃない。あなたが指でしていることを、私は男でしているだけ」
十百子「男って、貴也君?」
夢鹿「あ、やだ」
十百子「何?」
夢鹿「生理。どうしよう」
十百子「私、持ってる」

○ 落書きだらけの公衆便所

夢鹿、個室の中でナプキンをつけている。
十百子、所在なさそうに待っている。
夢鹿の声「昔、男と寝ているときに生理になったことがあって、その人、血が赤いってびっくりして、青いと思ってたなんて言うからおかしくって。ナプキンのCMって血が青いでしょ?」
十百子「……」
夢鹿の声「だから塗りたくってやったの。顔とか背中とか。そうしたら殺人現場みたいになっちゃって、結局シーツを捨てなきゃならなくなって」
十百子、いたたまれずにトイレを出る。

○ 仝・温室

夢鹿、何かを凝視している十百子を見つけて、
夢鹿「何？」
十百子「カタツムリ。交尾してる」
葉っぱの上でカタツムリが交尾している。生殖器官を互いに突き刺し、じっとしている。
夢鹿「キスしてるみたい」
十百子「カタツムリって雌雄同体だから、恋矢って呼ばれる器官をお互いに突き刺すの」
夢鹿「それってつまり、ペニス？」
十百子「恋矢って、恋の矢って書くの。それを刺すと寿命が四分の三も減っちゃうんだって。でも、それを刺すしかないの。殺し合いながらセックスしてる」
夢鹿「悲しいね」
二匹のカタツムリ、ゆっくりとまぐわっている。

○ ピンク映画館・客席

閉館後。
千葉と十百子、掃除している。
千葉、使用済みのコンドームをトングで摘んで、
千葉「これっていつも思うけど、燃えるゴミなのかな、燃えないゴミなのかな」
十百子「……生ゴミ？」
千葉「あ、生ゴミね」
初老の男、座席で寝ている。
千葉「お客さん、今日、もう終わったから」
千葉、初老の男を揺さぶる。
初老の男、座席から転がり落ちる。
千葉「ちょっと、お客さん？」
十百子、側に来る。
千葉、脈をとる。
千葉「死んでる……」
十百子「……」

○ 仝・トイレ

十百子、手を洗っている。
ふと鏡を見ると、背後に鏡一がいる。
十百子、驚いて振りかえり、叫びそうになる。
鏡一、素早く十百子の口をふさぐ。
一冊の本を見せて、
鏡一「これ、あの人が持ってた」
十百子「あの人？」
鏡一「死体」
十百子「知り合いなの？」
鏡一「僕たちの秘密にしよう」
十百子「でも」
鏡一、十百子に本を押しつけ、出ていく。

○ アパート・十百子の部屋・洗面所

十百子、服を脱ぐ。

次から次へ洗濯機へ入れる。

大量の洗剤を入れ、スイッチを押す。

○ 仝・風呂場

十百子、風呂掃除をはじめる。

四つん這いになり、黙々とタイルを磨く。

十百子「死にたい。死にたい。死にたいけど死にたくない。死にたくないけど死んじゃいたい」

十百子、自分の体を洗いはじめる。

○ 夢鹿のアトリエ・外

夢鹿、買い物袋をさげて来る。
玄関前に純代がいる。
夢鹿「来ないでって言ったのに」
純代「心配してるのがどうして分からないの？」
夢鹿「どいてよ」
純代「偉そうに。あんたの家じゃないでしょ」
夢鹿「お父さんの生まれた家なんだからお母さんは関係ない」
純代「中に男でもいるの？　お父さん？　お父さんなの？　私を捨てて男と暮らしてるんでしょ」

夢鹿、純代を押しのけ、鍵を開ける。

中に入って施錠する。

純代、ドアを叩く。

純代の声「開けなさい！」

夢鹿「帰ってよ！」

純代の声「……夢鹿ちゃん、お願い。戻って来て。夢鹿ちゃんまでお母さんを捨てないで」

夢鹿、メスを掴む。

ドアの向こうの純代に向ける。

純代の咽ぶ声が響く。

夢鹿、手首にメスをあてるが、取り落とす。

夢鹿「（声にならない悲鳴）」

○ピンク映画館・受付

夢鹿、ピンク映画のポスターを眺めている。
夢鹿「女子高生、未亡人、女教師、団地妻」
十百子、受付に座っている。
十百子「バイト中にね、お客さんが死んだの。心不全だって」
夢鹿「……」
十百子「私、目の前に血まみれの人がいても、助けないかもしれない。手が汚れるから。そう思ったら怖くなっちゃって」
夢鹿「……私が死にかけてたら？」
十百子「……」
夢鹿「私が私じゃなくなったらあなたは私に触れなくなる。あなたがあなたじゃなくなったら、あなたは私を触らなくなる」
十百子「……夢鹿は、私の神様だから」
夢鹿「……」
十百子「私は自分に許したの。あなたに触れること。そして、あなたを触ること」
夢鹿、修道女もののポスターの前で十百子を振りかえり、
夢鹿「修道女って処女だけど、男と寝たあとも神を信じて祈り続けられると思う？」
十百子「どういう意味？」
夢鹿「本当に汚いものを教えてあげる」

○仝・客席

夢鹿、十百子を連れて客席へ。

上映中のスクリーンから喘ぎ声が響く。

男たちの探るような息遣い。

一人の男が夢鹿の胸を掴み、下腹部に顔をうずめる。

十百子「夢鹿……？」

喘ぎ声はスクリーンか、夢鹿か。

夢鹿、男と交わっている。

夢鹿「十百子、見て」

十百子「……」

夢鹿「綺麗は汚い、汚いは綺麗」

十百子「……」

夢鹿「神様の気持ちは誰にも分からない」

十百子の頬を涙が伝う。

暗闇の中、鏡一がじっと見ている。

○居酒屋・外

十百子と貴也、出てくる。
酔った十百子、しゃがみこむ。
貴也「大丈夫？」
十百子「先、帰って。ちょっと休んで行くから」
貴也、膝をつく。
貴也「ほら、おんぶ」
十百子「いいよ」
貴也「送っていくよ。嫌じゃなかったら。ほら」
十百子「……」
十百子、貴也の背に体を預ける。
貴也、歩きだす。
十百子「貴也君は、夢鹿と付き合ってるんでしょ？」
貴也「いや、うん……」
十百子「大学のときから付き合ってるんだと思ってた」
貴也「こないだ別れたんだ」
十百子「なんで？」
貴也「なんでかな」

十百子「夢鹿はバカだよ。自分を痛めつけて。あなたと別れたのだって、たぶんその一環で」
貴也「夢鹿はさ、子供なんだよ。残酷で無防備で露悪的で。泣かない子供」
　十百子、貴也の首筋の匂いをそっと嗅ぐ。
貴也「ちょっと、くすぐったいよ」
十百子「あ、ごめん……」
貴也「昔、文学賞に応募して最終選考まで残ったっていう小説、読ませてよ」
十百子「原稿捨てちゃった」
貴也「どんな話？」
十百子「狂った女子高生が普通になる話」
貴也「普通って？」
十百子「進学して、就職して、結婚して。妊娠して、出産して、家買って。ローン払って、子供育てて……」
貴也「そうなりたい？」
十百子「なれると思ってた。でも今は手を洗うことで精いっぱい」
貴也「十百子さんは、潔癖症なの？」
十百子「その呼びかたは好きじゃない」
貴也「大丈夫？　今、俺、触ってるけど」
　十百子、貴也の肩に頬を預けると目を閉じて、
十百子「あなたの手は、夢鹿に繋がってるから」

○　**十百子のアパート・外廊下**
　十百子、階段を上がってくる。
　十百子の部屋のドアの前、夢鹿が座っている。
夢鹿「電話、どうして出ないの？」
十百子「気づかなかった」
夢鹿「嘘つき」
十百子「そこ、どいて」
夢鹿「貴也のこと好きなの？」
十百子「男と寝てみろって言わなかった？」
　十百子、鍵を開けて、
十百子「入る？」
夢鹿「これ、持って来ただけだから」
　夢鹿、個展の案内ハガキを渡し、去る。

○　**仝・十百子の部屋**
　夢鹿に渡された案内ハガキを冷蔵庫に磁石で貼る。
　除菌ジェルを手に擦りこむ。
　十百子、十年前の文芸誌を手に取る。
　第××回小説××新人賞発表のページを開く。
　受賞作品、著者紹介、選考委員の記述に続き、最終候補作品の一覧。
　数作品の中に十百子の小説『××』がある。
　十百子、文芸誌を机の上に置く。
十百子「……」

○　**夢鹿のアトリエ**
　夢鹿、メスを左手首にあてる。
　しかし、またも切ることが出来ない。
夢鹿「……」
　夢鹿、床に広げた十百子の写真の側に横になる。
　膝を抱えて丸くなり、目を閉じる。

○　**狭い画廊・外（夕方）**
　夢鹿の個展が行われている。
　夢鹿、来客らと話している。
　十百子と貴也、来る。
　貴也、入ろうとする。
　十百子、その袖を引く。
十百子「ここじゃないとこ行かない？」
貴也「……いいよ」
　夢鹿、去りゆく十百子と貴也に気づく。
夢鹿「……」

○　**観覧車の見える場所（夜）**
　十百子と貴也、観覧車を見ている。

貴也「昔、5歳くらいのときかな。病院から一時帰宅した母親と二人で観覧車に乗ったことがあったんだ。母さんがもうじき死

ぬって親父も兄貴も知ってたのに、俺にだけ教えてくれなくてさ」
十百子「……」
貴也「ごめん、こんな話。夢鹿にもしたことなかったのに。俺、変だね」
十百子「……貴也君は夢鹿以外の人と付き合ったことある?」
貴也「ないよ」
十百子「……あ」
日が変わり、観覧車のデジタル時計にゼロが並ぶ。
貴也「うち、来ない?」
十百子「……」
貴也「昨日大掃除してさ、だから綺麗だし。何か作るよ。最近、料理始めたんだ。……どうかな」
十百子「……うん。行く」

○ **マンション・貴也の部屋**

貴也、料理している。
十百子、部屋の中に球体関節人形の部品を見つける。
十百子「これ」
貴也「ああ、久しぶりに作ってみようと思って」
十百子「小豆畑ゼミのハンス・ベルメールって呼ばれてたもんね」
貴也「夢鹿が言ってただけだよ」
十百子「男の人の人形は作らないの?」
貴也「野郎が野郎作ってもね」
十百子「四谷シモンとか」
貴也「俺のは芸術じゃなくて趣味だから」
十百子「貴也君の人形って、ちょっと夢鹿に似てるよね」
貴也「そう? 鏡を見ながら作るんだよね。兄弟の中で俺が一番母親に似てるんだって」
十百子「……お母さん」
貴也、料理を運んでくる。
貴也「はい」
十百子「すごい」
十百子「夢鹿は貴也君の料理食べたことあるの?」
貴也「ないよ。家に来たことすらない」
十百子「いいのかな、私が最初で」
貴也「もちろん。食べて」
十百子「いただきます」
貴也「夢鹿の作品って変わらないよね。好きなものを集めて、コラージュにして。夢鹿の作品を見ると、額や箱は棺なんだって思わない? 死ぬときに持って行きたいものなんだろうね」
十百子「じゃあ、私は死体?」
貴也「……」
貴也、十百子のほつれた髪を耳にかける。
十百子、小さく身を引く。
貴也、口づけようとする。
貴也「初めて?」
十百子「……」
貴也、ふっと笑って、
貴也「やめとこうか」
十百子「……夢鹿にしたようにして」
貴也「……」
貴也、口づけ、十百子の胸に触る。
十百子の服のボタンを外し、自分も服を脱ぐ。
貴也、その場に十百子を横たえ、愛撫する。
十百子、目を閉じ、うわ言のように呟く。
十百子「夢鹿、夢鹿……」
貴也、苛立ったようにその唇をキスでふさぐ。
十百子の体を弄り、下着をはずす。
貴也「挿れるよ」
十百子「……」
十百子、肯定も否定もできない。
貴也、半ば強引に押し入ろうとするが、
十百子「夢鹿!」
貴也「……」
貴也、体を引く。
十百子、嗚咽し、

十百子「……手を洗いたい」

○ **夢鹿のアトリエ**

ドアチャイムが鳴る。
夢鹿、ドアを開ける。
十百子が立っている。

夢鹿「……」

○ **仝・リビング**

夢鹿と十百子、シュークリームを食べている。

夢鹿「個展、どうして来なかったの?」
十百子「作品、売れた?」
夢鹿「売り切れた。先生が売り込んでくれて」
十百子「気に入られてたもんね」
夢鹿「でも、私の手元にあった十百子が散らばって、知らないところで知らない奴らに眺められているのかと思うと、全部かき集めて、燃やしたくなる」
十百子「そしたら、売上金は?」
夢鹿「それは返さない」

二人、笑う。

夢鹿「昔、大切なものを集めて一つの箱に入れたの。それをどこに隠したらいいか分からなくて、色んなところに置いてみた。ベッドの下とか本棚の奥とか。でも結局どこに隠したのか分からなくなって、なくなっちゃった。私、あの箱をずっと探してる」
十百子「今度、一緒に探してあげる」
夢鹿「……」

夢鹿、十百子の顔を撫で、目を閉じさせる。
顎に手をそえ、口づける。

十百子「どうして?」
夢鹿「いけない?」

夢鹿、もう一度キスする。
十百子の唇を舌でこじ開け、深く口づける。
十百子、応じる。
二人、唇を離し、

夢鹿「世界に二人だけみたい」

十百子、涙をこぼす。

十百子「私、貴也君と寝ようとした。でも、ダメだった」
夢鹿「貴也のこと、好きだったんでしょ」
十百子「夢鹿と寝た人だから、出来ると思ったの」
夢鹿「……」
十百子「貴也君に触られているとき、夢鹿と抱き合っているような気がした。自分が夢鹿になったような気がした。それはとても素敵だった。でも」
夢鹿「……」
十百子「いっそ、手を切り落としたいと思うときがある。手がなければ洗わなくて済むし、触れなくて済む。目が見えなければいいと思うときもある。見えなければ汚いものを見なくていいし、汚いかどうかも分からないから」

夢鹿、服を脱ぐ。
十百子、目を伏せる。

夢鹿「見て」
十百子「……」

十百子の手を取って、自分の胸に当てる。

夢鹿「触って」
十百子「これも意味のない単なる儀式?」
夢鹿「(首を振る)」

十百子、夢鹿に口づける。
夢鹿、十百子にメスを持たせる。
夢鹿「切って。血を混ぜるの」
十百子、夢鹿の左手首にメスをあてる。
血が滲んでくる。
夢鹿、メスで十百子の右手首を切る。
二人、カタツムリのように手首を合わせる。
結合部分から血が滴り、床を汚していく。
二人、再び口づけ、むつみ合っていく。

○ **ピンク映画館・表(早朝)**

閉館後、十百子と千葉、出てくる。
十百子の手首、包帯が巻かれている。

千葉「お疲れ」
十百子「おやすみなさい」
十百子、歩きだす。
ゴミ置き場に、鏡一がうずくまっている。
鏡一、顔に傷を負っている。
十百子「……」

○ 児童公園

十百子、バッグから詩集を出して、
十百子「これ」
鏡一、受け取らない。
十百子、消毒液を取りだすとハンカチにしみこませ、鏡一に差しだす。
十百子「初めて人の役にたった」
鏡一、これも受け取らず、体を掻く。
十百子、鏡一の傷にハンカチをあてる。
十百子「殴られたの?」
鏡一「客と金のことで揉めたんだ」
十百子「客って……」
鏡一「分かるだろ。死んだあの人も客だったんだ。金がなくなると映画館に行って稼いでた」
鏡一の破れた服から、爛れた肌が覗いている。
十百子「それ……」
鏡一「アトピーだよ」
鏡一、服をめくる。
色素沈着した鮫肌が露わになる。
掻き壊して爛れたようになっている箇所もある。
十百子「……」
鏡一「無理やり服を脱がされた挙句、気持ち悪い、金なんか払えないって殴られた」
十百子「……」
鏡一「死んだあの人、優しくて、名前も知らないけど、好きだったよ。僕のザラザラした手、気持ちいいって言ってくれた。僕が殺したのかな」
十百子「……」

○ アパート・表

十百子、来る。
鏡一、後をついて行く。

× × ×

夕方。
十百子、階段を下りてくる。
街灯が点くと、その下に鏡一がいるのが見える。
十百子「……」
十百子、歩きだす。
鏡一、後をついて行く。

○ 踏切前

鏡一「映画館、行くんだろ」
十百子「ついて来ないで」
鏡一「僕も行くんだよ」
十百子「稼ぎに行くわけ?」
鏡一「こんな汚い身体、もっと汚してやるんだ」
十百子「……」
遮断機が下りはじめる。
十百子、急いで渡る。
鏡一、渡れず、反対側に立つ。
鏡一「僕のこと汚いって思ってるんだろ。汚くて、得体が知れないって」
十百子「(首振る)怖いの」
鏡一「汚いって言えよ。言ってみろよ」
十百子、何事か言おうと口を開く。
電車が走ってくる。
十百子、叫ぶ。
電車の音がそれをかき消す。
電車、ようやく通り過ぎる。
十百子「聞こえた?」
十百子と鏡一、笑ってしまう。
遮断機が上がり、鏡一が渡ってくる。
鏡一、飲みかけの瓶ビールを十百子に差しだす。
鏡一「飲む?」
十百子「(首を振る)」

鏡一「汚いから？」
十百子「……」
　十百子、除菌シートを取りだし、飲み口を拭う。
　一口飲み、瓶を返す。
鏡一「キスしていい？」
　鏡一、十百子が口をつけた飲み口からビールを飲む。
鏡一「間接キス」
十百子「バカみたい」

○ **美術大学・控室**
　デッサンモデルを終えた夢鹿、帰り支度をしている。
　手首には包帯が巻かれている。
　小豆畑、バイト料の入った封筒を手渡して、
小豆畑「また頼むよ」
　貴也、入って来る。
　小豆畑に気づいて睨みながら、夢鹿に近寄り、
貴也「寝たよ。十百子さんと。約束通り」
夢鹿「どうだった？」
貴也「どうって」
夢鹿「挿れるとき痛がってた？　血が出た？　感じてた？」
　貴也、夢鹿の頬をはたく。
貴也「いつか、自分のことを穴だって言ったな。その通りだよ。お前は自分で自分を穴にしてるんだ。傷つけて、血を流させて」
　夢鹿、貴也の頬をはたく。
夢鹿「あんたのせいじゃない。私たち三人の関係をあんたが壊したんじゃない。あんたが私を好きなんて言うから」
貴也「壊したのはお前だろ！　お前が俺を利用して壊したんじゃないか」
小豆畑「三角関係なんて、君たちも案外ありきたりだね」
　小豆畑、出ていく。
貴也「教授とも寝たのかよ。金もらってやってるんだろ」
夢鹿「あの人、お父さんに似てるの」
貴也「人前で裸になって、芸術に奉仕した気になって、分かんないのかよ、あいつはお前の才能じゃなくて体が好きなんだよ」
夢鹿「……分かってる」
　貴也、夢鹿を押しつけ、背後から服をたくし上げる。
　夢鹿、抵抗しない。
　貴也、泣く。
貴也「君を、俺の力で幸せにしたかった」
夢鹿「……」

○ **海**
　波打ち際で鏡一がはしゃいでいる。
　夢鹿と十百子、砂浜に座っている。
夢鹿「いつ知り合ったの？」
十百子「映画館のお客さん」
　鏡一、夢鹿に向かって、
鏡一「（叫ぶ）ねぇ、写真撮ってよ」
夢鹿「……」
　夢鹿、カメラを取りだし、鏡一の方へ歩きだす。
　砂の上、置かれたままの夢鹿の携帯電話。

×　　×　　×

　波打ち際。
　夢鹿、鏡一にカメラを向ける。
夢鹿「あんた、なんでついてきたの？」
鏡一「楽しそうだから」
夢鹿「私のこと抱かない？」
鏡一「……」
　鏡一、ファインダーの中から逃げる。
夢鹿「動かないで」
　夢鹿、シャッターを切る。

○ **ホテル・ツインルーム（夜更け）**
　夢鹿と十百子と鏡一、飲んでいる。
夢鹿「三人に対してベッドは二つ。どうする？」
鏡一「じゃあ、僕はこっち」
　鏡一、ベッドに飛びこむ。

夢鹿「そうじゃない。十百子が一人で寝るの。そうでしょ？」
十百子「そうしたいなら」
夢鹿「（鏡一に）嫌？」
鏡一「……来いよ」
　夢鹿、鏡一の隣に横たわる。
　十百子、灯りを消し、ベッドに入る。
シーツが擦れる音。
　十百子、壁を向き、布団をかぶる。
唇と唇が重なる音。
舌が絡み合う音。
肌と肌が触れる音。
夢鹿の吐息、喘ぎ。
　十百子、叫び声をあげる。
十百子「やめてよ！」
サイドテーブルからビール瓶が落ち、割れる。
　鏡一、ベッドから出て、乱れた服を直す。
鏡一「大きなベッドが一つあればよかったんだ」
　鏡一、出ていく。
十百子「……」
　十百子、鏡一の後を追いかける。
　夢鹿、十百子の手を掴む。
　十百子、その手を振りはらい、出ていく。
夢鹿「……」
　夢鹿、床に散らばった瓶の破片を拾い集める。
　破片で手を切り、血が出てくる。
夢鹿「痛い……」
　夢鹿、窓から外を見る。
　海へ向かう十百子と鏡一の姿がある。

○　**海（夜明け）**

　十百子、波打ち際を歩いている。
　波が足跡を消し、靴を濡らす。
　十百子、靴を脱ぎ、裸足で歩いて行く。
　砂浜に鏡一が座っている。
　十百子、隣に腰を下ろす。
十百子「高校生のとき、上の学年に凄く綺麗な先輩がいてね、その人、手足が凄く細くて、髪が長くて、優しくて、絵が上手くて。敵わないと思った。夢は小説家だって聞いて、色んな本の色んな話をした」
鏡一「……」
十百子「でも、その人がアダルトビデオに出演してるっていう噂が立って、私、調べたの。本当だった。太った汚い男たちに凌辱されてる先輩の綺麗な顔、しなやかな体。でもそれ以上に傷ついたのは、その顔が嬉しそうだったこと。演技だったのかもしれないけど、それから私、手を洗うようになった」
鏡一「……」
十百子「精液がこびりついているような気がするの。あらゆるところ、あらゆるものに。先輩は高校を卒業して、私の前から消えた。そのことを小説に書いて応募した。賞はとれなかったけど、最終候補に残った」
鏡一「好きだったの？　その先輩のこと」
十百子「理解したかった。美しくて誰からも愛されるのに、わざと自分を汚した先輩の気持ちを。私もアダルトビデオに出ればって、知らない男たちとめちゃくちゃにすればって思いつめて、でも結局、手を洗うことしかできなかった」
鏡一「……」
十百子「もう何年も前だけど、先輩の名前をインターネットで調べたら、子供のお弁当の写真を毎日載せるブログをやっていて、キャラ弁なんか作ってるの。私、笑っちゃった」
鏡一「……」
十百子「一番汚いのは私かもしれない」
　鏡一、十百子の肩に頭を預ける。
鏡一「綺麗だよ」
十百子「……」
　十百子、肩に乗る鏡一の顔に頬を摺り寄せる。

○　**ホテル・ツインルーム**

十百子と鏡一、戻ってくる。
夢鹿、いなくなっている。
十百子、服を脱ぐ。
鏡一も服を脱ぐが、上半身だけ服を着たまま。
　二人、ぎこちなくキスする。
十百子「脱いで」
　鏡一、躊躇いながら脱ぐ。
　十百子、触れようとする。
　しかし、触ることができない。
鏡一「トカゲってあだ名だったんだ、ずっと」
　十百子、震える指先で鏡一の肌に触れる。
十百子「……」
　鏡一の手袋を外し、その手を自分の胸に当てる。
鏡一「……」
十百子「穴を埋めてほしい」
　鏡一、十百子を愛撫するが、やがて手が止まる。
鏡一「好きだよ。でも出来ない。女としたことがないんだ」
十百子「だって、夢鹿と……」
鏡一「あの人、一人でしてたんだ。僕には触りもしなかった」
十百子「……じゃあ、私のことは抱いてよ」
鏡一「心を抱かせて」
十百子「体を抱いてよ。私のことを男だと思って。男を抱くと思って」
鏡一「……」
　鏡一、十百子の体を裏返し、背後から挿入する。
　十百子、痛さに叫ぶ。
十百子「もっと汚して、もっと、もっと」
　鏡一、果てる。
　唐突にえづき、泣きながら吐く。

×　×　×

　鏡一、起きあがり、服を着る。
　十百子、寝たふりをしている。
　鏡一、十百子の髪を撫でようとし、やめる。
鏡一「あのとき踏切で何て言ったか、本当は聞こえてたよ。ありがとう」
　鏡一、出ていく。
　十百子、起きあがる。
　十百子、散らばっている服を集め、黙々と着る。
　除菌シートで汚物と破瓜の血を拭いはじめる。
　その頬を涙が伝う。

○　**夢鹿のアトリエ**

　風通しのためにすべての戸が開け放たれている。
　段ボールだらけの室内。
　貴也、やってくる。
貴也「俺はずっと、十百子さんの方が君のことを好きなんだって思ってた。でも、逆だったんだね。やっと気づいたよ」
夢鹿「……」
貴也「穴は埋まった？」
夢鹿「（首振る）……」
　夢鹿、コラージュの道具を段ボールにしまう。
夢鹿「昔は、死にたくて死にたくて何かを作るしかなかったけど、今は何かを作りたくて作りたくて、でも何も作れなくて、死んでしまいたくなる。もうずっと、作るために自分を痛めつけなければ、何も作れない」
貴也「コラージュ、やめるの？」
夢鹿「私とお母さん、同じ男に捨てられたの」
貴也「誰？」
夢鹿「……お父さん」
貴也「……」
夢鹿「小学生の頃、朝、喧嘩をすると、お母さん、死んでやるって叫ぶの。私は学校に向かって歩きながら、カーテンレールで首を吊ってるお母さんを想像して、帰って死んでたらどうしようって、そればっかり考えてた。昼休みになって学校の公衆電話から家にかけると、よそ行きの声でもしもしって聞こえてきて、胸が苦しかった」
貴也「……」
夢鹿「家って子宮だよね。透明な臍の緒に引っ張られて、どこに行っても、帰る場所はそこしかない。お母さんは今日もあの家にいる。明日もあの家にいる。あの家で私を待ち続けてる」
貴也「俺たち、友達になろうか」
夢鹿「なれる?」
貴也「なれるよ」

○ **児童公園（早朝）**
夢鹿、忘れ物のスコップで砂場の土を盛っている。
十百子、その近くの遊具に座っている。
十百子「実家、帰るんだって?」
夢鹿「……」
十百子「戻って来るんでしょ?」
夢鹿「こんな時間に呼びだして、言うことはそれだけ?」
夢鹿、去ろうとする。
十百子「……私が男と寝たからなの?」
夢鹿「……」
十百子「夢鹿が寝ろって言ったんじゃない。夢鹿が私の世界に男をねじ入れたんじゃない」
夢鹿「でも、あんたはそれを望んでた。口では私にしか触れないって言いながら、男に触られたがってた」
十百子「違う。そうじゃない」
夢鹿「（遮って）じゃあどうして? 貴也でもない知らない男となんかどうして」
十百子「夢鹿だって、知らない男と寝たじゃない」
夢鹿「……」
十百子「私はずっと夢鹿みたいになりたかった。いつも強くて、一人でも平気で、自由に男と寝て……。あなたが私を変えたのよ。汚いものを見せて、汚いものを触らせて、だから、私は……」
夢鹿「……」
十百子「あの日、ホテルに帰ったらあなたがいなくて、男と寝るなら今しかないって思った。普通になりたくて何が悪いの? いつまでもこのままじゃいられない」
夢鹿「あんたはいつも窮屈そうで、惨めで、怯えてるみたいに見えた。自分の純潔を守るように手を洗って、少年みたいで、少女みたいで」
十百子「だけど、私は女なの。女だから」
夢鹿「（遮って）私だって女だよ」
十百子「あなたが、男だったら……」
夢鹿「私、男なんて大嫌い。臆病で卑怯で軽薄で。女はもっと嫌い。嘘つきでさもしくてしたたかで」
十百子「……」
夢鹿「でも、あなたは好きよ。女として。あなたを愛してた」
十百子「……」
夢鹿「さよなら、十百子」
十百子、夢鹿の決意に気がつき、
十百子「……待って」
夢鹿「男と女なら、もっと綺麗に別れられるのにね」
十百子「待って、行かないで」
十百子、夢鹿に追いすがる。
夢鹿「触らないで!」
十百子「……」
夢鹿、公園を出て行く。
十百子、立ち尽くす。

○ **オフィス街の横断歩道（同じ頃）**
貴也、携帯電話で話しながら歩いてくる。
貴也「はい、その件でしたら、はい、すみません」
横断歩道前で立ち止まり、電話越しに頭を下げる。
鏡一、青信号を渡って来る。
鏡一、前を向いて歩いていく。

二人、すれ違う。
貴也、携帯電話を切り、歩きだそうとする。
しかし、横断歩道は赤になっている。
貴也、赤信号を見て、
貴也「……（ため息）」
突如、人々のどよめきと衝突音。
刹那、明らかに暴走した様子の車が猛スピードで歩道につっこんでくる。
貴也、それを見て、
貴也「……」
避けず、微笑む。

○ **葬儀場・控室**

喪服姿の夢鹿と十百子、離れて座っている。
十百子、夢鹿を気にしている。
貴也の叔母・芙季子（42）の姿。
芙季子、急須を持って夢鹿の前に来る。
夢鹿の湯飲みに茶を注ぎながら、
芙季子「芙季子です。貴也の母親の従妹です」
夢鹿「……（生きてたんだ）」
芙蓉子「貴也から時々聞いてました。友達は二人しかいないんだって」
十百子「……」
芙季子「運転手は高齢で、自分の名前も思いだせないんですって。帰る家を探して夜通し走ってたって」
夢鹿「……」
芙季子「今日はありがとう。それじゃ」
芙季子、席へ戻る。
夢鹿「……」

○ **葬儀場・収骨室**

骨上げをしている。
夢鹿の番になり、十百子と二人一組になる。
夢鹿と十百子、貴也の骨を拾う。

○ **帰り道**

夢鹿と十百子、離れて歩いている。
十百子「三位一体が二人になっちゃったね」
夢鹿「……」
十百子「私、死んだ貴也君に触れた。死んで初めて、貴也君に触れた」
夢鹿、立ち止まる。
ポケットから遺骨を出す。
十百子、追いついて、
十百子「それ……」
夢鹿「貴也」
夢鹿、小さな破片を口に入れる。
夢鹿「苦い」
十百子も口に入れる。
夢鹿、空を見上げる。
夢鹿の頬を一筋、涙が伝う。
十百子、指の腹でそれを拭ってやる。
十百子の目から涙があふれる。
二人、泣きながら貴也の遺骨を食べる。

○ **陸橋**

夢鹿、小壜を取りだし、中身を撒く。
夢鹿「バイバイ」
血の欠片、舞うように散っていく。

○ **特急電車・車内**

夢鹿「……」
夢鹿、携帯電話の写真フォルダを開く。
クリスマスケーキを食べる十百子と貴也の写真。
池に落ちてずぶ濡れの十百子と貴也の写真。
十百子と鏡一と海に行ったときの写真。
その中に見覚えのない動画がある。
夢鹿、再生する。
夢鹿が鏡一の写真を撮る様子が映っている。
夢鹿「……」
おもむろに画面がひっくりかえる。
十百子の顔が映る。
十百子「小さいときお母さんが言ったの。

十百子は本当は双子だったんだよって。嘘なんだけど、私びっくりして、ああ、こんなに寂しいのは生まれたときに既に半分欠けてたからだったんだって思ったの。あなたを見たとき、亡くした半分を見つけた気がした。（十百子を呼ぶ夢鹿の声へ）今、行く。（画面、再びひっくりかえり）……ありがとう、夢鹿」

　映像、切れる。

夢鹿「あなたに嫌われたかった。でも、あなたはいつも側にいてくれた。例えそれがあなたの意思じゃなくて、何か些細なきっかけで生まれた気まぐれなルールのせいだったとしても。私はいつも怖かった。私はあなたのルールを壊したかった。それでも私の側にいてくれるか、あなたを試したかった」

○十百子のアパート・部屋

　十百子、パソコンの画面に向かっている。

　書いていた小説にエンドマークを打ち、印刷する。

　プリンターから原稿が排出されていく。

　小説のタイトルは『空の瞳とカタツムリ』。

　十百子、ベランダに行く。

　植木鉢をどかすと、夢鹿の煙草の吸殻がある。

　十百子、咥えてみる。

十百子「あなたがいなくなって、私は何にでも触れるようになった。でも、今は何を触ればいいのか、全然分からない。触れないなんて言っている間に、触ってくれる人がいなくなった。何も触れないより、何でも触れるほうがよっぽど怖い。私はきっと、男となら誰とでも寝る女になるだろう」

○夢鹿の実家

　夢鹿、洗濯物を取り込んでいる。

　純代、古ぼけた箱を持ってやって来る。

純代「見て。懐かしい」

夢鹿「それ、どこにあったの？」

純代「私の誕生日にあなたがくれたんじゃない。大切な箱だからお母さんにあげるって」

夢鹿「……」

　夢鹿、箱を開ける。

　その中身は希望か。

○路地裏

　薄汚れた野良猫がいる。

十百子「おいで」

　十百子、触ろうと手を伸ばす。

〈完〉

こどもしょくどう

足立紳　山口智之

〈脚本家略歴〉

足立紳（あだち　しん）

1972年鳥取県生まれ。日本映画学校卒業後、相米慎二監督に師事。助監督、演劇活動を経てシナリオを書き始め、第1回「松田優作賞」受賞作『百円の恋』が2014年映画化される。同作にて第39回日本アカデミー賞最優秀脚本賞を受賞。他に『お盆の弟』で第37回ヨコハマ映画祭脚本賞受賞、NHKドラマ『佐知とマユ』で第38回創作テレビドラマ大賞受賞、第4回「市川森一脚本賞」受賞。その他の脚本作品に『キャッチボール屋』『志乃ちゃんは自分の名前が言えない』『デメキン』『嘘八百』『嘘八百　京町ロワイヤル』連続ドラマW『盗まれた顔』など多数。16年『14の夜』で監督デビューを果たす。20年公開の原作、脚本、監督を手がけた『喜劇 愛妻物語』が第32回東京国際映画祭最優秀脚本賞受賞。著書に『それでも俺は、妻としたい』（新潮社）『喜劇 愛妻物語』（幻冬舎）『弱虫日記』（講談社）などがある。

山口智之（やまぐち　ともゆき）

1988年4月30日生まれ。埼玉県出身。大学卒業後に日本シナリオ作家協会主催のシナリオ講座に通い、加藤正人、足立紳らに師事。以降、深夜ドラマ等の脚本に携わり、2019年、足立紳との共同脚本作である「きばいやんせ！私」「こどもしょくどう」にて映画脚本家デビュー。

監督：日向寺太郎
原作：足立紳
製作：パル企画　コピーライツファクトリー　バップ
配給：パル企画

〈スタッフ〉
エグゼクティブプロデューサー　岡本東郎
プロデューサー　岩村修
　行実良
撮影　鈴木達夫
照明　三上日出志
録音　橋本泰夫
美術　丸山裕司
編集　川島章正
音楽　Castle in the Air
（谷川公子＋渡辺香津美）

〈キャスト〉
高野ユウト　藤本哉汰
木下ミチル　鈴木梨央
大山タカシ　浅川蓮
木下ヒカル　古川凛
高野ミサ　田中千空
木下次郎　降谷建志
木下朋美　石田ひかり
高野佳子　常盤貴子
高野作郎　吉岡秀隆

こどもしょくどう

1　**河川敷グラウンド**

少年野球チームが練習している。

レギュラーが練習する横で補欠たちが声出しをしている。

その中に高野ユウト（5年生）がいる。

ユウトの横には、同級生で体の大きな大山タカシがいる。タカシは覇気のない顔で伏し目がち。声もあまり出ていない。

「声出てねーぞお前ら！　ずっとそこにいる気かぁ！」などとコーチから補欠たちに怒声が飛ぶ。

補欠A「（タカシに）お前、声出せよ。俺らまで怒られんじゃねーかよ」

とタカシの膝を軽く蹴る。

だがタカシの声は大きくならない。

ため息つく補欠A。

そんな様子が視界の片隅に入るユウト。

×　　×　　×

グランド整備をしているユウトたち。

タカシが武田たち6年生に囲まれている。

武田「おいヒンコン、風呂入れよ。くせーよ。つーか何でここ来てんだよ」

6年生A「くんなよお前。くんな」

武田たちは軟式ボールをタカシにぶつけながら笑ってそんなことを言う。

ユウト、そんな様子を見つめている。

2　**道**

ユウトたち少年野球チームのメンバーが数人で帰宅中。次の試合の話や相手チームの話で盛り上がっている。

タカシが一人遅れて伏し目がちに歩いている。

3　**土手の川べりの道**

ユウトとタカシが歩いて行く。

ユウト、タカシを振り返り、

ユウト「お前さぁ、ウソでもいいからもうちょい声出せよ」

タカシ「……」

ユウト「文句言われるの嫌だろ？」

タカシ「……」

ユウト「てゆーかお前、嫌ならホントに来なくていいんだぞ。ウチの親の言う事なんか聞かなくていいからな」

タカシ「……」

ユウト、舌打ちして歩き出す。

ユウトについて行くタカシ。

二人とすれ違いで車が来る。

普段は車など通らない場所なのでユウトは車を見る。

すれ違ってコンクリ広場で車は停まった。

ユウト、少し車を見ているが歩き出す。

4　**小さな橋**

ユウトとタカシが渡って行く。

5　**住宅街**

ユウトとタカシが歩いて行く。

すると住宅街の中に、灯りをともした一軒の定食屋が見えてくる。

『銀座』と看板が出ている。

ユウト、店に入ろうとするが、遅れてくるタカシを少し待つ。

二人、店に入って行く。

タイトル『こどもしょくどう』

6　**『銀座』・店内**

カウンター席とテーブル席がいくつかあるありふれた定食屋。カウンターの中ではユウトの母親の佳子（36）と父親の作郎（40）が調理をしている。

店内はご近所のおじさんやらおばさん、年輩の人たちで割とにぎやかだ。

ユウトとタカシが店に入ってくる。

ユウト「ただいま」

タカシは俯き気味で何も言わない。

佳子「おかえり」

作郎「おう」

ユウトとタカシはそのまま奥に行くと、

そこはユウトの家になっている。

7　居間

ユウトの妹のミサ（8）が、ちゃぶ台で夕飯を食べながらアニメを見ている。
ユウト、ユニホームの汚れを払って入る。

ユウト「あー、腹減った」
とミサのおかずをつまみ食いしながら、テレビのチャンネルを変えるユウト。

ミサ「えー、ちょっと待ってよ」
ユウト「つまんねーよ、こんなの」
ミサ「宿題したら見ていいってママが言ったもん！」
ユウト「変えたらぶっ殺すからな」
とユニホームを脱ぎながら行くユウト。
ミサ「何でよ！　ずるいよ！」
タカシはあがらずに突っ立っている。

8　同・脱衣所

洗濯機の上にユニホームを放り投げるユウト。

9　同・居間

ユウト、戻って来て
ユウト「（タカシに）何してんだよ、あがれよ」
タカシ、あがる。
居心地悪そうに座るタカシ。
ユウト、麦茶をタカシにも出す。
タカシ、チビチビと飲む。
ぶつぶつ文句を言うミサ。
佳子がカレーライスとトンカツを持って来る。

ミサ「お兄ちゃんがチャンネル変えた」
佳子「（ユウトに）見せてやんなさいよ。（タカシに）はいこれ。おかわりあるからね。（タカシに）野球はどう？　慣れた？」
タカシ「……」
ユウト「（イライラと）慣れるわけないだろ。タカシは別に野球なんか好きじゃないんだから」
そこへ作郎がハンバーグを持ってきて、
作郎「（佳子に）ほれ。ハンバーグ。（ユウトに）お前、レギュラー取れそうなのか」
ユウト「分かんないよ、そんなの」
作郎「分かんないじゃないだろ、今日はどこ守った？」
ユウト「別に。いろいろだよ」
作郎、何か言いたげだが「マスター、ビール」と呼ばれて店の方へ行く。
佳子「もっと話してあげなさいよ、たくさん聞きたいんだから」
ユウト「だって別にないもん」
佳子「（タカシに）あるわよねぇ。何か分からないことあったら当番の人に聞くのよ。タカシ君のことちゃんと話してあるから」
タカシ「……」
ユウト「いいから向こういってよ」
佳子「言われなくても行くわよ。忙しいんだから」
出て行く佳子。
ガツガツと食べるユウト。
ミサがリモコンでチャンネルを変えようとすると、すかさず叩くふりをする。
タカシ、居心地悪そうにチビチビと食べている。

10　店の表

ユウトとタカシが出て来る。
ユウト「じゃーな。お前、声出せよ」
タカシ「……」
ユウト「でも明日は練習ねーからな。ユニホーム持ってくんなよ」
タカシ「……うん」
佳子がお土産用の箱を持って出て来る。
佳子「（タカシに）これ、持ってきなさい。唐揚げ。明日の朝でも大丈夫だから」
タカシ「……」
ユウト「……」
そこへ店から年輩の男性客が出て来る。
客　「（ほろ酔いで）どうもご馳走さま」

佳子「ありがとうございます」
　作郎も出て来て、
作郎「（佳子に）おい、洗い物」
佳子「だって」
作郎「タカシまた来いな」
タカシ「……」
　タカシ、去っていく。
ユウト「……」
作郎「お節介しすぎるなよ」
佳子「ぜんぜんお節介じゃないわよ、あれくらい」
　などと言いながら店に入って行く作郎と佳子。作郎は、無関心ではもちろんなく、ある意味でタカシに気を遣ってもいるのだろう。
　ユウトもついて入る。

11　夜道
　タカシ、一人で歩いている。

12　とある小さな集合団地
　タカシ、その一角の部屋に入って行く。

13　タカシの家・居間
　2DKの作り。居間はファンシーに彩られ、数多くのぬいぐるみも転がっている。母親のぬいぐるみだ。襖を隔てて布団が敷きっぱなしの寝室がある。

　タカシ、帰って来ると、ユニホームを脱ぎ、テレビをつけるとボーッと見つめる。

14　土手沿いの道（翌朝）
　ユウトとミサが登校している。いちいち道に落ちている石とかペットボトルを拾ったりして遊ぶミサ。

ユウト「早く来いよお前」

　昨日、車が停まった辺りを歩いている。車の周辺でミチル（5年生）とヒカル（1年生）が遊んでいる。ミチルはリコーダーで「スイカの名産地」を吹いている。ヒカルは熊のヌイグルミを持ってリコーダーに合わせて歌っている。

　車のドアがあいており、30代後半くらいの男が煙草を吸っている。

男「……（放心したような顔）」

　そんな光景がユウトの目に入り、立ち止まる。

ミサ「どうしたの？」

　ユウト、歩き出す。

15　小学校・ユウトとタカシの教室
　授業中。授業を受けているユウトとタカシの姿。タカシは明らかに理解しておらず、ただ座っているだけだ。

16　同・校庭（昼休み）
　友人たちと遊んでいるユウト。

17　飼育小屋付近
　ウサギ小屋にタカシが閉じ込められており、武田たちがタカシに向かって放水している。

　通りがかるユウト、気になるが、見て見ぬふりして通り過ぎる。

18　広大な運動公園の駐車場・車内
　人気のない駐車場。ミチルとヒカルの父親の車が停まっている。車内で相変わらず放心したような顔をしている父親。

　子供服やタオルケットがあったりカップラーメンのからが転がっていたり、ランドセルも二つある。

19　同・水場
　ミチルがヒカルの頭を洗っている。
ヒカル「ねぇ、まだ学校行かないの？」
ミチル「……」
ヒカル「いつ行く？」
ミチル「もう少しだよ」
　頭をふいてやり、今度は服などを洗う。
ヒカル「おうち、帰れる？」

ミチル「……うん」
ヒカル「虹の雲、見なくても帰れる?」
ミチル「……」
ヒカル「今日、虹の雲出るかな」
屈託のないヒカルにミチルは言葉がない。

20 道

4、5人の友人と下校しているユウト。
タカシがうしろからついて来る。

待っているユウト。

ユウト「今日練習ねぇって言ったじゃねーかよ」

タカシ「……」

ユウト「あとさぁ……お前、昼休み、音楽室とかに隠れてりゃいいじゃん。武田さんたちにいじめられたくないだろ?」

そんなことをコソコソと言うユウト。

タカシは聞いているのかいないのかよく分からない。

21 タカシの家

同級生たちが家の中を漁っている。

勝手に冷蔵庫をあけて「汚ねー!」などと騒ぎ立てる友人たち。

暗い冷蔵庫の中に千円札が入っている。

友人A「何で冷蔵庫にお金が入ってんだよ!」

友人B「たまに入ってんだよ、こいつんち」

友人C「ありえねー! てか賞味期限切れまくってんじゃねーか!」

タカシは薄ら笑いを浮かべてそんな様子を見ている。

× × ×

先ほどの千円札を真ん中にジャンケンしているユウトたち。

何度か繰り返し、ユウトが負ける。

「よっしゃー! 俺プッチョ!」「俺、コーラ!」などと友人たちが口々に言う。

買い物に出かけて行くユウト。

薄ら笑いを浮かべているだけのタカシ。

ユウト「タカシは……? 何がいいんだよ」

タカシ「……じゃあ……プッチョ」

ユウト、出て行く。

22 コンビニの駐車場

ミチルの父親の車が停まっている。

やって来たユウトが店内に入っていく。

23 同・店内

ユウト、菓子パンのコーナーに行くと、ミチルが菓子パンを物色している。

ミチル、店員の方をチラチラと窺いながら、上着の中にパンを入れる。

ユウト「(ミチルの動きに気づく)……!」

ミチル、いくつか菓子パンを入れると足早に店から出ようとするが。

男性中年店員「ちょっとちょっと! お嬢ちゃん!」

あっけなくつかまり、バックヤードに連れて行かれる。

ユウト「……(そんな様子を見つめている)」

24 同・駐車場

車の中から見ていた父親とヒカル。

父親「ヒカル、見といで」

父親、ヒカルをおろすと車を出す。ヒカルは絵本とヌイグルミの入ったバッグを持って降りる。

ヒカル、行ってしまう車をじっと見つめている。

25 同・バックヤード

男性中年店員を前にうつむいているミチル。奥でおばさんの店員がユニホームに着替えている。
中年店員「(ミチルに)名前くらい言えるでしょ、口あるんだから」
おばさん店員「もういいじゃない、そんな小さい子いじめてどうすんのよ」
中年店員「いじめてないでしょ。注意してるだけでしょ」
おばさん店員「ね、もうしないもんね。ダメよ、こんなことしちゃ。はい一つ上げるから行きな」
　とミチルを帰してやる。
中年店員「甘いねぇ。ああいうのが公園のトイレに赤ちゃん捨てるようになるんだよ」
おばさん店員「事情があんのよ、見りゃ分かるでしょあの恰好。バカ」

26　同・店内

　バックヤードから出て来るミチル。

　ユウト、まだ店内にいて出て来たミチルを見ている。

　ミチル、店から出て行く。

ユウト「……」

27　コンビニ・表

　解放されたミチルが出て来る。

　ミチルがヒカルの横に来てようやくヒカルは気づく。

ヒカル「パパ行っちゃった……」

　ミチル、ヒカルに菓子パンを渡す。

　歩き出す姉妹。

　ユウトが見ている。

28　タカシの家

　レジ袋を持ったユウトが帰ってくる。

　友人たちは一人のやっている携帯ゲームにたかっている。

　タカシはすみで丸くなって眠っている。

ユウト「……」

　そこへ玄関の開く音がしてタカシの母親が帰宅する。

　水商売風のケバい30代半ばの女だ。

　ホスト風の若い男もついて来る、
タカシの母親「なにあんたたち。あらユウト君、お母さんにお礼言っといてね。なんかいっつもお土産もらって」

ユウト「……」

若い男「俺、居場所なくね？　つーか、すごい部屋だねこれ……」

　とヌイグルミを見渡して。

タカシの母親「うるさいから。ほらお前遊んでこいよ」

　とタカシをはたくと、ユウトたちは出て行く。

29　タカシの家の前

　ユウトたち、出てくると、気まずい沈黙。

　タカシをチラッと見ると、みんな帰っていく。ユウトも帰る。

　佇むタカシ。

30　川べりの道（夕方）

　ユウトが帰っている。

　ふと立ち止まるユウト。目線の先に、電燈の下で本（海の絵本）を読んでいるミチルとヒカルの姿。ヒカルは「この海楽しかったね、また行こうね」などと言っている。

ユウト「……（見ている）」

　昼間のコンビニの少女とミチルが結びつくユウト。

ユウト「……（見つめている）」

　ユウト、歩いて行く。

31　河川敷グラウンド（放課後）

　用具を出して練習の準備をしているユウトたち。

　タカシ、武田たちからボールをぶつけられている。

　見て見ぬふりのユウト。

32　川べりの道

　野球の練習帰りのユウトとタカシが行く。
ユウト「お前、何でいじめられるか考えたことねーのかよ。普通にしてりゃいいんだよ」
タカシ「……」
ユウト「嫌ならほんと来なくていいんだって。俺が言っといてやるから。な。嫌だろ？」
　ユウト、無表情なタカシにため息が出て

さっさと行く。
　タカシ、離れてついて行く。
ユウト「お前、ついてくんなよ！」
タカシ「……」
　沈黙。
　ふと女の子の泣き声が聞こえてくる。
　車の停まっているところでヒカルがヌイグルミを手に火が付いたように泣いている。
　そんな姿を見ているユウトとタカシ。
　ユウト、ヒカルに近づいていく。
　ヒカルから漂う臭いに気づき、少し顔をしかめる。
ユウト「……どうしたの？」
ヒカル「お、お、お姉ちゃん……」
　しゃくりあげているヒカル。
ヒカル「か……か、か、帰ってこない」
ユウト「……どこ行ったの？」
ヒカル「お、お菓……お菓子」
　タカシも何となく来る
　ヒカル、泣いているだけだ。
　ユウト、ふと車の中を覗いてみる。
　散らかっている。
　いつの間にか少し離れたところに、ミチルがパンやおにぎりを持っている。
　ミチルと目が合うユウト。
ヒカル「お姉ちゃん!!」
　ヒカル、泣きながらミチルのほうへ走っていく。
　ユウト、その場から去る。
　タカシもついて行く。

33 道

　ユウトとタカシ歩いていく。
　黙々と歩いているが、ふとタカシが口を開く。
タカシ「なんかあいつら臭かったね」
　ユウト、そんなタカシを思わず見る。
　タカシ、微笑を浮かべている。

34 ユウトの家・居間

　ユウトとミサ、晩ご飯を食べている。ミサはテレビに夢中。
　ユウト、ふと食べる手を止めておかずを見つめる。

35 児童公園（翌日の放課後）

　ユウトたちが固まってDSなどのゲームをしている。無言の子供たち。
　タカシ、少し離れて立っている。

36 川べりの道（夕方）

　ユウトとタカシ、無言で歩いてくる。
　ミチルの吹くリコーダーの音が聞こえてくる。（スイカの名産地）。
　ヒカルはミチルの横で歌っている。
　そんな光景を見ているユウトとタカシ。
　ミチルはヒカルを連れて近くの簡易トイレに立つ。ミチルがふと二人に気づく。
　ユウト、去る。タカシついて行く。
　ミチルとヒカル、そんな二人を見ている。

37 ユウトの家・居間

　ユウト、タカシ、ミサが夕飯を食べている。ミサはテレビを見て、タカシはボソボソと食べている。
ユウト「（食堂のほうへ首だけ突っ込み）ねえ、ハンバーグおかわり。タカシのぶんも。あ、ミサも食べるって」
ミサ「え、いらないよ」
ユウト「俺が食べるからいいんだよ」
タカシ「……」
　奥から佳子がハンバーグを持ってきて、
佳子「あんた、今日はよく食べるわね、あれだけ唐揚げ食べて。タカシ君も」
ユウト「今日、タカシ送ってくから」
佳子「えー、どこまで。もう遅いじゃない」
　その一言が心無い言葉だったと気づき、少し気まずそうにする佳子。
タカシ「……」
佳子「……気を付けるのよ。暗いから」

ユウト「大丈夫だよ」
　佳子は食堂に戻る。
　ユウト、隠していたお土産用の透明な箱にハンバーグを入れる。すでに唐揚げがいくつか入っている。
ミサ「(怪訝そうに) なにしてんの?」
ユウト「うるせぇ」

38 『銀座』・表

　ユウトとタカシが出てくる。

　ユウトはお腹にお土産箱を隠している。

39 川べりの道

　ユウトとタカシが歩いてくる。

40 コンクリ広場付近

　ユウトとタカシがやって来る。

　ユウト、少し離れた場所からコンクリ広場を窺うと、車はなく、ミチルとヒカルは車が来そうな方をずっと見ている。その方向には橋があり、行き交う車のライトが光っている。じっと見つめる姉妹。

　しばしミチルとヒカルを見つめているユウトとタカシ。

ユウト「……お前、これやってこい」

　ユウト、タカシにお土産箱を押し付ける。

　ヒカルがこちらに気づく。

　ヒカルがミチルにユウトたちの存在を教えると、ミチルも見る。

ユウト「(タカシに) 早く行けよ」

　ユウトはタカシを押す。

　タカシ、ふらふらと姉妹に近づいていくと、お土産箱を差し出している。

ユウト「……(見ている)」

　ヒカルがお土産箱を受け取ると、タカシは戻って来る。

タカシ「……箸、なかったね」

ユウト「……」

　ユウトが引き返そうとすると、車が戻って来る。

ヒカル「パパ!」

　慌ててその場から離れるユウトとタカシ。

　離れた場所から振り返ると、車はコンクリ広場に停まり、ミチルとヒカルが車に乗り込む。ヒカルは嬉しそうだ。

　車の車内灯がつき、運転席に姉妹の父親の姿が浮かび上がる。

　ユウトとタカシ、見つめている。

　ヒカルがもらったおかずを父親に差し出しているのが見える。

タカシ「あいつら車に住んでるのかな」

ユウト「……」

　ユウト、去っていく。

　ついて行くタカシ。

41 夜道

　黙って歩いているユウトとタカシ。

42 川べりの道(翌朝)

　ユウトとミサ、登校していく。コンクリ広場まで来ると、車が停まっている。

　ユウト、ふと2、3歩車に近づいて行くと、姉妹の父親がむくりと起き上がり、目が合う。死んだようなその目。

　ユウト、一瞬止まるが、引き返す。

43 小学校・校庭(昼休み)

　遊ぶ児童たちでにぎわっている。

　ユウトが友達と遊んでいる。

　ミチルとヒカルが校庭の脇道を通る。

　ヒカル、立ち止まって小学校を見る。

　ユウトに気づいているわけではないが、遊ぶ子供たちを見つめている。

44 河川敷グラウンド

　まだコーチの来る前。武田たちが笑いながらタカシに「オラオラオラ」とボールをぶつけている。
武田「(ユウトに) おい、何でこいつこんなにバカなの?」
ユウト「(少し強張った微笑で) さぁ」

45
川べりの道
練習帰りのユウトとタカシが歩いてくる。
タカシは遅れて歩いている。
コンクリ広場の近くまで来て、ふと立ち止まるユウト。
中学生たちが車のボンネットに乗ったりして遊んでいる。
少し離れた場所で、姉妹が不安そうにその様子を眺めている。
ミチルがユウトたちに気づく。
目が合うユウトとミチル。ミチルの眼は、助けを求めるでもなく淡々としている。
ユウト「……」
すぐにミチルはユウトから目をそらしてしまう。
ユウト、背後に気配を感じて振り返る。
姉妹の父親が立っている。
ユウト「!……」
目の前で見る父親は、遠目で見るよりもずっと見すぼらしい。
父親は狼狽えたような目をしている。
そしてその場から逃げて行く。
ユウト、逃げていく父親を見ている。
ミチルとヒカルは車で遊ぶ中学生たちを不安げに眺めたまま。

46
ユウトの家・居間
夕飯を食べているユウトとタカシとミサ。
ユウトはまたお土産箱におかずを隠している。

47
コンクリ広場（夜）
ユウトとタカシがやって来る。
車の中でミチルがヒカルに絵本を読んでいる。父親の姿はない。
ユウト「……これやって来いよ」
と箱を渡す。今度は割り箸もある。
タカシ「……どうやって……」
ユウト「置いとけよ、どっか」
タカシ、箱を持って、身をかがめて車に近づいていくと、手だけ出してボンネットの上にそっと置く。
ユウト「……」

48
川べりの道（翌朝）
ユウトとミサが登校していく。
車が停まっている。
ユウト、フラッと車に近づいて行く。
ミサ「どこ行くの？」
ユウト、ミサの声は耳に入らない。
ふとミチルが車から出て来る。
目が合うミチルとユウト。
少し見つめ合うが、ユウトは引き返す。
ミチル、ユウトを見ている。
ミサ「あの子、誰？」
ユウト「……」

49
小学校・教室
給食の時間。
ユウト、パンを机の中に隠している。

50
川べりの道（放課後）
学校帰りのユウトが走っていく。
少し遅れてタカシも続く。
ユウト「早く走れよお前」

51
コンクリ広場
ユウトとタカシが来ると、ミチルとヒカルが車から離れて佇んでいる。
中学生たちが車のボンネットに乗ったりして遊んでいる。
ユウト、立ち止まると、ミチルとヒカルはユウトたちのほうへ歩いて来る。
ユウトたちに気づくがそのまますれ違って行ってしまうミチル。
ユウト、ミチルを見つめている。が、そのあとをつけ出す。
ついて行くタカシ。
ヒカルが振り返ってユウトたちを見る。
ヒカルはヌイグルミと絵本の入ったバッ

グを持っている。
ヒカル「(姉に) どこ行くの?」
ミチル「……」
ヒカル「パパは?」
ミチル「……」
ヒカル「……おなかすいた」
ユウト「(タカシに) これ、やって来いよ」
給食のパンをランドセルから出して渡す。
タカシ「……」
ユウト「早く」
タカシ、小走りにヒカルに追いつくと、パンを差し出す。
受け取って食べだすヒカル。
食べるヒカルに気づいて振り向くミチル。
ミチル「……」
ユウト「……」
ユウト「ごはん……」
目が合う二人。
ユウト「……食えるとこあるけど」
ミチル「……」
ミチル「……」
ユウト「……」
ユウト、おもむろに歩き出す。
タカシが慌ててついていく。
ヒカル「いこー」
ヒカル、勝手について行く。
ミチル「……」
ヒカル「(振り返り) お姉ちゃん、行こ!」
ミチルも仕方なくついて行く。

52 小さな橋

4人が歩いて来る。

53 『銀座』の近く

4人がやって来る。
ユウトとタカシ、ミチルとヒカルがやって来るのを待っている。
ミチルとヒカルも店の前まで来る。
ユウトとタカシ、店に入る。
ミチルとヒカルは突っ立ったまま。
少しするとユウトが顔を出して、
ユウト「……ここ」
ミチル「……」

54 同・中

ミチルとヒカルが入ってくると、仕事中の作郎と佳子は少し驚いたような表情になる。

他のお客さんたちも汚い格好の姉妹をチラチラと見る。

ユウト「こっち」

ユウト、奥の居間のほうへ。

55 同・居間

ミサがアニメを見ていると、ユウトがミチルとヒカルを連れてくる。
ヒカル「……(ミサを見ている)」
ミサ「……」
ユウト「……あがって」
と言うと店のほうへ行く。

56 同・食堂

ユウトが来ると、佳子が来て、
佳子「なにあの子たち」
ユウト「分かんないけど橋の下で車に住んでる」
佳子「何よそれ……」
作郎「……(仕事の手が止まる)」
ユウト「ご飯あげてよ。何も食べてないって」
ユウト、居間に戻る。
佳子「(作郎を見る)」
作郎「何かもってけ」
作郎、言いながらまた調理しだす。
佳子、何か見繕いだす。

57 同・居間

ヒカルはミサの見ているアニメを見ている。ミチルとタカシは無言で居づらそうにしている。

ユウトが戻って来る。

会話もなくしばしいる子供たち。

と、佳子が食べ物を持って入って来る。
佳子「はい、これハンバーグと目玉焼き。おなかすいたでしょ」
ミサ「すいた！」
ミチル・ヒカル「……」
ユウト、佳子から料理をとって並べる。
ミチル・ヒカル「……（緊張しているようだ）」
ユウト「……ごはんはここだから」
佳子「……（ミチルとヒカルを見て）」
脇の炊飯器からご飯をよそう。
ユウト、ごはんをよそってミチルやヒカルの前に置いてやる。
佳子「ちょっとユウちゃん」
ユウト「なに？」
佳子「ちょっと（と手招きして）」
ユウト、佳子と出て行く。
ミチル「……」

58　同・食堂と居間の間

ユウトと佳子がコソコソと話している。
佳子「どこの子たちなのよ。東小の子？」
ユウト「知らないよ」
佳子「知らないじゃないでしょ、何よ車に住んでるって」
ユウト「だって住んでんだもん」
佳子、ため息ついて居間に顔を出し、

59　同・居間

佳子が顔を出すとヒカルがバクバクとテレビ見ながら食べている。ミチルとタカシはボソボソと食べている。
佳子「……おいしい？」
ミチル「（頷く）」
佳子「でしょ。それおばちゃん作ったのよ」
ミチル「……」
佳子「ねえ、お名前なんていうの？」
ミチル「……」
ヒカル「木下ヒカル……」
佳子「そう。どこの小学校？」
ヒカル「穴吹小……」
佳子「穴吹……どこなのそれ？」
ヒカル「……（ミチルを見て）」
ミチル「……」
佳子「（ミチルを見る）」
ミチル「……（うつむいている）」
佳子「こんな遅くまで遊んでて怒られない？おうちの人」
ミチル・ヒカル「……」
佳子「平気？」
ヒカル・ミチル「……」
佳子「お母さんに電話とかしとこうか？」
ヒカル・ミチル「……」
沈黙。
ユウト「いいよ、もう。ご飯食べさせてよ」
会話を断ち切ってご飯をかきこむ。

60　同・食堂

佳子が戻って来て厨房に入る。
作郎「（気になって）なんて？」
佳子「（小声で）分かんない。でも、どう見てもおかしいでしょ。あんな汚いカッコして。どっかに相談したほうがいいんじゃない。あるでしょそういうとこ」
作郎「……」
客Ａ「奥さん、お酒ちょうだい」
会話はウヤムヤになってしまう。

61　同・店の入り口

ミチルたちが帰る。
佳子とミサが送りに出て来る。
佳子「また来てね」
ミチル「……ご馳走さまでした」
ヒカル「……」
ミチル、ヒカルを見ると、
ヒカル「……ご馳走さまでした」
沈黙。
佳子「じゃあ……気を付けてね」

62　川べりの道

４人が無言で歩いて来る。

ヒカル「ねえ、パパ帰ってるかな」

63　コンクリ広場

ヒカルが走ってきて車を覗き込むが、父親はいない。辺りを見回すヒカル。
ミチルとユウトとタカシがやって来る。
ヒカル「パパ、いない」
ミチル「……」
ユウト「……（ミチルを見ている）」
タカシ「……」
ユウト「……じゃあ」
歩き出すユウト。
タカシついていく。
ユウト、振り返ると、姉妹は父親が帰ってきそうな方向をずっと見ている。
ユウト「……」
ポツッと雨が降ってきて姉妹は車に入る。

64　銀座

ユウト、濡れて帰ってくると、作郎と佳子は客と談笑しながら仕事をしている。
佳子「いらっしゃ……おかえり。あの子たちは？　雨平気？」
ユウト「多分……」
佳子「そう……。お風呂入っちゃいなさい。風邪ひくから」
佳子はそういうと仕事に戻る。
ユウト、居間に入る。

65　車の中

ミチル、外の雨を見つめている。
ヒカルは眠っている。
ミチル、ふと車から出る。
ミチル、橋のほうへ走り出す。

66　大きな橋

ミチルが走って来る。
雨に濡れながら、行き交う車を見ているミチル。
ミチル「……お父さん……お父さん……」
ミチルの顔に雨が流れて行く。

67　川べりの道（翌朝）

ユウトとミサが登校してくると、ヒカルが一人で車の周辺で遊んでいる。
ミサ「あ、ヒカルちゃんだ。ヒカルちゃーん！」
ヒカル、ミサに気づくと走って来る。
ミサ「学校行かないの？」
ヒカル「分かんない」
ユウト「お姉ちゃんは？……」
ヒカル「まだ寝てる」
ユウト「……お父さんは？」
ヒカル「……帰ってこない」
ユウト「……」
ユウト、ヒカルを見つめているがどうしようもできず学校へ行く。
ミサも慌ててついて行く。
ヒカル「……（二人の背中を見ている）」

68　橋

ヒカルが遠くの空を見つめている。
ミチルはヒカルの背中をボーッと見つめている。
ヒカル「虹の雲、出ないね」
ミチル「……」
ヒカル「あ！……」
ヒカル、ヌイグルミを落としてしまった。
ヒカル「落ちちゃった……」
ミチル「……ヒカル」
ヒカル「ヌイグルミ、落ちちゃった」
ミチル「死んじゃおうか」
ヒカル「……なんで？」
ミチル「……死んじゃった……」
ミチル「……」
ヒカル「ヤダ！　ヤダヤダヤダ！　何でそんなこと言うの」
泣き出してしまうヒカル。
そんなヒカルを見ていると、心が掻きむしられるようになるミチル。
ミチル「うるさい!!」
怒鳴ると、ヒカルはポカンとする。
ミチル、そんなヒカルを見て居られなく

て、足早に歩き出す。

ヒカル「お姉ちゃん、待って!」

一生懸命ついて行くヒカル。

69 川べりの道〜コンクリ広場

練習帰りのユウトとタカシが小走りに来る。コンクリ広場まで来ると、車が停まっているが、姉妹の姿はない。

ユウト、車の近くまで行くが誰もいない。

70 銀座・店内

繁盛して忙しそうな作郎と佳子。

ユウトとタカシ、入ってくる。

「お、明日の試合は頑張れよ」とお客のおじさんから声をかけられるユウト。

作郎「(苦笑して) こいつがなかなかレギュラーとれなくて」

71 ユウトの家・居間

ユウトとタカシとミサ、いつものようにご飯を食べている。
ミサ「今日はヒカルちゃん、来ないの?」
ユウト「……」

72 野球場(翌日)

少年野球の試合が行われている。

補欠のユウトはタカシらと並んで、ベンチの脇で声出しをしている。

作郎と佳子が見ている。

佳子「あの子。いつまであんなとこでワイワイ言ってるだけなんだろ」

作郎「……(不機嫌そうな顔で見ている)」

73 球場の外

試合の終わったユウトたちが出てくる。
佳子、ユウトに手を振りながら近づいて行くが、作郎はやっぱり不機嫌そうにしているだけだ。
佳子「何よあんた。全然出れないじゃない。はいお弁当。パパ、ほんと落ち込んじゃったんだから」
作郎「(聞こえて) 落ち込んでないだろ!」
佳子「イライラしないでよ。タカシ君は?」
ユウト「あっち」
タカシ、離れたところで一人佇んでいる。
佳子「あんた、ちゃんと仲間に入れてあげなさいよ。これ、タカシ君のぶん」
ともう一つ弁当を渡す。
ユウト「うるさいな。ちゃんと面倒見てるよ。いいからもう」
ユウト、逃げるように行く。

74 駐輪場

少年野球チームの面々が自転車に乗る。

タカシの自転車は小さくて古い。

引率の母親二人に引き連れられていくユウトたち。

75 道

車通りの多い道を一列になって進む野球チームの面々。

ユウトたち、信号待ちをしていると、ふと近くの歩道橋の上にミチルとヒカルがいるのが見える。

姉妹は遠くの空を見つめている。

信号が青にかわり、みんな走り出すが、ユウトは停まったまま姉妹を見ている。

タカシも停まっている。

引率の親やチームメイトたちは、そんなユウトとタカシに気づかずに行ってしまう。

76 歩道橋

ユウトが自転車をひいて上っていく。

上まで来ると、ヒカルが遠くの空を見つめている。ミチルは具合悪そうにしゃがんでいる。

ユウトとタカシ、そんな二人を見つめる。

少しすると、ミチルがふと顔をあげてユウトに気づく。

ユウト「……」

ミチル「……」
ヒカル「今日も虹の雲、出ないね」
ミチル「……」
　姉が返事をしないので、見るヒカル。
ヒカル「ミサちゃんのお兄ちゃん！」
　ヒカルは走って来る。
　ユウトを見上げるヒカル。
ユウト「なにしてんの」
ヒカル「虹の雲さがしてるの」
ユウト「虹？」
ヒカル「虹みたいにきれいな雲なんだよ！　それを見るといいことがあるんだよ！　ママとパパと見たことがあるもん。海のホテルのとこで見たんだよ！　ね、お姉ちゃん」
ミチル「……」
ユウト「……」
タカシ「……」

×　×　×

　ユウトとタカシも加わって4人で遠くの空を見ている。日も暮れかけ、ヒカルにも疲れが見える
ヒカル「……お姉ちゃん、おなかすいた」
ミチル「……」
ヒカル「ミサちゃんちいこ」
ユウト「いいの？　雲は」
ミチル「……」
ヒカル「おなかすいた」
　タカシだけがずっと空を見ている。

77　銀座

　調理しながらお客さんと話している作郎と佳子。
佳子「子供の野球にすっかりムキになっちゃって」
作郎「（ムキになって）ムキになんてなってないだろ。あいつは覇気がないって言ってんだよ。やる気の問題なんだよ」
男性客「下手くそだった父親ほどムキになるからねぇ」
　客たちと笑っていると、ユウトとタカシ、それにミチルとヒカルが入ってきて、会話は途切れる。

78　『銀座』・奥の居間

　ヒカルとミサ、テレビに夢中になりながらご飯を食べている。

　ミチルはほとんど箸をつけない。

　ユウトも食べづらそう。

　タカシはいつものようにボソボソと。

　佳子がハンバーグを持って入って来る。

佳子「はい、ハンバーグ。ほらテレビばっかり見ない」

ミサ「あとここだけ」

佳子「ダメ（とテレビを消して）……（ミチルに）……困ったときにね、助けてくれるとこもあるのよ。おばさん、そこに相談してあげようか」

ミチル「……」

　佳子、ミチルの食事が全然進んでいないことに気がつく。

佳子「食欲ない？」

ミチル「……」

　ミチル、おなかを押さえるように縮まる。

　佳子、ふと何かに気づいて、
佳子「……ちょっと、こっちおいで」

　佳子、ミチルを奥に連れて行く。

ユウト「？」

79　ユウトの家・トイレ前

　佳子が生理用品を持って待っている。
　トイレからミチルが出てくる。
佳子「できた？」
ミチル「（頷く）」
佳子「今日は泊まって行きなさい。ね？」
ミチル「……」
佳子「大丈夫だから」
　佳子、ミチルの頭を撫でてやる。

80　同・居間

　ミチルが一人で戻って来る。

ユウト「……」
ミチル「……」
ヒカルがミサに海の絵本を見せている。
ヒカル「すっごく楽しいとこなんだよ、今度一緒に行こ」
ミチル、食べた食器を流しに運ぶと洗い出す。
見ているユウトとタカシ。
ミチル、洗い終わると、
ミチル「……ヒカル、かえろ」
ヒカル「えー。やだー」
ミチル「……帰るの」
ヒカル「ヤダ」
ミチル、踵を返すと一人で出て行く。
ヒカル「あ、お姉ちゃん！」
追いかけるヒカル。
ユウト「！」
ユウトも行く。

81　同・食堂

ミチル、帰っていく。
佳子「あ、ちょっと……！」
ミチル「帰ります。お父さん、帰ってるかもしれないから……」
佳子「……」
ミチル「……ありがとうございました」
出て行くミチル。

作郎「……」
「おねえちゃん！」とヒカルが追う。続いてユウト。遅れてタカシ。
作郎と佳子、目が合うが深追いはしない。

82　川べりの道

4人が歩いて行く。

83　コンクリ広場

4人やって来る。
ミチル、車に乗り込むとヒカルも続く。
ユウト「……」
車の中の電気が付き、ヒカルがニコッとユウトに手を振る。
ユウト「……」
タカシ「……」
ユウト、去って行く。
ついて行くタカシ。

84　『銀座』・表

ユウトが帰って来る。

85　同・中

店に客はいなくなって、作郎と佳子が口論している。
佳子「私はそんなの見て見ぬ振りだと思う」
作郎「様子見ろって言ってるだけだろ。状況も分からないんだから」
佳子「分かるでしょ。あの子たちのカッコ見てたら。タカシ君のとこよりひどいかもしれないでしょ」
作郎「タカシはユウトの友達だろうが」
佳子「友達じゃなかったらなに。どうなってもいいの」
作郎「考えもなしに勝手なことするなって言ってんだよ」
佳子「それで手遅れってことたくさんあるでしょ」
ユウト「……」
二人はユウトがいることに気づく。
作郎・佳子「……」
ユウト「あの子たち……どうなるの？　やっぱり車にお父さんもお母さんもいなかった」
作郎「ちゃんと見てくれるとこがあるからお前は心配するな」
佳子「だったら早く相談したほうがいいと思うから、私は」
声「ヒカルちゃんのママいるよ」
ミサが居間から出て来ている。
ミサ「さっきヒカルちゃんから聞いたもん。海の近くのホテルだって」
ユウト「海ってどこの？」
ミサ「わかんない。でもヒカルちゃんは知ってるって。海の絵本も見せてくれたよ」
作郎「……事情があるかもしれないだろ」
佳子「そんなの子供の言うことじゃない」
佳子、作郎への不満をぶつけるかのように、洗い物を始める。
作郎「……（手持無沙汰に）」
ユウト「……」
気まずい空気だけが流れて。

86 **車の中**
横になっているが眠れないミチル。窓から星空を見ている。ヒカルは眠っている。

夜空の雲をミチルは見ている。

87 **小さな橋（夜）**
タカシ、夜空の雲を見つめている。

タカシ、ふと歩き出す。

88 **川べりの道〜車のあるところ**
タカシ、歩いて来る。

車が見えると、タカシは立ち止まる。

フラフラと車に近づいていくタカシ。

中を覗くとミチルとヒカルが後部座席で抱き合うように寝ている。

タカシ、しばし姉妹を見ているが、ふと窓をコンコンと叩きだす。

姉妹が起きないので、タカシは強く叩く。

が、姉妹は起きる気配がない。

タカシ、しばらく叩き続けるが、諦めると、車の横に座り込み、やがてその場で横になる。そして目が閉じられる。

89 **ユウトとミサの部屋**
二段ベッドの上で寝ているミサ。

下段で眠れないユウトが起きている。

ユウト、ベッドから出ると、窓から外を眺めている。

ユウトも夜空の雲を眺めている。

90 **下田の道（ヒカルの夢）**
ミチルとヒカルの父親が4歳のヒカルを肩車して歩いている。その横には母親。

そして少し先をミチルが歩く。

母親「あら？」

みんな空を見上げると、美しい虹色の雲が空に出ている。

91 **車の中**
抱き合うように寝ている姉妹。ヒカルの寝顔に微笑が浮かんでいる。

92 **ユウトの家・居間**
『朝練するので早く出ます』というユウトの置手紙がある。

93 **土手の川べりの道（早朝）**
ユウトが来ると、ミチルとヒカルが寝ているタカシを見つめている

94 **車の場所**
ユウトが来る。
丸まって寝ているタカシを見ている姉妹。
ヒカル「死んでるの？」
ミチル「……」
ユウト「……具合は……？」
ミチル「大丈夫……。」
ユウト「……」
タカシ、目覚める。
タカシ「……」
ユウト「（タカシに気づいて）なにしてんだよお前」
ミチル「……」
タカシ、帰っていく。
ユウト「……」
ミチル・ヒカル「……」
が、立ち止まるタカシ。
タカシ「雲……」
ユウト「何だよ」
タカシ「探しに行く？」
ユウト「はぁ？」
ヒカル、少し黙っていたが、

ヒカル「行く！　お姉ちゃん行こ！」
ミチル「……」
ユウト「……」
タカシ「……」
ヒカル「行こう！　早く！」
　ヒカル、一人で走り出す。
ヒカル「お姉ちゃん！」
　タカシ、歩いて行く。
　続いてミチル。
　ユウト、舌打ちするが、ついて行く。

95　歩道橋

　4人が遠くの空を見つめている。
ヒカル「……見えないね」
ユウト「……」
ミチル「……」
　ユウト、ため息つく。
タカシ「……いいこと思いついた」
　ミチルとヒカル、ユウト、タカシを見る。
ユウト「なんだよ」
タカシ「××（何か高い建物）の上なら見えるかも。高いし太陽に近いし」
ユウト「……そうゆう問題じゃねえだろ」
ヒカル「そこ行こ！」
　ヒカル、歩き出すと、タカシも続く。
　チラッと目が合うユウトとミチル。

96　××

　この辺りでは一番高い建物。
　ふうふう言いながら登る4人。

97　そのテッペン

　4人がいる。
ユウト「……」
ミチル「……」
タカシ「……」
ヒカル「（不安そうに）ここで見えなかったらもうダメ？」
　沈黙。
ユウト「……でも……場所、分かってるんだろ？　お母さんのいるとこ」
ミチル「（ユウトを見る）……」
ユウト「妹が言ってた。聞いたって。海」
ヒカル「そうだよ！　パパとママはそこにいるんだよ。そこで虹の雲も見たんだよ！」
ミチル「……」
ヒカル「すごく楽しいとこなんだよ！　電車で行くんだよ！　行きたいよ！　行こお姉ちゃん！」
ミチル「……いないって言ったでしょ！」
ヒカル「なんで！　いるもん！　いるって言ったじゃん！　いるよ！　行こ！」
ミチル「お金ないからいけないの！」
ヒカル「どうして！　あるよ！　あるでしょ！」
　ヒカルは喚き続ける。
ユウト「（タカシに）お前、お金かしてやれよ」
タカシ「……」

98　タカシの家

　ユウトたちが来る。
　家に入って行くタカシ。続くユウト。
　ミチルとヒカル、表に立ったままだ。

99　同・玄関

　タカシが黙っている。
ユウト「何だよ」
　タカシ、下を見ると母親の靴と男物の靴がある。
ユウト「……（も靴を見て）」

100　川べりの道（夕方）

　歩いている4人。
ヒカル「行かないの？　パパとママのとこ」
　何も言えないユウトとミチル。

101　車のあった場所付近

　4人がやって来ると、中学生たちが「テロ！」とか「弾道ミサイル！」など言いながら車に大きな石をぶつけたりしてフロントガラスを粉々にしている。
　4人は呆然とそんな様子を見つめている。
ヒカル「壊れちゃうよ……」
ユウトたち「……」
　ヒカル、ベソをかき出して、
ヒカル「ねえ行こうよ！　パパとママのとこ行こ！　もうヤダよー。ねえ　ウワーン」
　泣いてしまうヒカル。
　そこに騒ぎに気付いた年輩の男性が「コラー！　何してんだ!!」と走って来る。
　車を破壊していた中学生たちが逃げ出す。
　ユウトも思わず「逃げろ！」と言う。
　ミチル、ヒカルの手を取って走り出す。
　タカシも走る。

102 **道**
　ユウトたち突っ走っている。

103 **『銀座』・表**
　ユウトたち、走って来る。
ヒカル「もう走れないよー！」

104 **同・中**
　4人、息も絶え絶えに入って来る。
　お客はいない。
　厨房で調理中の作郎と佳子、ユウトたちを見る。
ユウトたち「……」
佳子「（怒って）どこ行ってたのあんた」
作郎「……」
佳子「どこ行ってたの」
ユウト「……タカシんち」
佳子「その前よ。昼間！　学校行ってないでしょ！」
作郎「おい（と佳子を軽く窘める）」
　ミサが奥から顔を出す。
ユウト「……虹の雲……探してた」
作郎「……」
ユウト「……」
ミサ「……」
佳子「ちゃんと説明しなさい。なに虹の雲って」
　いつになく怖い佳子。
ユウト「……その雲見たら……」
佳子「（怖い声）なに！」
作郎「おい、そんな声出したら言えないだろ」
ヒカル「虹の雲見ればパパもママも帰ってくるから」
ユウト「……」
作郎「……」
佳子「……帰って来ないの？　お父さんもお母さんも」
ミチル・ヒカル「……（頷く）」
作郎「……」
佳子「いつから帰ってこないの？　どこに行くって言ってたかわかる？」
ミチル・ヒカル「……（首を振る）」
佳子「親戚の人とか近くにいないの？　学校の先生には言った？」
ユウト「だから誰もいないって言ってんじゃんずっと！」
　突然怒鳴るユウト。
作郎・佳子「（そんなユウトを見て）」
　ユウト、佳子を睨みつけている。
ユウト「でも何にもしてくんなかったじゃん！　いっつも見てるだけだろ！　タカシのことだって人には面倒見ろって言って何にもしてくれないじゃん！　弁当つくるなんて誰でもできるよ！　だから俺だって見てるだけなんだよ！　いじめられてても知らんふりしてるんだよ！」
　ユウト、外に飛び出す。
作郎「おい、ユウト！」
　だが追えず。
　静まり返ってしまうその場。

105 **小さな橋**
　ユウト、夕空を見上げている。
　しばらくするとタカシが来る。
　タカシは少し離れてユウトを見ている。

ユウト、タカシに気づく。

タカシ、ユウトを見ている。

目が合うだけの二人。

106 **ユウトの家・風呂**

ミチルとヒカルが風呂に入っている。

元気のないヒカルの顔に、ミチルがお湯をかける。

ヒカルの顔に微笑が浮かぶ。

佳子の声「パジャマ、置いとくからね」

ミチル・ヒカル「……」

107 **同・ユウトとミサの部屋**

床に布団が敷き詰めてある。
その布団の上でユウトとタカシ、ボケっとマンガを読んでいる。
ミサは二段ベッドの上でタブレットをいじってアニメを見ている。
そこへ佳子がミチルとヒカルを連れて入って来る。
佳子「ミサ、いつまで見てるの」
ミサ「もう少し。ヒカルちゃん一緒に見よー」
佳子「ヒカルちゃんは上でミサと寝てね。ミチルちゃんは下がいやだったらおばさんと隣の部屋で寝る?」
ミチル「……」
佳子「（ニコッとして）おじちゃんね、食堂で寝るから」
ミチル「……ここで大丈夫です」
ユウト「……」
タカシ「……」
佳子「……そう。じゃーね。もうすぐ電気消すのよ」
佳子、出て行く。
ユウト「……」
ミサ「ヒカルちゃん一緒に見よー」
ヒカル、嬉しそうにミサのとこへ上がる。
ミチル、布団に入る。
ユウト「……」

× × ×

ぐっすりと眠っているミサとヒカル。

タカシも口をあけて寝ている。

ユウトは眠れずに起きている。

チラッとミチルを見ると、ミチルは目を閉じている。

隣の部屋から作郎と佳子の声が聞こえてくる。

作郎の声「やり方がおかしいって言ってんだよ。行政に相談するのが先だろ。ずっと面倒見る気か?」

佳子の声「そうじゃないけど今困ってるんだから泊めてあげるべきでしょ！」

108 **同・居間**

作郎「勝手なことしてあの子たちの親がもし帰って来たらどうすんだって。今頃連絡受けて探し回ってるかもしれないだろ」
佳子「そんなわけないでしょ！」

109 **同・ユウトの部屋**

佳子の声「捨てられたのよ、あの子たちは。帰って来るわけないでしょ！」
作郎の声「大きな声出すなって。とにかく明日、児童相談所か警察に連絡しろ」
佳子の声「だから最初からそうしようって言ってたじゃない。ユウトだって心配だったのよ」
ユウト、またミチルを見ると、ミチルは目をあけて虚空を見つめている。
ユウト「……」

110 **早朝の住宅街**

まだかなり朝早く周囲は青い。

111 **ユウトの部屋**

ユウト、ふと目覚める。

と、ヒカルが寝ているミチルを小声で起こそうとしている。

ヒカル「お姉ちゃん……ねえ、お姉ちゃん」

ミチルをゆするヒカル。

ミチル「……トイレ？」

ヒカル「ママのとこ行きたい……」
ミチル「……」
ヒカル「ママとパパのとこ行こう。ね、行こう」
ミチル「もう少し寝て」
ヒカル「もう眠くない。ねえ行こう。ねえ」
ユウト「……」
ミチル「静かにして」
ヒカル「行こうよお。昨日行くって言ったじゃん」
ミチル「ヒカル」
ヒカル「海いこ。虹の雲もあそこに行けばまたあるよ。パパとママのとこ行きたいよ」
ミチル「……いないって言ったでしょ」
ユウト「……」
ヒカル「どうして？　いるもん！」
「いるもん！」と泣き出すヒカル。
ユウト「行こう」
ミチルとヒカルが驚いてユウトを見た。
ユウト「行こうよ」
真剣な眼差しでユウトは言った。

112　同・食堂
私服に着替えたユウト、レジから札を数枚取り出す。

113　道
4人が走って行く。

114　電車内
ユウトとミチル、窓の外を眺めている。
ヒカル元気にはしゃいでいる。
日は高くなり、電車は海辺を走っている。
ミチル「……（風景を見つめて）」
ユウト「……（そんなミチルを見ている）」

115　下田駅
駅舎から出てくる4人。

116　道
ミチルを先頭に歩く4人。
ミチル、過去の記憶を頼りに歩いている。
走り出すヒカル。
ヒカル「ここだよ！　ここで虹の雲見たんだよ！」
4人は空を見上げる。青空に見事な入道雲が浮いている。

117　大きな観光ホテル・表
4人が入って行く。

118　同・フロント
4人が正面玄関の自動ドアを抜け、緊張気味にフロントまで歩いてくる。
ミチル「あの……」
フロントの女「はい？」
ミチル「木下朋美（母親の名前）、泊まってませんか」
フロントの女「ごめんね……そういうことは、教えちゃいけないことになってるの」
ミチル・ヒカル「……」
ユウト「……この子たちのお母さんなんです」
フロントの女「……お母さん、ここに泊まるって言ってたの？」
ミチル「……」
ヒカル「前に泊まったことあるから……」
フロントの女「……」
子供たち、すがるような目でフロントの女性を見る。
フロントの女「ちょっと待ってね」とコンピュータをいじる。
ドキドキして待つ子供たち。
フロント「……泊まってないみたいよ」
ミチル「……じゃあ木下次郎は？」
フロントの女は再びコンピュータをいじるが、
フロント「いないみたい」
ユウト「あの、今日ここに泊まれますか？　お金、あります」
フロント「ごめんね。子どもだけじゃ、泊めてあげられないの」
ユウトたち「……」

119 **海辺の道**

4人がとぼとぼと歩いて行く。

120 **夕暮れの海辺**

4人、歩いて来て夕暮れの海を見つめている。

121 **砂浜**

夕暮れの海。
ヒカルは疲れたのか寝てしまっている。
黙って暗い海を見つめている3人。
ふとミチルが口を開く。
ミチル「……まえ来たとき、夜ここに来て海を見た……みんなで」
ユウト「……」
タカシ「……」
ミチル「次は外国に行こうって……」
ユウト「……」
目を閉じるミチル。どこからか、『海』を歌う優しい歌声が聞こえてくる。

122 **海を眺めている母と2人の娘**

ミチルとヒカルの母親が『海』を歌っている。

123 **元の海**

ミチルが『海』を歌っている。

ミチル「うーみーはーひろいーなーおおきーいーなー　つーきーはーのぼるーしーひがしーずーむー。うーみーはー……」

ユウト、ミチルの横顔をじっと見つめている。

しばし見とれるユウト。

ミチルの頬に一筋の涙がつたう。

ユウトはどんな感情なのか心を奪われるように見入っている。

そしてタカシもじっと見ている。

124 **朝焼けの中の美しい海**

波の音が静かに聞こえている。

125 **朝の海辺**

歩く4人。

ヒカル「……ママ、どこにいるかな」

ユウトたち、言葉がない。

126 **電車内**

4人、疲れて寝ている。

127 **川沿いの道**

4人が歩いている。

128 **コンクリ広場**

帰ってくる4人。
ボコボコの車がある。
車の近くまで来る4人。
そこに警官が一人、近寄ってくる。
警官「こんにちは」
4人「……」
警官「この車のこと、知ってる?」
ヒカル「パパの車……」
警官「……そう。パパはどこ?」
4人「……」

129 **警察署・廊下**

ユウトとタカシが座っている。

廊下の並びに部屋がいくつかある。

少しすると、作郎と佳子が早足で入って来る。ミサが必死について行く。

ユウト、家族に気づく。

佳子、思わずユウトに走り寄り、強く抱きしめる。

タカシはその様子をぼんやりと見つめている。

母親ほど直接的な愛情表現ができず、振る舞いに困っているような作郎は、怒ったような顔をして見つめているだけだ。

ミサも黙って見ている。

一つの部屋の扉が開く。

その扉のほうを見るユウトや両親。

ミチルとヒカルが、二人組の中年男女と警官と出て来る。

中年男女は児童相談所の職員だ。

ヒカル「ママに会える？」

明るく聞いているヒカル。

佳子と作郎、姉妹を見ている。

タカシ「……（も姉妹を見ている）」

ミチルとユウト、目が合う。

130　同・表

ミチルとヒカルが、児童相談所の車のほうへ歩く。

見ていることしかできないユウト。

タカシもぼんやりと見ている。

作郎は、やはり怒ったような表情で、無言で事の成り行きを見つめている。

ユウト「……どこに行くの？」

佳子「面倒見てくれる場所があるの」

ユウト「……」

佳子「……ちゃんと見ときなさい」

呟くように言う佳子。ユウトは思わずその顔を見たが、それはユウトにむかって言った言葉なのかどうかも分からない。

作郎は相変わらず黙り込んで、怒ったような顔をしているだけだ。

131　車に乗り込むミチルとヒカル

ヒカル「ママのとこ行くの？　ママのとこ行くの？」

嬉しそうに言いながらヒカルが車に乗り、ミチルも乗ろうとしたとき、ミチルはふと立ち止まる。

振り向くミチル。ユウトを見つめる。

ユウト、ミチルを見ている。

時間が止まったように見つめ合う2人。

ミチル「……」

ユウト「……」

ミチル、車に乗り込む。

ユウト「……」

車のドアが閉まる。

ヒカルが車内からユウトたちに手を振っている。振り返すミサ。

見つめ合うユウトとミチル。

車が動き出す。

離れていく車。

ユウト、じっと見ていたが、ふと何かに引きつけられように、車に向かって走り出す。

タカシがぼんやりと見つめている。

132　道

車を追って走るユウト。

涙が滲む。

133　車の中

ヒカル、後ろの窓から見ているが、ユウトの姿は見えない。

ヒカル、ふと何かに気づく。

ヒカル「雲だ！　ねぇお姉ちゃん、虹の雲だよ！」

ミチル、後ろの窓から見ると、空に見事な彩雲（虹の雲）が出ている。

ミチル「！」

その雲の美しさは、同時に残酷さも感じさせる。

呆然と見つめるミチル。

134　虹の雲を背負うように走るユウト

135　車の中

ヒカル「ママー！　ママー！　ママー！　ママー!!」
虹に向かって叫び、泣き出すヒカル。
ミチル、虹を見つめていたが、その目に涙が滲んでくる
ヒカルはずっと「ママー！」と叫んでいる。
ミチル「お母さん……」
ヒカル「ママー!!」

ミチル「お母さん……お母さーん!! 帰ってきてー!!」
一番言いたかった言葉をミチルは叫んだ。
ミチル「……（虹を見つめている）」
ヒカルは「ママー！」と叫び続けている。

136 いつまでも車を追い続けるユウト

137 小学校・ユウトとタカシの教室（日替わり）
昼休み。

遊んでいる生徒たちの間に、女子の悲鳴が響く。

138 同・廊下
タカシが武田たちを相手に暴れている。
体の大きなタカシがキレた姿は、ちょっと小学生離れした異様な迫力がある。
武田たちは血を流しているが、タカシの暴力は止まらない。
ユウトが呆然と、そんな様子を見ているが、
ユウト「タカシー！！　やめろー！！！」
ユウト、何かに怒りをぶつけるかのように大きな声で叫んだ。
そこにいた全員が一斉にユウトに注目している。
ユウト、何かを睨んでいるような目で。

139 同・河川敷グラウンド
野球の練習をしているユウトたちのチーム。いつものように声出しのユウト。そしてうつむいているタカシ。

140 『銀座』・表（夜）
メニューの看板に「小学生以下と75歳以上のお金に困っている人(自己申告制！)時と場合により無料！」と書いてある。

141 『銀座』
賑わう店内で、作郎と佳子はヒカルとミチルのことは忘れたかのようにお客さんと世間話をして笑っている。

カウンター席で、ユウトとタカシが黙々とご飯を食べている。タカシは相変わらずボソボソと。

ミサもそこで食べている。

その横に、小学一年生くらいの男の子が一人いる。覇気のない表情で飯を食うその姿は、まるでタカシのようだ。

佳子「おいしい？」

小学生「……（小さく頷く）」

佳子「（笑顔で）もうすぐママ来る時間ね」

ユウトとタカシは黙々とご飯を食べ続けている。

おわり

嵐電

浅利宏　鈴木卓爾

〈脚本家略歴〉

浅利 宏（あさり ひろし）

1965年、青森県五所川原市生まれ。高校卒業と同時に上京し、電気工事の現場監督を務める。上京から10年後、予てからの夢であった映画監督を目指し、日本映画学校（現・日本映画大学）に入学。卒業後、フリーの助監督となりセントラル・アーツで演出の基礎を学ぶ。深作欣二、澤井信一郎、佐藤純彌、福岡芳穂、緒方明らに師事。セカンドユニットでアクションシーンを担当する事も多い。映画を中心に演出部として多数の作品に携わっている。助監督担当作品に、『バトルロワイヤル』（00年・深作欣二監督）、『GO』（01年・行定 勲監督）、『狂気の桜』（02年・薗田賢次監督）、『バトルロワイヤルII／鎮魂歌』（00年・深作欣二・深作健太監督）、『男たちの大和／YAMATO』（05年・佐藤純彌監督）、『愛してよ』（05年・福岡芳穂監督）、『のんちゃんのり弁』（09年・緒方 明監督）、『死刑台のエレベーター』（10年・緒方明監督）、『相棒／劇場版III』（14年・和泉聖治監督）、『正しく生きる』（15年・福岡芳穂監督）等がある。

鈴木卓爾（すずき たくじ）

1967年、静岡県磐田市生まれ。長編監督作品に『私は猫ストーカー』（09年）、『ゲゲゲの女房』（10年）、『楽隊のうさぎ』（13年）、『ジョギング渡り鳥』（16年）、『ゾンからのメッセージ』（18年）等がある。脚本執筆作品としては、矢口史靖監督との共同脚本作品『裸足のピクニック』（93年）と『ひみつの花園』（97年）、緒方 明監督との共同脚本で『のんちゃんのり弁』（09年）、NHK道徳ドラマ『さわやか3組』（99年版と00年版の全40話担当）、NHKドラマ『中学生日記』（01年～07年までの間に十話分を担当）、NHK道徳ドラマ『時々迷々』（09年～11年までの間に五話分を担当）、BS—iドラマ怪談新耳袋スペシャル『絶叫編 左 黒い男たち』（07年・三宅隆太監督）等がある。俳優としても活躍し、『容疑者Xの献身』（08年・西谷 弘監督）、『セトウツミ』（16年・大森立嗣監督）、『あゝ、荒野』（17年・岸 善幸監督）、『菊とギロチン』（18年・瀬々敬久監督）など、多数の作品に出演している。2016年より京都芸術大学（元・京都造形芸術大学）映画学科教授。

監督：鈴木卓爾
製作：ミグラントバーズ オムロ
京都造形芸術大学
制作協力：北白川派
特別協力：京福電気鉄道株式会社
東映京都撮影所 伊豆田千加
西田松子 右京じかん
配給・宣伝：有吉司 マジックアワー
鈴木卓爾 ミグラントバーズ

〈スタッフ〉
企画・プロデュース　西田宣善
プロデューサー　田村由美
　鈴木卓爾
撮影　鈴木一博
録音　中山隆匡
照明　浅川周
美術　嵩村裕司
編集　鈴木歓
音楽　あがた森魚

〈キャスト〉
平岡衛星　井浦新
小倉嘉子　大西礼芳
平岡斗麻子　安部聡子
吉田譜雨　金井浩人
北角南天　窪瀬環
有村子午線　石田健太
川口明輝尾　福本純里
永嶺巡　水上竜士

1　京福電気鉄道・北野線・龍安寺・ホーム（夜）
二台の電車が、ホームに入ってくる。

だれ一人、乗り降りする人はいない。

ガタゴトと音を立てて出て行く、二台の電車。

青かったシグナルが赤に変わり、辺り一帯に、静かな闇が訪れる。

2　嵐山本線・西大路三条・ホーム（朝）
レールが、車の走る大通りを跨いで、延びている。

大きなリュックを抱えた平岡衛星（ひらおかえいせい・45）が、ホームにやって来る。

肩がけバッグを開き、手帳から写真を一枚出すと、写真と辺りを見比べる。

3　三条通り・山ノ内駅付近
衛星が歩いて来る。

鈍い起動音が聞こえ、衛星、立ち止まる。

高低差のある道の向こうから、丸っこいシルエットがせりあがり、路面を上がってくる。

嵐電だ。

手前からもう一台嵐電が行く。

二台の車体がピタリ重なると、時が静止する。

衛星、見つめている。

時が動き出し、両車は行き違い、離れていく。

メインタイトル『嵐電』

4　太秦広隆寺山門から三条通りの道
北角南天（きたかどなんてん・17）、柄本回帰（えもとかいき・17）、佐伯陽菜（さえきはるな・17）、栗田曜（くりたよう・17）、鳥羽勇人（とばはやと・17）の修学旅行の生徒五人が、がやがやと石段を登ってくる。

曜が勇人を引っ張り、スマホを使い写真を撮る。

嵐電の「夕子さん電車」が、背後の三条通りを通り過ぎる。

陽菜「あ、夕子さん電車」

回帰「なにそれ」

陽菜「夕子さん電車ど一緒に映れば、そのカップルは結ばれるんだってよ」

曜「やった、いま偶然、後ろさ入った」

陽菜「え、ちょっと」

回帰を引き寄せ、自撮りしようとする、陽菜。

南天、首から下げた、古いフィルムの一眼レフカメラで、回帰達四人を撮る。

ふと、太秦広隆寺駅を見る。

地元の高校生・有村子午線（ありむらしごせん・17）が、8ミリカメラで嵐電を撮っている。

夢中で嵐電をカメラにおさめようとする、その姿。

南天、自分のカメラを撫でる。

回帰「南天、行ぐべしー」

門を潜り、奥へと行く回帰たち。

ちょっと遅れて、南天が付いて行く。

5　嵐山本線・太秦広隆寺駅・ホーム（時間経過）
子午線が、8ミリカメラで嵐電を撮っている。

子午線「モボ21形（※電車の型）、26号車、レトロ調車両。レトロというけど、1994年製」

嵐電、走り出す。

子午線、嵐電をカメラで見送る。

レンズの先に衛星が立っていて、カメラを避ける。

子午線「すいません」

衛星「それは8ミリフィルム」

話しかけられて怯む、子午線。

子午線「まあ」

衛星「へぇー、懐かしいね」
子午線「まあ」
衛星「現像とかまだやってるの」
子午線「ありますよ」
衛星「へー」
　子午線、ホーム脇へ向うと、自転車で走り去る。
　衛星、写真を出すと、ホームを物色する。写真の中、衛星が笑顔でおさまっている。あるところで、場所と写真の背景が一致する。

6　嵐電沿いのアパートの一室

　不動産屋（50）が、窓を開ける。

　衛星が、何もない部屋を見回し、風呂場をチェックする。

不動産屋「お風呂は追焚きが出来ます。大きいお風呂がええんやったら銭湯も近いし、遅うまでやってます」

　衛星、台所の窓を開ける。

　線路が見える。

　衛星、玄関のドアも開けて線路を眺める。

不動産屋「嵐電走ってますけど、音あんまり気になりません。一両かそこらがピャーって行ってしまうだけやし、直に慣れはりますよ」

衛星「嵐電にまつわる不思議な話とか、なんか知りません」

　衛星、押入れを開ける。

不動産屋「え。さあ、お盆の時やったら、妖怪電車ってイベントやってはるみたいやけど」

衛星「へえ」

　小さな卓袱台を見つける。

衛星「これ、僕使ってもいいですか。現況優先って事で」

不動産屋「お客さんお仕事何したはりますか」

　衛星、バッグから単行本を出して、渡す。

　不動産屋、受け取り見ると、『電車の不思議話・関東編　平岡衛星』とある。

不動産屋「あんた、先生なんかいな」

　やや間があって、二人、笑う。

×　×　×

　夜になって。

　小さなクリップライトが部屋を照らす。

　リュックが置かれている。

　衛星が、寝袋に半身を入れ、嵐電路線マップにいろいろ描き込んでいる。

　携帯が鳴る。

　表示を見て、出る。

衛星「こんばんわー。お疲れ様。うん、部屋借りちゃった。風呂つき三万。安いでしょ」

　電車の音がする。

　衛星、台所の窓を開けて、外を眺める。

衛星「京都、寒いよ。寒さが違うね。なんか鼻声っぽくない、風邪ひいてない。うん、こっちにいたら、きっと新しいの書けると思う。目処がついたら、なるべく早く帰るから」

7　北野線・御室仁和寺駅付近の道（翌日）

　小倉嘉子（おぐらかこ・27）が歩いている。
　地元のおばちゃんが二人、世間話をしている。
おばちゃん1「なんやかんやいうてもなー、あんた平凡が一番」
おばちゃん2「そうそう」
おばちゃん1「長いこと生きてきて身ーに染みるんは、穏やかなんが一番やわ」
おばちゃん2「そうやで、平凡が一番やで」
　嘉子、二人を見ながら思わず笑い、駅へ向かう。

8　北野線・御室仁和寺駅・ホーム

　古い駅舎。

　嘉子、やって来る。

　滑り込んで来る、嵐電。

9　同・車内

嵐電、走っている。

隅に立ち、車内の乗客を見る、嘉子。

嘉子の後ろに、吉田譜雨（よしだふう・27）が立っている。

譜雨、小さな声で呟いている。

譜雨「おはよう。おはよう。おはよう。ありがとう。ありがとう」

嘉子、背中で譜雨の声を聴く。

譜雨「ええ天気ですわ、ほんまにええ天気になって。ええ天気ですわ。ほんま、ええ天気やわ」

京都弁を反復する、譜雨。

嘉子、譜雨を見る。

譜雨、嘉子の視線に目を上げる。

嘉子、目を逸らす。

10 嵐山本線・帷子ノ辻駅・外観

北野線と、嵐山本線のレールが、連絡駅のビルディングへと合流している。

北野線からの電車が、駅ビルに入っていく。

11 同・帷子ノ辻駅・ホーム

嘉子が、駅構内の踏切を渡り、改札へ歩く。

前を歩く譜雨が、地下道への階段を降りて行く。

嘉子、譜雨を気にする。

12 同・地下道

ひっそりした地下道。

回転ドアのあたりで戸惑っている、譜雨。

嘉子、降りて来る。

嘉子「あのー、どちらへ行かれます。ここ、外からは入れるんですけど、こっちから外は出られないんですよ」

譜雨「あ、すいません」

13 キネマ・キッチン・内

食事とカフェの店のフロア。
暦文（こよみふみ・25）と和田さん（47）が、弁当の盛り付けをしている。
嘉子、惣菜の入った容器を手に、厨房から出て来て、盛り付けに加わる。
和田さん「嘉子ちゃんは最近どうなん。ええ人会うた」
嘉子「なんも無いんですよ。ずーっと一人ですねえ」
電話が鳴り、文、走って受話器を取る。
文「はい、キネマ・キッチンです」
和田さん「誰もいらんのやったら、一人紹介してーな」
嘉子「え、誰にですか」
和田さん「私に決まってるやないの」
笑う、二人。
文「川島組さん、八個追加です」
嘉子「どーしよ」
和田さん「いつもの事や、急ぐでー」

14 「太秦映画」撮影所・正門

まばらに映画スタッフが歩いている。

嘉子と、文が、両の手に弁当を持ち、門を入って来る。

15 同・スタッフルーム

スタッフが準備をしている。
助監督の川口明輝尾（かわぐちめてお・25）が、書きものをしている。
嘉子と文、入って来て、弁当を机の上に置く。
嘉子「キネマ・キッチンです。お弁当お届けにあがりました」
明輝尾「ありがとうございます。えっと二十四個ですね」
嘉子・文「よろしくお願いしまーす」
と、衣裳に着替えた譜雨が、台本を手に入って来る。
譜雨「お待たせしました。（嘉子を見て）あっ、どうも」
嘉子「あっ、撮影所の方だったんですね」
明輝尾「譜雨さんすみません。お疲れ様です。

あの、監督から要望があってですね」

と、メモ書きを見せる。

嘉子と文、会釈して出て行く。

16　同・スタッフルームの外

文、スタッフルームを振り返って、

文「なあなあ、吉田譜雨。嘉子ちゃん知ってはるん」

嘉子「だれ。さっき駅で会うたんよ」

文「俳優さんやで」

嘉子「知らん。観た事無いわ。有名」

文「あんまし。シネコンでやってる映画に出ーへんし、テレビも出ーへんなあ。ミニシアター系俳優。あでも、一回、生命保険のCM出たはったかも」

部屋から出てきた譜雨、二人をチラリと振り返る。

嘉子「ちょっと声大きい」

文「まさか、聴こえへんよ」

主演俳優・合坂有亮（ごうさかありすけ・23）と、女優・菊乃真紗代（きくのまさよ・21）が、通る。

合坂・菊乃「お疲れ様です」

文・嘉子「お疲れ様です」

合坂「いい芝居しましょうね」

文「あ、いえ、お弁当配達です」

合坂「はい。人生はすべて芝居です」

と、歩いていく。

ゾンビのメイクをしたエキストラ達も、歩いている。

文「ちょっ、合坂有亮と菊乃真紗代に声かけられた」

明輝尾が、嘉子達を呼び止める。

明輝尾「あのすみません。失礼ですけど、ご出身京都ですか」

嘉子「はい」

明輝尾「あの、ちょっと東京の俳優さんの京都なまり聞いてもらったりしてもいいですか」

文「え、方言指導ですか」

明輝尾「いやそこまで厳密じゃなくて。違和感とかないか一瞬、聞いてもらっちゃっていいですかね」

譜雨「吉田譜雨といいます。よろしくお願いします」

嘉子「（文を指し）あ、じゃ、こっち」

明輝尾「あ、じゃあ」

文「や、私は駄目です」

明輝尾「（嘉子に）あ、じゃああなた」

嘉子「え、私も無理です」

明輝尾「じゃあ、じゃんけんしましょ。じゃんけん」

17　同・空きスタジオ

撮影の装飾を片付け終えたセットが、暗がりに佇んでいる。

外光のあたる脇で、嘉子と譜雨が台詞の書かれたペラ紙を手にしている。

明輝尾と文、離れて見ている。

嘉子「好きな人できたとかじゃないねん」

譜雨「うそやん、誰か好きな人いるんやろ。ちょっと待ってや」

嘉子「待って、じゃなくて、待ってですね」

譜雨「待って。待って」

嘉子「あと、いるんやろ、じゃなくて、いるんやろ的な」

と、抑揚を伝える嘉子。

譜雨「あー。誰か好きなもんいるんやろ。ちょっと待ってや」

嘉子「ちゃうねん。ただ」

譜雨「ただ」

嘉子「ただ、私ら変わってしまったんよ」

明輝尾「はい。ありがとうございます。じゃあ、今度は譜雨さんもっと、手を掴んだりみたりして」

嘉子、戸惑う。

譜雨「急に言われてもこの方だって困りません」

明輝尾「あはい。つい力が入っちゃって」

嘉子「これお相手の女優さんとやらはったほうがよくないですか」

譜雨「や、これ裏の設定で、この女の人は、映画に出て来ないんですけど、想像しとかないといけなくて。でも方言だとノリとか掴むの難しくて」
嘉子「役の真実みを深めるために今だけやる感じですか」
譜雨「そうです、今だけ」
嘉子「今だけ。わかりました。文ちゃん、見られると恥ずかしいし、ちょっと、どっか行っといて」
文「あ、わかった」
　明輝尾のシーバーに連絡が入る。
明輝尾「えっ？　考えます。……はい、戻ります」
　と、シーバーを切る。
明輝尾「一旦、戻ります。文さん？（文に）ちょっと」
　何やら話しながらスタジオを出て行く明輝尾と文。
　嘉子、ぐいっと譜雨に歩み寄り、近くなる。
　譜雨、驚くがすぐに、スイッチを入れる。
譜雨「うそやん、誰か好きな人いるんやろ。ちょっと待ってや」
嘉子「（訂正して）待ってや」
譜雨「ちょっと待ってや」
嘉子「はい」
　譜雨、嘉子の腕を掴む。
　嘉子、はっとする。
嘉子「ちゃうねん。ただ」
譜雨「ただ」
嘉子「ただ、私ら、変わってしまったんよ」
　二人、離れるが、見つめ合う。
　嵐電の通過する音が聞こえる。
譜雨「お名前は」
嘉子「小倉嘉子です」
譜雨「小倉嘉子さん」
嘉子「はい」
譜雨「嵐山って近いんですか」
嘉子「近いですよ。嵐電ですぐです」
譜雨「どんなとこですか」
嘉子「どんなって、京都って盆地なんですけど、三方が山に囲まれて、嵐山は西側の壁いうか、あと桂川が流れてて」
譜雨「（笑って）地形ですか」
嘉子「お土産屋さんとか沢山あります。観光地。でも今空いてますよー」
譜雨「あの、お時間あれば、一緒に行きません」
嘉子「なんでですか」
譜雨「こういうやりとりしてくださる人がいたらと思いまして。川とか練習にいいし」
嘉子「今だけじゃないんですか」
譜雨「すみません。余計なこと言いました。流して下さい」
嘉子「はい」
　明輝尾と文が、戻ってくる。
　文、ユニフォームのエプロンとは違う、ド派手なエプロンをしている。
明輝尾「すみません、譜雨さん、出番です」
譜雨「はい」
嘉子「（文に）なにそのエプロン」
明輝尾「あのー、（嘉子に）お願いがあるんですけど」
嘉子「え」

18　同・録音スタジオ（※或いは、桜の木の下）

　薄暗く広い、古いスタジオを改装して、喫茶店にしているという設定の、世紀末ゾンビ映画の撮影現場。
　譜雨と、合坂、菊乃が、テーブルに着き、合坂が鉛筆を削っている。
　テーブルには、ピンク色の婚姻届が置かれている。
合坂「悪いな」
譜雨「いや、結婚おめでとう」
菊乃「ありがとう」
合坂「こんな時代やけど、お前に、見といて欲しいんや」
菊乃「婚姻届書くのに、鉛筆しかないのが

ちょっとなあ」

合坂「そや、俺のどこ好きになってん」

菊乃「何言わせるんよ、顔よ、顔」

譜雨「顔かあ」

　ウエイトレス姿の嘉子と文が、歩いて来る。

嘉子「コーヒー、お待たせいたしました」

　嘉子、コーヒーをテーブルにこぼす。

　慌てて、婚姻届を取り上げる、菊乃。

　それをきっかけに、他のゾンビが店内に雪崩込み、菊乃の首筋にかぶりつく。

菊乃「きゃー」

　数名のゾンビが、合坂と譜雨に襲いかかる。

　合坂と譜雨が、ゾンビと戦いながら菊乃を助けようとする。

　現場のカメラ、合坂と譜雨がゾンビと悪戦苦闘する様を捉えている。

　その隙に、フレームの外に逃げた菊乃が、メイクと共に、素早く化粧替えをしている。

　菊乃、メイクチェンジを終え、もみくちゃになった合坂たちの芝居に加わる。

　菊乃の背を抱え、合坂、振り返らせると、菊乃はゾンビ化が始まっている。

　すると突然、離婚届を突きつける、菊乃。

菊乃「あーたしーと別れてー」

合坂「なんでやー」

監督「ゾンビまばたきしないー」

菊乃「うわー」

監督「もっとー」

　激しく閲ぎあう、菊野と合坂を呆然と見つめる、譜雨。

　嘉子と文は、緊張のあまり、はあはあ息をしている。

監督「カット、オーケー」

　スタッフ・キャスト、お互いに拍手をする。

明輝尾「メシおしどうもすみませんでした。今十四時ですが、昼休憩に入ります。ゾンビの皆様、ありがとうございました、美味しいキネマ・キッチンのお弁当有りますよー」

　再び拍手が起こり、ゾンビたちに混じり、嘉子と文、戸惑いながらも、お辞儀をする。

　譜雨、嘉子を見ている。

　南天・回帰達が、見学ツアーのエリアから撮影を見学していた。

19
「太秦映画」・映画村の一角
　江戸の街角を再現した通り。
　南天・回帰達が、くつろいでいる。
陽菜「嵐山のモンキーパークさ行きたがったな」
南天「ごめんね」
回帰「映画村ど広隆寺で、渋く輝いだコースだったど思うばってな。弥勒菩薩像、こった（と、ポーズする）、いい顔してだ。顔が南天さ似でで」
陽菜「猿よっか菩薩だってが」
　南天、どきりとして俯く。
曜「（南天に）ねえ、南天。見んでー、勇人とUSJで撮ったやづ」
　と、南天にスマホを見せる。
南天「え、昨日大阪さ行ったの」
曜「うん」
南天「えー。ごはん食べで、すぐ寝じゃってだ」
曜「うん、だって勇人と二人だけになりたがったんだもん」
勇人「したらさ陽菜も行きたがってで、陽菜が回帰ば誘ったら、南天だけ仲間はずれはまいねって、回帰は反対して、それでオラだちだけで行ってきたんだ」
南天「んだの」
曜「（勇人に）ちょっと余計なごと言わない」
　陽菜と話していた回帰が、南天に目線を送る。
　陽菜、回帰のしぐさに敏感に反応する。

南天、なんとなく目をそらす。
曜「南天、回帰さ行がないの。陽菜も諦め早ぐつぐど思うんだばって」
勇人「運命だば、そうするしかねべ」
曜「ちょっと」
南天「ごめんトイレ」
と立ち去る。

20　嵐山本線・太秦広隆寺駅・ホーム

子午線が、8ミリカメラを手に、電車を待っている。
「おい8ミリ」と声がして、振り返る子午線。
南天、子午線を、カメラで撮る。
子午線、強張る。
南天「8ミリは地元の人。学校さ行がねーの」
子午線「行くよ」
南天「ねえ8ミリ、8ミリじゃ悪いがらさ、名前教えで」
子午線「いやや」
南天「電車が好ぎなの」
子午線「(無視)」
南天「私は、フィルムで電車とが撮るの好ぎ」
子午線「(無視)」
南天「ねえ」
子午線「なに」
南天「運命って信じる」
子午線「俺、電車だけやから。電車とかって、そんな適当じゃないから」
南天、苦笑い。
子午線、ホームの端に停めた自転車へ駆け寄ると、横断歩道を渡り、走り去る。

21　キネマ・キッチン・店内

嘉子と文が、レジで作業をしている。
嘉子、テンションが上がっている。
文「嘉子ちゃん、吉田さんとええ感じやったなあ」
嘉子「一緒に嵐山に行きませんかってナンパされた」
文「え、ほんまに。行ったらえーやん」
嘉子「いやや、馬鹿にされてるみたいやし」
文「今一人なんやろ。東京の俳優さんって、ちょっとしか京都に居ーひんのやし、行ってき行ってき」
嘉子「よーそういうことというなー。文、そういうことしてるん」
文「え、別に。ちょっとな」
嘉子「え、ほんまに」
窓ガラスを叩く、人影。
嘉子達、見ると、譜雨と合坂が笑顔で手を振り、「ごはんでもどう?」と、ジェスチャーする。
菊乃真紗代も来て、合坂に腕を絡ませる。
文「あ、菊乃真紗代や」
菊乃に連れて行かれる、合坂。
譜雨、嘉子達に会釈し、合坂達についていく。
嘉子「文ちゃん、もう終わりやろ。行ってき行ってき」
文「行ってええ。嘉子ちゃんは」
嘉子「ええよ。うち人見知りやしええわ」

22　嵐山本線・帷子ノ辻駅・前の道

嘉子、駅に歩いていく。
譜雨が、台本を手に、歩いていくのが見える。
嘉子「吉田さん」
譜雨、振り返る。
譜雨「あ、お疲れ様です」
嘉子「ごはん行かはらへんのですか」
譜雨「はい」
嘉子「京都弁、大丈夫ですか」
譜雨「そうなんですよ」
嘉子「明日、台詞の練習しに、嵐山行きませんか」
譜雨「え、いいんですか」
嘉子「十一時はどうですか。夕方までには帰りたいです」

譜雨「あ、じゃ携帯教えてもらっていいですか」
嘉子「あ」
譜雨「あ、じゃあ僕の番号教えます」
譜雨、ペンを取り出し、台本のメモページに携帯の電話番号を書き始める。
嘉子、制止して、
嘉子「十一時にこの駅のホームで、待ってます」
譜雨「この駅、名前難しいですよね」
嘉子「かたびらのつじ駅」
譜雨「かたびらのつじ、ってなんですか」
嘉子「昔、高貴な女の人が亡くならはった時、その人の帷子っていう着物が風に舞い落ちた辻、だそうです」
譜雨「京都の駅名、難しいですよね。かいこのやしろとか」
嘉子「それでは」
嘉子、行く。

23 嵐山本線・太秦広隆寺駅(夕)
四条大宮行きの電車が発車する。

歩道を渡り、嘉子が下りホームへやって来て、ホームに隣接した店、「雑貨とコーヒー・銀河」へ入っていく。

24 銀河・店内(夕)
僅かな喫茶スペースと、雑貨が並ぶ店内。
懐かしい物や、スピリチュアルな品々が並んでいる。
カウンターの奥から、永嶺巡(ながみねめぐる・55)が、ひょっこり顔を出す。
巡「あー嘉子ちゃん。どうや、最近お父ちゃんは」
嘉子「一昨日は、話しかけたら頷いてくれたんやけど、昨日と今日は全くダメ」
巡「そうかー」
嘉子「いつものお香ええ」
巡「はい」
嘉子「巡さんとこのお香焚くたび、お父ちゃん、穏やかな顔しはるから」
巡「(微笑み)嬉しいな。久子さんは毎日来てくれとるんやろ」
嘉子「おばちゃんに全部頼む訳にもいかないやないですか」
巡「でもな、嘉子ちゃん、自分の事も考えなあかんよ」
と、お香を手渡す。
嘉子「分かってます」
巡「そうか。どうやコーヒー飲んでいくか」
嘉子「今日はおばちゃん、はよ帰りたいてゆうてはったんで、はよ帰ります」
巡「そうか、ほんなら、今度ゆっくりな」
頷く、嘉子。

25 嵐山本線・太秦広隆寺駅・ホーム(翌朝)
嵐電がホームに停まっている。
衛星が、嵐電から降りる人を、眺めている。
嵐電、走り出す。
駆け込んで来る、子午線。
子午線「モボ101形、104号車、通称マルダイ。1975年から働いている嵐電界の超ベテラン。昨日撮ったからいいわ」
衛星「今日も撮影」
子午線「ちょっと聞いていいですか」
衛星「何」
子午線「いっこまえの電車って、何でした」
衛星「嵐電ってどれも一緒じゃないの」
子午線「え全然ちゃうよ」
衛星「あ、そうなんだ」
子午線「作られた時代で型が何種類もあって、同じ型でも、色違い、宣伝広告のラッピングとかで変わるし」
衛星「え、じゃ次に来るやつとかわかるの」
子午線「毎日車両の運行シフトが変わるからわかんないです。毎日シフトをSNSに書く人もいるけど」
衛星「それ見たりとかするの」

子午線「僕は驚きたいから見ないです」
衛星「ねえ、嵐電の不思議な話、何か知らない」
巡の声「あの」
　振り返る、衛星と子午線。
巡「よかったら美味しいコーヒーで温まりませんか」
衛星「なら、次に来るやつの色を当てたほうが、コーヒーおごるってどうだい」
子午線「じゃあ、僕、京紫がいいです」
衛星「京紫」
子午線「しば漬けみたいな色した電車」
衛星「じゃあ僕は、別の色がいいな。（巡に）すみませんコーヒー二つ」
巡「おおきに。（子午線のカメラを見て）懐かしいの持ってるなあ」
　上り車線（四条大宮方面）に注目する、と、電車の近づく音が聞こえる。
　衛星と子午線。
　グリーンとベージュの車体が見えて、江ノ電号が入ってくる。
　衛星、車両を見て、はっとする。
子午線「おじさんのおごりですよ」
衛星「これ見た事ある。江ノ電って知ってる」
子午線「もちろん知ってます。江ノ島電鉄。この、モボ６１１型の６３１号車は、江ノ電号って言って、２０１３年に江ノ電と姉妹提携した時に、江ノ電カラーのベージュと緑にした。です」
衛星「一台しかないの」
子午線「一台しかないす」
衛星「（何かを思い出すように）江ノ電号かー」

26　衛星の部屋（夜）

　衛星がパソコンに向かっているが、捗っていない様子。
　携帯が鳴る。
衛星「（出て）もしもし。こんばんはー」
　妻の、平岡斗麻子（ひらおかとまこ・47）の声が聞こえる。
斗麻子の声「そっち、寒い」
衛星「寒いね。そっちは」
斗麻子の声「うん、かなり寒いよ」
衛星「ゆうべは大して京都寒くないじゃんって思ってたけど、今夜は違うね。太陽の光もさあ、なんか関東と違うんだよ」
斗麻子の声「盆地だから空気の湿度が違うのよ。前に二人で京都行った時も寒かった。憶えてる」
衛星「憶えてる。あの時は江ノ電号、結局見られなかったね」
斗麻子の声「私が腰を痛めて旅館から出られなくなってしまったから」
　窓外に、踏切と電車の通過する音がする。
斗麻子の声「電車来た」
衛星「聞こえる」
斗麻子の声「江ノ電号かな」
　衛星の後ろに、旅館の布団が敷かれて、斗麻子が浴衣姿で寝ている。
斗麻子「見に行きたいね」
衛星「腰が治ったらね」
斗麻子「ごめんね。せっかく京都来たのに」
衛星「普段、鎌倉から出てないから。身体がびっくりしちゃったんでしょ」
　斗麻子、ゆるゆると布団から身を起こす。
衛星「大丈夫」
斗麻子「ちょっと外の空気吸いたい」
　衛星、斗麻子を介助しようと、立ち上がる。

27　嵐山沿線の旅館・表（夜）

　衛星と、斗麻子が、一緒に出てくる。

　斗麻子、杖をつき、衛星に肩を介添えされて、踏切へ歩いていく。

衛星「やっぱり戻ったほうがいいんじゃない」

斗麻子「大丈夫。一台だけ見たい」

衛星「そういや、斗麻子って、地元に来たら、京都弁に戻るのかと思ったらそうでもないんだな」
斗麻子「それはだってそうよ。地元の人と喋っているわけじゃないんだもの」
衛星「そんなもんかな」
斗麻子「京都弁の方がええなら、変えまひょか」
衛星「え、変えまひょかって」
斗麻子、吹き出し、衛星もつられて笑う。
踏み切りが鳴り、二人立ち止まって、嵐電を待つ。
音を立てて、京紫色の電車が通過する。
踏み切りの反対側のアパートの二階廊下に、衛星が立ち、過去の自分と斗麻子を見ている。
衛星「行っちゃダメだ」

28　嵐山本線・太秦広隆寺駅・ホーム（夜）

路地を歩き、衛星と斗麻子、ホームに出る。

斗麻子「嵐電面白いね。家の間から急にホームに出るんだもの。京都来て、こういうことができるのも、ぎっくり腰のおかげですね」

衛星「そろそろ戻らない」

斗麻子「ちょっと、そこ立って」

斗麻子、デジカメを構える。

衛星、フラッシュが光り、斗麻子のデジカメに収まる。

衛星「ちょうだい」

衛星、斗麻子からデジカメを受け取り、斗麻子を撮る。

斗麻子「（よろけて）あいたた」

衛星、斗麻子を支える。

電車の音が、聞こえて来る。

斗麻子「来た来た。次は江ノ電号かな」

ホームに、ヘッドライトの光が射し、電車が入ってくる。

電車のヘッドライトが、二人に当たる。

29　同・狐狸妖怪電車・車内（夜）

電車が停車し、ドアが開く。
がらんとした車内に、狐の車掌と、狸の駅員が立っている。
狐の車掌「いらっしゃいませ。ねえこの人誰かに似てると思いません」
狸の駅員「え、だれ」
狐の車掌「徳川家康」
狸の駅員「だれが狸親父や」

30　同・ホーム（夜）

ホームで、斗麻子と衛星、狐と狸の駅員を見つめる。

31　同・狐狸妖怪電車・車内（夜）

衛星と斗麻子を見つめる、狐と狸。

ドアが閉まり、電車が動き出す。

32　同・ホーム（現在・夜）

電車が、ホームを出て行く。

衛星が、ホームに一人、立っている。

斗麻子の姿はない。

衛星、ポケットから、写真を出す。

かつてここで撮った斗麻子の写真を、斗麻子のいた場所に重ねる。

衛星、じっと写真を見ている。

33　嵐山本線・帷子ノ辻駅・ホーム（翌日）

北野線と、嵐山本線の連絡ホームの踏切に立つ嘉子。嵐電が通過する。
嘉子、嵐山方面へのホームに行くと、譜雨、電車を降りてくる。
嘉子「こんにちは」
譜雨「こんにちは」
嘉子「これに乗ってはったら良かったんですよ」
譜雨「（電車を振り返り）あ、そか」
嘉子「歩きませんか」

34　嵐電沿い・祠と小さな踏切りの道

嵐電が走り抜けると、脇の道を、譜雨と嘉子が練習して歩いて行く。

嘉子は、台本を手にしている。
嘉子「その、変わるって、どうゆう意味でいうたんかなあ」
譜雨「ただ、変わるねん」
嘉子「え」
譜雨「どっちが悪いとか、そんな事やなしに。息吸うてるだけで、いつの間にか変わんねん」
嘉子「（反復して）息吸うてるだけで」
譜雨「息吸うてるだけで」
嘉子「いつの間にか変わんねん」
譜雨「いつの間にか変わんねん」
嘉子「そうそう」
譜雨「台詞やト書きがない箇所も、演技してみてください」
嘉子「動き方って俳優が考えていいんですか」
譜雨「想像してみてください」
嘉子、台本をバッグに刺し、前を歩き出す。
嘉子「（振り返り）その、変わるって、どんな意味でいうたんかなあ」

35 嵐山本線・車折神社前の道

嘉子と譜雨が、車折神社駅の前までやってくる。
譜雨「ただ、変わるねん」
嘉子「え」
譜雨「誰がいいとか悪いとか、そんな事やなしに。息吸うたりしてるだけで、ただ、いつの間にか変わるねん」
嘉子「譜雨さん、電車来ました」
嵐電が来て、走って乗り込む二人。

36 嵐山・渡月橋

桂川の土手を来る、二人。
嘉子「譜雨さんの役、ええ役ですね」
譜雨「でも主役じゃないです」
嘉子「私あんまりテレビとか映画を見いひんから、譜雨さんのこと知りませんけど、東京からわざわざ呼ばれて出てはるなんて凄い事やと思います」
譜雨「そんなことないですよ」
嘉子「あ、ほらあれ見えます」
川の東南東、遠くに京都タワーが見える。
譜雨「あれ、なんですか」
嘉子「京都タワーですよ」
譜雨「なんか、灯台みたいですね」
嘉子「京都には海がないけど、屋根瓦いっぱいあるじゃないですか。屋根瓦を海の波に見立てて、ともし火のイメージで、京都を照らす意味合いが込められてるそうです」
譜雨「今度、京都タワー行きませんか」
嘉子「え」
譜雨「え」
嘉子「すいません。また、京都にお仕事で来はった時、誘ってください」
譜雨「ちゃんとそうなるように頑張らないとですね」

37 嵐山本線・嵐電車内～帷子ノ辻駅

観光客で賑やかな車内。
おし黙っている、嘉子と譜雨。
嵐電が、ホームに到着する。
嘉子が、立ち上がる。
嘉子「それじゃあ、私はあっち、乗り換えなので。お仕事おきばりやす」
譜雨「どうもありがとうございました」
嘉子、降りていく。
電車が走り出し、車窓から見送る、譜雨。

38 嵐山本線・嵐電天神川駅（夕）

譜雨が降りてくる。
狭いホームにぽつんと立ち、スマホを触る。

39 駅近くの交差点（夕）

北の方角を目指し、走る譜雨。

40 陸橋（夕）

陸橋の上を走る譜雨。

J R線が猛スピードで走っていく。

41 雙ケ岡の入り口（夕）

階段を登り、雙ケ岡の緑地に入っていく譜雨。

42 北野線・御室仁和寺駅・ホームから駅前（夜）

嵐電が来る。
降りて、駅舎を出る、嘉子。
嘉子、カバンの中に、譜雨の台本が入っているのを発見する。
改札を出て、思案する嘉子。
南に向かって走りだす。
踏切の前で、立ち止まる。
踏切の反対側に、息を切らした譜雨が立っている。

嘉子「台本」
譜雨「あ。いや、すみません。なんか帰り道、静かになっちゃったし、こっちのほうに行けば、会えるかなと思って」
嘉子「追いかけてきはったんですか」
譜雨「いやいや、だって場所も知らないし、偶然です」
譜雨、踏切を渡って、嘉子の元へやってくる。
嘉子「私、ちょっともやもやしてしもたんで。譜雨さん、自分のしたいことだけ、要求しはるんで」
譜雨「え」
嘉子「私が何聞いても、だいたい、いやーどうかなあとかそんなことない、とか否定して返さはんのに、要求はストレートですよね」
譜雨「そうかもしれない。すみません」
嘉子「会話の流れが否定で組まれると、なんで私なんかと一緒にいはるのか、わからんよーになってしまいました。俳優さんてそんな人ばっかりですか」
譜雨「いやそんなことないです。あそうか。すみません」
嘉子「すんません。えらそーに」
譜雨「怒ったんですか」
嘉子「怒ってるんじゃないんです。私は自信がないから、人といる事が苦手なんです」
譜雨「あの」
嘉子「はい」
譜雨「嘉子さんと、芝居してると、自分もすごく気持ちがよく動くし、嘉子さんも、ひとつひとつ違うし、変わるし。だから、すごく怖い、どっかに飛んで行ってしまいそうで、だから真剣になる」
譜雨、嘉子と見つめあう。
嘉子、不意をつかれたように、譜雨に唇を重ねられる。
嘉子、少し躊躇するけど、受け入れる。
体を離す、譜雨。

譜雨「明日、会えますか」
嘉子「三時から夕方でええんなら。また読み合わせしますか」
譜雨「いいですか」
嘉子「読み合わせ、楽しいです」
譜雨「嘉子さんの終わるくらいに、僕も空くと思います」
嘉子「なら、帷子ノ辻駅で待ってます」
思わず、手を握る二人。

43 北野線・御室仁和寺駅・ホーム（夜）

子午線が、8ミリカメラを手に立っている。
ホームに来る、嘉子と譜雨。
踏切が鳴り出す。
カメラをかまえる、子午線。
ヘッドライトを光らせて、電車が見えて来る。
ふいに、改札口からカチカチと音が聞こえてくる。
嘉子と譜雨、カメラを下ろした子午線、音の方見る。
狸の駅員が改札で、切符鋏をカチカチしている。

驚き、意味が分からず、動けない皆。

狸の車掌「間も無く電車が到着します。行き先は」

電車がホームに、入線する。

狐の車掌が立っているのが見えてくる。

嘉子「あ」

譜雨、嘉子の目線の先を追う。

44　同・狐狸妖怪電車・車内（夜）

ドアが開く。

狐の車掌が、嘉子と譜雨を見る。

狐の車掌「この電車に乗れば、どこまでだって行けますよ」

と、微笑んでくる。

狸の駅員が、狐の車掌の隣に乗り込む。

狸の駅員「かなわんわあ、さっき兎におうてもうた」

狐の車掌「ああ、火いつけてきた子」

狸の駅員「古傷が疼いてきたわ」

狐の車掌「ほんま、あんたが悪かったけど、勝手に人の旦那傷つけられたんは辛抱ならんわ」

狸の駅員「おお、なんか照れるわ」

狐の車掌「あんたをどついてええのは私だけやのに」

狸の駅員「やかましいわ」

45　同・ホーム（夜）

動けないでいる、嘉子と譜雨、そして子午線。

46　同・狐狸妖怪電車・車内（夜）

ドアが閉まり、狸と狐を乗せた電車が走り出す。

47　北野線・車内（夜）

電車のシートに身を埋めている、嘉子。

譜雨と手を取っている。

嘉子「ちょっと手汗。離していい」

譜雨の声「いいよ」

と手を離す。

不意に気づくと、譜雨がいない。

嘉子、あたりを見回すが、譜雨の姿はなく、他の乗客ばかり。

48　銀河（翌日・昼）

衛星、店内のテーブルから、路線図の書き込みを手に、ホームを眺めている。

巡が、カウンターから離れて見てる。

巡「あ、嵐電の不思議な話」

衛星「はい」

巡「健康電車ってゆーのが走ってるって聞きましたわ」

衛星「健康電車」

巡「なんでも、乗ると健康になるらしいですけど」

衛星「うっそー」

巡「つり革の代わりに、（手を動かし）こういうのんがぶら下がってるらしいです」

衛星「握力グリップ」

巡「そうそうそれそれ」

二人、笑う。

衛星「失礼ですけど、お連れさんは」

巡「妻がいます」

衛星「仲良し」

巡「ええ、まあ。ただ私がこんな感じやさかい、たまーにしか会うてません」

衛星「会ってない間に、お互いに変わってたりしません」

巡「うーん」

衛星「僕、仕事であちこちいくようになって、たまに帰ると、一緒にいなかった時間を考えちゃうんですよね。どっからだったかなーって」

巡「うちはもうほったらかしですわ。どうせ二人ともこの街にいてるし」

衛星「あ、そっかあ」

巡「むしろちょっと変わって欲しいくらいですわ」

子午線が、ホームに走ってくる。

後ろから、南天が追いかけて来る。

南天「有村子午線、学校行けや」
子午線「関係ないやろ。なんやお前」
南天「狐と狸に会ってまうで」
子午線「エセ関西弁、やめてくれへん」
　衛星、立ち上がり、扉を開ける。
衛星「狐と狸って」
南天「修学旅行で、好ぎな人ど夕子さん電車の写真を撮るど、結ばれるって言われでるんです」
　衛星、急いでメモをとる。
　子午線、店の中に入ると、南天も入って来る。
南天「反対に、狐ど狸の電車ってのがあって、それさ会った人は、大事な人ど別れでしまうらしいんです」
　衛星、メモしていた手が止まる。
衛星「誰か見たことあるって人いるのかな」
南天「都市伝説ですよ」
子午線「（南天に）お前ひつこいから、狐と狸、見に行こーや」
衛星「今まで別れちゃった人って知ってる」
南天「さあ」
　南天、はっとホームに目をやる。
　回帰、勇人、陽菜、曜が、ホームから「銀河」を見ている。
　回帰達、入って来る。
陽菜「南天」
回帰「もう空港さ行ぐ出発時間だがら」
曜　「（子午線に）あなたのしてるごとは犯罪です」
南天「違うの。あだしは子午線に会って、運命を感じだの」
勇人「運命だば、しかだねな」
　勇人にツッコミを入れる、曜。
子午線「俺は感じてへん」
南天「あだしは彼ど居だい」
回帰「なにが南天ば、そった風に思わせでしまったがを教えでけろ」
南天「そったごとじゃないのよ」
回帰「へば、帰るべ」
陽菜「あだしだちが、嫌いだば嫌いって言っていいよ。したばって連帯責任なんだはんで、一緒に怒られるの辛いでば」
南天「ごめんなさい。有村が学校さ行ぐんだば、あだしも帰る」
子午線「関係ないやん」
回帰「南天。南天のごとを心底心配して、南天どずっと一緒に居だいって思ってる人がいだら、どせばいいんだ」
　陽菜、回帰を見る。
　曜が、陽菜を見る。
　衛星が、皆を見ている。
巡　「みんな、コーヒー飲まへんか」
　黙り込む皆。
南天「好ぎにすればいいど思う」
子午線「そやから、俺も好きにしてええやんか。誰にも人の事とやかく言う権利ない」
　南天、想いを一気に断ち切り、破顔一笑する。
南天「有村子午線、へばね」
子午線「（驚き）おお」
　手を振り、去っていく、南天。
　嵐電が、ホームに来る。
　子午線、カメラを向けて、撮る。
　嵐電をパンして行き、ふいに南天がフレームに入る。
　南天の顔を、カメラで撮る子午線。
　子午線、カメラから顔を外すと、南天を自分の目で見つめる。

49　嵐山本線・帷子ノ辻駅・ホーム（夕）

　嘉子が、やってくる。
　四条大宮からの電車が来るけど、譜雨は乗っていない。
　明輝尾が、ホームのベンチで、ロケ弁を食べている。
嘉子「こんにちは」
明輝尾「あ、こんちわ」
嘉子「あの、吉田譜雨さんって」
明輝尾「あ、もうアップしまして、東京に帰らはりました」

嘉子「あ、そーですか」
明輝尾「はい」
嘉子「あの、譜雨さんの連絡先て、教えてもらうこと出来ませんよね」
明輝尾「あー、さすがにそれは難しいですね」
嘉子「あ」
明輝尾「どうしたんですか」
嘉子「いえ。失礼します」
と改札に向かう、嘉子。
見送る、明輝尾。

50 **同・駅の出口・地下道への階段付近（夕）**
嘉子、来る。
譜雨と初めて会話した地下道へ降りていく。
カバンから、譜雨の台本を取り出し、譜雨がメモ書きしたページを捲る。
嘉子、へたり込む。
途中まで書かれた、譜雨の携帯番号。
嘉子、諦めて立ち上がり地上へ登る。
去った後には、誰も使わなくなった伝言板が壁に掛かっている。

51 **嵐山本線・太秦広隆寺駅・ホーム（夜）**
嘉子がやってくる。
巡の店、「銀河」に入ろうとするが、店内は薄暗い。
何かが投影された灯だけが、目を引く。

52 **銀河・店内（夜）**
恐る恐る入ってくる嘉子。
店内で一人、巡が映写機で8ミリフィルムを投影していた。
嘉子「こんばんは」
巡「おかえり。懐かしいやろ。嘉子ちゃんのお父ちゃんが撮ったフィルムやで」
スクリーンには、幼い頃の嘉子と、幼馴染の男の子が写っている。
巡「章雄ちゃん、どうしてるんや」
嘉子「もうずーっと会うてへん」
巡「今度な、ここで近所の人らが撮ったフィルム集めて、上映会やろう思うてな。昔の嵐電とか映ってたら懐かしいでー。死んでもうた、床屋のおっちゃんとか映ってたら、盛り上がるやろなあ」
嘉子、子供の頃の自分の映像を見ている。

53 **嵐山本線・太秦広隆寺駅（翌日・昼）**
衛星、下り線のホームに立っている。
子午線がやってくる。
子午線「おじさんは毎日、何をしてんの」
衛星「どうしようもない事を待ってるのかなあ」
子午線「奥さんですか」
衛星「え」
子午線、8ミリカメラを手にしているが、元気がない。
衛星「どうした」
子午線「呪いにかかったみたいやねん。このカメラ、好きなもん撮るために買ったつもりやのに、気ーついたら、これで撮ったもん好きになってまうみたい。あんな、見てしまってん」
衛星「何を」
子午線「狐と狸」
衛星、ビクっと反応する。
子午線「だからもう会えへん」
衛星と、子午線、押し黙る。

54 **嵐山本線・西院駅脇の道（数日後）**
歩いて来る嘉子。
嵐電の車庫が、線路の向こうに見える。
下りの電車が行き過ぎる。
立ち止まり、車内の乗客を眺める嘉子。
歩き出そうとして、車庫からの音に目を向ける。
車庫の前で、整備員達が作業をしている。
多田章雄（ただあきお・28）が居て、嘉子を見つめている。
章雄に気づく、嘉子。

55　同・車庫・表

嘉子、章雄のところにやってくる。

章雄「ひさしぶり」
嘉子「元気にしてた」
章雄「なんとか。狭い街やけど、なかなか会わへんなー」
嘉子「うん」
章雄「あれから誰か、出来た」
嘉子「ううん。いや、うん」
章雄「どうなん」
嘉子「よーわからん」
章雄「なんか、俺はあれから嘉子をずっと探してる気ーすんねん。車両の下に引っかかってんのかなーとか、保線してても、鉄橋の下に落ちてるんやないかなーとか、そんな」

嘉子、笑う。

56　嵐電そばの高校・教室（午後）

校舎のベランダにいる、子午線。
嵐電が線路を走っていくのが見える。
子午線の手にカメラはない。
その姿を誰もいない教室から見ている、私服姿の南天。

南天「おい」
子午線「何してんの。修学旅行とっくに終わってるやろ」
南天「転校してきてん」
子午線「エセ関西弁やめろてゆーてるやん。うそやろ」
南天「うそ、家出」
子午線「めちゃ悪いやん」
南天「だって、会いたがったんだもん」
子午線「おかしい。へんやなおれ、アレ見たで」
南天「乗った」
子午線「乗ってへん」
南天「やっぱりただの都市伝説だよ」
子午線「ちがう。俺、あんたのこと好きちゃうからや」
南天「どういう話よ」
子午線「相思相愛の二人がいるとしてー、ふっと消える。大事な時間がなぜか、どっかに消えんねん」

子午線、歩いていく。
南天、膨れてついていく。

57　同・校門

出ていく子午線。
ついていく、南天。

58　北野線・常盤駅付近の農道

歩いていく、子午線。
南天、ポケットに手を入れ、黙ってついていく。
回帰達の幻影が、南天の周りを遊んでいる。

59　嵐電がそばを通る民家・裏庭

子午線と南天が来る。

子午線「鉄オタは、女の子好きになったらあかんねん」
南天「知らない」
子午線「あんたもてるやろ」

近くを、嵐電が通る。
子午線、もう嵐電を見ない。
南天、その子午線に気づく。
歩き出す、子午線。
ついていく、南天。

60　同・ガレージ

子午線と、南天が来る。

南天「あだしが好ぎなのは子午線だけだ。子午線が見でるってだけで、嵐電がキラキラして見えだんだよ。あだし勝手に嵐電にやぎもぢ妬いだ」
子午線「変や」
南天「変やない、恋や」

嵐電が、走り去る。
電車が通過するのをきっかけに、回帰、

陽菜、曜、勇人の幻影が遊びだす。
南天「あだしは、恋しいんだよ。でもそっちに受け止めるつもりがない場合、これはたんだの、一方的な、病でしかなぐなる。わがっていますそのぐらい。したばって、うぬぼれでいないし、一人で狂ってるわげでもないごとはわがってる」
子午線「おれやってうぬぼれてへんわ」
南天「あんつかは、うぬぼれろよ。あだしが好ぎだっていってらんだがら」
子午線「うぬぼれてるやん」
南天「子午線。あだしも子午線も、ありそうに見えで、時間が全然ないんだよ」
南天、子午線の腕を掴む。
子午線、振り払い歩き出すが、立ち止まる。
子午線「(振り返り)どうなってもしらへんで」
子午線、南天に走りより、手を掴むと、南天を引っ張って、走り出す。

61 **嵐山本線・帷子ノ辻駅・ホーム**
立っている、嘉子。
譜雨の姿を、到着した電車の中に探しても、譜雨はいない。
明輝尾、来る。
明輝尾「あ、嘉子さん」
嘉子「あー、こんにちは」
明輝尾「先日の撮影で、私、嘉子さんが好きになりました。将来、私の作る映画に出てもらえませんか」
嘉子「俳優は私できません」
明輝尾「そうですよね。でも、譜雨さんと嘉子さんが、お二人が凄くよかったんです。譜雨さんにも出てもらいたいんです」
嘉子「譜雨さん、出はるんですか」
明輝尾「いえまだ決まったわけじゃなく、将来です」
嘉子「譜雨さん出はるなら、出ます」
明輝尾「ありがとうございます」
嘉子「私、待ってますから、日時決まったら、教えてくれはりますか」
明輝尾「わかりました。すみません、それじゃ」
明輝尾、走り去る。
嘉子、ふいに風の音を聴く。
音の方向に目を向けると、地下道の入り口がある。

62 **同・地下道**
嘉子、入ってくる。
地上を、嵐電の通過する音が響く。
無人のはずの改札ゲートがカラカラと音を立てる。
と、嘉子から分身が出て、床と壁の間に、身を横たえる。
その姿を、立ったままの嘉子が見つめる。
横たわる嘉子、目を開き、そのままそうしている。
回帰達の幻影が、経帷子をヒラヒラと舞い遊ばせながら、ゲートをくぐって来る。
横たえる嘉子の身体に、経帷子が覆いかぶさる。

63 **銀河・店内**
店内に映写機とスクリーンが設置されている。
衛星と不動産屋が、店内に椅子を並べている。
厨房から、巡がコーヒーカップを持って来る。
巡「はい、忘れられないコーヒー、お待ちどうさん」
不動産屋「いつものコーヒーやろ」
巡「まあ、そう言わんと、飲んで飲んで」
不動産屋、衛星、コーヒーを飲む。
衛星「美味しいです」
不動産屋「今日のはメッチャ旨い」
巡「旨いか不動産屋。でも、お前の言うとおり、いつものコーヒーやで」
不動産屋「ちゃうって、全然味が違うやん」

衛星「この前頂いたコーヒーより、確かに美味しいです」

巡　「衛星さんはこのコーヒーは初めてですやろ。新鮮な気持ちで、飲んでくれはる。せやから美味しいんやと思います。やけど、常連さんはいつものコーヒーやとしか思てへん」

不動産屋「いつ来ても、同じやん」

巡　「人は、変わったたって言われて初めて変わったって思うんやろな。自分が変わったのか、相手が変わったのか、分からんけどな」

不動産屋「おっさん、もう難しい話やめて、頭いたなってくるわ」

衛星、コーヒーを静かにすする。

64　古い、フィルムが映る（銀河・店内）

白黒の、あるいは、カラーの、富士フィルムやコダックフィルムの、かつての嵐電の光景。

音の付いている物、付いていない物など様々な映像。

その中に、電車と街と古い人たちが映っている。

もう無くなった風景、過去と言われている時間、もう会えない人たち。

時間と思い出が映っている。

65　銀河・店内（夜）

巡の8ミリ上映会が、行なわれている。

観客は街の人々。

かつての風景を眺め、「あれはどこだった」とか「ああ、○○さんのお店はもうなくなっちゃったなあ」と声をあげている。

巡、楽しそうに、映写機のそばにいる。

嘉子が、車いすに乗った父・誉志男（よしお・70）といる。

嘉子と幼馴染の章雄の映像が映る。

穏やかに笑みを浮かべてスクリーンを見る誉志男の頬に、一筋の涙がつたう。

スクリーンに、嵐電車内に座る嘉子と譜雨が、映る。

嘉子、せり上がってくる気持ちを堪え、闇の中でスクリーンを眺め続ける。

衛星、スクリーンを見る。

街の人たちの笑顔。泣いている子供。

子午線が撮影した映像、嵐電からパンして、南天の顔が映る。

投影に見入る衛星。

と、映像が変わり、スクリーンに、太秦広隆寺駅のホームに立つ斗麻子が映る。

斗麻子「衛星さんは、どっか遠くへ行ってはるんやね」

目を見張る衛星。

映像が変わって、街の人たちの笑顔。豪華な食事。

古い嵐電が走る映像。

太秦広隆寺駅の斗麻子とは反対側のホームに立つ、衛星が映し出される。

衛星「違う、側に居るんだよ。でも、ただ変わってしまった」

投影をじっと見つめる衛星。

またすぐに映像が変わって、街の人たちの笑顔。

結婚式の映像。泣いてる両親。

お祭りの時の家族の映像。子供の運動会の映像。

そしてまた、斗麻子が映し出される。

斗麻子「……待ってるよ」

笑顔の斗麻子。

映像は、すぐに別の映像に変わってしまう。

衛星、賑やかな観客の声の中、涙を抑えることが出来ない。

66　嵐山本線・太秦広隆寺駅・ホームへの路地（夜）

斗麻子と衛星が、歩いて行く。

67　同・ホーム（夜）

ホームにいる、子午線と南天。
子午線「どうしよう。南天が好きになっちゃった」
南天「あだしも好きだ」
子午線「でも、きっといつか終わるで」
南天「忘れでしまうのがな」
衛星と、斗麻子、ホームに来る。
ホームに、嵐電が近づいてくる。
子午線「南天」
南天「え」
ホームの端からカチカチという音が聞こえてくる。
みんな、音の方を見ると。
狸の駅員「間も無く発車します。どなた様も乗り遅れの無いように。行く先は」

68　同・狐狸妖怪電車（夜）

ホームに滑り込んでくる、電車。
がらんとした車両の中に立つ、狐の車掌。
ドアが開く。
狐の車掌「この電車に乗れば、どこまでだって行けますよ」

69　同・ホーム（夜）

南天と子午線、狐の車掌を見る。
子午線「これ。乗らなあかんと思うねん」
南天、頷く。
南天と子午線、車両に乗り込む。
子午線達を見ていた衛星、斗麻子を振り返り、
衛星「帰ろう」
斗麻子「帰ろう帰ろう」
堅く、手を握る二人。
衛星と斗麻子も、乗り込む。

70　同・狐狸妖怪電車（夜）

狸が、狐の脇に乗り込む。
狐の車掌「私は幸せもんやなあと思うねん」
狸の駅員「どうしたん、急に」
狐の車掌「あんたはいつも私のこと考えてくれてるやん」
狸の駅員「そんなん、夫婦やねんから当たり前やん」
狐の車掌「私は私のことしか考えてへんねんけどな」
狸の駅員「嘘やん」
狐の車掌「嘘やで」
ドアが閉まると、電車が動き出す。

71　嵐山本線・線路（夜）

いつもよりゆっくり、電車が走り抜ける。

72　同・車中（夜）

気が付くといつもの乗客の風景の中にいる南天と子午線。
狐と狸の姿はない。
戸惑いながら、揺れるように、電車に乗っている、二人。

73　嵐山本線・四条大宮駅（夜）

電車を降りた、南天と子午線が歩いてくる。
電車の前、レールが、終わっている。
不安げに辺りを見回す二人は、やがて手をとり、改札を抜ける。

74　烏丸通（夜）

京都の繁華街の大通りを歩く、南天と子午線。
通りの先に、京都タワーが、灯火のように、光っている。
南へ、光に向い、二人が歩いていく。

75　嵐山・桂川（暫く時間が流れたあと・昼）

映画の撮影が行われている。
河原にいる、嘉子と譜雨。
二人、離れて立っている。
明輝尾と、カチンコを手にした陽菜が、回帰の構えるカメラの脇にいる。
勇人が、嘉子のメイクを直している。

曜が、マイクを手に、録音機材をいじくっている。
明輝尾「二人だけにして」
二人から、遠ざかるスタッフ達。
明輝尾「行くよ～、本番！　よーい、スタート！」
嘉子と、譜雨、お互いに近づいてくる。
譜雨「あ、すみません。なんか帰り道、静かになっちゃったし、こっちのほうに行けば、会えるかなと思って」
嘉子「譜雨さん、自分がしたいことだけ要求するので、どうしたらいいか困る事があって」
譜雨「え」
嘉子「会話の流れが否定で組まれると、なんで私なんかと一緒にいるのかわからなくなってしまいました」
譜雨「怒ってたんですね」
嘉子「私は自信がないから、人といる事が苦手なんです」
譜雨「嘉子さんと、芝居してると、自分もすごく気持ちがよく動くし、嘉子さんも、ひとつひとつ違うし、変わるし。だから、すごく怖い」
譜雨、嘉子、見つめあう。
譜雨「明日、また会えますか」
嘉子「読み合わせ、楽しいです。明日、また帷子ノ辻の駅で待っています」
手を握る二人。
明輝尾「カット。もう一度、お願いします」
嘉子「はい」
譜雨「はい」
嘉子、譜雨をじっと見る。
明輝尾「カメラ回してください」
回帰「はい、回った」
明輝尾「なんか、前と違っていいです。前の感じでなくていいです。新しい気持ちで構わないです。もう一度、お願いします」
嘉子と、譜雨が向かい合う。
明輝尾の声「よーい、スタート！」が現場に響き渡る。

76　平岡家・庭（暫く時間が流れたあと・午後）

穏やかな春の日差しが降り注いでいる。
椅子に座って、うたた寝をしている衛星。
奥で斗麻子が、庭仕事をしている。
目覚める衛星。
衛星の目覚めに気付いた斗麻子、近くに来る。
斗麻子「気持ち良さそうに寝てたね」
衛星「うん。寝ちゃった」
斗麻子「おかえり」
衛星「ただいま」
斗麻子「あっ、笑ってる顔、久々に見た」
衛星「そうかな」
斗麻子、庭仕事の道具を片付け始める。
斗麻子「すぐに寒くなるよ、入ろう」
衛星「うん」
衛星、斗麻子を追うように、家の中へ入っていく。

77　京福電気鉄道・北野線・龍安寺・ホーム（夜）

二台の電車が、ホームに入ってくる。
だれ一人乗り降りする者はいない。
静かに出て行く二台の電車。
青かったシグナルが赤に変わり、辺り一帯に、静かな闇が訪れる。
と、シグナル同士が、会話を交わす。
シグナルＡ「最終電車が行ってしまったね」
シグナルＢ「これからは、私たちの時間ね」
シグナルＡ「今日はね、この後もう一台の電車が通る事になっている」
シグナルＢ「狐と狸が来る日だわ」
離れた信号機の背後から、嘉子と譜雨が顔を出す。
嘉子と譜雨、台本を手にして、読み合わせをしていたらしい。
譜雨「だから今日は、おしゃべりするのは、もうやめよう」

嘉子「そうね」
譜雨「あの電車に出会ったら、」
嘉子「あんたと」
譜雨「わたしは」
譜雨・嘉子「私たちは、変わってしまうから」
二人、歩み寄って、手を繋ぐと線路の横の道を、ステップを踏むように、遠ざかっていく。

おわり

凪待ち

加藤正人

〈脚本家略歴〉

加藤正人（かとう　まさと）

1954年秋田県生まれ。代表作は『800／TWO LAP RUNNERS』(94)、『三たびの海峡』(95)、『日本沈没』(06)、『天地明察』(12)、『エヴェレスト 神々の山嶺』(16)、Netflix配信ドラマ『火花』(16)、『彼女の人生は間違いじゃない』(17)、『ミッドナイト・バス』(18)など。『水の中の八月』(99)が第39回テサロニキ国際映画祭グランプリ、『女学生の友』(01)が第8回ジュネーブ国際映画祭グランプリ、『雪に願うこと』(06)が、第18回東京国際映画祭グランプリ。『クライマーズ・ハイ』(08)、『孤高のメス』(10)、『ふしぎな岬の物語』(14)が、それぞれ、第32回、第34回、第38回日本アカデミー賞優秀脚本賞を受賞。

監督：白石和彌
製作会社：「凪待ち」FILM PARTNERS
配給：キノフィルムズ

〈スタッフ〉

製作総指揮　木下直哉
プロデューサー　椎井友紀子
　赤城聡
撮影　福本淳
美術　今村力
照明　市川徳充
録音　浦田和治
編集　加藤ひとみ
音楽　安川午朗

〈キャスト〉

木野本郁男　香取慎吾
昆野美波　恒松祐里
昆野亜弓　西田尚美
昆野勝美　吉澤健
村上竜次　音尾琢真
小野寺修司　リリー・フランキー
蝦名政則　三浦誠己
穀田剛　寺十吾
石母田翔太　佐久本宝
菊田忠夫　田中隆三
尾形大輔　黒田大輔
新沼健人　鹿野浩明
西條翼　奥野瑛太
軍司知彦　麿赤兒
熊谷義則　不破万作
渡辺健治　宮崎吐夢

1　**多摩川・六郷土手**

土手をレーサー（競技用自転車）が走って来る。
レーサーに乗っているのは木野本郁男（40）。
郁男、軽快なスピードで進む。
河原に、子供たちが集まっている。
郁男、怪訝そうに自転車を停める。
自転車を降りて、子供たちに向かう。
子供たち、岸辺に打ち上げられた猫の死骸を眺めている。
郁男、棒きれを拾い、猫の死骸を川に押してやる。
川の流れに乗った猫が、下流に流れて行く。
子供たちと一緒に、流れて行く猫を眺める郁男。
猫が流れる前方に巨大な工場街……。
その向こうに海……。

2　**川崎競輪場・スタンド**

郁男、予想紙を広げてスタンドに座っている。
渡辺健治（50）が走って来て郁男の隣に座る。
渡辺、長く息を吐いて、うっとりする。
渡辺「やっぱ、ここが一番落ち着くよ」
郁男「ナベさん、サラ金、ちゃんと返せたの？」
渡辺「うん、大丈夫。とっくに返した」
渡辺、ポケットから取り出した十万円程度の札を数えながら、
渡辺「ずっと、今日の勝負のこと考えてて、昨日は全然寝れなかったよ」
渡辺、嬉しそうに予想紙を広げる。
渡辺「さ、やるぞォ」

3　**同・バンク**

バンクを一本棒で周回する選手たち。
ジャンが鳴って選手が動き出す。

4　**同・スタンド**

郁男と渡辺が、大きな声援を送る。
応援する渡辺の目は、血走っている。
渡辺「行け、行けーッ！」
先行車がぐんぐん逃げる。
渡辺「そのまま、そのまま！」
外から豪快な捲りが迫る。
渡辺「バカヤロー！　止めろ、止めろ！」
先行ラインが、捲られて後退する。
郁男と渡辺、茫然とする。
捲った選手がゴールする。
観客の歓声！
郁男と渡辺、言葉もなく立ち尽くす。

×　×　×

観客が帰った閑散としたスタンドに、郁男と渡辺が悄然と座っている。
郁男「ナベさん、そろそろ行きますか」
渡辺「……（呆けたように無表情）」
郁男「（立ち上がり）ナベさん」
渡辺「（我に返って）え？　あ、うん」
渡辺も立ち上がり、郁男と一緒に、重い足取りで出口に向かう。

5　**印刷所・作業場**

印刷機が、数台稼働している。
郁男と渡辺、やって来る。
働いていた金井隆治（45）と真島和希（35）がふたりを見て眉をひそめる。
郁男と渡辺、奥の控え室に向かう。

6　**同・休憩室**

郁男と渡辺、女性事務員から封筒を受け取る。
女性事務員「離職票です。住んでいるところの管轄のハローワークに提出すれば、失業保険が受給できますから」
渡辺「どうも……」
郁男「お世話になりました」
女性事務員、渡辺の耳元で囁く。

女性事務員「渡辺さん、大丈夫ですか？　消費者金融から毎日会社に電話が掛かってきてますけど」
渡辺「あ、大丈夫、大丈夫。昨日、綺麗に払ったから」
女性事務員「ならいいですけど。（郁男に）じゃあ」
女性事務員、部屋を出て行く。
郁男と渡辺、ロッカーの私物を紙袋に入れる。
入れ違いに、金井と真島が入って来る。
真島「ナベさん、会社辞める前に、ちゃんと返して下さいよ」
渡辺「え？　返すって？」
金井「ふざけんじゃねえよ。こいつのロッカーから金、盗んだろうが」
渡辺「盗ってませんよ、お金なんて」
金井「お前ェじゃなきゃ誰がやるんだよ」
金井、渡辺の腹を殴る。
郁男「やめろよ」
金井「お前ェには関係ねえだろうが」
郁男「ナベさんが盗ったって証拠でもあるんですか？」
金井「何ィ」
郁男「だいたい、あんたらが嫌がらせばかりするから、ナベさん、どんだけ……」
渡辺「イクちゃん、いいから」
渡辺、下卑た笑みを浮かべる。
真島「ふざけんな。何がおかしいんだよ」
郁男「ナベさん、行こう」
紙袋を手にして、郁男と渡辺がドアに向かう。
真島、通り過ぎる渡辺の尻を蹴る。
それでも、渡辺は笑っている。
真島「クズが」
郁男と渡辺、部屋を出て行く。

7　立ち飲み屋

場末の立ち飲み屋。
郁男と渡辺、コップ酒を飲んでいる。
郁男「ナベさんの方が先輩じゃないですか。あんなひどいことされてんのに、何でいつもへらへら笑ってんですか」
渡辺「……ごめん」
郁男「何で謝るんですか」
渡辺「俺の味方になってくれたから、イクちゃんまで嫌がらせを受けるようになって……」
郁男「その話はもういいですって」
渡辺「けど……」

8　同・近くの道（夜）

レーサーを押した郁男が、渡辺と並んで歩いている。
郁男「金が溶けるのって、あっという間ですね」
渡辺「だよな。退職金なんて、一瞬でパーだ」
郁男「ナベさん、仕事は？」
渡辺「大丈夫、失業保険あっから」
郁男「俺、働くことになるかも知れません」
渡辺「え、仕事、見つかったの？」
郁男「ええ。宮城の印刷所で」
渡辺「やっぱ、資格だな。イクちゃんみたいに、俺もちゃんと資格取っとくんだったな……けどさ、宮城って、競輪場ないよね」
郁男、立ち止まる。
渡辺、怪訝そうに、郁男を見る。
郁男、何かを考えている。
渡辺「……？」
郁男、レーサーを手にして、渡辺に差し出す。
渡辺「え、俺に？」
郁男「俺、今日で競輪は卒業します」
渡辺「えーッ。淋しくなるな。イクちゃんと競輪やるのだけが楽しみだったのに」
郁男「じゃ、元気で」
渡辺「イクちゃんもな」
渡辺、レーサーに跨がって走り出す。
ふらふらと揺れながら走る渡辺。
郁男「ナベさん、気をつけて！」

渡辺「大丈夫、大丈夫！　大穴当てて、そっち遊びに行くから！」
　郁男、渡辺を心配そうに見送る。

9　団地・一室

　昆野亜弓（42）と郁男が、荷物を引っ越しの段ボールに詰めている。
　室内はあらかた片付いて殺風景。
亜弓「で、決心はついたの？」
郁男「一緒に行くよ」
亜弓「でも、約束して。一緒に向こうで暮らすなら、ギャンブルはやめるって」
郁男「……」
亜弓「約束できる？」
郁男「分かってる」
亜弓「じゃ、ギャンブルは厳禁。お酒もほどほどにね」
　昆野美波（16）冷蔵庫に飲み物を取りに来る。
亜弓「美波、あんたも早く自分の荷物まとめちゃいなさいよ」
美波「分かってるよ」
亜弓「（美波に金を渡し）これ、引っ越し代と高速代。じゃ、向こうで待ってるから」
　亜弓、バッグを手にして部屋を出て行く。
　美波、心配そうに郁男を見る。
美波「イクオは、どうすんの？」
郁男「行くことにした」
美波「そっか」
　美波、嬉しそうに笑う。

10　総合病院・診察室（翌日）

　医師の前に座っている昆野勝美（74）。
　その横に亜弓。
勝美「帰る」
亜弓「は？」
勝美「俺は末期だ、こんなとこで死にたくねえ」
医師「ステージⅣだからって、諦めることはありません。抗がん剤と放射線治療で、劇的に回復する例もたくさんあります」
勝美「帰る」
亜弓「何言ってるのよ、もう入院の手続き、全部すんでるのよ」
　勝美、突然激昂する。
勝美「帰るって言ってるべ！」
亜弓「このままじゃ死んじゃうのよ！」
勝美「死ぬのがおっかなくて、漁師やってられっか！」
　勝美、診察室を出て行く。

11　団地・一室（翌朝）

　テレビに映るモンスターハンターのゲーム画面。
　プレイヤーが大きなドラゴンと戦っている。
　郁男と美波、コントローラーを握り、ゲームに熱中している。
　引っ越し業者A、Bが、郁男と美波を眺めてうんざりしている。
　室内は引っ越しの荷物が片付けられ、あとはテレビを残すだけ。
美波「イクオ、接近！　離れると攻撃来るってば！」
郁男「無理だよ！」
美波「いいから、突っ込む！」
郁男「こうか」
美波「そう。それで足元狙う！　連打、連打！」
郁男「このヤロー！」
美波「倒せる倒せる！　行け、行け、行け、行け！」
郁男「うおーッ！」
　派手な効果音と共に、ドラゴンが倒れる。
　美波と郁男、ハイタッチする。
　引っ越し業者、イライラしている。
業者A「そろそろよろしいでしょうか？」
郁男「あ、すみません。今すぐ」
　美波、ゲームをセーブし、テレビからコードを抜いて、プレイステーション4をリュックに入れる。

引っ越し業者、テレビを運んで行く。

12　常磐自動車道

郁男が運転する車が走る。
陽気なアニソンが聞こえて来る。

13　乗用車・中

運転席に郁男、助手席に美波。
カーステレオからアニソンが流れている。
美波「結婚しようって言えばいいじゃん」
郁男「言えないよ。こっちからは」
美波「何で?」
郁男「だって、仕事もしないで毎日ぶらぶらしてるだけのろくでなしだし……」
美波「仲間だね」
郁男「え?」
美波「私も、ろくでなしだよ。学校行かないでゲームばっかしてる」
郁男、笑う。
美波「けど、お母さんって勝手だよね。いきなり実家に帰るだの、定時制に行けだの……チョームカつくんだけど」
郁男「そう言うなよ。お母さんだって、一生懸命なんだから」
行き止まりになって車が進めなくなる。
郁男「あれッ?」
美波「どうしたの。ナビ通り行けばいいじゃん」
郁男「道、ナビと全然違ってるよ」
美波「どっち?」
郁男「さあ……ま、取りあえず、こっち行ってみるか」
郁男、ハンドルを切る。

14　国道

郁男の車が走る。
アニメの主題歌を熱唱する郁男と美波の歌声……。
風景が拓け、三陸の海が見えて来る。

15　乗用車・中

大音量のアニソンに合わせて、美波と郁男が熱唱している。
楽しそうな郁男と美波……。

16　海に近い高台（夕方）

風光明媚な三陸の入り江。
高台に瓦屋根の古い家（昆野家）が建っている。

17　昆野家・亜弓の部屋（夕方）

既に引っ越しの荷物が届き、亜弓が整理している。
美波と郁男が入って来る。
美波「今着いた。おじいちゃんは?」

18　同・仏間（夕方）

小野寺修司（48）が仏壇に手を合わせている。
その横に、勝美が並んでいる。
室内に、亜弓、美波、郁男が入って来る。
小野寺「あ、亜弓ちゃん、久しぶり。戻って来たんだってな」
亜弓「近所の小野寺さん。父さんが何かと世話になってるの」
小野寺「世話だなんてとんでもない。よろしく」
郁男「こちらこそ、よろしくお願いします」
小野寺「美波ちゃんも大っきくなって」
美波「七年だもん、そりゃ大きくなるよ」
亜弓「父さん、こないだ言ってた木野本さん」
郁男「木野本です。初めまして」
勝美、立ち上がり、無言のまま部屋を出て行く。
美波「おじいちゃん」
小野寺「（郁男に）気にさねでけれ。悪気はねえんだども、ちょっと気難しいところがあって……木野本さん、（飲む真似をして）こっちの方は?」
郁男「弱いけど、嫌いじゃありません」

小野寺「いいね、いいねェ」
小野寺、過剰に喜んで郁男の機嫌を取ろうとする。

19 飲食店街（夜）
路地の奥に、スナックの看板が並んでいる。

20 スナック・店内（夜）
カウンターにボックス席がふたつ程度、ママと手伝いのホステスがひとりで切り盛りしているスナック。
店内には客が数人。
小野寺と郁男、ボックス席でボトルのウィスキーを飲んでいる。
小野寺「若げェ頃は気が荒く、喧嘩が強くて、漁師仲間から一目置かれてたんだ」
郁男「……」
小野寺「だども、七年前の津波で奥さんさらわれてがら、人が変わってしまって……」
カウンターで、ふたりに背中を向けて村上竜次（44）がひとりで飲んでいる。
小野寺の携帯が鳴り、席を外して電話に出る。
小野寺「はい……あ、マッちゃん……これから？　そんたに急に言われても……分かった分かった、へば、すぐに行ぐがら」
小野寺、戻って来て、郁男に。
小野寺「悪いんだども、ちょっと顔出さねばなんねくて、ひとりで飲んでてくれる？　すぐ戻るから。絶対に帰っちゃダメだよ。ねッ」
郁男「いいですけど」
小野寺「（ママに）この人にじゃんじゃん飲ませでやってけれ。すぐ戻って来るがら」
ママ「了解」
小野寺、ごめんと両手を合わせて店を出て行く。
カウンターで飲んでいた村上が、グラスを手に、郁男のテーブルにやって来て座る。
郁男「……？」
村上「あんた、もしかして、亜弓と東京で一緒に暮らしてた人？」
郁男「東京じゃなく川崎ですけど」
村上「川崎だって、東京みたいなもんだべ。それで、川崎でどれぐらい一緒に？」
郁男「誰なんですか、あなた」
村上「俺？　この町の中学校で先生やってる」
郁男「どうしてあなたにそんなこと言わなきゃなんないんですか」
村上「亜弓は、この町の誰でも知ってる人気者なんだ。だがら気になってさ……」
郁男「……」
村上「いや、言いたくなきゃ言わなくたっていいんだ。何かやましいことでもあるんなら、無理さねても……」
郁男「やましいことなんてありませんよ」
村上「あ、そう」
村上、郁男の顔を覗き込む。
郁男「つきあい始めて六年、一緒に暮らすようになって五年です……」
村上「へえッ、五年も」
村上、グラスの酒を飲み干し、ボトルのウィスキーを勝手に注ぐ。
村上「一杯もらうよ」
郁男、村上を非難がましい目で睨む。
村上「羨ましいなァ……亜弓、いい体してるもんな」
村上、郁男を見て笑う。

21 昆野家・全景（未明）
薄暗い空の下に昆野家の建物。

22 同・亜弓の部屋（未明）
未整理の段ボールが積まれてある。
その間に布団を敷いて、亜弓が眠っている。
微かに、物音がする。
亜弓、怪訝そうに目を覚ます。

23　同・勝美の部屋（未明）

勝美、出かける準備をしている。
亜弓が来る。

亜弓「何してるの」
勝美「見れば分がるべ、船さ乗る」
亜弓「やめてよ、そんな体で」
勝美「俺のやるごどさ、口出すな！」
亜弓「何考えてんのよ！　自分の体、分かってんの？」
勝美「うるせえ！」

パジャマ姿の美波が顔を出す。

美波「うるさくて寝られないよ！」

玄関が開く音がする。

24　同・玄関（未明）

泥酔した郁男が玄関で靴を脱いでいる。
亜弓と美波が来る。

美波「うわッ、くっさ」
亜弓「お酒はほどほどにって約束だったよね」
郁男「小野寺さんが、もう一軒、もう一軒ってしつこくて」
亜弓「そんなの、断りなさいよ！」
郁男「（ふて腐れて）どうも、すみませんでした」

玄関に上がろうとして、郁男が派手に転ぶ。
亜弓、郁男を抱え起こす。
その隙に、勝美が玄関を出て行く。

亜弓「ちょっと、父さん！」

美波、ため息をついて自分の部屋に戻って行く。

25　漁船・船上（朝）

勝美、船に乗っている。
港の先に、津波で使えなくなった高校の校舎がそのまま放置されている。
操縦する勝美、コンコンと軽く咳き込む。

26　印刷所・作業場

何台かの印刷機が並んでいる。
その中の一台を、郁男が点検している。
社長の菊田忠夫（60）と従業員の新沼健人（28）が作業を見守っている。
郁男、機械のカバーを閉めて、スイッチを入れる。
機械が動き始め、印刷物が吐き出される。

新沼「おーッ」
郁男「ローラーがかなりヘタってます。クリーニングしたので今は何とか動いていますが、すぐに交換しましょう」
菊田「分がった」
郁男「（機械の奥を覗いて）それと、奥にオイルが漏れてますね。綺麗にしないと紙についてしまう」

従業員の尾形大輔（38）が、刷り上がったばかりの印刷物を手に「木野本さん！」と声を掛ける。
郁男、尾形のもとに向かう。

尾形「どうだべ？」

郁男、印刷物と見本を見比べる。

郁男「位置はぴったしだけど、気持ちマゼンタが弱いかな」
尾形「なるほどなァ」

郁男の働きぶりを満足げに眺める菊田。

27　美容室・店内

客の椅子がふたつだけの小さな美容室。
亜弓、開店前の準備をしている。
ドアが開き、小野寺が、立派な蘭の鉢を持って来る。

亜弓「それは？」
小野寺「俺からの開店祝い」

小野寺、下卑た笑みを浮かべて表に出て行く。

28　印刷所・休憩室

郁男、尾形、新沼、コンビニ弁当の簡単な昼食を摂っている。
尾形と新沼、スポーツ新聞の競輪欄を広

げる。
　郁男、予想紙を横目で眺める。
尾形「広島の次のレースは、地元の三番車藤井のラインで決まりだべ。裏表で鉄板だ」
　郁男、そわそわする。
新沼「俺も乗ります。五百円ずつ」
尾形「よっしゃ」
郁男「裏は要らない……」
尾形「え？」
郁男「番手の選手はついて行くだけで精一杯。遅い捲りになればダッシュで千切れるから、裏を買うより、前残りの別線を押さえておいた方がいい」
　尾形と郁男、驚いて郁男を見る。
尾形「あんた、競輪やるんだ」
郁男「川崎に住んでたから、ちょくちょく」
　尾形と新沼、顔を見合わせる。

29　雑居ビル・表
　スナックや居酒屋が入居した古い雑居ビル。

　尾形と新沼に案内されて、郁男が、階段を登る。

30　ノミ屋・店内
　尾形と新沼に続いて入って来た郁男が驚く。

　スナックを改装した店内に、テレビが何台も置かれ、競輪のレースが中継されている。

　玄関の傘立てには、木刀が差し込まれてある。

　西條翼（25）、客に手書きの車券を売っている。

　穀田剛（38）、店の奥に座り店内を監視している。

　店内に客が数人。

　若い衆が客の世話をしている。

　そこはノミ屋である。

　尾形、受付の西條の前に向かう。

尾形「広島の六レース、車単、三ー四、三ー七、三ー八、千円ずつ」

郁男「（思わず）俺も乗ります」

尾形「じゃ、千五百円ずつ」

西條「はいよ」

　西條、複写式の用紙に、数字を書き込んでいく。

　車券を受け取った尾形が席に戻る。

　強面の男＝蝦名政則（43）が来て、西條の前に一万円札を置く。

蝦名「今日のレース、固いとこ一万円、一本で」

西條「勘弁して下さいよォ」

蝦名「バカヤロー、誰のお陰で商売できてると思ってるんだ。つべこべ言ってねえで、受けろ」

西條「（嫌々）はい」

　蝦名、店内を見渡す。

　奥の穀田が、蝦名に黙礼する。

　蝦名と郁男の視線が合う。

　郁男、視線を外す。

　蝦名、客の顔を一通り眺めて、店を出て行く。

　　×　×　×

　郁男、尾形、新沼、興奮して、レース中継を眺めている。

　三番車の藤井、後方から捲る。一気の奪取で後続選手が離れる。

尾形「千切れた！」

　尾形、新沼、興奮してテレビにかじりつく。

　とうとう三番車の藤井が単騎で上昇して先頭に出る。

新沼「よっしゃー、捲り切った！」

尾形「そのまま、そのまま！」

　レースを凝視する郁男……。

　三番車藤井が先頭でゴール。

　興奮する尾形と新沼。

新沼「来た、来たーッ！　三ー八！」

　郁男、こみ上げてくる興奮に浸っている。

31
高校・グランド（夕方）
サッカー部が部活をしている。
リュックを背負った美波が来る。美波、おどおどしながら壁沿いに歩く。
定時制棟が建っている。
美波、逃げ込むように建物に入る。

32
定時制高校・廊下（夕方）
美波、緊張しながら歩いて来る。
金髪の青年＝石母田翔太（16）が美波を見る。
翔太「美波……?」
　美波、怪訝そうに翔太を見る。
美波「もしかして、翔太? 小学校で一緒だった」
翔太「俺だよ俺」
翔太「こんなとこで何してんだよ」
美波「今日、転校して来たの」
翔太「マジかよ」
美波「めっちゃ変わってて分かんなかった」
翔太「美波も変わったな」
美波「私は変わってないでしょ」
翔太「何だか暗くなった。前はチョー元気だったのに」
美波「そんなことないって」
　始業のチャイムが鳴る。
翔太「やベッ、始まるわ」
　翔太、廊下を走る。
　美波も翔太に続く。

33
同・教室（夕方）
美波、真剣に授業を受けている。
翔太は机に頭を乗せて爆睡している。

34
定時制高校・屋上（夜）
美波と翔太、市街の夜景を眺めている。
美波「転校したら、放射能がうつるからって、みんなにハブられてさ、中学に入るともっとひどくなって、それで、学校に行かなくなったんだよね」
翔太「サイテーだな」
美波「ってかさ、翔太、ずっと寝てるよね?」
翔太「仕事、朝早いから」
美波「だからって、ダメじゃん」
翔太「不登校だったやつに言われたくない」
　翔太、煙草を取り出して咥える。
美波「ダメだよ」
翔太「平気だよ」
美波「今時、流行んないって」
　美波、翔太の煙草を預かる。

35
製氷工場・中（朝）
巨大な工場の中で、小野寺が氷を切り出している。
普段の自信なさそうな様子とは違って、働く小野寺は、生き生きとしている。

36
魚市場・場内（朝）
空になったトロ箱が片付けられていく。
ゴム長を履いた美波、競りが終わった場内の床にホースで水を撒いている。
翔太、ブラシで床を磨く。
氷を運ぶ小野寺が通りかかる。
小野寺「美波ちゃん、どうした?」
美波「ちょっと遊びに来ただけ」
小野寺「そうか」
　美波、ふざけて翔太の体に水を掛ける。
翔太「だから、マジやめろって」
　美波、面白そうに笑う。
小野寺「そういうとこ、昔の母さんそっくりだな」
　小野寺、立ち去るが、立ち止まって振り向く。
翔太とじゃれ合う美波。
小野寺、美波に熱い視線を送る。

37
昆野家・表（翌日）
勝美が表で漁具の籠の修繕をしている。
美波と郁男が来る。
美波「おじいちゃん、ご飯行こうよ」
勝美「……」

郁男「みんなで一緒に食べませんか」
勝美「……」
郁男、乗用車の中の亜弓に向かって首を振る。
美波、ため息をついて、郁男と乗用車に向かう。

38 **乗用車・中**
運転席に郁男、助手席に亜弓、後部座席に美波。
車が、新しく作られた道路を走っている。
前方に、三階建ての廃校が見えて来る。
廃校の異様なたたずまい。
亜弓「私の通ってた高校……津波でダメになっちゃったの……」
郁男「そのままなんだ？」
亜弓「津波を忘れないために、そのまま残してるらしい」
郁男、廃校を眺める。
亜弓「この辺りは綺麗な海だったんだけどね、津波のせいで全部ダメになっちゃった」

39 **ファミリーレストラン・店内**
郁男、亜弓、美波が食事をしている。
亜弓「今日、社長の奥さんが来てくれてね、いい人に来てもらえたって、お礼を言われた」
郁男「ちょうど、オペレーターに辞められて困ってたみたいなんだ」
亜弓「社長、張り切って仕事取りに回ってるんだって？」
郁男「お陰で、仕事、大変だよ」
亜弓「こっちもそう。昔の知り合いがたくさん来てくれて、てんてこ舞い……ねえ、帰り、運転してくれる？」
郁男「いいけど？」
亜弓「（通りかかった店員に）ナマひとつ」
郁男「何だよォ」
美波、ムクれる郁男を見て笑う。

40 **昆野家・表（早朝）**
玄関が開いて、勝美が出て来る。
勝美、軽トラに向かう。
寝間着姿の郁男、玄関から顔を出す。
郁男「今日も漁に出るんですか！」
勝美、無言で軽トラに乗り込む。
郁男「大丈夫ですか！」
軽トラ、発車する。

41 **同・亜弓の部屋（早朝）**
亜弓、布団に入っている。
戻って来た郁男、隣の布団に入る。
亜弓「どうだった？」
郁男「やっぱり漁に出るみたい。けど、大丈夫だよ」
亜弓「病人なのよ」
郁男「海に出てる方がきっと体のためにもいいんだよ」
亜弓「……（郁男を見る）」
郁男「お義父さん、まだまだ元気だから、心配することないよ。大丈夫、絶対に大丈夫だから」
亜弓、郁男の布団に入る。
郁男「何、何。どうしたの」
亜弓、郁男の体に手を回す。
亜弓「ねえ、写真展に行ったこと覚えてる」
郁男「つきあい始めた頃だろ？」
亜弓「そ。海の写真展に行ったよね」
郁男「うん。確かカリブ海の……」
亜弓「ずっとこの島が好きだったって言ったら、いつかここに連れてってやるって言ってくれたよね」
郁男「うん」
亜弓「びっくりしたよ、いきなりで……ね、その約束って、まだ生きてるわけ？」
郁男「生きてる」
亜弓、嬉しそうに郁男にしがみつく。

42 **漁船・船上（早朝）**
勝美、籠漁をしている。
海中から仕込んでいた籠を引き上げ、中

の魚を船に放つ。
作業する勝美が咳き込む。
船の上で、魚が跳ねる。

43 美容室・店内

店が繁盛している。
亜弓、客を相手に、きびきびと働いている。

44 印刷所・工場

郁男、重い紙の箱を運んで来る。
機械に紙をセットし終えて、スイッチを入れ、額に浮かんだ汗を拭う。

45 ファミリーレストラン・店内

郁男、亜弓、美波が食事をしている。
奥のテーブルで、ジェニファー（28）と食事をしていた村上が、席を立ってやって来る。
美波、露骨に嫌な顔をする。
郁男「あんた、いったい誰なんですか？」
美波「私の父親」
亜弓「ＤＶの美波の父親」
郁男「……！」
村上「ひでえ女だな。すっかり騙された」
亜弓「何のこと？」
村上「何も知らねから、ずっと養育費払ってきたども、この人と一緒に五年も暮らしてるそうでねえか」
亜弓「だから？」
村上「美波の養育費は打ち切るど」
亜弓「まだ籍は入れてない」
村上「ふざけるな。そんたごど関係ねえべ」
離れた席からジェニファーが心配そうに眺めている。
亜弓、ジェニファーを見て、
亜弓「今度の彼女は、ずいぶん若いのね」
村上「そんなんでねえって」
亜弓「嘘ばっかり」
村上「女房だ。三年前に結婚した」
亜弓「……」
村上、ジェニファーを見る。
ジェニファー、立ち上がってこちらに一礼する。ジェニファーのお腹はかなり大きい。
村上「俺はもう昔の俺とは違う。真面目に暮らしてるんだ」
亜弓「……」
村上「やっぱり男は女房次第だな」
村上、ジェニファーのテーブルに戻って行く。

46 昆野家・表

三陸の入り江。
初夏の日差しが眩しい。

47 昆野家・居間（朝）

美波と郁男、食事をしている。
勝美、ひとり黙々と食事をしている。
美波「友だちに、学校終わってから映画誘われたんだけど」
郁男「そうか」
美波「いいの？　行っても」
郁男「ああ」
美波「映画終わってから、ゲーセン行くかも」
郁男「あんまり遅くならないようにな。まだ高校生なんだから」
美波「分かった」
美波、郁男とハイタッチする。
亜弓、険悪な顔でやって来る。
亜弓「美波。何なの、これ」
亜弓、テーブルの上に乱暴に煙草を置く。
美波「私の部屋、調べたの？」
亜弓「あんた、煙草なんか吸ってるの？」
美波「吸ってないよ」
亜弓「だったら、どうして持ってるのよ」
美波「友だちの、預かっただけ」
亜弓「友だちって、あの金髪の？」
美波「金髪じゃ悪い？」
亜弓「あんな友だちなんかと、つきあわないようにしなさい」
美波「そんなに怒らないでよ！　たかが煙草じゃん！」
亜弓「たかが煙草？　犯罪なのよ！」
美波「知ってるよ、そんなの！」
亜弓「悪いことして平気でいると、どんどんエスカレートするの！」
美波「私、そんなにバカじゃないよ！」
　美波、腰を上げて部屋を出て行こうとする。
　亜弓、美波の腕を掴んで引き留める。
亜弓「どこ行くの？」
美波「どこだっていいじゃん！　うるせえんだよ！」
　亜弓、思わず美波を平手打ちしてしまう。
美波「母さんも父さんと一緒じゃん！　最低」
　美波、部屋を出て行く。
郁男「……」

48　漁港

　漁を終えた勝美が船を係留している。すぐ近くに、友人の漁師、熊谷義則（74）が立っている。
熊谷「せっかく娘と孫が戻ったんだ。いつまでも意地張るな」
勝美「女房のこと、申し訳なくてな」
熊谷「まだそんなこと気にしてんのかい」
勝美「俺が助けに行ってれば」
熊谷「（遮って）助けに行きゃあ、勝っちゃんも死んでたべ」
勝美「一緒に死んでりゃ、こんなに苦しむこともねがった」
熊谷「バカ言うな」
勝美「……」
熊谷「勝ちゃん、そろそろ船処分して、引退したらどうだ？」
勝美「俺は死ぬまで漁に出る。海で死ねたら本望だべ。船は絶対に売らねえ。俺ァ、この船と一緒にあの世に行く」

49　ショッピングモール

　映画館やレストラン、ショップが入ったショッピングモール。

　店内は家族連れや若者たちで賑わっている。

　亜弓、ショップの若者たちを眺めながら、不安な表情でモールを歩く。

50　印刷所・休憩室（夜）

　郁男、帰り支度をしている。

　美波を心配する亜弓がやって来る。

亜弓「電話、全然つながらない。電源、切ってる」

郁男「友だちと映画でも見てんだろ」

亜弓「だったらいいけど」

　新沼が来る。

新沼「木野本さん、松坂のミッドナイト、締め切り五分前っす。予想、早くお願いしますよ」

　亜弓、非難がましい目で郁男を睨む。

　郁男、気まずい。

51　乗用車・中（夜）

　郁男、ハンドルを握っている。
　亜弓、助手席から心配そうに車窓を眺めている。
　車は、漁港近くの道を走っている。
郁男「大丈夫だよ。友だちと一緒に遊んでて、時間の経つのを忘れてるんだろ」
亜弓「美波のこと心配じゃないの」
郁男「そりゃ、心配だよ」
亜弓「もしものことがあったらどうするのよ」
郁男「もしもって？」
亜弓「変質者に殺されるとか……」
郁男「そんな最悪の想像してもしょうがないだろう」
亜弓「自分の子供じゃないから、そんな暢気なことが言えるのよ」
郁男「どうしてそんなこと言うんだよ。俺は、いつだって美波のことは自分の子供だって思ってるよ」
亜弓「だったら親らしくしなさいよ。親には親の責任があるのよ。私に隠れてギャンブルしてる場合じゃないでしょ」
郁男「それとこれとは話が違うだろ！」
亜弓「だいたいあなたが美波を甘やかすから、こんなことになるんでしょ」
郁男「亜弓がガミガミ怒鳴るからだよ」
亜弓「えッ？　私のせいだって言うの？」
郁男「もう少し自由にさせてやれよ」
亜弓「自由にさせたから帰って来ないんでしょうが！」
郁男「美波は友だちがひとりも居なくて、ずっと引きこもってた。こっちに来て、やっと友だちができたんだ。美波の気持ちも少しは考えてやれよ」
亜弓「ちゃんと考えてるわよ！　他人のあなたに何が分かるっていうの？　美波のことが心配じゃないんなら、私ひとりで探すわ！」
郁男「だったらひとりで探せよ！」
　郁男、車を停める。
郁男「降りろ！」
　亜弓、車を降りる。
亜弓「最低！」
　郁男、車を急発進させる。
郁男「……」

52　漁港・埠頭（深夜）

埠頭沿いの道を郁男の車が走る。

郁男、埠頭にカップルの姿を見つけてそちらに車で向かう。

近づくが、美波ではない。

郁男、のろのろと車を走らせる。

遠くから、微かにサイレンの音が聞こえてくる。

53　ゲームセンター・中（深夜）

郁男、客を眺めながら、店内を歩いている。

ゲーム機に向かって翔太と遊んでいる美波。

郁男、美波を見つけると、小走りにやって来る。

郁男「こんなとこで、いつまで遊んでる気だ」

翔太「うるせえな。ほっとけよ」

　郁男、いきなり翔太を殴る。

郁男「（美波に自分の携帯を差し出し）母さんが心配してる。すぐに電話しろ」

　美波、電話を掛ける。

美波「もしもし……誰ですか……はい、そうです……娘の美波ですけど……母さんは？……え！」

　携帯を持つ美波、愕然とする。

郁男「……？」

54　工事現場（深夜）

防潮堤の工事現場に、パトカーと救急車が駐まっている。

野次馬が集まっている。

立ち入り禁止のテープが張られている。

テープの向こうにブルーシートが張られ、救急隊員たちが作業をしている。

車が急停止し、郁男が飛び降りる。

郁男「（美波に）ここで待ってろ！」

郁男、ブルーシートに向かって走る。

野次馬をかき分けて前に出る。

郁男、救急隊員の制止を振り切ろうとして揉み合いになる。

救急隊員「立ち入り禁止です」

郁男「俺は身内なんだよ」

いたたまれずに車を降りた美波もやって来て、混乱の隙に、テープをくぐって奥へ進む。

救急隊員「（美波に）ちょっと、あんた！」

郁男も、救急隊員を振り払って美波に続く。

美波と郁男、ブルーシートの向こうを眺めて愕然とする。

亜弓の遺体が横たわっている。

55 斎場・式場（三日後の夜）

通夜の法要が執り行われている。
親族席の最前席に、喪主の勝美、その隣に美波。
郁男は、菊田と一緒に、一般席に座っている。
小野寺、村上、熊谷も通夜に参列している。
亜弓の遺影……。
美波、歯を食いしばって悲しみを怺えている。

56 同・控室（夜）

通夜振る舞いの席。
小野寺、場を仕切って、妙に張り切っている。
郁男、来る。
小野寺「あ、木野本さんは、印刷所の人たちと一緒にこっちに」
郁男、尾形と新沼の隣の末席に座る。
反対側の一番端に、美波がひとり座っている。
郁男、淋しそうな美波の姿を眺める。
勝美、熊谷、菊田は、親族と一緒に、今後のことを相談している。

菊田「勝美さん、大変だな。ひとりで美波ちゃん育てなきゃなんねえんだからな……」
勝美「……」
美波の横に、村上とジェニファーが来る。
村上、椅子を引いて、ジェニファーを座らせ、自分も隣に座る。
ジェニファー、励ますように、美波の手に自分の手を重ねる。
村上「美波、もし良かったら、父さんと一緒に暮らすか？」
美波、キッと村上を睨む。
村上「分かったよ。そんな目で睨むなってば。お前も母さんと一緒だな」
控室に穀田が入って来る。穀田、室内を見渡し、振り向いて頷く。
軍司知彦（67）が西條を従えて入って来る。
穀田と西條、入口の両側に控える。
軍司、勝美の前に来る。
軍司、香典を置き、勝美に深く頭を下げる。
勝美「……」
勝美、軽く頭を下げる。
軍司、無言のまま部屋を出て行く。
穀田と西條も退室する。

57 昆野家・居間（数日後）

小野寺と郁男が、美波を説得している。
その様子を、離れた場所から勝美が眺めている。
小野寺「木野本さんはいい人だども、籍が入ってねえがら、結局は赤の他人だ。美波ちゃんと一緒に暮らすことはできねえ」
郁男「……」
小野寺「美波ちゃんも知ってるべ。勝美さんは体が悪い。いつまでも一緒に暮らすってわけにも行かねえんだ」
美波「……」
小野寺「美波ちゃんの父さん、引き取ってもいいって言ってるんだ。父さんのとこに行ったらどうだ？」
美波、不機嫌そうに部屋を出て行く。
小野寺、ため息をつく。
勝美、美波を追って、そっと部屋を出て行く。
小野寺「弱ったな。木野本さん、あんたから美波ちゃん、説得してもらえねえか」
郁男「はい」
小野寺「そうしてくれると助かる。ま、せいぜい勝美さんには長生きしてもらわねえと」
勝美「……」

58　漁船・船上

　美波を乗せて、勝美が船を操縦している。
勝美「父さんと一緒だば、そんたに嫌か」
美波「うん」
勝美「へば、どうしてえんだ」
美波「分からない……」
勝美「美波は亜弓にはなつかねえども、あの男さは、すっかり気ィ許してるんだってな」
美波「え？」
勝美「亜弓から、そう聞いてる」
美波「……」
　勝美、美波の淋しそうな顔を眺める。

59　印刷所・作業場（翌日）

　郁男、機械の整備をしている。
　作業場に菊田と現れた蝦名が、郁男の前に来る。
蝦名「木野本さん」
　郁男、振り向いて蝦名を見る。
郁男「（ノミ屋で会った男だと気づいて）……？」
　蝦名、郁男に警察手帳を見せる。
菊田「刑事さんが、聞きたいことがあるそうなんだ」
　その様子を眺めて驚いている尾形と新沼。

60　警察署・一室

　蝦名、郁男から事情を聞いている。郁男は、ちょっとイラついている。
蝦名「車の中で言い合いになった？」
郁男「ええ」
蝦名「大きな声を出したということ？」
郁男「つい」
蝦名「頭にきて殺したいと思った」
郁男「まさか」
蝦名「人間というものは、カッとなると平常心がなくなるから」
郁男「何を言ってるんですか。亜弓とは、うまくやってましたよ」
蝦名「調べさせてもらった。川崎では、亜弓さんから小遣いもらって、競輪三昧で、諍いが絶えなかったそうじゃねえの……」
郁男「……」
蝦名「どうしてそういう嘘語るかなァ。あんた、その頃から殺したいと思ってたんじゃねえの？」
郁男「何なんですかいったい。まさか、僕が殺したって言うんですか」
蝦名「殺してないの？」
郁男「殺すわけないでしょ！　殺したいと思ったことなんて、いっぺんだってありませんよ！」
蝦名「木野本さん、落ち着いて。切れやすい人らしいけど、それって生まれつき？」
　郁男、蝦名を睨みつける。
　郁男を見ていた蝦名が小首を傾げる。
蝦名「あれッ？　木野本さんと、どこかで会ったっけ？」
郁男「いえ……」
蝦名「そう。それじゃあ、もういっぺん最初っから、あの夜のこと聞かせてもらおうか」

61　工事現場（夜）

　郁男、歩いて来る。
　亜弓の遺体が発見された場所に供えられた花……。
　郁男、手を合わせる。
　苦渋の表情……。

62　同・仏間（夜）

　仏壇の前に郁男が座っている。
　勝美、その光景を眺めている。
　ふたつ並んだ亜弓と母の遺影。
　郁男、辛そうに項垂れる。
　勝美、郁男の隣に腰を降ろす。
勝美「遺体が見つかっただけ、亜弓は幸せだ……」
　顔を伏せたままの郁男。
　勝美、ひとつ咳をする。

63　同・廊下（朝）

ドアの前に郁男が立っている。

郁男「美波、ちょっと話がある。入るぞ」

　郁男、部屋に入る。

64　同・美波の部屋（朝）

アニメのポスターが貼られた室内。

郁男、美波の向かいに座っている。

美波「母さんに怒られて、ムカついて……心配させてやろうと思って、遅くまで遊び回って……ずっと電源切ってて……私のせいで……私が、遊びになんか出かけてなければ……」

　美波の瞳から涙が溢れる。

美波「メールだけでもしとけば、母さん、あんなことには……」

　郁男、意を決して口を開く。

郁男「母さんがあんなことになったのは、美波のせいじゃないんだ……じつは、あの夜、亜弓と口論になって、車から降りろって怒鳴ってしまったんだ」

美波「……」

郁男「あんなこと言ってなければ、こんなことにはならなかった」

美波「じゃあ、苦しんでる私を見て、ずっと黙ってたってこと?」

郁男「ごめん……」

美波「最低……出てって。早く出てって!」

　郁男、部屋を出て行く。

65　美容室・店内（夜）

長椅子をベッドにして郁男が眠っている。

床にはビールの空き缶が幾つも転がっている。

66　印刷所・休憩室

郁男、尾形、新沼、お茶を飲んでいる。

西條がやって来る。

郁男の表情が陰る。

新沼「畜生、取れたと思ったどもなァ」

尾形「捲り切ったのに、あんたとこで落車だものな」

　尾形、負け分を払う。

郁男「尾形さん、俺、金……」

尾形「金、ねえのか。いいよ、俺が払っておくがら」

新沼「え、尾形さん、金あるんすか。だったら俺の分も……」

尾形「調子いいなァ」

　尾形、郁男と新沼の負け分も払ってやる。

新沼「すんません」

尾形「それにしても、最近、ついてねえなァ」

西條「こないだの広島、美味しい車券、取ったじゃないっすか」

尾形「いつの話だよ」

　室内に菊田が顔を出す。

菊田、西條の姿を見て眉をひそめる。

西條、慌てて作業場を出て行く。

菊田「木野本さん、ちょっと……」

郁男、怪訝そうに出て行く。

尾形の顔が曇る。

67　同・事務室（朝）

菊田の話を聞いている郁男。

菊田「競輪をやるのは悪くねえ。だども、競輪は競輪場でやってもらわねば……」

郁男「……」

菊田「やくざ者に出入りされると困るんだわ」

郁男「……」

菊田「あんたのせいで、あのふたりまで競輪にのめり込むようになったってな」

郁男「ちょっと待って下さい。俺のせいだって言うんですか?」

菊田「隠したってダメだ。あいつらから話は聞いてるがら」

郁男「冗談じゃないですよ」

菊田「それから、最近事務所の金がちょくちょく足りねぐなる。あんたがここに来るまで、こんたごとは、今までいっぺんもねがった」
郁男「俺を疑ってるんですか?」
菊田「尾形の話だと、あんた、最近急に金回り、いぐなったんだって? 亜弓ちゃんもあんたがやったんでねえがって言ってたぞ」
郁男、事務室を出て行く。

68 同・作業場

郁男、尾形の襟首を掴んでいる。

郁男「ふざけんな!」

新沼、郁男を制止しようとする。

新沼「木野本さん!」

尾形、逃げる。

郁男、新沼を振り払って尾形を追う。

尾形、モップを掴んで振り回す。

郁男、椅子を手にして応戦する。

振り降ろした椅子が、機械にぶつかる。

機械から白煙が上がり、やがて発火する。

尾形と新沼、慌てて消火器を噴射する。

郁男「……」

69 製氷工場・中(翌日)

小野寺、切り出した氷の塊を運んでいる。
郁男、小野寺を手伝っている。
小野寺「機械の修理代を弁償するから、警察には届けねえってことで社長と話つけた」
郁男「すみません、せっかく仕事を紹介してもらったのに……」
小野寺「修理代は立て替えておくから、次の仕事の給料が入ったら、分割で払ってくればいい」
郁男「はい……」
小野寺「それで、当座の金はあんのか」
郁男「いえ……」
小野寺「しょうがねえなァ」
小野寺、作業の手を止め、財布から、何枚かの一万円札を取り出して郁男に渡す。
郁男と小野寺、再び作業に戻る。
郁男「すみません。何から何まで……でも、どうして俺みたいな男にこんなに優しくしてくれるんですか」
小野寺「だって、あんたは死んだ亜弓ちゃんの大切な人だもの……」

70 魚市場・場内(早朝)

翔太、床に水を撒いている。

製氷工場を出てきた郁男が通りかかる。

前に殴られた翔太は、ホースを捨てて逃げる。

郁男「ちょっと待てよ!」

× × ×

翔太の横で、水を撒いている郁男。

郁男「そうか、まだ学校、行ってないか」

翔太「ええ」

郁男「美波は母親の言いなりに生きてきた。けど、母親が居なくなって、どうしていいか分からないから悩んでるんだ。あいつの話を聞いて、力になってやってくれないか」

翔太「いいっすよ」

郁男、安心して立ち去る。

大きなお腹のジェニファーがモップを手に働いている。

郁男、ジェニファーに気づく。

ジェニファーも郁男に気づく。

ジェニファー「おはようございます!」

郁男「あ、どうも……」

ジェニファー、元気に働く。

71 繁華街

郁男が来る。

予想紙を眺めながら尾形が歩いて来る。

尾形、郁男に気づいて逃げる。

郁男、尾形を追う。

路地を曲がって逃げる尾形。

郁男、追いかけるが、尾形の姿を見失ってしまう。

立ち尽くし、ため息をつく郁男。

その場所は、ノミ屋が入っている雑居ビルの前。

郁男「……」

72 ノミ屋・店内

郁男、入って来る。
西條、郁男を見て驚く。
西條「いらっしゃい」
郁男、予想紙を手にして広げる。
郁男「いわきの準決十レース、まだ間に合うかな?」
西條「うちはスタートまでＯＫだから」
西條、車券を書く用紙を手にする。
奥のテーブルで穀田が、郁男を眺めている。

× × ×

いわき競輪のレース映像。
選手がゴールを過ぎる。
郁男、手書きの車券を握りつぶす。
穀田、郁男の隣に来る。
穀田「何なら、タネ銭、回してやってもいいけど……」
郁男、縋るように穀田を見る。

73 坂道（夕方）

翔太のバイク走る。後ろに美波が乗っている。
眼下に三陸の海が迫る。
翔太のバイクが、坂道を登って行く。

74 見晴らしのいい高台（夕方）

バイクが駐まっている。
美波と翔太、暮れなずむ三陸の海を眺めている。
美波「将来のこと?」
翔太「うん。やりたいこととか、行きたい大学とか」
美波「分からない。翔太は大学とか行かないの」
翔太「だって、俺バカだから」
美波「音楽の学校とかあるじゃん」
翔太「無理、無理。そんなレベルじゃねえし」
美波「じゃ、どうすんの」
翔太「俺は船に乗る。漁師の息子だから、オヤジと一緒に」
美波「羨ましいな、やることが決まってて」
翔太「羨ましいのはこっちだって。美波は何でも好きなこと、できるんだし」
美波「……」

75 昆野家・亜弓の部屋（夜）

郁男、そっと部屋に入って来る。
亜弓の本棚から、一冊の写真集を取り出す。
世界の美しい海の写真集である。
郁男、写真集を広げる。
中に、十枚ほどの一万円札が挟まっている。
亜弓のへそくりだ。
美波の声「帰ってたんだ」
郁男、慌てて金をポケットにしまいながら、
郁男「ちょっと、荷物、取りに……」
美波、入って来る。
美波「私、明日から学校行く」
郁男「そっか……」
美波「何、それ。もっと喜んでくれると思ったのに」
郁男「美波、これからのこと、ちゃんと考えたか?」
美波「考えてたってしょうがないじゃん」
郁男「どうして」
美波「だって、おじいちゃんが死んだら、父さんのとこ行くしかないんだもの。ほんとはイクオとずっと居たいけど、無理なんだよね」
郁男「……」
美波「いくら考えたって意味ないじゃん」
美波「その本、母さん、好きだったよね」
美波、郁男から写真集を受け取って広げる。
まるで絵に描いたような美しい南国の海

……。
美波「小っちゃい頃、この本の海のこと、母さんが色々話してくれた。もう忘れちゃったけど……」
郁男「ほんとに、海、好きだったよな」
美波「こういう町で育てば、自然に海が好きになるんだよ」
美波、写真集を閉じる。
郁男「じゃ、俺、これで……」
美波「そっか、やっぱり行っちゃうんだ」

76 同・玄関（夜）
郁男、靴を履いている。
玄関が開いて、勝美が帰って来る。
勝美、郁男の顔を見つめる。
郁男、視線を外したまま軽く頭を下げる。
勝美「……」
郁男、玄関を出て行く。

77 同・居間（夜）
勝美と美波、
美波「自分のせいで母さんが死んだと思ってるんだ」
勝美「……」
美波「それで、母さんの店に泊まってるんだよ」
勝美「……」

78 同・近くの坂道（夜）
郁男、「最低だ……クソッ……」と呟きながら、背中を丸めて坂道を下って行く。

79 ノミ屋・店内（翌日）
郁男、競輪のレースを眺めている。
選手がゴールする。
郁男、車券を握りつぶす。
×　×　×
選手がゴールする。
郁男、車券を破り捨ててビールを呼る。
店内に蝦名が入って来る。
西條、蝦名に封筒を渡す。
西條「昨日の京王閣の八レース、車単で三百六十円でした」
蝦名「三百六十円って、いくら何でも固すぎるだろ」
蝦名、封筒から一万円札を一枚抜き出して、西條の前に置く。
蝦名「今日のレースも固いとこ一万円、一本で」
西條「マジ、勘弁して下さいよォ」
蝦名「うるせえ。今度はもう少しまともな配当のレースにしろよ」
店内を眺めた蝦名、郁男に気づく。
蝦名、郁男の前に座ってまじまじと顔を見る。
蝦名「そうか、前にここで会ったんだっけな」
郁男「……」
蝦名「会ったことねえだと？　しらばっくれやがって」
郁男「……」
蝦名「ま、いいとこで会った。これでいつでも好きな時にしょっ引ける」
蝦名、店を出て行く。
×　×　×
郁男の周囲に、外れ車券が散らばっている。
予想紙を手に、郁男が西條の前に向かう。
郁男「（予想紙を見たまま）次のレース……」
西條、困ったように穀田を見る。
奥のテーブルから穀田が来る。
穀田「ここらで、いっぺん精算してもらわねば」
郁男「……」
穀田「いつまでも受けてても、キリがねえべ……なッ？」
郁男「……金は、ない」
穀田「だべな。だども、なけりゃないなりに、何とかしてもらわねば……」
穀田、強面の顔に豹変し、本性を剥き出しにする。

80　美容室・店内（未明）

郁男、大量の空き缶に埋もれて眠っている。
ドアが激しくノックされる。
郁男、目を覚まし、ドアに向かう。
立て続けにノックの音。
郁男「誰？　ちょっと待って！」
郁男、ドアを開ける。
勝美が立っている。
勝美「小野寺から聞いた。印刷所の修理代、肩代わりしてもらった他に、スーツ代まで借りたそうだな」
郁男「すみません。ほんとに、すみません」
勝美「どうするつもりだ」
郁男「働いて返します」
勝美「どうやって」
郁男「明日から、福島に行って働きます」
勝美「福島？」
郁男「除染の仕事です。取りあえず、一ヶ月……」
勝美「ちょっと顔貸せ」
郁男「……？」

81　三陸の海（未明）

まだ薄暗い海を進む一艘の漁船。

82　漁船・船上（未明）

勝美、郁男を乗せて船を操縦している。
郁男、船に揺られて気持ち悪くなっている。
船縁から身を乗り出して、郁男が海に吐く。
勝美「大丈夫か？」
郁男「吐いたんで、楽になりました」
郁男、口元を拭って、三陸の海を眺める。
勝美「どうだ。海はいいべ」
郁男「ええ。でも、亜弓から聞きました。津波のせいで全部ダメになったって……」
勝美「津波のせいで全部ダメになったんじゃねえ。津波のお陰で、新しい海になったんだ」
郁男「……」
勝美「操縦してみるか？」
郁男、首を振る。

×　　×　　×

船が漁場に着いている。
勝美と郁男、仕掛けておいた籠を引き上げる。
籠から面白いようにたくさんの魚が捕れる。
郁男、夢中で籠を引き上げる。
生け簀に、次々に魚が放り込まれる。
勝美と郁男、まるで漁師の親子のようだ。

83　漁港（早朝）

魚が水揚げされている。
郁男、ぼんやりその光景を眺めている。
その横に、紙袋を手にした勝美が並ぶ。
勝美「待たせたな」
郁男「いえ……」
若い娘が、笑顔を浮かべて、魚を運んでいる。
勝美「ここで働いてたんだ」
郁男「え？」
勝美「女房が……働き者で、いつも笑ってた。それで何となく気になって、つきあい始めたんだ……」
郁男「……」
勝美「向こうの親は大反対よ。俺は気が短くて喧嘩ばかりしてたし、それに前科もあったから、そりゃ反対するべ……けど、必死に口説いてやっと結婚できたんだ……」
郁男「……」
勝美「あいつと結婚して、やっとまともな人間になれた。あいつと一緒になれなかったら、飲んだくれてくたばってるか、誰かに殺されてるか、いずれにしたってロクな人生でねがった」
勝美、無造作に郁男に紙袋を渡す。
受け取った郁男、中を見て驚く。

郁男「これ……」
勝美「船、売った。どうせ長くは乗れねえがら。今日が最後の漁だ」
郁男「……」
勝美「だいたいの察しはついてる。これで身辺、綺麗にしろ」
郁男「でも、やっぱり、こんな大金は……」
熊谷、遠くからこちらを見て手を挙げる。
熊谷「勝ちゃん！」
勝美「おう。今行ぐ！（郁男に）へばな」
郁男「あ、ちょっと……」
勝美、熊谷に向かって歩き去る。
郁男、もう一度、紙袋の中身を確認する。
郁男「……」

84 **雑居ビル・階段**
郁男が階段を上って来る。
ノミ屋の入口があるが、それを素通りして、さらに階段を昇って行く。

85 **組事務所・中**
郁男、入って来る。
室内に穀田の姿がある。
郁男「どうも……」
穀田「どうもじゃねえべ。何すっとぼけてんだよ。事務所に来る時間、とっくに過ぎてるべさ」
郁男「……」
穀田「まさかフケるつもりだったんじゃねえべな」
郁男、紙袋から札束を取り出し、テーブルに置く。
穀田、驚く。
穀田「へえッ、こりゃたまげた」

86 **雑居ビル・表**
郁男、穀田の見送りで表に出て来る。
穀田「勝負したくなったら、いつでも待ってるがら」
穀田、郁男に微笑んでビルに戻って行く。
紙袋を開けて中身を確認する。
まだ数十万残っている。
郁男、二階のノミ屋の窓を見上げる。
いけないと思い、立ち去ろうとする。
しかし、どうしても足が出ない。
地面に張り付いて動けなくなる郁男。

87 **ノミ屋・店内**
西條、客に車券を売っている。
郁男、店内に入って来る。
穀田、奥のテーブルで、コミックを読んでいる。
郁男、思い詰めた顔で穀田の前に来る。
穀田「……？」
郁男「十一レース、三—六、一本で」
郁男、穀田に札束を渡す。
穀田、札を数え始める。
穀田「今までに負けた分、一発で取り返そうって、か……」
郁男「泣いても笑っても、これが最後だ。受けてくれるか？」
穀田「喜んで」
穀田、札を数え終わる。
穀田「十一レース、三—六、一本で五十万だな」
郁男「ああ」
穀田、西條の前に来て、自分で車券を書く。
金額を見て、西條が驚く。
穀田、郁男の前に戻って来て車券を渡す。
穀田「いい度胸だ。根っからのばくち打ちだな、あんた」

×　　×　　×

郁男と穀田、固唾を飲んでレースを眺めている。
ジャンが鳴って選手が動く。
選手が互いに牽制し合う。
六番車が叩いて先行する。その後ろの番手は三番車。
郁男「行けッ……」
ぐんぐん後続を引き離す六番車とマーク

の三番車。

後方から、別戦の九番車の捲りが迫る。

心配そうな郁男。

三番車が九番車をブロックして、激しい競り合いになる。

三番車が競り合いに勝ち、九番車は大きく外側に膨らんで失速する。

郁男、拳を握りしめる。

六番車と三番車が後続を引き離してゴールに進む。

興奮する郁男。

焦る穀田。

ゴール前で、きわどく三番車が六番車をかわす。

郁男「差しましたね」

穀田「らしいな」

郁男、目を瞑って、湧き上がる興奮に浸る。

西條、困ったように穀田を見る。

テレビから、アナウンスの声が流れる。

アナウンス「ただ今、第三コーナー審判員より、赤旗が上がりました。対象は三番車です。審議が終わるまで、お買い求めの車券は大切に保管下さるようお願いします」

郁男、茫然とする。

穀田、煙草に火を点けて気持ちを鎮める。

郁男も穀田も、黙り込み、判定を待つ。

アナウンス「審議の結果をお知らせします。第三コーナーで、三番車が九番車を押し上げ走行を妨害した行為を審議いたしましたが、失格には至りません……決定！　一着三番、二着六番……」

郁男、興奮して穀田を見る。

穀田、煙草を揉み消して店を出て行く。

88　雑居ビル・表

雑居ビルから、穀田が出て来て駐車場に向かう。

郁男、追って出て来る。

郁男「ちょっと、待てよ」

郁男、穀田に車券を突き出す。

郁男「三―六です。払って下さい」

穀田、車券を受け取る。

穀田「確かに三―六だ」

穀田、車券を口に入れる。

郁男「あッ」

郁男、穀田の口から車券を取り戻そうとする。

穀田、郁男の腹を殴る。

倒れたところをさらに蹴る。

穀田、倒れた郁男を見降ろして、ゴクリと車券を飲み込む。

穀田「こうやって飲み込むからノミ屋って言うんだ。覚えとけ」

穀田、車に乗って走り去る。

地面に転がった郁男、激痛に呻く。

89　スナック・店内（夜）

カウンターで郁男が飲んでいる。
隣に村上が座る。
村上「まだ居だのが。いつまでここさ居るつもりだ」
郁男「あんたには関係ないだろう」
村上「あんたにはあんたの人生があるんだ。いつまでも亜弓さ義理立てすることもねえべさ」
郁男「……」
村上「最後の最後まで喧嘩腰だったから、何だか寝起きが悪くて……」
郁男「……」
村上「亜弓のこどは、小っちぇえ頃から良く知ってる。頑張りすぎるところもあったども、めんこくてみんなの人気者だった……」
郁男「……」
村上「あいつに惚れられたちゅうこどは、きっとあんだもいい男なんだべな……」
郁男、突然、村上に殴りかかる。
村上、拳で殴られ、唇の端が切れる。
店内の客が郁男を取り押さえる。
村上「キチガイか、お前ェ」

90　同・表（夜）

村上と客たちが、郁男を放り出す。

村上「お前ェみてえな者ンがここさ残ったって、どうにもならねえど。とっととこの町出で行げ」

村上と客たちが店に入り、ドアが閉められる。

91　工事現場（夜）

亜弓に供えられた花が枯れている。

郁男が来る。

缶ビールを供える郁男、生気が抜けていく。

小刻みに体が震え始める。

郁男「亜弓……」

郁男、供えたビールをおもむろに飲み出す。

怯えて、震えが大きくなる。

92　路上（夜）

建設されたばかりの道路。津波の被害にあって、周囲には何もないが、交通量は多い。

郁男、道路の真ん中を歩いている。

一台の車が、ギリギリで郁男を回避して走り去る。

前後から通り過ぎる車が、クラクションを鳴らす。

それでも、郁男は真ん中を歩き続ける。

走って来た一台の車が、路肩に急停車する。

運転していた小野寺が、車を降りて郁男に向かう。

小野寺「木野本さん！」

小野寺、郁男を路肩に連れ戻そうとする。

郁男、抵抗する。

行き交う自動車とクラクションの音の中で、ふたりが揉み合う。

小野寺「何してんだよ、あんた！」

郁男「離してくれ！　もういいんだ！」

小野寺「そういうわけにいかねえべ！」

郁男「俺のことなんか、ほっといてくれ！」

小野寺「死ぬ気だが、あんた！」

郁男「亜弓のオヤジさんが作ってくれた金、全部ギャンブルで溶かしてしまった。最低なんだ俺は。こんな人間、死ぬしかないだろ！」

小野寺「何があっても死んじゃなんねえ！」

郁男「あんただって、俺のせいでひどい目に遭ったろ！　ダメなんだよ、俺は！」

小野寺「バガ喋りすんでねえ！」

小野寺、やっとのことで郁男を路肩まで引きずって来る。

小野寺が興奮した郁男を地面に座らせる。

郁男「生きてたってしょうがないんだ。死なせてくれ」

小野寺「こんた死に方したら、死んだ亜弓ちゃんが報われねえべ」

郁男「でも、俺……」

小野寺「どうしてもギャンブル、やめられねえが？」

郁男「やってないと、イライラするんだ。勝負してるとやっとほっとする……体の中までギャンブルが染みついてて、もうダメなんだ」

小野寺「あんたは今ここで死んだ。そう思って、もういっぺん生まれ変わってやり直してみたらどうだ？」

郁男「……」

小野寺「もしギャンブルから足を洗えるんなら、俺のところで一緒に働けばいい。俺から社長に頼んでやる。仕事はすぐに覚えられるから」

郁男「……」

小野寺「どうだ？」

郁男、小野寺に頭を下げる。

小野寺、郁男の肩を抱いてやる。

93　製氷工場・中（数日後）

郁男と小野寺が、中腰で氷を削っている。

小野寺から仕事を教えられて、懸命に働く郁男。

小野寺「死ぬまでにいっぺん行ってみてえって言ってたよな、南の島に」

郁男「あ、俺も聞いたことあります」

小野寺「何ていう島だったがな」

郁男「確かカリブ海の……」

小野寺「そうそう、あっちの……えーっと……」

郁男「ジャマイカだったかな……ダメだ、思い出せません」

小野寺「けど、何でまたそんた島さ行きたがってたんだべな?」

郁男「さあ……」

郁男、氷を一個削り出し、次に取りかかる。

小野寺「きついべ。大丈夫か?」

郁男「ええ」

小野寺「油断してっと腰やられっから、気ィつけろ」

郁男「はい」

郁男、氷を削る。

94 魚市場・場内

翔太と美波がふざけて遊んでいる。

氷を運んで来た郁男が美波に気づく。

郁男「美波、学校どうだ」

美波「ちゃんと勉強してる。こいつは寝てばっかだけど」

翔太「うるせえ」

美波、一方を見て怪訝そうな顔になる。

場内の一角で、ジェニファーがしゃがんでいる。

美波「イクオ……」

郁男、ジェニファーに近づく。

ジェニファー、産気づいている。

郁男「美波、この人頼む！ 俺、車取って来るから！」

郁男、外に走り出て行く。

95 病院・廊下

村上、急ぎ足で廊下を進む。

前方のベンチに、郁男が座っている。

郁男、村上に気づいて、立ち上がって迎える。

96 同・分娩室

白衣を着た美波が、看護師から、ガーゼに包まれた新生児を抱かせてもらう。

新生児を見つめる美波。

ガラス越しに、村上と郁男が、新生児を抱く美波を眺めている。

村上、満面の笑み。

初めて笑顔を交わす美波と村上……。

その様子を、離れた場所から郁男が眺めている。

97 製氷工場・中

郁男と小野寺、切り出した氷を箱詰めしている。

蝦名が若い刑事と一緒に入って来る。

郁男「……?」

蝦名「(小野寺に) 現場付近の防犯カメラに、あんたの映像がたくさん残ってたよ」

小野寺「……」

蝦名「犯人のDNAがあんたの物ンと一致した」

郁男「……!」

若い刑事が、逮捕状を見せる。

蝦名「逮捕状、出だがら」

小野寺「……」

98 同・表

郁男や従業員が見守る中、手錠を掛けられた小野寺が、蝦名に連行されて来る。

小野寺、何かを思い出し、郁男の前で立ち止まる。

小野寺「ジャマイカでねぐパナマ。パナマのサンブラス諸島」

郁男「……」

小野寺「サンブラス諸島は、世界で一番海が綺麗だがら」

小野寺、得意げに微笑む。

蝦名や周りの者たちは意味が分からず首をひねる。

小野寺、パトカーに乗せられる。

郁男、走り去るパトカーを見送る。

99 警察署・一室（数日後）

郁男、蝦名から、小野寺の様子を聞いている。

蝦名「ひとりで歩いている亜弓を見かけて車さ乗せで、ふたりで美波ちゃんを探し回ったそうなんだ……」

郁男「……」

蝦名「暗い道を歩いている時に、衝動的に襲いかかって、激しく抵抗されたんで、崖から突き落として殺したっていうことらしい……」

郁男「……」

蝦名「ところが、全然反省してねえんだわ。ずっと昔から想ってだらしいんだども、亜弓のこど話してると、うっとりとした目になるんだ……もしかしたら、殺したんで、永久に自分の物ンにでぎだって思ってるのがも知れねえ……」

郁男「……」

蝦名「いずれにしても、あの男は、頭がイカれてる。小野寺のこと相手にしてると、こっちまで頭、おかしくなってくるんだ……」

郁男「……」

100 工事現場（夕方）

勝美、郁男、美波が、新しい花を供える。

美波「イクオのせいじゃないよ」

郁男「いや、俺のせいなんだ。（勝美に）どうやったって償うことはできません。俺のせいで美波は、ひとりぼっちに……」

美波「そんなことといいよ。私のことなんか心配しなくていいんだって！」

郁男「……」

美波「私は、父親のところに行って暮らすよ。イクオの重荷になんかなりたくないよ！」

淋しそうな美波。

郁男「……」

勝美「償ってくれ」

郁男「……？」

勝美「亜弓に本当に悪いことしたと思うんなら、娘の美波のそばに居てやってくれ」

郁男「……」

勝美「せめて俺が死ぬまで……」

郁男「……分かりました」

勝美、満足そうに頷く。

美波、郁男とハイタッチしようと片手を上げる。

しかし、郁男は応じない。

美波、やり場を失くした片手を握る。

101 昆野家・亜弓の部屋（夜）

郁男、部屋に飾られてある亜弓の賞状やトロフィーを眺めている。

高校時代の陸上部の写真がある。

写真の亜弓の屈託のない笑顔……。

郁男「……」

郁男、両手で自分の頭を抱える。

畳の上にゴロリと横になる。

宙を眺めて考える郁男、跳ね起きてボストンバッグを取り出し、自分の荷物を詰め込み始める。

携帯電話が鳴って、郁男が出る。

渡辺の声「もしもし、イクちゃん？　俺、渡辺……」

郁男「ナベさん、久しぶりですね。元気ですか?」

渡辺の声「うん。もう、絶好調よ」

郁男「万車券でも取ったんですか?」

渡辺の声「ま、そんなとこだ」

102 川崎の工場街（夜）

美しく煌めく工場夜景……。

古い公衆電話ボックスで、渡辺が缶

チューハイを飲みながら電話を掛けている。

電話ボックスの脇には、レーサーがある。

郁男の声「わざわざ自慢するために電話を掛けてきたんですか?」

渡辺「そうじゃねえけどさ、イクちゃんの声聞きたくなって」

郁男の声「何でまた」

渡辺「何となくだよ、何となく。俺に優しくしてくれたのって、イクちゃんだけだったから……ありがとうな」

郁男の声「ナベさん、飲んでるんでしょう」

渡辺「あ、やっぱ分かる?」

郁男の声「せいぜい今夜は美味い酒飲んで下さい」

渡辺「ありがとう」

郁男の声「穴取ったら、また電話して下さい」

渡辺「うん。じゃあな」

電話を切って表に出て来た渡辺、缶チューハイを呷ってレーサーに跨がる。

不気味なまでに美しい工場夜景……。

渡辺、レーサーで走り去る。

軽快なスピードで走る渡辺の姿が、闇に吸い込まれて見えなくなる。

103 昆野家・亜弓の部屋（深夜）

郁男、ボストンバッグを横に置いて、手紙を書いている。

紙の上を、郁男が握るペンが滑る。

郁男の声「やっぱり俺は、ここには居られません……」

104 同・居間（未明）

まだ薄暗い部屋のテーブルに、置き手紙がある。

郁男の声「俺は疫病神なんです。俺がここに居れば、きっと次から次と、悪いことが舞い込んできます……」

105 廃校・グランド（未明）

津波の被害を受けて、朽ち果てたままの校舎。

亜弓が通っていた高校の無人のグランドを、郁男が走っている。

郁男の声「俺は、ギャンブルにのめり込んで、亜弓に嘘をついて金を借りて、裏切ってばかりでした……」

まだ明けやらぬグランドを、荒い呼吸で走る郁男。

郁男の声「ここに居れば、きっと今度は、勝美さんや美波ちゃんを裏切ってしまうような気がして、怖くてたまらないんです……」

106 昆野家・居間（早朝）

美波と勝美、置き手紙を読んでいる。

郁男の声「だから、ここを出て行くことにしました……迷惑を掛けてしまいましたが、お金は働いて必ず返します……」

107 ＪＲの駅・待合室（朝）

郁男、ボストンバッグを抱え、椅子に座っている。

郁男の声「俺は、どうしようもないろくでなしです……どうか許して下さい……」

テレビがニュースを報じている。

ぼんやりテレビを見る郁男が驚愕する。

画面に、渡辺の顔写真が映っている。

アナウンサーの声「川崎の印刷工場に乱入し、催涙スプレーと金属バットで職員数名に重軽傷を追わせて逃走中の渡辺健治五十歳は、川崎市内の潜伏先で昨夜逮捕されました……」

テレビの画面に、連行されて行く渡辺が映る。

アナウンサーの声「リストラに遭って解雇された逆恨みで犯行に及んだとみられていますが、詳しい動機は現在取り調べ中です……」

連行されて行く渡辺、今までになくどこ

か晴れ晴れとした表情をしている。
じっとテレビを眺める郁男……。
郁男、スッと立ち上がる。

108 ノミ屋・店内（朝）
まだ開店前の無人の店内。
激しいノックの音。
奥から、眠そうに目を擦りながら西條がやって来る。
西條、モニターに郁男が映っているのを確認する。
ドアのノックの音。
西條「うるせえなァ。ちょっと待って！」
西條、ドアを開ける。
郁男が立っている。
西條「十時からですけど」
郁男、西條を押し退けて、室内に入る。
西條「ちょっと、あんた」
郁男、傘立ての木刀を手にして、テレビの画面を叩き割る。
西條、郁男を取り押さえようとするが、木刀を振り回されて手が出せない。
郁男、木刀で、店内を滅茶苦茶にする。
奥で寝ていた若い衆も、物音に気づいて飛び込んで来る。
郁男、西條と若い衆に取り押さえられ、袋叩きにされる。

109 昆野家・表
熊谷が来て、家に入って行く。

110 同・玄関
熊谷の報告を聞いて、勝美と美波が驚いている。
熊谷「事務所にさらわれたらしい……勝ちゃん、どうする？　仲間集めるか」
勝美「いや、俺ひとりで大丈夫だ」
美波、心配そうに勝美を見る。

111 組事務所・一室
室内に勝美が入って来る。
軍司と穀田の前に、ボロ雑巾のような郁男が転がっている。
勝美、軍司の前に立つ。
勝美「こいつをもらい受けに来た」
穀田「じいさん。こんたことやらかして、すんなり帰れると思ってるのか」
軍司「いいんだ」
穀田「店、滅茶苦茶にされたんですよ」
軍司「この人には、昔、命を救われたことがあるんだ」
穀田、へえッという目で勝美を見る。
勝美「帰るぞ」
勝美、血だらけの郁男を立たせてドアに向かう。
軍司「こんた男のために、なしてここまで……？」
勝美「こいつは俺のせがれだ」
軍司、微笑む。
勝美、ドアの前まで郁男を連れて行く。
郁男、勝美の手を振り払い、突然穀田に突進して、胸倉を掴む。
郁男「金、払え」
穀田「妙ないいがかり、つけるな！」
穀田、郁男を殴り倒す。
郁男、立ち上がって、穀田に縋る。
郁男「金、返せ……あれは、勝美さんが船を売って作った大切な金だ！　ちゃんと払え！」
穀田、しつこく食い下がる郁男を手に余す。
勝美「もういい」
勝美、郁男の手を引いてドアに向かう。
軍司「借りは返したぞ」
勝美、郁男を連れて出て行く。
軍司、厳しい目で穀田を睨む。
軍司「どういうことだ。船を売って作った金って？」
穀田、気まずそうに顔を伏せる。
軍司「嘘語るど、承知しねえど」
穀田「……」

112 **同・表**

不安そうな美波が立っている。

勝美と郁男が出て来る。

美波、血だらけの郁男に駆け寄る。

美波「どうして行っちゃうの！　約束したでしょ、おじいちゃんが元気なうちは一緒に居るって！」

美波、郁男の胸を拳で殴る。

美波「勝手なことしないで。死んじゃったらどうすんのよ！」

美波、泣きながら郁男の胸を叩き続ける。

郁男「……」

113 **商店街**

勝美と美波が郁男の両側を挟むようにして、三人が歩く。

町の人が、血に染まったシャツを着た郁男に、奇異な視線を送る。

三人、とぼとぼ帰って行く。

114 **昆野家・亜弓の部屋（翌朝）**

額に大きな絆創膏を貼った郁男が眠っている。
美波、入って来る。
美波「起きて」
郁男、目を覚ます。
美波「イクオに会いたいって人が来てる」
郁男「俺に？」

115 **同・表（朝）**

玄関が開いて、郁男が顔を出す。

穀田、自分の車の脇に立っている。

郁男「……？」

穀田、紙袋を郁男に放り投げる。

郁男、受け取って中を見る。

穀田「十一レースの三―六だ」

郁男、袋の中を見て驚く。

116 **同・全景（翌朝）**

三陸の海を背に、昆野家が建っている。

117 **同・居間（朝）**

勝美と郁男が、食後のお茶を飲んでいる。

美波、やって来て、郁男に婚姻届を差し出す。

郁男、婚姻届を見る。

『昆野亜弓』と書かれた文字。

勝美「亜弓から預かってたんだ」

証人の欄には、勝美と美波のサインもある。

勝美「美波に言われて、俺たちふたりが証人になった」

美波「未成年は証人になれないんだけど、役所に出すわけじゃないから関係ないよね」

郁男、勝美と美波を見る。

美波、郁男にペンを渡す。

郁男、促されて、新郎の空欄に、自分の名前を記入する。

四人の名前が並んだ婚姻届……。

郁男、船の鍵を取り出して勝美の前に置く。

勝美「……！」

郁男「買い戻しました」

勝美「もうじき死ぬっつうのに……」

郁男「まだ死んでませんから」

勝美、船の鍵を手にして微笑む。

118 **船上**

勝美の漁船が海上に浮かんでいる。

船上の勝美、郁男、美波……。

美波、郁男を見る。

郁男、軽く頷いて、婚姻届を海に浮かべる。

勝美「こんなことになるんなら、早いとこ役所に出しとくんだったな」

海面に浮いた婚姻届が、海水を吸って揺れながら沈んでいく。

郁男、美波、勝美、その様子を見守っている。

119 **海底**

薄暗い海の底に、壊れた家財道具、ピアノなど、幸せの骸が点在している。

車が、半分砂地に埋まっている。貝が付着し、古い貝殻は白く変質している。ドアが外れ、その中は魚の家になっている。

車の中を泳ぎ回る魚たち……。

海面が陽を浴びて、明るく揺らめいている。

光の向こうから、婚姻届の用紙が、ゆらゆらと舞い降りてくる。

120 **船上**

船が、三陸の美しい入り江を航行している。

船に乗っている郁男。

その隣に美波。

操縦する勝美。

美波、アニメの主題歌を口ずさむ。

郁男、突然、泣き出す。

美波、郁男に寄り添って歌い続ける。

郁男、嗚咽を漏らして泣きじゃくる。

操縦する勝美、コンコンと軽く咳き込む。

清らかな三陸の海……。

泣き止まない郁男……。

不意にクレジットタイトルが流れ始めて……。

〈終〉

メランコリック

田中征爾

〈脚本家略歴〉
田中征爾（たなか　せいじ）
１９８７年生まれ。福岡県出身。日本大学芸術学部演劇学科を中退後、映画を学ぶ為にアメリカはカリフォルニア州の大学に編入。帰国後は舞台の演出及び、脚本執筆をしつつ、映像作品を製作。現在はベンチャーIT企業で動画制作を担当。第31回東京国際映画祭日本映画スプラッシュ部門にて初長編監督作『メランコリック』が上映、監督賞を受賞。第21回ウディネファーイースト映画祭でも新人監督作品賞を受賞。

監督：田中征爾
製作：One Goose
製作補助：羽賀奈美　林彬　汐谷恭一
配給：アップリンク　神宮前プロデュース　One Goose

〈スタッフ〉
プロデューサー　皆川暢二
撮影　髙橋亮
録音　宋晋瑞
　でまちさき
　衛藤なな
特殊メイク　新田目珠里麻
TAディレクター　磯崎義知
編集　田中征爾

〈キャスト〉
鍋岡和彦　皆川暢二
松本晃　磯崎義知
副島百合　吉田芽吹
東　羽田真
田中　矢田政伸
小寺　浜谷康幸
アンジェラ　ステファニー・アリエン
田村　大久保裕太
鍋岡修一　山下ケイジ
鍋岡恵子　新海ひろ子
関根　蒲池貴範

1　路上・夜

寒い夜。関根（35）がキョロキョロと周りを見回しながら立っている。

向こう側から車のライトが近づいてくるのに気付き、ライトに目を細める関根。

車が止まり、関根は後部座席に乗り込み、田中敬三（50）の隣に座る。

田中「待った？」
関根「いえ、全然」
田中「寒いなあ、すっかり」
関根「はい」
田中「持ってきた？」
関根「はい」

関根、ポケットから白い粉の入った小さなジップロックを出し、田中に渡す。

田中、車の室内ランプにかざして中の粉を観察し、何も言わずにポケットにしまう。

関根「だ……大丈夫そうですか」
田中「……大丈夫だから持ってきたんだろ」
関根「え」
田中「大丈夫だって確信が無い物持ってくるほどバカじゃないだろ、お前も？」
関根「もちろんです！」
田中「……ハハ、冗談だよ。ハハハ」
関根「ハハ……」
田中「お前が混ぜもん売りさばいてるって話を聞いたんだけど、本当？」
関根「え？」
田中「どうなの」
関根「そ、そんな、誰がそんな事を？」
田中「本当かどうかを聞いてるんだから、まずそれに答えろよ」
関根「ほ、本当なハズないじゃないですか！」
田中「そうだよな。悪かった」
関根「……」
田中「じゃ、今月もよろしく」
関根「はい」

関根が車から降り、車は走り去る。

少し離れた所からその様子を眺めていたハイエースの中の男、小寺雅人（40）。

小寺、ハイエースのエンジンを掛ける。

2　ハイエースの車内・夜

走るハイエースの車内。荷台には手足を縛られた関根。運転しているのは小寺。

関根「ねえ、おいさん！　おいさん！」
小寺「……」
関根「一旦、一旦止まって。金だったら払うから。金だったら払うから！」

赤信号で車が止まり、ドライバーが腰の方へ転がってくる。関根は苦労してドライバーを手に持つ事に成功し、手を縛っているテープに突き刺そうと奮闘する。

車は再び出発する。

手を縛っているテープにドライバーが刺さる。

小寺、ルームミラーで関根を確認するが、ドライバーには気付かない。

3　あづの湯・ガレージ・夜

車を停め、小寺はハイエースから降りて後ろの扉を開ける。

すると関根がドライバーを振りかざして小寺に襲いかかる。が、小寺はそれをかわして関根に一撃を加え、関根は気を失う。

4　あづの湯・浴場・夜

関根が目を覚ますと、銭湯の浴場。見上げると小寺がナイフを構えている。

叫ぼうとしたその瞬間、ナイフが関根の首に刺さる。

5　ビル・廊下・夕方

床のモップがけをする鍋岡和彦（30）。

帰っていくスーツ姿のサラリーマン達の後ろ姿を、目を細めて眺める。

6　和彦の家・リビング・夜

食卓を囲む和彦と和彦の両親、修一

（60）と恵子（57）。
静かに食事が進む。
恵子「あ」
修一「うん?」
恵子「林さんトコの旦那さんって、人材紹介っていうの、そういうお仕事されてるじゃない?」
修一「いや、分からないな」
恵子「働いてるらしいの。でね、やっぱり求人情報が一番充実してるのって、何だったかしら、一番良い求人雑誌は、えっと……何だっけ」
修一「うん?」
恵子「もう、ど忘れしちゃった」
修一「ははは」
恵子「（和彦に）思い出したら言うわね」
和彦「うん」
再び静かな食事に。

7 同・和彦の部屋・夜

寝そべった状態でスマホのゲームに興じる和彦。壁には東京大学の卒業証書。
メールの通知が鳴り、開くと同級生のグループトークの中での同窓会の誘い。
立案者の田村幹久（30）がシャンパングラスを掲げた写真を見て、鼻で笑う和彦。
ドアがノックされ、
和彦「はい」
恵子「（風呂上がりの様子で顔を出して）あ、やっぱりお風呂まだだった?」
和彦「うん」
恵子「ごめん、もう入ったと思ってお湯抜いちゃった。もう一回ためるから少し待てる?」
和彦「え、じゃあいいよ。シャワーで」
恵子「ダメよ。疲れ取れないわ、それじゃ」
和彦「いやいいって、ホント」

8 あづの湯・脱衣場・夜

服を脱ぐ和彦。

9 同・浴場

浴槽につかる和彦。

10 同・フロント

自販機で飲み物を買い、ぐっと飲み干す。
フロントの壁の求人の貼り紙が目に入る。
フロントの東則雄（65）と目が合い、会釈。横を小寺が回収したタオルを運びながら通り過ぎる。
と、横から副島百合（30）が声を掛ける。
百合「鍋岡くん?」
和彦、ものすごくびっくりしつつ、振り返る。
百合「副島百合。覚えてる?」
和彦「……」
百合「え? あれ? 鍋岡くん……じゃなかったですか? ごめんなさ……」
和彦「鍋岡です」
百合「え? やっぱりそうだよね? ああ、びっくりした! 違ったら超恥ずかしいから、一瞬どうしようってめっちゃ焦った! 久しぶり! 覚えてる?……え、覚えてない?」
和彦「覚えてるよ。副島さんでしょ」
百合「本当に覚えてる?」
和彦「うん。副島さんでしょ」
百合「うん。っていうか高校卒業以来だよね? 超偶然」
和彦「そうだね」
百合「よく来るの? ここ」
和彦「いや、初めて。今日はたまたま」
百合「あ、そうなんだ。ていうか、私めっちゃスッピン」
和彦「お風呂上がりだもんね」
百合「そそ」
和彦「副島さんはよく来るの? ここ」
百合「うん、ちょこちょこ。広いお風呂に入りたくなるんだよね、たまに。うちの浴槽狭いからさ、ハハ」
和彦「一人暮らし?」

百合「うん」
和彦「そうなんだ」
百合「うん」
和彦「……」
百合「……じゃ、またね」
和彦「うん」
百合、行きかけて、
百合「あ、同窓会のやつ、来た？　グループにいるよね、鍋岡くん？」
和彦「うん」
百合「行く？」
和彦「どこに？」
百合「だから同窓会」
和彦「いや、分かんない。まだ決めてない」
百合「え、っていうかさ、鍋岡くんって東大行ってたよね？」
和彦「あ、うん」
百合「やっぱそうだよね。超頭良かったもんねえ」
和彦「いやあ、ハハ」
百合「仕事とか忙しいなら厳しい？　同窓会」
和彦「うん……」
百合「そっか。もっと喋れるかって思ったけど」
和彦「じゃ、行こうかな」
百合「え、ほんと？　よし！　じゃ、またね！」
和彦「じゃ。か、か、」
百合「え？」
和彦「風邪ひかないようにね。外寒いから」
百合「うん、ありがと。バイバイ」
和彦「バイバイ」
百合、出て行く。

11　田中の事務所・夕方

田中と、うなだれている東。部屋の隅では田中の愛人、アンジェラ・イェン㉕が不機嫌そうに座っている。
東「小寺を……ですか？」
田中「ああ。いつからいける？」
東「しかし……」
田中「どこも人手が足りてねえからな」
東「はあ……」
アンジェラ「終わる？　そろそろ」
田中「もう少し待ってろ」
アンジェラ「さっきもそう言った。ワタシお腹空いたよ」
田中「いいから待ってろ！」
アンジェラ「大声出さないの！　もう！」
田中「外行ってろ、うるせえから」
アンジェラ、ぶつぶつ言いながらやがて黙る。
東「今小寺が抜けたら、うちは銭湯としての仕事も回らなくなる」
田中「それはそっちの都合だな」
東「今急いで求人をしている所だから、もう少し……」
田中「あのね、言っとくけどね。お宅の小寺くんは、本当に優秀な人殺しだ。天職といってもいい。そんな人間にね、東さんはいつまで風呂屋の店員なんかやらせとくつもりなの？　バスタオルたたんで人生終えるタマじゃねえだろ、小寺くんは」
東「それは本人が決める事です」
田中「ハハハ」
アンジェラ「もう限界！　空腹！　早く……」
田中「（舌打ちして）……（東に）で、どうするよ。仕事はたまってるぞ？」
東「……どうする、と言いますと……」
田中「だから。（舌打ち）小寺くんをクビにしてうちに寄越しなさいって話よ」
東「はあ……いやしかし……」
田中「東さん。お金、返せないんでしょ？『しかし』じゃないの、『しかし』じゃ」
田中、立ち上がって、
田中「アンジェラ。カレー行こうか」
アンジェラ「またカレー？」
田中「東さんも行く？」
東「いや、私は」

田中「あ、そ。じゃ」
東「どうも」
田中とアンジェラ、出て行く。一人残される東。

12 レストラン・夜

和彦、店内へ入る。立食形式の同窓会の最中。既に多くの高校時代の同級生が集まっており、盛り上がっている。和彦、すれ違いざまに「おっす」などと言いつつ、奥の方へ進み、料理を取る。
田村が女子たちに囲まれて盛り上がっているのが目に入る。
田村「だいたい全部おいしいっしょ?」
女子たち「おいしーい!」
女子1「ここって田村君のお店なの?」
田村「まさか! 違うよ。開店の時に投資しただけ」
女子たち「投資⁉ なんかすごーい!」
和彦、料理をムシャムシャ食べながらその様子を眺める。
男子1がキーボードを運んでくる。
男子1「キーボード借りてきた!」
田村に対し「弾いて弾いて!」という歓声が上がる。
田村「ちょ、やめろよバカ。マジ勘弁だって!」
と言いつつキーボードの前に座る田村。
田村「ちょっ、しゃあないなあ。じゃあ……」
田村、ベートーベンの悲愴、第二楽章を弾き始める。
聞き惚れる聴衆。料理をムシャムシャ食べる和彦。
百合「(小声で) 鍋岡くん!」
和彦「ん」
百合「来たんだ! 連絡してよ!」
和彦「いやだって、連絡先知らないし」
百合「あ、そっか。今教える! そっち行こ」
和彦と百合、階段に並んで座り、連絡先を交換。
田村の演奏が終わって再び歓声。
百合「すごいね、あそこ」
和彦「盛り上がってるね」
百合「なんかあの子たちも露骨だよね。田村くんって高校時代はどっちかっていうと地味だったタイプで、当時は見向きもしなかったクセに、アレだもんね」
和彦「うん」
百合「なんか会社起こして成功したんだって。すごいよね、でも」
和彦「うん」
百合「っていうか、そういう鍋岡くんだって東大だし!」
和彦「うん。ん?……はは」
百合「今はどんな仕事してんの?」
和彦「いや、うん……」
百合「え?」
和彦「うん、まあ、なんていうか、ちょっと休憩中」
百合「休憩? 辞めたの? 仕事」
和彦「うん、まあ」
百合「へぇ。前の仕事がめっちゃキツかったって事?」
和彦「そうだね。割と」
百合「へぇ。やっぱ東大行くような人って私達の何倍も早く色々経験するんだねぇ」
和彦「そんな事ないよ。普通だよ」
百合「あ! そうだ! あのお風呂屋さんで働けば⁉」
和彦「え、どうして」
百合「求人してたっぽいし! なんかのんびり働けそうじゃん」
和彦「いやあ……」
百合「だしさ、私もたまに行ってるから、私も通う楽しみが増えるし」
和彦、更に料理をムシャムシャと食べながら、
和彦「まあ、気が向いたらね」
百合「うわ、絶対やんないでしょ、それ」

和彦「はは」

13　あづの湯・休憩室・昼

椅子に座って和彦の履歴書を眺める東。
対面して和彦も座っている。

東「東大出てんだ」
和彦「あ、はい、一応」
東「卒業してから、ずっとアルバイト?」
和彦「そう……ですね、はい」
東「こんな事言っちゃ失礼だが、どうして」
和彦「と言いますと?」
東「いや、単純な興味で聞くんだがね。優秀なんだろうに、どうしてずっとアルバイトしてるのかとね、たぶん誰だって疑問に思うんじゃないか」
和彦「特に理由は、無いです……」
東「……」
和彦「……?」
東「採用」
和彦「あ、ありがとうございます」
東「でね、実はもう一人今日面接するんだけど」
和彦「あ、はい」
東「たぶんもうすぐ来ると思うから、待てる?　一緒に働く事になるかもしれんから」
和彦「はい、分かりました」

×　　×　　×

東と相対して、和彦と松本晃(27)が座っている。ガラの悪い兄ちゃんという感じ。
東、履歴書を眺めながら、

東「松本くん?」
松本「はい」
東「申し訳ないんだけども、君の履歴書、読めないんだが」
松本「え、どうして」

松本、東から履歴書を受け取って眺める。
和彦、履歴書に書かれた字の汚さに気付く。

東「まあいいや、採用」
和彦「え」
東「掃除とかは得意なほう?　変な質問だが」
松本「っていうか、風呂が好きっすね」
東「はは、そうか。何よりだ」
松本「じゃ、よろしくお願いしやっす」

14　和彦の家・リビング・夜

食卓を囲む鍋岡一家。普段通り、静かな食事。

和彦「『あづの湯』って分かる?」
恵子「『あづの湯』って、小池さんの所曲がってまっすぐ行った所の?」
修一「こないだ和彦が行ったとこだよな」
恵子「こないだって?」
修一「母さんがお湯抜いちゃった時に」
恵子「ああ」
和彦「うん。そこで働く事になった。明日から」
恵子「あら、そう」
和彦「うん」
恵子「どうしてまた、お風呂屋さんで?」
和彦「うん……」
修一「まあ、頑張ってな」
恵子「うん、頑張って」
和彦「うん」

再び静かになる食卓。

恵子「ちょっとご飯炊き過ぎちゃったから、多めに食べてね」
和彦「ハハ。うん」

15　あづの湯・浴場・昼

デッキブラシで床を磨く和彦。シャンプーの補充をする松本。
小寺が顔をのぞかせる。

和彦「あ、お疲れ様です。今日からお世話になりま……」
小寺「うん」

小寺、去る。

和彦「松本くん……だよね」
松本「はい、よろしくお願いしやす」
和彦「よろしく」
松本「聞きましたよ。東大なんでしょ」
和彦「ああ……まあ」
松本「風呂が好きなんすか」
和彦「うん、そうだね。そう」
松本「ははっ」

16　あづの湯・フロント・夜

フロントに立つ和彦。客に鍵とタオルを渡す。
百合が現れる。
百合「あ」
和彦「……おす」
和彦、百合に鍵とタオルを渡す。
百合「（行こうとしたところで）何時まで？」
和彦「え？」
百合「飲み行かない？　この後」
和彦「ええと……12時くらいまではかかるかな」
百合「いいじゃん、行こうよ」
和彦「え。いや、でも」
百合「私一旦帰っとくからさ、お風呂入ってから。連絡してよ」
和彦「……分かった」
百合「じゃね」
百合、浴場の方へ向かう。
和彦「ごゆっくり」

17　居酒屋・深夜

酒を飲む和彦と百合。百合は酔っている様子。
百合「超びっくりした。マジで働いてるとか思わないし」
和彦「分かったから。はは」
百合「なんで働く事にしたの」
和彦「え、まあ、なんとなく……」
百合「私に会えるから？」
和彦「違うよ」
百合「ひひひひ」
和彦「っていうかさ、なんで副島さんはあそこ通ってんの」
百合「え。だから、言わなかったっけ？　たまに広い風呂に入りたくなるんだって」
和彦「にしては頻度高くない？」
百合「うるさいなあ、もう」
和彦「はは。ほんと、あれか、お風呂が好きなんだね」
百合「（飲み干して）あと一杯、いける？」

18　道・深夜

とぼとぼと歩く和彦と百合。百合は酔っている。
和彦「ちょっ、危ないから」
和彦、百合を支える。
百合「へへ」

×　×　×

あづの湯の前を通りかかる2人。明かりがついているのに気付き、立ち止まる。
和彦「あれ」
百合「ん？　お風呂入りたいの」
和彦「いや、まだ誰かいるのかなって」
百合「……やばい、吐きそう」
和彦「あ、じゃあここ（あづの湯）のトイレ行く？」
百合「ううん、いい。早く帰りたい」
和彦「分かった、じゃ、行こう」
百合「お家にはあげないよ？」
和彦「分かってるよ、バカ」
百合「ひひひ」
再び歩き始める2人。

19　あづの湯・浴場・昼

デッキブラシで床を磨く和彦。入り口の外で東と松本が何やら話しているのが見える。

20　同・フロント・昼

和彦、お金を数えている東に話しかける。
和彦「東さん」

東　「うん?」
和彦「さっき、松本と何を話してたんですか?」
東　「え?」
和彦「さっき。あそこで」
東　「ははっ。なんで。どうしたんだ」
和彦「いや、なんか俺らの仕事に問題あったのかなって……」
東　「大丈夫だよ。そんなんじゃないよ」
和彦「……」
東　「あのね、別に今回がって事じゃなくて、君の今後のために言っとくけどさ」
和彦「はい」
東　「知る立場にない人間が知っちゃいけない事を知ってしまうっていうのが、世の中で一番危ない事なんだから。だからあんまり色んな事に首つっこむんじゃないよ」
和彦「……」
東　「……なんてね!　ハハハ!」
和彦「はは……」

21　同・玄関

最後の客が帰っていくところ。
和彦、靴を履く。そこへ東が来る。
東　「お疲れさん」
和彦「お疲れ様です。あれ、松本は?」
東　「今さっきあがったよ」
和彦「そうなんですね。じゃ、お疲れ様です」
東　「あい」
外に出る和彦。少し歩いた所で、玄関の鍵が閉められたのに気付く。

22　同・建物の前

和彦、少し歩いた所で、小寺の運転するハイエースが裏口の方へ入っていったのを見つけ、立ち止まり、少し考えてから、あづの湯の方へそっと戻る。一瞬、男のうめき声のようなものが聞こえる。

小寺が既に車内にいない事を確認し、裏口へ近付く。中の物音を確認し、建物内へ。

23　同・脱衣場

浴場の方から人の声がするが、何と言っているかは分からない。
入り口の方を見つつ誰もいないのを確認し、浴場をのぞく。
縛られた男と小寺の姿が目に入る。小寺と男は何やらボソボソしゃべっている。
と突然、小寺がナイフで男を刺す。しばらくして男は息絶える。
脱衣所の入り口の方から音。和彦は素早くロッカーの陰に身を隠す。
東が入ってきて、浴場の小寺に声をかける。
小寺「あ、お疲れ様です」
東　「うん」
小寺「……」
東　「すまんな、ほんと」
小寺「いえ、そんな。本当お世話になりましたから。東さんには」
東　「……」
小寺「ハハ、田中を殺そうなんて考えてないですから。大丈夫ですよ」
東　「ハハ。ハハハ」
小寺「でもあの2人が来てくれて良かったですね。なんとか風呂屋は続けられる」
東　「松本の方はすぐサボろうとするがね」
小寺「はは」
東の目に、隠れている和彦の服の端が目に入る。
小寺「どうかしました?」
東　「……(小寺へ目配せ)」
小寺、脱衣場へあがり、和彦の方へ。
和彦、思い切って走り出して脱衣場を飛び出し、玄関の方へ。

24　同・玄関

和彦、出て行こうとするが玄関の鍵が閉まっており開かない。

和彦「ああ！　ああ！」
鍵を開けようとするが、焦って手が言う事をきかない。ナイフを持った小寺が来る。
小寺「なんでいるの」
和彦「（腰が抜けて）あ……あ……すいません」
東も来る。
東「（舌打ちして）しょうがねえな……」
小寺、和彦の方へ近づきナイフを逆手に持ち替える。
東「あ、違う違う。殺さない」
小寺「え？」
東「（和彦に）立てる？」
和彦「た、た……」
腰の抜けた和彦、なんとかして立ち上がる。
和彦「立てました」
東「来なさい」
和彦「……」
動かない和彦に、小寺が顎で「行け」と示す。
和彦、東について行く。

25　同・浴場

死体を前に立つ東と和彦。小寺は入り口の縁に体を預けている。
東「実はね、まあ見ての通りなんだが、夜閉店した後は、ここをこういう感じで使っててね」
和彦「そ、その、こ、こ……」
東「何。ちゃんと喋りなさい」
和彦「ひ、人を殺す場所として……？」
東「そう」
和彦「そうなんですか……」
東「掃除がしやすいからね」
和彦、排水溝の方へ流れていく血を見つめる。
東「和彦くん」
和彦「はい」
東「知られちゃった以上、今後は手伝ってもらうから」
和彦「ぼ、僕……？」
東「……ああ、違うよ。掃除だけ。殺すのは小寺がやるから」
和彦、小寺の方を振り返る。小寺、微笑みかける。
和彦「掃除、っていうのは……？」
東「そりゃ、このまんまじゃ明日みんなが気持ち良く入浴できないじゃないか」
和彦「……ですね……」
東「大丈夫。今までは掃除まで全部小寺1人でやってたんだから。誘拐して殺して掃除して死体を捨てるまで」
和彦、小寺の方を振り返る。再び微笑みかける小寺。
×　×　×
小寺と和彦、協力して死体をビニールに巻き終わる所。和彦はパンツ一丁。
小寺「よし。……大丈夫か？」
和彦「は、はい。あの」
小寺「ん？」
和彦「これは、誰ですか？」
小寺「……坂口隆っていう市議会議員、分かる？」
和彦「いや、ちょっと分かんないですけど……」
小寺「そこの秘書」
和彦「そうなんですか……」
小寺「じゃ、そっち持って」
和彦「あ、はい」
死体を持ち上げる2人。

26　同・ボイラー室

燃え盛る炎を見つめる和彦と小寺。小寺、ボイラーの扉を閉め、
小寺「じゃ、あっちの掃除は任せていい？」
和彦「はい」
小寺「大丈夫？」
和彦「大丈夫です」
小寺「じゃ、頼んだ」

小寺、出て行こうとする。
和彦「よく……燃えてますね……」
小寺「……」
和彦「小寺さんは、どういうアレで、こういう仕事を始めたんですか?」
小寺「……」
和彦「いや、まあ、ハハ……」
小寺「じゃ、お疲れさん」
和彦「お疲れ様です」
小寺、去る。

27 同・浴場・早朝

シャワーで床を流し終え、床まで顔を下げて何も落ちていない事を確認する和彦。
東が来て、
東「終わったかい」
和彦「はい、今ちょうど」
東「きれいになった?」
和彦「はい、たぶん大丈夫です……」
東「うん、そうか。……これ」
東、封筒を差し出す。
東「特別手当て」
和彦「え」
東「まさかこの仕事のギャラを銀行に振り込む訳にもいかんのでね」
和彦「(受け取って) ありがとうございます……」
東「うん」
東、行こうとして立ち止まり、
東「あ、大丈夫だとは思うんだけど、」
和彦「はい」
東「誰かにこの事言ったら、その時は申し訳ないけど……和彦くんも殺さないといけないから、くれぐれも」
和彦「……はい」
東「大丈夫だね?」
和彦「大丈夫です」
東「うん」
和彦「一ついいですか?」
東「何」
和彦「どれくらいの頻度で、その、ここで人を……?」
東「前は週に一回くらいだったんだが、ここ最近は結構続いてるね」
和彦「そうなんですね……」
東「オーケー?」
和彦「はい」
東「じゃ、私は帰るから。シャワー浴びて帰りなさい。体、血まみれだろ。戸締りだけ頼んだ」
和彦「わかりました」
東、去る。

28 同・浴場・少し後

シャワーを浴びてシャンプーを洗い流す和彦。
ふと振り返り、さっきまで死体のあった場所を眺める。

29 同・脱衣場

服を着る和彦。先ほど東からもらった封筒の中をのぞく。
和彦「うわ」
封筒から引き出した札束はなかなかの金額。

30 同・玄関

扉を開けて表に出た和彦、清々しい表情。
清々しい朝の空気を吸う。

31 和彦の家・玄関・早朝

家に到着する和彦。中から出勤する修一が出て来る。
修一「おお、おはよう。今帰り?」
和彦「うん、ちょっと仕事が終わらなくて」
修一「銭湯の?」
和彦「うん」
修一「そうか。お疲れ様。いってきます」
和彦「うん、いってらっしゃい」

32 同・和彦の部屋

和彦、ベッドに入ったまま、握った封筒を眺める。ちらりと東大の卒業証書を見る。
封筒を机の引き出しにしまい、満足げな表情で眠りにつく和彦。

33　田中の自宅・リビング・昼

豪奢な家。
緊張した面持ちでテーブルについている東。田中はキッチンで料理をしている。アンジェラは同じテーブルで紅茶を飲んでいる。
アンジェラ「美味しいよ、田中の料理」
東「そうですか。楽しみです」
アンジェラ「うん。東さんは、お風呂のお店やってるの？」
東「はい」
アンジェラ「そう。お金儲かるの？」
東「え？　お金？」
アンジェラ「そう、儲かる？」
東「いや、そんなには」
アンジェラ「儲からない？」
東「ええ、あまり」
アンジェラ「……不思議。どうしてその仕事をしてる？」
東「はは……」
田中がキッチンから出てきて、東の前に料理を出す。美味しそうなオムライス。
東「はあ、オムライスですか」
田中「召し上がれ」
東「料理……なさるんですね」
田中「（エプロンを外しながら）一人暮らしが長いからね。離婚してからずっとだよ」
東「……」
田中「こいつ（アンジェラ）はたまに来るだけ。ほら、食べて。うまいから。冷めるよ」
東「あ、はい」
東、食べ始める。
田中「うまいだろ」
東「いやあ、美味しい。大したもんですな」
田中「まあ、俺のメシはどうでもいいんだが。……アンジェラ」
アンジェラ「分かった。はいはい」
田中「うん」
アンジェラ、部屋から出て行く。
田中「今度から小寺くんがウチでガッツリやってくれる訳だけども」
東「……はい」
田中「あづの湯さんの風呂場は今までどおり、今後も貸してもらいたくってね」
東「しかし……小寺を持って行っておいて、その上場所までとなると……」
東、スプーンを置く。
田中「いいよ、食べながらで」
東「……」
田中「小寺くんをうちに寄越すだけで借金がチャラになるなんて、そんな美味しい話があるんなら俺が教えてほしいよ、東さん」
東「そりゃいくらなんでも……」
田中、東にくしゃくしゃになったメモを差し出し、
田中「これ、今月中によろしく」
東、メモを受け取って中を見る。十数人の名前と住所が書いてある。
東「今月中はさすがに……」
田中「いけるよ」
東「いやしかし……」
田中「東さん。何度言わせるの」
東「……」
東、オムライスを勢い良く食べ始める。
田中「……それでいい」

34　あづの湯・浴場・昼

リズムよくシャンプーとリンスの補充をする和彦。明らかに上機嫌。
松本、そんな和彦を怪訝な顔で眺め、
松本「和彦さん」
和彦「ん？」
松本「なんか機嫌いいっすね。楽しいっす

か」
和彦「うん、まあ」
松本「何かあったんすか」
和彦「まあ、ちょっとね」
松本「え?」
和彦「(わざとあくび)」
松本「寝てないんすか」
和彦「まあ、ちょっとね」
松本「何すか、教えてくださいよ」
和彦「いや、別に何も無いよ」
松本「うわ、うっとうしいわ」
和彦「はは、まあまあ」
　作業に戻る2人。

35 同・フロント・夕方

　入浴客がちらほら入ってきている。
　和彦、少し離れた所で濡れたタオルを運んでいる松本の方をチラチラ見ながら、畳まれたタオルを棚にしまっている小寺に話しかける。
和彦「小寺さん」
小寺「ん?」
和彦「今夜、例のは?」
小寺「一応あるけど」
和彦「あの、今日ちょっと約束があって……」
小寺「いや、今日は大丈夫だよ」
和彦「すいません」
小寺「うん」
和彦「あの、またやる時は言ってください!」
小寺「うん」
　小寺、そこを離れる。

36 イタリアンレストラン・夜

　席へ案内される和彦と百合。
百合「緊張するんだけど」
和彦「どうして」
百合「だってこんな店……!」
和彦「あんまり来ない?」
百合「当たり前じゃん!」
　ウェイターがワインリストを和彦に渡す。
ウェイター「ワインリストでございます」
　和彦、一応眺める。
和彦「じゃあ、あの……頼んでるコースに合うやつで」
ウェイター「かしこまりました」
和彦「お願いします」
　ウェイター、ワインリストを受け取ってその場を離れる。
百合「よく来るの?」
和彦「まあ、そんなしょっちゅうではないけど」
百合「へえ……」
和彦「はは」
　×　×　×
　楽しそうに食事をする和彦と百合のモンタージュ映像。
　×　×　×
和彦「彼女になってほしい」
　百合、飲んでいた水を吹き出し、
百合「え?」
和彦「好きだから」
百合「急に切り出すんだね」
和彦「ダメ?」
百合「そんな焦りなさんなって」
和彦「……」
百合「いいよ」
和彦「え」
百合「でも条件が一つ」
和彦「何」
百合「次のデートは、もっと気軽な居酒屋にしよ。……あ、今日がイヤだったたって事じゃないからね!? すっごく美味しかったし! ただ、どうしても緊張しちゃって……」
和彦「はは、うん。わかった」
百合「ありがと」
　笑って見つめ合う2人。

37 道・深夜

　並んで歩く和彦と百合。

和彦、そっと百合の手を握る。握り返す百合。

× × ×

あづの湯の前を通り掛かる。明かりがついている。

和彦「ん」
百合「え?」
和彦「いや……」
百合「大丈夫?」
和彦「うん」

38 百合のマンション前・深夜

百合を見送る和彦。

百合「じゃあ……ね」
和彦「じゃ」
百合「ラインするね」
和彦「うん」

建物内に入った百合が見えなくなり、和彦は歩き出す。

39 道・深夜

再びあづの湯の前を通りかかった和彦。まだ明かりがついている。

40 あづの湯・玄関・深夜

和彦、玄関から中を覗こうとするがなかなか見えない。

思い切って玄関をドンドンと叩く。扉が開く。顔を出したのは松本。

和彦「松本」
松本「何してんすか」

和彦、松本の服に血が付いているのに気付く。それに気付いた松本、和彦を無理やり中に引き入れる。

和彦「ちょっ!」
松本「何しに来たんすか」
和彦「お前こそ何を……」

小寺が来る。

小寺「和彦?」
和彦「小寺さん!」
小寺「松本、いいよ、離して」

松本、和彦を掴んでいた手を離す。沈黙。

小寺「じゃあ、2人で掃除、頼める?」
松本「分かりました」
和彦「……」

松本、浴場へ向かう。

和彦「なんで松本にやらせてるんですか」
小寺「なんでって」
和彦「いやだって……」
小寺「……とりあえず、頼んだよ。ちょっと急ぐから」
和彦「……」

小寺、車庫の方へ向かう。

41 同・浴場

和彦が来ると、既に松本は掃除を始めている。

松本「2人だと倍早く終わりますね。助かります」
和彦「……」

和彦も掃除を始める。
松本、不機嫌そうな和彦の顔をちらりと見るが、気にせずに掃除を続ける。

42 あづの湯・フロント・昼

和彦、ロッカー鍵の整理をしている東に話しかける。

和彦「聞きましたか?」
東「何を」
和彦「昨日の夜……」
東「聞いたよ」
和彦「どうして……」
東「どうしてかって? この際だから正直に言うけどね、例の仕事は本当は松本くんに手伝ってもらおうと思ってたんだよ、元々。こないだは君が勝手に入ってきたから任せただけで」
和彦「松本に?」
東「仕事の内容が内容だから、松本くんの方が向いてると思ったから」
和彦「そんな、俺だって……」

東「別に和彦くんがダメだって言ってるんじゃない」
和彦「……」
東「小寺くんとも話して決めたんだが……聞いてる？」
和彦「はい」
東「昼間の通常の銭湯の業務は和彦くんがリーダー、夜の殺した後の掃除の方は松本くんがリーダーっていう事で、今後やっていきたいんだが」
和彦「松本がリーダー？」
東「夜の方はね。昼間は和彦くんがリーダー」
和彦「……」
和彦、窓の外でタバコを吸いながら小寺と談笑する松本を見る。
東「オーケー？」
和彦「……分かりました」
東「じゃ、よろしく」
和彦「次はいつですか、夜の掃除は」
東「今夜だ」

43 あづの湯・浴場・深夜

和彦と松本、女性の死体をくるむ。和彦、死んだ女性の顔を眺める。
松本「好みっすか」
和彦「は？ 何言ってんだ、バカ」
松本「だってじっと見つめてるから」
和彦「なんでこの人は殺されなきゃいけなかったんだろうって、思っただけだよ」
松本「……そんな事考えるんすか」
和彦「そりゃ考えるだろ、普通」
松本「いや、それはやめた方がいいっすよ」
和彦「は？」
松本「そんなんじゃ身が持たんっすよ。ただ何も考えずに処理しないと。こういうのは」
和彦「……」

44 同・ボイラー室

和彦と松本、ボイラーの扉を閉める。
松本「じゃ、俺ちょっと東さんのトコ行かないとなんで」
和彦「あれ、東さんは？」
松本「だいぶ前に出掛けましたよ。俺も呼ばれてるんで」
和彦「え、どうして？」
松本「何がっすか？」
和彦「どうして松本が呼ばれてんの？」
松本「次回の案件の打ち合わせ的なやつらしいっす。なんで、掃除お願いできますか」
和彦「……そっか。わかった」
松本「じゃ、お願いします」
松本、出て行く。ボイラーを見つめる和彦。
和彦「（外の松本に向かって）いってらっしゃい！」

45 同・浴場

1人で床を磨く和彦。あまりはかどらない。

46 百合のマンション・リビング・深夜

インターホンが鳴る。
百合「誰だこんな時間に……（時計を見つつ受話器を取り）はい」
和彦（声）「鍋岡です」
百合「鍋岡くん？」
和彦（声）「ごめん、遅くに。起きてた？」

47 同・エントランスホール

百合（声）「どうしたの⁉」
和彦「いや、なんか……会いたくなって」
沈黙の後、自動ドアが開く。

48 同・リビング

和彦と百合が入ってくる。
和彦「おじゃまします」
百合「お茶……入れるね」
和彦「うん」
百合が和彦の近くを通ろうとした瞬間、

　和彦は百合を抱き寄せてキスをする。
百合「……どうしたの」
　百合を抱きしめる和彦。

49　百合のマンション・寝室・朝

　同じベッドに寝ている和彦と百合。和彦は目が覚めていて天井を見つめている。
　百合の目が覚めて、
百合「おはよう。起きてたの」
和彦「おはよう」
百合「眠れなかった？」
和彦「ちょっと考え事してた」
百合「何の事考えてたの。仕事」
和彦「うん、まあ、ちょっと」
百合「……今日は何時から仕事？」
和彦「今日は休みだよ」
百合「え、いいなあ」
和彦「百合は？　仕事？」
百合「うん。今日は新作のリップの発売日だから、たぶん混むんだよね」
和彦「口紅？」
百合「そう」
和彦「へえ」
百合「……」
和彦「何」
百合「興味無いでしょ。コスメとかどうでもいいよね。分かってます」
和彦「百合の仕事なんだから興味あるよ」
百合「いいよ、無理しなくたって」
和彦「無理してないって！　こら！」
百合「もう！　遅れるってば！　ハハッ！」
　いちゃつき始める2人。
　和彦の携帯が鳴る。
和彦「ん」

50　あづの湯・浴場・昼

　和彦と松本、血まみれの死体を見つめている。東が来て、
東「（和彦に）悪いね、休みだったのに」
和彦「夜だけじゃなかったんですね」
東「あと2時間で開店だから、急げる？」
松本「了解しやした」
和彦「東さん」
東「（行きかけて）ん？」
和彦「小寺さんは？」
東「そいつが終わってまたすぐ出て行ったよ」
和彦「忙しいですね」
東「ああ、すごくね。で、とりあえず大急ぎでお願いできるか？」
松本「あ、もちろんっす」
東「ありがとう。私はちょっと出掛けなきゃいけないから」
松本「わかりました」
　東、そこを去る。
松本「和彦さん、やっちゃいましょうよ早く。お客さん来ちゃいますから」
和彦「あ、ああ」

51　同・ボイラー室

　和彦と松本、ボイラーの扉を閉める。
松本「じゃあ、あっち（浴場）、お願いしますね。あんな血だらけじゃ気持ち良くお風呂入れないから」
和彦「え？」
松本「この後すぐ小寺さんに合流しろって言われてるんで」
和彦「え、そうなの」
松本「はい。なんで、たぶん開店に間に合うか微妙っす。諸々お願いしていいすか」
和彦「そんな遅くなるの」
松本「っていうか和彦さん本当は今日休みっすよね。超申し訳ないっす」
和彦「それはいいけど」
松本「で、もう一つお願いがありまして。何時になるか分かんないんすけど、俺と小寺さんが帰ってくるまで待っといてもらう事ってできます？」
和彦「何時くらいになる？」
松本「全然読めないっす」
和彦「……わかった」

松本「マジすか。超助かります！　下手したら一人連れて帰ってきて殺さないといけないかもなんで」
和彦「うん、わかった」
松本「本当ありがとうございます！　じゃ、よろしくっす！」
和彦「うん……」
　松本、出て行く。
和彦「（舌打ちして）もう」

52　同・浴場
　和彦、1人で床を磨き始める。

53　雑居ビルの裏・夜
　小寺、車の荷台のドアを開き、そこに置いてあるバッグから銃を二丁取り出す。うち一丁を松本に渡す。
小寺「じゃ……」
松本「行きましょう」
小寺「……本当に来るのか」
松本「はい」
小寺「車で待っててていいんだぞ」
松本「小寺さん、行くって言ってるじゃないすか。一人でとか無茶っすよ。相手多いんでしょ？」
小寺「一応、初めてじゃないって東さんから言われてるけど」
松本「そうっすね。……ああもう。俺は行きますからね。もう一回写真見せてもらっていいですか」
　小寺、男の顔写真を松本に渡す。松本、それをしばらくじっと見つめる。
松本「行きます？」

54　雑居ビル・建物内・夜
　4階まで非常階段で上がってきた小寺と松本。
　お互いに目配せをして、非常ドアから中へ。
　まず小寺が進み、後を松本が追う。

55　あづの湯・フロント・夜
　タオルをたたみつつ、客に力無い挨拶をする和彦。時計を見上げてあくびをする。

56　雑居ビル・建物内・夜
　銃声。敵が倒れる。
　小寺振り返り、松本が発砲した事を確認。
小寺「……!?」
　松本、「しょうがないじゃないですか」という感じで、肩をすくめる。
松本「あ」
小寺「ん」
　次々に現れる敵。2人して彼らを倒して、進んでいく。
　小寺、松本の動きに目を見張り、
小寺「お前」
松本「そこそこ長いんで」
　2人、目的の部屋の前にたどりつく。1、2、3で突入。
　誰もいない……と思いきや、銃を握りしめた人影。

57　あづの湯・フロント・夜
　和彦、最後の客が出て行くのを見送る。
和彦「ありがとうございました」
　和彦、時計を見上げる。午前0時を回ったところ。

58　同・玄関前・深夜
　あくびをして伸びをする和彦。
　車が入ってきて、車庫の方へ行くのが見える。

59　同・車庫
　和彦、車庫に出る。運転席から松本が焦った様子で降りて来る。
　松本が荷台を開けると、腹から血を流している小寺。
和彦「小寺さん……!?」
　松本、手当を始めながら、

松本「和彦さん、タオルたくさん持って来て！」
和彦「た、タオル……？」
松本「早く！」
和彦「わ、分かった」
和彦、フロントの棚からタオルを一かたまり取り、持って来る。
松本、救急箱から消毒液を出して小寺の傷口を消毒、タオルで止血を試みる。
和彦「きゅ、救急車呼ぶね！」
松本「ちょっと待った」
和彦「え」
小寺、息絶える。
松本、小寺を置く。
松本「東さんは？」
和彦「いない」
松本、電話をかける。

60　田中の事務所・深夜
田中と東がそれぞれ黙って座っている。
あくびをする田中。
東の携帯が鳴る。
東「はい、もしもし。……うん……うん……分かった。松本は？……分かった。これから向かう」
東、携帯を切り、
東「田中さん」
田中「ん？」
東「小寺が……死にました」
田中「……撃たれたのか」
東「そのようです」
田中「……そうか。澤田は」
東、スマホでネットニュースの画面を出す。『銃撃戦 組同士の抗争か』という記事。
田中、スマホを受け取って記事をざっと読み、
田中「（スマホを返して）ご苦労さん」
東「じゃ、失礼します」
田中、行こうとする東の腕を掴み、
田中「一つ確認だが」
東「……」
田中「澤田んトコには……小寺くん一人で？」
東「そのはずですが」
田中「……一人で突っ込んだってえのか？んな無茶な」
東「ええ、私も止めたんですが」
田中「……」
東「そういう訳で、今後は仕事を請け負えるかどうか」
田中「何とかしろ」
東「せめて……せめて、時間をください」
田中「……」
田中、腕を離す。
東「ありがとうございます。では」
東、そこを去る。
田中「……」

61　あづの湯・車庫・早朝
荷台の上ですっかり冷たくなった小寺をじっと見つめる東。側には和彦と松本。
松本「すいませんでした」
東「ん？……うん。しょうがない」
松本「……」
東「松本くん」
松本「はい」
東「悪いんだけど、小寺くんを……いつもどおりに」
松本「わかりました」
東「……よろしく」

62　同・ボイラー室・朝
ボイラーの炎を見つめる和彦と松本。
長い沈黙。
和彦「松本、よく無事だったな」
松本「運が良かったんです」
和彦「そうなの」
松本「はい」
和彦「相手、っていうか、敵は？」
松本「ちゃんと殺してきました」

和彦「そうなんだ。お疲れ様」
松本「いえ」
再び沈黙。

63　同・浴場

和彦と松本、東がデッキブラシで床を磨いているのを見つける。
和彦「やりますよ、僕らで」
東「いやあ、今日は帰んな。疲れただろう、さすがに」
和彦「まあ……」
東「そうだ、風呂入ってけ」

64　同・浴場・しばらく後

和彦と松本、湯船につかる。「ああ……」と声を洩らす2人。
松本「最高っすね……」
和彦「うん」
松本「(和彦をちらっと見て）……だいぶ疑ってますよね、俺のこと」
和彦「え」
松本「俺が小寺さんを撃ったんじゃないかとか」
和彦「そんな事思ってないよ！」
松本「ハハ。なら良かったっす」
和彦「でも、その、何て言うか、松本って元々何してた人？」
松本「何も聞いてないんすか、東さんとかから」
和彦「うん」
松本「人を殺す仕事してました、簡単に言うと。あ、でもそんななんか、物騒なやつじゃなくて、その、何て言うんすかね、ヤクザ的な人しか殺してないんで。まあ俺を雇ってたのもヤクザなんすけど」
和彦「……東さんはヤクザ？」
松本「東さんはヤクザじゃないっすよ！どっちかって言うと俺に近くて、ヤクザから仕事を頼まれてる的な」
和彦「仕事って？」
松本「いやだから、人を殺すのにココを貸すっていう」
和彦「ここ？」
松本「そう、ここ。でも基本的には普通にお風呂屋さんっすから」
和彦「なんでそんなに詳しいの」
松本「いやだから、東さんに誘われた時に全部聞いたんすよ」
和彦「ああ、なるほどね。……っていうかさ」
松本「和彦さん、出ません？　熱くなってきた」
和彦「ああ、うん」

65　同・脱衣場・昼

服を着ながら喋る和彦と松本。
松本「何度か俺も仕事の時にここを借りた事があったんで、東さんとは知り合ってから、なんだかんだ長いんすよ、実際」
和彦「え、でもなんか普通に面接してたじゃん」
松本「あれは和彦さんが同じ日に来てたから、それで面接っぽくやっただけっすよ。急に履歴書とか用意しろって言われて」
和彦「ふうん。小寺さんもそんな感じでここで働くようになったのかな」
松本「そうなんじゃないすか」
東「小寺は違うよ」
和彦・松本「え？」
東がバスタオルをカゴの中に収めている。

66　同・休憩室・昼

座っている和彦と松本にコーヒー牛乳を差し出す東。
和彦・松本「いただきます」
東「小寺は殺しの仕事からは足を洗って、普通に働きたいって俺の所に転がり込んできたんだ。普通に銭湯の従業員として働きたいって言って。こっちもちょうど場所貸しの方はやめようと思ってた頃だったしな」

松本「(飲んで) うっま」
和彦「やめようと思ってたんですか」
東「銭湯はやめないよ？　殺しの場所貸しだけ」
和彦「ああ、はい」
東「今だってやめたいと思ってる。でも借金があってね、やめるにやめられず」
和彦「……」
東「飲みな、ぬるくならないうちに」
和彦「あ、はい」
松本「(和彦に) で、その借金してる先が田中で、借金返す代わりに仕事振られるから、断るに断れないって事っす」
和彦「松本もその田中って人の事知ってるの？」
松本「まあ、何度か会った事はありますね」
和彦「そうなんだ」
和彦「田中さんは……」
松本「『さん』いらないっす。田中」
和彦「田中……はヤクザ？」
東「……うん、まあ、ヤクザ」
和彦「いっぱいいるんですね、ヤクザ」
東「うん」
松本「……」

67　同・玄関前・昼

中から出てくる和彦、松本、東。

東「じゃあ、今日はお店開けないから、また明日」
松本「お疲れっす」
和彦「お疲れ様でした」
東「ああ、お疲れさん」
東は中に入り、歩き始める和彦と松本。
松本「(大あくびをして) 3秒で寝れる」
和彦「はは」
松本「じゃ、お疲れっす」
和彦「お疲れ」
松本、歩き去って行く。その後ろ姿をしばし眺める和彦。

68　道・朝

歩いている松本、前方に車が止まっているのに気付く。
中から田中が出てくる。
田中「やっぱり松本くんか」
松本「……何すか」
田中「小寺くんの事は残念だった」
松本「……」
田中「言ってくれよ、松本くんもいるんだったら」
松本「俺は普通に風呂屋の店員として働いてるだけなんで」
田中「まだ仕事はたくさん残ってるからね、ちょうど良かった！　ハハハ」
松本「……」
田中、車の後部座席のドアを開け、
田中「送ってくよ」
松本「……」
松本、車に乗り込む。

69　和彦の家・和彦の部屋・夜

ベッドの上で仰向けになり、天井を見つめる和彦。
部屋の外から恵子の「和彦、ご飯よ」の声。

70　同・リビング・夜

食卓を囲む鍋岡一家。静かな食卓。
恵子「大変そうね、お風呂屋のお仕事」
和彦「うん、まあそこそこ」
恵子「無理して体壊さないようにね」
和彦「うん」
間。
和彦「父さんは？」
修一「ん？」
和彦「仕事はどう？」
修一「どうって？」
和彦「いや、どんな調子なのかなって。大変？」
修一「ははっ」
和彦「ん」

恵子「そりゃ、どんな仕事だって大変よ」
和彦「そっか。そうだね」
修一「でも今はそんなに大変じゃないよ。先月までは大変だったけど、今は割と落ち着いてる。でも再来月あたりはまた大変になりそうだな」
恵子「そうじゃなくて、仕事ってそもそも大変なものでしょっていう事よ」
修一「そうかもしれんね」
恵子「ええ」
間。
修一「これおいしい」
恵子「よかった。作り過ぎちゃったから明日も食べられるわよ」
修一「はは、やった」

71　あづの湯・浴場・昼

デッキブラシで床を磨く和彦。3時30分を指す時計を見て、脱衣場にいる東に声をかける。
和彦「東さん」
東「ん?」
和彦「松本って今日休みですか?」
東「いや」
和彦「ん」
東「うん……」
和彦「もしかして」
東「うん」
和彦「でも、田中さん、田中も小寺さんが亡くなった事は知ってるんですよね?」
東「バレてしまったんだ、松本がいるのが」
和彦「松本、一人で行ってるんですか?」
東「もちろん一人で行ってもらってる」
和彦「大丈夫なんですか?」
東「はは。手伝いに行く?」
和彦「いや」
東「大丈夫だよ。プロだから、彼は」
東、去る。床磨きを再開する和彦。

72　同・休憩室・深夜

ぼうっと座っている和彦。側に東も座っている。閉店後の静かな店内。
外で車の音。
松本が手を後ろで縛られた男に銃を突きつけたまま入ってくる。そのまま浴場へ。

73　同・浴場

松本、男をひざまづかせて、サイレンサー付きの銃を男の額に当てる。
男「あ……あ……」
松本、男を撃ち殺す。
松本、和彦が手を口に当てて怯えているのに気付き、
松本「和彦さん。……和彦さん!」
和彦「ん?」
松本「後片付け、やりましょ」
和彦「うん」
松本「掃除もラクになるように気を付けるんで。これからも」
和彦「そ、そうなんだ。助かるよ」
松本「ユアウェルカム」
和彦「その人は、なんで殺されたの?」
松本「ん?」
和彦「田中が殺せって言ったんだよね?」
松本「はい」
和彦「どうして田中はその人を……」
松本「いや、わかんないっすね」
和彦「あ……そうなんだ」
松本「まあでも、仕事なんで」
和彦「……」
松本「窯の方、準備してきます」
和彦「ああ、うん」
松本、去る。
和彦、しゃがみこみ、死んだ男の顔を覗き込む。そこへ東の声。
東「大丈夫?」
和彦「え? あ、大丈夫です」
東「そうか」
和彦「なんで殺さなきゃいけないのか、知らないんですね」

東「仕事だからな」
和彦「……」
和彦、死んだ男の顔を見る。
和彦「こいつもヤクザですか」
東「いや、ヤクザではない」
和彦「……」
東「でも和彦くん、犯罪に手を染めてる人間ってのは、世の中ヤクザ以外にも色々いるんだよ」
和彦「分かってます」
東「ああ、そう」

74　居酒屋・夜
カウンターに並んで座って酒を飲む和彦と百合。
百合「元気無いね。どうした?」
和彦「そんな事無いよ」
百合「楽しくない?」
和彦「え?　何言ってんの、ものすごく楽しい」
百合「ハハ。もう一杯飲む?」
和彦「いや、ちょっと休憩しよっかな」
百合「じゃ、お茶頼もうか」
和彦「そうだね」
百合「(店員に)すいません、お茶ください」
和彦「ありがとう」
百合「ううん。あ、今日さ、田村くんから連絡が来てさ」
和彦「グループラインで?」
百合「ううん、個人的に」
和彦「え。どんな」
百合「ご飯行こうって」
和彦「……どうするの」
百合「行かないよ!　当たり前じゃん」
和彦「……なんでご飯誘ってきたのかな」
百合「なんでだろうね」
和彦、百合の手を握る。
百合「冷たっ!」
和彦「百合のがあったかいんだよ」
百合「え?　違うよ、和彦のが冷たいんだよ!」
和彦「ははっ。今日、行ってもいい?」
百合「今日?」
和彦「うん」
百合「うん、いいよ」

75　あづの湯・休憩室・深夜
東、松本、そして田中とアンジェラがそれぞれソファに座っている。
しばしの沈黙の後、田中が口を開く。
田中「アンジェラ。風呂入ってこい」
アンジェラ「お風呂?　今?」
田中「ああ」
アンジェラ「……分かった」
東「タオルとか、適当に使ってください。たくさん置いてるから」
アンジェラ「ありがとう」
アンジェラ、浴場へ。
田中「(アンジェラが見えなくなったのを確認し)もう一人いますよね?　従業員」
東「……ん、いや、彼は……」
田中「いるんですね?　やっぱり」
東「彼はただの……というか、普通の青年で、銭湯の仕事に専念してもらってる人間です」
田中「殺しについては何も?」
東「……はい」
田中「ははっ。東さん、なんでそんなすぐバレる嘘つくの。俺だって何の調べも無しに来てる訳じゃないんだから。殺した後の掃除を彼がやってるのは知ってんだから」
東「……」
田中「東大出身なんだってね、彼」
東「……そうみたいですね」
田中「何ができるの?　彼」

76　百合の家・寝室・深夜
ベッドの上で笑顔で見つめ合う和彦と百合。
そこへ先ほどの東や田中たちの会話が重なる。

東（声）「何が、というと？」

田中（声）「何かできるから雇ってるんでしょう？」

東（声）「いえ、最初は本当に、風呂の仕事だけやってもらおうと思って採用したんです。他に候補もいませんでしたから」

77 あづの湯・休憩室・深夜

シーンの続き。
田中「そりゃおかしいでしょう」
東「何がですか」
田中「なんで東大まで行ってる人間が、銭湯でバイトしようなんて考えるんです？」
東「それを不思議に思ったのは田中さんだけじゃありませんよ」
田中「（松本をちらっと見て）ではまあとにかく、小寺くんは残念ながら死んじゃったからねえ、代わりと言っては何だけども、松本くんにうちに来てもらわないと」
松本「……わかりました」
東「……すまん」
松本「いえ。元々、こっちの仕事担当で呼ばれたんすもんね、俺」
田中「話が早くて助かるよ。ハハ。それともう一つ」
東「何ですか」
田中、立ち上がり、
田中「そのもう一人の彼も、知ってしまっているんだ。松本くんと同様に使えるように育てるか、できないなら殺すか、どっちかにしてください。ただ掃除を手伝わせるだけなんて、うちとしてもリスクが高過ぎる」
東「しかし……」
田中「育てるか、殺すかです。では（行こうとする）」
東「田中さん、」
田中「（行こうとするが止まり）……なんですか？」
東「アンジェラさん、お風呂に……」
田中「……ああ。（松本に）俺は帰るから、送ってやってくれ」

78 マンションの前・車中・深夜

車が止まる。アンジェラの自宅マンションの前。運転するのは松本、助手席にはアンジェラ。アンジェラは泣いている。
松本、ダッシュボードからティッシュを出して差し出す。
アンジェラ「ごめんなさい」
松本「着きましたよ」
アンジェラ「……優しいね」
松本「ああ、いえ」
アンジェラ、車から降り、マンションの方へ歩いて行く。
アンジェラが振り返ると、車が発進する。

79 和彦の家の前・朝

和彦、家に近づくにつれ、見覚えのある車が停まっているのに気付く。
運転席の松本と目が合い、松本は助手席のドアを開ける。
和彦、車内に乗り込む。
和彦「……どうしたの」
松本「おはようございます」
和彦「あ、おはよ……っていうかなんで俺んち知ってんの」
松本、和彦の顔をじろり。
和彦「なんだよ」
松本「なんか、こんな事言うとアレっすけど、どんぐらい腹くくってんのかなって。和彦さん」
和彦「どんくらい腹くくってるかって……どういう事」
松本「自分で言うのもアレなんすけど、俺もそこそこ危ない目にあったりしてんすよ。昨日の夜だって。大の大人一人連れて来て殺すって、言うてもそんな楽な仕事じゃないすからね」
和彦「分かってるよ。どうしたの？」
松本「同じ事やってもらわないといけなく

なったんすよ。和彦さんにも」
和彦「同じ事って、」
松本「だから、外回りっていうか、俺と同じ事」
和彦「誘拐してきて殺すっていう事?」
松本「だからそうだっつってんじゃないすか」
和彦「怒んなよ」
松本「……女と会ってましたよね、さっきまで」
和彦「は?」
　松本、和彦と百合が写っている写真を取り出して、
松本「和彦さんの高校の同級生なんでしょ」
和彦「何だよこれ!」
松本「いやだからぁ!!」
和彦「(ビビって)え……? 何……? どうしたの……?」
松本「今自分が巻き込まれてる仕事がどんだけ危ねえか分かってねえんじゃないかって言ってるんですよ。ナメてんでしょ実際? 普通ね、こんな仕事やってて実家住んだままとか新しく彼女作るとか、マジでありえないっすからね。どんだけ自分の弱点増やす気なんすか? こういうの全部、敵に利用されるんすよ? 分かってます? 分かってねえだろうけど!」
和彦「……」
　間。
松本「黙んないでもらっていいっすか」
和彦「じゃ、俺……仕事やめた方が……」
松本「いやいやいや、今やめるとか許される訳無いじゃないっすか、普通に考えて。ね? 頭使いましょうよ。東大でしょ?」
和彦「学歴は関係ないじゃん」
松本「やめたいんなら方法が一個だけあります」
和彦「何……え、まさか……」
松本「はい」
和彦「自殺……?」
松本「違いますよ。田中を殺す」
和彦「田中を殺す……?」
松本「そう。奴さえ死んだら、あづの湯は純粋に銭湯としてやっていける」
和彦「田中を殺す……よし、やっちまおう」
松本「ノリで賛成すんなよ。どうせ俺が全部やってくれるとか思ってんでしょ」
和彦「え」
松本「とりあえずこの子と別れてください」
和彦「……え?」
松本「この子に危険な目に遭わせたくないんだったら。今日」
和彦「今日……?」

80 あづの湯・フロント・深夜

　フロントで仕事を片付ける東のところに、和彦と松本が来る。
東「ああ、お疲れさ……どうしたんだ2人そろって」

× × ×

東「田中を……君たちが」
松本「はい」
東「2人で? 和彦くんも?」
和彦「はい」
東「明日?」
松本「はい」
　東、和彦の顔をじっと見る。
松本「和彦さんも腹くくってるんで」
和彦「はい、大丈夫です」
東「……本当に?」
和彦「はい」
　東、フロントの引き出しから銃を取り出し、和彦に差し出す。
東「取って」
和彦「……」
東「ほら」
　和彦、おそるおそる銃を手に取る。
東「怖い?」
和彦「……大丈夫です、大丈夫です」
東「それ、あげる」
和彦「え? いや……大丈夫です……」

東「必要になるかもしれんよ」
和彦「……分かりました」
松本「使い方あとで教えますね」
和彦「うん」
和彦、銃を鞄にしまう。
和彦「一つ聞いていいですか」
東「なに」
和彦「いや……なんで今まで、その田中って人を殺さなかったんですか？」
東「……」
和彦「いやだって、現に今こうやって、すんなり殺すって案が通るんだったら、逆に今までやらなかった理由は何なのかなって……」
松本「和彦さん、田中を殺してジ・エンドで話が終わるなら二百年前にもう殺してますよ。それができなかったから今もこうして苦労してんすよ、東さんは」
和彦「ああ、そうか……」
東「いや」
松本「え」
東「もうそろそろ、私も我慢の限界だったんだ。しかし、自分では殺せないし、かといって君たちに頼むのも、な。松本くんだって田中から仕事を受けた事だってあるだろうから、田中を殺すっていうのは君らの仕事を奪う事にもなりかねん訳だ。だから……さっさと殺してほしいんだ、正直に言うと」
間。
松本「早く言ってくださいよ」
和彦「二百年前に」
松本「（舌打ち）うるさいっすよ」
東「でも和彦くん」
和彦「はい」
東「あの彼女とは別れた方がいい。今すぐ実家を出るのは難しいかもしれんが、せめて恋人はいない方がいい」
松本「あ、それは伝えました」
和彦「東さんも知ってたんですか」
東「ああ」
松本「彼女さんが危ない目に……」
和彦「分かってるよ！」
和彦、立ち上がる。
和彦「ちょっとじゃあ……行ってくる」
松本「待ってますね、じゃあ」
和彦「うん」
和彦、出て行く。

81 **百合のマンション前・深夜**

百合が出てきて、背を向けて立っていた和彦に話しかける。
百合「和彦くん」
和彦「ああ、ごめんね遅くに」
百合「中入りなよ、寒いじゃん」
和彦「いや、その、ここでいい」
百合「いや、私が寒いんだって」
和彦「あ、ごめん」
百合「ちょっ、何なの？　どうした？」
和彦「あ、うん……あのね……」
間。
百合「……別れたいの？」
和彦「そうじゃない！　別れたくはない！」
百合「別れたくはない……けど？」
和彦「ちょっと……事情があって……」
百合「……分かった。（少しだけ浮かんだ涙を拭いながら）別れよ」
和彦「ごめん」
百合「ううん」
和彦、百合を抱きしめる。キスをしようとするが、
百合「ちょっと、やめて」
和彦「え」
百合「やめよ、そういうの」
和彦「最後、一回だけ……」
百合「だからやめようって、そういうの。きれいに別れようよ」
和彦「……分かった」
百合「じゃあね。風邪ひかないでね」
和彦「うん」
百合、中へ入って見えなくなる。

82　あづの湯・休憩所・深夜

松本が寝転んでいるところに、和彦が帰ってくる。

松本「帰ったよ。これだけ描いてもらって」
和彦「いいよ。東さんは？」
松本「だったらいいんですけど。しんどかったらちょっと休んでからでも……」
和彦「あ？　泣いてねえよ」
松本「泣いてます？」
和彦「……」
松本、手書きの間取り図を示す。
和彦「何それ」
松本「田中の家の間取り」
和彦「じゃ……やる？」

×　　×　　×

松本、銃の使い方を和彦に教えている。

×　　×　　×

田中の家の間取り図を広げ、侵入経路を説明する松本、聞く和彦。

83　同・浴場

松本のすぐ後ろを和彦がついて周り、侵入のシミュレーションを行う。

84　居酒屋・深夜

カウンターで並んで座っている和彦と松本。松本は落ち着かない。

和彦「いい加減慣れなよ」
松本「いや、どうもね、アレっすね」
和彦「何」
松本「いやあ……」
和彦「酒飲まないって意外だった」
松本「俺みたいな仕事してて飲むヤツはあんまりいないっすよ。飲酒運転するみたいなもんだから。酒飲んでてちゃんと狙えるヤツって、分かんないすけど、日本人にはいないんじゃないっすか」
和彦「松本ってさ、何か趣味とかあんの」
松本「趣味？　無いっすね」
和彦「彼女とかは」
松本「いないっす」
和彦「今まで一回も？」
松本「いないっすね」
和彦「へえ。童貞って事？」
松本「なんなんすか、さっきから」
和彦「童貞なんだ」
松本「（舌打ち）東大行く人もそんな感じなんすね」
和彦「怒るなよ。ただ、何を楽しみに生きてんのか気になっただけだよ」
松本「ふん」
和彦「何だよ」
松本「じゃ、逆に聞きますけど、楽しみが無いと生きてらんないんですか」
和彦「は？……そりゃ、楽しみはあった方がいいに決まってる」
松本「俺はそうは思わないっすね」
和彦「……（店員に）あ、これ同じの、もう一杯ください」
松本「大丈夫すか、そんな飲んで、明日」
和彦「……（店員に）ごめんなさい、さっきのキャンセルで。あ、あったかいお茶ってあります？　お願いします」
松本「ハハ。一個聞いていいすか」
和彦「なに」
松本「マジで百万回聞かれた事かもしんないっすけど、なんで東大まで行っといて、こんな事してんすか。調べたら一回も就職してないじゃないすか、和彦さん。ずっとバイトで。バンドやってるとか夢追い系じゃないっぽいし」
和彦「ふん」
松本「何すか」
和彦「じゃ、逆に聞くけど、東大出たらいい会社に入って幸せになってないといけないんですか」
松本「なるほどね。ハハ」
和彦「幸せにはなりたいけどね」
松本「ハハハハハ！　その言い方ウケますね、『幸せにはなりたいけどね』」

和彦「ハハ、ハハハ」

85　同・玄関前

店内から和彦と松本が出てくる。
松本「ごちそうさまでした」
和彦「いいよ、松本は烏龍茶しか飲んでないし」
松本「じゃ、明日、13時に」
和彦「うん。おやすみ」
松本「お疲れっす」
別れる2人。

86　和彦の家・和彦の部屋・深夜

布団に入る和彦。

87　同・同・朝

アラームが鳴り、起き上がる和彦。一睡もできなかった様子。

88　あづの湯・休憩所・昼

和彦が入ってきたのを見つけて、立ち上がる松本。
松本「おはようございまっす」
和彦「おはよう」
松本「眠れなかったんすか」
和彦「うん」
松本「行きましょうか」
和彦「うん」

89　同・車庫

和彦と松本、車に乗り込み、出発。

90　田中の家の付近の道・昼

和彦と松本の乗った車が停まる。
和彦「（鞄から銃を取り出して、目の前の建物を見て）ここ？」
松本、和彦の銃を抑えて、
松本「目の前に車停めるバカがどこにいるんですか。この少し先っすよ」
和彦「あ、そうなんだ」
松本「大丈夫っすか」
和彦「うん、大丈夫」
松本、電話をかける。
松本「……あ、松本です、はい。……了解です。あ、裏の窓って開けてもらえました？　相談した所のやつ……ありがとうございます、助かります。失礼します」
和彦「東さん？」
松本「はい、今、中で田中と喋ってるらしいです」
和彦「そっか。よし、じゃあ……行こっか！」
松本、車を降りようとした和彦の腕を掴む。
和彦「ん？」
松本「和彦さんはここで待っててください」
和彦「え、どうして」
松本「俺一人で行くんで」
和彦「……？」
松本「いやだから、気を悪くしないでほしいんすけど、足手まといなんで」
和彦「でも、昨日……？」
松本「覚悟があんのか確かめたかったんすよ。この先も秘密を守れるかとか、怖気付いて裏切ったりしないかとか」
和彦「そんな事する訳ないじゃん」
松本「そんな事するヤツがたくさんいるんですよ、世の中」
和彦「え……（長く考えてから）そうなの？」
松本「だから、ちょっと待っててもらえます？　ここで」
和彦「分かった」
松本「あと、これ」
松本、スマホを和彦に渡す。
松本「（自分の胸のあたりに向かって）テスト」
松本の声がスマホから出る。
松本「一応これでこっちの音は拾えるんで、なんかあったら逃げてください」
和彦「なんかあったらって……！」
松本「俺が死んだりとかしたら」
和彦「……分かった」

松本、車から降りる。

和彦「松本。気をつけて」

松本「はい」

松本、ドアを閉めて出発。そんな松本を見つめる和彦。

91 田中の家・昼

松本、窓をそっと開け、内部に侵入。忍び足で中を進んで行く。

奥の方から銃声。

92 田中の家の付近の道・昼

スマホから銃声。銃声に反応する和彦。

銃を握り締める。

93 田中の家・昼

松本、更に奥へと進んで行く。

リビングで銃を持って呆然と立っている東を見つける。視線の先には倒れている田中。

松本「東さん」

東「……ああ、松本」

松本「田中は……」

東「……」

松本、銃を下ろして田中の方へ。

ふと顔を上げると東が自分の方へ銃を向けている。

松本「……（舌打ち）」

94 田中の家の付近の道・昼

銃声に反応する和彦。車の外に出る。

和彦「東さん……？」

95 田中の家・昼

腹から血を流して崩れ落ちる松本。

倒れていた田中が起き上がり、松本の手から銃を取り上げ、椅子に座る。

東「松本。すまない。すまない……！」

松本「どうしたんすか、東さん」

田中「松本くん……秩序を乱すっていうのは、年寄りにとっちゃね、君が思っている以上に大変な事なんだよ。結局、今のまま俺の言いなりになっている方が、東さんにとってはラクなんだ。分かんないだろうなあ、若者には」

松本「ははっ。だったらそう言ってくれりゃいいのに……」

田中「怖いんだよ、君らみたいな、色んな事やろうとするヤツが」

松本「なんじゃそら。（東に）なんだよそれ！」

東「すまない。すまない……！」

田中「なんか様子がおかしかったから聞いてみたら、すんなり俺の言う事聞いてくれたよ、東さん。怖いんだってさ。悪いね。で、もう一人の彼はどこだ？　一緒なんだろう？」

松本「……」

田中「まあいいや。しかし、そんなに俺の下で働くのが嫌だったのか？　悲しいぞ俺は、松本」

田中、立ち上がって松本に向かって銃を構える。

アンジェラが入って来る。買い物から帰ってきた様子でビニール袋を持っている。

アンジェラ「……何してるの？」

田中「あっち行ってろ、アンジェラ」

アンジェラ「何してるの！」

田中「いいから……」

アンジェラ、松本の所に駆け寄る。

アンジェラ「（田中に）田中が撃ったのか」

田中「なんだお前、いつの間に松本くんに惚れてたんか」

アンジェラ「……」

田中「アンジェラ、そりゃ浮気だぞ、お前。……アンジェラ！」

銃声。倒れる田中。

銃を構えた和彦が立っている。

和彦「（松本に）あた……当たった……！」

和彦、東に銃を向ける。

和彦「松本を撃ったの、東さんですよね？」
東「いや……ちが……」
　和彦、東を撃つ。倒れる東。
　間。
和彦「（アンジェラに）は、はこ、運ぼう」
　和彦、駆け寄って松本の体を抱える。
和彦「松本！　大丈夫？　死ぬなよ？　松本？　松本！」

96　田中の家の付近の道・昼

　運転席に乗り込む和彦。後ろには松本と、松本を支えているアンジェラ。
　和彦、エンジンを掛け、足元のペダルを見る。ペダルが2つ。
和彦「あの、あの、すいません！」
アンジェラ「何！」
和彦「どっちがアクセルですか！」
アンジェラ「は⁉」
和彦「これ！　どっちがアクセル⁉」
アンジェラ「知らないよ！」
和彦「くそっ」
　和彦、意を決してペダルを踏む。
　ブレーキランプが点灯。
和彦「……こっちか」
　和彦、アクセルを踏む。エンジン音が鳴る。
和彦「こっちだな！　よし！」
　アクセルを踏み込む和彦。更に高鳴るエンジン音。
和彦「……どうやったら進むんだ！」

×　×　×

　和彦の回想。先ほどここに到着したシーン。
　停車し、レバーをパーキングに入れてサイドブレーキを引く松本。

×　×　×

和彦「……これだな……⁉」
　和彦、レバーをドライブに入れ、サイドブレーキを解除。ゆっくり進み始める車。
和彦「よし……！　松本、もう少し頑張れ！」
　ノロノロと進む車。
アンジェラ「……遅いよ！　早くしないと、この人死ぬ！」
和彦「わ、分かってる！　静かにしろ！」
　スピードを上げる車。

97　和彦の家・玄関・昼

　松本を抱えて家の中に入ってくる和彦とアンジェラ。
和彦「母さん！　ただいま！　ちょっと助けて！」
　恵子が出てくる。
恵子「きゃっ！　ど、どなた⁉　どうしたの⁉」
和彦「後で話すから！　ちょっと助けて！」
恵子「（松本の怪我を見て）まあ、大変。こっちへ運びなさい！」
和彦「はいっ！」
恵子「救急車は？　呼んだ？」
和彦「（運びながら）呼べない！　後で話すから！」
恵子「何よそれ！」
アンジェラ「撃たれてる！」
恵子「あ、外国の方？」
和彦「いいから！」

98　同・リビング

　救急箱を持ってきて治療に当たる恵子。
　包帯を出しながら、
恵子「弾は？」
和彦「え？」
松本「か……か……」
　恵子、松本の口元に耳を近付ける。
恵子「貫通してるのね、はい。和彦、ここ、押さえてて」
和彦「はい」
アンジェラ「医者の人？」
和彦「そう、っていうか元看護師」
恵子「（消毒液を出して）しみるわよ。我慢して」
　恵子、消毒液をかける。目を見開く松本。

99　同・和彦の部屋・夜
松本、ベッドの上で目を覚ます。痛みに耐えながら起き上がる。

100　同・リビング
食卓を囲んでいる和彦、恵子、修一、そしてアンジェラ。
いつも通りの静かな食卓。
松本が入ってくる。
松本「あ……」
恵子「ダメよ、寝てなさい」
松本「いや、大丈夫です」
恵子「もう。じゃ、何か少し食べる?」
松本「あ、はい」
恵子「じゃ、ここ座って」
松本、椅子に座る。恵子は台所へ。
和彦「大丈夫?」
松本「はい。(修一に)こんにちは、お邪魔してます」
修一「いえいえ。どうぞ、ゆっくりしてって」
和彦「(松本にしか聞こえないように)父さんには何も言ってないから」
修一「ん、どうした?」
和彦「いや、何も」
修一「本当に病院はいいのかい?」
松本「あ、大丈夫です。ありがとうございます」
恵子、台所からひょこっと顔を出し、
恵子「うどんでいい?」
松本「あ、ありがとうございます」
恵子「はい」
修一「お風呂屋さんの仕事も、気を付けないと危ないんだなあ」
松本「はい。どうもすみません」
修一「いえいえ。どうぞゆっくりしていってください」
松本「ありがとうございます」
修一「アンジェラさんもね、是非」
アンジェラ「ありがとうございます」

101　同・和彦の部屋・深夜
ベッドに寝そべっている松本と、床に寝ている和彦。
松本「和彦さん」
和彦「なに」
松本「明日から、あづの湯……」
和彦「どうしようね」
松本「とりあえず、開けますか?」
和彦「いやいや、松本は休めよ」
松本「すいません」
間。
松本「和彦さんファミリーって……なんかあったかいっすね」
和彦「え」
松本「今まで食ったうどんで一番うまかったっす」
和彦「そっか」
間。
松本、寝息を立て始める。
和彦、天井をじっと見つめて何か考えている様子。

102　レストラン・夜
テーブルについて誰かを待っている様子の和彦。
田村が来て和彦のテーブルにつく。
田村「ごめん、超待たしちゃった!」
和彦「いや、全然」
田村「っていうかマジ久し振りだね! 急に連絡来たから超びっくりしたわ!」
和彦「ごめんね、急に」
田村「いやいや全然! っていうかなんで来なかったの、同窓会! みんな来て盛り上がったのに!」
和彦「いや、一応、行ったよ」
田村「え? そうなの? 絶対嘘だし! 来たんならなんで声掛けてくんないの! 冷たくない? え? 冷たくない?」
和彦「ごめんね……」

田村「で、相談って何？　あ、ちょっと待って、あれ、何か頼んだ？」
和彦「いや、まだ」
田村「（店員に）ちょっ、ごめん！（和彦に）ビールでいい？」
和彦「うん」
田村「（店員に）ビール2つお願い！　ごめんね！……で、なんだっけ」
和彦、スマホの画面を田村に見せながら、
和彦「こないだニュースになってたんだけど」
田村「何だっけこれ」
和彦「あづの湯っていう銭湯のオーナーが殺されたっていう……」
田村「ああ、知ってる知ってる。で？」
和彦「俺、そこで働いててさ」
田村「そうなの⁉　大変だねそりゃ！」
和彦「うん」
ビールが運ばれる。
田村「（店員に）ありがと。（和彦に）じゃ、とりあえず乾杯」
和彦「乾杯」
田村「（飲んで）ああ、うまい」
和彦「でね、銭湯としての経営は続けたいって思ってて……！」
田村「誰が？　和彦くんが？」
和彦「うん」

田村「そうなんだ。へえ」
和彦「でも、経営の事とか全然分からないから、田村くんにその辺相談したいなって思って……」
田村「なるほどね。全然いいよ、何でも相談してよ」
和彦「ありがとう」
田村「あ、その前に」
和彦「え？」
田村「和彦くんって、ひょっとして副島さんと付き合ってる？」
和彦「う、うん……最近別れたけど」
田村「そうなんだ。やっぱりそうか」
和彦「どうして」
田村「ちょっと前にご飯行こうって誘ったら断られてさ。で、他の女子とかに色々聞いたら、彩乃ちゃんが、副島さんと和彦くんが一緒にいるの見たって言ってたから」
和彦「彩乃ちゃん……？」
田村「橋下さん。覚えてないの？」
和彦「ああ……覚えてるよ」
田村「そっか、別れたんだ」
和彦「うん」
田村「ふうん。……で、銭湯だっけ。どんなイメージ？　和彦くんがオーナーっていう感じで行きたいの？」
和彦「いや、それよりも……」

103　あづの湯・夜・一ヶ月後

「一ヶ月後」の字幕。
フロントで客にタオルとロッカーの鍵を渡す和彦。
ボイラー室では松本が火を見ている。
アンジェラはタオルをたたんでいる。
百合が現れる。
和彦「あ」
百合「久し振り」
和彦「久し振り……」
百合「聞いたよ、ここ、田村くんがオーナーになったんでしょ」
和彦「うん。俺は雇われ店長」
百合「うん」
和彦「……うん」
再び見つめ合う2人。
長い長い間。
和彦「一個、伝えときたい事があって」
百合「何？」
和彦「俺、大学卒業してから大企業とか入ってないし、ビジネスで成功した訳でもないけど、なんかそんな風に思わせてた。ごめん」
百合「……そうなんだ」
和彦「うん」
百合「じゃ、私も一つ、隠し事を教えるね」

和彦「隠し事?」
百合「私がここのお風呂に入りに来てたのは、
　広いお風呂に入りたいからじゃないの」
和彦「どういう事?」
百合「ガスとか水道止められてお風呂入れな
　い時に来てたの。ずっと払うの忘れてて」
和彦「でも……何回も?」
百合「うん、ガスか水道か電気かどれか止
　まったら、入れないからね」
和彦「……なんだそれ」
百合「そっちこそ」
　顔を見合わせ、思わず吹き出す二人。
和彦「じゃ、今日は」
百合「ガスが止まったから水しか出ない」
和彦「お風呂、入ってく?」
百合「うん」

104　**同・休憩室・夜**
閉店後。
プチ宴会を開いている和彦、百合、松本、
アンジェラ。
松本は酒を飲んでいる。
笑いの絶えない宴会が続く。
和彦（声）「人生には何度か、一生これが続
　けばいいのにっていう瞬間が訪れる。何も
　かもが完璧で、幸福で、この瞬間のために
　俺は生きてきたんだと、そう思える瞬間が、
　本当に何度か」
　和彦の笑顔で映像がストップ。
和彦（声）「そして俺たちはまさしく、その
　瞬間のためだけに、生きているんだと思う。
　その何度か訪れる瞬間のためだけに。充分
　だ、それで」

―終わり―

火口のふたり

荒井晴彦

〈脚本家略歴〉

荒井晴彦（あらい　はるひこ）

1947年東京都生まれ。季刊誌『映画芸術』編集・発行人。日本映画大学特任教授。若松プロの助監督を経て、77年『新宿乱れ街 いくまで待って』で脚本家としてデビュー。キネマ旬報脚本賞を『Wの悲劇』(84)、『リボルバー』『噛む女』『待ち濡れた女』(88)、『ヴァイブレータ』(03)、『大鹿村騒動記』(11)、『共喰い』(13)で受賞。橋本忍に並んで最多受賞となる。他、『神様のくれた赤ん坊』(79)、『赫い髪の女』(79)、『遠雷』(81)、『嗚呼！おんなたち 猥歌』(81)、『キャバレー日記』(82)、『ダブルベッド』(83)、『海を感じる時』(14)、『さよなら歌舞伎町』(15)など多数の脚本を手がける。『身も心も』(97)で初監督。監督2作目の『この国の空』(15)は読売文学賞戯曲・シナリオ賞を受賞。3作目の『火口のふたり』(19)でキネマ旬報ベスト・テン1位、主演女優賞。ヨコハマ映画祭作品賞、最優秀新人賞（瀧内公美）、特別大賞を獲得。

監督：荒井晴彦
原作：白石一文「火口のふたり」（河出文庫刊）
製作：「火口のふたり」製作委員会
制作プロダクション：ステューディオスリー
配給：ファントム・フィルム

〈スタッフ〉

製作　瀬井哲也　小西啓介　梅川治男
エグゼクティブプロデューサー　岡本東郎　森重晃
プロデューサー　田辺隆史　行実良
企画　寺脇研
撮影　川上皓市
照明　川井稔
録音　渡辺昌
編集　深田晃
音楽　洲﨑千恵子
写真　下田逸郎
絵　野村佐紀子　蜷川みほ

〈キャスト〉

永原賢治　柄本佑
佐藤直子　瀧内公美

○ **丸子橋の河川敷**

川の向こうに武蔵小杉のタワーマンションが聳え立っている。
東海道新幹線が多摩川を渡っていく。
永原賢治（33）が糸を垂れている。
携帯の着信音。
賢治「はい」
功の声「賢治だが」
賢治「親父、何？」
功の声「直子が結婚するど。しぎは8月26日、キャッスルホテルで10時がら」
賢治「へえ……」
功の声「最初は、おめの住所教えでけれって電話してきたんだけど、そのうぢ、おじさんの方がら賢ちゃんさ伝えで、日取りど時間、教えでおいでけれって頼まれだんだ。来れるんだが」
賢治「……」
功の声「忙しのが」
賢治「まあ」
釣り糸が引いている。
賢治「その近辺でまとまった休みを作って、一度、そっちへ帰るわ」
功の声「ん、わがった」
賢治「じゃ」
と電話切る。
賢治、竿を上げる。
魚はいない。

○ **フォトアルバム**

女の手がフォトアルバムを開く。

三枚のモノクロ写真。

車椅子専用トイレの中、女の後ろ姿。

ワンピースのスカート部分は大きくまくり上げられ、裸の下半身が露出している。

一枚目では真っ直ぐだった背筋が二枚目ではかがむように折れ、三枚目では突き出された真っ白な尻で画面がいっぱいになっている。

女の手、アルバムのページを捲っていく。

ビルの隙間でよつんばいになった女の裸の下半身にペニスが挿入されている。

○ **風に揺れる稲穂の中、走る秋田新幹線**

○ **走るホンダの黒のフィット・車内**

佐藤直子（28）、運転している。

○ **賢治の実家・寝室**

家中に響くチャイムの音。

賢治、寝苦しそうにしている。

チャイムが鳴り続ける。

賢治、布団から這い出し、枕元の腕時計を見る。

腕時計の針は八時を差している。

賢治、立ち上がり、寝室を出て行く。

○ **同・玄関**

賢治「どなたですか」
直子の声「直子だよー」
賢治「はあ」
賢治、ドアを開ける。
直子「入っていい？」
直子、スニーカーを脱ぐ。
賢治「いま何時だと思ってるんだよ」
直子、ずんずん家の中へと進んで行く。
直子「その頭どうしたの？」
賢治「なんとなく」
直子「ピアスは？」
賢治「なんとなく」
直子「なんか悪いことして反省で坊主にしたんじゃないの？」
賢治「……自分の勝手にできるの髪の毛ぐらいなんて寂しいよな。なんで、俺が帰ってきてるって分かったんだよ」
直子の声「伸子さんに聞いたの」

○ **同・居間**

直子、周囲を見渡す。

賢治、居間に入って来る。

直子「伯母ちゃんが居た時と全然変わってな

いね。幾乃伯母ちゃんの記念館みたいじゃん、ここ」
　直子、テーブルの上のリモコンを取って、エアコンのスイッチを入れる。
賢治「自分ちみたいだな」
直子「小四の時から、この家にいたんだから。お母さんが死んで、伯母ちゃんが母親代わりしてくれて」
賢治「叔父さん、ＪＲで夜勤とか多かったからな」
直子「賢ちゃんが大学で東京行っちゃうまで、四年……。お母ちゃんがいなくなったけど、お兄ちゃんができたんだよね」
賢治「……」
　直子、引き戸に手をかけ、大きく開く。
　隣室は六畳の和室。
　直子、振り返って、
直子「きれいに掃除してるのね、伸子さん。伸子さんもすごいよね。電気もガスも停めてないんでしょ。なのに功伯父ちゃんは一度だって戻って来てないと思うよ」
賢治「……」
直子「伯父ちゃん、去年、高校の先生辞めて、伸子さんの書道教室で年輩の生徒さんたちに漢詩教えてるんでしょ」
賢治「そうらしい」
直子「罪滅ぼしかな、伸子さん」
賢治「……」
直子「だって伯母ちゃんから伯父ちゃん奪ったんでしょ」
賢治「お袋が死んだあと、偶然、再会して、付き合うようになったって、俺に説明したけど」
直子「嘘よね。一周忌直後に入籍して」
賢治「お袋が癌で入院してる時からだと思うよ」
　直子、仏壇見て、
直子「伯母ちゃん、ずっとひとりぼっちなんだね」
賢治「三回忌の時に親父と伸子さんに言ったんだ。あんたたちの家に持って行かないんだったら、仏壇は俺が東京へ持って行くって。そしたら、自分の家庭ひとつちゃんと守れなかったおめがなして、何がぶづだんの面倒見るっていうなよ。そんなちゃこいはごの中さ母さんはいねどって親父に言われた」
直子「じゃ、私が伯母ちゃん持って行こうかな」
賢治「……コーヒーでも飲むか？」
直子「うん」
　賢治、キッチンでコーヒーを淹れる。
　直子、仏壇に線香を上げる。
　賢治、コーヒーを持って居間に戻る。
直子「賢ちゃんのコーヒー飲むの久しぶりだなあ。最後に二人でコーヒー飲んだのいつだったっけ」
賢治「そんなの憶えてるわけないだろ」
直子「そりゃそうだね」
賢治「お前、ぜんぜん変わってないな」
直子「エステ、エステ」
　と笑う。
直子「最近のエステは凄いのよ。私も通ってみてびっくり仰天。ウェストなんか一ヶ月で五センチも細くなったんだから」
　と尻を振ってみせる。
直子「賢ちゃんもあんまり変わってない」
賢治「もう三十三だよ」
直子「私だってもうすぐ三十」
賢治「まだ二十八だろ」
直子「憶えてくれてたんだ、歳」
　直子、コーヒーを飲み干すと、
直子「ねえ、今から買い物に行くんだけど、賢ちゃん、付き合ってよ。どうせ予定なんてないんでしょ」
賢治「……」
直子「昼ご飯おごるからさ」

○同・玄関
　直子、籐でできたポストマークを外して、
直子「これ、ここにあるの勿体無いから貰うね。いいでしょ」
賢治「……」
直子「伯母ちゃんからの結婚祝い」
賢治「勝手なこと言って」
直子「前から素敵だなと思ってて、新居に似合うのよ」

○ヤマダ電機
ホンダ フィット、駐車場に入っていく。
車から降りる直子。
店頭に並ぶ行列の方へと駆け寄って行く。

○ホンダ フィット・車内
賢治、肘を突きうとうとしている。
直子、助手席に乗り込んで来る。
直子「ちくしょー」
賢治「どうしたんだよ」
直子、折り込みチラシを見せる。
直子「48インチのテレビとブルーレイレコーダー、ハチキュッパ狙って来たんだけど、全然間に合わなかった。暗いうちから並ばないと駄目だって会社の子が言ってたけど、本当だったよ」
賢治「先着五名か」
直子、ポケットから小さな紙片を出す。
『9』という文字が印刷されている。
賢治「なんだよ、それ」
直子「整理券。ハチキュッパは駄目だったけど、50インチでキュウキュッパのセットがあるの。こっちの先着十名には何とか間に合った」
直子、チラシを指差す。
賢治「じゃあ、このテレビとブルーレイを車に積んで持って帰るつもりなのか」
直子「そうだよ。そのための賢ちゃんじゃない。配送頼んだらお金かかるし、結婚式に間に合わなくなるもん」
賢治「はあ。店、何時に開くんだよ」
直子「十時」
賢治、腕時計を見る。
賢治「一時間もあるぞ」
直子「待つのよ」

○ヤマダ電機
テレビとブルーレイディスクレコーダーの箱をカートに乗せて、出てくる賢治と直子。

○柳麺 多むら・表
直子と賢治、車から降りて、来る。
賢治「昼飯おごるって、ラーメンかよ」
直子「大盛り頼んでいいから」
賢治「いいよ、並で」
直子「一万円も損しちゃったんだからしょうがないでしょ」
賢治「そんなの俺のせいじゃないだろ」
直子「損は損なの」

○同・店内
二人、カウンターでラーメンを食べている。
賢治「三回忌の時、あんな大変な仕事、もう限界って言ってたけど、保育士やめたのか」
直子「うん」
賢治「何の仕事してるの、いま」
直子「ずっとフリーターだよ」
賢治「さっき会社の子とか言ってたけど」
直子「別にどうってことない会社。お父ちゃんの顔で契約みたいな形で入れてもらったの。JR東日本の下請けのそのまた下請けみたいなとこ」
賢治「で、何の仕事してるんだよ」
直子「ただのパソコン事務だよ。賢ちゃんは?」
賢治「俺?」
直子「離婚して、会社も辞めて、大学時代の友だちの印刷会社に拾ってもらったって、三回忌の時に言ってたけど」
賢治「その会社、あれからすぐ倒産したんだ。震災のせいだよ」

直子「なんで、印刷と津波や放射能が関係あるの？」
賢治「石巻と八戸にあった製紙工場がやられて。大体、世の中はパソコンのせいでペーパーレスになってきてて、印刷業界は青息吐息だったんだけど、震災のイベント自粛で印刷物の注文が減って。注文があっても紙不足。電力不足への対応、２０１２年の電気料金の値上げで、もう、ギブアップさ。拾ってもらったと思ったら、一年でつぶれた」
直子「へえ。じゃ、いま」
賢治「プータロー」
直子「四年も無職でぶらぶら？　それで、結婚式まで十日以上もあるのにいるんだ」
賢治「たまにバイトしてるさ」
直子「何の？」
賢治「道路工事の警備員とか」
直子「誘導棒振ってるんだ。カッコ悪い、見たくない」
賢治「見ないでいいよ」
直子「帰ってきて、実家に住めばいいじゃない。家賃浮くし」
賢治「帰ってきても……人妻じゃね」
直子「どういう意味？」
賢治「……」

○同・表・車内
賢治「新居はどこなんだよ」
直子「浜田浜海水浴場と桂浜海水浴場の間かな」
賢治、溜め息まじりの一息を吐き、アクセルを踏み込む。
直子「賢ちゃん、怒ってるの？」
賢治「別に」
直子「だったらいいけど……ラーメン、ちょー美味しかったね」

×　　×　　×

走るフィット。
賢治「陸上自衛官⁉　なんで？」
直子「職場の仲間の紹介よ」
賢治「四十で独身なんてあやしいな」
直子「賢ちゃんみたいにバツイチじゃないよ」
賢治「だから、あやしい」
直子「真面目で立派な人なの。賢ちゃんなんかとは大違いだよ」
賢治「四十で三佐なら、将官になるかもしれないな。しかし、そんなエリートがよくお前なんかと一緒になるって言ってくれたな」
直子「本当だよねー。ありがたいと思ってるよ」
賢治「だけど、防大出のエリートならそのうち市ヶ谷の本省にも行くだろうし、部隊勤務のときは全国あちこち動き回ることになるな」
直子「やっぱりそうかなあ。東京はもうイヤだなあ」
賢治「……」
直子「賢ちゃん、もしよかったらちょっと実家に寄って貰っていいかなあ」
賢治「別にいいけど」
直子「悪いね、時間使わせちゃって」
賢治「トイレに行きたいんだ」

○直子の実家・前
百坪近くある大きな二階家。
フィットが門の中に止まる。

○同・リビング
賢治、トイレから出て来ると、ソファに座る。
直子「ラーメンだけじゃ足りなかったでしょう。何か食べる？」
賢治「ああ」
賢治、部屋を見廻している。
台所から音がし始める。
賢治、羽の無い扇風機を見て、首かしげている。
スイッチを押してみる。

風が出てくる。
賢治「!?」
手をこわごわと入れてみる。
直子、盆を抱えて来る。
賢治「こんな広い家に七年も叔父さんと二人で」
直子「そうよ」
賢治「結婚もせず、定職にも就かず」
直子「そうよ」
座卓の上に、山盛りのウインナーの油炒めとキャベツの酢漬け、白ねぎと揚げ玉をのせた冷や奴、里芋とイカの煮っころがし、ビールの大瓶とグラスが並ぶ。
賢治「お、さすが」
直子「ウインナーが大好きだなんて、昔から子供みたいだって思ってた」
賢治「飲んでいいのか?」
直子「ここから新居までは私が運転するよ。賢ちゃんはテレビを運ぶの手伝ってくれればいいから」
直子、ビール瓶を持ち上げる。
賢治、ビールを注いでもらう。
賢治、一気にグラスのビールを飲み干す。
直子、立ち上がる。
直子「私、二階でちょっと荷物の整理をしてくる。ビールは冷蔵庫に入ってるから、あとは自分で取ってきてね」
賢治「おお」
直子、出て行く。
賢治、ウインナーを頬張る。

×　×　×

ソファに横になっている賢治、目を覚ます。

下半身にかかっているタオルケットに気づく。
二、三度頭を振ってから腕時計を見る。
三時半。

賢治、ソファから立ち上がる。

○同・階段

賢治、昇って行く。

○同・二階の廊下

賢治、奥の部屋のドアに近づき、ノックする。

賢治「……」

ドアノブを回し、そっとドアを開ける。

賢治「入るよ」

賢治、部屋に入る。

○同・二階の部屋

カーテンが引かれた部屋は薄暗い。

窓側に置かれたベッドのタオルケットが盛り上がっている。

賢治「直子」

直子、薄ら目を開ける。

直子「ああ、賢ちゃん」

賢治「お前も寝てたのか」

直子、こくりと頷く。

直子「今朝、五時起きだったもん。賢ちゃん、お酒飲んじゃったし、あとは私が運転するしかないでしょ。居眠り運転で事故ったりするわけにいかないもん。嫁入り前の娘が」

賢治「飲ませたのはお前だろう」

直子「賢ちゃん、お酒弱くなったね」

直子、笑う。

賢治「荷物の整理は終わったのか」

直子「大体ね」

直子、上体を起こす。

パジャマに着替えている。

腕を伸ばして窓辺のカーテンを半分開け、
直子「そこの机の上に面白いものあるよ」

パソコンデスクの上にフォトアルバムが積まれている。

直子「一番上の、赤いやつ持って来てよ」

賢治、ベッドに腰掛けた直子にアルバムを渡す。

直子、タオルケットを隅に避け、隣にスペースを作る。

賢治、直子の隣に座る。

直子、プラスチックケースから細長いアルバムを抜いて、開く。

アルバムの最初のページには三枚の写真。

デパートの車椅子専用トイレの中、直子の後ろ姿。

ワンピースのスカート部分は大きくまくり上げられ、裸の下半身が露出している。

一枚目では真っ直ぐだった背筋が二枚目ではかがむように折れ、三枚目では突き出された真っ白な尻で画面がいっぱいになっている。

賢治「お前、こんなのまだ持っていたのかよ」
直子「賢ちゃん、二十五、私、二十になったばかり。上京して二年目」
賢治「お前さ、高田馬場の保育専門学校入るために東京に来たんだよな」
直子「保育専門学校なんて、秋田にもあるし、仙台にもいっぱいあるよ。賢ちゃんのそばにいたかったからに決まってるじゃない。だから、賢ちゃんの阿佐ヶ谷の社宅のそばにアパート借りたんじゃない。何言ってるの、今頃」
賢治「分ってたけど、俺、怖かったんだ」
直子「何が?」
賢治「直子とそうなるのが」
直子「初めての時、賢ちゃんが怖いかって聞いたよね」
賢治「……」
直子「私が何て答えたか憶えてる?」
賢治「……嬉しいって呟いた」
直子「(頷く)」
　直子、笑みを浮かべ、賢治を見る。
賢治「……」
　直子、またアルバム見て、
直子「この写真、アパート出る時からパンツはいてなかった。賢ちゃんがそうしろって」
　賢治、直子の手からアルバムを奪い、次々とページを捲る。
　写真は全てモノクロで、直子や賢治の裸体や賢治のペニスを咥える直子の顔を接写したものなど、二人の痴態を撮影したものである。場所は、賢治のアパート、ビルの隙間、車の中、保育専門学校の中、トイレなど。
賢治「なんで、こんなもの取っておくんだよ。おやじさんにバレたらどうするつもりだったんだよ」
　賢治は写真から目を離せない。
直子「賢ちゃんはあの頃のこと、すっかり忘れたの?」
　賢治、アルバムを閉じて、直子に顔を向ける。
賢治「あの頃?」
直子「あの頃はあの頃。私には一個しかないけど」
賢治「忘れてはいないけど、思い出すこともない」
直子「ふーん……私のことも?」
賢治「ああ」
直子「じゃあ、私の身体も?」
賢治「……何を言ってるんだよ」
直子「このアルバム見ながら、私は、賢ちゃんの身体をしょっちゅう思い出してたよ」
賢治「変なこと言うなよ、こんなときに」
直子「別に変なことじゃないよ。賢ちゃんは私の身体が懐かしくなったことってほんとにいっぺんもないの?」
賢治「……」
　直子、賢治の膝からアルバムを取り上げる。
　膝の上でアルバムを開き、ページを捲る。
直子「これこれ」
　直子、一枚の写真を抜き取り、賢治に肩を寄せる。
直子「私、この写真が一番好きなんだ」
　ベッドの上、素っ裸で仰向けになっている賢治の上に、俯せで賢治の胸に頬をくっつけ両手を広げ飛行機のような格好をした素っ裸の直子の姿が映っている。

賢治は直子を両腕で抱きしめている。
二人ともカメラを見ている。

直子「これ、何してるところだか憶えてる？　二人で一緒に富士山の火口に吸い込まれようとしてるんだよ」

賢治「……？」

直子、呆れたような目で賢治を見る。

直子「これ」

写真の中の二人の背後に映っている壁に貼られた大きなポスターを指差す。

直子「これ富士山のポスターだったでしょ」

ポスターは、富士山の火口を真上から撮影したもので、小麦粉の入った風船が緑の地面に落ちて割れたような、現代アートのような写真。

賢治「何で俺たちはそんなことをしてるんだよ」

直子「本当に覚えてないの？」

賢治「ああ」

直子「この日、夜中に賢ちゃんからいきなり呼び出されて部屋に行ってみたら、賢ちゃん、ベロベロで、一緒に死のう、一緒に死のうってすんごいうるさかったんだよ。だったら一緒にこのまま抱き合って、あの富士山の火口に吸い込まれちゃおうよって私が言ったの。そしたら、賢ちゃん、今度はノリノリになっちゃって、それいい、めちゃくちゃ面白いよとか言って、あげくこんなふうに二人で記念写真まで撮っちゃったんだよ」

○　**走るフィット**

運転席に直子、助手席に賢治が座っている。

○　**直子の新居・表**

車から降りた賢治、直子の新居を眺め回して、

賢治「買ったのか？」

直子「築二十年で五百万」

賢治「へえー東京じゃ考えられない値段だな」

直子「でもね、冬寒くて夏暑いんだって」

直子、玄関のドアを開ける。

○　**同・リビングダイニング**

賢治、抱えていたテレビを、テレビ台の上に置く。

コーナーの本棚に本が並んでいる。

賢治、本を眺める。

ほとんどが司馬遼太郎の歴史小説だ。

賢治「もう、一緒に住んでるのか？」

直子「まだ、官舎。土崎の。結婚式あげてから」

賢治、本棚から『坂の上の雲』を抜いてぱらぱらとページを捲る。

直子「それ、愛読書だってさ。ずっと前NHKでドラマやってたでしょう。モックンが出てたやつ。宿舎でそのDVD見ながら、北野さんぼろぼろ泣くんだよ。びっくりしちゃったよ。私なんて日本とロシアが戦争したこともよく知らないんだもん」

賢治「ロシアから日本を守るための戦争だったって書いてあるんだよ。朝鮮を植民地にするための戦争だったのに」

賢治、本を本棚に戻すと階段を上がっていく。

○　**同・二階**

賢治「ここ面白いなあ。何に使うんだよ」

と下に向かって言う。

直子、見上げて、

直子「子供部屋」

○　**同・リビングダイニング**

賢治、説明書を見ながら、配線している。

賢治「スイッチ入れてみて」

直子、リモコンのスイッチを入れる。

50型の大画面に画像が映り、音声が聴こえてくる。

直子「わあー」

直子、チャンネルをサーフィンする。

直子、テレビを消すと、
直子「このテレビで北野さんと東京オリンピックを観るのかなあ。全然想像できないなあ」

直子「そんなとこに座ってないで、こっちに来たら」

と、二人掛けのソファから、テレビのそばに胡坐をかいている賢治を手招きする。

賢治「帰るよ」

と立ち上がる。

直子はソファの縁を叩く。

賢治、吸い寄せられるように直子の隣に腰を下ろす。

直子、身体をすり寄せる。

開いたカーテンの向こうが闇に染まり始めている。

直子「賢ちゃん、怖い？」

賢治「何が？」

直子「私と久しぶりにこんなふうにして、怖くない？」

賢治「怖くないよ」

直子「私も全然怖くない」

直子、賢治に身体を密着させる。

賢治「怖くないけど、帰るよ」

と、立ち上がって玄関へ向う。

○同・玄関
靴をはこうとしている賢治。

振り向くと直子がいる。

直子「賢ちゃん、今夜だけ、あの頃に戻ってみない？」

直子、賢治を壁に押しつけると、賢治の口を吸う。

賢治も応える。

直子の手は賢治の股間をまさぐる。

直子、賢治のシャツのボタンを外す。

直子、賢治の胸に口付けする。

賢治の手が直子のパンティの中に入る。

直子「ぐちょぐちょでしょ」

賢治、直子をうしろ向きにして壁に押しつけ、手を直子の股間へ。

直子、首をねじって賢治の唇を求める。

二人、口を吸い、舌を絡める。

直子、壁に頭をつけて、尻を突き出す。

直子、パンティをずらして誘う。

賢治、挿入。腰を動かす。

直子、壁に両手を付いて、喘ぐ。

直子、そのままずるずると床に膝を付いて四つん這いになる。

賢治、ブラジャーのホックを外す。外しただけで取らない。

直子「ベッドへ……このまま」

賢治「いいのか」

直子「うん」

二人、つながったまま、寝室のダブルベッドへ。

○同・寝室
直子、抜くと、賢治を押し倒して、またがる。

直子、腰使いながら、賢治の乳首を吸う。

賢治「ああ、出ちゃう」

直子、抜くと、賢治の放出するペニスをくわえる。

賢治「ああ……」

×　　　×　　　×

しわくちゃのシーツの上に全裸の賢治と直子。
直子「（含み笑い）これでこのベッドの筆下ろしも完了ね」
賢治「自衛隊とこの新品のベッドでしてないんだ」
直子「……」
賢治「なんで俺と最初に使うんだよ」
直子「……」
賢治「こういうシチュエーション、興奮するのか？」
直子「……」
賢治「なんで黙ってるんだよ」
直子「……」

賢治「お前、どうして結婚しようと思ったんだよ」
直子「私、お母さんになりたいんだよ」
賢治「子供が欲しいのか」
直子「震災でたくさんの人たちが亡くなるの見てさ、そんな気になったの」
賢治「どういうことだ?」
直子「一人娘の私が子供残さなかったら、死んだお母ちゃんが生きていた意味が亡くなっちゃうじゃない。お父ちゃんに孫の顔を見せてあげたいし」
賢治「なんかどれも嘘っぽいな。月並みで直子らしくない」
直子「……二年前に子宮筋腫が見つかってさ。ずっと経過観察してたんだけど、去年くらいから急に大きくなってきてて、お医者さんも産むのなら早い方がいいって言ってるのよ」
賢治「それ、自衛隊には話したのか」
直子「言うわけないじゃない」
　直子、賢治の股間に手を伸ばす。
直子「しよ」
賢治「そういえば、お前の実家でやった時、凄いイキ方だったな。盆休みで帰った時、叔父さんが酔って寝ちゃったから、お前の部屋へ行って」
直子「パンツを口に突っ込まれた」
賢治「声出したら、叔父さんが起きちゃうだろ」
直子「あの時、凄い感じた」
賢治「そうか、ヒトを気にすると興奮するのかってデパートのトイレに行ったんだ」
直子「もう、ダメ」
　直子、賢治にまたがる。

○ 賢治の実家・表

　げっそりとした感じの賢治が帰ってくる。

○ 賢治の実家・寝室

　賢治、倒れ込むように寝床にもぐり込む。

× × ×

　賢治、目が覚める。

　勃起している。

　賢治、ペニスを鷲掴み、立ち上がる。

　服を着て、飛び出す。

○ 直子の新居・表

　籐のポストマークが付いている。
　賢治、呼び出しボタンを押す。
直子の声「はい」
賢治「俺」
直子の声「えっ、賢ちゃん」
　と、びっくりした声。

○ 直子の新居・玄関

直子「どうしたの? 忘れ物?」
　賢治、靴を脱いで上がり込む。
直子「どうしたの。何かあったの」
　直子、賢治の後ろについていく。

○ 同・リビングダイニング

　賢治、後ろからついてきた直子の方へ向く。

　直子、きょとん、とした顔で賢治を見る。

　賢治、直子の腰に両腕を回し、持ち上げる。

直子「えっ」

　賢治、直子を吊り上げると、ダイニングテーブルの上に直子の身体を下ろす。

　賢治、直子のジーンズをパンティごとずり下ろす。

直子「やめて」

　賢治、足首に引っかかったジーンズを引っこ抜いて、絡まったパンティごと床に放り捨てる。

　賢治、直子がばたつかせている両足を掴み、大きく開かせる。

　顔を埋める。

直子「いやだ」

　賢治、唇と舌を激しく動かす。

直子「あん」

賢治、口を使いながら、ショートパンツとボクサーブリーフを脱ぎ捨てる。
直子を貫く。
直子「あぅー」
賢治、腰を打ちつける。
賢治の興奮は極みに達する。
直子の白い肢に精液がぶちまけられる。
賢治、床にごろんと大の字になる。
直子の両脚がテーブルからはみ出している。
二本の脚はゆっくりと持ち上がり、シーソーのようにがくんと落ちる。
直子の身体が起き上がって来る。
直子、茫然とした表情で、光の差し込むベランダの方を見ている。
直子「賢ちゃん、テレビのところにあるティッシュの箱、取ってくれる?」

○ 商店街

賢治と化粧した直子、歩いている。
街角にイージスアショア反対の看板が出ている。
直子「そこのレバニラはそんじょそこらのレバニラと違うよ」
賢治「どう違うんだよ」
直子「レバーの新鮮さが全然違うんだよ」

○ 中華料理屋

賢治はレバニラ定食、直子はタンメンと餃子を食べている。
賢治「こんな店があるなんて聞いたこともなかった」
直子「聞くも何も、賢ちゃんはもう十五年もこの町に住んでないじゃん」
賢治「まるで裏切り者呼ばわりだな」
直子「実際、賢ちゃん、裏切り者じゃん」
賢治「……」
直子「もうさっきみたいなのはやめて。昨日言ったでしょう。今夜だけだって」
賢治「だったらレバニラなんて食わせるな」
直子「バカ。賢ちゃんの大好物だからでしょ。私、十日後に結婚するんだよ」
賢治「誘ったのはお前だろうが」
直子「だから、昨日一晩限りだって頼んだでしょ」
賢治「そんた言いがだだばさねがったど」
直子「したよ。今夜だけって言ったよ」
賢治「……あの頃さ戻ってみだば、帰りみぢどご見失った」
直子「どうしたの。急に方言で」
直子、薄気味悪そうな顔。
賢治「おめの結婚式どごぶっ壊そうなんて思ってね。そもそもその結婚式さ出るどって戻って来たんだべった」
直子「だったら、もう、さっきみたいなのはやめてね。私と賢ちゃんは、これで最後だったんだからね」
賢治「それがそうもいがね」
直子「どうしてよ」
賢治「まだ勃起してら」
直子「(唖然)……」
賢治「自分で火つけどいで、あどは勝手に一人で消せって言われだって、そんたごど誰だって納得できるわげねーべった」
直子「その秋田弁やめてよ。めちゃくちゃ気持ち悪いから」
賢治「……」
直子「……彼が出張から戻って来るまでだからね」
賢治「いつ帰ってくるんだ」
直子「来週の水曜日」
賢治「今日は?」
直子「金曜日……五日ある」
賢治「火曜日には解放してやるよ」
直子「絶対だよ」
賢治「(頷く)」

○ 直子の新居・リビングダイニング

大きなレジ袋を二つ提げた賢治と、直子が帰って来る。
賢治、テーブルにレジ袋を置くと、直子

の手を引く。

○**同・寝室**

賢治、部屋の入口で、直子の服を脱がせ始める。
賢治「どうせ、また汚れるだけだろ」
直子「駄目だよ。シーツくらい替えなきゃ」

× × ×

素っ裸で並んで寝ている賢治と直子。
賢治「ほんとに気持ちいいな」
直子「何が?」
賢治「セックス。すっかり忘れてたよ」
直子「普段はどうしてたの」
賢治「一人セックスばっかだよ」
直子「ふーん……賢ちゃん、昨日会ったとき、すごいにおったよ」
賢治「におった?」
直子「うん。この人、全然セックスしてないなってすぐ分かった」
賢治「どんなふうににおったんだよ」
直子「……お線香のにおいって感じかな」
賢治「死んだ人みたいじゃないか」
直子「本当のお線香のにおいとは全然違うんだけどね」
賢治「お前の方はどうなんだよ。とっかえひっかえってわけか」
直子「こっちに来て二年くらいはそんな感じだったかな。賢ちゃんに棄てられて、やけくそだったしね」
賢治「棄てたわけじゃない」
直子「棄てたのよ」
賢治「……自衛隊とはどうなんだよ」
直子「することはしてるよ……訓練で鍛え上げてるから胸板なんて鉄板みたいだよ。押さえ込まれたら手も足も出ないって感じ」
賢治「そりゃよかったな」
直子「よくないよ、そんなの。あの人が鉄板なら、賢ちゃんは蛇みたい。賢ちゃんの身体ってどこに骨があるんだか分からなくて、柔らかで……抱き合っているうちにその蛇が鞭に変わるの。賢ちゃんの身体はたまらないっていつも思ってたけど、久しぶりにやってみて、やっぱりつくづくそうだと思ったよ」
賢治「そんなこと他のどの女にも言われたことなんてないぞ。俺、そんなに柔らかくないし、骨が細いわけじゃない。俺の身体は俺がよく知ってるよ」
直子、賢治のペニスを握る。
直子「賢ちゃんが知ってる賢ちゃんの身体と私が知ってる賢ちゃんの身体とは違うんだよ」
直子、しごき始める。

× × ×

賢治、目覚める。

部屋は真っ暗。

窓の外のうっすらとした街明りで、ベッドの端で眠る直子の背中がぼうっと白く浮かび上がってくる。

賢治、ベッドを降りる。

○**同・トイレ**

賢治、排尿する。

賢治「!?」

ペニスの真ん中から亀頭までの包皮が腫れ上がっている。

○**同・寝室**

賢治、明かりをつけて、直子を起こす。
賢治「直子、直子」
肩を揺さぶる。
直子、薄目を開ける。
賢治「大変なことになったぞ」
直子「え、帰って来たの」
上体を起こし、引き攣った表情。
賢治「違う。これ」
と、腫れ上がったペニスを見せる。
直子「あらー」
と、人差し指でつつく。
直子「前も、こういうことあったじゃん」
賢治「そうだっけ」

直子「こすりすぎ。よっぽどしてなかったんだねえ」
と、しみじみ。
賢治「思い出した。あの時は、直子のも、ぷっくりふくれていたぞ」
直子「そうだっけ。ちょっと見てくれる」
直子、足を開く。
賢治、観察する。
賢治「少し腫れてるみたい」
賢治、触る。
賢治「ぷよぷよしてる」
直子「ちょっとやりすぎちゃったね」
賢治「あの時はどうしたんだっけ」
直子「濡れタオルで冷やしたと思うよ」

× × ×

シャワーを浴びた賢治、シーツにバスタオルを敷いて、仰向けになる。

直子が氷水の入った洗面器とタオルを持って来る。

直子、賢治のボクサーブリーフをずり下げると、濡れタオルでペニスをくるむ。

賢治「ああ、冷たくて、いい気持ちだ」

直子「また大きくなってきてるよ」

と呆れる。

○同・キッチン

賢治、フライパンにオリーブ油、ニンニク、イタリアンパセリ、赤唐辛子を入れて火にかける。

白身魚（タイ、スズキ、タラ、カサゴ、メバル）の外側と腹の中に塩を振り、外側に小麦粉をまぶし、フライパンに。

魚を裏返し、アンチョビを加え、潰す。

アサリ、白ワイン、水、ドライトマト、ミニトマトを加え、火を強める。

横で、直子が沸騰した鍋にパスタを入れる。

賢治、鍋に醤油とみりんを少々。

直子、野菜サラダを作っている。

賢治、鍋に塩とコショウをふり入れる。

賢治「パスタ、いい？」

直子「あと三分くらい」

賢治、フライパンでアスパラとベーコン、鷹の爪を炒める。

賢治「一本ちょうだい」

直子、パスタを一本取る。

賢治、食べてみて、頷くと、パスタをトングでフライパンに移し、オリーブオイルで和える。

○同・リビングダイニング

直子、アクアパッツアを一口食べて、にんまり。
直子「やっぱり賢ちゃん、ごはん作るの上手だねえ」
賢治「作って人に食べさせるのが好きなんだよ」
直子「知ってる」
賢治「久しぶりだよ。作ったのも、人に食べてもらうのも」
賢治、空になったグラスにワインを注ごうとする。
直子「一杯だけにしなよ。また腫れ上がっちゃうよ」
直子、新しいグラスを持って来ると、ポンジュースを注ぎ、賢治の方へ置く。
賢治「小学校の時からだよな」
直子「何が？」
賢治「食事の時はポンジュース」
直子「うん」
賢治、ペペロンチーノを自分の皿に取り分けながら、
賢治「母親になってどうするんだよ」
直子「どうするって」
賢治「どうして母親なんかになりたいんだよ」
直子「女だからよ」
賢治「子供産みたいから結婚するって動機不純だと思わないか」
直子「なんで？」
賢治「そんな理由で結婚させられる男の身に

もなってみろよ」
直子「どうしてよ。男の人だって子供が欲しいから結婚するんじゃないの。ていうか、結婚して子供ができなかったら愛想尽かすのは男の方でしょ」
賢治「そういう奴もいるかもしれないけど、男はその女とずっと一緒にいたいから結婚するんだ」
直子「女だってそうだよ」
賢治「だったら、お前はずっと自衛隊と一緒にいたくて結婚するのか」
直子「あたりまえじゃない」
賢治「なら、どうして自衛隊がいない隙に、俺とこんなことやってるんだよ」
直子「そんなの私の勝手じゃない。大体、昨日限りって言ったのに、つきまとってきてるのは賢ちゃんの方でしょ」
賢治「それにしたったって、結婚前のおなごがふつうこんただごどしねべ」
直子「そんなこと賢ちゃんに言われる筋合いじゃないよ」
賢治「筋合いも何もねって。おめが昨日話したごどはなんか嘘くせって、正直、俺は思ってらった。んだがらさっと訊いでみだだげだ。そんたにムギになるながそもそもおがしいべ」
直子「やめてよ、そのヘンな秋田弁」
賢治「結局のところ子宮筋腫がでかくなってきたんで慌てて相手見つけたって話だろ。俺はそういう〝子供産みたいから結婚〟はイヤだな」
直子「自分だって、子供いるくせに」
賢治「……」
　賢治、手帳に挟んである娘の写真を思う。
直子「幾つになったの？」
賢治「……六歳かな」
直子「会ってるの」
賢治「一歳の時に別れたきり、会ってない。面会権を放棄させられたんだ」
　賢治、俯いてしまう。
直子「賢ちゃん」
　賢治、顔を上げる。
直子「ほんと、悪いけど火曜日までだからね。それは絶対に約束だからね」
賢治「（頷く）」

○ **堀端**
　賢治、歩いている。
　信号を渡る。

○ **××美術館**
　富士山の絵が飾られている。
　賢治、見ている。
　その中に富士山が噴火する絵がある。
賢治「⁉……」
賢治「……」

○ **商店街**
　賢治、歩いている。
　ビルとビルとの隙間を見つける。
　突き当たりは、他のビルの背面で壁になっている。

○ **ビルの壁と壁の隙間（八年前）**
　ハンカチの猿ぐつわを噛まされた四つん這いの直子を賢治が突いている。

○ **赤煉瓦の道**
　賢治、歩いている。

○ **メルカートわかば前**
　賢治、歩いてくる。
　直子が待っている。
直子「よくなった？」
賢治「ああ」
直子「使えそう？」
賢治「ああ」
直子「やった」
　と小さくガッツポーズ。

○ **同・中**

　賢治、肉を見て、
賢治「すき焼き、ステーキ……」
直子「ビーフシチューは?」
賢治「明日になっちゃう」
直子「じゃぁ、これでハンバーグ」
賢治「いいね」
　直子、グーサインを作る。

○直子の新居・キッチン

　ホットプレートの上の六枚のハンバーグに焼き目がついていく。

　賢治、アルミホイルの上にタマネギ、キノコを敷き、その上にハンバーグをのせる。

　デミグラスソース、テリヤキソース、ポン酢をそれぞれ二枚ずつにかけて、ホイルで包み込む。

　ホットプレートの上のアルミホイルがふくらんでくる。

　直子、マッシュポテトを作っている。

×　×　×

　直子が食器を洗い、賢治が拭いている。
直子「ハンバーグおいしかったね。三枚も食べちゃった」
　天井から下がっているライトが揺れる。
直子「あ、ねえ、地震じゃない」
　部屋中が揺れ始める。
　食器棚の食器が音を立てる。
　直子、賢治にしがみつく。
直子「出なくていいの?」
賢治「うん」
直子「賢ちゃん、恐くないの?」
賢治「大きくないよ、これ」
　揺れ、だんだん収まる。

○同・浴室

　湯船に浸かってる賢治と直子。
直子「さっきより栗駒の時はもっと揺れた。高三の時。震度四だった」
賢治「震災の時、どうだった?」
直子「五弱」
賢治「……どう思った?」
直子「栗駒の時より大きいなって」
賢治「……同じ東北で、秋田、被害なくて」
直子「……なんか負い目みたいのあるよ。申し訳ないっていうか……高校の時の友だちで、釜石や仙台や石巻にいる子がいて、電話してみたら、旦那がぎりぎり助かったとか、二階にいて大丈夫だったとか……だから、生きてることって有難いんだって思って……疎遠になってる友だちとか、元カレとかに会って、お互い元気で、生きててよかったってお酒飲みたくなった」
賢治「元カレって?」
直子「賢ちゃんだよ」
賢治「そうか」
直子「賢ちゃんは?」
賢治「……東北ってツイてない……ずっとって」
直子「ずっとって」
賢治「平安時代には蝦夷《えみし》とか呼ばれて、朝廷に征伐されて、明治維新の時には、奥羽越列藩同盟はまた朝敵にされて負けて、『白河以北一山百文』と軽蔑され、差別され、遅れた東北にさせられてきた。そこに津波だもの、ツイてない東北」
直子「他人事みたい」
賢治「だって、他人事だろ」
直子「ひどくない」
賢治「被災者の身になったふりはできるけど、被災者の身にはなれない」
直子「正直だね」
賢治「あ、それで自衛隊か。負い目か」
直子「……そうか……そうかも……」
賢治「自衛隊は、もう被災地じゃなくて、集団的自衛権行使で、戦地へ行くんだぞ」
直子「⁉」
　直子、立ち上がると、
直子「私、出る」
賢治「のぼせたのか」
　直子、慌てて飛び出して行く。

○同・リビングダイニング
賢治、髪を拭きながら来る。
パジャマの直子がソファに座り込んで難しい顔をしている。
直子「賢ちゃん、何ともない?」
賢治「何が?」
直子「お風呂入る前からお腹が痛くて。あったまったら、よくなるかと思ったけど。そしたら……さっき、お風呂で洩らしそうだった」
賢治「下痢なら、出すだけ出した方がいい。俺は何ともないけどな」
直子「ハンバーグのお肉が、ちょっと赤かったよね、それかな」
賢治「百パーセントビーフだから、それはないと思うけどな」
賢治、直子の腹をさすってやる。
直子「あ、また」
直子、立ち上がってトイレへ行く。

○同・寝室
ベッドに寝ている直子の腹をさすっている賢治。
賢治「そういえば、お前、小さいときからお腹弱かったよな。それに昨日も一昨日もあんまり寝てないしな。疲れもあるかも」
目をつぶっていた直子が目を見開いて、賢治をうらめしげに睨む。
賢治「何で睨むんだよ」
直子「賢ちゃんのハンバーグのせいだよ、絶対」
賢治「肉にしようって言ったの、お前だよ。絶品だねって食べてたじゃないか、食べ過ぎだよ」
直子「……」
賢治「悪かったな、ごめん」
直子「いいよ、別に」
賢治、直子の腹や背中を撫でる。
直子、寝息を立て始める。

×　　　×　　　×

ダブルベッドの端と端に寝ている賢治と直子。
賢治、目を覚ますと首をねじって直子を見る。
直子は、目をぱっちり開けて、天井を睨んでいる。
賢治「おはよう。お腹はどう?」
直子「大丈夫みたい」
賢治「よかったな」
直子「ありがとう。ねえ、賢ちゃん、昨日の夜みたいになったら、私、どうすればいいの?」
賢治「はあ?」
直子「北野さんと一緒に暮らしてて、昨日みたいになったら、どうしよう」
賢治「看病してもらえばいいじゃないか」
直子「そんなのイヤだよ」
賢治「何でだよ」
直子「恥ずかしいよ」
賢治「お前、恥ずかしいって、尻の穴まで舐め合う相手だぞ。どうして恥ずかしいんだよ」
直子「私はね、賢ちゃんの前だと裸になっても恥ずかしくないし、どんなことされても、どんなことしても平気なの。だけどね、他の人だと恥ずかしいし、みじめな気がしてイヤになっちゃうのよ」
賢治「ふーん」
賢治、直子の方へ身体を近づける。
直子「やっぱり賢ちゃんとは血が繋がってるからいいんだと思う。そういうのって絶対ある気がする。いとこだって結構血は濃いでしょう。だから、私、他の人とセックスしても、賢ちゃんとしてるときみたいに燃えたことっていままで一度もないもん。世の中にはきょうだいでセックスしている人もいっぱいいるだろうし、親子だってきっといっぱいいるんだと思う。そして、そういうふうになったら、私たちみたいに気持ちよくて、やめようと思ってもなかなかやめられないんだよ」

　賢治、直子の身体を引き寄せる。

直子「私たちは血縁なんだし、どうせ切っても切れない関係なんだよ。だから、彼が戻ってくるまで、いろんなことしたって別にいいし、戻ってきたら、ぱっとやめちゃえば、それでいいんだよ」

　賢治、パジャマの隙間から直子の股間に手を差し入れる。

○ **秋田駅・東口・高速バス乗り場**
　リュックサックを肩にかけた賢治と直子。
直子「バスは初めてだね」
賢治「ああ」
直子「盆踊り行く人でいっぱいじゃん」
賢治「声出さなきゃ、絶対バレないさ」
直子「自信ないよ」
　二人、バスに乗り込む。

○ **走る高速バス**
　賢治と直子の足には膝掛けがかかっている。

　賢治の手が直子の膝掛けの下で動いている。

　直子は、眉間に皺を寄せ、唇を噛み締めている。

直子「スカートに染みができちゃう」

　賢治、直子の股間から手を抜く。

　直子、俯いて息を荒くしている。

賢治「パンツ取れよ」

　直子、パンティを取るとバッグにしまう。

　賢治、リュックからタオルを出すと、直子の尻の下に敷く。

　賢治、指を二本、直子の目の前に突き出す。

　直子、頷くと目を窓外の流れる景色にやる。

直子「うっ」

　賢治の手が激しく動いている。

　直子、俯き、拳を作って人差し指の付け根部分を口に押し込むようにする。

直子「うっ、うっ」

　直子の下半身が痙攣し始める。

　ヒールを脱いだ両足は真っ直ぐに伸び、爪先を思いっきり突っ張っている。

賢治「いけよ」

　直子、こっくり頷くと、全身を激しく震わせる。

直子「うーっ」

　賢治、通路の向うの席を見る。

　客は寝ている。

○ **湯沢商店街**
　賢治と直子、バスから降りてくる。

○ **ホテル・ツインルーム**
　賢治と直子、入ってくるなり、服を脱ぎ捨て、素っ裸になるとベッドへ。

　賢治が直子を抱き締めると、直子は甘いため息洩らす。

　賢治の手が直子の股間に触れただけで、直子は大きく身体をのけぞらせる。

○ **羽後町・本町通り**
　篝火がたかれている。
　櫓の上で囃子が奏され、甚句が歌われている。
　〽踊る姿にゃ　一目でほれた
　　彦三頭巾で　（サーサー）
　　顔知らぬ
　　（キタカサッサー　ノリツケ
　　ハダコデ　シャッキトセー）
　編み笠にあでやかな絹の端縫い、黒い布に目穴があいた彦三頭巾に藍染めの浴衣の踊り手が、しなやかな手振りと足さばきで踊っている。
　寄せては返す波のように、風に揺れる稲穂のように。
　賢治と直子、西馬音内盆踊りを見ている。

賢治「なんかエロティックだな」
直子「顔が見えないから?」
賢治「そうかもしれない。男か女かも分からない」
直子「この世とあの世の境目で踊ってるみたい」
賢治「亡者踊りって言うらしい」
直子「亡者って死んだ人?」
賢治「死んで成仏できない人」
直子「……私たちみたいだね」
賢治「どうして?」
直子「だって、私たち、一度、富士山の火口で心中したんだよ」
　賢治の手を握る。

×　×　×

　賢治と直子、歩きながら盆踊りを見ている。
賢治「今晩で終わりだな」
直子「約束守れる?」
賢治「駆け落ちしようか」
直子「本気?」
賢治「……」
　賢治、直子の手を握ると盆踊りの列を横切って、通りの向こうへ走る。

○　蔵を改造したワインバー

　賢治と直子、飲んでいる。
直子「賢ちゃん、なんで離婚したの?」
賢治「え」
直子「ずっと気になってた。なんで?」
賢治「浮気がバレたんだよ。残業と言っては朝帰りを繰り返し、やたら出張漬けになったから、バレるのは当り前だった。子供もいるし、別に離婚することは無いんじゃないかって言ったんだけど、向うの親父がぶちぎれて、離婚届に判押させられた」
直子「浮気だったの、その相手の人と?」
賢治「……離婚したから一緒になろうかって言ったら、そんな気はないって」
直子「ふーん」
賢治「女房と娘が出て行ったマンションで、眠れなくて酒ばかり飲んでいた。ある夜、気がついたら、電気スタンドから引きちぎったコードを首に巻き付けて、ふらふらと部屋の中を歩き廻っていた。窓ガラスに写った自分を見て、びっくりして、救急外来へ行った。それから心療内科通いで、会社も辞めた」
直子「賢ちゃんはこれからどうする気なの?」
賢治「どうするって?」
直子「だって、いまプータローなんでしょ」
賢治「何か仕事見つけて働くしかないだろ」
直子「でも、賢ちゃん、いま、仕事っていってもなかなか見つからないよ」
賢治「ああ」
直子「貯金は?」
賢治「借金ならある」
直子「私、少しなら貸せるよ」
賢治「フリーターのお前から借金するほど、まだ落ちぶれちゃいないよ」
直子「あのね、賢ちゃんは、弱虫で投げやりなくせに、片方でヘンに自惚れ屋なのよ。自分だったら何だってうまくいく、うまくいかないのは努力が足りないせいだって思い込み過ぎてるの。だけどさ、人間なんて駄目なときは幾ら努力したって駄目なんだよ。そういうときは思い切って誰かに頼るのも手だと私は思うけどな。伯父ちゃんと伸子さんもいるんだし。あの実家を処分しちゃえば。どうせ誰も使ってないんだもの。幾乃伯母ちゃんだって賢ちゃんのためだったら喜んで売りなさいって言うと思うよ」
賢治「お前の新居が五百万なんだろ。家なんかその半分でも買う人いないさ」

○　ホテル・ツインルーム

　ベッドで天井を見ている賢治と直子。
賢治「お前、俺が女房と付き合っているのにいつから気づいてたんだ」
　直子、賢治の顔を覗く。

直子「賢ちゃんが初めて彼女とセックスした日から。私を夜中に呼び出して、一緒に死のうって言ったでしょ。あの日でしょ」
賢治「うん。あの日、初めてホテルへ行って、送って行くタクシーの中で、結婚しようって言ったんだ……社宅のオンボロマンションに帰ってきて、一人になったとたん、なんかものすごく死にたくなったんだ」
直子「……私が死にたかったよ」
賢治「……ごめん」
直子「あの頃の賢ちゃんはすんごい怖かったよ」
賢治「怖かった?」
直子「うん。平気で嘘ついて私を抱くんだもん。男って残酷だなって思った」
賢治「そうか」
直子「でも、他の女の身体に触れた手で触られても自分がものすごく感じてしまうのが一番嫌だったな。だから、逃げようって思ったのよ。そうしないと自分の身体に負けてしまう気がしたから」
賢治「それで突然、こっちに帰るって言い出したのか」
直子「そうだよ。杉並区の保育園に就職が決まってたけど、もう、賢ちゃんの身体から逃げようと思って……」
賢治「それで、こっちの保育園に就職したのか」
直子「うん」
賢治「お前が、帰って、そのあとすぐに震災があって……」
直子「でもさ……もうちょっと待ってみる手もあったのかなって思うときもある。賢ちゃんが相手の人とうまくいかなくなるのは分かってたし、だったら、私、待ってればよかったかなって。ヘンな嫉妬なんてしないで、もっとちゃんと自分の身体の言い分を聞いてあげた方がよかったのかもしれないって」
賢治「自分の身体の言い分……」
直子「幾乃伯母ちゃんがね、本当はあんたたちが一緒になればいいって思ってた、って言ってくれたことがあったの」
賢治「いつ?」
直子「賢ちゃんの結婚式から帰って来てすぐ」
賢治「お袋が……」
直子「そのとき、しまったかなって正直思ったよ……人生って結構むずかしいよね」
賢治「そうだな……直子とは、いつか別れなきゃいけないんだと思ってた。初めてやった時から……近親相姦みたいで……俺、従妹とのセックスに溺れる自分をどっかですごく恥じていた。だから、やましくて、デパートのトイレとかビルの隙間で……」
直子「そうだったんだ」
賢治「直子は……」
直子「賢ちゃんがああいうの好きみたいだったから」
賢治「直子もすごく好きだったろ。いつだって、いい声上げて、イキ方が凄まじかった」
直子「賢ちゃんのことが好きだったから」
賢治「……お袋、早く言ってくれよ、だ」
直子「ほんと」
賢治「なんで離婚したのって聞いたけど、なんで結婚したのって聞かないのかよ」
直子「……」
賢治「できちゃったんだよ」
直子の寝息が聞こえてくる。
賢治、直子の身体をまさぐる。
直子のパンティを剥ぎ取り、うしろから突き刺す。
半睡のままの直子から喘ぎ声がもれ始める。
賢治、ふうっと息を吐いて、ペニスを抜く。
直子「どうしたの」
賢治「中に出したくなった」
直子「え……」
賢治「駄目だよな」

直子「……ごめん」

× × ×

賢治、目覚める。
カーテンは開いていて、窓は晴天の光に輝いている。
隣の直子はいない。
ライティングデスクの上に書き置き。

賢治「……!?」

○**走るバス**

眠っている賢治。

○**海が見える公園**

賢治、ババヘラを食べながら海を見ている。

直子の声「永原賢治さま。この前、情熱大陸を見ていたら冒険家の方が言っていました。生きてるだけで楽しいって思える人と、成功しなきゃ楽しくない人がいたら、生きてるだけで楽しいって思える人の方が何倍も得だって。私もそう思います。私はこの七年、楽しい、楽しいって言いながら生きてきました。何にもなくたって、生きてるだけで楽しいんだから、賢ちゃんもくよくよしないで、前に進んで下さい。私もそうします。この五日間、夢みたいに楽しかった。本当にありがとう。じゃぁ、結婚式で待っています。必ず来てね！　直子。追伸・ホテル代は払っておきます」

賢治、ポケットから直子の書き置きを取り出すと、ゴミ箱へ捨てる。

○**賢治の実家・寝室**

枕元の携帯が鳴り、賢治、目を覚ます。
携帯を開くと、『オヤジ』と表示されている。

賢治「はい」
功の声「寝てだが?」
賢治「ああ、どうしたの。こんたにはやく」
功の声「さっき佐藤の徹夫から電話きてよ、結婚式がのびだっていってだっけど」
賢治「結婚式って、直子の?」
功の声「んだ」
賢治「なしてよ?　理由《わげ》わよ?」
功の声「自衛隊にいってる旦那が急な任務ができだらしど」
賢治「何、それ。数ヵ月前に決めてた式に出られね任務って、戦争でも始まるなが」
功の声「まさが。昨日のばんげに二人がきてよ、式延期しなければいけねくなったって、言ってたらしいど」
賢治「延期って、へばいつやるなよ?」
功の声「おめ、直子から何も聞いてねなが?　何かあったんだべが?　んだども、こんた直前になって、止めるのは、おがしな」
賢治「俺何も知らねよ」
功の声「延期だって言われたらしいども、まあ、ドタキャンだよな。徹夫もとても納得できないと思うな」
賢治「直子さ聞いてみる」
功の声「何が分かったら教えてけれ」
賢治「分がった」

電話を切る。

賢治「(不安)……」

賢治、直子に電話をかける。

直子の声「賢ちゃん、ごめんね」
賢治「バレたのか」
直子の声「違うよ。出張から戻って来たら、急な任務で結婚式ができなくなったっていきなり言われたのよ」
賢治「急な任務って何だよ」
直子の声「教えてくれないのよ。極秘任務なんだって」
賢治「極秘?」
直子の声「うん。どうしても言うわけにはいかないって」
賢治「……」
直子の声「ねえ、賢ちゃん、いまからうちに来る?」
賢治「いないの?」
直子の声「今朝、早く出かけちゃった。出張だって」
賢治「どこへ」
直子の声「どこに行くかも言わないのよ」

○　直子の新居・リビングダイニング

賢治と直子、テーブルに向き合いコーヒーを飲んでいる。
賢治「急な任務っていうのは本当かな」
直子「どうして？」
賢治「結婚するのがイヤになってってことはないかな」
直子「そんなことあるわけないじゃない。きっと大変なことが起きているから、彼だって仕方なく取り止めたんだよ」
賢治「大変なことって何だよ」
直子「それはよく分かんないけど……」
賢治「お前、絶対口外するなって口止めされてるんだろう」
直子「私、何にも聞かされてないよ」
賢治「どっかの再稼働した原発がどうにかなったとか？」
直子「そんなんじゃないよ」
賢治「アメリカと北朝鮮が決裂して、北朝鮮がミサイル撃ってきたとか」
直子「だから何にも聞いてないんだって」
賢治「いつ頃帰ってくるんだよ」
直子「最低でも一ヵ月。それ以上かもしれないって言ってた」
賢治「最低でも一ヵ月？」
直子、椅子から立ち上がると、寝室のドアを開けて入って行く。
賢治「どうしたんだ、怒ったのか」
直子、長い筒のようなものを持って、出て来ると、賢治に差し出す。
賢治「何だよ、これ」
直子「今日、来てもらったのは、賢ちゃんにこれを返そうと思ったから。この前も実家でこれを探してたの。あのときは見つからなかったんだけど、昨日の夜、お父ちゃんに会いに行ったときにもう一度探したらやっと出てきたの」
筒は紙を丸めたもの。
直子「憶えてないの？」
賢治、テーブルに紙を広げる。
賢治「あーっ」
富士山の火口のポスター。
賢治「何でこれがお前のところにあるんだ」
直子「賢ちゃんが送ってきてくれたんだよ。結婚して引っ越すから、私が持っててくれって」
賢治「……」
直子「私、このポスター、額に入れて自分の部屋にずっと飾ってたんだよ。ずっと大事にしてたんだよ」
賢治「ずっとって？」
直子「結婚が決まるまで。結納を交わした日の晩に壁から外したの」
賢治「……」
直子「今度は、私が結婚するから、こっちが返す番だと思ってたのに……でも、ちょっと無理みたい」
直子、賢治の隣に来て、富士山の写真を見つめる。
直子「……噴火するんだよ」
賢治「噴火？」
直子「来週には発表するみたい。三百年ぶりの大噴火だって」
直子、ポスターを指差す。
直子「この世界遺産が」
賢治「⁉……」
直子「昨日、実家から帰ってきて、北野さん、疲労困憊で寝ちゃったの。結婚式ドタキャンなのに、その任務の内容も教えてくれないなんて、私、眠れなくなって、彼のパソコンファイルを片っ端から開いたの。パスワードは予想通り、『ＳＡＫＡＮＯＵＥＮＯＫＵＭＯ』で、極秘任務の文書を発見したわ」
賢治「特定秘密保護法で逮捕されるぞ」
直子「朝になって私の方からぶつけてみたの。そしたら、彼、顔色、変えて怒って、それでも食い下がったら、災害派遣部隊の指揮官の一人として、富士山周辺に駐屯して、災害救助、避難誘導、復旧作業、治安維持の現場指揮を取るんだって。今度、こんなスパイみたいな真似したら、君との結婚は本当に取り止めにするからなって凄まれちゃった」
賢治「そりゃそうだろう」
直子「でも、富士山が噴火するって知って、正直、もうこの人とは駄目だなって、私の方が先に見切りをつけたんだよね」
賢治「……？」
直子「だから、賢ちゃん、ここにいていいよ」
賢治「……」

○図書館
賢治と直子、富士山噴火に関する本を片っ端から手に取る。

○無印良品
賢治と直子、賢治の下着や着替えを買っている。

○海岸
いくつかの発電風車が並んで回っている。
賢治と直子がやってくる。

直子「明日になったら日本中、大騒ぎだね」
賢治「ほんとだな」
直子「こんなに静かで平和な感じなのにね」
賢治「まあ、こっちには火山灰は飛んでこないからな」
直子「賢ちゃん、いいときに戻って来てたね」
賢治、直子の横顔を見る。
賢治「だけど、お前はとんだ災難だったじゃないか」
直子「別にいいよ……子供、産むために結婚するなんて動機不純だって、賢ちゃん、言ったよね」
賢治「言った」
直子「私だって、ちょっとはそう思ってたよ。でも、だったら他に何かすることが自分にあるのかなって思ったんだよね。そしたら、やっぱり子供産むくらいしかないかなって。でも、富士山が噴火するって聞いた瞬間、何だか目が覚めたような気がした」
賢治「どうして」
直子「だって富士山なんだよ。私が毎日毎日見てきたあのポスターのあのおっきな火口からマグマが吹き出すんだよ」
賢治「今度はあそこから噴火するわけじゃない。山腹の斜面に新しい噴火口ができるってことらしい」

直子「だけど、ものすごい噴火になるのは事実でしょう」
賢治「東京に五センチの火山灰が積もるらしい。ちょっと雪が降ったぐらいで交通機関が麻痺するんだ。東京の都市機能は完全にパンクするな」
直子「それって、大変なことじゃない」
賢治「大変だよな」
直子「もう、何が起きてもおかしくないよ、この国は」
賢治「戦争みたいな時代が来るな」
直子「そしたら、どうするのよ。賢ちゃんはそういうときになっても何にもしないつもりなの？」
賢治「何もしないって、どういうことだよ」
直子「だっていままで見てきたあの富士山の姿がもうすぐ見られなくなるんだよ。賢ちゃんはそうなっても何も決めないの？もういい加減考えてばっかりいるのはやめて、自分の人生を生きてみようって、そんなふうには思わないの？」
賢治「静岡の浜岡原発の電気系統が火山灰でやられて、福島第一よりもっとひどいことになったら……だから、これからの人生のことなんか考えたり、計画したって仕方が無い。いまを好きに生きるよ。だから直子と一緒に暮らせるだけ暮らし、セックスするだけする。俺がいま一番やりたいことはそれだけだよ」
直子「そうなんだ」
賢治「俺の身体の言い分」

直子、笑う。

真っ赤な夕日が海に沈んでいく。

○ビルとビルとの隙間

背中を壁に張りつけた賢治の足元にしゃがみ込んだ直子が賢治のペニスをくわえている。

賢治、顔を上向ける。

細長い空はのっぺりとした暗闇。

ぴちゃぴちゃと猫が水を飲むときのような音。

賢治、ペニスを直子の口から抜くと、直子を起立させる。

後ろ向きにさせ、両掌を壁に密着させる。

スカートをめくり、パンティを膝元まで引きずり下ろす。

賢治、腰を沈めて、ペニスをあてがう。

押し込む。

直子「(小さな呻き)」

賢治、中腰で突き上げるが、いまいち。

賢治、挿入したまま、直子の向きを変える。

直子は両手を水平にして両側の壁につける。

賢治、思い切り突く。

直子が喘ぎ始める。

賢治、ポケットからハンカチを取り出し、丸めて直子の口に突っ込む。

しかし、直子の声は大きくなる。

賢治「声を出すな」

直子は少し静かになるが、堪えきれず、大きな声に戻る。

塾帰りの小学生が歩道を通り過ぎる。

賢治、右手を伸ばして、口にフタをする。が、喘ぎ声を抑えられない。

戻ってきた小学生たちが覗き込んでいる。

携帯の懐中電灯で照らそうとしている。

賢治「わッ!」

と大声を出す。

小学生たち、キャーッと逃げ去る。

賢治、ペニスを抜く。

直子のパンティを元通りにし、捲り上げていたスカートを降ろす。

自分のボクサーブリーフを上げ、ジーンズを穿き直す。

直子、口から吐き出したハンカチを返す。

賢治、ぐちゅぐちゅになったハンカチをポケットにしまう。

○表通り

賢治、通行人がいないのを確かめ、直子に合図を送る。

直子、隙間から出て来る。

賢治、歩き出す。

直子、追っかけてきて、

直子「どうしてやめちゃったの」
賢治「見られた」
直子「ほんと?」
賢治「お前の声が大き過ぎるんだよ」
直子「そんなに?」
賢治「出してるお前には、どんだけ大声か分からないんだよ」
直子「ふーん」
賢治「小学生みたいだった」
直子「小学生?」
賢治「塾帰りだろ」
直子「ちゃんと見えたの?」
賢治「携帯の懐中電灯つけたけど、何してるか分んなかったと思うよ」
直子「……」
賢治「……ロイホにでも寄って帰るか?」
直子「今夜はいいよ。それより早く帰って続きやろうよ。明日からはこの国は戦争だよ。いまのうちだよ」

賢治、直子の顔を見る。

賢治「戦争か。たしかにそうだな」
直子「行こう」

直子、賢治の方に手を伸ばす。

賢治、直子の手を握る。

二人、歩いていく。

○ **直子の新居・リビングダイニング**

賢治と直子、ニュースを見ている。

ふたりの顔にアナウンサーの声。

アナウンサーの声「今朝、気象庁が富士山の噴火予想を発表しました。約三百年ぶりの富士山噴火が、数秒単位で近づいているとの情報です。この噴火では、富士山周辺の地域への被害に加え、火山灰による首都圏などへの被害も膨大なものと予想されています。政府はこの発表を受け、緊急避難を呼びかけています」

チャンネルが変わる。

コメンテーター1の声「火山灰は『灰』と書きますが、何かの燃えかすではありません。ふわふわと空気のなかをさまよい飛ぶので、灰と言っていますが、実は火山灰の正体はガラスのかけらです。コップのガラスや窓ガラスと同じものなのです。この火山灰をわずかでも人が吸い込むと肺に相当の損傷を受けますし、ゴーグルをつけて外に出ないとあっという間に眼球を傷つけて激しい痛みに襲われます」

チャンネルが変わる。

コメンテーター2の声「火山灰がもたらす最大の災厄は、微細なガラスのかけらが電子機器の誤作動を引き起こすことです。冷却用の吸気口から侵入した火山灰は静電気によって精密部分に吸いつけられ、あっという間に電子機器を壊してしまいます。結果、電気、水道、ガスは正常に供給できなくなるし、信号機や踏み切り、銀行のＡＴＭなどコンピューターによって制御されているあらゆるシステムが機能不全に陥ってしまいます」

チャンネルが変わる。

コメンテーター3の声「首都圏の経済活動は長期にわたって大幅な停滞を余儀なくされます。三百年前の宝永大噴火並みの噴火が起きてしまえば、経済的損失は実に二兆五千億円に及ぶと試算されます。しかもこれは直接的な被害額に過ぎず、経済全般にわたる損害はその十倍に達するとの観測もあります」

チャンネルが変わる。

コメンテーター4の声「東日本大震災の津波、原発事故で深手を負ったあと、更に熊本地震、大阪地震、北海道地震、台風や豪雨による各地での河川の氾濫、土砂災害が続いている現状で、いままた首都圏を直撃する富士山大噴火が起きてしまえば、もはや日本経済は回復不能のダメージを受けてしまうに違いありません。それはまさしく昭和二十年の敗戦以来の国家的危機と呼んで差し支えないでしょう」

○ **直子の新居・寝室**

賢治、ベッドで眠っている。
直子、寝室に入って来る。
直子「賢ちゃん」
賢治、目を開ける。
賢治「直子」
賢治、直子を抱き寄せる。
賢治「富士山、まだ？」
直子「まだ」
直子、ベッドに入ってくる。
賢治「まだか」
直子を抱く。
賢治「直子」
直子「何、賢ちゃん」
賢治「中に出しても良い？」
直子、笑う。
賢治「何で笑うんだよ」
直子「良いよ」

○ **富士山が噴火している**

賢治と直子の喘ぎ声が聞こえる。

下村陽子の『紅い花咲いた』（下田逸郎

作詞・作曲）が流れてくる。
クレジットが始まる。

〽紅い花が咲いて　白い霧が晴れて
青い空がのぞき　あなたもそこにいる
とっても気持いい　とっても気持いい
静けさのまんなか　自分ひとりきりの
夜を過ごせたから　あなたにまた会えた
とっても気持いい　とっても気持いい

紅い花が散って　白い霧に抱かれ
星空に昇って　またひとりになれる
とっても気持いい　とっても気持いい

終わり

宮本から君へ

真利子哲也　港岳彦

〈脚本家略歴〉

真利子哲也（まりこ　てつや）

1981年、東京生まれ。法政大学在学中に8ミリフィルムで自主制作した短篇『極東のマンション』（03）『マリコ三十騎』（04）は、オーバーハウゼン国際短編映画祭で映画祭賞を受賞の他、ゆうばり国際ファンタスティック映画祭で2年連続となるグランプリ受賞など。東京藝術大学大学院映像研究科の修了作品として、初の長編映画『イエローキッド』（09）を発表。高崎映画祭で若手監督グランプリ、日本プロフェッショナル大賞で新人監督賞など。『ディストラクション・ベイビーズ』（16）はロカルノ国際映画祭で最優秀新進監督賞、ナント三大陸映画祭で銀の気球賞、ヨコハマ映画祭6部門受賞など。最新作『宮本から君へ』（19）は、日刊スポーツ映画大賞、ブルーリボン賞、高崎映画祭で最優秀監督賞を受賞。

港岳彦（みなと　たけひこ）

1974年生まれ。95年、日本映画学校（現日本映画大学）ドキュメンタリー演出コース卒。98年『僕がこの街で死んだことなんかあの人は知らない』で、シナリオ作家協会主催・大伴昌司賞受賞。08年『イサク』（いまおかしんじ監督）で第四回ピンクシナリオコンクール入選。主な作品に『MOTHER マザー』『宮本から君へ』『あゝ、荒野』『蜜のあわれ』『私の奴隷になりなさい』『結び目』『百年の時計』『赤×ピンク』など。

監督：真利子哲也
原作：新井英樹『宮本から君へ』（百万年書房／太田出版刊）
製作：2019『宮本から君へ』フィルムパートナーズ
制作プロダクション：スターサンズ
制作協力：CREDEUS
配給：スターサンズ　KADOKAWA

〈スタッフ〉
エグゼクティブプロデューサー　河村光庸
　岡本東郎
プロデューサー　佐藤順子
撮影　四宮秀俊
照明　金子康博
録音　西條博介
音楽　池永正二

〈キャスト〉
宮本浩　池松壮亮
中野靖子　蒼井優
風間裕二　井浦新
真淵拓馬　一ノ瀬ワタル
田島薫　柄本時生
小田三紀彦　星田英利
岡崎正蔵　古舘寛治
真淵敬三　ピエール瀧
大野平八郎　佐藤二朗
神保和夫　松山ケンイチ

1　**飛鳥山公園・広場（2018年　8月下旬）**
石段を上がる足元。
石段を上りきると公園へ出る。
穏やかな日常。子どもたちが遊んでいる。
そこへ顔を腫らした宮本がやってくる。
宮本に気づいた子供たちがザワついている。
宮本を見つめる。

2　**飛鳥山公園・公衆便所**
シンクに落ちる血だらけの歯。
宮本が鏡の前で、自分の顔を何度も殴る。
自分を奮い立たせるように、何度も何度も……。
鏡に映るその表情は、爆発しそうに殺気立っている。

メインタイトル「宮本から君へ」

3　**飯田橋・歩道橋　朝**
サラリーマンが行き交う歩道橋。

4　**マルキタ文具・外観　朝**
マルキタ文具の外観
×　×　×
会議室の前。同僚の田島がドアの中の様子を気にしている。
田島「……」
駆けつける大芝、田島に
大芝「大丈夫？」
田島、口に指を当て、
田島「うるさいよ！　お前…」
大芝「あ、ごめん…」
田島「静かにしてろ」
ドアに近づく大芝。
大芝「何か聞こえた？」
田島「いや、聞こえない」
中を気にする二人。

5　**マルキタ文具・会議室　朝**
扉のすりガラスに田島と大島の影が見える。
小田「……もう、身体はええんか？」
宮本「あ、だいぶ良くなりました」
小田「ん…」
テーブルにしかめっつらの岡崎部長、その向かいに三角巾の宮本と小田が並んで座っている。
岡崎「相手さんの容体はどないや」
宮本「……全治二ヶ月とか、三ヶ月とか聞いた気がします」
岡崎「せやけど二ヶ月いうたら傷害事件になるんとちゃうか」
宮本「病院で警察に事情聴取されたんですけど、向こうも訴える気ないようで和解成立って事で納得してもらいました」
小田「もうええんちゃいますか。済んでしまったことですし」
岡崎「アホ抜かすな！　どんな時代や思てんねん。済んでしまった事で済んでたまるか！」
宮本「すいません……」
岡崎「宮本、お前どないする気やねん、これから。嫁と子供持つんやろ？」
宮本「はい……あの、岡崎部長」
岡崎「喧嘩して天狗になるのは勝手やけどな。腕っぷしで飯食わせられるんか？　そんな歯で、仕事にならへんやろ。お前、この先、何のために働いて、何のために会社来る気や」
宮本「あ、あの……俺……家族のために、金稼ぎます」
岡崎「なら、も少しビシーと仕事せいや！」
宮本「はい！」

6　**マルキタ文具・前～駐車場　朝**
マルキタ文具の看板がある入り口。
浮かない表情の宮本と小田が出てくる。
宮本「小田課長」
小田「ん？」

宮本「なんか、いつも付き合わせちゃってすみません」
小田「は、仕事やで。こら他人事や」
　その脇の営業車に乗り込む小田と宮本。
小田「……喧嘩の理由はあえて聞かんけど、仕事ほかして入院してまでせなあかん事やったんやろ？　大っきい声では言われへんけどな、ええやないの、勝手しとったら。人間生きとる事自体、我儘やねんから」
宮本「……」
小田「みんな敵や思たったらええやんか。男一匹、千人でも万人でも敵に回したれよ。お前、そういう奴とちゃうんかい」
宮本「そうすよ。いつだって誰だって敵に回せますよ」
小田「カッコ、家族も含む、カッコ閉じや」
宮本「いや、それは……」
小田「お前の嫁は苦労するの覚悟させとかなあかんで」
宮本「（苦笑）……」
　小田、車を発進させて出ていく。

7　宮本実家・居間

　宮本の父、武夫と母、秀子を前に宮本と靖子が座る。
　窓外で犬の花子が吠える中、緊張している面々。
　秀子がお茶を運んでくる。
秀子「はい、どうぞ……」
靖子「はじめまして。中野靖子と申します」
秀子「浩の母でございます」
宮本「……何、笑ってんの？」
武夫「何って…父ですよね」
宮本「（笑いながら）父ですよって…」
　秀子、面と向かって、
秀子「靖子さん、どうぞ足伸ばしてね」
靖子「あ、すいません」
　正座を崩す靖子。
秀子「遠慮しないで、ざっくばらんに行きましょう」
武夫「花子、うるさいぞ」
靖子「あ……あら、花子ちゃんっていうんですか？」
秀子「あ、お茶菓子、せっかくだから靖子さんに頂いたケーキにしましょうか、ねぇ！」
　と、言いながら立ち上がる秀子。
　武夫、ライターをカチカチさせながら、
武夫「母さん、ライターどっかになかったけ？」
秀子「あー、ほら、本棚の下の引き出しにありますよ」
　武夫、後ろにある棚の引き出しを探る。
　靖子、窓外の花子に近づいて、
靖子「花子ちゃん、こんにちは～」
宮本「俺、この人と結婚するから」
　宮本、ムスっとして茶を啜る。
　時間が止まる。
秀子「あ…そんな言い方ないでしょ。浩、やり直してよ」
宮本「……」
靖子「……」
　×　×　×
　武夫は窓外の縁台に腰掛けタバコをふかしながら花子を撫でている。
　夕暮れて……夕食を囲む一同。
　笑い声が聞こえてくる。
秀子「この子にはね、年上の女性がいいなって思ってたのよ。とにかく甘ったれなんだから」
靖子「まあ……確かにそういう部分ありますねー」
宮本「なんだよそれえ！」
秀子「あと頑固でしょ。靖子さんにも迷惑かけてんじゃないの」
靖子「え～そんなあ。でも、もっと言ってお母さん！」
宮本「やめやめ！　そんな話はもう」
靖子「自業自得よ」
秀子「この子が幼稚園の頃にね……あ、お寿司苦手だった？」
靖子「いえ、いえ、いえ！　大好物です。いただきま～す」
　と、寿司を選んで手に取る靖子。
宮本「あ、俺一人前じゃ足んねえや、靖子の分も俺にくれよ」
靖子「大丈夫。で、幼稚園の頃どうしたんですか？」
　言いながら、寿司を口に運ぶ靖子。
宮本「……」
秀子「幼稚園の頃、この子騙して耳鼻科に連れてったのよ。そしたら病院の前の電柱にしがみついて動かなくなってね。母さんはずるいーって（笑）」
宮本「母さん、ここ飯粒」
靖子「宮本らしいわ」
　ふと、立ち上がる靖子の顔が青ざめていて、
武夫「気分、悪いんじゃないか？」
靖子「いえ、ちょっと……おトイレお借りします」
秀子「靖子さん？」
靖子「大丈夫ですから」
　そそくさとトイレへ向かう靖子。
　武夫、寿司の匂いをクンクン嗅いで、
武夫「寿司屋に電話するか？」
秀子「……」

8　宮本実家・廊下　夜

　宮本の部屋の明かりが点いている。
　秀子が飲み物を運んできてドアをノックする。

9　宮本実家・宮本の部屋　夜

　靖子が布団で横になっている。
靖子「はい」
秀子「大丈夫？」
　秀子が麦茶を載せたお盆を持ってそばへくる。
靖子「あ……」
　起き上がろうとする靖子。
秀子「寝てて。ね」
秀子「麦茶、ここに置いとくわね」
靖子「あ、すみません」
秀子「薬は……、下手に飲まないほうがいいわよね」
靖子「……？」
秀子「……妊娠……してるでしょ」
靖子「……」

10　宮本実家・居間　夜

　宮本は二階を気にしながら武夫と飲んでいる。
武夫「ま、あれだな、靖子ちゃん、いい…子だよな」
宮本「ん？」
武夫「靖子ちゃん、いい子だよな」
宮本「うん」
　秀子が静かな怒りの空気を帯びて戻ってきて、
秀子「浩、大事な話があるから聞きなさい」
宮本「……何？……言ってよ」
武夫「いいからほら、話すなら座って」
秀子「浩。母さんあんたのやり方には納得いかない」
　言いながら、宮本の前で正座する秀子。
秀子「あんた何にも話してくれないんだね」
宮本「……」
秀子「先週の入院のことにしてもそう。喧嘩して相手の人にも大怪我負わせて、警察まで来たっていうのに、あんたなんにも話してくれないじゃない」
宮本「あ、いや、あれはもう済んだことだから」
秀子「済んだことじゃないでしょ。人様に暴力振るっておいてお見舞いにも行くなって、どういうことか教えてください」
宮本「いや、だからさ……」
秀子「今度は今度で、いきなり女の子連れてきて、前置きもなく結婚するだなんて」
宮本「いや、だからそれは電話で話したろ」
秀子「結婚するなんてあんた、一言も言わなかったでしょ！　まして……妊娠してるこ

と、どうして隠してたのか、母さんに教えてください」
武夫「妊娠……？」
秀子「あの子に聞いたのよ」
宮本「……どこまで聞いたの？」
秀子「どこまでって何よ」
宮本「え？　あ、いや、何でもない」
秀子「なによ、言いなさいよ」
宮本「何でもないって」
秀子「や、だから…」
宮本「だから、何でもないって言ってんだろ」
秀子「どこまでってどういうこと？」
宮本「知らないって！　そんなこと……」
秀子「コソコソしないでよ。あんた、そんなんで子供の父親になれるの？」
宮本「……関係ねえよ！」
武夫「おい」
秀子「……始めから、そう言ってくれなきゃ……」

11　宮本実家・宮本の部屋・外観　夜
二階の宮本の部屋の明かりがついている。

12　宮本実家・宮本の部屋　夜
宮本が着替えていると靖子が話しかける。
靖子「……宮本」
宮本「なんだよ、靖子、起きてたのか？」
起き上がる靖子。
靖子「なんの話してたの？」
宮本「ん？　何ってあれだよ。靖子の両親の承諾だの、婚約、結納、結婚式だのって、もう、うるさくってさ」
靖子「……子供のことは？」
宮本「あ、妊娠バレちゃったな」
靖子「あのこと……黙ってていいのかな」
宮本「いいんだって、大丈夫だって」
靖子「だってね、宮本……」
宮本「だってもへったくれもないんだって」
靖子「……お母さん、おめでとうって言うんだもん」
宮本「……」

13　宮本実家・二階・寝室　夜
座敷に2つ布団を並べている。
机に向かい書き物をしている武夫。
秀子、仰向けのまま涙を流している。
秀子「（すすり泣く）」

14　宮本実家・宮本の部屋　夜
部屋の明かりが消えている。
布団に座って泣いている宮本。
靖子が目を開けて見ている。
宮本「……」

15　都電荒川線・ホーム　夜（2018年8月上旬）
電車がホームに到着、乗客を吐き出し去っていく。
アザのない宮本が覚束ない様子で出てくる。

16　都電荒川線・前　夜
ホームから宮本が慣れない様子で歩いてくる。
そこへスーパーの袋を持った靖子がきて、
宮本「あ！」
会釈して靖子に近づく宮本。
靖子「あんまりこっちの方、来ないでしょ？」
宮本「そうですね」
靖子、両手いっぱいのスーパーの袋を掲げて、
靖子「今日さ、ウチでいい？」
宮本「え？」
靖子「そこのスーパーで特売やっててさ。どか～んと買っちゃったの！」
宮本「……」
靖子「……嫌？」
宮本「いやいやいやいや……嫌じゃなくて」
靖子「そっ。じゃあ、行こっか！」
宮本、靖子の荷物を持とうとするが断ら

れる。
二人、笑いながら歩いていく。

17 靖子のアパート・靖子の部屋・居間　夜〜朝

部屋は殺風景でシンプルである。
靖子が鼻歌（花の街）まじりで料理している。
宮本「それ……こないだも歌ってましたね」
靖子の声「え⁉　そうだった？」
宮本「はい」
靖子の声「ところで宮本くんて料理とかするの？」
宮本「あ、いや、全然しないです」
靖子の声「（笑い）あーそうなんだ」
宮本「はい」
宮本は慣れない様子で座っていたが、
宮本「（立ち上がり）あ、でも何か、手伝いましょうか？」
靖子「（料理を運びつつ）ああ、いい、いい、そこ座ってて」
宮本「あ、じゃあもらいます」
靖子「ありがとう！　はい、どうぞ！」
宮本「すげぇ」
靖子「おまたせしました〜」
宮本「いえいえいえ、真ん中おきますね。注ぎましょうか？」
缶ビールを注ごうとする宮本。
靖子「ああ、いい、いい、冷めるから食べて」
宮本「あ…じゃあ開けましょう」
靖子「ありがとう。はい、じゃあいただきます！」
手を合わせる靖子と宮本。
宮本「あ、いただきます！（食べて）……んー、まい！」
靖子「女使ってんのよ〜！　調味料は真心、隠し味は愛ってね」
その言葉にドギマギして料理を食べる宮本。
宮本「んー、うまい！」
靖子「んー！」
裕二の声「あれ？　なんだこりゃ？」
宮本「ゴーヤチャンプルーですよね⁉」
突然、ドアを激しく叩く音。
裕二の声「おーい、靖子ぉ！　俺だよ、いるんだろお！」
靖子「あのバカ……」
宮本「え…（小声）……俺、どうしましょうか」
裕二の声「靖子ちゃーん！　開けてくんろー」
靖子「いいよ。鍵かえたの。絶対入れないから」
宮本「……」
裕二の声「どうしちゃったの⁉　おい！　チャッチャと開けよーぜ！」
激しくドアを叩き続ける裕二。
宮本「（小声）中野さん、俺っ……」
靖子は何も動じず食事を続けている。
外が静かになり、靖子が玄関の様子を見に行く。
宮本は落ち着かない様子で靖子を見ている。
その背後、ベランダに裕二が顔を出して、
裕二「裕二だよ〜ん！」
宮本「……！」
裕二「……誰？」
靖子、ベランダに駆け寄り、
靖子「もうあんたの居場所はないよ！　帰って！」
裕二「誰よ、そいつ（笑い）」
靖子「いいから帰って！　もう、あんたにはうちの敷居は跨がせない！」
靖子、ベランダを閉めようとするが、抗う裕二。
裕二「ちょっと、上げてくれよ〜」
裕二、隙間から無理矢理、部屋に転がり込む。
宮本「あーあ……」
裕二「あっと！　アタタタ……」
靖子「もう……何しにきたのよ！」

裕二、立ち上がり冷蔵庫に向かいながら、
裕二「（宮本に）逃げろ、逃げろ……」
宮本、カバンと上着を手に取りながら靖子を見る。
靖子「（宮本を見て）……」
靖子「あんた何してんの……」
宮本「……え？」
靖子「宮本くん！」
宮本「はい」
靖子「……あんたにもイラつくよ」
裕二、冷蔵庫から缶ビールを取る。
裕二（声）「乾杯しよ、靖子、な！　ビールで乾杯！」
宮本「だって、あの人、中野さんの好きな人でしょ？」
靖子「……も、ホントやんなる。だからあんたはガキなんだよ」
宮本「なんで俺に当たるんですか」
靖子「あんたがそうさせるからでしょ！」
宮本「だったら、おれが帰りますよ！」
裕二、宮本の胸ぐらを掴み、髪を掴んで、
裕二「おーい、ずいぶんと仲良いな、おい」
宮本「痛っ」
裕二「どういうこと？　宮本くん」
靖子「もういい！」
靖子、声を荒げて二人を突き飛ばす。
宮本と裕二が倒れて、棚の金魚鉢が一緒に倒れる。
倒れた宮本の面前で金魚が喘ぐ。
靖子「お願いだから……いい加減、自由にさせて」
宮本「……」
宮本、靖子を横目に金魚を拾い、ボールに戻す。
裕二「靖子ー」
靖子「なだめないでよ」
裕二「靖子よー、泣くな」
裕二、立ち上がり靖子の頭を撫でる。
靖子「他にも女のストックあるじゃない……何年こんなこと続ければいいの……？」
複雑な表情を浮かべ、キッチンへ向かう宮本。
宮本、蛇口を捻りボールに水を入れる。
宮本「……」
裕二「靖子、結婚すっか」
靖子、すかさず裕二をビンタして、
靖子「そういう事じゃない！　あたしだけは安心なんて思わないでよ！」
裕二「（頬を抑えながら）いってて…」
靖子「あんたが他の女と好き放題寝てるときに、あたしは黙って、大人しく待ってなきゃいけないわけ？」
怒鳴りつける靖子、真剣に見つめる宮本と目が合う。
靖子「……あたし、あの子と寝たよ。何度も、何度も！」
裕二「……」
ボールの水が溢れ、一匹の金魚がシンクに飛び出る。
靖子「あんたと同じ事しただけなんだから、何ともないよね！　ねえ！　文句ないよね⁉」
裕二が靖子をビンタで張り倒す。
倒れこむ靖子。
裕二「殴られねえと思ってつけあがってんだよ、こいつ…なあ」
宮本「……うるせえ」
裕二「は？」
振り返る裕二、薄笑いを浮かべたまま宮本を見る。
息荒く裕二を睨みつける宮本。
宮本「この…この女は特別だ」
宮本、仁王立ちになると、
宮本「この女は俺が守る！」
身体を震わせ、息も激しく漏らしながら、
宮本「俺が守る！　中野靖子は俺が守る！　俺が守る……」
靖子、こらえきれず声を出して泣き出す。
靖子「う……うあああ……！」
力んだ宮本が真剣な表情で裕二を睨む。
裕二、妙に白けた顔になり、水を止める。

裕二「カルキ抜かなきゃ金魚死ぬぜ！　女殺し」
裕二、部屋を出て行く。
靖子、唇を噛み締めすすり泣き、宮本を見る。
靖子「……ごめん……ほんとごめんなさい」
宮本「……」
靖子「帰っていいよ……ひどいことしたもんね、あたし……。裕二と切れるために、あんた利用しただけだから」
宮本「……」
靖子「あんたって便利な男だわ」
宮本「……」
靖子「この女は俺が守る。中野靖子は俺が守る。笑っちゃうね……」
シンクの金魚が息も絶え絶え喘いでいる。
宮本、壁を殴りつけ、玄関へ向かう。
宮本「なら笑ってろ！」
靖子「……信じちゃダメ?」
宮本「……」
靖子「宮本くん、無理して言ってくれたとは思うけどさ。女だったら一生に一度ぐらい、あんな台詞信じたいじゃない」
宮本「……」
靖子「信じちゃ、ダメ?」
宮本「……」
靖子「それともウソだったの?　何か言ってよ。ねえ、ねえ！」
宮本、無言で駆け寄り、靖子を抱きしめる。
靖子も宮本に必死にしがみつく。
靖子「バカ！　あんたすごく意地悪だよ！　嘘でもいいからもう一回言ってよ！　宮本！　何か言ってよ！」
宮本を突き放す靖子。
宮本「痛っ！」
靖子「あんたみたいな男にしかすがれないんだから、弱さ武器にするしかないじゃない！」
宮本「うるせえなあ、このやろう！」
宮本、靖子をベッドの上に押し倒す。
靖子「何すんのよ！」
宮本「うるせぇ！」
息を切らして俯く宮本。
宮本「……抱くぞ」
宮本、靖子の服をぎこちなく捲り上げる。
靖子「あ……自分で脱ぐ」
宮本「うん」
ベッドに並んで静かに服を脱いでいく二人。
宮本がパンツ1枚になり、下着の靖子を見る。
宮本「……今日じゃなくてもいいぞ」
靖子「ちょっとどいて！」
宮本「えっ?」
宮本、サッとパンツを上げる。
靖子は何も言わず布団をベランダに放り投げる。
靖子「あいつの匂いがついてるから！」
投げ終えて、カーテンを閉め、下着を脱ぐ靖子。
裸になった靖子が振り返って、
靖子「あんたの女にして」
宮本「……する」
靖子「……」
唇を噛み締め、笑いをこらえる靖子。
宮本「変?」
靖子、吹き出しそうなのを堪えて首を振る。
宮本「じゃあするぞ！」
靖子、大声で笑いだして、
笑いを堪えきれずベッドに転げる靖子。
靖子「ごめん、ごめん」
宮本「てめっ真剣にやれよ！」
と、パンツを脱ぎながら覆い被さろうとする宮本。
靖子「だって！」
宮本「だって何だよ」
靖子「照れてんでしょバカ」
靖子、宮本と見つめ合い、体を起こしてキスをする。

シンクの金魚が息絶えている。
靖子、宮本の体にキスをしながらそのまま下へ。
宮本「……」
宮本は靖子の、腰を愛撫、そのまま下半身へ手を滑らせていく。
一心不乱にお互いを求め合う靖子と宮本。
大胆に体勢を変える。
部屋に二人の高ぶりが広がる。
宮本、靖子を抱きしめ唇で首筋を愛撫する。
靖子「お願い、宮本……」
宮本「アレ！　アレあるか⁉」
靖子「あるけど……」
宮本「どこ？」
靖子、首を振り、
靖子「使わないで……！」
宮本「でも……」
靖子「お願い……」
宮本「……わかった！　おまえは、俺の女だ……！」
宮本が靖子を抱き起こし座位で挿入する。
靖子から漏れる吐息、軋むベッド。
激しく抱きしめ合う宮本と靖子。

18　夏の朝の情景　朝（日替わり）

朝の訪れとともに電線の雀がさえずっている。

19　靖子のアパート・外観　朝

布団を捨てる時に外れた網戸がそのまま傾いている。
宮本（声）「（笑い声）」
靖子（声）「（笑いながら）なんで⁉　ねぇ、まだ硬いよ」

20　靖子のアパート・靖子の部屋　朝

脱いだ服やティッシュのゴミが床に散らばっている。
宮本「（笑いながら）何これ⁉　ニュルニュル動いているけど！」
冷めぬ二人を遮って、目覚ましが鳴り響く。
靖子「あ～、仕事だよ宮本～～～！」
宮本と靖子、ベッドで重なり合っている。
時計に手を伸ばし、アラームを止める宮本。
宮本「え？　今日休日だよ……出勤するの？」
靖子「あ！」
慌ててキッチンに駆け寄る靖子。
靖子「あー‼」
シンクの金魚もボールの金魚も死んでいる。
宮本「あ！…忘れてた」
靖子「あー、ごめーん！　ごめん！　あー、あたしがいい思いしちゃったから金魚死んじゃったんだ！　どうしよう宮本！　ね、ね、あたしどうすればいい⁉」
取り乱す靖子を抱きしめる宮本。
宮本「よしよし……」
靖子「あー……」

21　アパートの敷地の一角

見晴らしの良い片隅にしゃがんでいる2人。
宮本がおたまで土を掘っている。
宮本「……こんなもん？」
靖子「うん」
傍らに置かれたティッシュに二匹の金魚の死体。
掘り起こした穴に、動かない金魚を埋める。
宮本、土をかける。
宮本「……幸せだな」
靖子「？」
宮本「幸せだ……おれ頑張るから」
靖子「恥ずかしい！　やめてよ、バカ、宮本！　オニ！」
宮本「いいじゃねえか！　俺はしみじみ幸せなんだから」

ビー玉と花を供えて静かに拝む宮本と靖子。
何を、幸福を。
靖子「……幸せと不幸せのバランスって、よくできてるね」
柔らかい木漏れ日が、二人を照らしている。

22 ひなぎくハウス・宮本の部屋 夜

宮本、靖子が夕飯を食べている。
靖子「歯医者さん」
宮本「ん？」
靖子「月曜日の夜八時に予約入れといたからね」
宮本「うん」
靖子「家行く再来週までには仮歯だけでも入れてもらってよ」
宮本「うん」
食事を食べている二人。
宮本「ん？ でもさ靖子、40万もどうやって目処つけたの？」
靖子「えっと、おそらくね、」
宮本「おそらく？ 何それ」
靖子「だから、あたしの親戚にあたる人…？ 女の人から借りるの！」
宮本「ふーん」
靖子「ところで宮本、」
宮本「ん？」
靖子「うちの両親に何て言うの？」
宮本「ん？ お…（笑い）、おじょうさ…（笑い）、お嬢さんをください。お嬢さんて柄じゃねえけどな！」
靖子「何それ!? 失礼ね！」
二人、楽しそうに笑いあう。
風鈴が風にそよいでいる。

23 港町・点描（日替わり）

風情ある漁港の点描。
宮本（声）「何か買ってく？」
靖子（声）「いいよぉ！」
宮本（声）「でもさぁ……」

24 路上

宮本と靖子が荷物を抱えて歩いている。
宮本は左腕を三角巾で吊るして歯は差し歯で揃っている。
宮本「（歯を見せて）うわ！ く〜、いいねー！」
靖子「いやあね、にやけて」
宮本「お前には旅情ってもんがわかんねえかな!?」
靖子「あたしゃ郷愁なの」

25 靖子の実家・中野文化電機・店の前

靖子が案内しながら歩いてくる。
靖子「ここがね、小学校の時のね、先輩。そうそうそう。山崎さんち」
宮本「山崎さん？」
靖子「山崎さん」
宮本「山崎さぁん♪（周りを見回して）で？ まだ？」
靖子「え？ ここ、ここ」
靖子が指差す先に見えてくる。
宮本「は!? ウソ!?」
靖子「ほら、中野文化電機」
ナショナルの看板の目立つ、小さな電器店。
宮本「え？ いる？」
靖子「いるかな？ 多分仕事中、いないんじゃない!?」
靖子が、緊張気味の宮本に気づいて、
靖子「宮本！ 深呼吸、深呼吸！」
大笑いの靖子。
宮本「てっめえ、ばかにすんじゃねえよう！ お前」

26 靖子の実家・リビング 夕

宮本、ジョッキのビールを飲み干す。
瑞穂「うわー、あははは」
静江「すごい、すごい」
靖子「絶対無理してるから」

靖子の妹の瑞穂と母の静江、楽しそうに見ている。

静江「いい飲みっぷりねぇ！　宮本ちゃんもう一杯いこ！」

靖子「あんま飲ませないでよ！　お酒弱いんだから」

宮本のジョッキに静江がビールを注ぐ。

静江「はいはい、お母さんの言うことは聞くものよ～」

宮本「そうですよねー、そう思います」

端穂「（不意に）ねえねえ、お姉ちゃんがママになる予定日いつ？」

一同、凍りつく。

静江が注意するように端穂をつねって、

瑞穂「……痛ったいなあ！　つねんないでよ！」

靖子「来年の4月だよ。ママから聞いてるくせに」

瑞穂「きっかけ作ってやったんでしょ！　ホントに、損な役回りだよ……ほらママ（席を立って）」

静江「靖子……あの、体の具合大丈夫なの？」

靖子「うん！　順調よ。つわりも思ったよりひどかないし」

静江「でも4ヶ月に入ったばかりなのに、こんな遠出なんかして！」

靖子「ママ。私の子供だもん。そんなヤワな子、孕まないってば」

宮本「……」

静江「そう、それならいいんだけど……！」

端穂「焦れったいな～！　言いたいことが違うでしょ！　まさかウチの靖子に限って、子供の責任取る取らないで結婚するんじゃないでしょうね、ってそういう事よお姉ちゃん」

静江「端穂！　いいかげんになさい」

靖子「……」

宮本「あの……、俺、愛してますから！　靖子と、子供を愛してます」

宮本、ジョッキを一気に呷る。

静江「……」

端穂「（小声で）……こりゃママ泣くわ」

静江、涙ぐんで宮本を見つめる。

宮本、ジョッキをタン！　と音を立てて置く。

宮本「お母さん、おかわり！」

静江「ほんと素敵な子ね！　私は応援するからねー」

宮本「俺も応援します！　お義母さん」

と、なみなみとビールを注ぐ。

静江「ありがとう」

瑞穂「義理のお兄ちゃん！　私も肩持ちますよ」

宮本「（ふざけて）お！　右肩か？　左肩かあ？」

一同笑いながら、

静江「私、右…」

宮本「右？　左？」

瑞穂「私は左で、はい！」

靖子「（静江に）ねえ、お父さん、なんて言ってた？」

静江「え？」

端穂「……あ」

盛り上がっているところ……空気が急に冷える。

靖邦が立っている。作業帰りの着古された服。

静江「……お父さん」

宮本「……！」

慌ててジョッキを置き、立ち上がり、

宮本「あ、はじめまして、宮本浩です！」

靖邦「……」

宮本「あの、必ず幸せにします！　大事にします。一生を共にします。僕に靖子さんをください。お願いします！」

靖邦「君に、任せるよ」

静江・瑞穂「……」

宮本「ありがとうございます！　お父さん！」

靖子「……」

27　神保のアパート・神保の部屋　夜（20

１８年　８月中旬

久しぶりの再会に頗る楽しそうな一同。

酒はそれぞれ進んでいる。

神保、重松が焼き鳥をつまみに呑んでいて、広瀬はテーブルのグラスに飲み物を注いでいる。

神保「もったいないよ、それ……」
重松「いやいやもったいないじゃない。俺、無理よ、それ！」
広瀬「なんでよ！」
神保「いや、もったいないなー！」
重松「いやいや、そりゃそうじゃん！　俺、いま農業できないもん」
広瀬「いやいやいや」
神保「無理じゃないよ」
重松「無理じゃん。この農業やるのは無理だよ」
神保「いやまあ、そりゃダメだけどな」
重松「そりゃできないでしょ⁉」
神保「そりゃ、ダメよ。ここでちゃんと落ち着いてからやらないとダメよ」
そこへ緑と靖子が新たに料理を配膳してきて、それにすぐ手を付けた神保の手を靖子が叩いて、
神保「あたたた」
靖子「誰が食べていいって言ったの、誰が！」
重松「く～もっと叱ってくれよ～！」
広瀬「ブラボ～」
靖子「ねぇ神保さん、もう妊娠6ヶ月でしょ。緑ちゃんを思いやる気持ちないの⁉」
神保「ありますよ」
靖子「あんたの嫁は一円単位でスーパーの買い物決めてんの、知ってんの⁉」
緑「そうそう！」
重松「靖子靖子、左手も頼む、叩いてくれ！　おれおれおれ」
靖子「うるさい」
神保「（頭を下げて）いや、面目ない！　面目ない！」
靖子「あー、もう情けない！」
重松「ほら、お前がしっかりしろよ！」
神保「うるさいんだよ！　お前、畑行け」
重松「なんで、関係ねえだろ。お前、それよー」
豪快に笑う一同。そこへインターホンが鳴る。
緑「はいはーい、開いてるよー」
神保「ん？　誰だあ？」
緑「（振り返って）とうもろこし！」
トウモロコシの箱を持った宮本が玄関を開ける。
宮本「こんちはー！」
靖子「…！！！」
一同「おぉっ！」
神保「よおお！　宮本ぉ」
緑「いらっしゃ～い」
宮本「神保さん宛に、コレ会社に届いてました」
広瀬「宮本くん！　久しぶり～」
宮本「お久しぶりです！　なんだ靖子、来てたのか⁉」
靖子、恥ずかしそうにして、
靖子「どど、どうも、宮本くん……」
一同、動揺する靖子に注目する。
一同「……？」
宮本「……え？　言ってないの？」
靖子「宮本くん！」
神保「ありゃ⁉　ありゃりゃりゃりゃりゃりゃりゃりゃ⁉」
宮本「参った、参った」
神保「あれま！　参った参ったじゃねえよ、お前！」
重松「ホントに⁉　うわ、すげぇ！」
神保「何やってんだよ！　あら～」
一同爆笑。
広瀬「へぇ‼」
神保「おい！　こんなにしおらしい顔の靖子、初めて見たぁ‼」
重松「靖子、密かにファンだったのに～」
広瀬「いや、意外意外！　まさか宮本くんとはねえ～」

重松「いや、ホントだよ！」
神保「ほら～、乾杯すんぞ～！」
重松「よっしゃー！」
靖子「も～好きにして！」
一同、グラスを持って、
神保「せぇの！」
一同「おとがめな～し！」
グラスをぶつけ合い盛り上がり続ける一同。

28 神保のアパート・神保の部屋・前 夜

神保と緑が宮本、靖子、重松、広瀬を玄関で見送る。
緑がトウモロコシを持ち出して一つずつ配る。
重松「（トウモロコシを靖子に）俺の分も持ってけ泥棒！ ほら靖子」
広瀬「てか、もうそれ返しなよ！」
神保「宮本」
宮本「はい」
神保「マルキタどうだ？ みんな元気か。変わりない？」
宮本「いや……なんか神保さんが独立してから、もう気抜けちゃってますね」
神保「じゃあ、お前がしっかりしねぇとなあ！」
宮本「はい…」
神保「ちょっと待っとけ！」
宮本「はい」
神保、自分のネクタイを宮本に渡す。
隣でわちゃわちゃしている重松、広瀬、靖子。
神保「ほら！ これ」
宮本「え？」
神保「俺の勝負ネクタイ」
宮本「いやいやいや……いいですよ、そんなもん」
神保「宮本！ やっぱり仕事だ。男は戦ってる時が一番面白い」
宮本「……はい（頷く）」
神保「ははは、たまには先輩面させろよ！ 俺、お前に何にもしてやれなかったもんな…」
宮本「いえいえそんなことないですよ！ そんなことないです！」
重松「おい！ てめえ、てめえ！」
重松が宮本に絡む。
宮本「何、何このひと？ もう……もうやだ」
重松「靖子の事、頼んだぞ、この野郎！ はは！」
苦笑いする靖子と広瀬に、
重松「おうおう、ねぇね、呑み行こ！ 呑みに！」
靖子・広瀬「行かないよ」

29 路上・横断歩道 夜

帰り道、余韻を楽しみながら歩く宮本と靖子。
重松の口調を真似て、
宮本「『俺の靖子を頼む！』」
靖子、笑いながら、
靖子「顔がうるさいのよ、あの人」
電話ボックスの中でカップルが抱き合ってキスしている。
宮本「あ～ら、ハレンチ」
靖子「あー、もう！ 若い子は平気でやんのよ。犬や猫じゃあるまいし！」
宮本「……でも24と26ならまだ若いじゃん」
靖子「人前でキスするなんて……え？」
宮本、靖子に向いてキスをする。
……唇が離れ、見つめあう。
靖子「……」
宮本「あははは！ ドキドキしたぜぇ～」
靖子「もう！ 何やってんのよ、あんたは！」
宮本、わははと駆け出し、靖子も追いかける。
靖子「危ない！ それでも日本男児か！」
横断歩道の信号待ちで宮本と靖子がキスをする。

30　靖子の実家・リビング　夜（2018年10月中旬）

卓上には靖子の家族のアルバムが開かれている。
宮本、すっかり酔っ払っている。
宮本「あれっすよ、ほんと。ここきてよかったな〜、ママあり〜のお父さんあり〜の……」
瑞穂「瑞穂だよ〜」
宮本「瑞穂ちゃんあり〜の！　ここはね、家族のチャンピオンす。素晴らしいアルヨ。あ、あれ？」
靖邦はむっつりと黙ったまま酒を飲む。
静江「アルヨ」
瑞穂「アルヨってなんだよ！（笑）」
靖邦「……」
宮本が陽気に振る舞い、そのまま後ろへ倒れる。
静江「あーりゃりゃりゃりゃ」
瑞穂「あーあ！　痛い！　あー、痛そう、今の…もう、笑いすぎだよ」
一同、宮本が起き上がるのを待つ。
瑞穂「ほら！　何やってんの？」
瑞穂が声をかけるが、反応がない。
宮本のいびきが聞こえて、
瑞穂「……ね、寝てない？」
静江「（指を立てて）シ〜……」
瑞穂「（小声で）すっごい、瞬間芸〜っ。やるね、旦那さん！」
豪快ないびき。宮本は完全に寝ている。
靖子「ほら、起きろ宮本！　まだ9時前だろ！」
静江「意地悪しないで寝かせといてあげなさい。疲れてるのよ」
靖子「……」
静江「ほら靖子、お風呂入っちゃいなさい。布団敷いとくから」
靖子「あ、うん。お、お父さん、お風呂上がったらお酌するね」
靖邦「いや、いい」
靖子「あ、そっか、手酌専門だったね……」
靖邦「……」

31　靖子の実家・店内　夜

靖邦が電化製品の片付けをしている。
そこへ、風呂上がりの靖子がくる。
靖子、作業に取り組む靖邦の背中を見つめる。
靖子「……お父さん」
靖邦「……」
靖子「こんな時間まで仕事なんだね」
靖邦「……ああ」
ラジオで嵐の予報が流れている。
靖子「お父さんと雷みた海岸、もう何年も行ってないね」
靖邦「そういえば、行ってないな」
靖子「……明日三時の電車で帰るから」
靖邦、作業の手を止めないまま、
靖邦「……東京へ出す時、……こういう真似だけはしないって約束しなかったか？」
靖子「……」
靖邦、見向きもせずに作業を続ける。
靖子、靖邦の背中をただ見つめる。

32　新橋・繁華街　夜（2018年8月下旬）

人混みの中、宮本を見つけて駆けてくる靖子。
靖子「宮本、ごめーん遅れて！」
真淵と大野に挟まれて気まずそうに立つ宮本。
靖子が嬉しそうに宮本に駆け寄ると、
真淵「おせえんだよ!!」
靖子「！」
宮本「は？　人の待ち合わせに来といてそれはないでしょ!?」
真淵「関係ねえよ」
宮本「……え、いやいやいや」
大野「宮本くん、諦めが肝心だ」
宮本「は？……」
真淵「（靖子に）おい」

真淵「15分遅刻だ。詫びてみせろ」
宮本「え、いや、あの…靖子ごめん、」
真淵「やれよ」
宮本「あの、この方々は今度取引させてもらう泉谷建設の真淵部長と太陽製菓の大野部長で……」
靖子「(宮本に) いい。わかった!」
宮本「……?」
靖子、一歩前に出て、
靖子「ご迷惑をおかけして申し訳ありませんでした」
と、真顔でお辞儀する。
真淵「……ついてこい」
真淵が先導して歩き出す。
靖子「(満面の笑みで) はい!」

33 居酒屋ひぐま 夜

店内に体格の良い強面の男たちが孫らしき子供たちと遊んでいる。
戸が勢いよく開き、
真淵 (声)「おい」
強面の男たちが応じる。
男たち「おう」
真淵「おう」
真淵が入ってくる。
熊「何人だ?」
大野、靖子、宮本が後に続く。

靖子「こんばんは」
真淵「(数えて) お……、4人だ」
熊「(丸椅子を差し出し) これ使えや」
靖子「あ、ありがとうございます」
真淵「おう、これが熊な!」
靖子・宮本「どうも」
真淵「それと太陽製菓の飯島と、ヤナガ道路の斉藤」
飯島・斉藤「どうも」
宮本・靖子「どうも、初めまして」
真淵、大野の肩を叩き、
真淵「それと大野と俺で、太陽製菓のラグビーチーム」
大野「スイートチョコレッツ。ロートル五人衆」
靖子「みなさんラガーマンで?」
大野「そ。若い連中が始めたチームを乗っ取った」
真淵「奴らぁよ。茶化すことしかできねえんだよ」
熊、小鉢を出しながら、
熊「マムシよお、あんまり頭固え事ばっか言ってっと、ヤングに嫌われんぞ」
真淵「嫌う奴あ、」
真淵、拳を叩いて、
真淵「ぶっ飛ばす!」
熊、宮本と靖子にも小鉢を出す。

熊「はい! はい!」
宮本、靖子、受け取る。
宮本「あ、すいません」
靖子「あ、ありがとうございます」
飯島「まあまあまあ……真淵さん、一本目、音頭とってくださいよ!」
真淵「おう、その前に……」
真淵、立ち上がって、
真淵「おい、俺が新メンバーに決定した、宮本だ」
真淵、一升瓶を宮本に差し出す。
宮本「は? 決定ってダメですよ、そんな……」
大野「骨はありそうだろ? 今どきには珍しく、飛び込み営業できた」
盛りたてる一同。
飯島・斉藤「お～ら、オメェ、突っ込めよ、突っ込めよ……」
宮本「突っ込まないです……やんないです」
大野「そして、そして～! グラウンドの花、靖子ちゃん」
斉藤、飯島、熊が手を叩いて歓迎する。
宮本「いやいや、(靖子に) ちょっと待って…ダメですよ!」
斉藤「さすが大野さん! 大人のワルだ!」
飯島「女衒の大野!」
宮本「いやいや……大野さん!」

×　×　×

飯島「行けー！　行けー！」
　一升瓶でイッキする宮本を男たちが煽っている。
飯島「行った、行った！（笑いながら）行けんな！　宮本ーっ！」
斉藤「おら！　新人」
　宮本が一升瓶を掻き込み、イッキしていき、
真淵「……もういいだろ、その辺で！」
靖子「宮本、もういいって」
斉藤「こいつ！　白目剥いてますよ」
　大笑いしている飯島と斉藤
靖子「宮本！」
真淵「宮本もういい！」
　靖子席を立ち、止めに入ろうとする。
靖子「宮本！　ちょっ、ちょっ、ちょっ……」
　宮本は靖子の差し出す手を押しのけて、よろけながら呷る。
真淵「宮本もういい！」
　それでも宮本は一升瓶を飲み干そうとして、
飯島「ＯＫ、ＯＫ、ＯＫ！　おしまい、おしまい、おしまい、おしまい！」
靖子「ちょっとほら！　危な…」
　みんなで止めようとするが、宮本は一升瓶を呷り続ける。
　真淵、立ち上がり、暴れる宮本に掴みかかる。
飯島「親分、何やってんだ……」
　宮本のネクタイを掴み、外へ連れ出す真淵。

×　×　×

　宮本が店の外でのびている。
　靖子は宮本の世話をしている。
真淵「悪かったな、殴っちまって」
靖子「いえいえ、もう、喧嘩も男の甲斐性ですから」
　瓶を片付ける靖子。
　と、宮本が立ち上がろうとして、
靖子「ほら！　寝てな、あんたは酔っ払ってんだから」
　中に入って、座敷に座る靖子。
　靖子の隣に腰掛ける泥酔大野。
　靖子の顔を見ながら、
大野「上から84・58・85」
靖子「（笑いながら）そんな……」
大野「初体験は割りと遅めの20歳過ぎ。男経験7人、下着は地味めの30枚、反抗期もなく成長……」
靖子「……ん」
　吐き気がして口を押さえる靖子。
斉藤「……おい、宮本」
宮本「大丈夫、大丈夫……」
　と、フラつきながら体を起こす。
　悪酔いしている大野、着信した携帯に出て、
大野「拓馬ーっ！　ひぐまで呑んでっからすぐ来い！」
真淵「おい、なんで呼ぶんだよ!?」
　大野、スマホの通話口を肩に押し付けて、
大野「試合前の顔合わせも兼ねてな。宮本たちを送らせる！　おう、もしもし、おう！あー……」
真淵「よこせ！」
　と、大野から電話を代わる。
真淵「おう、拓馬か!?　お前今どこにいるんだ？」
靖子「え、拓馬さんって、誰ですか？」
飯島「真淵さんのセガレ」
大野「飯島！　真淵の子である前に、俺の弟子と言え！」
斉藤「真淵拓馬。早明大ラグビー部、怪物ナンバー8」
真淵「……二度も言わすな、たわけ！　時間だよ、時間！　今だよ！」
大野「おい、マムシ、マムシ、マムシ、マムシ。貸せ、貸せ、俺に任せろ。いいから…いいから！　大丈夫！」
　と、大野が真淵から携帯を奪って、

大野「師匠だ！　面倒じゃねえんだよ。おう、年上の女調達してやるよ。今度は間違いねえよ。84・58・85のいい女だ！」

一同、大いに盛り上がる。

斉藤「いい女だよ、いい女！」

大野「拓馬おい、拓馬！　それからな。チョコレッツの新メンバーの若造が、お前は過去の栄光に浸る仮性包茎野郎って息巻いてんぞ！」

飯島「仮性包茎ー！」

大野「マッハで来い！　マッハで！」

34　居酒屋ひぐま・店の前　夜

ネクタイを緩めて、店前の路地でタバコを吸いながら待つ大野。

大野「よお……」

タバコを捨てる大野。

路地の向こうに真淵拓馬がやってくる。

大野「来た来た来た来た！　おう、ういっ！」

真淵は店の中で煙草を咥えて、黙っている。

宮本「もう、俺たち帰る！」

飯島、宮本を引き連れ、店前に連れ出し、羽交い締めにしている。

飯島「特等席」

靖子、店前の影から拓馬の方をみる。

斉藤「加勢しますよ」

斉藤がタックルの要領で大野に重なって構える。

拓馬、サンダル履きの足に力を込め、猛烈なスピードで突進。大野と斉藤が後方に弾き飛ばされる。

宮本「……！」

拓馬、大野たちに、

拓馬「……大野さん、引退したら？」

大野「うるせえ……」

真淵、店前に出てきて、

真淵「手加減しろ、このどたわけが」

拓馬「……ん」

拓馬、靖子に気づく。

飯島「拓馬！　こいつ、新人の宮本」

拓馬「……どうも真淵拓馬です。拓馬って呼んで下さい」

宮本「……」

35　靖子のアパート・前　夜

寝静まった住宅街の夜。

真淵の車が停まり、運転席から拓馬が降りる。

宮本（声）「拓馬、開きません」

靖子「鍵でしょ⁉」

拓馬「そこ、鍵開けてください」

後部座席にいる酩酊状態の宮本を抱え出す。

宮本「おえっ‼　気持ち悪い」

靖子「ちょっと……いや、なんかごめんね、こんなことまでさせて」

宮本「いい、いい、いい、いい……」

拓馬「窮屈だったでしょ？　親父たちと一緒だと」

靖子「バカね、素敵よ。あんたのお父さん」

酔って拓馬に絡む宮本。

拓馬「あんなのが好みなんすか？　親父のゲンコで育ってきた俺にとっちゃ、理解できないですね」

靖子「男の趣味の悪さは宮本見りゃわかるでしょ」

宮本「何だあ？　何だあ？」

靖子「気にすんな」

笑いながら、靖子の部屋まで宮本を運ぶ拓馬。

36　靖子のアパート・靖子の部屋・居間　夜

靖子が台所で珈琲を入れている。

靖子「だって難しいんでしょ？　その……、外務何とか一種試験って」

拓馬はベッドの脇に座っている。

拓馬「ええ。俺、頭悪いんすよ」

酔いが回ってベッドに横たわる宮本が、

宮本「や、でも俺なんかさ、嫌な事はわかっても、見たい夢なんかねえもんな」
靖子「やめろ宮本！　そういうの好きじゃないよ」
宮本「違えの……、そうじゃねえんだけどさー……なんつうかなー」
拓馬「……」
宮本「拓馬はまぶしい！」
拓馬「全然！　そんな事ないっすよ」
宮本「ん、それだけ……」
拓馬に珈琲を出す靖子。
靖子「はい」
拓馬「あ、どうも」
拓馬の前に座り、
靖子「まあ眩しいもんね、拓馬は。宮本から見たらさ」
拓馬「そんなことないですよ。俺がラグビーやめたのって、親父に対する挑戦なんすよね。中学高校大学ってある意味なんとなくラグビーやってきて……」
靖子「お父さんの強制か、自分の選択か……ま、なんとなくじゃないでしょ」
拓馬「どっちだと思います？」
靖子「その言い回し、若い子がするとかっこ悪いよ」
拓馬「俺の親戚に、外交官の人がいるんすけど、その人が酔っ払った時に言ってたんすよ。俺ぁ国背負って格闘してんだって。そしたら、あの親父が一瞬キョトンとした表情してたんすよ。いいでしょ、それ」
靖子「すごいい！　あはは。やあ、頑張れ拓馬！　いいよあんた！」
大笑いで拓馬の肩を叩く靖子。
拓馬「……」
靖子「……ちょっとごめん」
無防備な靖子の後ろ姿を目で追う拓馬。
靖子、トイレへ入って、すぐ水を流す。
静まった部屋で耳をすます拓馬。
水の音が聞こえる。

37　靖子のアパート・トイレ～廊下～居間
夜

便器に流れていく、血のついたトイレットペーパー。
×　×　×
手を洗い電気を消す。
部屋に戻ろうとすると拓馬が立ちはだかる。
靖子「……?!」
拓馬、いきなり靖子を抱きかかえ、唇を奪う。
靖子「ん？　あ！」
一瞬の静寂、その後呻き、拓馬を離そうとする靖子。
靖子「み……みやもとっ……！」
宮本の背後で、拓馬が靖子のパンツに手をかける。
靖子「宮っ……！」
靖子の声を塞ぐように、壁に押し付けながら強引に唇を押し付ける拓馬。
拓馬に抱えられたまま、パンツを下ろされる靖子。
靖子、拓馬の唇に噛みつき、反射的に離れる拓馬。
靖子、血を吐き出し、宮本の寝ている居間へ。
靖子「宮本！　宮っ……！」
ベッドで寝ている宮本は靖子に気づかない。
即座に拓馬に手で口を塞がれ、引き戻される靖子。
喚くも口を塞がれ言葉にならない。
靖子「……んん！」
次の瞬間、拓馬が強引に靖子の下着を引きはがす。
拓馬、靖子の口を塞いだまま、馬乗りで押し倒す。
宮本が寝ている脇で、自分のパンツも下ろす拓馬。
宮本はベッドでぐっすり眠っていて気づかない。
靖子、手で口を塞がれたまま、下腹部に

異物感。
靖子「……！……!!……!!」
動き始める拓馬の腰、激しく漏れ出す吐息。
苦しむ靖子の顔に拓馬の唇から滴り落ちる血。
その脇で宮本はぐっすり寝ている。

× × ×

鼾をかいて眠っている宮本。
靖子、部屋でぐったりと倒れている。
拓馬が出てきて、シンクで手を洗う。
靖子、体を起こし、
靖子「出てけ……出てけ！　出てけ！！！」
拓馬は意に介さず、何食わぬ顔で出ていく。
やがて靖子がヨロヨロと動き、宮本を見る。
鼾をかく宮本を、グシャグシャの顔で見る靖子。
靖子「………!!」
外から、車の発進する音が聞こえる。
靖子、台所から包丁を取り出し、外へ飛び出す。

38　靖子のアパート・前　深夜

裸足で歯を剥き出して、飛び出してくる靖子。
拓馬の車はなく、包丁を握ったまま立ち尽くす。
天を仰ぎ、声をあげて泣く靖子。

39　靖子のアパート・靖子の部屋　深夜

靖子、惰眠を貪る宮本を見おろす。
靖子「……」
手にした包丁を宮本に向け、憎々しげな表情。
俯く靖子。
靖子の足に液体が流れる。

40　靖子のアパート・靖子の部屋　朝

朝。宮本が目を覚ますと靖子の姿がない。
宮本「靖子ぉ……？」

41　飛鳥山公園　朝

セミが喧しく鳴き、子供が遊ぶ平和な広場。
離れのベンチに靖子がいて、宮本がやってくる。
宮本「あ、……あっち〜」
靖子「……」
宮本「あ、オレもなんか飲も（ポケットに手を入れ）」
靖子「……よく眠れた？」
宮本「え？　あれ、俺金持って来てねえや。ドジだな、俺……」
靖子「……あんたはもう、救いようないよ」
宮本「？」
宮本、靖子の向かいに座る。
宮本「靖子……なんか怒ってる？」
靖子「……べつに。あきれてるだけ」
宮本「……え？　おれなんかした？」
靖子「……」
宮本「靖子」
靖子「なんにも……あんたは寝てただけ」
宮本「なあ、言ってよ…？」
靖子「しょうがないよねー、寝てたんだから」
靖子は髪の毛の毛先を見ている。
宮本「だから何だよ。言ってくんなきゃわかんないだろ！」
靖子「わかんないよね、あんたは寝てただけだから」
宮本「寝てちゃ悪いのかよ！」
靖子「……悪くないよ……あんたはなんにも悪くない……」
靖子、肩を震わせて、
靖子「……けどね、あんたが死ぬほど憎い！」
宮本「どうして？」
靖子「おが、おがっ……」
宮本「靖子……あ？　え？　なに？」
靖子「お、おがざれた」

　靖子、身悶えるように息を吐き出す。
宮本「……拓馬か？」
　靖子、取り繕って
靖子「良かったじゃない？　あんたがすっごい褒めてた男なんだから」
　身動きの取れないまま、震え始める宮本。
　靖子は息を整え、俯いたまま、
　靖子は宮本を鬼気迫る目で睨み、
靖子「なによ、その顔……」
　テーブルを叩いて、
靖子「今更遅いんだってばそんな顔！　あんたは鼾かいて、阿呆面して寝てたんだから！　あんたが怒るのはあたしが許さない！　同情もさせない！　消えろ宮本、あんたとあたしはこれで終わりだ！」
　宮本、痙攣するように震え泣き始める。
宮本「……」
靖子「……あんたなんか、何一つかなわないじゃない」
　靖子は悔しさに震えながら、
靖子「守ってくれるんじゃなかったの、宮本！」

42　靖子のアパート・靖子の部屋・前（2018年　8月下旬）

　宮本が必死にドアを叩く。
宮本「靖子！　靖子！　靖……」
　合鍵を取り出し、ドアを慎重に開く。
　物が投げつけられ、堪らず閉める。
宮本「靖子！……おまえに、触りたいんだ」

43　靖子のアパート・靖子の部屋・玄関～居間

　靖子、台所にあるものを投げつけて、
靖子「どの面下げて言ってんだよ……！」
　宮本、バンと玄関を開け、部屋に踏み入る。
　割れた皿に見向きもせず、靖子を抱きしめる。
靖子「‼……放せ」
宮本「やだ！」
　ぐっと抱きしめる手に力を込める宮本。
靖子「放せええ！！」
宮本「死んでも放さねえぞ俺ぇ！」
靖子「うるさい放せ！」
宮本「逃してたまるかあ‼」
靖子「てめえ……宮本ぉ！」
　靖子、宮本の顔をグチャグチャにしながら、
靖子「そうやって！　力づくで！　女を押さえつけて！　無抵抗になったら自分のものか！　あんたもそういう男か！」
宮本「ひょんな事……、ひょんな事思ってねえ‼」
靖子「思ってないなら放せ！」
宮本「やら！　放されぇ！」
靖子「じゃあやれば？　犯りたきゃ犯れよ、ほら！　あんたも強姦しなよ！　一回も二回も一緒だから」
宮本「ひょんな、ひょんなひれい事ひゅるか！」
靖子「ひどい事って何よ……」
　靖子、宮本の顔を掴んだ手を離して、
靖子「あたし、そんな酷い事されたわけ？　取り返しのつかないような酷いことされたわけ？　当事者のあたしより、他人のあんたがオタオタするほど酷いこと？」
　宮本、靖子を抱きしめる手に力を込め、
宮本「頑張れ……頑張れ！　頑張れ靖子‼」
靖子「勃起までしてどういう神経してんだこの変態が！」
　と、靖子は宮本の股間を握りしめる。
宮本「ああーーーー！」
靖子「ねえ！　これ！　どういう神経だ！　あ?!」
宮本「てめぇ！　そんなに強姦が偉いか！　強姦されたら女王様か！　勃起くらいでガタガタ抜かしてんじゃねぇ！」
靖子「どういう脳みそしてんだ！　見せてみろ宮本！」
　靖子、宮本の股間を強く握りしめる。

宮本「いでぇぇぇ！！！」
　たまらず宮本、抱きしめた腕を離す。
　靖子、宮本を平手打ちする。
　続けて何発も、何発も宮本を打つ。
　抵抗せず、嗚咽しながら耐える宮本。
靖子「ああ！！！」

44　靖子のアパート・靖子の部屋・居間　夕〜夜

　窓から差し込む夕焼けの光。ベッドで寝ている靖子。
　それをじっと見ている腫れ上がった顔の宮本。
　　×　　×　　×
　夜。真っ暗の部屋で宮本が座ったまま寝ている。
　靖子、一度目を開けるが、再び眠りにつく。

45　靖子の実家・客間　早朝（２０１８年10月中旬）

　大イビキで眠っている宮本の寝顔に光がさす。
　扉を開けて入って来た靖子。部屋に2つの布団。
靖子「ね、起きて宮本」
宮本「……ん……どうした？」
靖子「この町で最っ高にきれいなものを見せたげるよ」
宮本「……？」

46　崖の見える海岸

　雨風が激しい海岸でタクシーが停まる。
　宮本と靖子がタクシーから降りて、
運転手（声）「ほんとにここでいいんですか？」
宮本「そうだよ靖子、よくないって、体に障るから」
　宮本が傘を開くも差してられなくて、
靖子「ほんとに、大丈夫ですから」
宮本「……ほら。ほとんど使い物になんねえけど」
　ドアを閉め、走り去っていくタクシー。
　向こうの空に、雷が見える。
宮本「……すっげ」
靖子「なんかさ……うまくいかないね」
宮本「何が？　靖子、ほら傘。濡れるから」
　靖子は微笑んで宮本を躱す。
宮本「ふざけんなよ靖子！　靖子……」
靖子「雷、傘に落ちるよ」
宮本「は？　ウソー⁉」
靖子「ここさ、よくお父さんとよく遊びに来た所なんだよね」
宮本「靖子！　ちょ、待って。靖子ほら帰ろ。靖子！」
　そこで雷鳴が轟き、たまらず宮本が傘を手放す。
　強風が吹き荒れる砂浜を進む靖子、追う宮本。
靖子「宮本！」
宮本「え？」
靖子「お父さん、うちらのこと祝福しちゃくんないってさ」
宮本「なんで？　認めてくれたじゃん」
靖子「あんたのお母さんも認めてはくれた。お腹の子供の事もね」
　闇に包まれる靖子の表情。
靖子「お母さんに無理させちゃったよね。あたしらの事、気遣ってた。あんたの事、心配してたよ。歯の事もね」
宮本「……」
靖子「だからあたしさ、どうしてもあんたに歯を入れたくて、お金四十万、裕二に借りちゃった」
宮本「うそ……なんであんな奴に！」
靖子「宮本！　こんなことで腹立てる訳？　あんた全部背負って親になってくれるんじゃないの？」
宮本「……」
靖子「もっと強くなんなよ。あたしは命二つ持って生きてんだ。あんたにゃ負けないよ」
宮本「……」

47 靖子のアパート・靖子の部屋・居間　朝

朝、宮本不在。靖子は髪を縛り、台所でまな板のカボチャに包丁を入れ力を込める。鍋の水がゴポゴポ沸いてようやくカボチャが半分に切れる。そのカボチャの真ん中に、ドンッと包丁をぶっ刺す靖子。

×　×　×

居間で茶碗のご飯をかっ喰らう靖子。傍らに包丁が置いてある。
玄関を開け、汗だくで戻ってくる宮本。
靖子の脇に宮本がドカッと座る。
炊飯器の米をしゃもじでかっ喰らう宮本。
宮本と靖子、何も言わずひたすら食べる。
宮本「……俺が殺す。文句は言わせねえ」
靖子「……やられたのはあたしだよ。あんたには関係ない」
宮本「コッ、コケにされたのは俺だ。てめえは引っ込んでろ！」
靖子「！」
靖子、宮本を睨み、包丁に手をのばす。
宮本、包丁の上から、すぐに靖子の手を押さえる。
宮本「9時に！　確か9時に、真淵親子が迎えに来るはずだったよな」
靖子「……」
宮本「来たら、殺す」
靖子「あの男が来るわけないでしょ」
宮本「関係ねえ！　来なくても殺すんだよ！」
包丁を押さえる二人の手の上に米粒が飛び散る。
靖子「……どうせあんたのことだから、あたしより自分のプライド傷つけられて悔しいだけなんじゃないの？」
宮本「……」
靖子「そうじゃないの！」
宮本「そうだった、かもしれねえ」
靖子「だったら何ですぐにあの男のとこすっ飛んで行かないの？　怖いんでしょ！　ビビってんのよ、あんたは！」
宮本「違う！　酔ってたから……酔ってたから家わかんないし、思い出せねえんだよ！」
靖子「へ〜、家わかんないって理由だけで怒り抑えられるんだ」
宮本「それだけじゃねえんだよバカ野郎……それだけじゃねえんだバカ野郎！　おれぁ拓馬の顔も覚えてねえんだよ！」
靖子「……」
宮本「お前の……お前の顔しか、思い浮かんでこねぇんだよ」
靖子、包丁の上の宮本の手の上に、もう片方の手を乗せる。靖子、堪えきれず笑い出す。
靖子「（笑顔で）殺してよ、宮本」

48 靖子のアパート・前　朝

宮本、やってくる真淵の車を待ち受ける。
運転席からサングラスをした真淵が顔を出し、
真淵「……どうした、その顔」
宮本「拓馬は？」
真淵「ダチと現地集合だとよ」
物凄い顔で睨んでいる宮本。
真淵「……女はどうした？」
宮本「女の出る幕じゃねえですよ」

49 郊外・ラグビー場・グラウンド　朝

揃いのユニフォームを身に纏う宮本。
靴紐を締め直す体がブルブル震える。
宮本「……」
辺りを見回しながらグラウンドを歩きまわる。
グラウンドの隅で相手チームと話す大野たち。
相手A「今日、拓馬さんもいらっしゃるんですよね⁉」
大野「ああ」
相手B「高校日本代表の海外遠征の試合、あれホントに感激しましたよ」
相手A「外国人選手3人吹っ飛ばして、トライ決めてましたからね」
熊「ありゃ、すごかった！」
斉藤「この前なんか大野さんとタックル受けたけど、二人まとめてブッ飛ばされたもんな（笑）」
大野「余計なこと言うな、余計なこと……」
相手A「でも、拓馬さんが引退なんてもったいないですよ、ほんと」
相手B「ま、そのお陰で一緒にプレーできんだけどな！　有名人と」
宮本「……」
その時、車のクラクションが聞こえる。
斉藤「お、噂をすれば。さっさと着替えてこ〜い！」
飯島「拓馬ぁ！　もうキックオフだぞ〜！」
助手席を降りた拓馬、快活な笑顔で手を振っている。
拓馬「……」
宮本「……！」
身構え、勝手に歩き出し、徐々に鼓動の高まる宮本。
それを知らずに車に乗り込もうとする拓馬。
拓馬「藤島ちゃんよ、駐車場、グラウンドの向こう側だから」
藤島「あいよ」
宮本、拓馬を直視したままネットに衝突。
宮本「……その顔だぁ！」
拓馬「……どうも」
宮本を相手にせず助手席に乗り込む拓馬。
宮本、フェンスにガツガツとしがみつき、
宮本「てめえ！　待てこらーっ！！！」
拓馬「何すか？　僕に用すか？　そんな大きい声出していいような用なんすか？　法律上の相談ならどうぞ。大学で少しかじってますから。（運転席に）車出して、ゆっくりな」
藤島「はいよ」
藤島の車がゆっくりと走り出す。
拓馬「あれ、マネージャーやるって約束の靖子さん、でしたっけ？」
宮本、息巻いてフェンス越しに並走する。
拓馬「今日来てないんすか？　あの人、嘘つきなんですねえ」
宮本「おおおおおお！！！　うあああああ！！！」
拓馬「（藤島に）ブッちぎっちゃって」
藤島「はいよ」
藤島、車を急発車させる。
宮本、わめきながらそれを追ってフェンス越しに走り出す。
宮本（声）「うああぁ！！！」
真淵、怪訝に見守る。
転んでも立ち上がり、追い続ける宮本。
飯島「何わめいてんだ、あいつ……」
呆然と見ているメンバーたち。

50　郊外・ラグビー場・駐車場　朝

拓馬、車から降りて、
拓馬「適当に回しといて」
藤島「あいよ」
雄叫びをあげて猛烈な勢いで駆け込んでくる宮本。
拓馬が宮本を見据えて、
拓馬「宮本さん！　こっち……」
ひと目のつかない場所へ曲がって挑発する。
宮本「おおおおおおおお！　うああああ!!　待てこらっ！！！」
宮本、駆け込む勢いのまま拓馬に殴りかかる。
宮本「あああああああ！」
拓馬、宮本の顔面に強烈な拳を打ち込む。
宮本「!!」
無残にもぶっ飛ばされる宮本。
拓馬は周囲を確認し、昏倒した宮本に近づく。
拓馬は宮本の顔面に拳を振り落とす。
そのまま宮本を車の隙間に引きずり込む。

×　×　×

駐車した車に宮本をもたれさせ、

拓馬「おい！」

頭を叩く。

拓馬「起きろ！」

宮本、拓馬を掴もうと手を伸ばす。

その手を抑え込み、

拓馬「もう一発いくか？　もう一発いくか、こらっ！」

拓馬が血塗れの宮本の顎を掴む。

拓馬「ん？　わかるか⁉　お前の負けなんだ。もう俺に付き纏うな！」

宮本「……」

拓馬「お前の負けなんだよ。あ？」

拓馬、再び宮本の顔面に拳を叩きつける。

気を失い倒れる宮本。

51　郊外・ラグビー場・グラウンド　朝

グラウンドで準備運動している真淵たち。

そこへユニフォームに着替えた拓馬がくる。

拓馬「どうも〜、遅れましたぁ」

斉藤「着替えに何分かかってんだ」

その場で準備運動を始める拓馬。

飯島「ところでよ、そっちに宮本、行かなかったか？」

大野「行ったよな？」

拓馬「いや来たんだけどさ……」

真淵「……」

52　郊外・ラグビー場・駐車場　朝

陽光を浴びてぶっ倒れている宮本を真淵らが囲む。

斉藤「……前歯3本もいっちゃってますね……」

拓馬「いやぁ、一発入れたら、いいとこ入っちゃって……」

斉藤「宮本、立てるか、おい！」

真淵「……喧嘩の理由は？」

宮本、動けない。

拓馬「（真淵に）喧嘩の理由は昔から同じですよ」

真淵「……」

拓馬「お互い、譲れない部分あったんでね」

舌打ちする真淵。

×　×　×

グランドから選手たちの掛け声が聞こえる。

倒れたままの宮本、口に手をつっこむと歯がとれる。

宮本「あーあ……。（かすれた声で）歯ぁ、無く……歯ぁ、無くなっちゃうなぁ……」

そのまま泣き始める宮本。

53　産婦人科・検診台の上　朝（日替わり）

靖子が検査を受けている。

月島（声）「はーい、もう少し下に下がってくださる？」

靖子、不安な表情を浮かべる。

月島（声）「はい、力抜いて。もっと……はい、器具が入りますからね〜」

靖子「……」

54　産婦人科・診察室　朝

医院長の月島の診察を受けている靖子。

靖子「……」

月島「……病気の方はおそらく大丈夫でしょう。傷は心配ありません、安心して下さい。万一、今後、異常な事がありましたら、申し出てください」

靖子「……あの、どうもありがとうございました」

月島「……ところで中野さん、」

月島、妊娠検査薬を見ながら、

月島「あなた、おめでたですよ」

靖子「……いや、でも……」

月島「あ、あなたの言う出血は、切迫流産です」

靖子「……流産？」

月島「いや、流産になりかかっているっていう、黄色信号みたいなもんなの。妊娠4週、

5週目ぐらいに入ってますからね、体には十分気をつけてください。……中野さん、」
靖子「……はい」
月島「あなたもう、お母さんですよ！」
靖子「……」

55 ひなぎくハウス・宮本の部屋

靖子が玄関のドアを叩くが反応はない。
ドアの上に隠した合鍵に手を伸ばす。

56 ひなぎくハウス・宮本の部屋

台所に洗い物が溜まっている。
やれやれと額の汗を拭く靖子。
手際よく溜まった皿を洗う。

× × ×

夕方。散らかったゴミを拾っている靖子。
居間には書きなぐった文面が散らかっている。
くしゃくしゃに丸められた紙を広げてみる靖子。
〝中野靖子へ
ひと言の詫びもせず本当に申し訳ありませんでした。しばらく会えません。
宮本浩〟
靖子「……」

× × ×

壁にもたれ苦しそうにお腹を押さえ、その場に横になる靖子。
涙が溢れ、血の気が引いて、険しい表情を浮かべる。
力なく、風鈴が鳴っている。

57 荒川土手・夜明け（日替わり）

荒川土手に夜明けの光が薄っすらと。
宮本が木と対峙してはあはあ言っている。
木をものすごいスピードで殴る宮本。

58 ひなぎくハウス・前の道　早朝

ものすごい形相で通勤する宮本。

59 靖子のアパート・靖子の部屋・居間～玄関　早朝

靖子、つわりで苦しんでいる。
ドアを叩く音がして、
靖子「宮本……？」
フラつきながらドアを開ける。
そこに立っているのは裕二。
裕二「おう、すっ飛んできちまったよ」
靖子「……」
裕二「夜中に広瀬から聞いてよ。あとは直接本人から聞けって」
靖子「……」
裕二「……よっぽど辛かったんだな」
靖子の涙を拭こうとする裕二。靖子は避ける。
靖子「触らないでよ！」
裕二「あたたたっ、いやー蘇るね、四年の月日が」
靖子「お願いだから触らないで。きっと今あたし、頭変だわ」
裕二、一歩下がってタバコを踏み消し、人差し指で手招きして、
裕二「来いよ、靖子」
裕二「ここまで来い」
靖子「……」
靖子、裕二に歩み寄ってその胸に縋りつく。
靖子「……裕二ぃぃ」
裕二「いい娘だ。いい娘だ」
裕二、靖子の頭を優しく撫でて包み込む。
裕二「……お前は相も変わらずいい女だ」
靖子「……」
裕二「洗いざらい話せ。力になってやるから」
靖子「……」

60 路上

宮本がアタッシュケースを持ってずんずん歩く。
ふと、宮本が立ち止まってアタッシュケースを置く。

電柱を殴り、体当たりする。
何度も殴って倒立し、そのまま腕立てをする。
宮本「……」

61　カフェ「ポワロ」

真淵と大野を前に、宮本は目も合わせない。
真淵「……喧嘩の理由を説明しろ」
宮本「……」
真淵「あいつが何をしたか言えって言ってんだよ」
店員が飲み物を運んでくる。
店員「お待たせいたしました」
宮本「……忘れてしまいました」
ポットを置き、
店員「ごゆっくりどうぞ」
立ち去る店員。
大野（声）「……ぶっちゃけた話、ぼくはまるっきりの興味本位でね。気軽に話してよ。拓馬との対決ももう済んだことだし、宮本君の惨敗ってことでさ」
グラスの氷に珈琲を注ぐ宮本。
宮本「……あなたがたに話ふことらんて、何にもありまへんから」
大野「勝てもしない喧嘩を売る人間ってのは、一見勇ましいようで、その実かなり小狡いっていうのが僕の持論でね」
大野がパフェをひと匙、口に運び、
大野「宮本君が拓馬に勝てると計算してたなら、バカだよね」
宮本、アイスコーヒーを飲み干し、
宮本「おっひゃる通りバカれ結構れふから。れはそういう事れ失礼ひまふ。（店員に）アイヒュコーヒー幾られふか」
と、立ち去ろうとする宮本。
真淵「待てよ！　まだ話、済んじゃねえだろ！」
宮本「話らんかねえれすよ！　大体、あんたらが待ち合わせに来……」
真淵「どういうことだ？」
宮本「話らんかねえれすよ！」
真淵、宮本のリュックの紐を掴み、
真淵「なんで話さねえんだよ！」
宮本「秘密らよ！　関係ねえでひょうがあ」
大野「宮本くん、子を持つ親の気持ち、察してやってよ」
宮本「親の気持ちらんか……！」
大野「聞くだけでも聞いてよ、落ち着いてさ」
真淵「……」
真淵の真剣な表情に、何も言わず座る宮本。
宮本「……」
大野「マムシにしてみりゃ、理解不能になりつつある息子にシラを切られるわ、宮本君にはそっぽ向かれるわで、八方塞がりの状況でさ」
宮本「……」
大野「僕の持論で、男の怒りは3パターン。一つ目は母親侮辱されてのサノバビッチ系列、二つ目はプライドを著しく傷つけられた場合……」
真淵「……」
大野「三つ目。こいつが一番厄介で、女がらみ」
宮本「……」
大野「……中野、靖子がらみ」
宮本、身体を震わし、力を込めて吐き出す。
宮本、額をテーブルにぶつけて、
宮本「……ぶっ殺ひゅぞ、てめえら」
大野「……」
宮本「てめえが安心したいらけらろうが。せがれ信じてえなら、心中覚悟で信じてやれよ」
真淵「……」
宮本「今更首突っ込む隙間らんかれえぞ。貴様ら親に何かできんらよ」
真淵・大野「……」
出て行く宮本。

何にも言えず取り残される二人。

62　大通り・マルキタ車・内　夜

車が渋滞で一向に前に進まない。
田島が運転席、仏頂面の宮本が助手席に座る。
田島「……そないな顔でも面倒みてくれる会社、他にないで」
宮本、田島の話に見向きもしない。
田島「こういう時や、死にたなるんわ。仕事はあかん、金無し、女なし。苦しみばっかりじゃ人間ささくれてしまうわ。その点、お前はええなあ、幸せで（煙草に火をつけ）」
宮本「ら、られが幸せら、てめえ……」
田島「女がおるだけで幸せやて言うてるだけやねん」
宮本「黙れ！　お前にかまってる余裕らんかれえんらよ」
田島「はー、変わるもんやねえ宮本。専用の便所できると」
宮本「ぶっ殺ひてやる！　車降りろ、俺と同じ歯にひてやる」
田島「残りの歯全部折ったるわ。宮本相手に負けてたまるかこらっ！」
宮本「……」
田島「……何や？　戦意喪失かこのボケ！」
宮本「……お前と互角じゃ話にらんれえんらよ」
田島「何様のつもりや」
宮本「田島、絶対に勝たらきゃらんねえ喧嘩ってひた事あるか」
田島「何やそれ、昨日の喧嘩の相手か？」
宮本「一撃で失神らよ。前歯３本折られて……そのまま同じ場所でもう一発ら。拳ったってさ、ボーリングの玉らよ」
田島「……何オンスや、何オン……」
宮本、ダッシュボードを何度も殴る。
宮本「……情けねえ……ヒリヒリひやがってえ」
涙を浮かべる宮本。
黙ってタバコをふかす田島。

63　飯田橋駅・歩道橋　朝（日替わり）

大荷物を抱えた宮本が修行の様相で往く。

64　マルキタ文具・二階受付　朝

宮本が出勤すると受付の客用テーブルに裕二がいる。
裕二「おう！」
宮本「……」
裕二「お疲れさま～」
裕二、指で手招きして宮本を対面に座らせる。
裕二「ふ……」
宮本「ふ？」
裕二「ふあ～」
あくびをする裕二。
苛立って、
宮本「何しに来たんだよ⁉」
荷物を降ろして斜向かいの席に座る。
裕二「爆弾、持ってきたぜ」
宮本「ばくらん、て何だよ？」
裕二「（机をコンコン叩いて）情―報―料！」
宮本「ふ、ふざけんらよ！」
裕二「へへっ！　靖子から、直接聞いたよ」
宮本「……」
裕二「可哀想に靖子、肩を震わせてしなだれかかってきたよ」
宮本「何れ、靖子とお前が会うんらよ」
裕二「お前が決めたんだろ。暫く会えないってよ」
宮本「……」
裕二「だから、俺が靖子の代理で話にきた。靖子が新たに抱えこんだ、爆弾の話をよ」
他の社員が仕事に出ていく。
社員たち（声）「行ってきまーす」
宮本、財布の中の金をすべて出す。
宮本「……靖子に、靖子に何があったんらよ」
裕二「お前、貯金いくらあるんだよ？」

宮本「話をそらすなよ」
裕二「関係あるから聞いてんだよ。幾らあんのか答えろよ」
宮本「たぶん……7万弱、とか」
　裕二、笑って
裕二「真淵拓馬に何本折られた、あ？　お前な、差し歯だってバカになんねえんだぞ。（舌打ちして）いいか⁉　先立つものは、金だよ、宮本君。レイプの示談金、真淵拓馬の親父からいただくか」
宮本「……金の問題じゃねえよ。それに、親には関係ねえ事ら」
裕二「あっそ。そんじゃここから本題……別料金一万円」
宮本「（立ち上がって）きっ汚えぞてめえ！」
裕二「わははは、払わないなら帰りますよ、僕は」
　そこへ箱を持って通りかかった田島。
田島「（宮本をみて）何や？」
　宮本、田島にすがりつき、
宮本「ちょちょちょちょちょちょ、今日中に返ふから一万円貸ひて。今すぐ今すぐ」
　大笑いする裕二。
田島「そ、そらええけど下に荷物持ってかなあ……」
宮本「（被せて）田島あ！」
田島「財布……」
宮本「田島ああ！」
田島「わかった、わかった、わかった！　貸すから、大人しく待っとけよ！」
　宮本、箱を持ち裕二を見て、
宮本「うん」
　急いで階段を駆け上がる田島。
　宮本、箱を持ち裕二を見て、
宮本「ば、爆弾って何らよ」
　裕二は宮本の首に腕を回して耳元で、
裕二「靖子が妊娠した。父親は俺かお前。産まなきゃ判んねえ」
宮本「……！」
裕二（声）「いいか、これは勢いや気持ちで判断する問題じゃねえ。産ませて結婚してハッピーエンドの夢物語じゃ、人間、生きられねえよ。靖子を思いやるなら、子供は堕ろす事」
田島「（降りてきて）宮本、万券や！」
裕二「あー、それ、こっちね、こっち！」
宮本「靖子にも、そういったのか」
裕二「（万券を取って）あ？　言ったよ」
宮本「それで靖子は？」
裕二「まあ、堕ろすんじゃねえか」
田島「……宮本、荷物や」
宮本「……」
裕二「さってと……帰るか」
　宮本、田島に荷物を渡しながらブツブツ言っている。
田島「（箱を取って）あ～、な、何？　何や宮本」
宮本「……おれは、おれは、俺はー！」
田島「は？」
宮本「……産ませて結婚らあああ‼」
　宮本、電光石火で裕二の股間に強烈な膝蹴り。
　裕二、があああと呻いて、床を転がる。
　総務部の社員たちも騒然としている。
　田島、箱を落して、
田島「おおおお！　何してんねん宮本！」
　興奮絶頂の宮本、大騒ぎの田島、悶える裕二。
宮本「あああああああ！！！！」
　腕を素振りする宮本。
　受付の女性が部屋の奥にいた総務部の部長に、
受付「ぶぶぶ部長！　い、今、宮本さんが、お客様を……」
宮本「ぶちのめしましたああ！！」
　階段から降りて来た大芝と営業部の面々。
　騒然となる社員たち。
部長（声）「おい、宮本、何しとるんや？」
宮本「結婚、出産、もう止まんねえろ！　結婚、出産、文句あるか！　止めれるもんなら止めてみろ‼　田島！　俺は、ないてからが強いこともあったんだ」
田島、片腕を突き出す。
宮本、腕を振り回して飛び出していく。
泡を吹いている裕二。
裕二「うあああ！」

65 マルキタ文具・前
車道を脇目もふらず全力疾走する宮本。
宮本「ちくひょ……くそったれがああ！」

66 コバトシステムズ・前
走りこんでくる宮本。
宮本「(転びそうになって) すいません、どいてっ、どいっ…」
宮本、ギリギリ転ばずに駆け込む。

67 コバトシステムズ・ソフトウエア開発部・内
異様な宮本が入ってきてザワつき始める社内。
宮本「失礼します！」
靖子「……！」
靖子、宮本をみて唖然とした表情。
宮本「……こりゃあ、行くしかねえ」
靖子「……」
宮本「靖子！　結婚ら‼」
靖子「……」
宮本「本気で、結婚ひよ！」
靖子「みやもと、」
宮本「何も言うな！　話は全部聞いた。全部おれに任せろ。おれが引き受ける！　だからおれたち、結婚しよう！」
靖子の傍らで感動して拍手する女社員(久美)。
靖子「……遠慮しとく」
固まる宮本だが、気力を振り絞り、
宮本「遠慮するな！　結婚！　靖子！」
靖子「結婚でもなんでも、一人ですりゃいいでしょ！」
宮本「そんなの結婚じゃねえ！」
社員から笑いが起きる。
宮本「結婚！　二人で結婚しよう！　結婚！　結婚！　結婚！」
靖子「やかましい！　他に何か言ってみろ」
宮本「他に思いつかねぇ！　ちくしょ……」
靖子「情けない。あたし本当情けないわ！」
広瀬「あの、気持ちはわかる。でもさ体に障るから……」
久美「靖子さん、心の扉を開いて。素顔の自分で答えてあげて」
靖子「何なんだ！　その物言いは！」
広瀬「すごくわかる！　でも我慢、久美ちゃんだから！」
宮本「靖子ぉ！」
靖子「黙れ！　黙れ！　黙れ！！！」
宮本「黙らねえ！　俺たち一緒にいなきゃダメらろ！　結婚しなきゃ意味ねえじゃねえか！」
一瞬、静まる社内。
靖子「……一緒にいても意味ないから」
宮本「え……意味ないの？」
靖子「うん、意味ない」
宮本「……お、おれには意味あるぞ。おれは靖子が、好きだから！　一緒にいたいから！」
靖子「それじゃ聞くけどさ。あたしはあんたの何？　おれがおれがって……あんた自分のことばっかりじゃない」
宮本「俺、俺はあれ、……あれらから」
靖子「自分の気持ちの置き所ぐらい、自分で見つけてよ。あんたが思うほどあたし、お人好しじゃないよ」
宮本「俺、俺……父……おなか」
広瀬「その話は場所を変えて……」
靖子「いいよ、広瀬」
広瀬「だって、靖子ぉ」
靖子は宮本を見つめ、お腹に手をあてて、
靖子「あたしの子供だ。一人で産んで一人で育てるよ！」
宮本「……」
靖子「あたしが！　母親だ！」

絶句する宮本。社員たちも固まっている。
靖子「……どうもすみませんお騒がせして。あの、お聞かせの通り、あたし、あの、一応おめでたなんで」
靖子が歓喜で包まれる中、宮本は悄然と立ち尽くす。
広瀬「靖子がああなったらムリだよ。今日のところは帰った方がいいと思う」
宮本「……」
立ち去る宮本。

68 **雑踏・前**
道路脇でしゃがんでいる宮本、歩き出す。
宮本「……」

69 **日労会病院・前の道・夕**
トンネルの半ばで立ち止まり、持っていたコンビニの袋から焼きそばパンを取り出し貪り食う。

ギラギラした眼で歩き出す。

70 **日労会病院・廊下　夕**
病院の廊下を、ずんずんとやってくる宮本。
真淵のネームプレートをみて病室へ入っていく。

71 **日労会病院・病室　夕**
真淵は頭に包帯が巻かれ、脇に大野がいる。
宮本がくるが、真淵は満足に動けない。
大野「よお、来たか宮本くん。悪かったなわざわざ」
宮本「なんらあ、そのザマは！」
大野「……カミさんが言うには、朝早くに寝ている拓馬に組みかかったそうだ。中野靖子に何したんだ、何のことかわからない、二人ともその一点張りで……」
真淵「大野、席外せ」
大野「……」
真淵「いいから行けよ」
大野は息をつき、宮本の肩を叩いて部屋を出る。
宮本は脇の椅子に背中を向けて座る。
宮本「……た、拓馬はろこれすか」
真淵「知ってどうする」
宮本「言えよ！」
真淵「俺は汚い。お前より先に拓馬を問い詰めるべきだった、そう思ってる。親の欲目でもなんでも構わねえ。それでも拓馬は……俺の子だ」
宮本「そんなにあいつがかわいいかよ⁉」
真淵「そうだ」
宮本「この……この息子ボケが！　ろれほどの覚悟でそういう舐めた台詞言えんのか、聞かせてみろよ！」
真淵「命がけだ」
宮本、真淵のベッドの枠を掴み、
宮本「甘ったれたこと抜かしてんじゃねえぞてめええ！　命がけでやりあってこの様かよ？　あんたがそんなに非力な訳ねえだろ‼」
真淵「……」
宮本「あんたから見りゃ親子でも、俺からみりゃあんたと拓馬はアカの他人らよ。命がけ上等らよ。けどなあ、おれも負けるわけにはいかねえんらよ。親になるんらからよお」
真淵「……」
宮本「ものすげえ、ものすげえ命がけで、父親になんなきゃなんねえんら！　俺ぁ気合い入ってからよ。今日明日にれも息子の看病命がけれさせてやるから、気合い入れってろ‼」
真淵「……」
しばし無言で向き合う二人。
真淵、怪我した身体を起こして、
真淵「……書くもんよこせ」

72 **繁華街・裏路地　夜**
様々な人種の人たちが生活している。

その中を真剣な表情で歩いていく宮本。

73 道路 夜

静かな住宅街を歩く宮本。

74 マンション・外観 夜

立ちはだかる古めのマンション。

宮本、何も言わずに入っていく。

75 マンション・小百合の部屋・前 夜

玄関の前に立っている宮本。
傷だらけの手で執拗にインターフォンを押す。
宮本「……出ろよ、こら」
ガチャっと施錠がかけられる音がして、
小百合（声）「……タアちゃん」
中から女性の声が聞こえる。
施錠付きでドアが開いて、拓馬が顔を出す。
拓馬「あ?」
宮本「いたよ……かかってこい、こらあ!!!」
拓馬「シーッ。宮本さん、警察呼びますよ。いいんですか、警察の人に最初っから説明しても」
宮本「上等らよ。こっちはこの場でぶちまけてもいいんらぜ」
拓馬の下から心配そうに見ている小百合。
小百合「……タアちゃん」
宮本「おら、出てこいよ」
拓馬「宮本さん、約束しましたよね!? もう俺に近づかないでくださいよ」
宮本「してねえよ、何時何分何秒だ! 出てこいおらああ!」
小百合、バタンとドアを閉めて、
宮本「あ! おい……」
小百合の声「帰って下さい! 迷惑ですから! もう帰って! じゃないと私110番しますよ!」
宮本「その男はなあ!!」
小百合（声）「聞きたくない! もう帰って! もう帰れ!!」
宮本「……」

76 マンション・非常階段 深夜

マンションの外階段に宮本がいる。
片方の靴をドアに挟み小百合の部屋を睨んでいる
中から小百合の喘ぎ声がうっすら漏れてくる。
小百合の喘ぎ声「タアちゃん……! タアちゃ……あっっっ!」
宮本、苛立って立ち上がり街を眺める。
辺り一面、夜の町がきらめいている。
宮本「（じっと見つめて）……」

× × ×

明け方。宮本がふんぞり返って体操している。

空は日が昇りはじめ、夜が明けようとしている。

77 マンション・小百合の部屋・前 朝

拓馬がのっそりと電話しながら部屋を出てくる。

拓馬「あ、もしもし、……今? 友達んとこ。……ああ大丈夫だよ。親父、具合どう? そう……母さん、俺本当、何もやってないから。……じゃ今から帰る。また連絡するよ」

キーッと音がして、顔を向ける拓馬。

拓馬「うん、じゃあ切るね」

宮本が非常階段のドアを開けている。

宮本「……来いよ」

拓馬、宮本について非常階段に出る。

78 マンション・非常階段 朝

じっと拓馬を睨む宮本。

拓馬「宮本さん、ホントにいいんすか。今度は顔だけじゃ済まないっすよ」

宮本、近づく拓馬の眼前でバチンと手をはたく。

股間に狙いを定めて蹴り上げる宮本。

しかし拓馬に手で蹴りを押さえられる。

宮本「……?!」

宮本、片足を取られて殴られ、後ろの手すりに押し付けられる。

拓馬「宮本さん、どう足掻いてもね、どうしようもない事ってあるんですよ。ねえ！」

平手で叩き続ける拓馬。

ジタバタ拓馬を払いのけようとする宮本。

宮本の顔面に拳を打ち込む拓馬。

両足を抱えられ手すりを越えて体が落ちそうになる宮本。拓馬が宮本を追い詰める。

宮本、必死に手すりを掴む。

宮本「わあ！　や、やだ、やぁ！」

手摺から宮本の手を引き離す拓馬。

宮本の体が宙吊りになる。

宮本「あ、あ、あ！　死ぬ、死ぬ、死ぬ、死ぬ……やだ……」

柵をつかんだ宮本の手を容赦なく蹴りつける拓馬。

拓馬「死ねよおまえ」

そのまま宮本の足を引いて、体ごと床に叩き落とそうとするも、宮本が咄嗟に手摺を掴んでしがみつく。

拓馬は強引に引っ張り宮本を床に落として、ドアの方へ投げ飛ばす。宮本の顔面に膝蹴りを入れる拓馬。

拓馬「宮本さん、終わりにしましょうか」

睨みつける宮本をビンタで痛ぶる。

顔面の潰れかけた宮本が、首を横に振る。

拓馬「……じゃあ指折りますね」

拓馬、宮本をドアに押しつけ、動けない状態にして、無理やり左腕を掴む。

左手の小指を向くはずのない方向へ曲げる。

宮本「……ぐあ！！！」

拓馬「指ね、3本まで我慢したやついますよ」

宮本、身動きが取れない。

拓馬「もうつきまとうのやめてくれます？」

宮本「や……やめて……たまるかー！」

拓馬、左手の薬指を折る。

宮本は肩を押しつけられ、尚も動けない。

拓馬「もう一本いきましょうか？」

宮本、顔の向きを変えて、悲痛に悶え苦しむ。全身で堪えて、肩に噛みつく。

拓馬「ってえなあ……！」

宮本は噛みついたまま拓馬のパンツを掴み続ける。

宮本を払いのけようと肘で連打する拓馬。

宮本の側頭部に入り、勢いで掴んだパンツが引きちぎれる。

拓馬・宮本「……！」

咄嗟に、宮本が眼前の拓馬の股間に殴りかかる。

拓馬、咄嗟に交わし、
拓馬「何だよ、お前！」

数段の階段を上がる拓馬、立ち上がる宮本の腹に蹴りを入れる。

宮本は蹲り吐く。

拓馬、階段上から歩み寄り、宮本を引き上げ、
拓馬「気持ち悪いな、この野郎！」

顔を上げた瞬間、拓馬にゲロを吐きかける宮本。

怯んだ拓馬、宮本が拓馬の股間を蹴り上げる。

拓馬「どああああ！」

拓馬、息が止まり、動きも止まり蹲る。

宮本、必死に拓馬を蹴り続ける。

拓馬「ちょっと待って、ちょっと待って」

背中を蹴り飛ばす。

拓馬、蹴られた勢いで階段を転げ落ちる。

勢い余って手摺の外に飛び出る拓馬。

拓馬「！」

咄嗟に手摺を掴んで落下を逃れ、必死によじ登る。

そこに階上から飛びかかる勢いで殴り込む宮本。

そのまま宮本は手摺を超えて拓馬に乗り

かかる。
宮本「（叫ぶ！）」
　手摺の外、宮本が拓馬に全体重を預け連打したあと、顔を掴み激しく揺する。
宮本「てめぇなんかに負けてたまるかぁ！！！」
　手摺の外、宮本が拓馬の首を締め上げる。
拓馬「ああああああああ！」
　宮本、柵を乗り越え、踊り場に戻る。
　拓馬も自力で戻る。
宮本・拓馬「!!」
　倒れた宮本の眼前に、拓馬の股ぐらがある。
　宮本、咄嗟に拓馬の金玉に噛み付こうとする。
拓馬「あああ……ああああああ！！！！」
　追いやろうとする拓馬の金玉を宮本が掴む。
拓馬「××××××××！！！！」
　必死に抵抗する拓馬、宮本は金玉を離さない。
　拓馬が宮本の顔面を殴った瞬間、潰される金玉。
拓馬「！！！！！！！！！！！！！」
　のたうち回り、断末魔のような声をあげる拓馬。
　宮本、拓馬に馬乗りになり、
宮本「……こっからが本番らーー！！！」
　宮本、拓馬の顔面をがむしゃらに殴る。
　転げるように階下に逃げる拓馬。
　拓馬が振り返るも、宮本がトドメの一撃。
　その場でぶっ倒れる拓馬。
　しばらく放心状態で拓馬を見つめる宮本。
宮本「おおおおお……あああ！　すっげえええええええ！！　かっこいいぞおー!!」
　高らかに叫び大興奮の宮本。
　血だらけの腫れた頬を涙が伝っている。

79　靖子のアパート・靖子の部屋・玄関　朝

　ベッドの上で目を覚ます靖子。伸びをしてゆっくり起き上がる。
　コーヒーを淹れようとして、
靖子「コーヒーっていいんだっけ?」
　妊娠出産本を調べる。
靖子「……」
　ゴミをまとめて袋に詰める靖子。
　先ほど淹れようとしたコーヒーをフィルターごとつまんでゴミ袋へ入れる。
　持ち出して、外に出ていく。

80　靖子のアパート・前・路上　朝

　靖子がゴミ置場にゴミを捨てる。
　静かな住宅街を腕を後ろに回して歩く靖子。
靖子「……」
　遠くに声が聞こえて通りを見る靖子。
靖子「……?」
　道の向こうから自転車をこぐ宮本が靖子に気づき、
宮本「靖子、靖子、靖子おお！」
　自転車が転倒し、路上を転がる宮本と拓馬。
拓馬「ああああああ！」
宮本「（笑いながら）痛がってやんの、こいつ」
拓馬「あああ……」
宮本「うるせえぞ……（笑いながら）靖子、こっちも……、こっちも身体バキバキだよ（咳き込む）」
　宮本、靖子に近づく。
靖子「……」
　息遣い荒く、靖子の前にヘタリ込む。
宮本「（拓馬に）お前も来いよ！」
　宮本、靖子に向き直り、
宮本「へへへ……俺と結婚しろよ」
靖子「……！」
宮本「いいじゃねえの、結婚して頂戴よ、靖子ちゃん」
靖子「……」
宮本「ちまちま考えてねぇでとっとと返事しろ、このくそったれ！」

靖子「あんたと結婚なんかしてたまるか！　それが返事だ!?　顔も見たくない、とっとと失せろこのばかったれ！　大体どういう……」

　宮本、その場で笑いだして、

宮本「その声、その声サイコー。あ、笑っちゃいけないね」

　ヘラヘラ笑い続ける宮本。

靖子「……勝手に有頂天になってれば。……連れてこいとも喧嘩しろとも言ってない。あたしのためだってんなら大迷惑だ」

宮本「そりゃお前……、そりゃお前、全部俺のためだからよ。俺ぁ世の中全員敵に回すつもりだったからよお。靖子、お前なんかむしろ……、むしろ敵だったぜえ」

靖子「……何しに来たのよ」

宮本「あ？」

靖子「あたしに何して欲しいわけ？」

宮本「靖子に褒めてもらいたい、この俺を」

拓馬「助けて！　助けて……」

　助けを求める拓馬を気にもせず宮本に向かって、

靖子「ほんと呆れ果てたわ」

宮本「呆れて結構らよ」

拓馬「お願い！」

靖子「（宮本に）あんたなんか大っ嫌い！」

宮本「嫌いでも構いやしねえ」

拓馬「救急車ああ！！！」

　再び助けを求める拓馬に向かって、

靖子「うるさい、黙ってろ!!」

宮本「てめえ！　霊柩車に乗りてえか！」

拓馬「すいません……」

　宮本、靖子に向き合い、立ち上がって

宮本「だから靖子！　このすごい俺が幸せにしてやる。お前も子供も。呆れようが嫌おうがそんなこと屁でもねえ。お前がどう思おうが知ったこっちゃねえ」

　靖子の頬を涙がつたう。

宮本「でもこの先おれが、ずっと死ぬまでそばにいてやるよ。力をあわせようなんてケチケチしたこと言わねえ、おれがいれば十分だ！　子供はおれの子！　おれこそがすげえ父親ら！　大盤振る舞い、お前らまとめて幸せにしてやるよ。俺の人生バラ色だからなあ！」

靖子「そ、そんなことっ!!」

宮本「俺は全部、信じてるぞお！！！」

靖子「……」

　靖子、咄嗟にお腹をさわる。

宮本「……俺の子ら」

　泣き笑いしながら崩れ落ちる宮本。

宮本「大丈夫……俺がついているよ。もう泣くな。靖子……靖子、大丈夫（笑いながら）」

宮本「……」

81　マルキタ文具・前　夜（2018年　12月下旬）

年の瀬も近づき、行き交う人達も忙しない。

宮本がマルキタから出て寒そうにコートをしめる。

ふと、星空を見上げて、

82　ひなぎくハウス・外観　夜

宮本の部屋の明かりがついている。

靖子「（オフ）この頃はさ、家でも会社でもよく動くのよ」

83　ひなぎくハウス・宮本の部屋　夜

すっかり大きくなった靖子のお腹。

同居して靖子の荷物も増え、整頓されている。

靖子「耳は聞こえてるらしいから気をつけなくちゃね」

宮本「……」

靖子「宮本も下品な言葉、気をつけてよ」

宮本「……」

靖子「会社で何かあったの？　帰って来てからふさぎ込んでるじゃない」

宮本「星見てたら……もう冬空だもんな」

84　街並み・実景　夜（２０１９年　２月下旬）

真冬の寒々しい都会の風景。

85　新宿・路上　夜

寒々とした路上。
フェンス脇に立っている宮本。
側に来るなりくしゃみを浴びせかける裕二。

宮本「汚ねぇな、もう……」
裕二「いて、いて……風邪で節々痛くてよぉ……あ、いたたた」
宮本、裕二に封筒を渡して、
宮本「……はい、これ。今日をもって全額返済完了。長らくお世話になりました」
宮本、頭を下げる。
裕二「はい、ご苦労様」
宮本「それじゃ」
去ろうとする宮本を呼び止める裕二。
裕二「おおお、ちょちょちょ待てよ、待てよ。おい、お前さ、いつも金だけ置いてプイッと帰っちゃうけど、お前、良くないよ、そういうの、社会人として……」
宮本「は？　おれはいま仕事中なんだよ」
裕二「……雪だ！　宮本！」
宮本「え？」

宮本、ガード下から隙間を見上げる。
裕二「嘘だよぉ〜！　はっはっはっはっ！」
宮本に絡みつく裕二。
裕二「なあなあなあ、靖子元気か？　もうすぐだろ？　赤ん坊。順調か？」
宮本「……うん」
裕二「土壇場で靖子裏切るマネだけはすんじゃねえぞ！」
宮本「……あ？」
裕二「……まあ、当然、悩んでるよな」
裕二、両手を目の前で合わせて、
裕二「柏手打って腹の子がお前の種である事を祈っとくよ」
宮本「そんな必要ねえよ。アカの他人には関係ねぇことだ」
裕二「俺がいつでも力になってやる。靖子にそう伝えとけ」
宮本「負けてたまるかっ！」
裕二「（くしゃみして）ぶわっしょい！　あ、いててて…」
宮本「それじゃ」
裕二「おう」
去っていく宮本。

86　街並み・実景　夜

しんしんと雪が降っている。

87　坂道　夜

雪の降る閑散とした路上。
突然駆け出す宮本。
宮本「ばか！　転びでもしたらどうするんだよ！」
宮本の前に長靴を履いて大きなお腹の靖子がきて、
靖子「……産休入ったら退屈で、迎えにきちゃった」
笑顔で見つめる靖子。
靖子「お金、返してきてくれたの？」
宮本「うん」
靖子「……今のっ。今になってこたえてきた」
泣き出す靖子。
靖子「迷惑かけてごめん。ごめん宮本……」
宮本「大丈夫、絶対大丈夫だ……大丈夫」
寄り添いあい、ゆっくりと歩く二人。
宮本「名前どうしようか？」
靖子「名前……どうする？」
二人の後ろ姿が静かに遠ざかっていく。

88　赤羽・路上　朝

宮本が出勤している。
宮本「……」
横断歩道を渡りながらふと立ち止まる。
振り返る宮本。

89　ひなぎくハウス・外観・朝

　靖子の叫び声が響く。

靖子（声）「あああああああ！」

90　ひなぎくハウス・宮本の部屋・内　朝

　スマホが床に転がっている。

靖子「ああああああ」

　靖子は足の間を凄惨な表情で見ながら、壁をぶん殴り七転八倒！　腹の底からのうめき声と喘ぎ声をあげて苦しむ。

　外階段を駆け上る足音！　玄関が勢いよく開き、

宮本「！！！！！　靖子！」

　必死の形相で悶え苦しむ靖子に駆け寄り抱きしめる。

宮本「俺がついてる。もう大丈夫」

　隣の居間にはベビー用品が置かれている。

靖子「でっでっ出てきてる！　っふ……」

宮本「心配すんな！　俺がついてる！　俺はどうすれば……俺はどうすればいい？」

　靖子、息も絶え絶え宮本の手を強く掴む。

靖子「側にいて！」

宮本「……もっと強く握れ。もっと強く握れ！　もっと！」

靖子「はあああああ！　こわい！　こわい、こわい…」

宮本「こわくねえ、靖子！　こわくねえぞ。生きてる奴はみんな強えんだ」

靖子「！！！！！」

　靖子、叫び、宮本を弾き飛ばす。畳に溢れている血や羊水。唖然とする宮本。

91　ひなぎくハウス・宮本の部屋・前～裏手の駐車場　夕

　靖子が部屋から運び出される。

宮本「大丈夫か、靖子！」

　取り乱した宮本が救急隊員に付き添って、

宮本「あの、妻は、妻は大丈夫でしょうか。こんな血が！　でも大丈夫ですよね」

救急「大丈夫ですから」

　赤ん坊の声が聞こえる。

宮本「こど……、子供はっ、子供はどうでしょうか！」

救急「大丈夫ですから……お父さん少し落ち着いて」

　淡々と運んでいく救急隊員。

救急（声）「段差あります」

救急「はい」

救急（声）「上げます！」

　救急車に運ばれる靖子とシドロモドロの宮本。

宮本「あの、どうか俺のいの……、俺の命使ってください！　俺もう、俺もう大丈夫ですから！」

救急「ちょっとどいてください」

宮本「あの、だからどうか、妻と子供だけは助けてやってください！　血でも内臓でも何でも使ってください、お願いします！」

救急「無茶苦茶言わないで！」

宮本「はい！」

靖子「宮本」

　救急車に乗せられる靖子の目に宮本の姿が見える。

　宮本、涙を浮かべ、繰り返し頷く。

終わり

カツベン！

片島章三

〈脚本家略歴〉

片島章三（かたしま　しょうぞう）

1959年生まれ。熊本県出身。CM制作会社勤務を経て、87年『私をスキーに連れてって』のエキストラ担当として映画作品に初めて参加。同年、『マルサの女2』ではサード助監督を務める。以降、多数の映画作品で助監督を務め、『ガメラ　大怪獣空中決戦』(95)、や『学校の怪談3』(97)、『ウォーターボーイズ』(01)、『スウィングガールズ』(04)、『清須会議』(12)、『サバイバルファミリー』(17)など、怪獣映画からホラー映画、青春映画まで幅広く作品を担当。周防監督作品『それでもボクはやってない』(07)、『終の信託』(12)、『舞妓はレディ』(14)では、チーフ助監督として作品を支えた。『ハッピーウエディング』(14)では監督を務めた。並行して脚本研鑽も続け、95年「シネマ100サンダンス国際賞—日本賞」にて優秀賞を受賞。98年には、同賞で入選を果たしている。

近年では『野球部員、演劇の舞台に立つ！』(18)の脚本を担当。本作『カツベン！』では、監督補も務めた。

監督：周防正行
製作：東映　木下グループ　テレビ朝日　ソニー・ミュージックエンタテインメント　電通　東映ビデオ　朝日新聞社　アルタミラピクチャーズ
企画・製作プロダクション：アルタミラピクチャーズ
製作協力：東映東京撮影所
配給：東映

〈スタッフ〉

企画	桝井省志
プロデューサー	天野和人　土本貴生
撮影	藤澤順一
照明	長田達也
美術	磯田典宏
録音	郡弘道
編集	菊池純一
音楽	周防義和

〈キャスト〉

染谷俊太郎	成田凌
栗原梅子（沢井松子）	黒島結菜
山岡秋聲	永瀬正敏
茂木貴之	高良健吾
安田虎夫	音尾琢真
定夫	徳井優
金造	田口浩正
耕吉	正名僕蔵
浜本祐介	成河
内藤四郎	森田甘路
梅子の母親	酒井美紀
牧野省三	山本耕史
二川文太郎	池松壮亮
青木富夫	竹中直人
青木豊子	渡辺えり
橘琴江	井上真央
橘重蔵	小日向文世
木村忠義	竹野内豊

１　竹林の道

子供達が駆けて行く。
先頭を走る染谷俊太郎、後ろを振り返る。
字幕「早よ行かな種取り終わってまうで！」
その後ろに毅、佐一郎、弟の清が続く。
清が佐一郎に尋ねる。
字幕「兄ちゃん、種取りって何？」
俊太郎、焦れったそうに叫ぶ。
字幕「活動写真撮ってるっちゅうこっちゃ」
更に子供達の後を、清の犬が追いかける。

２　神社の一角

走って来る四人、突然ビックリして立ち止まる。
木立の陰で着物姿の女が立ち小便していた。
ふと女が振り返ると、白塗りした男の顔。
字幕「何見てんねや！」
慌てて逃げ出す俊太郎達。

３　メインタイトル『カツベン！』

４　同・境内

活動写真の撮影風景――。
Ｔ　大正四年　　１９１５年
見物人の中にいる俊太郎達。
監督「……そや、そこでこっち向くんや!!」
侍姿の男、敵をかわすとカメラに向かって、
侍「いろはにほへと、ちりぬるをわか!!」
と言いながら目玉をギョロリと見開く。
毅「目玉の松ちゃんや」
俊太郎「うん！」
見物人の整理をしていた警官・木村忠義が睨む。
木村「こらッ！　静かにせい!!」
監督「そこにお菊入った！」
合図に駆け込む女――立ち小便していた男である。
ひしと侍にすがりつく。
お菊「よたれそつねならむ、うぃのおくやまけふこえて……」
毅「（唖然として）あ、あいつや！」
見ている俊太郎達、クスクス笑う。
木村「やかましい言うとるやろ！　邪魔や、早よいねッ！」
毅が合図を送ると、犬を抱いた清が頷く。
監督「今や！　駕籠かき出て来んかい!!」
飛び出す駕籠かき達。するとそこに犬が乱入する。
監督「何やて⁉」
慌てて捕まえようとするが、椅子ごと引っ繰り返る。
木村「こら！　またお前らかッ!!」
一斉に逃げ出す子供達。見物人から笑いが漏れる。
監督「もうかまへん、三日で撮らなあかんのや。続けて！」

５　同・木立の中

隠れている俊太郎の前方で、木村が子供を捕まえる。
ジタバタ暴れている女の子、栗原梅子。
梅子「離して！　うちは邪魔なんかしてへんて！」
木村「口ごたえすな！　さっさといね、言うとるやろ！」
俊太郎、とっさに足元の木の実を投げつける。
木村「（顔に命中する）あいたッ！　何や⁉」
見回す木村。その隙にすねを蹴って逃げ出す梅子。
木村「（激痛）あたーッ！」
俊太郎「（顔を出し）こっちや！」
梅子、俊太郎と共に逃げる。

６　同・一角

見物人をかき分け逃げる二人、何かに躓き倒れる。
斬られて転がる役者の上だった。
倒れている役者「（驚き）な、何やお前ら！」

と、カメラマンが突然空を見上げる。

カメラマン「あかん、曇ってしもた」

監督「（舌打ち）そのままや!! 動いたらあかんでぇ！」

役者達は、全員ストップモーションになる。

その隙にそーっと逃げようとする二人。

倒れている役者「（小声で）あほ、動くな！」

俊太郎「は、はいッ！」

倒れている役者「明るないと撮影でけへんのや。お日さんが出るまでジッとしとき」

やがて雲が割れ、日が射して来る。

監督「よし行くで！　おいっち、にのにの、にーの、さんッ！」

ストップモーションだった役者達が動き出す。

慌てて逃げ出す二人。再び木村も追って来る。

二手に分かれる俊太郎と梅子。

鬼の形相で俊太郎を追う木村。

放心したように見送る梅子。

7　白雲座・表

芝居小屋に活動写真の幟が立っている。

『七色の聲を持つ男、山岡秋聲大先生来演！』

楽士が演奏する横でビラを撒く関係者達。

呼び込み「さあ、これより始まる活動大写真。人の縁が涙を生んだ、豪傑無双の大剣劇は『後藤市之丞』。弁士は七つの声を八つに聞かす、天下の名人山岡秋聲だ。これを見逃す手は無いよ——」

8　通り

一軒の駄菓子屋から飛び出して来る毅、待っていた俊太郎達の元に駆け込んで来る。

毅「あの店のご隠居、いっつも舟こいどる。ちょろいもんや……内緒やで、ええな」

キャラメルの箱を出し、俊太郎達に渡す。

9　白雲座・表

集まる人々に目を光らせている木村。

館主「（やって来て）木村巡査。わざわざご苦労さんです」

木村「なあに。わしゃ、活動写真が大好きでしてな。呼び込みの声聞いとるだけで胸が躍りますわ」

と、中を覗く毅達を見て、

木村「おいこら、お前ら。金持ってないやろ。帰った帰った」

毅「おいこら言うたら、あかんのやで」

清「もしもし、って言わな」

木村「……もしもし、大人しゅう帰んなさい」

毅「ええやん、減るもんやなし」

佐一郎「（清に）腹は、減るけどな」

木村「じゃかましいッ！　とっとといね！」

慌てて逃げ出す毅達。

続こうとした俊太郎の袖を誰かがクイと引く。

俊太郎「（振り返り）あ……」

目の前に梅子の顔。梅子、シーッと合図を送る。

10　同・裏手

便所の掃き出し窓から中に忍び込もうとする梅子。

俊太郎「（驚いて）いっつも、こっから入ってるんか？」

梅子「初めてや。いっぺん試したろ思てたんや」

俊太郎「せやけど誰かに見つかったら、どうすんのや？」

梅子「（悪戯っぽく）そん時は、また助けてくれるんやろ？」

俊太郎「（ドキリ）……」

便所に入り込んだ梅子、中を見回す。

ふと、胸元を這う小さな蜘蛛に気づく。

梅子「いやッ！」

俊太郎「静かにせな見つかってまうで」

続いて入って来た俊太郎が、慌てて梅子を咎める。
梅子「うち蜘蛛苦手やねん。なぁ、取って！　早う!!」
俊太郎「ジッとして（手で払ってやる）。ほら、もう逃げたわ」
梅子「ほんま？……助かったわぁ」
俊太郎の手を引き「いこ！」と立ち上がる梅子。

11　同・客席

人混みをかき分けて顔を出す俊太郎と梅子。
梅子「（感動して）わぁ……！」
松之助の忍術もの『怪猫伝』が上映中である。
スクリーン横で数人の弁士が台詞を当てている。
やがて終了し、明かりが点く。
俊太郎「手ぇ出して（と梅子の手にキャラメルをのせる）」
梅子「何やの？」
俊太郎「キャラメルや。知らんのか？」
梅子「これがキャラメルか！　初めて見たわ」
恐る恐る口に入れ、満面の笑みを浮かべる。
梅子「美味しい！」
そこに山岡秋聲が登場する。
山岡「泡沫を心に刻む秋の声。本日も賑々しきのご来駕を賜りまして不肖闇の詩人、山岡秋聲。厚く厚く御礼申し上げます。さて、ここもとご覧に饗します活動写真は、松は尾上か相生か、皆さまお馴染み目玉の松ちゃん、尾上松之助丈が画面狭しの大活躍。豪傑伝の決定版『後藤市之丞』にございます。詳しくは言わぬが花の吉野山。映る画面の回転に伴いまして詳細なる説明を加えましてご清覧に供しますれば、何とぞ最終まで拍手ご喝采のうちにご清覧のほどを――」
前説に続いて始まったのは、先日神社で撮影していた写真だった。
山岡「欲にまみれた悪党ども！　地獄で閻魔の裁きを受けるがよいわ！」
お菊が現れ侍にすがりつく。
山岡「（声を変えて）おやめ下さいまし！　市之丞様に万一の事あれば菊は生きてはいけませぬ……」
すっかり山岡の話術に引き込まれる観客達。
斬られた男の元に俊太郎と梅子が駆け込む。
俊太郎・梅子「あッ！」
山岡「やがて倒れた駕籠かきに、ひしとすがるは二人の幼子。ダメよおとうちゃん、死んじゃイヤ。おとうちゃーん！」
放心したようにスクリーンを見つめる俊太郎と梅子。

12　道

並んで歩く二人。
梅子「まだ信じられへん……」
俊太郎「うん」
梅子「活動写真に出てしもた」
俊太郎「なんちゅう凄い弁士や」
梅子・俊太郎「（顔を見合わせる）ん!?」
俊太郎「活動写真、好きなんか？」
梅子「うん。せやけど、ほんまもん見たんは今日が初めて」
俊太郎「俺は白雲座でもう何遍も見とる」
梅子「ええなぁ、うち見たい写真いっぱいあんねん。クレオパトラやろ、カチューシャやろ、あと……怪盗ジゴマ！」
俊太郎「（得意そうに）俺見たんは谷口緑風、桂一郎、大山玄水もわるないな。せやけど何ちゅうても山岡秋聲が一番や」
梅子「（呆れて）あんた、写真やのうて弁士見てんのか？」
俊太郎「（当然という顔で）そうや。凄かったなぁ山岡……。全部一人で演るんやから」

梅子「ほんまやな。なぁ今度やる時、また一緒に行かへん?」
俊太郎「うん。……あ、そうや」
俊太郎、キャラメルの箱を出して、
俊太郎「これ、今日の礼や」
梅子「(驚いて)こんなん貰えへん」
俊太郎「ええて、お前のお陰で見れたんや。ほな(帰ろうとする)」
梅子「お前やあらへん」
振り返る俊太郎。
梅子「うち、栗原梅子。あんたは?」
俊太郎「染谷、俊太郎……」
梅子「そうか。おおきに、俊太郎さん。ほな、ごきげんよう」
大人びた口調で頭をさげる。
俊太郎「(呆気に取られる)……ほな」

13 古い長屋・表(夕)
しゃがみ込んで活動写真のチラシを眺める梅子。

足元の化粧箱にはチラシの束が詰まっている。

キャラメルをひと囓りして、再び包み紙に戻す。

入口の戸が開き、母親が男と出て来る。

母親「また来てな」

男「ああ、その内な」

母親「ほな、ごきげんよう」

愛想笑いで男を見送って、
母親「(梅子に)もう入ってええで。しょぼい客ばっかりや。そろそろここも潮時やな」

梅子「また引っ越すん?」

母親「仕方ないやろ。生きてく為や(中に入る)」

チラシに目を落とす梅子。

写真の女優が華やかに笑っている――。

14 白雲座・表
『日光圓藏と國定忠治』の看板が出ている。

人混みからチラシを握り締め出て来る梅子。

やって来た俊太郎と出会う。

梅子「見て! 二枚貰て来た。一枚は俊太郎さんの分」

俊太郎「(受け取る)松ちゃんの國定忠治。ずっと見たかったんや」

梅子「(嬉しそうに)そうかぁ。楽しみやな」

と、表にいた木村が二人の方を見ている。

梅子「(気づいて)いこ」

二人、急いで裏手に回る。

15 同・裏手
厚い板で塞がれた掃き出し窓を、呆然と見ている二人。
梅子「何でや……。もう活動見られへん」
泣きそうな梅子を見守る俊太郎、やがて
――
俊太郎「『欲にまみれた悪党ども! 地獄で閻魔の裁きを受けるがよいわ!』『おやめ下さいまし! 市之丞様に万一の事あれば菊は生きてはいけませぬ』『文右衛門さまから頂いた大事のきんす。ご恩に報いる為にも、悪党にやる訳にはまいらぬ!』」
梅子「(驚いて)それ山岡秋聲か? ソックリやん」

16 白雲座を見下ろすほこらの前
石段に座っている二人。
梅子「俊太郎さんて、ほんまに活弁好きなんやな」
俊太郎「うん。いつか、ほんまもんになれたらええんやけど」
梅子「絶対なれるて」
俊太郎「ほんまに?」
梅子「うん!」
俊太郎「そうか。梅子ちゃんは何になりたいんや?」
梅子「……笑わんといて。うち活動の役者やりたいねん」
俊太郎「へえ。そら凄いな」

梅子「（首を振って）思てるだけや。うち女やし」
俊太郎「そんな事ないて。よその国は女の役は女がやるんや――」
梅子「もうええねん。それよりもっと活弁聞きたいわ」
俊太郎「（立ち上がり、コホンと咳払いして）花のパリーかロンドンか、月が泣いたかホトトギス。今やパリ市民を恐怖のどん底へ追い込む風のごとき怪盗団。現場に残るはZの一字。Zとは果たして何か。ここに名探偵ポーリン現れまして、Zの謎をば解かんとす！」
梅子「（嬉しそうに）怪盗ジゴマや！」
　梅子、キャラメルを俊太郎に差し出す。
梅子「はい。木戸銭の代わり」
　俊太郎、受け取るとポイッと口に入れる。
梅子「それ、こないだ俊太郎さんに貰たやつや」
俊太郎「何や、まだ持ってたんか？」
梅子「最後の一個。もったいないからチビチビ食べてん」
俊太郎「そうか……そしたらお客さん。ちょっと待っとき」
梅子「どこ行くん？『ジゴマ』聞きたいねん」
俊太郎「活動写真にキャラメルは付きもんや。すぐ戻って来る」
　走って行く俊太郎を不安そうに見送る梅子――。

17　**通りの駄菓子屋**
　中を覗くと、ご隠居が居眠りをしている。

　しめた！　ソッと入って行く俊太郎。

　薄目を開け俊太郎を監視するご隠居。

　俊太郎、キャラメルを掴み袖口に入れる。

ご隠居「（叫ぶ）泥棒や！　泥棒やで!!」

　慌てて転ぶ俊太郎。奥から男が飛び出して来る。

男「このガキッ！」

18　**ほこらの前**
　チラシを見ている梅子。

19　**駄菓子屋**
ご隠居「こいつや、いつも盗みに来るんは!!」
俊太郎「違うて！　堪忍して!!」
男「何が違うんや！　このくそガキ!!」
　取り押さえられた俊太郎の回りに人が集まって来る。

20　**ほこらの前（夕）**
　待っている梅子、溜息を吐く。
　突然風が吹き、手の中のチラシが舞い上がる。
梅子「あッ!!（空を見上げる）」
　夕焼け空を風に舞うチラシ――。

21　**とある田舎道**
　何枚ものチラシが風に舞っている。

　『七色の聲　山岡秋聲博士堂々來演！』の文字。
T　十年後
　楽士の演奏を先頭に活動写真の巡業隊が練り歩く。

　一団はやがて、大きな家の前にやって来る。

22　**同・大地主の家・中**
　立派な髭の山岡秋聲が熱弁を奮っている。

　スクリーンでは、斬られた男に子供達が駆け寄る。

　――擦り切れて傷だらけの映像。

山岡「やがて倒れた駕籠かきに、ひしとすがるは二人の幼子。ダメよおとうちゃん、死んじゃイヤ。おとうちゃーん！」

　楽士の姿はなく、山岡が蓄音機で音楽をかける。

23　**同・町内**
　留守の家や蔵の中に、男達が忍び込む。

ボスの安田虎夫と先程の楽士達（一平・嘉次郎）。

金目の物を盗み出し、トラックに積み込む。

安田の指示で一平が集会所へ走る。

24　同・大地主の家・中

一平が終了するよう合図を送る。

しかし山岡は最後まで説明を続ける。

やがて、歓声に送られ悠々と袖に消える山岡。

×　×　×

打って変わり急いで控室へ駆け込む山岡。

髭を取ると、青年になった俊太郎の顔が現れる。

逃げ出す俊太郎、廊下で関係者と鉢合わせに。

関係者「山岡先生はどちらにおいでですか？」

俊太郎「ま、まだ部屋でお着替え中ですわ。ほな」

裏口へと急ぐ。

25　同・路地

荷物と男達で満杯のトラックが出発するところ。

与三郎（映写係）「俊太郎、早よ乗れ！（運転席に向かって）嘉次郎、出してええぞ！」

走って来る俊太郎、トラックの荷台に飛び乗る。

26　町外れの酒場（夜）

大騒ぎする手下達。ひとり片隅で飲む俊太郎。
安田「（やって来て）ご苦労やったな染谷。お前の取り分や」
丸めた紙幣を俊太郎の前に放る。
俊太郎「そんな金。俺は弁士を捜してるっちゅうから入ったんや」
安田「そうや。お前のお陰で上手い事行ったんや、先生」
肩に手を回す安田の手を払う。
俊太郎「俺は先生やない！　騙された俺があほやったわ！」
突然、俊太郎の胸ぐらを掴む安田。
安田「真似しか出来へん半端もんが聞いた風な事ぬかすな。拾てもろただけ感謝せぃ！」
カウンターにいた女の手を引き奥へ消える安田。
俊太郎「くそッ！（酒をあおる）」
一平「まぁ落ち着け俊太郎。命が惜しかったら安田さんには逆らわん方がええ。前の弁士は喉を潰されたさかいな」
俊太郎「!!」
嘉次郎「何でお前みたいな学のある奴が、巡業隊に入ったんや？」
俊太郎「教師やった親父に反発して家出したんですわ、弁士になろ思て。せやけど入った小屋で、くすぶっとったら……」
一平「安田さんに会うたんか」
俊太郎、頷く。
嘉次郎「運の尽きやな」
俊太郎「（溜息）客の喜ぶ顔が、こんな気持ちええもんとは……どないしたらええんやろ」
頭を抱える俊太郎。そこに与三郎が来て――、
与三郎「今日の荷物ん中にええもんがあった」
と、女の裸絵が表紙の本を差し出す。
与三郎「俊太郎頼むわ。俺字ぃ読めへんし、お前の喋りは一流や」
男達にすがられ、仕方なく本を開く俊太郎。
俊太郎「ああ、堪忍……。さすがは老巧の大石。下から勢いよく早腰、高腰、大腰で、あるいは深く、あるいは浅く突き上げれば、錦太夫もよがりに迫って泣き声いだし、大石の口にかじりつき、手足でしかと絡みつく――」
情感たっぷりの俊太郎の語りに唾を飲む

　男達。
与三郎「大石内蔵助は絶倫やったんか」
一平「大した男やなぁ……」

27　モンタージュ

野外上映で山岡秋聲の真似をする俊太郎。
　×　　×　　×
その隙に盗品をトラックに積み込む男達。
　×　　×　　×
村人に大歓声で迎えられる巡業隊。
　×　　×　　×
帰って来た村人達、荒らされた部屋の中で呆然。
　×　　×　　×
カミカゼのように走り去るトラック。

28　ある蔵の表

荒らされた蔵を警察が現場検証している。中から出て来る木村に、役人風の男が近づく。
役人「木村刑事。いやぁ遠路はるばるご苦労さん。お陰でニセモンの弁士だった事がハッキリしたわ」
木村「わしは活動写真を穢すような輩が許せんのです。どこにおっても、犯人はわしが絶対に捕まえます！」
役人「（頷いて）そら心強いな。帰りは車で送らせるわ」
木村「ご面倒かけます」
停めてある車に向かう二人。

29　ある町

木村を乗せた車が通過する。

ふと活動写真の看板が目にとまり車を止める。

『天上天下唯我独尊　頗る非常大博士駒田好洋先生キタル！』とある。

木村「（車を降り）駒田て……とっくに引退した筈や」

看板には髭面の俊太郎の写真。

木村「ん⁉　誰やこの髭面……（ハッとして運転席の警官に）おいッ、至急警官隊を集めろ！」

30　同・小屋の中

客達に向かって俊太郎が説明している。
俊太郎「頗る非常に襲い来る駕籠かきに、頗る非常に刃を振り下ろす市之丞。そこに駆け寄る可愛い子供。おとうちゃん、頗る非常に血が出てる。死んじゃイヤ。おとうちゃーん！」
　入って来た木村、唖然とする。
木村「何ちゅうこっちゃ！（俊太郎に）おいこら、貴様‼」
俊太郎「（見て）⁉」
木村「貴様はニセモンやな、逮捕する‼」
ざわめく客達。慌てて窓から逃げ出す俊太郎。
木村「こら待てッ！」

31　同・通りの一角

変装したままの俊太郎が逃げて来る。

ちょうど嘉次郎がトラックを走らせて来る。

とっさに掴まり荷台によじ登る俊太郎。

そこに、物陰から安田が飛び出して来た。

安田「待たんかいッ！　わしも乗せろ‼」

トランクを荷台に放り俊太郎に手を差し出す。

安田を引っ張り上げようとする俊太郎。

安田「もっと精出して引かんかい、半端もんが‼」

俊太郎「‼」

その瞬間、俊太郎の動きが止まり安田を睨む。

俊太郎「色々と世話になりました」

安田「何⁉」

　安田の手を離す俊太郎。

転がる安田、追って来た木村達に取り押さえられる。

安田「染谷！　おんどれ、ぶっ殺したるからなーッ!!」
怒りに震える安田の声が響く。

32　山道

疾走するトラックの荷台でホッと一息吐く俊太郎。
曲がり角で、大きく揺れた拍子に後ろのあおりが開いて外へ放り出される。
俊太郎「おわぁ！」
そのまま走り去るトラック――。
倒れていた俊太郎、やがてフラフラと立ち上がる。
と、足下に落ちていたトランクから大量の札束が覗いている。
俊太郎「!!」

33　地方の賑やかな通り

トランクと風呂敷包みを提げ、俊太郎が歩いて来る。
交番の前で、警官が女に道を教えている。
俊太郎「……（トランクを見て）」
警官の横に立ち、ソッと足下にトランクを置き立ち去ろうとする。
警官、気づいて俊太郎の肩を叩く。
ハッと振り返る俊太郎にトランクを差し出す警官。
頭を掻き笑顔で受け取る俊太郎、仕方なく歩き出す。

×　×　×

歩く俊太郎。と、一軒の小屋から楽器を持った男達が出て来る。
慌てて追って来る館主の青木富夫。
青木「待てよ。急に辞めると言われても困るんだ！」
楽士1「もう、茂木の野郎には我慢でけんのですわ」
青木「あいつの言う事なんか気にする事ねぇよ」
楽士2「奥さんも、雑用だ何だって人使い荒いし」
青木「人手がねえんだよ。代わりが来るまでだって」
楽士3「ほんなら出すもん出して下さい。向こうは前金で払うて」
青木「向こう？　向こうってどこだ！」
聞いている俊太郎、ふと小屋の看板が目に止まる。
『娯楽の殿堂　青木館／主任弁士・茂木貴之　専属弁士・山岡秋聲　内藤四郎』とある。
俊太郎「山岡秋聲……」
気まずそうに顔を見合わせる楽士達。
青木「橘か!?　お前ら橘に買収されたな！」
急にコソコソと去って行く楽士達。
青木「こっちから願い下げだ！　全く、どいつもこいつも」
俊太郎「（恐る恐る）……あのー、すんまへん」
青木「何だ、てめえは？」
俊太郎「ここ、人手足りてへんのですか？」

34　青木館・場内

青木について歩く俊太郎。
青木「で、名は何て言うんだ？」
俊太郎「染谷……あ、いや、國定です」
青木「くにさだ？　國定忠治ってか。名前だけは立派だな」
楽士席では、くたびれた男達（定夫、金造、耕吉）が楽器を磨いている。
青木「あれがウチの楽士達だ」
俊太郎「さ、三人しかおらんのですか？」
青木「数じゃねえよ。熟練にしか出せねぇ音色ってもんが――」
と、そこに青木の妻・豊子が入って来る。
豊子「また油売って。掃除済んでないんだろ？」
青木「いや、新入りに中を案内してたとこなんだ」
豊子「新入り？」
青木「楽士達が出て行きやがった。また橘だよ」

豊子「それで残ったのが、よりによってこの三人かい」
定夫・金造・耕吉「……」
豊子「（俊太郎に）お前は、何が出来るんだい？」
俊太郎「あ、はい。かつべ――」
青木「こいつは雑用だ。呼び込みも売り子もいねえし、猫の手も借りてえとこだ。ちょうどよかったよ」
豊子「とか言って、楽しようって魂胆じゃないだろうね？」
　青木、プルプルと首を横に振る。
豊子「（俊太郎に）この青木館はね、百年以上続く由緒正しい小屋なんだ。名前を汚さないようしっかりやんなさいよ」
　不機嫌そうに出て行く豊子。
青木「元は芝居小屋だったんだ。あの團十郎がここの舞台に立ったってのが、カカアの自慢でよ」
俊太郎「はぁ……」
　と、映写室に向かって、
青木「おい、浜本、浜本、浜本！」
　呼ばれて映写室から顔を出す浜本祐介。
浜本「へい。何でしょう」
青木「三十分開演を早めるからな。用意しとけよ」
浜本「はいよ」

35　同・廊下
　場内を出て二階へ上がる二人。
青木「住み込みか、しょうがねえなぁ。特別に許可してやるよ」
俊太郎「ありがとうございます」
青木「（突然）おわぁッ！」
　床板を踏み抜いて倒れる青木。
青木「こ、ここは床板が腐ってるから、気をつけな」
俊太郎「……」

36　同・一室
　入って来る青木と俊太郎。

青木「ここを使え。言っとくが、この部屋で煙草なんか吹くんじゃねえぞ（と去って行く）」

　桐箱が置いてあるだけの殺風景な小部屋。

　箱の中を覗くとフィルム缶が入っている。

　風呂敷を解き、荷物を作り付けの箪笥に仕舞う。

　天井板を外してトランクを押し込む。

　かつて梅子に貰った國定忠治のチラシを壁に貼る。

俊太郎「（呟く）ええな、俊太郎。一から出直しや」

37　同・楽屋（夜）
　洗濯物を抱え廊下を歩いて来る豊子と俊太郎。
豊子「橘ってのは、隣町一帯を仕切ってるヤクザさ。最近写真館作ったのよ、ウチの連中ごっそり引き抜いてね。まだウチも看板弁士がいるから、潰れずに済んでるけどさ」
俊太郎「そうですか。さすがは山岡先生やな」
豊子「はぁ!? 何言ってんだい、あんな飲んだくれ」
　と、突然もの凄いイビキが聞こえて来る。
　積まれた座布団の陰から足だけが見える。
豊子「その飲んだくれだよ。ウチは旅館じゃないっての、全く」
　そこに声を荒げて茂木貴之が入って来る。
茂木「何だ、あの写真は！　場面転換が早過ぎて俺の説明が入んねぇだろうが」
　続いて青木が慌てて入って来る。
青木「いや、近頃はどれもあんな写真が流行ってんだよ」
茂木「バカ野郎！　客はなぁ、俺の説明を聞きに来てんだよ。駄作も俺にかかりゃ一級品になるんだ。流行りなんて関係ねえッ！」
豊子「まぁまぁ茂木先生、そう熱くならないで――」

茂木「厚いのはあんたの化粧だろ！」
豊子「‼（鼻息荒く茂木を睨み付ける）」
　楽士達が休憩に戻って来る。
茂木「（楽士達に）下手な演奏しやがって、説明の邪魔すんじゃねえ！」
定夫「（憮然とする）えらいすんまへんなッ！」
　と、そこに内藤四郎が顔を覗かせる。
内藤「おっと。バッドタイミング……ええと、喉の薬は……と」
　突然、ムクッと起き上がる山岡。
山岡「時代は変わる。いつまでも同じやり方は通用しない」
俊太郎「（え？　と見る）」
茂木「そう言うあんたはただの酔っ払いじゃねえか‼」
　吐き捨てるように言うと出て行く。
内藤「（可笑しそうに）まさに水と油ですなぁ」
俊太郎「（山岡を見る）……」

38　同・映写室（夜）

　フィルムを巻き取る浜本。手伝う俊太郎。
俊太郎「茂木先生って、そない人気あるんですか？」
浜本「まぁ、お涙ちょうだいモンをやったら天下一品やな」

×　×　×

　『火車お千』を説明する茂木。号泣する観客。
浜本の声「まるで人気俳優気取りや。暗がりの中でも流し目を送ったりしよる」
　流し目する茂木を見て失神する女性客。

×　×　×

俊太郎「はぁ……」
浜本「それから内藤四郎っちゅう先生はやな、師範学校出を鼻にかけた嫌みな奴っちゃ」

×　×　×

　『ノートルダムのせむし男』を英語をまじえて説明する内藤。
浜本の声「このオッサンがまた、えらい汗かきで――」
　説明しながら汗を拭く内藤、暗闇に乗じて服を脱ぐ。
　かき氷を差し入れ、後ろから扇子で扇ぐ青木。
浜本の声「それが、終わる頃にはちゃんとしてるんやから、ほんま器用なやっちゃ」
　服を着ながら説明する内藤。明かりがつくと理知的な笑みでキリリと立ち去る。

×　×　×

俊太郎「山岡先生はどうです？　相変わらず人気なんやろか」
浜本「昔は、人気もんやったけど、今は暇さえあったら酒飲んどる。山岡秋聲で客を呼べる時代は終わったわ」
俊太郎「……そうなんや」
　浜本、巻き取ったフィルムを俊太郎に渡す。
浜本「こいつはフィルム倉庫行きや」
俊太郎「フィルム倉庫？　あ、ひょっとして――」
浜本「お前の部屋や。燃えやすいから桐箱に入れて仕舞とき」

39　タチバナ館・表

　中から壮大な音楽が聞こえている。

40　同・場内

　『十誡』の海が割れるシーンが映っている。
　音に負けまいと必死に声を上げる弁士。
　客席にいる橘重蔵とその娘の琴江。
橘「どや琴江。中々豪勢やないか」
琴江「（首を振る）でも、肝心の説明があかん」
橘「（苦笑い）ま、お前の好きにしたらええ」

41　同・事務所

　入って来る橘と琴江。後ろに手下の大男

が控える。
座っていた男がサッと立ち上がる――
安田である。
安田「社長、この度はおおきに、ありがとうございます。手引きして頂いたお陰でこうして――」
橘「（にこやかに）済んだ事はもうええ。実はな、この小屋を琴江に任そ思てる。今後は娘に手を貸したってくれ」
琴江「（驚く）ちょっとお父様どう言う事?　私一人でやっていけるわ」
橘「商売はあまない。この安田は活動写真でシノギをやって来た。きっとお前の役に立つ。（安田に）なぁ安田」
安田「へい。喜んでお手伝いさせて頂きます」
琴江「（不満）……」
橘「（笑って）ぼちぼち時間やろ。何やらとか言う弁士を聞きに行くんやないか?」
琴江「茂木貴之よ青木館の主任弁士。もう一押しで落とせるわ」
と出て行く。
橘「ハハハ。やっぱり血は争えんなぁ。安田――」
橘、突然杖で安田を殴りつける。
橘「このあほんだら！　二度と下手こくんやないぞッ!!」
橘、更に何度も安田を叩く。
安田「すんません、すんませんッ!!」
流血で染まった安田の顔、屈辱に歪む。

42　青木館・場内

半被姿で客席を回る俊太郎。

俊太郎「えー、おせんにキャラメル。ラムネにあんパンどないでっかぁ」

×　×　×

茂木の登場に女性客が沸く。

脱いだ上着を放り投げる茂木。俊太郎が慌てて掴む。

茂木「皆様ようこそご来場を賜り、従業員一同に成り代わり、当館主任・茂木貴之より御礼申し上げます。互いに愛の絆の切れる事無く、死してなお共にと願う……。不朽の名作『不如帰』。ハンケチご用意の上ごゆるりとご高覧の程願い上げます」

×　×　×

情感たっぷりの茂木の説明に涙を拭く琴江、観客達。

楽士席で定夫達が合奏する。

43　同・映写室

手拭いで汗を拭きながら映写機を回す浜本。
そこに俊太郎が入って来る。
俊太郎「ご苦労さんです（ラムネとあんパンをテーブルに置く）」
スクリーンの人物、不自然に間延びした動き。
俊太郎「（見て）何や、もったりした写真やな」
浜本「茂木先生の喋りに合わせとんのや。後でやかまし言われるからな」
映写機をゆっくり回す浜本に、感心する俊太郎。
浜本は椅子に座ると足の指でクランクを回し始め、空いた手でラムネを飲み、あんパンを囓る。
俊太郎「（唖然とする）か、神業や！」
浜本「元は相方もいて二台で映してたんや。それが、橘に寝返ってな。この有様や」
俊太郎「また橘ですか……ほな、俺に手伝わせて下さい」
浜本「遅いわ。いらんから言うて奥さんがもう一台売りはろたわ。えげつないドケチ夫婦やで」
と、そこにセカセカと青木が入って来る。
青木「二巻飛ばせ！　今日は入りがいいから客の回転増やすぞ」
浜本「はいよ、二巻飛ばし。と」
残っている数本のロールから二本を間引く。

俊太郎「（溜息）はぁ。ほんまに……」

44　同・場内（夜）

袖で控える俊太郎の元に山岡が来る。

山岡「明かりを消せ」

俊太郎「前説は無しでええんですか？」

山岡「前説だ？　馬鹿な。消せ！」

明かりが消え山岡が弁士台につくと、すぐに『椿姫』の上映が始まる。

×　×　×

最小限の言葉をボソボソと語る山岡の説明に、唖然とする俊太郎。

客A「おい弁士！　聞こえへんぞ！」

山岡「黙って聞け！　画を見てればわかる」

客B「飲み過ぎで口が回らんのと違うか」

客C「喋らんでもええんや。弁士っちゅうのは楽な商売やな」

飛んで来るヤジに動じる事なく淡々と語る山岡。

×　×　×

終了後、山岡は明かりが点く前に退場する。

不満げに帰って行く客達。

ひとりだけ拍手している客、二川文太郎。

俊太郎「（何で？）……」

45　同・場内（夜）

掃除している俊太郎。

突然明かりが消え、スクリーンに女優の顔が映る。

俊太郎「（驚いて）」

46　同・映写室（夜）

映写機を回している浜本。俊太郎が入って来る。

浜本「ええやろこの娘、沢井松子いう名前や。何ちゅうても『火車お千』のお万役が最高やな。気に入った写真は、こうして切れっ端を貰てんのや。（笑って）映写技師の役得やな。（指で示して）見てみ、俺の宝物や。コイツらだけはいつも手元に置いてんのや」

見ると、幾つものフィルムが入った缶の蓋に、色んな名前が書いてある。

俊太郎「おお、松之助に四郎五郎、早川雪洲……茶風鈴。何や変わった名前やなぁ」

浜本、カーボンの光を落とし、映写機を止める。

浜本「何やお前、知らんのか？　山高帽にステッキ持って、こんな風に歩くんや」

と、ガニ股で歩いてみせる。

俊太郎「アルコール先生や!!」

浜本「せや。ほんまはチャップリンちゅう名前や。他にデブ君にキートンもある」

俊太郎「そしたら、毎日『ニコニコ大会』出来ますやん」

浜本「あほ。こんな切れっ端だけでニコタイが出来るか」

47　料亭の一室（夜）

酒席を囲む橘、琴江、茂木。後ろに控える松子。

橘「大震災からこっち、江戸の弁士も、よう流れて来るが評判がもう一つやな。馴染みの説明やないと客も調子が狂うんやろな」

琴江「そろそろ色よい返事を聞かせて下さいな、茂木せんせ」

色っぽく迫る琴江に満更でもない茂木。

松子「……」

松子を舐め回すように見ている橘。

琴江「一番館のようにはいきませんが、ウチにも良い写真を回してもらう算段はついているんですのよ」

茂木「良い写真が客を呼ぶんじゃない。俺の説明に客が付くんですよ」

橘「大したもんやなぁ。あんたが来てくれるんやったら三つ指ついてお迎えせなあかんな。なぁ」

と、松子に微笑みかけ、杯を手に取る。

茂木「（松子に）松子、ボサッとしねえで社長にお酌しねえか」
松子「あ、はい」
慌てて橘に酒を注ぐ。
橘「女優さんになぁ、光栄なこっちゃ」

48　青木館・表
呼び込みをする俊太郎。

49　同・楽屋
酔い潰れている山岡を起こしている青木。
青木「先生！　出番ですよ、先生！」
呆れて見ている茂木と内藤。
青木「ダメだ……こうなっちまったら目を覚まさん」
茂木「元々喋らねぇんだ。舞台で寝かしときゃいいだろ」
青木「そんな訳にいかないよ。そうだ茂木先生、代わりに務めて下さいよ」
茂木「冗談じゃねえ。こいつの尻ぬぐいなんて真っ平だ」
青木「（手を合わせ）だったら内藤先生、お願いします」
内藤「今出番が終わったところですよ。もう喉が限界です」
青木「（泣きそうな顔で）そこを何とか！」
と、そこに入って来る俊太郎。
俊太郎「（おずおずと）あのう」
青木「何だ⁉」
俊太郎「俺に代わりを務めさせて下さい。昔から山岡先生の真似が得意でしたんや」
呆れたように俊太郎を見る一同。
青木「バカ野郎！　余計な口挟むんじゃねえ！」
茂木「（笑って）声色か、いいじゃねえか。やらせてみろよ」
青木「そんな無責任な。上手くいく訳ないだろ！」

50　同・場内
楽士席で準備する定夫達。
金造「どげんなっとっとか、素人が演るなんち」
定夫「青木館も仕舞いやな。ヨソを捜すか」
耕吉「わしらを雇ってくれるとこが他にあるか。始めるぞ」
緊張する俊太郎、場内の明かりを消し弁士台に立つ。
俊太郎「皆様ようこそお早々とご来場を賜り、従業員一同に成り代わりまして、山岡秋聲より厚く御礼申し上げます」

×　×　×

見ている青木達。
青木「あのバカ……」
内藤「（茂木を見て）挨拶は主任弁士の仕事ですわなぁ」
茂木「（怒りに震える）野郎ッ‼」

×　×　×

『椿姫』が始まり、声色を使い分け熱演する俊太郎。
豊子「（やって来て）驚いたねぇ」
内藤「全盛期の山岡秋聲が戻って来たようですな」
茂木「（憮然とした顔で）……」

×　×　×

入り口のドアが開き、松子が入って来る。
驚いた顔の松子、弁士台の人影を見つめる。

×　×　×

目を覚ます山岡、声につられ舞台を覗く。
山岡「（見て）‼」
暫く聞いていた山岡、突然フラリと出て行く。

×　×　×

椿姫の最期に、客席のあちこちから嗚咽がもれる。
青木と豊子も涙を拭っている。
内藤「（呆れて）こりゃ本物以上だ」
苦々しい顔の茂木、プイッと出て行く。

×　×　×

半被を羽織り舞台上から客を送り出す俊太郎。

俊太郎「えー、又のご来場お待ちしておりま
す」
と、松子が近づいて来る。
松子「こんにちは」
俊太郎「こ、こんにちは……」
松子「今の説明、あなたでしょ?」
俊太郎「(驚いて) はぁ!?」
松子「昔の山岡先生そっくりだったわ」
俊太郎「どちらで先生をご覧になってたんで
す?」
松子「えッ……(言いよどんで) と、とにか
く懐かしくて……ほな、ごきげんよう」
くるりと背を向け出て行く。
俊太郎「!!」

51 同・裏口(夜)

酔っ払って帰って来る山岡。
そこに飛んで来る俊太郎。
俊太郎「山岡先生!」
山岡「(ん!? と見て) 貴様ぁ、余計な事し
やがって!」
怒りを露わに俊太郎の胸ぐらを掴む。
俊太郎「す、すんまへん。せやけど皆さん喜
んでくれまして。以前の先生みたいやっ
たって」
山岡「ぬかせ! くどい説明なんか、写真の
邪魔になるだけだ!」
俊太郎「せ、せやけど、あの『カリガリ博
士』かて徳川夢声の説明無しには面白さは
伝わらへんかったと思うんです。やっぱ
り写真を面白くするんは弁士の技量やと
──」
山岡「技量だと?……(俊太郎を突き放し
て) ついて来い」

52 同・場内(夜)

入るなり映写室に向かって、
山岡「浜本! まだいるか?」
何事かと映写室から顔を出す浜本。
山岡「何でもいい。ちょっと掛けてくれ」
浜本「はぁ?」
山岡「さっさとしろ」
× × ×
弁士台で緊張する俊太郎。
山岡「始めろ! お前の技量を見せてみろ」
山岡に促され説明を始める俊太郎。
俊太郎「……ああ、オーレス。あんなペテン
師に気を許した、愚かな私を許して下さい
……許さぬ筈がないじゃないか。手紙を見
つけたんだよ。君が僕の事をこんなにも深
く愛してくれていたなんて──」
× × ×
俊太郎「……灰になれ、灰になれとドース少
年は手紙を焼いた。そうした時に恋こそ誠
なれと相擁する二人の上に、しず心なく花
は散る。ろうろうたる宵闇に千村万洛春更
けて──春や春、春南方のローマンス」
山岡「もういい。そいつは林天風の喋りだ。
同じ弁士は二人も要らぬ!」
立ち上がり出て行こうとする。
俊太郎「ま、待って下さい」
山岡「時間の無駄だ」
俊太郎「お願いします、もういっぺんやらせ
て下さい」

53 同・表

新人弁士・國定天聲『南方のロマンス』
の看板。
俊太郎の声「他の男にも同じ事を言ってるく
せに。手紙を見つけたんだ!……手紙?
一体、何の事かしら」

54 同・場内

満員の客の前で熱弁を奮う俊太郎。
スクリーンに映るのは山岡の前で説明し
た同じ映像。
俊太郎「つべこべ言わずに楽しみましょうよ。
ほーら、ここをスリスリ。どう如何?……
おお、そのような所を責められると、もう
……いかん」
× × ×

俊太郎「ひしと腰を合わせる二人を見ていたのは童貞少年。畜生、畜生！　あの女め！　あのスリスリは僕だけのモノだったのに。腹いせに少年は手紙に火を付けると、辺り一面火の海と化しました……」
ウケる観客達の最後尾に山岡がいる。
ムスッとした顔でスクリーンを見つめる山岡。
「全く、大した野郎だな」と、大笑いしながらやって来る青木。
青木「そんな顔しなさんな。第一、先生がやらせてみろって」
山岡「……」
青木「ところで、先生を訪ねて客が来てるんですがね」
山岡「客？」
青木と共に出て行く山岡。
入れ違いに琴江が安田を引き連れて入って来る。
琴江「噂通り、結構な人気ね」
安田「（興味なさそうに）そうですか」
と、弁士台で熱演する俊太郎に気づく。
安田「!!　あのガキゃぁ……」

55　同・廊下

舞台から戻る俊太郎。それを待っていたのは二川。
二川「ああ君、今の舞台拝見しました。なかなか面白かったよ」
俊太郎「どちらさんで？」
二川「やあ、すまんね。僕は二川と言う者だ（名刺を渡す）」
俊太郎「（見て）活動写真の監督さんですか！」
二川「つまらん写真も大いに楽しませる。これも弁士の立派な仕事だ。ま、僕の写真ではご遠慮願いたいがね」
俊太郎「はぁ」
笑いながら帰って行く二川。
陰に安田が潜んでいた――。
飛び出そうとする安田。と、楽屋から男が出て来る。
男「邪魔したな」
振り向いた男、木村刑事だった。
俊太郎「!!（唖然とする）」
安田も木村に気づき、コソコソと逃げ出す。
木村「（俊太郎を見て）ん……？　あんた」
俊太郎「（緊張する）は、はい……」
木村、俊太郎に近づくと顔を覗き込む。
俊太郎「（観念したように目をつぶる）」
木村「もしかして、あんたが國定先生か？」
俊太郎「!?」
木村「えらい評判らしいな。こう見えて、わしは活動写真には目がないんや」
俊太郎「……そりゃぁ、どうも」
楽屋の中から見ている山岡、青木、豊子。
青木「刑事の木村さんだ。泥棒一味の捜査をしておられる」
豊子「刑事さんはね、山岡先生の真似するニセ弁士を捜してらっしゃるのよ」
山岡「（酒をあおり）……」
木村「も一人、逃げた奴がおってな」
と犯人の似顔絵を出す。安田と、付け髭をした俊太郎の顔である。
俊太郎「……」
青木「ご覧の通り、ここにはおりませんが――」
木村「どっかの小屋に潜り込んでるかもしれん。まぁ協力したってや」
帰って行く木村。

56　同・俊太郎の部屋（夜）

慌てて荷造りする俊太郎。
俊太郎「もうおしまいや……」
そこに青木が入って来る。
青木「安心しな。刑事はお前を疑っちゃいねえよ」
俊太郎「館主さん、俺……」
青木「橘のせいで客が減ったが、國定のお陰で久しぶりに大入りだ。みんなに給金弾んでやれる」
俊太郎「そうですか……よかったですわ」
青木「お前が頼りだ、國定。もう少し力を貸
してくれ」
俊太郎「――」

57 同・物置部屋（夜）

チラシやポスター、芝居小屋当時の物な
ど雑然と置かれている。
茂木が松子を引っ張って来る。
松子「何なの、ここ」
茂木「たまにゃ、こんな場所も悪かねえだ
ろ」
と、松子を抱き寄せる。
松子「やめてよ。誰か来たら困るわ」
茂木「だからいいんじゃねえか。それよりお
前、橘社長の女になれ」
松子「（唖然とする）どう言う事⁉」
茂木「あのスケベ野郎。お前をすっかり気に
入ったんだとよ」
松子「そんな……」
茂木「俺の為だ。な、たまにはこうして可愛
がってやるから」
松子「いやッ」
茂木「てめえ、誰のお陰で写真に出られると
思ってんだ！」
抵抗する松子を押さえつけ、馬乗りにな
る茂木。
松子「いやや、離して‼」
必死で足をバタバタさせる。

58 同・俊太郎の部屋〜物置部屋（夜）

荷物を箪笥の引き出しに仕舞う俊太郎、
大きく溜息を吐くと、引き出しを思いっ
切り押し込む。
×　×　×
松子に馬乗りになった茂木の頭を引き出
しが直撃！
茂木「ぐぁッ‼　誰だ、殴りやがったのは⁉」
見ると引き出しが飛び出ている。
茂木「畜生、このおんぼろ箪笥が！」
思いっ切り押し込む。
×　×　×
後頭部を直撃され吹っ飛ぶ俊太郎。
俊太郎「痛ったぁー！　何やこれ！」
思いっ切り押し返す。
×　×　×
はじき飛ばされる茂木。
茂木「てめえ箪笥、この野郎ッ！　もう許せ
ねえ‼」
×　×　×
上下の引き出しをいっぺんに押し込む。
×　×　×
再び頭を直撃され、倒れる俊太郎。
俊太郎「この！」
×　×　×
互いに引き出しを押し合って、膠着状態
の二人。
俊太郎「ハァハァ……（隣に誰かいる？）」
箪笥から離れて外へ出る。
×　×　×
突然力が抜けて、箪笥に顔面をぶつける
茂木。
茂木「（転げ回る）いってぇーッ！」

59 同・廊下（夜）

出て来る俊太郎、ちょうど隣の部屋から
松子が飛び出して来た。二人、思わず顔
を見合わせる。
松子「いこ」
俊太郎「え⁉」
松子「ええから、早よ！」
俊太郎の腕を掴んで走り出す松子。

60 青木館・表（夜）

飛び出して来る二人。

61 川沿いの道（夜）

無言で歩く俊太郎と松子。
と、突然悲鳴をあげる松子。
松子「いやや、取って！」
松子の胸元に小さな蜘蛛がはっている。

俊太郎「動かんとじっとして（払ってやる）」
松子「蜘蛛は苦手なんや」
俊太郎「（見つめて）……やっぱり」
　松子も俊太郎を見て――、
松子（以下、梅子）「可笑しいやろ。自分は変わった気ぃでおったのに、なんも変わっとらん」
俊太郎「こっちかて、おんなじや」
梅子「なぁ、あんたの國定って、國定忠治のつもりか?」
俊太郎「そうや」
梅子「何や、頼りない忠治やな」
　可笑しそうに笑う。
俊太郎「梅子ちゃんは何で?」
梅子「うちは、せめて名前だけでも立派になりたい思てな。梅から松に格上げしてみたんや」
俊太郎「（笑って）そらええわ」
梅子「せやけど、ずっと冴えんまんまや」
俊太郎「そんな事ないて。立派な女優さんやないか」
梅子「……あんなぁ、俊太郎さん」
俊太郎「何?」
梅子「このまま、あたしとどっかいかへん?」
俊太郎「え、どっかって?」
梅子「どっか、遠くや。二人で逃げへんか?」
俊太郎「……何かあったんか?」
梅子「……」
俊太郎「（ポツリと）今は無理や」
梅子「何で?」
俊太郎「その……國定忠治は、義理人情に厚い任侠の男や。せやから、今は無理なんや」
　暫く無言の梅子、やがて、フフッと笑う。
梅子「何やそれ?……もうええ。別に本気で言うた訳やない。ええよ、一緒に逃げようって、そう言うてくれたらそれで良かっただけや」
　去って行く梅子。
俊太郎「……（立ち尽くす）」

62　青木館・表

『本日 國定天聲　特別公演』の看板。

63　同・場内

客席に二川や琴江の姿がある。
そこに梅子もやって来るが、通路に茂木の姿を見つけ踵を返す。

64　同・楽屋

楽器の手入れをしている楽士の三人。
耕吉「何だかんだ言うても、しばらくは安泰だな」
定夫「小さいのう。わしは、こんなとこでくすぶってる男とちゃうで」
金造「なん強がりば言いよっとか」
定夫「強がりではない！　わしを見くびると――」
　力んだ拍子に三味線の糸が切れる。
金造「自分の相棒にも見くびられち、世話なかばい」
耕吉「ついでに皮も張り替えたらどうだ。桶屋が儲かるぞ」
　笑う金造と耕吉。
定夫「（悔しい）……」

65　同・物置部屋

定夫「くそったれッ、今に見ておれ」
　箪笥から三味線の糸を取り出す定夫。
と、引き出しが一つ抜け落ちていた。
穴を覗くと、俊太郎の姿が見えて――。

×　×　×

トランクの金を見つめる俊太郎。
俊太郎「この金で、幸せになれるんやろか……」

×　×　×

定夫「（唖然とした顔のまま頷く）……な、なれる」

×　×　×

俊太郎「そうか……ん!?（辺りを見回す）」
　溜息を吐くと、天井裏に金を戻す。

66 同・廊下

やって来る俊太郎を、茂木が待ち構えていた。

俊太郎「(身構える)……ど、どうも」

茂木「主任の俺を差し置いて、新人が看板張るとはな」

俊太郎「すんません」

茂木「お前『火車お千』をやるのか。俺のおはこだが――」

俊太郎「分かってます」

茂木「(皮肉っぽく)断っとくが、俺の真似はするなよ」

俊太郎「誰の真似もしません。自分の説明で勝負してみますわ」

茂木、ムッとするが冷静を装う。

茂木「そいつは結構。これで俺も心残りがねえよ」

俊太郎「(ハッと)ここを辞めはるんですか?」

茂木「おっと口が滑ったな。ま、せいぜい頑張るこった。そうそう、裏で青木がお前の事を待ってるぞ」

俊太郎「館主さんが?」

茂木「金の話でもしたいんだろ。お前をヨソに抜かれたら大変だからな。(笑って)せいぜい吹っ掛けてやりな」

俊太郎「(笑顔で)そうしますわ」

67 同・裏口

俊太郎が出て来る。

声「よう。久しぶりやな」

突然、目の前に安田が現れる。

俊太郎「!!(驚愕する)」

安田「まさか、こんな近くにおったとはな」

俊太郎、逃げようとするが大男が行く手を阻む。

俊太郎「(恐怖)あわわ……」

安田「何もこんな小屋で弁士の真似せんでも、持ち逃げした金がたんまりあるやろ?」

俊太郎「……か、金なんか知りませんわ」

安田「はぁ?」

俊太郎「それに、い、今は真似ちゃいます。ほんまもんの弁士です」

安田「何でかい口叩いてんのや、色モンが。ほら跪け!」

拳銃を出し俊太郎の頭部に銃口を押し付ける。

安田「嘉次郎から聞いたわ。お前がトランクと一緒に消えたいうてな……」

俊太郎「ほ、ほんまに知りません……頼んます、命だけは」

安田「あほか。助ける訳ないやろ」

ガチャッと撃鉄を起こす。

俊太郎「!!(目をつぶる)」

安田「と、言いたいとこやが、橘のあほ娘がお前に入れ込んでて、殺す訳にはいかんのや」

俊太郎「(ホッと息を吐く)」

目配せすると、大男が俊太郎の首を絞める!!

安田「その代わり……お前の喉を潰すと、喜ぶ奴がおってな」

暴れる俊太郎、しかしビクともしない。

安田「これであのあほ娘も、ちょっとは熱が冷めるやろ」

意識が遠のく俊太郎、痙攣して口から泡を吹く。

と、その時――「何してんのや!」と声。

唖然とした顔で梅子が立っていた。

梅子「誰か、誰か来て、人殺しや!! あ、こっちです早よ!」

舌打ちする安田、大男を促し立ち去る。

その場に崩れ落ちる俊太郎に、梅子が駆け寄る。

梅子「(抱き起こして)しっかりして、死んだらあかんて!」

必死で俊太郎を揺さぶる梅子。

やがて――苦しそうに咳き込む俊太郎。

梅子「大丈夫か!? 誰か呼んで来る!」

立ち上がる梅子の腕を掴む。

俊太郎「(かすれた声で)あかん……舞台に

戻らな」
梅子「せやけど……」
俊太郎「頼む」
　仕方なく俊太郎を支える梅子。
梅子「あんた一体何したん？　こんなんで説
　明出来んのか？」
俊太郎「そうや……後で渡すモンが（咳き込
　む）」
梅子「ちょっと、ほんまに大丈夫なんか――」

68　同・場内

　俊太郎の登場に歓声が沸く。客席には茂
　木もいる。
茂木「（舌打ち）……」
　青木に案内され臨官席に座る木村。
木村「やれやれ、間に合うたわ」
　二川や琴江も舞台に注目する。
　伴奏に乗って『火車お千』が始まる。
俊太郎「さて、世にも悲しい話を始めよう。
　笹川在の片ほとり、落ち葉散る貧乏長屋の
　軒先で、洛陽を浴びて只一人――（咳き
　込む）」
　客席がざわつく。伴奏する楽士も不安そ
　う。
梅子「（袖から見守っている）……」
俊太郎「もう秋か……この世の見納めと思え
　ば、全てが愛おしく思えるもの……」
　スクリーンにはお千が登場する。
俊太郎「清十郎……（女声が出ない）」
　ざわつく客席。にやりと笑う茂木。
　突然――、梅子が出て来て俊太郎の隣へ。
梅子「もう外は寒うございます。お体に障り
　ます故、中へお入り下さい」
俊太郎「（驚いて梅子を見る）……かたじけ
　ない。しかし、もう行かねばならぬ」
梅子「行ってはなりません。行けば同士は必
　ず貴方を斬ります」
俊太郎「離してくれ、お千。同士が裏切った
　こたぁ百も承知。それでも行かねばならぬ
　のだ。命があったらまた会おう」
梅子「清十郎様！」
　　×　　×　　×
　二人の掛け合いに涙を拭う観客達。
　唖然として二人を見ている浜本。
　監督の二川、舞台の梅子をジッと見つめ
　ている。
　茂木の表情がみるみる怒りに染まる。
　　×　　×　　×
俊太郎「お千！　神妙に縛につけぃ!!　血し
　ぶき浴びて獅子奮迅。情け容赦なくお千に
　降りかかる十手銀棒雨あられ！　差す又、
　袖絡み、熊手、梯子とあらゆる道具が武器
　となり、一人の女を追い詰めた!!」
梅子「清十郎様の仇を取った今、この世に未
　練があるもんか！　火車のお千、立派な死
　に華を咲かしてやるよ!!」
　　×　　×　　×
俊太郎「お千の熱き思いは白山の雪を溶かし、
　紅の涙となり散りて終わりぬ。悲しい女の
　今なお残る語り草。天保の春を彩る物語、
　悲恋『火車お千』全巻の終了であります」
　終了と同時に歓声に包まれる場内。
木村「（涙を拭って）いやぁ、ええもん見せ
　てもろたわ」
　傍らの青木も満足そうに頷く。
　弁士台に琴江が駆けて来る。
琴江「素晴らしかったわ、國定先生！」
　と、俊太郎を抱きしめる。
梅子「（唖然と見る）!!」
琴江「この後お茶でもいかが？　ゆっくりお
　話したいわ」
俊太郎「いえ、今日はちょっと……」
　そこにドッと女性ファンが押し寄せる。
琴江「ちょっと何ですの、あなた達！　邪魔
　よ、離れなさい！」
　梅子、溜息を吐き、その場を後にする。

69　同・裏口

　晴れ晴れとした顔で青木館を見上げる梅
　子。
　と、目の前に茂木と安田、大男が現れる。

茂木「(怒りに震え) よくも俺の顔に泥を塗ってくれたな」
梅子「!!」

70 同・表 (夜)

辺りを見回している俊太郎。
そこに浜本が出て来る。
浜本「おう、國定! ちょっと俺に付き合え」
俊太郎「いや、梅子ちゃんと、その――」
浜本「梅子!? お前、俺の松子を横取りしといて梅子やて? もう堪忍せんぞ!!」
怒った浜本、俊太郎を羽交い締めにする。
俊太郎「ち、ちゃいます。誤解や!」
浜本「やかまし! 今日はとことん付き合うて貰うからな!!」

71 飲み屋 (夜)

俊太郎が、酔い潰れた浜本を抱いて入って来る。
カウンターに座るなり寝入ってしまう浜本。
俊太郎、片隅で飲んでいた山岡に気づいて、
俊太郎「先生……」
山岡「(見て) 何だ、お前達か」
俊太郎「色々とご迷惑をお掛けしまして」
山岡「ニセ弁士の件か?」
俊太郎「あ、いえ――(言いよどむ)」
山岡「フフッ。まぁいい」
震える手で酒を口に運ぶ山岡。
俊太郎「いくらお好きでも程々にされませんと」
山岡「好きで飲んでる訳じゃねえ。酒はあるから飲む、無ければ飲まない。別に茶でも水でもいい。酔えるんならな」
俊太郎「どう言う事です?」
山岡「ヘッ、情けねぇ……」
俊太郎「すんません」
山岡「バカ、そうじゃねぇ。情けねぇのは活弁って奴だ」
俊太郎「(驚く) 何でです?」
山岡「活動写真も近頃は映画なんぞと呼ばれているが……この映画って奴はなぁ、もう勝手に出来上がってる。なのにだ、俺達はそれに勝手な説明をつけて喋る。これが実に情けねぇ。説明なしでも映画はあり得る。だが映画なしに説明はあり得ねえ。俺達の仕事ってのはな、その程度のもんなんだ……」
と言うと、グビッと酒を飲み干す。
俊太郎「……」

72 青木館・廊下 (夜)

山岡と浜本を抱えて、楽屋に向かう俊太郎。
山岡「少々飲み過ぎちまった――」
俊太郎「いま、布団敷きます」

73 同・楽屋 (夜)

見るも無残に荒らされている。
俊太郎「何やこれ……」
山岡「(一気に酔いが覚める) 空き巣にでも入られたか」
俊太郎「もしかして……」
駆け出す俊太郎。
山岡「気をつけろ! ひょっとしてまだその辺に――」
浜本「俺の松子を返せ~! (と、急に山岡に絡む)」
山岡「離せ! このバカ!」

74 同・俊太郎の部屋 (夜)

切り刻まれたフィルムが散乱している。
俊太郎「!!」
と、突然背後から安田に蹴り飛ばされる。
安田「おい、金はどこや」
俊太郎「そ、そやから、知らんて――」
安田、煙草に火を点けフィルムに近づける。
安田「このボロ小屋を炭の山にされてもええ

んか」
俊太郎「……わ、わかりました」
観念すると、天井板を外す俊太郎。
安田「そんなとこに隠してたんか」
天井裏を覗く俊太郎。しかし、トランクがない。
俊太郎「（唖然と）ないわ……のうなってる！」
安田「この期に及んで、シラ切るな！」
俊太郎「ほんまに、ここに入れたんです！信じて下さい！」
安田「誰が信じるかッ！　とっとと出さんかい！」
そこに足音が聞こえて来る。
山岡の声「國定！　どこにいる」
安田「（舌打ち）また、邪魔が入った。ええか、明日ウチの事務所まで持って来い！女の命が惜しかったらな」
俊太郎「女……？」
安田、にやりと笑みを浮かべて去って行く。
落ちていた國定忠治のチラシを拾い上げる俊太郎。
俊太郎「……」

75　同・廊下
辺りを見回しながら去って行く安田。

76　同・俊太郎の部屋（夜）時間経過
呆然と佇む青木、豊子、俊太郎、山岡、浜本。
青木「ただの物取りじゃねえな。橘だ！　橘の仕業だ！　あの野郎、汚ねえ真似しやがって！……明日からどうすりゃいいんだよ！」
豊子「あんた、このまま泣き寝入りするつもりじゃないだろうね……写真はあたしらの命だ」
青木「そうは言っても、お前……」
山岡「……明日予定通り、小屋を開けてくれ」
青木「開けてどうすんです！　写真もねえってのに」
山岡「浜本。使えそうなフィルムを繋げ」
浜本「はぁ!?　繋げ言うたかて……」
青木「それじゃ筋が……無茶だよそんなの！」
山岡「國定！」
俊太郎「！」
山岡「やれるか？」
俊太郎「……はい！」
青木「もうヤケクソだ。よし、やったろうじゃねえか！」

77　料亭の一室（夜）
橘の傍に控える安田。
橘の顔には生々しい引っ掻き傷。
橘「あんじょう、上手い事行ったか？」
安田「へい。奴が持ち逃げした金も、明日には」
橘「そうか。女は売っ払え。あのアマ……」
安田「ついでに、ニセ弁士野郎も始末させて下さい」
橘「ああ。ただし琴江には気づかれんようにやれ」
安田「わかってます」
橘「あー、やかまし。（上を見て）どこのどいつが騒いどる？」

×　×　×

上の部屋では、定夫が芸者達とどんちゃん騒ぎ。
定夫、しげしげとトランクを見つめて、
定夫「天は正義に与し、神は至誠に感ず……か」
芸者「なに言うてますの？」
定夫「全ては神の思し召し言う事や（とトランクを撫でる）」

78　タチバナ館・表（夜）
車が停まり、琴江が降りて来る。

『橘興業』とある入口から、中へ入る琴江。

79　同・事務所（夜）

入って来る琴江。奥の扉前に大男が立っていた。

琴江「お父様は？」

大男「お出かけになりました」

琴江「また夜遊び？　しょうが無いわね。で、お前はどうしてそこにいるの？」

大男「いえ、その……中には、だーれもいてません」

琴江「え!?　ちょっと、どきなさい」

大男をどかせ扉を開ける。

80　同・一室（夜）

狭い物置部屋。椅子に縛られた梅子が顔を上げる。

琴江「あら、あなた。ここで何してるの？」

梅子「（睨んで）はぁ!?　こっちが聞きたいわ！」

琴江「（悟った顔で）なるほど、そう言う訳……ちょうどよかった。（大男に）出てっていいわよ」

大男、出て行く。

琴江「ねえ、あなたと國定先生って、どういう関係？」

梅子「何でそんなこと言わなあかんのや」

琴江「あの人の事を知っておきたいの」

梅子「引き抜くつもりか？　ほな諦めた方がええわ」

琴江「あら、どうして？」

梅子「國定忠治は、義理人情に厚い任侠の男や」

琴江「（プッと吹き出す）何なの、それ？」

梅子「……」

琴江「いいわ、ここから出してあげる。その代りあの人の事教えて」

81　青木館・俊太郎の部屋（夜）

フィルムをつなぎ合わせる浜本。

鉛筆を走らせる俊太郎。

俊太郎「楽しい夢の脆くも破れ、忠治取り巻く十手の群れ……」

ブツブツ言いながら、藁半紙に鉛筆を走らせる俊太郎。

俊太郎「浜本さん、男と女が悪い奴から逃げる様な写真ないですか？」

浜本「逃げる？　……何処へ？」

俊太郎「追手の届かん……空の上とか」

浜本「はあ？　あるかい、そんなもん」

再び紙に向かう俊太郎。

俊太郎「赤城の山も、今夜を限り……生まれ故郷の國定の村や、縄張りを捨て国を捨て――」

梅子の声「あの人は……うちが一番欲しかったもんをくれたんや」

×　×　×

琴江「（皮肉っぽく）茂木先生はくれなかったの？　あなた茂木先生の女だったじゃない」

梅子「恵まれた人にはわからんやろ。惨めな頃に戻んのがどんだけ怖いか」

琴江「あら。今だって十分惨めに見えるけど」

梅子「（ムッとして）あんたなんか、幸せっちゅうもんが何なんかわからんやろ？」

琴江「じゃ、教えてくれる？」

梅子「教えたるわ。幸せっちゅうのはな……幸せっちゅうのは……キャラメルの味や」

琴江「はぁ!?」

×　×　×

浜本がフィルム缶を持って来る。

浜本「こいつらも、客に見てもろてこそ輝くんや」

俊太郎「そうですな……」

浜本「お、れ、の、松子も出したろかなぁ……」

と、俊太郎の顔を覗き込む。

俊太郎「（微笑む）」

浜本、フィルムを取り出し俊太郎に差し

出す。
浜本「……松子はお前に任すわ」
俊太郎「おおきに……。ほな、國定忠治と絡みやな」
浜本「絡み!? 國定とか?! やっぱりそれ返せ」
俊太郎「はぁ!? 絡むのは俺やのうて國定忠治ですやん」
浜本「あかんッ!!」
× × ×
梅子「もう、ええやろ……」
琴江「そうね。とても参考になったわ（出て行こうとする）」
梅子「ちょっと、出してくれるんと違うんか！」
琴江「知らなかった？ 私は義理も人情もないの」
扉を閉ざす琴江。

82 青木館・表

青木「さあ、入った、入った！ 火車お千に金色夜叉、國定忠治に椿姫。その他何が出るかは見てのお楽しみ！ 他では絶対に見られない夢の活動大写真だ！」
声に吸い寄せられるように人々が集まって来る。
常連客「今の話はほんまかいな?」
青木「天地神明に誓ってほんまですがな。さぁさ、見なきゃ損だよ。聞かなきゃ後悔するよ！」
続々と客が入って行く。

83 タチバナ館・表

血相変えて橘の手下が中へ駆け込む。
すぐに橘や安田が飛び出して来た。
橘「安田！ こりゃどう言うこっちゃ!!」
安田「いや、昨日間違いなく……どうなってんのや」
橘「（安田を殴る）このどあほッ!!」
慌てて車に乗り込み発車する。
陰から俊太郎が見届けていた。

84 路地のゴミ置き場

酔い潰れた定夫が三味線を抱え、トランクを枕に寝ている。
そこに、ゴミ拾いのリヤカーが来る。
リヤカーの男「（定夫を見て）どっちがゴミか分からんがな」
男、トランクを引き剥がし、リヤカーに積んで去る。

85 タチバナ館・事務所

ソッと入って来る俊太郎。
俊太郎「（声を押し殺し）梅子ちゃん？ どこや?」
× × ×
一室——。俊太郎の声に気づく梅子。
梅子「俊太郎さん？ 俊太郎さんか！」
× × ×
俊太郎「梅子ちゃん！」
ドアノブを回すが鍵がかかっている。
体当たりするがビクともしない。
俊太郎「すぐ出したるからな」
部屋を物色する俊太郎。
俊太郎「鍵はどこや！」
× × ×
梅子の目の前に、大きな蜘蛛が垂れ下がって来る。
梅子「（驚愕する）!!」
× × ×
便所から大男が出て来る。
梅子の声「いややぁ～ッ!!」
大男「?」
× × ×
身体をよじって、椅子ごと後ずさる梅子。
梅子「俊太郎さん！ 早よ開けて！」
× × ×
俊太郎、振り返ると大男が立っている。
大男「何や、お前」
大男と格闘する俊太郎。
ぶつかる度に弾き飛ばされ、全く歯が立

たない。

× × ×

バランスを崩し床に倒れる梅子。

下がって来た蜘蛛と睨めっこする。

梅子「ひゃ～ッ!!」

× × ×

羽交い締めにされる俊太郎。

俊太郎「(うめき声)」

と、突然、大男が崩れ落ちる。

背後に鉄製の灰皿を握った琴江が立っていた。

琴江「うちの連中って、血の気が多くて困るわ」

琴江、微笑んで鍵を見せる。

俊太郎「!!」

梅子の声「何してんのや！　早よ出してぇな！」

琴江「ねえ、取引しない？」

俊太郎「取引？」

琴江「あの女を逃がしてあげる。その代りあなたには、うちの専属になって貰う」

俊太郎「……」

× × ×

蜘蛛から逃れる為、椅子ごとジリジリ移動する梅子。

どこからともなく、音楽と人の声が聞こえて来る。

× × ×

琴江「あなたを主任弁士として迎えるつもりよ。どう、悪くないでしょ？」

俊太郎「(首を振る) 手荒な真似はしたないです。鍵を渡して下さい」

琴江「わかってないのね。この事が知れたら殺されるわよ」

俊太郎「どうなろうと構いません。松子さんさえ無事やったら」

二人、睨み合う――。やがて、

琴江「なるほどね……とても参考になったわ」

と、鍵を差し出す。

手を伸ばす俊太郎――を引き寄せ、キスをする琴江。

俊太郎「!!(驚く)」

琴江「じゃあ、ね (事務所を出て行く)」

ポカンと見送る俊太郎――。

突然、倒れていた大男が目を覚まし立ち上がる。

俊太郎「……(溜息)」

大男「このくそガキ、殺したる！」

突進して来る大男――を、からくも避ける俊太郎。

大男はドアを突き破り、梅子のいる部屋へ突っ込む。

梅子の前を通り抜け壁に激突する。

86　同・場内

説明していた茂木。

と、大男がスクリーンをぶち破り倒れ込む。

茂木「!!(唖然とする)」

大きく空いた穴の奥、俊太郎が梅子に駆け寄る。

俊太郎「梅子ちゃん!!」

梅子「俊太郎さん！」

急いで縄を解く俊太郎。

と、突然俊太郎を引っぱたく梅子!!

俊太郎「何すんのや！　助けに来たのに」

梅子「あんた、何してたんや？」

俊太郎、梅子が指さす口元を拭うと、手が赤く染まっている。

俊太郎「血や……」

梅子「あほ！　口紅や」

俊太郎「こ、これは違うんや！」

梅子「あれもこれもないわ。男はみんな一緒や！」

と、ポカンと見ている観客達に気づく二人。

梅子「いこ！」

手を取って逃げ出す俊太郎と梅子。

87　路地のゴミ置き場

目を覚ます定夫。
トランクが見当たらず、そこら中を漁る。
定夫「ない、ない……（絶望する）ない～ッ!!」

88 青木館・場内

ざわつく観客達に青木が呼びかける。
青木「すぐに始めますので、今暫くお待ち下さい！」
客席には橘と安田の姿がある。
安田「どうせハッタリですよ」
楽士席――。
金造「あいつ、どっかで野垂れ死んどりゃせんか……」
心配そうに空いた定夫の席を見る。
×　×　×
映写室から場内の様子を見ている浜本、内藤。
内藤「もう限界ですわなぁ……」
浜本「國定のボケ、どこ行きよったんや」
傍らで酒を呑む山岡。
山岡「心配いらん……戻って来る」

89 川沿いの道

走る俊太郎と梅子。が、突然立ち止まる俊太郎。
梅子「何してるん！　はよ逃げな！」
俊太郎「……ちょっと、駅で待っててほしいんや」
梅子「はぁ!?」
俊太郎「これから青木館へ戻らなあかん。せやけど用が済んだらすぐに駆けつける。せやから待っててほしいんや。頼む」
二人、ジッと見つめ合う。
梅子「ほんまに来るんやな？」
俊太郎「ほんまや」
梅子「……あんなぁ、俊太郎さん」
俊太郎「なに？」
梅子「『ジゴマ』聞きたいねん。あの時の続き……うち、まだ聞かしてもろてない」
俊太郎「何やこんな時に。ほんなら後で聞かしたるわ」
梅子「……わかった、信じるわ」
俊太郎、ニッコリ笑うと走って行く。
不安そうに見送る梅子――。

90 青木館・映写室

青木が入って来る。
青木「もう待てねえ。（山岡に）先生、お願いし――」
山岡は酔いつぶれて寝ていた。
青木「（唖然と）これだよ！　冗談じゃねぇよ、全く！」
青木、内藤に目を向ける。
内藤「え？」

91 同・場内

舞台で内藤が必死に説明する。
内藤「……さてここはどこでありましょうか……。あッ！　熱海の海岸散歩する貫一とお宮……ではなく清十郎」
継ぎ接ぎの、次々に変わる場面に面食らう内藤。
内藤「……私の病は、嘘ではないわ……俺を捨てて、金に目が眩んだな！　だって貫一さんはお金が無いんですもの」
止めどなく流れる汗にドンドン服を脱ぎ出す内藤。
内藤「そんなに金が……いや、ノートルダムの鐘じゃないって……とそこに再び清十郎……ではなく、なんとこれは國定忠治」
半ば呆れたように見ている観客達――。
客1「ここで國定忠治は無理があんなぁ」
客2「この話、どうオチをつけるんや」
×　×　×
橘「案ずる事もなかったな。（安田に）ほなやれ」
安田「（立ち上がり）おい、どうなってんのや！　金返せ！」
安田に煽られ、回りの客達もヤジを浴びせる。

ニヤリとする安田、舞台袖に向かう。

× × ×

袖に控えていた豊子、入って来た安田に驚く。

豊子「ちょっとあんた！　ここは立ち入り禁止だよ！」

安田「やかましい！」

豊子を突き飛ばし、客電のスイッチを入れる。

× × ×

突然、場内の明かりが点灯する。

裸で説明していた内藤――固まってしまう。

安田、内藤を舞台中央へ蹴り出し、客席へ戻る。

大爆笑になる場内。内藤、慌てて身体を隠しながら、

内藤「し、失礼ッ!!」

転がるように舞台袖に逃げ込む。

× × ×

青木、袖から出て来る安田の姿を見て、

青木「あの野郎！　やりやがったな!!」

92 通り

急ぐ俊太郎。戻って来た定夫と鉢合わせする。

定夫「國定……すまん！　実は――」

そこに、トランクを積んだリヤカーが通り過ぎる。

俊太郎・定夫「あ！」

93 青木館・場内

観客が席を立ち始める。

× × ×

青木「もうダメだ……」

山岡、むくっと起き上がり、

山岡「俺が出る」

× × ×

客電のスイッチを切る手――。

俊太郎「お待ち下せい！　お前正宗、わしゃ錆び刀。お前切ろうと、わしゃ切れぬ。恋とはかくも成り難きモノ……」

橘・安田「!!」

× × ×

青木「やっと戻って来やがった。巻き戻すぞ！」

浜本と青木が慌ててフィルムを巻き戻す。

× × ×

俊太郎「例えお日様が東から登らぬ日があれど、男女の恋無き日など決して来ないのが人の心、世の道理。皆様を、お待たせをば致しました申し訳に、國定天聲の説明は、いつにも増しての大車輪。されば、絶大なる御喝采のうちに御観覧の程お願い申し上げます」

客1「いよ、待ってました」

客2「たっぷり！」

楽士席に定夫が戻って来る。

金造「（憮然として）遅い！　このバカタレが」

定夫「やっぱりここが一番やな」

耕吉「無駄口はいい。始めるぞ！」

スクリーンに再び画が映される。

息の合った音楽を奏でる楽士達。

俊太郎「人目を忍びし、そぞろ歩く男と女の二人連れ。『拙者には、そなたが必要だ』『それは本当なの？』『ああ、本当だとも』『それが真実ならもう一度仰って』『何度でも言ってやらあ。俺の女になりやがれ！』」

バラバラの映像を言葉巧みに繋いでいく俊太郎。

観客達、スクリーンに釘付けになる。

苦々しい顔の橘と安田。

× × ×

俊太郎「『あんたの為なら義理も人情も捨てる覚悟。さあ、あっしと一緒に逃げやしょう』『よう言うわ。男はみんな一緒や！』『生憎とあっしは、気の利いた言葉は持ち合わせちゃおりませんが……思う気持ちは誠でござんす』」

× × ×

映写機を回す浜本も興奮している。
山岡「全く、無茶苦茶やりやがる（ニヤリとして）」
傍らで青木もホッと胸をなで下ろす。

94　駅

梅子、不安そうに外を振り返りホームへ向かう。

95　タチバナ館・前

出て来る人に聞き込みをしている木村。
タチバナ館従業員「本日の上映は中止させていただきます。またのご来場をお待ちしております」
その傍らを茂木が手下達を引き連れ通り過ぎる。
木村「（目で追って）何や……⁉」

96　青木館・場内

俊太郎「御用、御用だ！　十手、取り縄、呼笛の波に追われ追われて熱海の海岸。惚れてくれるな暗闇渡世、所詮おいらはお尋ね者。それを承知で尚更惚れた、女心のいじらしさ――」
橘の元に茂木がやって来る。
安田「どないした？」
茂木「國定の野郎が松子を逃がしやがった」
安田「社長！」
橘「おう。殺れ‼」
拳銃を抜き、弁士台に向かう安田。
俊太郎「『どこへ逃げようって言うんだい？』『ご案じなさるな。これなるは、伴天連より伝わりし空飛ぶ絨毯にござりまする』果たして二人は中天高く舞い上がる。熱き心は海山越えて、二度と会われぬ人々を、隔つ想いをひとつに結び、明日の空へと去って行く！　ああ、春や春。春爛漫のローマンス」
「いよっ！　日本一‼」立ち上がり拍手する観客。
忍び寄る安田、俊太郎を射程に捉えたその時――。
気づいた豊子が舞台の明かりを点灯する。
どよめく場内――。
俊太郎、安田に気づく。
声１「静まれ、警察だ‼」
回りの客が安田の銃を見て悲鳴を上げる。
声２「銃を捨てて、大人しく手を上げろ！」
安田「（銃を捨て）くそッ！」
声３「そのままじっとしてろ！　動けば容赦なく射殺する！」
俊太郎、二階席の方を見やる。橘、視線を追うと、
山岡「百数える。その前に手を下ろした奴は容赦なく撃つ！」
映写室の脇に立ち、声色を使っている山岡。
橘「（気づいて）安田！　その声は偽もんや！」
山岡「バレちまったか。みんな逃げろ！」
銃を拾う安田、俊太郎に向けて発砲する。
パニックになり出口に殺到する観客。
観客をかき分けて逃げ出す橘。
俊太郎、袖へ逃げようとするが、奥には手下が待ち構えている。
仕方なく舞台から客席へ降りる俊太郎に、安田が銃を放つ。と、そこに――。
木村「静まれ、警察だ‼」
一人で突入して来る木村、しかし誰も木村を気に留めない。
木村「おいこら！　みんな静まれ‼」
安田「うるさい‼」
木村に向けて発砲する安田。
木村「安田かッ！　やっぱり睨んだ通りや、銃を捨てろ‼」
木村も銃を構える。
目の前で固まっている俊太郎に――、
木村「先生、今のうちに早よ！」
安田「あほかッ！　そいつはニセ弁士や！」
木村「何やて⁉（マジマジと俊太郎を見る）」
俊太郎「‼（舞台に引き返し逃げる）」

突然背後から木村に襲いかかる手下達。
乱闘が始まる――。

97 駅

ホームに佇んでいる梅子、ボンヤリと空を眺める。
そこに――「沢井松子さんだね？」と声。
振り返ると、二川が笑みを浮かべて立っていた。
二川「僕は監督をやっている二川だ。どうだろう、急な話だが僕の次回作に出ないか？」
梅子「（びっくりする）!!」
二川「よかったら、このまま一緒に京都へ行こう。阪東妻三郎って役者知ってるね？　これから『無頼漢《ならずもの》』という写真を撮るんだが、これが中々いいホンでね。きっと彼の代表作になると思うんだ。どうだい、一緒にやってみないか？」
梅子「せやけど、うち……もう、役者は」
二川「國定君から、君の事を頼むと連絡があった」
　二川の言葉を呆然と聞いている梅子。
二川「だが頼まれたからじゃない。君と仕事をしたいんだ」
梅子「……」

98 青木館・中

階段を駆け上る俊太郎を安田が追って来る。
安田「待て！」
　と、突然床板を踏み抜いて倒れる。
安田「おわぁッ！」
部屋に駆け込む俊太郎。
そこに茂木がやって来る。
茂木「國定はこっちだぞ!!」
　と、物置から定夫と耕吉が現れ、茂木の頭を太鼓で一撃する。
茂木「うごッ！」
定夫「どや、わしを見くびると痛い目にあうで!!」
耕吉「バルチック艦隊を打ち破ったわしらをナメんな！」
　顔を出した金造、唖然とする。
金造「あッ、わしの……貴様ら何ちゅう事ばすっとか!!」

× × ×

場内では手下達と木村の乱闘が続いている。

舞台床の抜け穴からフィルム缶が現れ、続いて俊太郎が顔を出す。

しかし、手下に見つかり引き摺り出される俊太郎。

それを見た青木が袖のロープを引くと、上から芝居のカラクリ装置が落下して手下を直撃。

天井に溜まった紙吹雪が舞い落ちる。

二階から眺めていた山岡――。

山岡「まるで活動写真だな。この世に終わりがない限り活動写真もなくならねえ、か。ますます、しらふじゃおれんな」

酒の小瓶《スキットル》を取り出し飲もうとする。

すると流れ弾が当たり、スキットルに穴が空く。

山岡「……」

× × ×

映写室の浜本、空き瓶を客席の手下に投げつける。

それを見た安田が映写室に向けて発砲。

薬品の入った瓶が割れて火が付く。

浜本「うお！」

× × ×

木村、映写室から煙が上がるのに気づく。
木村「火事やぞ、みんな外へ避難しろ!!」

× × ×

気絶している茂木を担ぎ上げる山岡。

山岡「世話の焼ける野郎だ」

茂木を担ぎ歩き出す山岡の後ろを、物置から現れた内藤と楽士達がついて行く。

× × ×

　楽屋の隅で豊子が一人泣いている。

豊子「こんな事になって……ご先祖に顔向け

出来やしないよ」
そこに青木がやって来て手を差し出す。
青木「ここに居たのか、捜したぞ豊子。さぁ行こう！」
豊子「あんたぁ……」
背後の階段をゾロゾロと降りて来る山岡達。

×　　×　　×

フィルム缶を抱え出口へ向かう俊太郎。
そこに安田が現れる。
安田「染谷あぁ!!」
発砲する安田、弾がフィルム缶に当たり俊太郎の手から落ちる。
俊太郎「！！！」
そのまま表へ逃げる俊太郎、安田も後を追う。

99 同・表

野次馬が群がり騒然とする中、俊太郎が飛び出す。
続いて安田が出て来て銃を構える。
安田「死ねッ!!」
と、上から看板が落ちて来て安田を直撃する。
安田「いったーッ」
修理中の自転車に飛び乗る俊太郎。
追う安田、荷車を引いて来た自転車を奪い取る。
乗っていた男は荷車に転がり落ちる。
男「(荷車に掴まったまま) 何や、あんた！」
安田「やかましい！」
木村も表に飛び出すと、人力車を見つけ飛び乗る。
木村「警察やッ、あの自転車を追え！」
人力車の男「はぁ⁉」
木村「ええから早よ出せ！」
仕方なく走り出す人力車。
疾走する自転車に、行き交う人や物売り達が慌てて避ける。

100 駅

ホームに汽車が停車している。
梅子、決心したように二川の顔を見る。
二川、優しく頷くと梅子を汽車に乗せる。

101 別の通り

様々な障害物を避け自転車と人力車が走り抜ける。
安田「(荷車の男に) 重たいんやッ！　降りろ!!」
荷車の男「お前が降りろ！」
その背後から人力車が接近する。
木村「おら、もっと急げ！」
人力車の男「無理言わんといて下さい。これが精一杯や」
必死で坂道を登る自転車と人力車。
人力車の男「(真っ赤な顔で) うおおおぉぉ!!」
安田の自転車に追いつく人力車。
木村、すかさず荷車に飛び移る。
安田「!!」
木村「安田ッ！　もう逃げられんぞ!!」
と、突然自転車との連結部分が外れる。
荷車を置き去りにして走り去る安田。
木村「何やて⁉　おい、どうなってるんや!!」
荷車の男「もう、知らんがな……」

102 線路沿いの道

自転車を漕ぐ俊太郎、悪路でバウンドした拍子に自転車がバラバラになる。
地面に投げ出される俊太郎。
そこに、フラフラになって安田が到着する。
安田「そ、染谷……手間かけやがって (銃を向ける)」
俊太郎「もうええわ。仕舞いにしよ、早よ殺ったれ」
安田「ほな望み通り……仕舞いにしたるわ!!」
目を閉じる俊太郎。

103 汽笛が鳴り響く。

104 走る汽車の中

ハッと目を見開く梅子。
二川「(心配そうに) どうした?」
梅子「……いえ」

105 線路沿いの道

目を閉じていた俊太郎、そっと目を開ける。
カチャカチャと何度も引き金を引く安田。
安田「ボケッ!」
そこに木村が警官達を引き連れ走って来る。
安田、拳銃を投げ捨てて逃げ出す。
木村「止まれ!!」
制止を聞かず逃げる安田に木村が発砲する。
弾が足に当たり倒れる安田。警官達が駆け寄る。
俊太郎「(呆然と見てる)……」
木村、俊太郎に近づく。
木村「お前も年貢の納め時や」
俊太郎「……はい。いつかは捕まると思てました」
木村「活動写真のようには上手い事行かんな。せやけどこれで仕舞いやない」
俊太郎「……」
木村「人生にもな、続編があってもええ」
俊太郎、頷くと遠く空の彼方を見上げる。

106 焼け跡

憔悴した顔で座り込んでいる青木と豊子。

ウロウロと何かを捜している山岡。

山岡「嵐が過ぎれば晴れ間も出る。朝の来ない夜はないってな。(何かを見つけて) どうだッ!」

酒瓶を取り上げるが底が割れていた。

ボンヤリと座っている浜本。と、焦げたフィルム缶が目にとまる。

掘り出したフィルム缶は浜本所蔵の物だった。

浜本「こいつだけは無事やったか……」

蓋を開けると、中に札束が詰まっている!!

浜本「エェェエェッ!?」

絶叫する浜本の元に青木館の面々が集まって来る。

青木「天は我らを見捨てなかった! 豊子ォ!」

豊子「あんた〜ッ!」

二人、ひしと抱き合い感涙に咽ぶ。

山岡「……(微かな笑みを浮かべる)」

歓喜に沸く一同を背に、歩き出す山岡。

青木「(気づいて) どこ行くんです?」

山岡「さぁて。そいつは言わぬが花の吉野山……」

振り返らず歩いて行く。

107 刑務所・表

俊太郎の声「花のパリーかロンドンか、月が泣いたかホトトギス」

108 同・独居房の中

俊太郎「今やパリ市民を恐怖のどん底へ追い込む風のごとき怪盗団。現場に残るはZの一字。Zとは果たして何か。ここに名探偵ポーリン現れまして、Zの謎をばかんとす!」

鉄格子越しに熱弁を奮う俊太郎。

壁には焦げた國定忠治のチラシが貼ってある。

外では看守Aが嬉しそうに聞いている。

他の部屋の囚人達も身を乗り出して聞き入っている。

× × ×

俊太郎「『ジゴマ待てーッ!』しかしジゴマはそんな愚かではない。追っ手を振り切り電光石火。『さても間抜けな追っ手ども。今宵も万事逃げおおせたわ』悪漢ジゴマ、ほくそ笑んで立ち去らんとしたその時に、いずこより現れたか、可憐な花一輪、ルイーズ嬢が立ちはだかる。これにはさしものジゴマもびっくり仰天」

109 **同・面会室**

椅子に座っている女。後ろ姿で顔は見えない。

俊太郎の声が響いている。

片隅で看守Ｂが、読みかけの『キネマ旬報』を手に目を閉じて聞き入っている。

開かれたページには、青木館の再建を伝える記事。満面の笑みを浮かべる青木と豊子の写真——。

110 **同・独居房**

俊太郎「『これはお嬢さん、かような場所でお会いするとは数奇な運命だ』『いいえ、あなたを捜して、この街を彷徨っていたのです』ルイーズ嬢、やにわに懐よりナイフを取り出すと『私はあなたを愛してしまったのです。成り難き愛故にあなたを殺して私も死にます』『何と。この私と共に死なんが為に、花の都パリーからまいったのか』」

111 **同・面会室**

聞いている女の後ろ姿。
女「（ポツリと）パリやあらへん。京都からや……」

112 **同・独居房**

俊太郎「『どうやら我が命運も尽きたようだ……そのナイフでひと思いにやるがいい』ジゴマはルイーズに告げるやナイフを己が胸に当て、やおらルイーズをひしと抱きしめたのであった」

113 **同・面会室**

女「（ポツリと）……ほんま、殺したいほど憎いわ。忘れよ思ても忘れられへんやんか」

114 **同・独居房**

俊太郎「かくて希代の大悪漢怪盗ジゴマ。死の淵に臨みて人心復す事になろうとは。悪しき者、必ずしも真の悪人にあらず。また善なる者、必ずしも真の善人にあらず。『怪盗ジゴマの最後』これにて全巻の終了であります」
説明が終わると囚人達から大きな拍手が起こる。
看守Ａ「（満足そうに）いやぁ良かった。弁士ってのは大したもんだな」
俊太郎「……」
看守Ｂ「（来て）お前に面会したいっちゅう人が来てたぞ」
俊太郎「面会ですか？」
看守Ｂ「女優にしてもええ位の別嬪さんやったわ。けどもうええちゅうて帰って行った。これを渡して欲しいって頼まれてな。規則には反するが——」
看守Ａ「まぁ、特別だ。その代わりまた頼むぞ」
ハンケチに包まれたモノを受け取る俊太郎。
中からキャラメルの箱が出てくる。
看守Ｂ「木戸銭の代わりだと言うとった」
看守Ａ「変わった娘だな」
笑いながら去って行く看守達。
ジッと見つめる俊太郎。箱に涙が落ちて——。

115 **暗闇に文字が浮かぶ——。**

かつて映画はサイレントの時代があった
しかし日本には
真のサイレント時代はなかった
なぜなら
「活動弁士」と呼ばれる人々がいたから
映画監督　稲垣浩

この世界の
（さらにいくつもの）
片隅に

『この世界の片隅に』（執筆時題名）

片渕須直

〈脚本家略歴〉

片渕須直（かたぶち　すなお）アニメーション映画監督。１９６０年生まれ。日大芸術学部映画学科在学中から宮崎駿監督作品『名探偵ホームズ』に脚本家として参加。監督作として、TVシリーズ『名犬ラッシー』（96）、長編『アリーテ姫』（01）、TVシリーズ『BLACK LAGOON』（06）、『マイマイ新子と千年の魔法』（09）など。広島と呉を舞台にした『この世界の片隅に』（16）は異例のロングラン上映を達成し、２０１９年12月には、新たなエピソードを加えて新作となった『この世界の（さらにいくつもの）片隅に』が公開されている。

監督：片渕須直
原作：こうの史代「この世界の片隅に」（双葉社刊）
製作：２０１９「この世界の片隅に」製作委員会
製作統括：ＧＥＮＣＯ
アニメーション制作：ＭＡＰＰＡ
配給：東京テアトル

〈スタッフ〉

プロデューサー	真木太郎
企画	丸山正雄
監督補・画面構成	浦谷千恵
キャラクターデザイン・作画監督	松原秀典
音楽	コトリンゴ

〈声の出演〉

北條すず	のん
北條周作	細谷佳正
水原哲	小野大輔
黒村径子	尾身美詞
浦野すみ	潘めぐみ
黒村晴美	稲葉菜月
白木リン	岩井七世
テルちゃん	花澤香菜
北條円太郎	牛山茂

● 江波の港

タイトル『昭和8年12月23日　土曜日』

あたりいっぱい干された海苔に囲まれた、八歳のすず。

背負った風呂敷包みの前を、母に結わえてもらっている。

すずの声「うちゃあ、ようぼうっとした子じゃいわれとってじゃけえ」

● 江波の岸辺の道

岸の白鷺たちに見守られ、風呂敷背負って歩くすず。

本川を遡ろうとする川舟から、のどかな声がかかる。

船頭「おおーう、どこまで行くんなー」

● 本川を上る川舟

すず、舟の上に正座、きちんと膝をそろえてお辞儀。

すず「中島本町のふたばまで海苔を届けるのです。本来は兄の役目でしたが風邪のため、わたくしが代理をつとめます」

すず、顔をしかめて辛そうになる。

船頭「そりゃあ感心じゃが、はあやめえやめえ、砂利舟の帰りじゃけえ、ちらばっとろうが」

すず、膝を起こして、さする。

BGM――賛美歌111番『神の御子は今宵しも』。

川面はゆるやかに流れ、白鷺たちが優雅に飛んで追い越してゆくのを映す。

過ぎ行く河畔の監獄の塀、住吉神社の緑青の屋根。

すず「ほいで、海苔を届けたら、兄と妹とにおみやげ買うて帰るのです」

船頭「ほうほう」

すず、がまぐちから十銭白銅貨二枚を手のひらに転がす。

ながめて、頭の中で使い道を思い浮かべる。

こっちの十銭であれ、あれとあれをこの十銭で、いや、それともどうしようかなあ。

夢みがちに首をかしげたり、幸せそうににっこりしたり。

船頭「ほれえ、もう着くで」

頭の中のことに熱中するすず、気づかない。

船頭「おう。ぼーっとしとらんで、おーーーい」

舟が新大橋をくぐると、その向こう、中洲の上に街が広がっている。

● 元柳町の雁木

岸に上がったすず、遠ざかってゆく砂利舟にお辞儀する。

すず、風呂敷包みを石の壁に押しつけ、背負い直す。

雁木の石段を登ってゆく。

その左上方には、森永製菓広島支店の『森永ミルクチョコレート』の大きな看板。

● 中島本町

先ほどからBGMとして流れていた賛美歌は、この街のクリスマスセールの音楽だった。

お菓子屋のガラス箱の中のチョコレートは十銭。

キャラメル、大箱十銭、小箱五銭。

玩具店、子どもたちが遊ぶ流行のヨーヨーが十銭。

鈴蘭灯の下、にこにことゆとりあるお店の人々。

サンタクロースのサンドイッチマン。

商店街の福引の鈴の音。

大正屋呉服店のショーウインドウにはモール飾りクリスマスツリーが飾られ、金髪碧眼の子どもマネキンが、羅紗の洋服や、お正月の晴れ着を着て、並んで立っている。

その前にもたれ、たたずむ着物姿のすず。

口元は微笑んで、でも、明らかにしょぼ

くれている。

● 数日後、江波の浦野家の片隅で

すず「そこで道に迷うてたら、こんなおいさんに出会うたん」

小まい小まいすずが、母の裁縫用の裁ち板を机代わりに、チビた鉛筆でちまちまと絵を描いている。

すずの手が描くその人物は、背負い籠を背負い、黒コート、山猫みたいに毛だらけの顔して、化け物じみている。

襖の向こうから兄・要一の咳が聞こえる。

ひとつ下の妹すみがのぞく。

すみ「すずちゃん、なんね、それ?」

すず「ばけもん」

すみ「え?」

すず「て、いいさった」

絵の中のすず、ばけものの肩の上で望遠鏡をのぞいてる。

すず「これで道探せ、て望遠鏡のぞかせてくれよっちゃった」

● あの日の中島本町

ばけものの肩の上で望遠鏡をのぞくすず。

遠すぎて見えるはずのない産業奨励館の丸いドームが、廣島城の高い天守閣が、手に取るように。

すず「わあ。よう見えるねえ」

思わず乗り出して、乗り出しすぎて転落する。

● すずの描く絵

すずの声「落ちた籠の中に、知らん兄さんがおりんさった」

ばけものが背負った背負い籠の中に転落したすず。

そこに、年上の少年がひざを抱えている。

● 籠の中

少年「お前もか。あいつは人さらい。わしらはさらわれた人たちじゃ」

すず「ええっ、夕方には鶏の餌やりに帰らんといけんのに」

少年「わしも父さんと汽車で帰らんといけんのに」

ばけもの「わしもわしも。夜が来る前に山に帰らんとえらいことになる」

すみの声「どうえらいことになるんじゃろ?」

● 家の隅っこ

すみにのぞき込まれながら、絵を描くすず。

すず「まあ、見とりんさい」

● 籠の中

すずの風呂敷包みが解かれ、中の海苔缶が開いている。

すず、小刀で海苔の一枚に何か模様を切り込んでいる。

その海苔を対物レンズに貼り付けた望遠鏡で、ばけものの頭を叩く。

すず「おっさん、こりゃなんじゃろうか。のぞいて見てえ」

ばけもの「どれどれ」

ばけものがのぞくと、月と星が見える。

● 家の隅っこ

月と星の下で、ばけものが倒れていびきをかき、籠を出たすずと少年が、その傍らに立っている。

そんな絵を、鉛筆を握ったすずの手が、ごしごし描いている。

すずの声「夜になると寝てしまういうことじゃったんじゃ」

● そこは相生橋の上

引き潮の川面を、帆掛け舟が帆柱を傾けて橋桁をくぐる。

少年「こいつも晩飯がのうなって気の毒じゃ」

少年、化け物の手の中にキャラメル一箱を残す。
少年「あんがとな、浦野すず」
駈け去る。
すず「ありゃ、いつの間にうちの名前を」
「浦野」は海苔の缶に、「すず」は股引の裾に縫い取りが。

● 家の隅っこ
すみが、すずの絵物語を手に、きゃっきゃ笑っている。
すみ「あんがとな、浦野すず！　ひゃはは、ひゃははは」
要一の声「こらーっ、うるさいわい！」
ぼうっと物思いにふけるすず。
すずの心の声「うちゃあよう、ぼーっとしとってじゃけえ、あの日のこともきっと、昼間見た夢じゃったんに違いない」
タイトル『昭和9年1月』

● 江波河口
タイトル『昭和10年8月』
満潮の夜には水がいっぱい。
すずの声「ゆうべはこんなじゃったのに」
×　×　×
朝、同じ場所が、大潮の引き潮で川底が干上がっている。
すずの声「大潮の今朝と来たらこうだ」
昇る朝日を浴びて、あらゆるものがきらきらしている。

● 干上がった海の底
泥の上を逃げる蟹を、白鷺のくちばしが追う。
広い広い干潟を、西瓜を担いで歩く要一、すず、すみ。
すみ「こどもだけで海わたるのははじめてじゃあ。たのしいねえ」
要一「ええか。草津の叔父ちゃん、叔母ちゃん、お祖母ちゃん、おはようございます、は、わしがいう」
すず「お父さんらは町へ寄るけえ遅うなります」
すみ「すいかどうぞ。ああん、すみもすいかもつー」
要一「うるさい！」
要一、妹たちの頭を順に叩く。
すずの声「おにいちゃんは厳しい人じゃった」
べちゃべちゃべちゃ、泥を蹴立てて干潟を走る三兄妹。

● 草津の森田家
泥だらけの三兄妹。
要一「おはようございます」
すず「父と母は、えー」
すみ「すいかどうぞ」
マリナ「ありがとうね。お墓へお供えしようね」
赤ん坊を背負った叔母マリナ、柄杓の水で泥を流してくれる。

● 森田家の座敷
祖母イト、すずに新しいよそ行きの着物を着せ掛ける。
イト「ほうほう、べっぴんさんじゃ」
すずの声「おばあちゃんは毎年着物を仕立てとってくれんさった」
盆燈籠を買って来たすずの両親が、庭先に現れる。
すずの声「買い物に寄ったお父ちゃんお母ちゃんも揃うたら」

● 森田家の墓地
すずの声「墓参り」
御幸川河口を見下ろす高台の墓に、一同参る。

● お盆のお昼のそうめん

● 盥に浮いて、よく冷えたすいか

● 森田家・奥の仏間

大人たちが談笑する座敷からふた間手前の部屋で、子どもたちが昼寝している。

要一、寝ぼけて足で隣のすずを押しのける。

すず「むー」

すずの声「色々あるが」

すず、顔をしかめ、眠れぬままに天井を眺める。

天井板の木目が何かの形に見えそうで、不思議な感じ。

すずの声「ほいでも、子どもでおるんも悪うはない。色んなもんが見える気がする」

右手を宙にもたげ、指で木目の模様をなぞってみる。

と、その天井板が開く。

ぽっかり開いた暗い穴の中から、小さな顔がのぞく。

とん。

小さな足が降り立ち、すずの頭の脇を通り過ぎる。

すず、身を起こす。

しゃくしゃくしゃくしゃく。

すずと同じくらいの女の子が縁側で、すずたちが食べ残したすいかの皮を、しゃくしゃく齧っている。

すず「……こんにちは」

座敷童子みたいな女の子、こくん、とお辞儀を返す。

すず「もっと貰うてきましょか?」

座敷童子、こくりとうなずく。

ぱたぱたぱた、すずの足音、遠ざかる。

しゃくしゃくしゃく。

× × ×

父・十郎が要一とすみを揺り起こす。
十郎「ほれ、潮が引いてきたけえ仕度せえ」
イト「すずちゃん」
すず、すいかの皿を持ったまま、立ち尽くしている。
座敷童子の姿はどこにもない。
イト「放っときゃあとで食べに来んさってよ」
すず「着物も置いといたら、着に来てかねえ」
イト「すずちゃんは優しいねえ」
イト、微笑む。

● 引き潮の海の底

干潟を歩いて帰る、すずの一家。

夕日を浴びて、優しい顔のすず。

すずの声「そりゃあ先生がいうとった座敷わらしに違いない、おにいちゃんがほういうた。その夕方、景色も人も優しくかすんでた」

すずと並んで歩く要一も穏やかな目。

● 夕食の食卓

怒鳴る要一。

要一「草津へ着物置いてきたあ? 今から泳いで取って来いや、ボケ!」

すず、閉口。

● 家の隅っこ

すず、腹いせに『オニイチャン』と題した要一の絵を描き、鬼のツノを描き足す。

その隣には、おばあちゃんにすずの着物を着せてもらってにこにこする座敷童子の絵が描かれている。

● 冬の浦野家

すず「すみちゃん、ああーん」
すみ「んー」
すず、すみの洋服のボタンを留めてやる。

● 漉き場

寒い風が吹き、向こうの海に白波が立っている。
タイトル『昭和13年2月』
海苔干しの梯子をかけるのはすずたちの登校前の仕事。

浦野家の子どもたちの服装、洋服に変わっている。
仕切る要一。
要一「低う掛けえ。風があるけえハヤルで」
すず、新しい梯子を持ってきた母・キセノを振り向き、
すず「あっ、お母ちゃん、二銭ちょうだい。鉛筆落としてしもうて」
要一「小遣いまで我慢せえや。お前が落書きせにゃすむ話じゃろが」
すず「うう……。すみちゃん、鉛筆替えっこしよっか」
すみ「いい」
にべもない。
キセノ「すず。水原の哲君、毎日学校来とる？」
すず「うん。……来とるけど」

● 岸辺の道

支那事変国債のポスターが貼られた松下商店の前の道。
姉妹、互いのほっぺを冷えた手で触り合いながら駈ける。
すず「冷や〜〜」
すみ「冷や〜〜」

● 江波小学校　六年三組

すず、はあー、と手に息をかけ、こすり合わせて暖める。小刀を手に取り、短い鉛筆を削り始める。

廊下際では、男子たちがサイコロ野球に興じている。

すず、とがらせ終わった鉛筆の芯の先を、ふっと吹く。

しかし、鉛筆、いっそう短くなって、一寸ほどもない。

すず・りっちゃん「みじかー」

隣の席のりっちゃんと声をそろえる。

すず「これで今週もつかねえ」

りっちゃん「ねえ」

すず、セルロイドの筆箱の蓋に集めた削りかすを、床板の節穴に注いで捨てる。

と、サイコロがひとつ転がってきて横を通り過ぎてゆく。

サイコロのあとを追って男子・水原哲が来る。

哲、すずを無視。

サイコロを探して、その辺の机を押しのける。

すず「あ、あの、水原さん。うちのお母ちゃんが、その、何かお手伝いしましょかて、おばちゃんに伝えてて、その……」

哲、何やら気分を害したらしい。

哲「知らんわ、そんなもん」

哲、無言ですずの鉛筆を取り上げる。

すず「あ」

哲、廊下際の男子たちの溜りに戻ってゆく。

哲「これで代用じゃ。このウが一塁打、ラが二塁打、ノが三塁打、HBが……」

すず「ちょー返してや！　せっかく削ったのに！」

ほかの男子たち、気分が引いた顔になる。

男子「おい、水原、そりゃあ……」

ひとり浮いてしまった哲、振り向いてすずをにらむ。

哲「ふん」

わざと鉛筆を乱暴に放って寄越す。

短い鉛筆、弾んで転がり、床の節穴に落ちる。

すず「ああーっ、おとといも鉛筆ここへ落としたのにー！」

りっちゃん「すずちゃんかわいそう」

哲、まずい、と思う気持ちをぶっきらぼうな顔で隠す。

哲「これに墨つけて書けえや」

すずの三つ編みを乱暴に引っ張る。

すず「あたたた」

● 授業中

水彩絵の具でノートとるすず。

すず「うーむ。水原見たら全速で逃げえいう
　女子の掟、忘れとったわい」

● 時間割表
　小使いさんが鳴らす授業時間の区切りの
　鐘の音。
　ずっと下がって5、6時間目は図画の時
　間。
先生「好きな場所を写生して、提出したもん
　から帰ってよーし」
生徒たち「は〜〜い」

● 教室
　すずの絵、出来上がっている。
　水彩で上手に描いた校舎の絵。
先生「うん！　ええど、浦野」
りっちゃん「ええねえ。すずちゃんうまいけ
　え」

● すずの家
　すず、家に駈け込む。
すず「ただいまあ」
　しばらくして、籠を持って跳び出て来る。
すず「ほいじゃうち、コクバ拾うてくるわ」

● 江波山
　すずの足、立ち止まる。
　散り敷く松葉の上に、図画の道具が放り
　出されている。
　その向こう、哲が無愛想に海を見つめて
　いる。
　すず、顔をしかめ、背を向ける。
　が、足を停める。
すず「……水原さん。早よ絵出さんと、いつ
　までも帰れんよ」
哲「帰らん、お父とお母が海苔も摘まんで
　飲んだくれとるし。海は嫌いじゃ、描か
　ん」
　哲、立ち上がる。
哲「浦野、手え出せや」
　鉛筆が手渡される。
哲「やる」
すず「えっ、ほいでも」
哲「兄ちゃんのじゃ。ようけあるけえ」
　哲、白波が騒ぐ海を見つめる。
哲「うさぎがよう跳ねよる。正月の転覆事
　故もこんな海じゃったわ。描きたきゃお前
　が描けえや、このつまらん海でも」
　すず、海を見つめる。
　哲の絵の道具を手に取る。
　画板を手に腰を下ろす。
　下描きなし、いきなり絵の具を含ませた
　筆を走らせる。
　すず、描きつつ、
すず「水原さん。今のどういう意味？」
哲「ああ、白波がうさぎが跳ねよるみたい
　なが」
すず「……水原さん。お兄ちゃん、あげよう
　か？」
哲「いらん。浦野の鬼いちゃん見たら全速
　力で逃げえいう男子の掟があるけえの。ほ
　いでも、海軍の学校入って海で溺れるアホ
　よりゃましかものう」
　すず、目の前にある海の光景を描き進め
　る。
すず「ほんまじゃねえ。白いうさぎみたいな
　ねえ」
　すず、跳ねる白うさぎをたくさん描き加
　える。
　そこに、海を見つめる哲も描き足す。
　哲、松葉でいっぱいになった籠を放って
　寄越す。
哲「集めといたで」
すず「ありがとう」
　哲、すずが描いた絵を取り上げ、眺める。
哲「よいよいらん事するわ。出来てしもた
　ら帰らにゃいけんじゃろうが。こんな絵
　じゃあ海を嫌いになれんじゃろうが」
　哲、絵を手に、去って行く。
　残された籠、山盛りのコクバの上に、椿
　が一輪。

●**時の流れ**

高等小学校の卒業記念写真の中のすず。

タイトル『昭和15年3月』

× × ×

タイトル『昭和16年12月』

ざるに山盛りの浅蜊を道端で売るすずとすみ。

通りのあちこちで千人針への針刺しが行われている。

× × ×

タイトル『昭和18年4月』

すずが描くラクガキが、駒割りのある漫画『鬼イチャン従軍記』になっている。

十一連隊に入営する要一がみんなの万歳を浴びるコマ。

次のコマでは、鉄砲担いだ兵隊になっている。

●**冬の草津の海**

タイトル『昭和18年12月26日』

浅瀬の篊《ひび》で海苔を摘む草津の人々。

すず、胴長を着込んだ姿で、海から上がって来る。

汐飼い堀のところで、海苔でいっぱいになった盥とショウテンボウを放り出す。

ファッションモデルのようにポーズをつける。

すず「どうね、この胴長靴の着こなし」

すみ「あら。すてきな決戦服ですこと」

千鶴子、拍手。

昭和9年に赤ん坊だった千鶴子も9歳になっている。

すず、すみと千鶴子のほっぺたに、冷えた手で触れる。

すず「冷やっ！」

すみ・千鶴子「ひゃあ〜〜〜」

●**漉き場小屋**

すず、冷えた手に息を吐いて、こする。

漉き枡で海苔を漉く。

出来た海苔を眺めていると、後ろからイトがのぞく。

イト「うん。上手うなったねえ。ほいじゃ、ええとこでお昼に」

すず「はあーい！」

十八歳になっても、まだまだ子どもみたいなすず。

●**森田家・茶の間**

千鶴子「遠ぉー」

すず、箸のずいぶん根元の方を握っている。

おかゆと漬物の卓袱台を囲むのは、女ばかりの一同。

千鶴子「すず姉ちゃんは遠くにお嫁に行ってじゃ」

すず「ほうなん？」

千鶴子「すみ姉ちゃんは近いね」

すずとすみ、箸の持ち方を比べっこする。

すみは真ん中よりずっと先の方を持っている。

イト「箸を遠う持つ子は遠くへお嫁に行くゆうけえね」

すず「へえー」

千鶴子「おばあちゃんはどっから来んさったん？」

イト「わしゃ古江よね」

イトの箸の持ち方、長い。

すみ「古江から草津でそんとなじゃ、満州やなんかへ行っての人は火箸でも足らんね」

すず「と、いいながらも箸を持ち直す浦野すみであった」

すみ「あんまり近いんは、夢ないもーん」

玄関の戸があわただしく開け閉めする音がして、叔母マリナが飛び込んでくる。

マリナ「すずちゃん、すぐ帰り！　今、電話に呼ばれて、なんかと思たら、あんたを嫁に欲しいゆう人があんた家《がた》来とってじゃと。わざわざ呉から」

すず、呆然として言葉が出ない。

イト「すずちゃん、あんた、いくつになった」
いいつつイト、席を立つ。
すず「うん。十九。満で十八」
マリナ、励ますようにほほ笑む。
マリナ「気に入らにゃ断りゃええんよ。ちいと会うて来てみんさいや」
奥の部屋からイトの声。
イト「すずちゃん、ちょっとおいで」

●森田家・奥の部屋

箪笥から、鴇色の着物が取り出される。
イト「あんたの嫁入りのとき、思うてね。ええ具合に決まりゃええのう」
すず「ありがとう」
すず、着物を手に取って見つめる。
鴇色の地に椿の花の柄。
イト「ほいでのう、向こうの家で祝言挙げるじゃろ」
すず「うん」
イト「その晩に婿さんが『傘を一本持て来たか』いうてじゃ。ほしたら、『新なのを一本持って来ました』いうんで。ほいで『さしてもええかいの』いわれたら、『どうぞ』いう。ええか」
すず「……なんで?」
イト「なんでもじゃ」
イト、有無を言わさぬ厳格な顔。

●江波の港

すずを送ってくれた小舟が、雁木の前に着く。
すずの心の声「うちは、大人になるらしい」

●江波の道

かつて海苔の漉き場だったところが大根畑になっている。
すず「呉いうたら軍港のあるとこで、水兵さんがおって」
前からやって来た人物と鉢合わせる。
それは紺の水兵服を着た哲。
すず「水原さん?……ひ、久し振り」
すず、赤らむ。
哲「はよ家行け」
すず「へっ?」
哲「お前の母ちゃんたまげて大騒ぎしよったで、皆知っとるわ」
すず、大きく息を吐く。
すず「あせったー。うちゃてっきりあんたが相手かと」
哲「アホか。わしゃ兄ちゃんの七回忌に帰ったとこじゃ。……相手知り合い違うんか?」
すず「全然」
すず、言いよどんで哲に背を向ける。
すず「すみちゃんと間違うとってんかも。すみちゃんの方がきれいなし」
哲、去って行く。
去りつつつぶやく。
哲「ほうでもない思うがの」

●浦野家

円太郎「こっちの学校通うとる頃、見初めたんじゃ思いますが、いや、お宅探すんも大ごとでしたわ」
十郎「うちも最近、海苔はやめてましてのう。それで探してもなかなか」
すず、家に入りづらく、表からうかがっている。
嫁取りに来た親子(円太郎、周作)の顔、縁側のガラスの奥にかすかに見える。
キセノ「もう戻って来る思いますけぇ」
だまってうなずく若者(周作)の横顔。
すずの心の声「ええ話かどうかはわからん。けど、口ん中にキャラメルの味が広がったんは、なんでじゃったんじゃろう」
すず、その場から立ち去る。

●江波山

江波山の南に埋立地が出来て、景色も変わっている。

すず「困ったねえ。嫌なら断りゃええいわれても、嫌かどうかもわからん人じゃったねえ」
すず、イトに持たされた晴れ着を頭から羽織って、かつて哲のために絵を描いた場所でじっとたたずんでいる。
背後から声。
周作「あのう」
すず「はい」
振り向くと、嫁取りの青年とその父。
紺色の服を着た周作の帽子には、海軍の錨のマーク。
円太郎「道に迷ってしまって」
周作「電停はどっちですか?」

●道

すず、頭から着物を羽織ったまま道案内。
すず「こっちです」
周作「すみません」
円太郎「親切な水兵さんに教えてもろうたんじゃが」
すず「はあ。ありゃなかなか珍奇な人ですけえ」

●数日後、浦野家

十郎、送られてきた手紙を読んでいる。
十郎「山ん中おった珍奇な女に案内されて無事帰れたそうな」
すず「へっ。電停探して山へ登る人も珍奇なが」

●江波

タイトル『昭和19年2月13日　日曜日』
タイトル『はれ時々くもり』
すずの心の声「うちゃ、そんとにぼうっとしとったんじゃろうか」

●舟入町

走る広電の電車。

●横川駅

「横川」と記された駅名標板の向こうを出てゆく汽車。

●次々入れ替わる汽車の駅の駅名標板

「廣島」

「海田市」

「小屋浦」

「天応」

すずの心の声「いつの間にこうなってしもうたんじゃろう……」

●呉線客車車内

窓際の席に腰掛けたすず。

窓外を流れ行く島影、並んで飛ぶ海鳥。

新宮トンネルに入って真っ暗になり、車内灯が点る。

薄暗い車内で、げほげほ咳き込む声。

トンネルを出たところで広がるはずの風景が開けないのは、線路の海側に、防諜用の目隠し塀が延々と連なっているから。

だが、塀の向こうには、無数の軍艦が浮かび、クレーンが林立する、巨大な軍港が確かにうずくまっているのだ。

●呉駅構内

れく 呉 らうしよ　があきあ

紺の服を着た海軍士官たち。

紺の海軍巡邏隊、茶褐色の陸軍憲兵。

改札係は紺の制服の女子駅員。

とーん！　と、音が聞こえる。

改札を抜けるすず、思わず首をすくめる。

十郎「海軍さんの砲台の教練じゃと」

キセノ「はあ」

● **休山南麓**

とーん！
高角砲が小さく煙を上げている。

● **呉駅前**

駅舎をあとに、尻に罐を積んだバスが走り出す。
ぎくしゃくぎくしゃく、煙を上げて走る木炭バス。

● **坂の道**

バスは、道のずっと後方遠くで、動かなくなっている。
浦野一家、息を切らせつつ、徒歩で坂道を登る。
橋の上の『辰川終点』バス停で、黒留袖の中年女性が待ち受けている。
小林の伯母「やっぱり木炭バスは上がって来れませんでしたか」
キセノ「ああ、小林さん」
十郎「本日はよろしう頼んます」
すず、緊張の顔で前へ進み出て、深々とお辞儀。
すず「末永うお世話になります！　不束者ですが孝行致します！」
小林の伯母「このたびはおめでとうございます。周作の伯母の小林です。仲人を勤めさせて頂きます」
十郎「嫁に行く先ちゃんと覚えとんじゃろうな?」
キセノ「ほんまにフツツカじゃ。大丈夫かいね」
すずをくさしつつ、一同、坂道を登って行く。

● **崖っぷちの細い小道**

山の斜面の中腹を細い道が通っている。
竹林が切れて、辰川から呉軍港に至る町並みが見渡せる。
すみ「うわー、こんなに上がって来たんかいね！」
とーん！　と、遠く小さな砲声が聞こえる。
山に囲まれた谷合の町。
谷の出口にある海は、ちょっぴり遠い。
ここは谷の一番奥に近い片隅なのだ。
見上げると、細い道の上に掛かって、家がある。

● **『北條』と書かれた表札**

小林の伯母の声「来んさったでー」

● **北條家・客間**

円太郎「このご時勢、万事簡便で申し訳ない」
十郎「うちの子はアガリ性じゃし、このぐらいが丁度ええわ」
一同仏壇の前に並んで座って、ざわざわ。
すずの隣では、紋付姿の周作が、黙ってうつむいている。
周作の様子を気にかけるすずの袖を、すみが引っ張る。
すみ「すずちゃん」
すず、晴れ着の上に羽織を着たまま、モンペ履きのまま。
すず「ありゃいけん。せっかくの晴れ着が無駄んなるとこじゃ」
すず、その場でモンペを脱ぎ始める。
キセノ「これ、すず。どこで脱ぎよんね」
すず「あ」
となりの花婿、いっそううつむき、肩をひとつ揺らす。
ため息をついたのか、微笑んだのか。

× × ×

坊さんの読経で、仏前結婚式。

● **同じ客間**

並んだ料理——巻き寿司、尾頭つきの鯛、酢牡蛎など。

縁戚となった一同、にぎやかに座卓を囲んでいる。
小林の伯父「こりゃ大御馳走じゃ」
キセノ「ほんま、この子の兄が来れんで残念ですわ」
十郎「よう集めんさったのう」
サン「浦野さんこそ海苔やら野菜やらようけ下さって」
上座で固くなっているすずへ、小林の伯母、耳打ち。
小林の伯母「しっかり食べときよ。この家の晩の分までみな出してしもうたけえ」
すず、促されて箸を取る。
ふと見ると、隣の周作は箸も取らず、うつむいている。

● 夕方、浦野家の外

帰る人々を、すずが見送りに出ている。

すみ「良かったね、おとなし気な人で」

すず「こんな場で騒ぐ人は居ってなかろう」

両親、声を揃える。

キセノ、十郎「あんたはドタバタしとったよ！」「お前はドタバタしとったわい！」

すず「うう……」

すみ「ほいじゃ里帰りの時にねえ」

すず、去って行く家族を見送る。

ふと振り向くと、宴席の隅にいた周作の姉・径子がいる。

径子、すずの顔をじっと見つめている。

径子「また来ます」

径子、立ち去る。

すず「ええと。たしか親戚の……誰じゃったっけ？」

自分の頭をとんとん叩く。

崖下の道を去って行く浦野一家が小さく見える。

ひとり取り残されたすず。

● 四畳半の茶の間

周作の母・サンは布団に入っている。

その傍らに座った円太郎。

円太郎「嫁も来たし、家のこた皆まかせて安気に寝とれやのう」

すず、部屋の入り口で手をつき、深くお辞儀。

すず「おとうさん、おかあさん。末永うお世話になります」

円太郎とサンもお辞儀を返す。

サン「いえのう、こちらこそ。わたしゃ足を痛めてましてのう。よろしうねえ、すずさん」

そのやわらかな笑顔に、すず、安心する。

すず「はい！」

● 台所

晴れ着の上に割烹着を着たすず、防空電球の電灯を点す。

流しの灰汁水の中に漬けられた食器の山を、亀の子だわしで洗う。

背後から周作の手が伸びて、台所窓の暗幕を閉じる。

周作「この辺は色々うるさいけえのう」

すず「すみません」

周作、火鉢の火を付け木に移す。

それを手に、勝手口から出てゆく。

すず、つっかけ履きで勝手口を出て、風呂を焚き付ける周作の後に立つ。

檸檬型の月が雲に隠れると、灯火の準備管制が行き届いた町は吸い込まれるように暗く、わずかに軍港に赤と緑の明かりが見えるだけ。

すず「うわー。ほんまに真っ暗じゃ」

突然、軍港の軍艦が照射演習を始める。

探照灯の光芒が呉の谷間を囲む山並みを照らし、舐める。

すずの心の声「ここはいったいどこなんじゃろう」

● 台所

すず「うわー……真っ黒じゃ」
すっかり焦げついた飯炊き釜を、こする

すず。
円太郎「すまんのう。径子に炊かすといつも焦がすんじゃ」
すず「はあ。お嫁に行きんさったおねえさんでしたか」

● **風呂**

漬かるすず。
すず「はー」

● **六畳の客間**

風呂上りのすずがのぞくと、布団が敷き延べられている。

すず「おふとん……ありがとうございます」

雑誌を眺めていた周作、
周作「うん。ああ、すずさん、傘を持って来とるかいの」

晴れ着を衣文掛けに掛けようとしていたすず、こわばる。

周作の正面に正座する。

すず「はい。新なのを一本……」

周作「ちょい貸してくれ」

周作、すずを残して立つ。

縁側に置かれたすずの荷物の上の雨傘。

縁側の上の窓が開き、傘の柄が出て来て、表の吊るし柿をたぐり寄せる。

周作「ほれ。やー、ハラ減ったのー」

周作、干し柿をひとつすずに渡し、自分も腰を下ろしつつ、ひとつ齧る。

周作「何じゃ、まだ渋かったか?」

すず、首を振り、干し柿をおずおずと口に運ぶ。

すず「昼間何にも食べてんなかったでしょ? ちゃんと口から食べる人じゃったけえ、安心しました」

周作「うぐ。……ああ、安心せえ安心せえ。いまタネまで飲みました。ちゃんと口からの!」

周作、わざと軽妙に振舞う。

すず「あのー。うちらどこかで前に会いましたか?」

周作、じっとすずの顔を見つめる。

周作「あんたは憶えとらんか」

すず「すみません。ただでさえ、うちゃぼーっとしとるもんで」

周作「昔からそがいなかった。うん、昔にもここへほくろがあった」

周作、ほくろのあるすずの頬に手を伸ばす。

周作、すずを引き寄せ、口づけする。

世の中がぐるぐる回る感じがして、暗転。

● **六畳の客間**

ほの暗さの中、天井板の木目が見える。

目を覚ましたすず、真上にある天井板を見つめている。

右手をもたげ、木目をなぞってみようとする。

だが、その指は動かないまま、降ろされる。

今日は天井板が開いて座敷童子が覗くこともない。

横を向くと、周作の寝顔がある。

すずの心の声「誰なんじゃろう、この人は」

サンが呼ぶ声「すずさん」

● **四畳半の茶の間**

ふすまが開く。

ブラウスにもんぺ、割烹着に着替えたすず。

布団に身を起こしたサンから家事の仕方を聞く。

サン「……井戸は下に共同のんがあって、ほいで、棚に缶々の魚粉があるけえ、おだしはそれで取って……」

柱時計が午前4時を指している。

● **家の裏**

すず、バケツ二つを下げた天秤棒を持ち上げる。

● **井戸**

すず、バケツに水を汲むべく、共同井戸のポンプを押す。

●崖っぷちの小道

すず、バケツの天秤棒を肩に、家へ戻ってゆく。

まだ夜明けには程遠い空の色の下、呉を囲む山の端のあちこちから、炊事の煙がたなびき始めている。

●台所

すず、まな板の上で大根を刻む。

●土間

飯炊きの釜が、ことこと鳴り始めている。

すず、薪をかまどにくべ足して、割烹着のポケットから、書きかけの葉書と短い鉛筆を取り出す。

葉書は、要一へ送る結婚の挨拶と、昨日出た料理の紹介。

裏返すと宛先。

『濠北派遣鯉第五一七三部隊河野隊　浦野要一様』

その横に、差出人として自分の新しい名前を書き入れる。

すず「ほ・う・じょ・う」

『北條すず』

その右上で鉛筆の先がぐるぐる戸惑う。

●四畳半の茶の間

柱時計は午前5時40分。

すず、朝食をとる新しい家族たちに、おずおずと尋ねる。

すず「あのお……。ここって、呉市？　の何町？　の何番……ですか？」

周作・円太郎・サン「は?!」

●玄関先

周作と円太郎、ふたり揃って玄関の柱を指差す。

『呉市上長ノ木町八〇八番』の札。

まだ夜明け前の空の下を出勤してゆくふたり。

すず、恐縮の最敬礼で見送る。

周作がかぶる略帽に錨のマーク。

円太郎の胸にも錨マークの徽章。

顔を上げて、

すず「この辺は皆、海軍さんにお勤めなんじゃねえ」

前方の谷合に、出勤して行く男たちの姿が点々と見える。

これからすずが住まう、世界の小さな片隅。

●通勤の道

周作、尾根中程の我が家を振り返り、口元をほころばす。

もの静かな彼には、すずの陽気なうかつさが心地よい。

●台所、午前6時

朝食の後片付けをするすず。

●崖っぷちの小道

ようやく今日のお日様が、灰ヶ峰の山並みを越えて昇る。

すずはまた水を運んでいる。

●庭

盥で洗濯するすず、顔を上げる。

すず「あ。はあい」

隣家・堂本さんの奥さんが回覧板を持ってやって来た。

●奥の三畳間

回覧板をサンと一緒に見る。

『上長ノ木隣保班回覧板
二月下旬の配給当番　知多、刈谷、北條
常会のおしらせ
二十一日（月）午後七時より、於 上長ノ木隣保館』

サン「ここはいっつもコレ」
知多、刈谷の名を指差し、指でちゃんばら。

●**隣保館**

知多さん、刈谷さんにお辞儀するすず。

ふたり、にこにこして良い雰囲気。

×　×　×

お客が並んでいる。
一転して、知多さんと刈谷さんが言い争っている。
知多「ほれ、配給なんじゃけえ」
刈谷「計っとるじゃろう」
知多「目分量いうんじゃ、あんたのは」
刈谷「いいや」
間に挟まれて、筵の上で配給用の大根を切るすず、閉口。

●**帰り道**

帰る配給当番三人。
知多「不公平んなるで」
刈谷「ならんよ」
知多「いいや、なりますて」
言い合い続けるふたりに挟まれたすず。
ふと見ると、共同井戸で堂本さんが水を汲んでいる。
すず「堂本さん！」

●**崖っぷちの小道**

すず、堂本さんの水バケツの天秤棒を担いであげている。

すずが肩にした風呂敷包みが解けかけているのを、刈谷さんが発見、知多さんが手を伸ばす。

振り向いたすずの天秤棒が回り、堂本さんと刈谷さんをなぎ倒してしまう。

すず、あわてた弾みに残る知多さんもなぎ倒してしまう。

●**隣保館・夜、外**

●**隣保館、内**

内務省パンフレット『時局防空必携』を片手に説く講師。

堂本・知多・刈谷の三人、すずに崖から落とされそうになったすり傷も生々しく、入り口際の席でひとかたまりに身を寄せて、すずから距離をとっている。

すず、ひたすら恥じ入り、恐縮している。

と、堂本さんがそのひじを引っ張る。

堂本さん「もっと寄ってえや。この席は寒いけえね」

すず「はい」

すずも一同の方ににじって身を寄せる。

知多・刈谷「うんうん」

すずの小学校以来のセルロイドの筆箱。

今、その鉛筆は、帳面に落描きしかけて消した跡こそあるが、講師が喋る焼夷弾の種類についてノートするため使われている。

すずの声「こんとなが、うちの新しい毎日になった」

●**三畳間**

タイトル『19年3月21日　祭日』

座敷の向こうの縁側で洗濯物がはためいている。

すず、三畳間のたんすの中身を入れ替えている。

今日のすずはスカート。

ふと、おしゃれでモダンな婦人ものの洋服を取り出す。

広げて掲げ見る。

隣の部屋に布団を敷いたサンが、
サン「ああ、径子の娘時分の服。それも物置じゃね」

すず、服を眺めている。

サン「それ着てムコさんなりよる人と連れ立って歩いとったんよ。映画観たり、洋食屋さん行ったり、クリスマスに行ったり」

すず、たんすの上に帽子の箱を見つけ、蓋を開ける。

すず「はあ。モガじゃったんですねえ、おねえさん」

● **すずの脳裏の空想**

釣鐘形のクローシュの下で微笑む径子の口元の口紅。

銀色の洋食皿にのったコロッケ。

鈴蘭灯も立ち並び、豊かだった街中。

サンの声「まだそんな世の中じゃったねえ」

● **三畳間**

箱から出したクローシュを、幸せそうに眺めるすず。

サン「周作が四年生の時、軍縮で軍艦作れんようなって、うちの人も海軍工廠解雇になって。ようけ失業しんさって大ごとじゃったよ。径子も一度は行けるか思うた女学校行けんようなったど、なんでも自分でやれんと納得せん子じゃから、仕事も決めて、婿さんも自分で見つけて」

すず、張り切る。

すず「うちも見習うて張り切りらにゃ！　家の仕事、なんでもまかしてつかあさい」

サン、そんなすずに微笑む。

その目が愁いを帯びて、港の方に向けられる。

サン「大ごとじゃ思うとった、あの頃は」

● **辰川から長ノ木にかけての谷合**

サンの声「大ごとじゃ思えた頃がなつかしいわ」

彼方に軍艦たちが見える。

辰川のバス停の方から、角々に国旗が掲げられた道を、親子連れの小さな人影がやって来る。

● **土間**

がらがらとガラス戸が開く。
気づかず、懸命にかまどの灰を掻き出していたすず、
すず「あ」
ようやく気づき、立ち上がる。
小さな娘を連れた径子が、すずをにらんでいる。
つぎの当たったすずのモンペ。
すず「こんにち……」
径子「ただいま」
径子、すずがいいかけた言葉の機先を制する。
すず「……お帰りなさい、おねえさん」
径子、すずの顔をじっとにらむ。
すず、手ぬぐいで口元を覆ったままだったのに気づき、あわててむしり取る。
径子「冴えん」
いいつつ、持参した風呂敷包みをすずに押し付ける。
じゃらじゃらお米の音がする。
すず「冴えんなんて。きょうびお米は貴重……」
径子「あんたのことじゃい。広島の子じゃいうけ、さぞやアカ抜けとろう思うたのに」

● **四畳半の茶の間**

径子の娘・晴美、火鉢で豆を炒るサンのところに行く。
晴美「お豆さん？」
サン「ありゃ、いらっしゃい」
晴美、サンにささやく。
晴美「おかあさん機嫌悪いことやらようけあるから、晴美、おとなしくしてるのん」
サン「ほうね」
隣の台所ではすずが叱られている。
径子「だいいち、何ね、そのツギハギだらけのモンペは。いつまでもムスメみたあに洋装で」
すず「すいません、今こんなもんしか……」
径子「作れ、今すぐ。恥をかくんは周作なんじゃけえね」
言い捨てて、四畳半に入って行く。
が、すぐに、また顔出して、
径子「そのお米はお土産違う、わたしと娘の

分じゃからね」

いって引っ込む。

サン「ほいで？　径子」

径子「聞いてや、お母ちゃん」

径子、サンの布団の前に座る。

話を聞こうと乗り出したすずの目の前で障子が、ぴしっ。

すず、締め出される。

●三畳間

すず、箪笥の引き出しの中の自分の着物を眺めている。
すず「はてさて弱ったねえ」

●回想、すずが高等小学校の頃

すずが着物を縫う横で、ぴしぴし鯨尺で床を叩いていたイト。
イト「ほりゃまた違う違う」

×　×　×

結局、イトが、すずが縫った糸をほどいている。
イト「そんとに下手じゃお嫁に行かれんで」
すず「ええもん。行かんもん」
いじけていたすず。

●六畳間（客間）

すず、あのとき縫った着物を前に考えている。

すず「んー」

すず、いきなり着物の真ん中に裁ち鋏を入れてしまう。

じょきじょきじょき。

上下に真っ二つに切り分けられてしまった着物。

すず、それを前に、額に手を当て必死に考える。

子どもの頃、川舟の上で二十銭をどう使おうか思い巡らせていたときと同じ、これをああしてこっちはこうして、と、指を動員して考える。

こそっ、と、ふすまを開けて、茶の間の径子を眺める。

径子がこちらをにらんだので、あわててふすまを閉じる。

すず「おびおび。ここんとこに帯」

すずの頭の中に、着物をどうちょん切って、どう縫い合わせるかのイメージが浮かんだらしい。

すず「ほどく。さらに細かく裁ち……」

×　×　×

ばらばらの部分品になって、床に並べられたすずの着物。
指を空中に、これをああしてこっちはこうして、しつつ、
すず「あとは、合わせて、縫うて……ゴムを通す。うんうん」
空想のもんぺ服が出来あがったらしく、満足するすず。
うしろに晴美が立って眺めている。
すず「？」
晴美、お辞儀する。
晴美「黒村晴美です」
すず「北條すずです。こんにちは」
すずもお辞儀を返す。
晴美「すずさん、ひもちょうだい」
すず「これでええですか？」
すず、裁縫箱から適当な紐を渡す。
コッチ、コッチ、コッチ、コッチ、柱時計が時を刻む音。
晴美はもらった紐で綾取りをしている。
黙々と縫い物をするすず。
ぼーん、ぼーん、ぼーん、時計が三つ鳴るのが聞こえる。
すず「おっと」

●台所

径子が茶の間から出て来る。
買い物籠を取り出して、支度していたすずへ、
径子「すずさん、おつかい？」
すず「はい。配給所へ」

径子「わたしが行ったげよう。配給切符とお財布貸し」
すず「ほうですか。じゃお願いします」
すず、一式を手渡す。

● ちょっと経った台所

すず、煮干のわたを取っている。

がらがらがら。

すず「お帰りなさい」

買い物から帰って来た径子、すずの手元をにらむ。

径子「まあた、そがいに。わたしがやるよ。貸し」

×　×　×

交代した径子の手元、速い速い。

● またちょっと経った土間

結局、かまどの前で飯を炊くのも径子がやっている。

慌しくばたばた団扇で扇ぎつつ、盛んに何か、くどくどくどくど、言っている。

● そのとなりの四畳半

径子の声「ねえ、お母ちゃん」
サン「はいはい、何ね」
径子の声「おつゆの実ぃじゃけど……」
サンが土間に呼ばれてゆく。
すず、手持ち無沙汰のまま、縫いかけのもんぺ服を手に、炬燵で呆然としている。
すず「お嫁に行かれんで、って、もう来てしもとるし」
晴美が退屈そうにしている。
すず、ポケットにするつもりの小切れ二枚を取りだす。
すず「晴美さん、さっきのひも貸して」
晴美「はい」
すず、小切れを手早く縫う。

● 夕餉の食卓

すずに作ってもらった巾着袋を手に下げた晴美。
帰宅した円太郎、茶の間をのぞいて、
円太郎「おお、径子と晴美が来とんか。ふたりか？」
径子「お帰り、お父ちゃん」
すでに帰宅して着替えの済んだ周作、食卓をのぞく。
周作「姉ちゃんのご飯にしては、あんまり焦げとらんのが上出来じゃ」
径子、周作の頭を拳骨でぐりぐり。
周作「あたあたあた」
出来上がったもんぺ服を着たすず、
すず「おかげ様でこの通り着物が直せました」
径子「いいえ。お母ちゃんが具合悪いからいうて、あんたみたいな子を知りもせん土地へ働かせに連れて来てしもうて。わたしがここへ居りゃ良かったことなんよね。……すずさん」
すず「はい」
径子「あんた、広島帰ったら？」
すず「え」
――間。
すずの顔、ぱっとほころぶ。
すず「ええんですか！」
暗転。

● 浦野家・茶の間

すず、生まれた家の畳の上で、すーすー眠っている。

キセノ「すず。起きぃ」

すず「はッ、はいッ」

すず、起きる。

すずが小学校の頃に描いた絵（校舎の絵、りっちゃんの顔など）が壁に貼られているのが、目に飛び込んでくる。

すみ「ただいま、すずちゃん」

キセノ「ほらもう八時じゃ。晩のご飯しよ」

実の母がいて、妹がいて、父がおり、夕食が並んでいる。

すず「ああ、あせったあ。呉へお嫁に行った夢見とったわ」

一同、きょとん。

キセノ、すずのほっぺをつまんで引っ張る。

すず「あわわわ」

キセノ「目え覚めたかね」

×　　×　　×

一同、食べる。

すずも気兼ねなくぱくぱく食べる。

すず「ほいで、お姉さんが、広島帰えってええいうてくれさって、ほしたらお母さんお父さんも、ほうじゃのう、て」

● 回想・北条家の夕食
円太郎「いや、気ぃ利かんで悪かったのう」
サン「径子もああいうし、二、三日里帰りして来たらええんよ」
すず「ありがとうございます、お姉さん！」
径子「う、うん。よかったじゃない」
すずのあまりなマイペースに、さすがの径子も辟易。

● 浦野家の夕食
十郎「そういや、要一に葉書出したか？」
すず「出した。まだ何も返って来ん。……うちへも？」
すみ「うん」
すず「まあ、遠いけえ、すぐには」
すみ「鬼いちゃん、筆不精じゃし」
十郎「すずが宛先間違うとるかも知れんし」
キセノ「うんうん」

● 通り土間
すず・すみ「おふろ、おふろ」
仲良く風呂場へ向かうふたり。

● 風呂場
服を脱ぐふたり。
すず「すみちゃんは挺身隊どんな？」
すみ「だいぶ慣れた。うち、機械油臭いじゃろ」

×　　×　　×

湯に漬かるすず。
ぬか袋でこするすみ。
すず「危ない仕事なん？　大変なね」
すみ「ほいでも海苔の仕事ほど寒うないし。ええ事もあるよ」

● 廊下
寝巻きに着替えたふたり、部屋へ向う。
すみ「美男子の少尉さんが時々こっそり食堂の食券くれたりね」
すず「ありゃあ。思いがけず陸軍の機密を知ってしもうた」

● 奥の三畳間
布団を敷いた上で、すずの髪を梳くすみ。
すみ「すずちゃんこそどうなん？　呉てええとこ？」
すず「う〜〜ん、覚える事だらけでまだ何とも」
すみ「あ！」
すみが素っ頓狂な声を立てる。
すみ「うち、今、思いがけず海軍の機密に触れてしもうたみたい」
すず「え？」
すみ「もう寝よ」
すず「なっ、何？」
電灯、消される。
暗くなった部屋にふたつ並んだ布団。
すみ「……すずちゃん」
すず「ん―？」
すみ「……ハゲができとるよ」
すず「ええっ」

● 浦野家・玄関先、翌朝
出勤してゆく家族たち。
すみ「行って参ります。じゃあね、すずちゃん」
十郎「来月から不要不急の旅行は制限じゃいうけえ。元気での」

すず「……うん」
キセノ「さて。うちも婦人会の内職へ行かんと！」
すず「えっ。お母ちゃんも出かけるん？」
誰もいない実家にひとり取り残されてしまったすず。

● **表札『浦野』**

● **広島市内**
女学生が運転する広電の電車が来る。
電停で降りるすず。
すずの声「お父ちゃんがくれたお小遣い」
手に菅原道真のお札。

● **文具店**
すず、小ぶりなスケッチブックを買って、出て来る。

● **街角**
鉛筆を構えるすず。
スケッチブックの上に走らす。

● **スケッチブック**
描かれた、
——産業奨励館。
——紙屋町の電停。
——広島駅。

● **広島駅駅頭**
スケッチするすず。
すず「さようなら、広島」
ぱたん。
思い切りよくスケッチブックを閉じ、紐でくくる。
すず「さようなら。……さて」

● **出札口**
札が下がっている。
『本日分乗車券は凡て売り切れました　廣島駅』

● **浦野家・夕飯の茶の間**
舞い戻ってしまったすずに、家族たち呆れ。
十郎「ほいで戻って来たんか？」
キセノ「向こうの家の人らが気の毒なってくるわ」
すず「くう〜」

● **表札『北條』**

● **茶の間**
径子が頬杖ついて、機嫌の悪い顔をしている。
タイトル『19年4月17日　月曜』
すずの声「おねえさんは何度も帰ってきんさる。向こうのうちに仕事はないんじゃろうか。なんであんだけの虫の居所を悪うしておられるんじゃろうか。うちにはよう真似出来ん」

● **縁側**
掃除の途中でほうきを持つ手を停めて、物憂い顔のすず。
家の奥から晴美の声。
晴美「ねー、すずり貸してえー」
径子「何ね、晴美」
晴美「ねー、お母さーん」

● **四畳半の茶の間**
径子「ちょっと、すずさん？　晴美に何いうたん？」
入って来たすず、妙に据わった顔をしている。
すず「回覧板、もう回していいですか？」
サン「どうぞ」
すず「行って来ます」
炬燵の上の回覧板を取って、出てゆく。
サン「広島から戻って来てずっとああじゃが」

径子「放っとき。まだ子どもなんよ」

● 崖っぷちの小道、北條家の前

すず、となりの堂本さんの家の方から
戻って来る。

家の中から声が聞こえる。

径子「だめじゃいうたら！」

晴美「筆貸してえー。ねえー」

すず、家に入らず、道端のハコベを摘んでは割烹着の裾にくるみつつ、段々畑への階段を登ってゆく。

● 段々畑

高曇りの穏やかな暮色の空の下、はるか呉湾が見渡せる。

すず、綿毛のたんぽぽを吹く。

綿毛、飛んでゆく。

風に乗って飛ぶ綿毛を、仕事帰りの周作が見上げている。

すず「あ、お帰りなさい」

× × ×

ふたり並んで、たんぽぽ咲く段々畑の端に腰掛けている。

すず「ここらのたんぽぽ、みな白いんですね」

周作「江波のは違うんか。お、黄色のんもあるで」

周作、見つけた黄色いたんぽぽに手を伸ばす。

すず「あっ、摘まんで下さい。遠くから来とってかも知れんし」

周作「元気ない思うたら、広島が恋しうなったんか」

周作、気安くすずの頭に手をのせる。

すず、その手を払いのける。

すず「なっとらんです」

しばらく無言で遠い海を見つめている。

周作も、付き合って海を見つめる。

呉湾に連合艦隊の艨艟たちの姿が見える。

周作「見てみい。巡洋艦じゃ。愛宕か摩耶かのう」

すず「大きいですねえ」

周作「小まいんは駆逐艦。あこにドイツから来たUボートもおる。こっちのんは両方とも輸送船で」

周作、筑紫丸や西貢丸を指差す。

が、すずの返事、滞る。

周作、話題を作ってみる。

周作「ほれ、めじろじゃ」

すず「はあ」

生返事のすず。

周作、その頭をつかんで、メジロが飛ぶ空へ向けさせる。

周作「あれじゃあれ」

すず「見よります」

すず、手を払いのけて、ふと目を見張る。

両城の丘の向こうから、入港する一隻の船影。

それは、手前の艦艇に比べ、一段と巨大。

すず「周作さん。ありゃなんですか。船、ですか？」

周作「大和。大和じゃ」

周作、すずの肩に手を回し、抱き寄せる。

周作「よう見たってくれ。あれが東洋一の軍港で生まれた世界一の戦艦じゃ。『お帰り』いうたってくれ、すずさん」

すず、食い入るように大和を見つめる。

● 軍港

曳船もつかず、単独で繋留地に入る戦艦大和。

張り出した投鉛台から、測鉛手が良く通る声を上げる。

そびえる巨艦のあちこちに小さな人間の姿があり、それぞれの仕事に勤しんでいる。

測鉛手「ななあぁーつぅー」

大和から下ろされた端艇が、舫策を曳きつつ、二十六番浮標へ向う。

航海士の声「両舷後進いっぱーーい！」

信号兵が速力信号許を上り下りさせる。

大和の上で働くたくさんの人々の上に、なぜか、すずが吹いたたんぽぽの綿毛が舞っている。

● 段々畑

すず、気持ちを集めて、めいっぱい乗り出している。

周作、すずの頭に手を乗せようとする。

すず、その手を払いのける。

周作「のう、すずさん。気にしよったらハゲは余計ひどうなるで」

すず「バレてましたか」

● 玄関

晴美「筆貸してえ。すずさんの頭に墨ぬってあげるん」
径子「いけん！　そこら中まっ黒にするでしょうが、あんたは」
いいつつ、径子と晴美、出て来る。

● 段々畑

段々畑へ駆け登る晴美。

晴美「あ、お母さん、大和がおってじゃ」

そのあとを来た径子、すずと周作には目もくれず、軍港が良く見渡せる畑の際に立つ。

遠く望む呉軍港に、たくさんの軍艦が浮いている。

晴美「ようけおる。神主さんの煙突のんは隼鷹！」

じっと見つめる径子、急に張りを失ったかのような目。

径子「……」

● 辰川バス停への道

径子、晴美の手を引いて、去って行く。
すずの声「とうとう帰って行きんさった」

● 翌日の段々畑

すず、畑に水やりしつつ、首をひねって考える。
すず「急にお婿さん恋しでもなったんじゃろか。……どんな人なんかな、お姉さんの旦那さん。軍艦乗って帰って来た海軍さんじゃろか。ふふ。あんたー、久しぶりー、愛しとったでー。なーんての」
すず、考えるうちに、のどかな空想に襲われて、幸せ。
すず「ほいじゃうちも張り切りますかね。ご飯のしたくしたく！」

● 魚屋の店頭

すずの声「と思うたときには、配給がだいぶ減っていた」

『本日の配給終了』の札。

豆腐屋が吹くラッパの音。

● 豆腐屋の前から続く長い列

並ぶ中にすずがいる。

その手にした包み、配給の鰯干物。

すず「鰯の干物四匹が、一家四人の三食分。まあ、菜っ葉だけの日よりマシではあるし。ここへ並んどったら、そのうち卯の花も買えるじゃろう」

● 通り

すず、『婦人倶楽部』を手にした刈谷さんから、スケッチブックに何やら聞き書きしている。

● 道端

すず、雑草を摘んでは、買い物籠に収める。
すず「すみれ」
すず「はこべら。すぎな」

● 台所

すず「たんぽぽ、かたばみ」
すず、収穫物を並べてゆく。
すず「鰯の干物、卯の花」
台所の隅に目をやり、戸棚にある食品も数える。

すず「馬鈴薯、おいも、小麦粉、梅干の種」

なぜか小皿に溜められた梅干の種もある。

スケッチブックを手に、広島市で描いたスケッチのページは躊躇なくめくりとばし、料理の手順のページを出す。

すず、あれをこれ、これをそれ、と、考えて、にっこり。

すずの声「さつまいもを切りて」

「蒸す」

「スギナは軽くゆで」

「水に晒して刻む」

「小麦粉をさつまいもとスギナにつき混ぜて」

●四畳半の茶の間

すずの声「お昼の代用食の出来上がり」

スギナ入りの芋団子。

すずとサン、ふたりきりの昼ごはん。

●縁側

すず、残った芋饅頭をざるに並べて干す。
すずの声「余りたるは干して保存すべし」

●台所

すずの声「さて、まだまだ」

残りの材料――鰯、すみれ、はこべら、たんぽぽ、かたばみ、うのはな、馬鈴薯、梅干の種。

すずの声「米は五倍の水で薄め、おかゆさんにすべし。三十分ほど炊きし頃、馬鈴薯乱切りを加え、更に十分」

「はこべのざく切りを加う」

おかゆを炊いている間に、

「大根の皮、たんぽぽの根。千切りにして」

「砂糖と醤油にて煮る。たんぽぽの葉のざく切りを加え」

「卯の花に混ぜ、更に炊く」

一品出来上がり。

「大根は薄く切りて塩にてもみ。かたばみを混ぜる」

また、一品出来上がり。

「鰯の干物を水と鍋に入れ、煮立ったら梅干の種を加う。蓋をせず煮汁をかけつつ煮る」

「仕上げに塩で味を調う」

●四畳半の茶の間・晩ごはん

円太郎、周作も退庁して来て、四人で食卓を囲んでいる。
サン「刈谷さんに教えて貰うたんね」
すず「お米の配給が半分しかのうて、お芋の多いおかゆさんで」
円太郎「なんの」
すず「ほいでも、明日はまかしてつかあさい」

●楠正成の肖像

すずの声「忠臣楠木正成公が、篭城に耐ゆるため発明したる食糧増量の法」

●台所

夕食後、まだ調理を続けるすず。
スケッチブックのメモを見つつ、
すずの声「先ず、米をよーく炒る」
「そして、三倍の水を加え」
「弱火でじっくり炊き上げるべし」
寝巻きに着替えたすず、かまどの前で釜の番。
すずの声「燃料も節約」
丸めた新聞紙を詰め木箱に、炊きかけのお釜を沈める。
すずの声「ここは大日本帝国の利器火なしこんろに任せ」
木箱に布で中蓋する。
すずの声「朝を待つ」

●朝・台所

すずの声「夕べの残りの煮魚の汁にすみれを加え」
「味噌を入れて、ひと煮立ち」

「ご飯は再び火にかけ、沸騰させて置く」

すず、炊き上がった釜の蓋を開ける。

立ち上がる湯気と、真っ白く膨らんだ飯粒。

すずの声「これぞ楠木公ゆかりの楠公飯」

「こっちはお父さんのお弁当」

煮魚、すみれ、うの花の残りが詰められた弁当箱。

● **四畳半の茶の間**

朝から茶碗に盛り上がった真っ白なご飯。

周作「今朝はご飯が多いのう。飯粒が膨らんどる」

サン「こがいな炊き方あるんかいね」

一同、期待し、箸を手に拝む。

食す。

しーんと静まり返る。

● **玄関先**

円太郎「んー」
周作「……いってきます……」
出勤してゆく男どもの力ない声。

● **庭先**

縁側で、サイダー瓶の米を搗くサン。
サン「あれを喜んで召し上がる楠木公という人は、ほんまの豪傑なんじゃろうねえ……」
すず「ほうですねえ……」
盥の洗濯物を踏むすず、恐縮。

● **夕方、台所**

タイトル『19年6月15日　夕方』
戸棚からカレー粉の瓶を見つけて、くんくん嗅ぐすず。
と、表からサイレンが聞こえて来る。
警防団員の声「けーかいけーほー、はつれー」

● **夜中、外**

警防団員の声「くーしゅーけーほー、はつれーい！」
半鐘が鳴る中、山の方に避難しようとしている人の群れ。

● **四畳半の茶の間**

暗い中、円太郎がラジオのダイヤルを回している。
背後にやって来たすずへ、
円太郎「周作は職場へ行ったか」
すず「はい」
円太郎「なんも放送なしかいの。まあ、敵の予想航続力からすりゃ、初回はまず九州がいいとこげな。ここらであわてて山へ逃げ込むこた……」
ぷつっ、唯一の明かりのラジオが切れて真っ暗になる。
すず「ひゃっ！」
円太郎「ただの停電じゃ」

● **堺川・亀山橋のほとり**

川沿いの民家が解体されつつある。

帰宅のため蔵本通一丁目バス停に向かう周作が通る。

● **北條家・玄関の土間**

周作、上がり框でゲートルを解く。
周作「建物疎開かのう。市内に広く、防火帯を作るんじゃと」
すず、かまどの火をいじっている。
すず「大変ですねえ。引っ越し先は見つかるんじゃろか」
うしろから手が伸びて、すずの手に薪を手渡してくれる。
すず「あ、すみません」
振り向くと、渡してくれたのは径子。
径子「どういたしまして。薪ならなんぼでもあるけえ」
晴美の手を引いた反対の手に、廃材を抱え持っている。
径子「わたし家も取り壊しになってね」
すず「ありゃ！」

● **四畳半の茶の間、夕食の食卓**
目を丸くする一同の前で、径子、平然。
径子「ほいで一家で下関へ行く事んなって」
周作「え?」
径子、おかゆさんをすすり、
径子「ええ機会じゃけ、離縁して来た」
サン・円太郎「は!?」
径子「心配ご無用、仕事見つけて働きに出るけえ」

× × ×

灯火管制の電灯覆いの下、一家が頭を寄せ集めて防空壕掘りの計画を検討中。
円太郎「入る人数が増えたんじゃけえ」
すず「こうですか」
すずの手が、防空壕の図面の線を、広く引き直す。
サン「うんうん」

● **灰ヶ峰**
タイトル『19年7月1日　土曜日』
どどーん。
灰ヶ峰山頂で、新設の連装高角砲が試射をしている。

● **北條家・庭**
タイトル『その翌日』
周作と刈谷さんの息子が穴を掘る。
北條家の家族たち、隣保班の人々、崖に掘った穴からバケツリレーで土を運び出している。
知多「昨日は灰ヶ峰の上でも鳴っとったね」
刈谷「あげなとこにも大砲できたんじゃねえ」
堂本「よいよ物騒な」

● **西日が傾いた頃**
北條家の人々のお辞儀を受け、隣保の人たち帰ってゆく。

● **出来上がった防空壕の中**
サン「まあ、ええ防空壕ができたこと」
北條家の人たち、壕内でくつろいでいる。
円太郎など、壕内の畳の上でいびきをかいている。
サン「残業続きで疲れとってのに、張り切りんさったけえね」
周作は、支えに入れた柱を平手で叩いて様子を見ている。
周作「姉ちゃん家の柱やら畳があって助かったのう」
径子、入り口近くの柱を撫でている。
径子「周作。これ、あんたがここに?」
周作「なんじゃなんでもないわい。さて、表もちいと片付けるか」
外では、すずが掘って出た土の山を見ている。
すず「周作さん、この土、ちいと畑へ持ってもええ?」
周作「おう、持ってけ持ってけ。気いつけてな」

● **段々畑**
上の畑では、晴美が遠い海を眺めている。
すず「ありゃ、ここへ居りんさったん?」
土のバケツふたつ天秤棒で担いだすず、登って来る。
晴美「うん。お船見よった」
晴美、軍港を指差す。
すず「今日はまたようけ居ってじゃねえ」
晴美「大和も武蔵も長門も金剛も、みんなおってじゃ」
すず「へえー」
晴美「ほいであれは利根よ、航空巡洋艦じゃ。後ろに砲塔がないじゃろ」
すず「すっごいわー、よう知っとるねえ」
晴美「うん、お兄さんに教えて貰うたん」
すず「なる程。うちもちょっと教わったよ。(指差す)輸送船」
晴美「うん」
すず「あっ、なんか小まいんが来よるが」

晴美「内火艇じゃね」
すず「へえ。ほいじゃうちもお礼に」
すず、空を見上げる。
すず「大きな雲じゃろう。カナトコ雲いうてね」
頭上に、大きく大きく育った雲。
すず「大雨になります」
晴美「え？」

● **防空壕入り口**

一転、土砂降りの夕立。
晴美は母屋の玄関へ駆け込む。
すずは防空壕へ向う。
すず「うっひゃあ。周作さん！」
周作「とりあえず、そのへんの物を壕へ」

×　×　×

土砂降り。
壕の中に運び込み終わったシャベルや鍬、バケツなど。
びしょ濡れで入り口にへたり込む若夫婦ふたり。
すず・周作「ハー！」
すず、周作の頬を手拭いで拭ってやる。
周作「おう、すまん」
周作、手拭いを受け取り、あちこち拭く。
すず、髪の毛を絞る。
と、周作が手拭いで顔を拭いてくれる。
すず「やります、やります」
慌てて手拭いを奪って、自分で拭く。
すず「軍艦お好きなんですね。晴美さんから聞きました」
周作「え？　ああ。晴美に教えたんは、ひー坊じゃ」
すず「ひ？」
周作「軍艦好きのひー坊。いつかすずさんにも会わしたる」
周作の向こうに、径子の家の廃材の柱が見える。
背比べの柱の傷が刻まれ、『ハルミ』『ヒサオ』と書き添えられている。
すず「この『ヒサオ』いう人？」
すず、指差す手を伸ばすと、周作と体が近づく。
振り返える周作の顔があまりに近くにある。
すず、赤らむ。
周作、すずの手をとり、口づけする。
見つめあい。
もう一度口づけしあう。
すずの心の声「こんなことしとる、うち。この人と……」
と、壕の奥から円太郎とサンが現れる。
円太郎「ヨシ！　小降りになったの」
若夫婦、大慌て。

● **庭**

玄関へ歩く夫婦二組。
円太郎「まあ、夫婦なんじゃけえ、仲ええことは結構なことで」
周作とすず、真っ赤。

● **電灯のつかない暗い家の中**

ひとりいじけている径子。
径子「ええ、ええ。夫婦仲良うて結構なじゃない、二組揃うて」
円太郎「径子……」

● **夜、雨上がりの防空壕**

背比べの柱。
『ハルミ』『ヒサオ』の傷のさらに上の方にも傷。
こちらは『ケイコ』『キンヤ』。
周作の声「家族四人で仲良うせいくらべしとったんじゃのう」

● **四畳の板の間**

枕を並べたすずと周作。
すず「もしかその、おねえさんの旦那さんいう人……」
周作「せっかく兵隊に行かんでもええ細い体じゃったんに。細すぎたんかのう」

● **かつて存在した黒村時計店**

周作の声「姉ちゃんは、お父ちゃんの再就職祝いの時計買い行って」

モガの時代の径子、街を闊歩。

時計屋の店内、懐中時計を差し出す黒村欣也。

周作の声「時計屋の若旦那と知り合うた」

黒村時計店、古めかしい瓦葺の店構えから、モダンな看板建築に変わる。

その前に立った欣也と径子の夫婦。

さらに、久男と晴美の姿が増える。

● **翌日の庭先**

縁側でサイダー瓶の米を搗くサン。

サン「若夫婦ふたりでええように店新しうして。でも径子はあの気性じゃけ、ご両親と折り合わんでね。婿さん亡うなったあと、店をまたどうするのでごちゃごちゃして」

洗濯しつつ聞くすず。

● **かつて存在した黒村時計店**

サンの声「ほうでも、結局、建物疎開でなんものうなった」

存在していたのが幻だったかのように更地に返ってゆく。

ぽつんと久夫だけ残っているが、その姿も消える。

● **四畳半の茶の間**

一人遊びの綾取りする晴美の傍らで、繕い物をする径子。

サンの声「久夫は黒村家の跡取りじゃし、とうとう下関へ連れてかれたんはさすがにこたえたようなわ」

● **庭先**

サン「みんなが笑うて暮らせりゃええのにねえ」

すず「ほんまですねえ……」

洗濯を干し終えたすず、盥に残った水をバケツに明ける。

家に駈け込む。

また出て来る。

すず「ちょっと野菜を見てきまーす」

水のバケツを手に、畑の方に向かう。

すずの心の声「そんなこととわかるまで、五ヶ月かかったよ。うちゃぼーっとしとってじゃから」

● **段々畑**

すず、ふところからスケッチブックと鉛筆を取り出す。

海に向け、水平線、江田島、大黒神島の島影を描く。

すず「あれが利根、こっちが大和と」

艦影を描き入れる。

ふいにスケッチブックを奪われる。

すず「！」

振り向くと、二人の憲兵（軍曹と上等兵）が立っている。

赤文字で『憲兵』と染め抜いた腕章。

すず「あの、えっと、その……」

● **庭先**

首根っこを掴まれたすずが引きずられて来る。

すず「う、うちゃただ遠くへ越してった子へ船の絵を送ってやろう思うただけで！」

憲兵上等兵「言い逃れをするか！　この女の家はここか！」

径子、サン、こわばる。

● **玄関の土間**

すず、径子、サン、晴美が並べられ、怒声を浴びている。

憲兵上等兵「海岸線と艦影を写生しよった。間諜行為じゃ！　こやつ、こげな顔をして、どんな悪辣かつ巧知にたけた計画を巡らしとるやわからん」

径子、びくっと身を硬くする。

憲兵軍曹「夫は呉鎮守府軍法会議所の下っぱ録事じゃげなの」
憲兵上等兵「海軍の機密情報を盗み見とるおそれはないか！　暗号通信しよる気配はないか！　この女の持ち物で乱数表を見たることはないか？　背後関係を感じさせるものはないか。あ?!」
　径子、口びるを噛んでうつむいてしまう。そのとなりでサンも口びるを噛んでうつむいてしまう。

×　×　×

　憲兵の説諭、がみがみと続くうち、西日が傾いてゆく。

×　×　×

　憲兵たち、没収したすずのスケッチブックを手に、引き上げてゆく。
　すずたち、お辞儀して、見送る。

×　×　×

　暗くなりはじめ、一同、なおもうつむいている。
　周作が帰って来る。
周作「ただいまー。何じゃ、洗濯物干しっぱなしで」
サン「ああ、周作。それが、すずさんが憲兵さんに」

● 四畳の板の間

周作「ちょっと来んさい」
　すず、入って来て、しょんぼり立つ。
すず「すみません、軽率でした」
　周作、机の引き出しを開け、ノートと鉛筆を取り出す。
周作「ここへ新しい帳面も鉛筆も入っとる。満てたら勝手に出して使うたらええ」
　すず、受け取る。
周作「そんだけ小さきゃ海岸線も描けまい。……すずさんは絵を描くんが好きな人じゃったか。今度一度わしを描いてくれ」
　すず、周作を見つめ直す。
すず「それは……上手に描かれんかもしれんし……」
　すず、うつむいて、帳面を胸に押し当てる。
周作「……すずさんが間諜、か」
　周作、障子にもたれて、ひとつ息をつく。
　となりの茶の間で、
径子「周作。あんたはええよ」
サン「わたしら憲兵さんに申し訳のうて」
　径子とサン、肩を震わせ、それが大笑いに変わる。
径子「笑うに笑えんし」
サン「こらえたら余計可笑しうなるし」
　涙を目に溜めて笑う。
サン「ご覧の通り熱中すりゃすぐ周りが目に入らんくなる子じゃのに」
径子「神妙にしとるのがまた無駄に知恵者に見えんさったらしうて」
周作「こ、この人あ、六時に帰るけえロクジじゃ思うとった人で！　どんな機密をねらうんか。陸軍の憲兵と来た日にゃ……わっはははっは！」
　周作も肩を震わせ、やがて、大笑いを始める。
　一同、笑い続ける。
晴美「なんやわからんが、つられておかしうなってきた」
　けたけたけた、晴美も笑う。
　すずの心に、サンの言葉がよみがえる。
サンの声「みんなが笑うて暮らせりゃええのにねえ」
すず「ほんまですねえ」
　すず、いつまでも続く笑い声の中で、しみじみ。
　それから、がっくりしょぼくれる。
すず「素直に笑えんのはうちだけか。さりげなく色々いわれたね」
　帰宅した円太郎、一同の奇妙な様子に立ち尽くす。

● 世界の片隅の小さな谷合

　蝉の声。
　辰川終点の方へ配給に出かけてゆくすず

が小さく見える。
すずの声「戦争しおっても蝉は鳴く」

● **辰川終点バス停付近**

それぞれ豆腐を入れる器を手に、長蛇の列を作って並ぶ主婦たち、皆もんぺを脱いで簡単服のアッパッパ姿。

並ぶすずの傍らを、アオスジアゲハが飛び抜けてゆく。

すずの声「ちょうちょうも飛ぶ」

壁の張り紙、

『八月ヨリ砂糖ノ配給ハ隔月トナリマス更ナル倹約ヲ』

すず、ありゃあ、という顔。

● **細い道**

豆腐を浮かした器を手に帰って来るすず。

すずの声「かぶとむしもタマムシも……ありゃ、りゃっ」

道端にしゃがむ晴美に、つまずきそうになる。

豆腐は無事。

晴美の頭を撫でる。

すず「ごめんごめん」

晴美「ありこさん、見とってん」

晴美、地面に延々続く蟻の行列をながめていたのだった。

● **北條家の裏手**

蟻の行列、北條家の方に伸びて、勝手口から家の中へ。

すずと晴美、蟻の行列の先頭を見極めようと沿って歩く。

● **台所**

蟻の行列、戸棚を登り、砂糖壺に続いている。

すず「うわあっ！」

砂糖壺から蟻を払おうとして、取り落としそうになる。

晴美とふたりで受け止める。

砂糖壺をどこに隠そうか、すず、見回す。

● **四畳半の茶の間**

すずと晴美が打ちひしがれている。
新聞紙を揉んで落とし紙を作っていたサン、ふたりの有様を見て、ぎょっとなる。
サン「ど、どうしたん？」
すず「……水の上なら、ありこさんも近寄れん思て……鉢を浮かして砂糖壺のせよとして……」

● **水がめの中**

ぶくぶくぶく。菓子鉢もろとも沈没してゆく砂糖壺。

● **四畳半**

サン、背中の茶箪笥の引き出しから、小箱を取って、蓋を開ける。

中からへそくりのお札を取り出す。

サン「ヤミ市で買うて来んさい」

● **下長ノ木の道**

すず、地図を見つつ、澤原の三つ蔵の前を通り過ぎる。

● **泉場町の裏の方**

狭い路地のような通りに両側から店が張り出している。

賑わいの中で、おのぼりさんのように気おくれしたすず。

店先に並ぶ、朝鮮や台湾の米、西瓜や瓜、桃。

すず「はあ、なんでもある。すいかは畑で禁止のはずじゃが」

練りおしろい、浴衣地。

すず「ははあ、はああ。戦争前の夏休みみたいじゃね」

売り物の水彩絵の具を見て、幸せな顔。

● **とあるヤミ屋**

すず「砂糖一斤、に……二十円？　配給の六十倍？」
ヤミ屋「今買わんとまだ高うなるで」
すず、財布に手を当てて、逡巡。
すず「お母さんのへそくりと今月の生活費合わして、二十五円」
地面に書いた『かわん』『かう』の間で、どちらにしようかな、とやる。
すず「かー、きー、のー、たー、ねー」
『かう』の方に指が止まる。

●歩くすず

ヤミ市の道を、後生大事に砂糖の袋を抱きしめて。

すず「どうね。いまにお砂糖が百五十円くらいになって、キャラメルやなんか百円で買えんくなって、靴下三足買うたら千円にもなりやせんかね。そんとな国で生きてけるんかね？」

知らず、建物疎開で出来た防火用水池の横を通り、十三丁目の朝日遊郭の裏門を通り過ぎている。

ふと立ち止まる。

すず「ほいでここはどこね?!」

すず、異様な造りの東京楼本店の前に立っている。

●遊郭

すず、店前を掃除してお茶を碾く女郎に道を聞いている。
女郎「ナガノキ？　海軍墓地のある？　ああ、ありゃ長迫か」

×　　×　　×

屋根の低い和風な造りの廓は、二階の欄干が朱塗り。

女郎たち「あっちよね」「こっちよね」「あっち？」

てんでにばらばらの方角を指差して、結論が出ない。

●電柱の下

すず、たそがれて力なく、蝋石で路面に落書きする。
西瓜とキャラメルの絵。
若い女郎（リン）が、じっと見降ろしている。
リン「すいか？」
すず「はあ……」
リン「キャラメル？」
すず「はあ……」
リン「大人なのに迷子かね。どっから来んさったん？」
すず、電柱を支えによろよろと立ち上がる。

すず「長ノ木。……お姉さん！　誰も帰り道を教えてくれんし！　皆あんとなええ匂いさせて、ここは竜宮城か何かかね！」

すず、リンにすがりつく。

リン「長ノ木ならその筋をずっと行って、ほいでから……」

リン、考えあぐねる。

『二葉館』と看板の出た店に飛び込む。

リン「姐さーん、ちょー教えてぇ」

すず、くんくん、くんくんと、リンの残り香を嗅ぐ。

●遊郭表門の通り、角の寿司屋の前

リン、表門から外に続く道を指差す。
リン「これ出てずっと。ほいで、郵便局の先の角を右へ上がるんと」
すず「ありがとうございます！」
リン「ここらの人はみな不案内なけえね。ほとんどがよそ者じゃし、あんまりその門を出もせんし。あんたも広島の南の……海の方？」
すず「ほうですけど。なんで？」
リン「まあ、言葉で。昔そんとなあたりに居ったんよ」
すず「江波とか」
リン「草津とか」
すず「ああ、草津！　毎年おばあちゃん家墓参り行って、すいか食べたねえ」

リン「うちゃ貧乏じゃったから、人の食べた皮ばかり齧っとった」

すず、リンの顔をまじまじ見つめる。

リン「一ぺん親切してもろうて、赤いとこ食べたねえ」

×　×　×

すず「ほいじゃ、ありがとうございます」

すず、お辞儀して、背を向け、歩き出す。少し歩いて立ち止まる。

振り返ると、リンがこちらを見守っている。

どちらからともなく、別れ難く、

すず「えへへへ」

リン「えへへ」

×　×　×

すず、門柱に紙をあてがい、すいかを描いている。

すず「ほかにあったら言うて下さい」

リン「はっか糖！　わらび餅も！」

すず「はっか糖、わらび餅、と」

リン「あいすくりいむ！　うえはーが付いとって」

すずの手が停まり、その目が、くるっ、空を向く。

すず「う、うえは？」

リン「知らん？　きっちゃてん、行ったことないん？」

遠くからリンに声がかかる。

遣り手婆「リーン！　油売りなや」

リン「ごめん、やっぱしもう行かんと！」

すず「ああ、ほいじゃ今度また描いて来ますよ」

リン「こんなとこへはさいさい来るもんじゃない」

リンが急に物憂げな声になったので、すず、心細くなる。

リン、にっこり笑う。

リン「また迷子になるで！　ありゃ兄さん、素通りかね！」

客を引っ掛けつつ、二葉館の方に去って行く。

●遊郭表門の外、朝日町派出所の前の道

歩くすずの心に、リンのぬくもりが残っている。

●下長ノ木の三つ蔵

すず、子どものように駆けて帰る。

高揚して、走りつつ軽くジャンプしたり。

●北條家、台所

径子が割烹着で芋を剥いている。

径子「遅いわー。市場へ行ったいうけ、帰り道間違うとんか思たわー」

すず、前掛けをして、手拭で姉さんかぶりする。

すず「おねえさん。うえはーのついたきっちゃてんのあいすくりいむいうたらどんとなもんですか？」

径子「何じゃ、知らんのね？」

径子、いいつつ、水がめの水を汲んで、湯飲みに移す。

径子「そりゃあんた、甘うて冷ようて。サクサクのおせんべみたいんですくうて食べて、はあ、そりゃあもう」

径子、水を飲み、にっこりする。

径子「はあー！　久しぶりに甘いもんの話しよったら、ただの水でも甘う思えてくるねえ」

うつむき赤らむすず。

●四畳の板の間、早朝

すず、目を覚ます。

頭上の天井板の木目を眺めて、お久しぶり、と、微笑む。

●段々畑

入道雲の下、かぼちゃを収穫するすず、晴美。

●**北條家・板の間**

タイトル『19年9月12日　まだまだ暑い』

晴美はあいかわらず、綾取りでひとり遊び。

だが、その隣にかぼちゃがひとつ、友達のように置かれていて、その皮にすずが墨で描いた顔が笑っている。

晴美、かぼちゃの頭を撫でる。

縁側に知多さんが来て、家の奥に呼びかける。

知多「北條さんの嫁さーん、あんたに電話あー！」

アッパッパ姿で掃除していたすず、出て来る。

すず「はいー！　ええー？　うちにですかあ？」

ほうきを床に放り出して、ばたばた出てゆく。

×　　×　　×

また、ばたばた戻って来る、すずの足。

床に置きっぱなしの周作の大学ノートを取り上げる。

●**玄関**

木口バッグに大学ノートを収めつつ、出て来たすず、よれよれのアッパッパ、髪もぼさぼさ。

と、そこに径子が立っている。

すず「周作さんの御用でお仕事場へ……」

径子「夫の職場へ、そがいだらしない格好はいけん。恥かくんは周作なんじゃけえ。ぱりっとしたん着替えて、おしろいくらいはたいて、きちんとし、きちんとー（途中から台詞早回し）」

●**四畳半の茶の間、鏡台の前**

ましなもんぺ服に着替えたすず、おしろいをはたく。

●**本通七丁目**

女子運転士が走らせる呉市電の電車。

すず、福屋百貨店前の歩道を、しゃなりしゃなり歩く。

●**軍法会議所**

周作、衛兵に敬礼して出て来る。

●**眼鏡橋**

港が近く、汽笛の音が聞こえる。

背後の高架の上を呉線の汽車が広方面へ走り抜けてゆく。

工廠から出て来た小型機関車が、引込線を呉駅へ向かう。

海軍第一門番兵塔の衛兵が、きびっと小銃を捧げて敬礼。

敬礼して通る白服の海軍士官。

物々しくて、すず、落ち着かない。

引込線の列車が通り過ぎると、やって来る周作が見える。

すず、小走りに駆け寄り、お辞儀してノートを差し出す。

すず「周作さん、帳面をお届けに上がりました」

周作「えっ。ああ、すずさんか。えらい白いが具合でも悪いんか？」

すず「え？　へっ、へんですかね？」

周作「いや、元気ならええ。ほいじゃ行くか」

すず「え？　あの、お帳面は？」

周作、にやっと笑ってすずの肩を叩く。

周作「急ぎでもないのにワザと持って来さしたんじゃ。前に町へ買いもん出て楽しかったいうとったろう。どしたんな？」

すず、背中を向けうつむいている。

急に、ぱたぱた、周作をはたきだす。

すず「しみじみニヤニヤしとるんじゃ！」

●**中通五丁目**

そぞろ歩くすずと周作。

鈴蘭灯も店の看板も取り外されて、少しいかめしい町並。

雑炊食堂になった紀之国屋前には、鍋を下げた人の行列。

●中通八丁目

周作「うーん」

映画館『地球館』前は水兵でごった返している。

もうひとつの映画館『喜楽館』も、水兵でいっぱい。

周作「大きい船が帰って来たとこなんかのう」

●軍港第一上陸場中桟橋

『ヒウガ』『イセ』『ジユンヨウ』の艦号票を立てた端艇が、上陸する水兵を乗せ、さらに続々と到着中。

●中通

ぞろぞろ歩く白い水兵服、青褐色の三種装の大群。

周作「残念ながまたにするか。久し振りの陸なんじゃけ、ここは譲らんとの」

すず、周作の背中に隠れるように密着している。

周作「ん?」

すず「小学校の同級で水兵さんになったんが居って。会うたらどうしよ思うて」

すず、さらに周作の背中に密着する。

周作、集まる周囲の目を気にする。

周作「普通に挨拶したらええが。何も恥ずかしい事あるまいて」

すず「はあ。ほうなんですが」

●宵の小春橋

すず「ほしたら、夢から覚めるとでも思うんじゃろか、うちゃ」

周作「夢?」

橋のコンクリート欄干に並んでもたれた周作とすず。

背後にそびえる消防署の櫓、にぎやかな堺橋を通る電車。

すず「住むとこも仕事も苗字も変わって困る事だらけじゃが、ほいでも周作さんに親切にして貰うて、お友達も出来て。今覚めたら面白うない。今のがほんまのうちならええ思うんです」

すずの心の声「もし、この夢が覚めて居るんはどんなうちなんじゃろう。波のうさぎをいっぱい描いとんのじゃろうか」

周作「なるほどのう。過ぎた事、選ばんかった道、みな覚めて終わった夢と変わりゃせんな。すずさん。あんたを選んだんはわしにとって多分最良の現実じゃ」

すず、周作の顔を見つめる。

その手首を、周作が握る。

周作「ちいとやせたようなけえ、心配なが の」

すず「そういや、最近食が進まんような」

周作「ふうん」

すず「……あ!」

周作「え?」

少し遅れて、周作も思い当たる。

周作「あ!」

●北條家・四畳半の茶の間（朝）

どん!と、山盛りの飯茶碗が、すずの前に置かれる。

径子「はい。ふたりぶん」

家族一同の期待に満ちた視線を浴びて、すず、恐縮する。

●辰川の医院

すず、背を丸めて出て来る。

●朝日遊郭、二葉館の前

すいか、はっかとう、わらびもち、あいすくりいむの絵。

座り込んですずの絵を眺めるリン。

リンの声「上手なねえ。わざわざありがとう」

すず「いや、おもて出たついでですけえ」

リン、眉をひそめる。
『あいすくりいむ』と添え書きされたその絵は、径子の話を誤解した挙句、お椀に瓦煎餅が添えて描かれている。
リン「こりゃ何？」
すず「エへ」
リン「エへへへ」
　すず、リンに耳打ちする。
リン「え？　これがあいすくりいむかね⁉」
すず、リン（声揃え）「ごめん」「ごめん」
すず「上等なんわからんくて」
リン「尋常へは半年通うたけえカタカナならちいとわかるんじゃが、平仮名は……」
すず「ほいじゃ身許票書くんもヤネコイねえ」
　すずの簡単服の胸のところには、住所氏名血液型を記した布が縫い付けてある。
リン「そりゃ大丈夫」
　リン、懐から小袋を取り出す。
　中から厚紙の紙片。
『白木リン　二葉館従業員　呉市朝日町朝日遊郭内　A型』
リン「ええお客さんが書いてくれんさった。これで大丈夫」
すず「あのね、リンさん。さっきお産婆さんに勧められて婦人科行って来たん」
リン「ほう、ご懐妊かね」
すず「と思たら、栄養不足と環境の変化で、月のめぐりが悪いだけなんと」
リン「うらやましわー。めんどくさいしねえ」
すず「まあ確かに。ほいでも、家の人らも楽しみにしとってのに、子ども出来んとわかったらがっかりじゃ」
リン「あんたも楽しみなんかね？」
すず「まあ」
リン「うちの母ちゃん、お産のたび歯が減ったよ。しまいにゃお産で死んだよ」
すず「う。そりゃま、怖いこた怖いけど。ほいでも男の人は戦地で命懸けじゃ。こっちもギムは果たさんと」
リン「ギム？」
すず「出来の良えアトトリ残すんがヨメのギムじゃろう」
リン「男が生まれるとは限らんが」
すず「生まれるまで産むんじゃろう」
リン「出来がええとも限らんが」
すず「ええのが出るまで産むんじゃろう」
リン「そりゃ、きりないねえ」
すず「……うん。まあ」
　リン、ぱっと明るくなる。
リン「ああ、でも子どもは居ったら居ったで支えんなるよね」
すず「ほっ、ほう！　ほう！　可愛いし！」
　すず、救われた思い。
リン「困りゃあ売れるしね！」
　すず、愕然。
リン「女の方が高いけえ、跡取り出来んでも大丈夫。巧う出来とるわ」
すず「なんか、悩むんがあほらしうなってきた」
リン「そりゃ良かった。あんね、売られた子どもでもそれなりに生きとるんよ。この世界に居場所はそうそう無うなりゃせんのよ。ね、すずさん」
　リン、にっこり微笑む。
すず「ありがとう、リンさん」

●北條家の四畳半の茶の間、夜
　径子がすずの前に茶碗を置く。
径子「朝、余計に食べたんじゃし、こんくらいでええよね」
　中身、粥の上澄みが、極少量。
すず「はい……」

●縁側
　山と詰まれた夏蒲団や蚊帳、団扇など。
すずの心の声「夏の夜具やら着物」

●物置の二階
　冬布団の布団袋や絨毯、柳行李の一山。

すずの心の声「あったかい冬のもん」

● **庭**

物置から荷物を運び出し、別の荷物を担ぎ入れる一同、周作、小林の伯母夫婦、径子、すず。

すずの心の声「戦争しとっても秋ともなれば、夏のもんは片付けて、冬物出して。小林の伯父さん家の疎開荷物も預こうて」

せっせ、せっせ、せっせ。

時間経過して、疎開荷物の山は消え、屋根の上に冬布団が干されている光景に変わる。

● **物置の二階**

すず、ほこりのついた手を払う。

表から小林の伯母の声。

小林の伯母の声「ごくろーさん。すずさんもお茶にしよー」

すず「はあい！」

その足元の物陰に転がった紙包み。

● **縁側**

一同、休憩してお茶にしている。

小林の伯父「こいで家焼けても、当座の暮らしにゃ困らんわい。歯ブラシも股引も皆入れといたしのう」

すず、紙包みにくるまれた飯茶碗を手にやって来る。

すず「あのお、このお茶碗、伯母さんとこのですか?」

小林の伯母「さあ、うちのじゃないよ」

径子「わたしも知らん。あんたの事じゃけ、自分の嫁入り道具を忘れとんじゃないんね?」

すず、茶碗をかざして見上げる。

茶碗に描かれたりんどうの柄が、瑠璃色にきらきら。

すず「ほうじゃろか?」

すず、自分のものならうれしい。

小林の伯母「フフ。すずさんはええ嫁さんじゃね。よう働いてじゃし、大らかなし。何より周作君が明るうなった気がするわ」

すず、誉められて、ぽかんとする。

小林の伯母「好き嫌いと合う合わんは別じゃけえね。あの子の変な気の迷いなんぞ、早々に諦めさせて、ほんま良かった」

伯母の喋りすぎに、径子、サン、伯父、口をつぐむ。

一同、すずの様子をうかがう。

すず、姐さん被りを解いて顔を隠し、激しく照れている。

すず「お、お布団裏返して来おっと」

照れ隠しに、梯子を屋根に登って行く。

径子「なんと。照れとった。肝心なとこが頭に届いとらん」

小林の伯父「やー、届かんで良かったわー。冷汗三斗じゃ」

● **布団を広げた屋根の上**

周作が瓦の上に大の字に寝転がっている。

すずも並んで寝転がる。

青く広がる空、赤とんぼが飛んでいる、幸せの光景。

● **すずの日常が過ぎ行く**

配給で大豆を受け取り、それをモヤシに作って、戸棚をのぞいた径子の腰を抜かさせる。

周作と話し込みつつ古毛糸を解いては、蒸して展ばし、苦手な裁縫に挑み、

貯蔵食糧にするため、色んなものを軒下に干し、

段々畑で、軍港を遠く望んで、作物を相手にする。

家の前の竹林で、青竹を鉈で伐り、座り込んで、青竹の枝を落とす。

竹林の奥に咲くりんどうの花を眺め、にっこりする。

青竹を竹槍に削っていた手、ふと、停まる。

あれがこれこれがあれ、と、空中を指差

して何か考える。

その指、停まる。

● **家の中**

急ぎ足に家の奥へ向かうすず。

板の間の周作の文机が見えて来る。

そーっと引き出しに手をかけ、そこで躊躇。

そーっと引き出しを引くと、中に周作のノート類。

その一冊を手に取る。

裏表紙が四角く切り取られている。

立ち尽くすすず。

● **回想、リンの身許票**

客が書いてくれたというそれは、明らかに大学ノートの表紙と同じ紙で出来ていた。

● **回想、屋根の上**

周作「嫁に来る人にやろう思うて、わしが前に買うとったもんじゃ。すずさん使うたってくれ」
すず「ありゃあ。ほいでもなんかもったいない。大事に仕舞うとってええですか」
うれしそうに、りんどうの茶碗を日にかざしていたすず。

● **下長之木国民学校校庭**

ぐさっ！　わら人形に径子の竹槍が突き刺さる。
在郷軍人「敵の落下傘が着地する前に、脚を狙う。次ぃ！」
知多さん「はいっ！　たあああああっ！」
すず、そんな中に、沈んだ目で立っている。
すずの心の声「なんで、知らんでええことかどうかは、知ってしまうまで判らんのかねえ」

● **土間、夜**

がらがらがら、玄関の戸が開く。

すず「あっ、お帰りなさい！」

帰って来た径子、すずの真っ黒な顔に驚く。

径子「うわ。どこの狸御殿か思うたわ」

いい残して家の奥に入ってゆく。

すず、薄黒い顔を手拭で拭いて、かまどの焚き口に木の葉を押し込む。

傍らのバケツには黒い落ち葉の燃え残り、箕にはこれから燃やす落ち葉の山。

また、がらがらがら。

周作「ただいま」

すず、周作の声を聞いて、身をこわばらせる。

周作「葉っぱが乗っとるで、子狸さん」

周作、いたって柔和、すずの髪から木の葉を取ってやる。

すず「お帰りなさい」

周作「晩はなんじゃ」

すず「またお米の代わりに干しうどんの配給で」

周作、皿の上のオレンジ色のものに目を留める。

周作「がんばっとるの。♪どーじゃね、げんきかね、しっかりしっかりやりなされー♪」

周作、歌いながら入ってゆく。

● **小林家**

夫婦ふたりで夕食を食べている。
小林の伯父「あんふたりゃあ、ほんまにうもうやっとるんかな」
小林の伯母「あんたが周作に大金貸そとなぞせんかったらよかった話よ」
小林の伯父「そういうて。上司に初めて女郎屋連れてかれて、出て来た女に入れ込んだ挙句、あの牢獄から救い出すんじゃあ、いうて青臭い目でこっち見られたらのう」
小林の伯母「うちが早よ気いついて良かったです」
伯父、飯粒に混ざった円筒形の粒を箸で

　持ち上げる。
小林の伯母「お米足らんし、干しうどん刻んで混ぜて炊きました」
小林の伯父「……うらのすず」
小林の伯母「はあ?」
小林の伯父「諦める条件は、広島で海苔作りよる浦野すず。それとなら添うてもよい、諦める」
小林の伯母「苦し紛れに思いついた名いうただけよ。ほうでも今仲ようやっとりゃええんよ」
小林の伯父「愛はどこにでも宿るじゃのう。まったく」

● 四畳の板の間

寝室の暗がり、布団の中ですずに接吻する周作。

すず、周作の顔をじっと見つめている。

周作、その視線に気づく。

周作「すずさん?」

すず、身を起こし寝巻きの前をかき合わせる。

周作「もしかして子ども出来んのを気にしとんか?」

すず「そんなんじゃないです。代用品のこと考えすぎて、疲れただけ」

布団を出たすず、火鉢の前に座る。

煙が充満してくる。

周作「げっほ、げっほ。何を火鉢に入れたんじゃ」

すず「いえ、代用たどんの葉っぱが炭になりきっとらんかっただけ」

● サイパン島アイズリー飛行場

おそるべき数のB――29が集結している。

● フィリピンの海

発動機を回す艦上機群を載せ、進撃する米空母群。

● 呉沖

タイトル『19年12月12日　くもり』

低速で進む巡洋艦。

艦尾には、鼠色に塗りつぶされた「ばをあ」の文字。

気のせいか、よたよたと右に傾いているみたいだ。

入港用意の喇叭が響き、呉の休山の山影が近づく。

航海士の声「入港進路ヒトヨンマールよーそろー、両舷前進びそーく、赤ふたじゅう!」

前後のマストに舵柄信号と、速力信号表標、回転信号標がするすると上り下りする。

● 北條家、玄関

がらがらがら、帰って来たすずが戸を開ける。

すず、背後に立つ人物に小声で呼びかける。

すず「ほしたら頼んでみたるけえ」

「おう」

晴美が台所からのぞく。

晴美「あれ、水兵さんじゃ。わあ、ほんまもんの水兵さんじゃ!」

すずの後ろに立つのは、紺の水兵服に身を包んだ水原哲。

● 四畳半の茶の間

お茶を入れるすず。
すず「井戸のとこで、ばったり会うてえ」
哲、炬燵を囲む一家(円太郎欠)に囲まれている。
哲「水原哲、軍艦青葉の乗組です」
晴美、哲の横にちゃっかりにじり寄っている。
晴美「青葉いうたら、一等巡洋艦ですね」
径子「これ、晴美」
哲「ははは」
哲、日焼けした大きな手を晴美の頭にのせ、なでる。

晴美「冬なんに真っ黒に日焼けじゃねえ」
　晴美、うっとり。
サン「ほいで、うちへはお風呂漬かりに来んさったかね」
哲「入湯上陸という名の自由時間なんですが、行き先もまああれなんで、同郷のすずを頼ってお邪魔しました。皆さんにはすずが世話んなりよります」
　哲、いっそう深々頭を下げる。
　哲にお茶を出そうとしていたすず、辟易。
哲「すずは昔から絵と海苔漉きしか取り柄が無うて。ここじゃただのボンヤリでしょう」
　哲、煙草の箱を出して、周作に勧める。
　周作、手を振って断る。
哲「まっ、遠慮のういうて下さりゃ、連れ帰ったりますわい！　ははは」
　すず、運んできた灰皿で哲の頭を叩く。
すず「キザもたいがいにし！　すずすず呼び捨てしくさって」
哲「む。じゃ、どう呼びゃええんか。もう浦野じゃなかろうが」
サン「すずさん、水兵さんに乱暴は」
すず「ううー」
　すず、肩身が狭く歯噛みするのを、周作、見つめている。

●台所

　大根を刻むすず。
　哲が眺めて笑っている。

●家の裏

　晴美に手伝わせて、風呂を焚き付けるすず。
　哲が眺めて笑っている。

●土間

　雑炊の炊け具合をのぞくすず。
　哲、にやにや眺めている。
すず「何か面白いかね?」
哲「おう、面白いで。普通じゃのう、お前ほんまに普通じゃ」

●四畳半の茶の間

　夕飯を食べる一同。
　哲、がつがつかき込む。
哲「うまいうまい」
すず「お粗末様じゃが」
　そういうすずの態度に、恥じらいが混じっている。

●風呂

　風呂に漬かる哲。
哲「ごくらくごくらく。おーい」

●台所

哲の声「すずも入れや！」
すず「あほか」
　洗い物していたすず、ささらを風呂場の戸に投げつける。
　周作が来る。
周作「すずさん、ランプはどこかいの」
すず「えっ。あ、確か壕の中に」
周作「ほうか」
　周作、玄関の方へ出てゆく。

●四畳半の茶の間

　風呂上りの晴美の頭を拭く径子。
晴美「晴美も将来水兵さんになるん」
哲「ははは」
径子「ご挨拶は?」
晴美「おやすみなさい」
哲「はは、おやすみなさい」
　径子と晴美、襖の向こうに去ってゆく。
　哲、畳の上に寝転る。
哲「陸はええですのう」
周作「青葉はどがいなですか」
哲「マニラで船体を負傷して、ようよう戻って来ました。ええ艦なのに、またしても活躍も沈没もせずじまいじゃ。同期もだいぶ靖国へ行ってしもうて、集会所へも寄りにくい。ほいでここへ来てしもうた。死に遅れるいうんは、焦れるもんですのう」

周作「水原さん。父が夜勤で戻らん今夜は、わしが家長じゃ。申し訳ないが、あんたをここへ泊めるわけにいかん」

哲、じっと見つめ返す。

● 風呂

風呂に漬かるすず。

● 台所

風呂上りのすずがそっとのぞく。

周作が、火鉢からいこった炭を行火に移している。

周作「納屋の二階へ寝てもろうた。いや。珍しかったで、あんたでも強気の時があるんじゃの」

すず「はあ」

周作、行火をすずに渡す。

周作「持ってって上げんさい。ほいで、ゆっくり話ししたらええ。もう会えんか知れんけえのう」

● 玄関外

行火を手に出てくるすず。

背後で玄関戸が閉まり、金具のきしむ音がする。

● 玄関内

周作の手が、玄関戸の捻締りを閉めている。

● 納屋

すず、不安を覚えながら、行火を手に梯子段を上る。

● 納屋二階

すず「ごめんねえ、こんなとこへ」

すず、布団の中に行火を入れる。

哲「ははは。吊床に比べりゃ極楽じゃ。ほれ、積もる話じゃ。寒いけえ足入れえ」

すず「うん」

すず、哲と並んで壁に背をもたせ、布団に足を入れる。

哲、持参の洗面袋をまさぐり、白い鳥の羽根を取り出す。

すず「ありゃ。きれいなねえ」

哲「オミヤゲじゃ」

すず、白い羽根を見つめ、ふと立ち上がる。

× × ×

すず、羽根の軸先を行火であぶり、取って来た鉈で削ぐ。

哲「羽ペンにすんか」

すず「うん」

哲、自分の万年筆のスポイトを絞って、インクを湯飲みに垂らす。

すず、そこに羽根ペンの先を浸す。

すず「こりゃ何の羽かねえ?」

すずが手にした羽根ペン、哲の手帳に黒い斜線を描く。

すず「ああ」

すず・哲「描ける描ける」

哲、すずの手の白い羽根を眺めつつ、

哲「鷺に似とったが、会うたんが海の真ん中じゃったけえのう」

● 回想・南支那海の青葉艦上

哲、洗濯作業中の甲板から、頭上を飛び行く鳥を、まぶしく見上げている。

すずの声「鷺は海を渡るんかいね」

● 納屋の二階

哲「のう。江波じゃ年中川へ立っとるだけじゃったにな」

すず「江波にゃようけ居ったねえ」

手帳に羽根ペンで絵を描いていたすず、首を傾げる。

すず「どうもいけんわ。思うたように描けん」

哲「お前でもそういうときあるんか。……ひょっとして久しぶりなんか? 絵描くんが」
すず「まあ」
哲「あの絵。波のうさぎ」
すず「ああ、あれ」
　すず、赤らむ。
哲「あの後たいへんじゃったしのー」
すず「へ？　そうじゃったん？」
哲「忘れたか。先生があの絵を広島市の大会へ出してしもうて、そこで屈指の評判じゃいわれて、わしゃほんま困った。わしが描いたことになっとったけえの。手柄はお前なんにのう」
　ぽん。哲、気安くすずの頭に手をのせる。
すず「（赤らんで）え、ええーと、ここはこうして……」
　すず、忙しく羽根ペンを動かす。
　哲、その絵を眺めるため、顔を寄せる。そのまま肩を軽く抱き寄せ、頬に口づけする。
　すず、なされるがままに抱き寄せられている。
　哲、そのまま頬ずりする。
哲「すずは温いのう。柔いのう。甘いのう」
　哲の唇が、すずの唇に近づく。
すず「水原さん。うちはずっとこういう日を待ちよった気がする。こうしてあんたが来てくれて、こんなにそばに居ってのに、でも……ああ、ほんまに！」
　すず、哲の腕の中を出て、布団を握り締める。
すず「うちは今、あん人に腹が立って仕方ない。ごめん。ほんまにごめん！」
哲「あん人が……好きなんじゃの」
すず「……うん」
哲「あーあ、たまげるくらい普通じゃのう」
すず「ごめん」
哲「当たり前のことで怒って謝りよる。お前はほんまに普通の人じゃ。世の中ひっくり返ったこの大戦争の最中にのう。……ほんまに連れて帰らんでええんか、無理に嫁にされて困っとったんないんか？」
　すず、首を横に振って否定する。
哲「ならええ。こっからは一線引きじゃ」
　哲、ごろんと横になり、すずのひざを枕にする。
哲「四つ上かいのう」
　哲、白い羽根ペンをもてあそぶ。
すず「周作さん？」
哲「死んだ兄ちゃんと同い年じゃ。兄ちゃんはうちが貧乏じゃけ、ただで入れる海軍兵学校へ入った。わしは兄ちゃんが死んだけえ、代わりに志願して軍艦乗った。全部当たり前のことじゃ。ほいでも、軍艦の底では色んなもんを見させられた。限りのない理不尽ばかり、の。わしはどこで人間の当たり前から外されたんじゃろう、て、ずっと考えよった。じゃけえ、ここで普通で居るすず見て安心した。すず。英霊呼ばわりは勘弁じゃ。わしを思い出すなら、笑うてくれ。この世界で最後まで普通で、ともで居ってくれ」
　哲、あらためてすずに羽根を渡す。

●まだ夜明け前の納屋の外

　すず、帰艦する哲に、手帳を渡す。
すず「手帳忘れとってじゃ」
哲「おう、すまん」

●町の方へ下る道

　哲、振り返り、
哲「すず、お前べっぴんになったで！」
すず「あほか！」
　去ってゆく哲の後姿を見送るすず。
すず「小まい頃からずっと、あんたには肝心なことがいえん癖がついとってじゃ」

●手帳に描かれたすずの絵

　白鷺がいかだに乗って海の上。
　横に添え書いて、

『哲さん　死なずに来てくれて嬉しかった　すず』

● 祭壇

並ぶ白木の箱と線香の煙。
『故 陸軍兵長 浦野要一之霊』の札。

● 寒々しく曇った空の下

『帰還英霊合同慰霊祭 廣島市』の看板。

● 江波の道

遺骨箱を抱えた十郎、遺影を抱いたキセノ、イト、すみ、すず、周作、とぼとぼと列をなして歩く。

● 江波の浦野家、茶の間

要一の小さな遺影を前に炬燵に入った一同。
いつも要一が座っていた位置に、遺骨箱が座布団に載って置かれている。
一同「お帰り、おにいちゃん」

● 江波、松下商店の前の岸辺の道

歩くすずと周作。
以前にはなかった対岸の埋立地が出来ており、その飛行場に降りる陸軍の双高練が着陸灯を点して、背後から近づいてきつつある。
周作「すずさん。遺骨は全部持って帰れんのが戦場じゃ」
すず「それはわかっとるつもりじゃけど。骨の代わりがあんな石ころひとつとは。あんまり小まいんで、すみちゃんなんて」

● 回想、骨箱の中の石ころを前にしたすみとすず

すみ「鬼いちゃんの……脳みそ?」

● 岸辺の道

すず「と間違えたくらいじゃ」
周作「どがいな兄さんなんか」

● 回想・冬の夕空を見上げるキセノ

キセノ、白布で包まれた箱を、ひょい、と肩に担ぐ。
キセノ「やれやれ。寒い中呼びつけられてあほらしい。だいいちあの要一がそう簡単に死ぬもんかね。変な石大事にしても笑い話にもなりやせん」

● 走る呉線の列車(夜)

満員寿司詰めの車中に、すずと周作がいる。
すずの心の声「鬼いちゃんが死んだとも思えんが、また会えるとも限らん。水原さんだって、あちこち空襲されよるし、周作さんだってほうじゃ」
すず、防寒用にかぶっていた防空頭巾をはね上げる。
すず「こないだはありがとうございました」
周作「えっ?」
すず「水原さんと話す時間もろうて。……ほいでも、周作さん。夫婦てそんなもんですか? うちに子どもが出来んけえ、ええとでも思たんですか?」
周作、目をそらしている。
周作「そがいなん……どうでもええくせに」
列車、ガクンと減速し、すず、周作にぶつかる。
すず「は?」
周作「すずさん、どうせわしとなんぞ……。わしには見せもせん、あげに強気な顔」
すず、周作から体を離す。
すず「今見しとるでしょうが。どうでも良うないけ怒っとんじゃ」
周作「ほー、怒っとるとは知らなんだ」
すず「注意力散漫じゃ。そっちこそどうでもええ思とってじゃないね!」
周作「ほー」

● 呉駅、改札口外

すず「ほいで今日に限ってなんで、ホゲたくつ下履いとってんですか！」
周作「すずさんがゆうべ繕うたんは足が入らんことなっとったんじゃ！」
すず「他のんもあろうが！」
警察がヤミ物資取締りを行うその前で、口喧嘩。
警官「お二人さん。そりゃ今せにゃいけんけんかかね」

● **蔵本通（夜）**

周作「また道まちがえよってか。こっちじゃ」
離れて歩こうとするすずの襟を掴んで引っ張る。
すず「わかっとります」
すず、また離れて行こうとする。
周作「家はあっち、あの灰ヶ峰の方じゃ」
すず「わかっとりますて！」
あれこれいいつつ、上長ノ木への家路をたどるふたり。
寒さの中、子どもたちの夜回りの声が遠く聞こえている。
子どもたち「火のよーじん（カッチ、カッチ）べいえいげきめつ、火のよーじん（カッチ、カッチ）」

● **北條家**

家の屋根も、あたり一面も、白い。

タイトル『その3日後　雪が積もった』

● **坂道**

丸々と厚着したすず、下駄履き、竹槍を杖に、雪の凍りついた道を下る。

● **朝日遊郭裏門**

● **二葉館**

すず、戸口で頭ごなしに怒鳴られている。

二葉館の女将「知らん！　そがいな子、ここへは居らん！」

すずの鼻先で扉、閉じられる。

すず、閉口。

少し後ずさって、二階を見上げる。

ぴしゃっ！　誰かが覗いていた二階の窓も閉じられる。

すず、仕方なく歩き始める。

テル「おねえさん」

と、呼びかけたのは、裏路地に面した帳場裏の格子窓からこちらをのぞく、赤毛のお下げ髪の娘（テル）。

テル「うちらも商売やけん、許しちゃり」

すず「は……はあ？」

テル「討ち入りに来たとやろ？」

すず「あ。いや！」

すず、自分の背中にくくりつけて背負いっぱなしにしていた竹槍に気づく。

覆面みたいに見えていた襟巻きも、防空頭巾も外す。

すず、りんどうの茶碗を取り出す。

すず「うち、白木リンさんにこのお茶碗を」

テル「リンちゃんならまだ泊まりの将校さんについとるちゃ」

テル、激しく咳き込む。

すず「あ」

すず、近寄って、テルの背中をさする。

テル「ありがとう」

どーん！　教練の高角砲の砲声、鳴る。

● **呉周辺の砲台群**

各個に教練射撃。

どーん！　南高烏。

どーん！　どーん！　工廠西海岸。

どーん！　練兵場。

● **雪解け道**

すず、遠く砲声を聞きつつ、家路をたどる。

すずの心の声「教練の大砲が今日も鳴りよるが、あんなもんにはもう脅かされん。うちは何一つリンさんにはかなわん気がするけど、簡単に覚める夢だと思いとうはない。うちの居場所はまだあるんよね、リンさん」

● 段々畑

春になり、草々がのどかに萌えている。

タイトル『20年3月19日　晴のち曇り』

すずは蔬菜の芽に水遣り、晴美は野草を摘みつつ、唄う。

すず・晴美「藍よりあーおーきー、おおぞーらにおおぞーらに、たちまーちーひーらーくー、ひゃあくーせんのー、真白きばーらーのー花模様、見よらっかさんー、空に降り……」

すず、唄の途中で、あくびの口を押さえたり。

重ねて、ふたりの台詞の音声。

すずの声「もうすぐ入学じゃね。晴美ちゃんの学校の道具揃えるのに、お母さん一生懸命じゃ」

晴美の声「あのね。晴美、学校行きとうないん。先生怖げなし、お兄さんもお友達も居らんもん」

すずの声「アハッ」

すず、晴美に顔を近づけて、真正面からのぞき込む。

すず「何じゃ。晴美さんはおとなしいけ、先生も叱ってんないよ」

晴美「ほんま?」

すず「うん！　教科書に落書きでもせん限りはね。お友達もほれ、見てみ。うちもここ来た時はひとりぼっちじゃったが、すぐみんな仲良うしてくれて」

晴美「うちのお母さんにも?」

すず「う。え……」

信じたものか、と見る晴美の目が、ふと空の方へ逸れる。

すず、怪訝。

どこからかかすかにラッパの音が聞こえる。

あと追うように、別の山々からも同じ音色が鳴り始める。

対空戦闘喇叭の音、こだまのように輻輳する。

と、灰ヶ峰の方から大太鼓を連打するような砲声が響く。

目の前の鉢巻山山頂でも、大砲が火を放ちだす。

その毒々しい砲火はすずたちがいる真正面を向いている。

すず「防空頭巾！」

すず自身も防空頭巾をかぶりつつ、晴美をかばって立つ。

と、背後左から尾根を越え、小さな飛行機（空母バンカーヒルのＦ４Ｕ）が6機、軍港の方へ飛び抜けてゆく。

上空に白い煙、黒い煙がぽかんぽかんと開いてゆく。

港の軍艦たちも対空砲火を撃ち上げ始め、空に赤、青、黄色の煙が混じりだす。

見慣れたはずの港の光景が、異様なものに変わってゆく。

すず「あっ！」

灰ヶ峰の方から、もっとたくさんの飛行機が空に飛び出して来る。

一瞬、すずの絵心の目が開き、無数の飛行機が埋める空が、不思議な造形として捉えられる。

それら飛行機たち（バンカーヒル艦爆隊ＳＢ２Ｃ）は、宙天から軍港の軍艦目掛けて逆落としをかけてゆく。

その空を塗り潰すように、色とりどりの煙が開く。

すずの目には、絵筆が空に絵の具を叩きつけてゆくように映る。

両城や練兵場から、曳光弾が帯になって撃ち上がる。

軍艦が放つ焼霰弾が、金の星々を空に撒き散らす。

すず、慄きつつも、見とれてしまっている。

すず「ああ、今ここに絵の具があれば……って、うちゃ何を」

下の道から夜勤帰りの円太郎が駈け上

がって来る。

円太郎「伏せえ！　陰へ入れ！」

すずと晴美、段々畑の段の下に伏せ、円太郎に覆い被さられる。

煙幕がたなびき始めた港で、サイレンが鳴り始める。

円太郎「おいおい、今頃空襲警報かいの」

すず「お、お帰りなさい」

円太郎「じっとしとれ。砲弾の破片に当たるで」

●空

高角砲弾、炸裂して、弾片を撒き散らす。

●あちこちに

高角砲の弾片が降る。

すずが毎日買い物に行く道に。

いつも水を汲む井戸に。

周作とデートした小春橋に。

●段々畑

すずたちのまわりにも高角砲弾片が落下。

芽吹いたばかりの蔬菜の畑に突き刺さる。

空では、米艦爆たち、ひらりひらりと翼をひるがえしたかと思うと、60度の降下爆撃を敢行。

急降下しつつ、機首からキラキラと機銃を放っている。

空母鳳翔の周りで水柱が立ち上がり、火柱が混じる。

米艦爆の一機、被弾して墜落、水柱を立てる。

円太郎「鳴らしとるのう」

すず「？」

紺色の米艦戦（イントレピッドF４U）が、日の丸をつけた緑色の飛行機（紫電改）に追われている。

円太郎「二千馬力がええ音鳴らしよる。わしらが日夜工場で踏ん張るんは、あの発動機を歩留まりよう仕上げるためじゃ。昭和六年九一式五〇〇馬力から始めて、ここまで来たかのう」

円太郎、唄い出す（第十一航空工廠廠歌）。

円太郎「あしたに星をいただきて、ゆうべに月の影ふみてー、勤しむ技術にこもれるはー」

港で大きな紅蓮の炎の塊が、音も無く膨らむ。

戦艦榛名が主砲を発砲したのだ。

円太郎「世界平和の光なりー」

晴美「ねえ。敵は何馬力なん？」

十二秒遅れて、谷の奥までやって来る大音響。

地面も木々も家の屋根もすべて揺れる。

晴美「ねえ。敵は何馬力……」

すず「お、おとうさん？」

円太郎、目を閉じて地面に横たわっている。

軍港で戦艦伊勢と榛名が主砲を発砲する。

その大音響の中で暗転――

●北条家・屋根

砲煙の名残で、黄色く薄黒く染まった空。

降り注いだ高角砲の弾片が、随所で瓦を割っている。

すずと晴美の泣き声が聞こえる。

●北条家・奥の三畳間

すずと晴美、顔中涙だらけにしてぐすぐす泣いている。

そんなすずの頭を撫でてやるサン。

三人の前に円太郎の布団が敷かれている。

サン「そりゃ夜勤明けじゃし、この陽気じゃし。ほいでも空襲中に地べたで熟睡って、あんた」

円太郎「まあまあ、皆も無事じゃし、一件落着じゃろ」

晴美「びっくりした」

●呉軍港

煙を上げる空母龍鳳。

そのはるか手前の海面に浮かぶ魚たち。

すずの声「その日、呉では魚がよう獲れた」

● **北條家、台所**

えらく小さな配給の小鯛。

晴美「ちっちゃ！」

すず「絵に描いたら大きうなるけんね」

すず、帳面いっぱいに大きく鯛を描いている。

晴美、けらけら笑う。

● **夜明け前の北條家の煙突**

炊飯の煙をたなびかせている。
タイトル『20年3月29日　午前4時50分』
空襲警報のサイレン。

● **土間**

すず「警報発令、警報発令。防空服装に着替え。火の始末。戸や襖を外す。非常袋の点検、防空用具の確認」

すず、唱えながら、ご飯を炊いていたかまどに水を差す。

家の奥では他の家族たちがどたばた走り回っている。

● **朝の北條家（午前7時10分過ぎ）**

白かった壁に、墨塗りの迷彩が施されている。
警防団員の声「くーしゅーけーほー、かいじょー」

● **四畳半の茶の間**

朝食を取る一家、みな渋い顔。
すず「あかん。生煮えじゃ」

● **家の中**

タイトル『3月31日』
白割烹着の上に、大日本婦人会のたすきをつけるすず。

● **道**

同じく割烹着にたすき姿の堂本さん、知多さんとすず、紙の小旗を手に、一同背を丸めて歩く。
堂本さん「気が重いねえ」
知多さん「あん人は旦那さんも弟さんも戦死しとってじゃけえね」

● **隣保館前**

出征する刈谷さんの息子に、小旗を振るすずたち。

すず、堂本、知多「おめでとうございまーす」

そこへ空襲警報が鳴る。

刈谷さんと息子を残して、すずたち、たちまち散る。

● **真っ暗闇の北條家**

タイトル『4月1日　22時10分』
警戒警報のサイレン。
どたどた足音と、すずが手順を唱える声。
すず「防空服装整え、火の始末、非常袋点検、防空用具確認」

● **夜の呉軍港上空、高度１８００メートル**

B――29、機雷を連続投下、青い落下傘が次々開く。

● **真っ暗闇の北條家**

暗闇の中交錯して、あちこちでぶつかり合っている。

「あっ！」

「あたっ！」

「ごめん！」

「ひゃあ！」

● **呉軍港**

ぽちゃん、ぽちゃん、ぽちゃん。

停泊する軍艦たちを跨いで、機雷の水柱が立ち並ぶ。

● 四畳半の茶の間

一同、眠そうだし、ぶつけたおデコをさすっているし、径子など鼻血の出た鼻を押さえているし、散々。

灯火管制の防空灯の下、すず、ノートに書き加えている。

周作「夜間は白鉢巻を締めて行動のこと」

サン「それを足したらどうかね」

径子「それがええ」

すず「はい」

● 辰川の配給所

タイトル『4月2日　12時20分』

配給の行列。行列のだいぶうしろにすずがいる。

× × ×

すず、あと三人くらいのところまで進んでいる。

そこで警戒警報のサイレンが鳴る。

行列の主婦たち、散る。

× × ×

警防団員の声「警報解除――」

駆け戻って来たすず。

すでに行列は長くできていて、すずはまた一番最後。

● 二河公園

タイトル『4月3日　祭日　花曇り』

咲き誇る桜の木、土手に立ち並ぶ。

すずの声「はー、きれいなねえ」

たくさんの花見客。

北條の一家六人、ぶらぶらと歩いている。

径子、あくびをかみ殺して、

径子「ゆうべ遅うにまた鳴ったいうのに、皆よう来んさること」

サン「そりゃお互い様じゃ」

円太郎「今日は工廠も休み、心ばかりのお節句じゃ」

一同の最後尾で、すず、目を丸く、桜の花を見回す。

その袖が引かれる。

振り向くと、リンである。

リン「久し振り、すずさん」

髪を島田に結って、芸者風に着飾っている。

すず「リンさん？」

リン「お得意さんとみんなと来とんよ」

すず「あ、あの、うちも家族と来とん……う」

すずの笑顔、固まる。

すずの心の声「あかん。周作さんをここへ呼んでふたりが会うたら、ええ？　どうなるん？」

リン「すずさんは二河公園、初めてかね？」

すずの心の声「あわわ。わからん。目の前でふたり仲良うされても困るし、さめざめ泣かれでもしたらもっと困る。どうしたらえんじゃ、ええと」

すず、物事を整理しようと、空中に指を動かす。

あれがこれとこうなって、これがあれになって、ええと。

リン「聞いとるかね？」

すず、ごまかす。

すず「きょ、今日はリンさん、きれいじゃし」

リン「でも、ほれ見てみ。下へ細バカマをはいとる」

リン、細バカマを見せ、桜の木に登りだす。

リン「消火・救助活動にもすみやかに従事できるし、木登りも出来るで。すずさんも登って来……」

すず、また頭を抱えて盛んに考えている。

リン「また聞いとらん！」

すず「すみません」

すずも桜の木に登る。

リン「まあええわ。お茶碗くれたのすずさんじゃろ」

すず「周作さん……北條周作いうんですけど、夫が昔買うたお茶碗なん、あれ。なんかリンさんに似合う気がしたんで」

思い切って周作の話題を持ち出してしまった。

が、リン、背中を向けて答えない。

すず、青ざめる。

リン「ほらー、知らん顔されたら嫌じゃろ?」

リン、にっこり笑う。

すず「はあ。ああ、あんときの赤毛の姉さんは風邪治りんさったかね?」

リン「ああ、テルちゃんね。死んだよ、肺炎起こして」

すず「え?」

リン「テルちゃんに南の島の絵、描いてくれさったん、すずさんじゃろ。テルちゃん、ぬくたい南洋がええねえて」

●回想・遊郭の路地

テルのいる格子窓の下、雪の上に竹槍で南の島の風景を描くすず。

眺め、微笑むテル。

リンの声「ずーっと笑うとったよ、すずさんの絵見て」

●二河公園の桜の木の上

リン、紅入れを取り出す。

リン「使うたって。テルちゃんの口紅。ほいでキレイにし。空襲の後はキレイな死体から早う片付けて貰えるそうな」

リン、薬指に紅をつけて、すずの唇に塗る。

すず「ありがとう」

リン「うちへ来るお客さんいうに、ここ毎晩寝かしてもらえんのは、B－29が夜毎熱心にキライを撒いとるからなんじゃと。ほいで、呉の港も広島の海も前とは違う、身動きひとつできん危ない海になったんじゃと。何じゃ思とんのかねえ、うちらの頭越しに。……でもそりゃ、日本で最後に残った一番大きい軍艦が呉へ戻れんように、ここの軍艦らと一緒になれんように、ひとりぼっちにするためなんじゃと」

すず「……?」

リン「じゃけえ、最後はひとりなんは誰でもそんなもんじゃろ。ね、すずさん。死んだら、心の底の秘密もなんも消えて無かったことになる。それはそれで贅沢なことなのかも知れんよ、自分専用のお茶碗と同じくらいにね」

リン、紅入れを差し出し、すずの手に握らせる。

リン「もう行かんと！　逃げた思われるわい」

すず「ええ、また」

リン、桜の木を降りて小走りにかけてゆく。

木の上に残ったすず、紅入れの蓋を開き、中に潜んでいた鮮やかな色を見つめる。

すず「うちはひとりじゃないのがええかな。せっかく……」

リン、そこで誰かと出会ったらしく立ち止まる。

相手の顔は桜の枝に隠れてよく見えないが、紺色の海軍文官服のようだ。

紅の上に、桜の花びらが一ひら落ちる。

リンと文官服の人物、あっさりと分かれる。

すず、紅入れを握りしめ、頭上の桜を見上げる。

文官服の周作が、桜の木の下に立ち止まる。

周作「おう、そこへ居ったんか」

すず「すみません、友達見つけたもんで」

●二河公園、地面の上

周作と連れ立って歩くすず。

周作「みな今生の別れか思うて桜見に来るんかのう。わしもさっき知り合いに会うた。気楽に笑とったんで安心した」

すず、周作の顔を見つめ、微笑む。

すず「うちも。周作さんが普通の笑顔で安心しました」

● **一家がござを広げた場所**

周作「居ったでー。友達追っかけよるうちはぐれて、木に登ってみたら、降りられんことなって、怒られる思て途方に暮れとったらしい」

径子「お重持たせんで良かったわー」

すず「なんか違うが、まあええか」

すず、掌の中に収めたテルの紅入れをそっと握る。

すずの心の声「うちだけの、秘密」

● **夜半、北條家の四畳板の間**

表でサイレンが鳴る。

起きるすず、周作、あくびしながら。

● **防空壕**

眠そうな顔の家族一同。

日常化して、すっかり緊張感がなくなっている。

警防団員の声「くーしゅーけーほー、かいじょー！」

● **北條家の庭**

空襲警報のサイレン。

防空壕でサンが手招きしている。

すず「はいはい」

すず、洗濯の途中の盥を抱えて壕へ向かう。

×　　×　　×

解除のサイレン。

すず、洗濯物を持って壕から出てくる。

すず「終わった終わった」

すず、洗濯物を、パン！　と、広げる。

ふと見上げた空に、一筋の白い帯。

すず、はじめて見る飛行機雲を、のけぞって目で追う。

すず心の声「はじめて見た……」

● **飛行するF－13偵察機**

そのカメラのレンズ、シャッター音。

撮影された三田尻沖の大和の艦影。

タイトル『20年4月6日』

● **広・十一空廠発動機部、試運転場**

タイトル『20年5月5日　土曜日　はれ』

テストベンチ上の誉発動機の轟音。

発動機の図面を手に、試運転に寄り添う円太郎。

鳴り響く空襲警報。

● **十一空廠発動機部、構内**

工廠の構内放送が防空情報を拡声している。

放送「敵大型四機高度六千、西進。敵大型十七機、螺山上空」

円太郎、防火用水代わりの大酒樽の横で、空を見上げる。

B－29特有の、多発の発動機が輻輳するうなり音。

円太郎の心の声「あちらは二千二百馬力が四発。わしらには悪夢のあの歌声も、誰かにとっては夢の実現なんじゃろうのう」

● **北條家**

家の裏の段々畑の尾根の向こうの空に、高角砲の煙の花が開き、4機ずつのB－29が次々投弾しつつ、北東から南西へ飛ぶ。

爆音、爆弾の爆発音、高角砲の発射音。

軒下に干した洗濯物が午前10時の日差しとそよ風を受け、家の中ではつけっぱなしのラジオの声が響いている。

ラジオ「呉付近に来襲した敵機は逐次南々西方面に避退しつつあり。後続目標、香川県北西部に十機、徳島県南東部に三十機、呉方面に向かいつつあり」

×　　×　　×

後刻、B－29が去った空に、黒煙が立ち上っている。

灰が降る中、慌てて洗濯物をしまうすず。

遠く、消防車のサイレンの音。

●北條家・四畳半の居間、夕方
ラジオ「五日午前、敵大型機一二五機来襲。広工廠及び十一空廠の工場の一部に被害あれど、人員の死傷は極めて軽微……」
径子、ラジオのニュースに耳を傾けている。
周作の声「ただいま」

●土間
径子、サン、顔を出す。
径子「ああ、無事じゃったかね、周作」
かまどで炊事していたすずが、周作を出迎えている。
周作「父ちゃんは？」
すず「いえ、まだ」
周作「ほうか……」
周作、手にした風呂敷包みを上がり框に置き、腰を降ろしてゲートルを解き始め、そこで手を停める。
すずも周作も、心ここになく、黙りこくる。
かまどで雑炊の鍋がことこと鳴っている。
周作「……すずさん、噴いとるで」
すず「あっ」
すず、無意識にくべ足そうとしていた薪を引っ張り出す。
周作、すずの後ろに立つ。
周作「すずさんは小まいのう」
すず、怪訝に立ち上がる。
周作「立っても小まいのう」
すず「なんですか？」
周作「何もない。小まいけえ小まいいうただけじゃ」
周作、すずの頭に頬をつける。

●四畳半の居間
周作、すず、径子、晴美、サン、無言の食卓。
手がつけられないまま残された円太郎の食器。

●縁側
月のない夜空の下で、じっとたたずむ周作。
すず、歩み寄り、周作に並んで腰を下ろす。
すず「大丈夫ですよ、お父さん。きっと」
周作「軍服じゃ」
すず「え？」
周作「風呂敷の中身」
振り返ると、文机の上に、周作が持ち帰った風呂敷包み。
周作「こんど法務の一等兵曹になる。こんどは軍人じゃから海兵団で訓練される。三つきは戻れん」
すず、息を呑む。
すず「その後は？　その後は戻って来れるんですか？」
寝巻きの裾を握り締めたすずの手の上に、周作の手がそっと重ねられる。
周作「たぶん。大丈夫かの、すずさん。こがいに小もうて、細うて、誰も男が居らんこの家を守りきれるんかの？」
すず「無理です。絶対無理」
すず、周作の手の下から抜き出した手を、握り締める。
すず、周作の首にしがみつく。
すず「ごめんなさい、うそです。うちはあんたが好きです。ほいでも三月も会わんかったら顔を忘れてしまうかも知れん」
周作「すずさん」
すず「じゃけえ、この家守って待っとります。ここに居らんと周作さんを見つけられんかも知らんもん」

●明け方、四畳の板の間
タイトル『20年5月15日　火曜日　小雨』
すず、以前もらった帳面に、周作の寝顔をスケッチする。
周作、いつの間にか目を覚ましている。
周作「描いたら忘れんか？」
すず「あ！　ありゃたとえ話で」

周作「いや、すずさんならわからんし。どれ、どがいな男前に描けたか」

周作、身を起こす。

すず「いけんいけん、こりゃ重要機密じゃ」

すず、帳面をかばう。

鴨居にかけた木口バッグに、帳面を仕舞う。

その同じバッグからテルの口紅入れを取り出す。

● **玄関**
紺色の海軍下士官第一種軍装に身を固めた周作。
周作「じゃ、行って参ります」
すず「行ってらっしゃい」
小雨の中、傘もなく出かけてゆく周作に、径子が追いすがり傘を差し掛ける。
径子「待って、周作。途中まで一緒に行こうや」
唇に紅を差したすず、黙って見送るだけ。

● **縁側**
サイダー瓶の米を搗くサン。

サン「なんか急に家が広うなった気がするねえ」

がらんとした板の間に寝転がったすず。

● **町へ下る道**
走る手に握られた封筒。
タイトル『20年6月21日　木曜　はれ』
径子、封筒を握り締めて、道を急ぐ。

● **同じ道**
風呂敷包みを手に、考え考え、戻って来る径子。

● **縁側**
径子、持ち帰った風呂敷を開き、中身を取り出す。
空襲時に円太郎が着ていた帽子や作業服。
サン「てっきり広の共済病院か思たら、ほうね」
すず「呉の海軍病院じゃ、どうりで見つからんわけですね」
径子「腹と頭をやられたらしいが、もう退院間近げな」
径子、ガラスにひびが入った懐中時計を見せる。
径子「ほいで、お父ちゃんに時計の修理を頼まれた。ええ機会じゃし、下関の黒村家行って来お思うんよ、明日にでも」
晴美「お兄さんとこへ？　晴美も？」

● **翌朝、蔵本通**
どこからかラジオ体操の音楽と号令が聞こえる。

径子、晴美の手を引き、荷物持ちのすずと、駅へ向う。

晴美「学校は？」

径子「ええええ、休み。どうせ土いじって体操するだけじゃろ」

沈みがちな径子の表情。

すず、うかがう。

● **呉駅前**
女子挺身隊の出勤隊列が、合唱しながら一丁目筋を通る。

駅頭に、切符を買う長蛇の列が出来ている。

径子「切符買うとるから、晴美連れてお父ちゃんのお見舞い行ってくれるかね。これ見したら入れてくれる」

径子、すずに封筒を手渡す。

すず「はい。ほいじゃ」

径子、すずの目が外れたと思った途端、目を落とす。

すず、目いっぱいの明るさで、径子の肩をたたく。

すず「何じゃ、イザとなりゃ得意の竹槍があるじゃないですか！」

径子「アホか、向こうの親が怖いんと違うわい！　いうか、竹槍でどうせえと」
すず「いや、元気ないけえ、てっきり」

●眼鏡橋の海軍第一門

今日は番兵塔より中に入ったすず。
晴美と手をつないで、海軍敷地をさらに奥へ向かう。
晴美「しものせきいうて遠い？」
すず「うん」
晴美「ひろしまより遠い？」
すず「ずっと遠いよ」

●海軍病院の石段

晴美「こっち？」
すず「病院じゃけ、おとなしうせんとね」
二人が登る階段の上は、呉海軍病院の正門。
迷彩塗装の建物、看護婦や傷病兵の姿がある。

●病室

病棟のどこか寝台の上で、ゼンマイ式ポータブル蓄音機が、グレン・ミラーのレコードを鳴らしている。
寝台に身を起こした円太郎。
円太郎「心配かけた。長いこと意識が無うて、もう6月なんじゃのう」
すず「とにかく何よりでした」
晴美「晴美、今から汽車ん乗ってお兄さんとこ行くん」
円太郎「ほうか。まあ、早い方がええの」
警戒警報のサイレンが鳴る。（午前8時17分過ぎ）
すず、身をこわばらす。
円太郎「どうせ来やせん。ここへ居ったらいろんな事がわかる。広廠も閉庁じゃし、海軍自体が陸軍に吸収されるいう噂もある。すずさん、大和が沈没したげな」
すず「大和が？」
円太郎「雪隠詰めにされて、行き場ないまま敵の前に躍り出たそうな。瀬戸内も最早わしらの海じゃのうなあてしもうた」
すず「……波のうさぎも」
円太郎「ん？」
すず「いえ」
晴美、隣の寝台の傷兵に、窓の外を見せてもらっている。
円太郎「じゃけえ、わしがいうたんじゃ。黒村のご両親家へ晴美を疎開さして貰えと。ここよりゃ、なんぼか安心じゃろう」

●第二門通り

すず「それでお姉さん……」
晴美と手をつないで、病院の石段の下に立つ。
急に晴美が手を引く。
晴美「ねえ、すずさん」
すず「ん？」
晴美、道の奥を指差す。
晴美「あっち見てってええ？　なんの船が居りんさったかお兄さんに教えてあげるん」

●宮原の高台の道

すず「えー、見えるかね？」
晴美「ちいとだけ。ちいとだけね」
塀に沿って歩く晴美、すず。
道の海側には防諜用のベトン塀が並んでいて、その上の空に突き出た呉廠のクレーンしか見えない。
空襲警報のサイレンが鳴る。（8時41分過ぎ）
すず「ありゃ、いけん」

●呉工廠

ガントリークレーンのてっぺんでサイレンが鳴っている。
防空壕にたどり着けていない女子挺身隊員たちが走る。
下士官「（メガホンで叫ぶ）退避ー！　退避ー！」
B－29、第一波27機の爆音が南西より近づく。

●宮原の民間防空壕

　壕の入口から巻積雲の空を見上げる人々。

宮原町の主婦「あー、今度はほんまに来よった」

　晴美の手を引いて、壕の入り口にやって来たすず。

すず「すみません、入れて貰えますか」

宮原町の老婦人「早うお入り」

　どん、どん、どん。高角砲の砲声が、慌しく鳴り始める。

●防空壕内

　詰合せ、並び座った人々。

宮原町の主婦「このへんの子じゃないね」

すず「病院へお見舞いに、上長ノ木から」

宮原町の老婦人「そらあ間が悪かったのう」

　入り口の警防団員が叫ぶ。

警防団員「来た！　耳ふさげ、口開けえ。目え飛び出るで」

　すず、自分の手で晴美の頭を抱え込み、目を覆ってやる。

晴美「すずさん、怖い！」

すず「大丈夫じゃ」

　突然、激しく揺さぶられる。

　大きすぎて音にならない音。

　揺れる大地の中で、振り回される人々。

　すず、晴美をいっそう強く抱きしめる。

●上空

　B－29の腹から無数のM64爆弾がばら撒かれ、5千メートル下へ、人々が住む世界目掛けて、落ちてゆく。

●防空壕内

　すずにしがみつく晴美。

晴美「暑い。お母さん」

　すず、晴美の手のひらに指で、人の顔の絵を描いている。

すず「晴美さん、ほれ」

晴美「……？」

すず「もう一回」

　すず、もう一度なぞって描く。

晴美「……お母さん？」

●上空から見た呉工廠付近

　地上に衝撃波の輪がいくつも走り、爆煙が立ち上る。

●防空壕の外

　空襲は終わり、工廠造兵部に黒煙が上っている。

　走り回る消防車のサイレンが聞こえる。

　壕内で隣りあわせた主婦が、肩を落として立っている。

　防空壕前に建っていた民家が、粉砕されている。

すず「あの、お水貰うてええですか？」

　その家の主婦だったその人、自失したまま、うなずく。

　すず、防火用水の水を手ですくって、晴美に飲ます。

すず「ありがとうございました」

　すず、主婦に頭を下げる。

●宮原の道

　すずと晴美、再び塀に沿って歩く。

晴美「汽車、もう出たかねえ」

すず「汽車も動かれやせんけえ、待ってくれとりんさるよ」

晴美「うん。あ」

　晴美、足を停める。

　爆弾が地面をえぐり、塀の一部を壊している。

　塀が壊れた向こうに、工廠造兵部あたりからもうもうと黒煙が立ち上っているのが見える。

晴美「あー。なんも見えん」

　道の遠くに、国防色に塗られた海軍の消防車が停まる。

呉警防火隊員「だいじょうぶかあ！」
　呼びかけられたすず、耳に手を当てる。
すず「はあーい」
呉警防火隊員「不発弾はあー、時限爆弾のおそれがあるからあーっ、見たらすぐ逃げえよー！　わかったかあーっ！」
　火事の音に遮られて、すずの耳によく届いていない。
すず「はあー。がんばってくだせーのー」
　すず、手を振り、消防車は走り去る。
　目を移すと、そこに深くて暗い爆弾孔がある。

●すずの脳裏に一瞬浮かんだもの
　隣保館の常会で講義を聞く自分。

　その帳面、落書きの間に書き込んだ地雷弾の図と、『時限爆弾』の文字。

●宮原の道
　港の方をのぞき込んでいた晴美、すずを振り向く。

晴美「ねえ、すずさん。こんど晴美のお兄さんも描いてねえ」

すず「あぶない。こっちへ！」

　嫌な予感を感じたすず、右手で晴美の手をぎゅっと握り、引き寄せたそのとき、

　――爆発。

　家々の屋根より高く、吹き上げられる土砂。

　暗転。

　ガツッ！　暗黒の中で、硬いものがぶつかる音がする。

●すずの心象
　暗黒の世界。

　晴美の手を握るすずの右手、浮かび上がる。

　すずの右手、すり抜けそうになる小さな手を握り直そうとする。

イトの声「ちがう、ちがう。そんとに下手くそじゃ」

　イトに着物の縫い方を教わっていた高等小学校のすずが浮かび上がる。

イト「ほいじゃお嫁に行かれんで」

すずの心の声「思えば何度もいわれたが、行けんことはなかったな」

　そのとき縫っていた布地の模様。

　宮原の塀ぎわの道。

すずの心の声「あの脇に溝があったら飛び込めたのに。……すいか、わらび餅、はっか糖……右手に風呂敷包み、左手に晴美さんじゃったらよかったのに」

　すずの右手につないでいた晴美、消え、反対の手につないだ晴美、現れる。

　すず、急に下駄を脱ぎ捨てて走り出す。

すずの心の声「下駄を脱いで走っておれば……」

　走るすずのはだしの足。

すずの心の声「坂の向こう、坂の向こうは？」

　坂の手前で立ち止まるすず。

　真っ青な海が広がり、軍艦たちがきれいに浮かんでいる。

晴美の声「あれは利根、ほいでこっちは日向よ。お母さん、大和が居ってじゃ」

すずの心の声「うちは二度とぼうっとしてはならん人になった」

●北條家の六畳間
　服の裾を握り締め、すずを見下ろす径子の歪んだ顔。

すずの心の声「この人、ほんま周作さんに似とりんさる」

　晴美の巾着袋、今は、血にまみれて畳の上にある。

　すず、包帯だらけで、布団に横たわっている。

径子「あんたがついて居りながら！」

　仏壇に置かれた、白布に包まれた骨箱。

　すず、手で顔を覆い、泣く。

すず「ごめんなさい。……ごめんなさい、晴美さん。ごめんなさい、おねえさん」

顔を覆うすずの右手は、切断され、短くなっている。
すずの前で、涙をぽたぽた垂らす径子。
径子「人殺し。人殺し！　返して！　晴美を帰して！」
円太郎「やめえ、径子」
すずと布団を並べて、円太郎も横になっている。
サンが来て、径子の肩に手をやる。
サン「ほれ、そろそろお豆腐の配給じゃ」
障子越しに差し込む日差し。
すず、目を閉じる。
すずの額の濡れ手ぬぐいを取り替えるサン。
サン「あの子も動転しとって。本気でいうとりゃせん。うちらはあんたが助かっただけでも良かった思うんよ」
すずの心の声「そうかな？」
リンの声「誰でも、この世界でそうそう居場所はなくなりゃせん」
すずの心の声「そうかな？」

●すずの心象

リンの顔。

すずの心の声「リンさん？　あん時、うちの居場所はどこにあったんじゃろう」

宮原の道、板塀の破れ目の向こう側に、一面シロツメクサの花畑が広がり、晴美が花の首飾りを編んでいる。

サイレンの音がその心象を打ち破る。

●六畳間

警戒警報のサイレンに見開くすず。
サン「やれやれ、またかいね」
円太郎「この音は来やせん。寝とれ寝とれ」
すず「この家はなんともなかったんですね」
サン「ほうよ。心配いらんで」
すず「えかった……」
すずの心の声「嘘だ」

●すずの心象

あの日、宮原で家を壊され、立ち尽くしていた主婦の姿。
すずの心の声「あの人……住む家壊してもらえて、堂々この町を出て行けたんじゃろうか」

●六畳間、すずから見える小さな世界、朝

雨の音が聞こえる。
タイトル『20年7月1日　雨』
床についたきりのすずの目から見える天井。
天井板を外された、むき出しの屋根裏しか見えない。
目を移すと、茶の間の端がわずかに見える。
径子「無理せんでね」
円太郎「大儀かったら向こうで休ましてもらうわい」
円太郎、立ち上がり、その姿、すずの視界の外に消える。
ちゃぶ台を拭いて見送る径子だけが見える。
径子「行ってらっしゃい」

●六畳間、すずから見える小さな世界、午後遅く

室内に干された包帯。
ガラス戸の向こうに日差し。
サンの声「ありゃ。陽がさしとるよ」
径子の声「包帯、おもてへ干そうかね」

●六畳間、すずから見える小さな世界、深夜

ラジオの声「（ブザー）中国地区防空情報。23時50分。敵機は広島湾に二目標、周防灘に二目標、豊後水道に二目標、さらに四国南西付近を北西に進む編隊二目標あり」
サン、六畳間をのぞく。
サン「起きられるかね、すずさん？」
すず「大丈夫です」

布団の脇のすず、片手で防空頭巾を被ろうとしている。

サン、正しく被らせ、紐を締めてやる。

● 庭先から見える夜空

探照灯の光芒が、むなしく一面の雲の底を撫でている。

雲の上から聞こえる爆音が、呉を囲む山々に反響して、異様に響いている。

サン「ほうほう、ようけ来よってじゃ」

径子「雲で姿が見えんが……うわっ」

突然、空中に淡黄色の光がまばゆく咲く。

落下傘で空中に吊るされた照明弾M26。

さらに二番目の照明弾が投下されて、小雨が混じりだした空に輝き、呉の市街を白日の下のように暴き出す。

畑の畝だらけになった前庭を、そこで脚の悪いサンを支えていた径子を、照らし出す。

径子「あれが照明弾かね」

その声を打ち消すように真上の雲上を、爆音が通過する。

まだ縁側にいるすずから、左手遠方に焼夷弾の炎が続けざまに上がるのが見える。

サン「すずさん！　早よおいで！」

ざざあっ、と、夕立のような焼夷弾の落下音。

● 北條家周辺

周囲の段々畑に、M69油脂焼夷筒が次々突き立つ。

散布域の外れの一本が、北條家の瓦屋根を突き破る。

地面に刺さった焼夷筒の上端から、パシュッ！　パシュッ！　と、打ち上げ花火のようにナパームが激しく撃ち出される。

撒き散らされたナパーム、あちこちで赤い炎を燃やす。

● 四畳の板の間

屋根を抜けた焼夷筒が、板の間の床に突き立っている。

縁側のすず、それを無表情にながめている。

信管が作動せず、青いストリーマーだけが燃えている。

すず、なお無表情に、その静かな炎を見つめている。

表でサンが呼ぶ声。

サンの声「すずさん、早う！　すずさん！」

● すずの記憶

その同じ部屋で周作の顔をスケッチしていたすずの右手。

● 四畳の板の間

炎の照り返しを浴びるすずの目、見開く。

すず「あ！　ああああああ」

すず、障子をなぎ倒しながらとなりの六畳間に飛び込む。

自分が寝ていた布団を片手で担ぎ出す。

布団ごと、焼夷筒の上に覆いかぶさる。

縁側にあった防火用水バケツを左手で掴む。

径子の声「すずさん！」

径子が飛び込んで来る。

径子「……！　落ちたかね！」

すず「水を！　もっと水を！」

すず、いいつつバケツの水を布団の上にぶちまける。

● 縁側

土足のまま家の中に上がった径子、サン、ふたりの足。

径子「よし、運び出すで。せーの！」

布団で包んだ焼夷筒を、ふたりがかりで運び出す。

その向こうに見える空が地獄のように赤い。

はだしのまま庭に降りたすず、庭の際ま

で行く。
そこから見える光景――呉市街があるはずの場所が、一面、燃え盛る劫火の海に変わっている。
炎の中を走り回る消防車のサイレンが聞こえる。
ラジオの声「中国地区防空情報、0時20分。先に豊後水道を北進せる敵編隊は広島湾南部を北進中。更に豊後水道を北進する一編隊、及び足摺の南方海上に三目標あり。情報終わり。呉の皆さん頑張って下さい。呉の皆さん頑張って下さい！」

● **翌朝、同じ庭**

B－29が撒いたアルミ箔テープがキラキラする道を、警官がメガホンを口に当て、呼ばわり歩いている。

警官「罹災者の皆さんに、広島から握り飯の朝食が届いておりまーす。二河公園で配給――！」

その向こう遠くに広がるのは、くすぶる呉市街の焼け跡。

黒く煤けくたびれきった罹災者たちが、北條家の庭先や縁側にへたり込んでいる。

罹災者「公園まで遠いのう」

「罹災証明はどこでくれるんかのう。市役所はまだあるんか」

小林の伯父伯母もいる。

小林の伯母「うちゃ、はあ丸焼けよね」

小林の伯父「壕なんぞ入らんで命拾いしたのう」

片腕のすず、縁側で負傷者に水を飲ましている。

負傷者「すまんが、この包帯使わしてくれんかの」

軒下に干したすずの包帯に手を伸ばす
すず「どうぞ」

すず、庭へ降りる。

そこにいたご婦人が馬鈴薯を差し出す。

ご婦人「ぬくいうちに食べ。床下へしもとった芋がええ具合に焼けてのう」

すず「ありゃ、いただきます。おねえさんも……」

すず、径子を振り向く。

径子、目をそらす。

● **崖っぷちの小道**

すず、沈んだ目で、バケツを下げて歩く。

この細い道にも、罹災者たちが座り込んでいる。

声「おーい、明神町の人は居ってかのーう?」

「あかーん、荒神町から朝日町より南は丸焼けじゃあ」

前から周作がやって来る。

周作「すずさん!……怪我しとんか!?」

ふたり、向かい合って立つ。

すず「周作さん。訓練は?」

周作「中止じゃ。ともかく良かった。あんたが生きとって」

すずの体ゆっくり傾き、周作の胸元に倒れ込む。

周作、抱き止めて支える。

周作「どうした!……すごい熱じゃ。すずさん?」

すず、周作の胸でゆっくり目を開ける。

すず「周作さん。お願いがあるん。……リンさんを」

周作「?」

すず「朝日町二葉館、白木リンさんを見て来てくれんじゃろか? お友達なん。お願いします」

周作がどう反応したのか、すずからは見えない。

● **途切れ途切れのすずの記憶**

茶碗を持って来てくれるサン。
サン「熱が下がって良かった。ほれ、おかゆさん食べ」

× × ×

帰宅した円太郎、板の間の焦げ跡を見る。

円太郎「途中で停まらんよう天井板抜いといて良かったのう。いや、不発で良かった」
小林の伯母「消し止められて良かったねえ」
　小林の伯母が、焦げた床を撫でる。
×　×　×
　医院。医者がカルテを書きながら、
医者「うん。治りが早うて良かった」
×　×　×
　あの日の崖っぷちの小道で、
周作「あんたが生きとって……」

● 六畳間
すずの心の声「良かった、良かった、良かった。……どこがどう良かったんか、うちにはさっぱり判らん。歪んどる」

　布団の上に身を起こし、断ち切られ短くなった右手を見つめるすず。

　すずの頭の中で、声が錯綜する。

すずの心の声「六月には晴美さんとつないだ右手。五月には周作さんの寝顔を描いた右手。四月にはテルさんの紅を握りしめた右手。三月には晴美さんのために教科書を書き写した右手。二月には鬼いちゃんの脳みそを拾い上げた右手。一月にはカルタを取りまくった右手。去年の十二月には水原さんの手を握った右手。十一月にはおねえさんの着物を裁ち間違えた右手。十月には震えながら引き出しを開けた右手。九月には周作さんをぱしぱし叩いた右手。八月にはリンさんにすいかを描いた右手。七月には利根と憲兵さんに出会った右手。六月にはこまつなのタネを撒いた右手。五月には楠木公に驚愕して箸を落とした右手。四月にはたんぽぽの綿毛を摘んだ右手。三月にはふるさとを描きとめた右手。二月には初めて周作さんに触った右手。一昨年の暮れには海苔漉きが大好きだった右手。七年前の二月にはうさぎをいくつも描いた右手」

　サンが入って来る。

サン「妹さん見えんさったで」

　そのうしろから、すみが顔を出す。

すみ「おおごとじゃったねえ、すずちゃん」

すず、何事もなかったかのように、笑顔を作る。

すず「すみちゃん。よう来てくれたねえ」

　すみ、腰を下ろし、持参した風呂敷を解く。

すみ「陸軍の将校さんが救援物資のトラックへ乗してくれんさってね。ハイ！　古着じゃが純綿よ」

　生地を差し出す。

すず「うわあ！　スフが入っとらんのん？」

すみ「うん、破れんで！」

すず「わあ！」

　姉妹、はしゃいだ声。

　径子が黙って入って来て、湯飲みの盆を二人の前に置く。

すみ「……すみません」

　径子、一切言葉なく立ち去る。

　すみ、気まずく小声になって、小袋を差し出す。

すみ「ほんで、こっちは江波山でとれたビワ……」

　すず、うなずく。

● 崖っぷちの小道
　帰るすみといっしょに、すずも歩いている。
すみ「平気なん？」
すず「起きんとなまってまうし。配給に並ぶついでに送ってく」
すみ「消防署の前で待ち合わせなん」
すず「ほいじゃ川べりの櫓が目印……いや」

● すずの記憶
すずの声「あれも焼けてしもうたかね」
　小春橋で周作とデートしていたすず。
　その向こうにそびえていた消防署の望楼。
すみの声「ううん。まだ立っとるよ」

● 下長ノ木の道
すみ「来るとき将校さんに見して貰うた。若いのに親切な人でね。前から食券やら映画の券やらくれてじゃし」

問われもしないのに語るすみ、はにかみながら。

ふたり、三つ倉の前を通り過ぎる。

市民に安心するよう求めた県防空本部の壁新聞が貼られている。

すみ「今回も、うちが前に呉へ姉が居るいうたん憶えてくれとってねえ」

すず「好きなんじゃね？」

すみ「ありゃ、やじゃわー、すずちゃん」

すみ、すずをばんばん叩く。

すず「あたた」

すみ、目の前の光景を見つめる。

二人が立ち止まった荒神町から先は、一面の焼け跡。

遥か彼方、三丁目で焼け残った消防署の望楼や、駅前のガスタンクの骨組みまで、間に何もなく一望できてしまう。

ところどころ、破裂した水道管が水を吹いている。

すみ「ひどいねえ」

すずの心の声「知りたくない、リンさんがどうなったかなど。周作さんがそれを教えてくれん理由も。もう、なんもかんも知りたくない」

すみ「呉は何べんも空襲があって気の毒なねえ。ほいで……家の事が出来んかったら居り辛いじゃろう。……ねえ、すずちゃん。広島帰っておいでや」

すず「え？」

すみ「ひどい空襲もないし、鬼いちゃんも居らんけえ、いじめる人もありゃせんで」

すず「ほうじゃねえ」

すずの心の声「ああ良かった」

すず「すみちゃんの将校さんが美男子かどうか見て決めよかね」

すずの表づらは冗談を口にしている。

すみ「ありゃあ、不純なわー」

すずの心の声「鬼いちゃんが死んで良かった思うてる」

すず「うそうそ。じゃーねー」

すみ「うーん、ええ考えじゃ思うけどなー」

すみ、駅の方に行きかける。

すみ「来月の6日は町のお祭りじゃけえね。早う帰っておいでね」

すず「ありがとうね、すみちゃん」

左手を振って見送るすず。

すずの心の声「歪んどるのはうちだ。左手で描いた絵みたあに」

タイトル『20年7月3日』

●空襲警報の記録

それからしばらくの警報発令記録が、画面を流れる。

7月3日11時35分 警戒警報発令
11時50分 空襲警報発令
12時20分 空襲警報解除
13時05分 警戒警報解除
15時05分 警戒警報発令
15時50分 警戒警報解除
23時33分 警戒警報発令
7月4日0時05分 警戒警報解除
7月5日10時07分 警戒警報解除
10時13分 空襲警報発令
10時25分 空襲警報解除
11時15分 警戒警報解除
13時20分 警戒警報発令
14時07分 警戒警報解除
7月6日9時30分 警戒警報発令
9時33分 空襲警報解除
10時05分 空襲警報発令
10時15分 警戒警報解除
7月7日8時55分 警戒警報発令
9時40分 警戒警報解除
7月8日13時50分 警戒警報発令
14時02分 警戒警報解除
7月10日15時10分 警戒警報発令
15時25分 警戒警報解除
7月11日9時20分 警戒警報発令
9時45分 警戒警報解除

12時15分 警戒警報発令
13時42分 警戒警報解除
21時30分 警戒警報発令
22時00分 警戒警報解除
7月12日 0時50分 警戒警報発令
1時40分 警戒警報解除
10時05分 警戒警報発令
10時20分 警戒警報解除
13時45分 警戒警報発令
14時03分 警戒警報解除
7月13日 20時45分 警戒警報発令
23時15分 警戒警報解除
7月14日 1時20分 警戒警報発令
2時00分 警戒警報解除
7月15日 11時00分 警戒警報発令
11時12分 空襲警報発令
12時00分 空襲警報解除
12時25分 警戒警報解除
20時40分 警戒警報発令
20時50分 空襲警報発令
21時30分 空襲警報解除
21時50分 警戒警報解除
23時13分 警戒警報発令
23時27分 空襲警報発令
7月16日 0時10分 空襲警報解除
0時50分 警戒警報解除
12時42分 警戒警報発令
12時51分 警戒警報解除
7月17日 13時35分 警戒警報発令
13時55分 警戒警報解除
7月18日 0時50分 警戒警報発令
1時50分 警戒警報解除
12時15分 警戒警報発令
12時20分 空襲警報発令
12時50分 空襲警報解除
13時00分 警戒警報解除
7月19日 12時00分 警戒警報発令
21時00分 警戒警報発令
23時00分 警戒警報発令
7月20日 11時50分 警戒警報発令
12時05分 警戒警報解除
12時50分 警戒警報発令
14時15分 警戒警報解除
7月22日 9時00分 警戒警報発令
9時15分 警戒警報解除
9時55分 警戒警報発令
10時00分 警戒警報解除
10時45分 警戒警報発令
10時50分 警戒警報解除
23時53分 警戒警報空襲警報発令
7月23日 1時23分 警戒警報解除
8時37分 警戒警報解除
9時15分 警戒警報発令
7月24日 6時05分 警戒警報発令
6時10分 空襲警報発令
8時05分 警戒警報発令
8時15分 空襲警報発令
10時30分 警戒警報発令
11時30分 警戒警報解除
12時25分 警戒警報発令
12時30分 空襲警報発令
13時07分 警戒警報発令
13時38分 空襲警報発令
14時20分 警戒警報発令
14時24分 空襲警報発令
14時49分 警戒警報発令
14時55分 空襲警報発令
15時09分 警戒警報発令
15時13分 警戒警報解除
15時45分 警戒警報発令
15時50分 空襲警報発令
17時26分 警戒警報発令
17時50分 警戒警報解除
7月25日 4時40分 警戒警報発令
7時50分 空襲警報発令
9時00分 警戒警報発令
9時20分 警戒警報解除
9時30分 空襲警報発令
10時25分 空襲警報警戒警報解除

20時40分　警戒警報発令
22時50分　警戒警報解除
7月26日9時15分　警戒警報発令
9時25分　警戒警報解除
13時50分　警戒警報発令
14時00分　警戒警報解除
22時25分　警戒警報発令
23時10分　空襲警報発令
23時45分　空襲警報解除
7月27日1時00分　警戒警報解除
12時20分　警戒警報発令
12時50分　警戒警報解除
22時30分　警戒警報発令
23時00分　空襲警報発令
7月28日0時00分　空襲警報解除
6時00分　警戒警報発令

●**北條家の縁側**

タイトル『20年7月28日　土曜　午前7時』
警報のサイレン。
径子「あーあ。今日も来た」
サン「また長うなりそうなけえ、身の周りのもん持ってのう。すずさん、先へ行き」
防空頭巾を被ったすず、縁側へ出る。
疲れ果て、青ざめたすずの顔。
その目、見開く。

目の前に真っ白な鷺が舞い降りようとしている。

すず、つぶやく。

すず「……来たらいけん」

手を払って、鷺を追いやろうとする。

すず「ここへは来たらいけん！」

鷺、飛び立つ。

すず、はだしのまま庭へ降りる。

●**崖っぷちの小道**

鷺、北西へ飛ぶ。

追って走るすず。

すず「そっちじゃ。そっちへずうっと逃げ！山を越えたら広島じゃ」

目の前をいざなうように飛ぶ鷺。

●**すずの心象**

すず、いつしか、鷺とともに、一面海苔が干された江波の道を走っている。

と、突然、鷺とすずの間を裂いて、F4Uが飛ぶ。

大きく腹を見せたF4U、翼下のロケット弾を撃ち放つ。

ロケット弾が噴射するオレンジ色の炎の衝撃。

すずの髪、広がる。

●**道**

呉湾で上がる水柱、火柱、火柱。

すず、立ち止まり、振り仰ぐ。

機銃掃射のF6Fが、低空へ降下して来る。

狙いをつけられたすず、せいいっぱい睨み返す。

小さくぽつんと道に立つすずを、曳光弾をまじえた弾着が∞の字に取り囲み、土煙の柱が林立する。

左手の木口バッグが吹き飛び、銃弾を浴びて粉々になる。

その中身――テルの紅入れが、哲にもらった羽ペンが、周作の寝顔をスケッチしたノートが撃ち砕かれる。

砕けたテルの紅入れから、中に残っていた桜の花びらが舞い飛んで消える。

走り込む周作の姿。

すずに体当たりくらわし、もろとも、側溝に転がり込む。

溝の中、周作の体、すずを覆う。

周作「死ぬ気か！」

すず「すみません。鷺が……鷺が飛びよりました」

周作「鷺か。ああ、海辺から逃げて来たんじゃの。呉湾じゅうの軍艦が応戦しとるはずじゃ」

すず「周作さん。うち、広島へ帰ります」
周作「動くな」
F6F、もう一航過、機銃掃射。
溝の中で、土くれを浴びるふたり。
暑く晴れた頭上の空を、青黒い戦闘機の影が飛びぬける。
周作「戻って来んつもりか？　手のこと気にしとんか」
すず、沈黙。
周作「空襲が怖いんか」
すず、沈黙。
周作「……晴美のことか」
すずの心の声「そうです。そうです。そうです」
周作「聞こえんわい」
ふたり、溝の中に身を起こし、座る。
すず「違います」
周作「じゃあ何でじゃ」
周作、真正面からまっすぐにすずを見据えている。
すずの心の声「じゃけど、周作さん。もうふたりでは何にも解決出来んことなっとるでしょう？」
周作「わしは楽しかったで、この一年半。あんたの居る家へ帰れて。あんたと連ろうて歩くんも、たらたら喋るんも。あんたは違うんか。ずっと知らん男のよその家のままか、すずさん」
すず「聞こえん。いっこも聞こえん。帰る。帰る！　広島へ帰る！」
至近に爆音。
周作、再びすずの上に覆いかぶさって伏せる。
周作「白木リンの消息は？」
すず「！」
周作「どうでもええんか？　え？　もうどうでもええ言うんか？」
すずの心の声「冴えん心。この期に及んで、あの人を呼ぶこの人の口の端に愛がなかったかどうかだけが気になるとは」
すずの左手、覆いかぶさる周作の腰にしがみついている。

●呉湾

タイトル『9日後　月曜日』

青い空の下、全滅し、横たわる日本海軍最後の艦艇たち。

着底した軍艦伊勢。

着底した軍艦日向。

横転した軍艦天城。

完全に転覆した軍艦大淀。

そして、艦尾に「**あおば**」と書かれた艦。

ラジオ（女子放送員）「中国軍管区内上空に敵機なし。中国軍管区内上空に敵機なし。広島県地区、7時31分、警戒警報が解除されました」

警戒警報解除のサイレンが鳴る。

●北條家

サン「ちょうどええ時間に解除じゃ」

女たち、防空壕の入り口から、出勤してゆく周作と小林の伯父を見送る。

周作「行って参ります」

振り返った周作の目、すずの視線と一瞬交錯する。

すず、目を伏せてしまう。

周作たち、出かけてゆく。

●四畳半の茶の間

サン「あたた、そこそこ」
小林の伯母「やれ、朝から暑いこと」
居候となった小林の伯母が朝食を片づける後ろで、すずがうつ伏せのサンの背中を揉んでやっている。
サンの目、伏せられる。
サン「寂しいねえ。すずさんが居らんくなるんは」
すず、返す言葉がない。

●縁側

径子が縫い物している。

その背後で、すず、片手でほうきを使って掃く。

両者、無言。

径子「で。何時からね？」

すず、顔を上げる。

径子「病院」

すず「はあ、十時ごろです」

足でちりとりを使い、埃を掃き寄せる。

径子「その格好はあかん」

すずのアッパッパ、夜間空襲の時に焦げ、裾が破けたのを繕って着ている。

●**三畳間**
径子、すずを着替えさせている。
すず「すみません。……あの」
脱がせたアッパッパを持ち去ろうとしていた径子、
径子「ああ、これは洗濯じゃなかったね」

●**縁側**
荷支度するすず、先ほどのアッパッパも片手でたたむ。

縁側で背を向け、縫い物する径子。

径子「今日なんかいね。あんたの里のお祭り」

すず「ええ。先週帰るつもりが、病院の予約が今日しか取れんで」

すず、径子が何を縫っているのか、のぞこうとする。

径子「見んでええ！」

すず「すみません！」

径子「……どうせ間に合やせんよ。お医者さんじゃって忙しいのに、向こうの病院へ紹介状も書いて貰うわにゃならんじゃろ」

すず「……」

径子「だいいち汽車の切符が取れんもん」

すず「……」

いわれるたびに、すずの顔が暗く、悲観的になってゆく。

ばさっ。径子、縫っていたものを、すずの頭に載せる。

径子「妹さんの純綿、モンペに直したで。ゴム紐通したけえ、ひとりでも着られよう。ゴムが寄せ集めで申し訳ないが」

すず、純綿のモンペを見つめる。

すず「……ありがとうございます」

径子「悪かった。晴美が死んだんあんたのせいにして」

すず「いいえ」

すず、純綿のモンペも荷物に加える。

径子「わたしゃ好いた人に早う死なれた。店も疎開で壊された。子どもとも会えんくなった。ほいでも不幸せいうんは違う。自分で選んだ道の果てじゃけえ。あんたは……周りのいいなりに知らん家に嫁に来て、いいなりに働いて、さぞやつまらん人生じゃろ思うわ」

径子、すずの背後に来て、すずの髪の束ねを解く。

そして、櫛で梳き始める。

径子「じゃけえ、いつでも往にゃええと思うとった。ここが嫌なんならね。ただいうとくが。わたしはあんたひとりの世話くらいどうもない。むしろ、失くしたもんを考えんで済む」

径子、すずの髪を三つ編みに編む。

径子「すずさんの居場所はここでもええし、どこでもええ。くだらん気がねなし、自分で決め」

すず、呆然とする。

青白い光。

すず、径子「？」

2秒間くらい辺りを白く染めて、消える。

鳥や蝉の声が止んで、静まり返る。

庭から小林の伯母の声。

小林の伯母「径子ちゃん、なんか光ったね？」

径子「光った！　雷じゃろうか。ええ天気のに」

その間、すずは自分の荷物をじっと見つめている。

すず、さっき脱いだアッパッパを差し出

す。

すず「あの、やっぱりこれ……洗うて貰えますか」

そして、径子の肩に顔を埋める。

すず「ほいで、やっぱりここへ居らして貰えますか」

径子「わかった。わかったけえ、離れ！　暑苦しい！」

光から55秒後、強風にあおられたように家が揺れる。

すずと径子、しがみつき合う。

サンの声「なんじゃ今のは」

径子「ラジオ！」

径子、ラジオに飛びつく。

ＪＯＦＫの周波数６９０ｋｃは、雑音しか聞こえない。

径子「なんも聞こえん」

サン「よそは？」

径子、ダイヤルを回す。

円太郎の声「おうい！　見てみい」

●庭先

夜勤明けで帰宅した円太郎が、退院以来ずっとついていた松葉杖で、北西の空を指している。

小林の伯母、サン、径子、すず、来て並ぶ。

小林の伯母「はあ……」

径子「なんじゃ、あの雲は」

すず「雲？」

●すずの記憶

かつてのすず「大きな雲じゃろ。カナトコ雲よ」

晴美の前で、空を指差していたすず。

●庭先

山の向こう、渦巻きながら立ち上がる薄桃色のきのこ雲。

ラジオの声「こちら大阪中央放送局。広島放送局、聞こえますか？　広島放送局、聞こえたら返事して下さい。広島放送局？　広島放送局？」

立ち尽くし、きのこ雲を見つめる一同。

８時30分の呉市警戒警報発令のサイレンが鳴る。

空を、原爆に吹き飛ばされた障子が一枚、舞っている。

●隣保館への道

空にそびえ立つ巨大なきのこ雲は、カナトコ雲のように、頭が広がっている。

その異様な光景の下、すず、歩く。

食糧配給を受ける手提げ袋を左手に提げて。

●隣保館

むしろの上に細々と並べられた配給の馬鈴薯。

配給に並ぶすず、きのこ雲を振り仰いでいる。

小林の伯母が来る。

小林の伯母「すずさん、電話は通じたかね？」

すず「いえ、全然」

知多さんが呼びかけている。

知多さん「手の空いてる人！　あとで隣保館寄って下さいや！」

●隣保館内、夕方

主婦たち、持ち寄った筵をほぐした藁で、藁草履を編む。

すず、右手がなくとも器用に縄をなっている。

小林の伯母「ほー。知多さんは看護婦じゃったんかね」

知多さん「はあ。草履なんか作ったことがないですね」

径子「この辺の人は皆そんなもんじゃ」

径子のは明らかに出来が悪く、歪んでいる。

皆が四苦八苦する中、すずは片手で黙々と藁草履を作る。

小林の伯母「はいはい、貸しー。鼻緒立てるでー」
　たくさん出来た草履の山。
すず「この草履、どうすんですか?」
知多さん「広島へね。先月の空襲みとうに道路が溶けとったら、靴も下駄もあかんけえ」
すず「……?　いつ行きんさるんですか?」
知多さん「明日。前におった病院から救助のトラック出すいうけ」
すず「うちも乗してって貰えますか」
知多さん「いけんいけん」
刈谷さん「うちは息子が広島へ兵隊に取られとるし、心配なわ」
知多さん「じゃあ、一緒に来るかね。呉の空襲じゃ広島がようけ助けてくれたけえ、お返しもせんと」
　すず、鋏を手に取る。
　三つ編みに手をかけ、鋏で切り落とす。
すず「これで結う手間も省ける。迷惑かけんようにしますけえ、連れてって下さい」
知多さん「いけん!　怪我人は足手まといじゃ!」
すず「……」
知多さん「あんたの旧姓は?　安否ぐらい調べられるかもしれん。お父さんお母さんの名前は?」

● 道、夕方

　沈むすず。
　連れ立って家へ向う径子、小林の伯母。
径子「またアホやって。はよ帰って切り揃えよう」
すず「……」
小林の伯母「うちの人も近いこと広島行くし。焦らんことよ」

● その夜、北條家茶の間

　小林の伯母夫妻も住み着いて、大人ばかり七人になった一家、暗い明かりの下で、雑炊を食っている。
周作「広島へは、相当な威力の、新型爆弾が落とされたらしい」
小林の伯父「原子……爆弾かいの」
円太郎「ありゃりゃりゃりゃりゃ!」
サン「すずさん家は大丈夫かいね」
径子「おかあちゃん!」
　すずに寄り添って座る径子、母をにらむ。
　左手でスプーンを使っていたすず、うつむく。
周作「鎮守府からも続々救援隊が出とる。心配せんようにしよう」

● 翌朝早く、北條家の庭

　庭のユーカリの木に、掛けられた梯子。
　口に鉈をくわえたすず、登る。
　何か角ばったものが、すずの額に当たる。
　見上げると、どこから飛んできたのか、障子の枠が枝に引っかかっている。

● 隣保館

　表のセメントのたたきに染みが出来ている。
　リュックを背負って用意を整えた知多さん、刈谷さんが、堂本さんとともに、染みを見下ろしている。
知多さん「座ったまま亡くなりんさっとったんかね」
刈谷さん「広島から歩いて来てここで?」
堂本さん「どこの誰かも判りやせん。顔もべろべろで」
刈谷さん「北條の嫁さんにゃ黙っとこうで」
堂本さん「あの子の顔をよう見れんよ、気の毒で」
　少し離れて、すずが立ち止まっている。
知多さん「あ……」
すず「ユーカリ摘んで来ました。蚊遣りに使うて下さい」
　すず、気丈な顔で、束にしたユーカリの葉を差し出す。
知多さん「ありがとうね。気をしっかり持つんよ」
知多さん、すずの前に立ち、受け取る。
すず「お気をつけて。うちの家族に会うたらよろしう」
知多さん「うん」
すず「江波の浦野十郎、キセノ、すみ。草津の森田イト、マリナ、千鶴子……」
知多さん、メモを取る。

● 海辺の道（国道32号）、午前7時頃

広島へ向う救援のトラック、呉海軍病院の救急車の車列。

● 北條家の庭

ユーカリの木にかかった障子の枠。

梯子に登ったすずが左手をかける。

すず「あんたも広島から来たかね。うちは強うなりたいよ。優しう、しぶとうなりたいよ。この町の人らみたいに」

警戒警報のサイレン。

すず「ああ、うるさいねえ」

障子の枠越しに、空を行く3機のB－29をにらみつける。

すず「そんとな暴力に屈するもんかね」

B－29、江田島上空で伝単を撒き散らす。

● 夜、縁側

伝単の紙面。

『戦争が継続すれば、その結果は故国日本の破壊である。これは明白な事実である。戦争が続けば続く程、戦後に於ける国家の再建の仕事が大きくなり、国力が永久に疲弊するのである』云々。

すず、その紙を丸める。

すず「ここへ居らして下さい。ずっと」

縁側に、いくつもいくつも丸めた紙が出来ている。

庭先で竹刀を振る周作。

周作「心配かけよって、このアホが。アホ。アホ。アホ。アホ」

すず「……すみません」

竹刀振り下ろすたび「アホ」を繰り返す。

すず、丸めた紙を掴む。

すず「すみません」

いいつつ、周作に投げつける。

周作、竹刀で受けようとするが空振り。

すず「ほんまにすみません」

また、周作に投げる。

周作、また空振り。

すず、投げる。

周作、空振り。繰り返す。

周作「いっこも当たりゃせん。こりゃまた海兵団でいびられるのう。やれん」

周作、丸めた伝単をひとつ拾って、開く。

周作「すずさん。米軍の伝単は拾うたら届けんと、また憲兵さんに叱られるで」

すず、丸めた伝単を足も使って展ばし、皺々にほぐす。

すず「届けても燃やしんさるだけです。こうして揉んで落し紙にする方が無駄が無うてええ」

周作「ごもっとも。じゃが、とうぶん便所は人に貸せんのう」

すず「何でも使うて暮らし続けるのが、うちらの戦いですもん」

● 六畳間

径子、電灯の二股ソケットに、ラジオの電源をつなぐ。

× × ×

掃き清められた客間の中央に据えられたラジオから、天皇の声が、盛大な雑音混じりに流れている。

ラジオ（天皇）「……戦陣ニ死シ、職域ニ殉シ、非命ニ斃レタル者、及其ノ遺族ニ想ヲ致セハ、五内為ニ裂ク。且、戰傷ヲ負ヒ、災禍ヲ蒙リ、家業ヲ失ヒタル者ノ（雑音）……堪ヘ難キヲ堪ヘ　忍ヒ難キヲ忍ヒ……（雑音）」

声が終わり、国歌が吹奏される。

一同、しばし沈黙したのち、

堂本さん「で、こりゃ、つまり」
刈谷さん「負けた、いう事かね？」
ラジオ（下村情報局総裁）「謹みて天皇陛下の玉音放送を終わります」
径子「はー、終わった終わった」
径子、さっさと立ち上がり、ラジオを切る。
すず「なんで？」
堂本さん「広島と長崎に新型爆弾落とされたしのう」
刈谷さん「ソ連も参戦したし、まあ、かなわんわ」
すず、立ち上がる。
すず「そんなん覚悟の上じゃないんですかね？　最後のひとりまで戦うんじゃなかったんかね？　今ここへまだ五人居るのに！　まだ左手も両足も残っとるのに！」
黙ってラジオを片付ける径子。

● **共同井戸**
自棄になってポンプを押すすず。

● **崖っぷちの細い道**
すず、バケツを持って、段々畑へ向う。家の裏手で、径子が泣き崩れるのが見える。
径子「……晴美。晴美……！」

● **段々畑**
焼夷弾で半分がた枯れてしまったかぼちゃ畑。

すずの心の声「飛び去ってゆく。うちらのこれまでが。それでいいと思っていたものが」

そこから望む家並みのひとつに、朝鮮の大極旗が掲げられ、蛍の光と同じメロディの愛国歌が、遠く聞こえる。

すず「朝鮮台湾のお米。満州の大豆。ああ、うちらの側にも暴力がかね。じゃけえ暴力に屈するいうことかね。ああ、ぼーっとしたまま死にたかったなあ」

すず、短くなってしまった右手で地面に突っ伏す。

ぼろぼろ涙がこぼれる。

誰かがすずの頭を撫でる。

それは、すずの失われた右手。

すず「……？」

すず、はっと顔上げる。

見回すが誰もいない。

ただ、先ほどまでつぼみだったかぼちゃの花が、今は咲いている。

● **座敷**
サン、茶箪笥の奥から、布袋を取り出す。中身をこぼす。
真っ白な米。
サン「最後の最後のときのため思うて、しもうといたんじゃが」
真っ白にきれいに搗き上げた米を、すず、見つめる。
サン「今日は高粱なんか混ぜんで炊こうやあ。全部はあかんよ。まだ、明日もあさっても、ずっとあるんじゃけえ」
すず「明日も、あさっても……」

● **台所**
すず、左手で猛然と米を研ぐ。

すず「8月15日も16日も、17日も18日も、9月も10月も11月も、来年も再来年も、10年後も、ずっと、ずっと」

何かにぶつけるように。

右手で押さえる釜が安定しない。

途中、径子が来て、無言でその仕事を代わる。

径子も、何かにぶつけるように、猛然と研ぐ。

● **近所**
刈谷さんも、夕飯の仕度をしている。

堂本さんも。

知多さんも。

家々から、それぞれの8月15日の夕餉を

仕度する煙が上っている。

● 土間

カマドに薪をくべ、飯を炊く。

すずと径子、ふたりで。

釜のふたを開け、ふたりで中を覗き込む。

● 茶の間

帰宅した円太郎も交え、一同で銀シャリの食卓を囲む。

円太郎「輝くように真っ白じゃのう。周作は？」

すず「まだ」

円太郎「海軍を後始末する仕事に勤しむか。先にいただこう」

円太郎、箸を手にして、拝む。

すず「おかずが何ものうて、すみません」

径子、何枚かの紙を携え、戻って来る。

それをお膳に広げる。

すずが絵に描いた魚や野菜の絵。

晴美が描いたものもある。

径子「ときどきええもんの配給あったとき、すずさん、晴美と描いとったじゃろう」

皿に乗せられ、お膳に並べられた絵。

円太郎、それらをじっと見つめる。

円太郎「何しとんのじゃ、せっかくのおかずがよう見えんわい。なんじゃ、こんな灯火管制」

円太郎、立ち上がり、頭上の電灯から暗幕を引きちぎる。

明るく輝く32燭の電灯。

その下で輝く真っ白なご飯、色とりどりのすずの絵。

じっと見つめる、右手のないすず。

● 呉軍港

呉港の駆逐艦の兵員たち、岸の方を見つめている。灰ケ峰の麓の方に、小さな明かりがひとつ灯っている。

明かり、ぽつり、ぽつり、ぽつりと増えてゆく。

● 北條家

タイトル『20年9月17日　月曜』
午後4時過ぎとも思えぬ、あたりの暗さ。
風雨の中、ユーカリの木が大きく揺れている。
すずの声「それからも毎日は続く。これは終戦から三つ目の台風」

● 茶の間

サン、すずに蓑を着せてやっている。

ラジオ「……北北東へ毎時35キロメートルの速度で進んでおります。中国地方は午後8時頃より風が強くなり、十分なる警戒が……」

ぶつっ。停電になる。

小林の伯父「すまん。わしゃ広島から戻ってずっとダルうてのう」

小林の伯父、布団に臥せっている。

● 北條家、庭先

すず「いいえ。よう休んどって下さい」

すず、玄関を出る。

小林の伯母の声「無理せんようにねえ」

屋根に梯子をかける。

が、風に煽られ、梯子ごと後ろ向きに倒れてゆく。

雨合羽の人影がそれを支える。

周作である。

周作「危ないのう。何をしよんじゃ？」

すず「お帰んなさい。焼夷弾の穴がまた開いてしもうて」

周作「わしがみたろう。どりゃ」

周作、道具袋を受け取って、梯子を登ってゆく。

梯子を支えるすず。

すず「やっぱり頼りになりんさるわ」

● 四畳の板の間

激しく滴る雨漏りを盥で受ける床に、砕

けた屋根板が散らばっていて、すずが床を拭いている。
周作「すまん。もう一つあけてしもうた」
周作、濡れた服を部屋着に着替えている。
サン、小林の伯母に額の怪我を手当てしてもらっている。
サン「中から見よったら、いきなり板が……」
周作「すまん……」
と、表から大きな音と地響き。
すず「あっ」
小林の伯母「空襲!……じゃあなかった」
サン「どっかズエたかね」

●表の細い道

外へ出て、ランプをかざすすずと周作。
崖側が崩れている。
周作「完全にズエとる」
すず「上の刈谷さん、心配なですねえ」
振り仰いだすず。
その足首を握る者がある。
崩れた崖を這い登って来た、髪も乱れたその人物、
「だいじょうぶ。……ズエたんは道だけじゃ」
すず「キャー」
驚いたすず、足を振って振りほどく。

●土間

周作とすず、径子を家に入れる。
径子「えらいめに遭うた。崖崩れにゃ巻き込まれ、ようやっと登って来りゃ、また」
すず「す、すみません!」
径子、握っていた葉書を差し出す。
径子「郵便屋さんも登れんで。下で受け取って来たが」
すず「お、お疲れさんです」
すず、握り締められてぐしゃっとなった葉書を開き見る。
インクがほとんど雨水で流れてしまっている。
すず「……読めんし!」
と、背後で、がらがらがら、玄関が開く。
ずぶ濡れの円太郎が、鍬を握って立っている。
円太郎「ただいま!」
サン「お帰り、お父ちゃん」
円太郎、新品の鍬を示す。
円太郎「見い。十四の歳から奉職した、その退職金じゃ!」
一同、怪訝。
円太郎「航空発動機の道具で作って、皆で分配して来たわ!」
円太郎の憤懣そのもののように、表で風雨の音高まる。
周作「きしんどる」
ついに、大きな破壊音が聞こえる。
円太郎「……納屋が潰れたか」
と、同時に、土間の天井に大きな破れ穴が開く。
ランプをかざして天井を見上げる周作。
ランプに照らされた天井の破れ目から、どーっと、雨水が降り込んでくる。
周作「こら冴えんのう」
すず、その明かりで、じっと葉書を見つめている。
差出人の名前がかすかに読み取れる。
下二文字は、ひらがなで『すみ』であるらしい。
すず「すみちゃん。すみちゃんが生きとる」
周作「!」
径子「ほんま?」
小林の伯父「何もかも踏んだりけったりじゃ」
小林の伯母「もうええよ、ええよ」
周作、すずの顔を見る。
こんなときなのに、すずの顔に微笑みが広がってゆく。
径子「ははは」
径子、すずの肩をひとつ叩き、弾けたように笑いだす。

● 北條家、庭
雨は峠を越え、風だけが吹き荒れている。
外へ出た周作が照らしたランプの明かりの中、ユーカリの木がへし折れて、納屋の屋根の上に倒れ、防空壕のあった崖が崩れている。
一同、嵐の大空の下で、屈託なく笑っている。
一同「はははははは」
小林の伯父「まさか今さら来るとはのう」
円太郎「この、大いばりで！」
周作「ほんまに迷惑な神風じゃ！」
　嵐に向って笑う一同。

● 広港沖
タイトル『20年10月6日　土曜　天気よくない』
米艦USSマウント・マッキンリーの檣頭に垂れる星条旗。
米軍の水陸両用船団が沖泊りしている。

● 下長ノ木の道
急ぎ足で歩く周作。
その後ろにつき従うすず。
周作「わしら法務は大竹へ移って、最後まで職務を続行する。海軍が崩れ行く今こそ、法で規律を支えにゃならん。米軍が上って来るいうのに、いまだ武装解除に応じん連中がおる」
すずの心の声「ああ、こんな時、両手があればなあ。不器用で不安なこの人の手にそっと片手を重ねられるのに。右手、どこで何してるんだろう」
　三つ倉を通り過ぎて、昼間なのに人の姿がまったくない。
すず「静かですねえ」
周作「みな準備がええ。すずさんも帰ったら家を出んことじゃ。絶対で。占領軍がどう出るかわからんけえ。わしは、海軍を解体しきるまでもう戻れんと思う」
　周作、相生橋北詰で足を停め、すずから鞄を受け取る。
周作「広島の様子も見に行ってやれんですまん」
すず「いえ。行ってらっしゃい。絶対戻って来て下さいね」
周作「当たり前じゃ。元気での」
　周作、行きかけて立ち止まる。
周作「すずさん。……知っとろう、そこを左じゃ」
　すず、躊躇する。
周作「早う！　占領軍が来んうちに」
すず「はっ、はい」
　すず、走る。
すずの心の声「リンさん。リンさんはこの街に連れて来られる前、逃げ出して、知らん家の屋根裏に匿うてもろうたことある？　うちはそういう子と出会うたことあるんよ」

● 朝日遊郭の道
すず、足を停める。

すずの心の声「ああ、右手。どこで何してるんだろう」

目の前にあるのは、粉砕された二葉館の廃墟。

壁に女の長い髪の毛が貼りついている。

地面に、りんどうの模様の茶碗のかけら。

すず、二葉館の入り口だったあたりに腰をおろす。

失われたすずの右手が静かに現れ、同じくすでに失われてしまったテルの紅入れから紅を指につけ、この場所にかつて存在していた二葉館を絵に描く。

その戸口にすずが腰掛け、リンがそっと寄り添う。

すず「死んだら心の底の秘密も消えて、無かったことになる。ごめんなさい。リンさんの事、秘密じゃなくしてしもうた。……でも、これはこれで贅沢な気がするよ」

● **本通**
ぼろぼろになってなお客を運ぶ、呉市営の木炭バス。

軽快に走り回るのは、米陸軍第41師団のジープ。

タイトル『20年11月』

● **回覧板**
『明日の米の配給は延期となりました』
すずの声「お塩やお醤油も、もうずっとない」

● **崖っぷちの小道**
買い物籠提げたすず、日傘を差した知多さんと並び歩く。
知多さん「妹さん、えかったね」
すず「はい。ほんまにおかげ様で」
すず、知多さんの日傘を見上げる。
知多さん「どうも日がまぶしうてね。広島へ行ってから」
知多さんの顔色、紙のように白く、影が薄い。
井戸のところで別れる。
すず「お大事に」
知多さん「あんたこそ、長い外出は控えての。骨髄炎でも起こしたら、また切らにゃいけんで」

● **本通九丁目**
すず、本通へ出る。

ブルドッグの吠え声に足を停める。

すぐ目の前に、ブルドッグを乗せたジープが停まる。

米兵「Ｈｅｙ！」

ジープから降り立つ米兵の足。

ジープ上のブルドッグ、すずをにらむ。

● **本通三丁目付近**
闇市のバラックが立ち並んでいる。

径子、人々が作る行列に歩み寄る。

長い列の中に並んだすず、振り返る。

すず「あっ、おねえさん」

径子「すずさん。こりゃ何の行列かね」

すず「さあ？　何でもええですよ。何でも足らんのですけえ」

径子「まあ確かに。しかし変わったねえ、この街も。そこがうちの時計店があったとこじゃ」

その辺りでは、子どもたちが米兵の周りに群がっている。

径子「久夫も今頃あがいな真似しとんじゃろうか。晴美もあがいな真似をしたんじゃろうか」

子どもたち「ギブ・ミー！」「ギブ・ミー・チューインガム！」

米兵、ハーシーの軍用トロピカル・チョコ・バーや、デンタインのガムを子どもたちに与える。

すずの想像の右手、そうした光景の上に、かつての黒村時計店を上描きしてゆく。

ずっと前に失くしたすずの短すぎる鉛筆で。

店の前で仲良さそうだった径子の一家4人の風景。

ヤミ屋「お待ちどお様」

すず「はぁい」

受け取ったのは、残飯雑炊。

すず「占領軍の残飯雑炊でした」

径子「紙くずが……」

ラッキーストライクの包み紙が交ざっている。

すずと径子、それでも食してみる。

ひとくち口にして、絶句する。

すず、径子「う……」

次いで、ふたり、えもいわれぬ幸せそうな顔になる。

すず、径子「うまあーー」

径子、箸で雑炊の具をすずの口に運んでやる。

径子「わたしらだけよばれても、家で待っとる者が」

すず「いえ」

　すず、買い物籠から上等なハーシーの板チョコを取り出す。

すず「米兵さんに道を教えたら、子どもと間違われたらしうて」

● **回想**

　米兵に頭を撫でられるすず。

　横でブルドッグがハァハァいっている。

径子の声「ええ米兵さんで良かったものの、警戒心が足らん」

すずの声「はあ」

● **北條家、晩ご飯時**

径子の声「だいいち自分がすぐ迷子になりよるくせに道案内なんかしてかえって迷惑かけとんじゃないんかね」

すずの声「はあ」

径子の声「ほんまにもう」

円太郎の声「径子ももうそのぐらいにして、よばれようや」

　明かりが灯って、明るい我が家。

● **数日後、宮原の道**

　すず、銀紙でくるんだチョコレートの最後に残したひとかけを、晴美が爆弾を浴びた場所に供える。

　刈谷さんとふたりで拝む。

　ふたりの傍らに、たくさんのバケツと風呂敷包みを乗せたリヤカー。

● **音戸の瀬戸**

　すずと刈谷さんを乗せた渡し舟、狭水道を渡る。

● **音戸の農家**

　その縁側に風呂敷包みの中身が広げられ、農家の奥さんに品定めされている。

　すずの花嫁衣裳、径子のモガ時代の洋服。

　刈谷さんは男物の服を次々と山に積む。

● **警固屋の道**

　すずと刈谷さん、物々交換して得た食糧と、海水のバケツをリヤカーで運ぶ。

すず「ええんですか、あんとに洋服を交換してしもうて」

刈谷さん「ええんよ。知らんかね、原爆のあと隣保館の横に兵隊さんが行き倒れとったんじゃが。どうも、広島へ兵隊にとられたうちの息子じゃったらしい」

すず「……」

刈谷さん「自分の息子と気づかんかったんよ、うちは。……あんたも目の前で晴美さんを」

すず「……ええ、残念です」

　すず、うなずいてふと気づく。

　道端に、ひとりの復員兵が海を眺めて立っている。

　哲の声がよみがえる。

「すず。わしを思い出すなら、笑うてくれ」

　復員兵は、哲だ。

　哲は、鍋海岸の集落前に沈底した赤錆だらけの巡洋艦青葉を前に、微笑とともに、かつての乗艦を見つめていた。

すずの心の声「何のフネが居りんさるか、見えたよ、晴美さん。青葉よ。居ったのは青葉よ、晴美さん」

　すず、空を振り仰ぐ。

　青い空を、白いうさぎの波を切って、まっ白な鷺たちとともに、青葉が行く。

すずの心の声「哲さん。今、あんたの笑顔の端に、波を切る青葉が宿ってた。うさぎの跳ねる海が、鷺の渡る空が宿っていた」

すず「残念でたまらんけど、晴美さんとは一緒によう笑うたし。じゃけえ、笑うて思い出してあげよ思います。うちはうちしか知らん笑顔の容れ物なんです。この先ずっと、何十年経っても」

刈谷さん「ほんまよ。だいいち泣いてばかりじゃ勿体ないわい」
すず・刈谷さん「塩分がね」

● **北條家の茶の間、夜**

夕食を囲む家族一同（周作欠）、汁を啜って、笑顔になる。
一同「あー！　やっぱり塩味はええねー」
サン「海の水のおかげじゃねえ」

● **草津、森田家の海苔干し場**

草津の家屋も、どこか歪んでいたり、被害を受けている。だが、森田家の女性たちは、かつての日々と全く変わらぬ様子で、海苔の梯子を干している。
タイトル『昭和21年1月』
すず、歩み寄る。
すず「おばあちゃん、叔母ちゃん、千鶴子ちゃん」
マリナ「ありゃ。よう来たねえ」
千鶴子「もう手え、痛うないん?」
イト「すみちゃんも家へ居る。早う会うてあげ」

● **森田家**

すず、玄関を開ける。
すず「すみちゃん」
そこから見える奥の部屋で、布団に臥せっていたすみが身を起こす。
すみ「すずちゃん？　あ。髪、切ったんじゃね」
すず、部屋へ入って、障子を閉める。
すず「ええ、ええ、起きんで。具合悪いん?」
すみ、再び布団にもぐりこむ。
すみ「大丈夫。ちいと目まいがするだけ。ああ、無念じゃ、姉上」
すず「え?」
すみ「この寒空の下、海苔の仕事が手伝えんとは」
すみ、にやりとする。
ふたり、笑う。
すずも、すみの布団の横に寝転がる。
すず「まあ、おとなしう寝とらんとね。あー、手がありゃ鬼いちゃんの南洋冒険記でも描いてあげられるのにねえ」
すみ「ああ。どんな話？　ねえ」
すず「うーん、鬼いちゃん、輸送船が難破して、上がった南の島に椰子の葉で家作って、ひげぼうぼうんなって、ワニをお嫁さんにしとるんよ」
一瞬、すずの『鬼いちゃん冒険記』の絵が思い浮かぶ。
すみ「ワニがお嫁さん、か」
すみ、微笑んで目を閉じる。
目を開く。
すみ「江波の家へ帰っとらんかねえ、鬼いちゃん。お母ちゃんも」
すず「え?」
すみ「すずちゃん。あの朝、お祭りの支度でお母ちゃん、街へおつかいに行ってね。お父ちゃんとうちで、探し回ったけど、見つからんかったよ」
すず「……」
すみ「お父ちゃんは10月に倒れてすぐ死んでしもうた。学校でまとめて焼いて貰うたよ。知らせるひま無うてごめんね」
すず「早う来れんで、ごめんね」
すみ「早う来んでえかったよ、すずちゃん。うち、こんなよ」
すみ、黒いしみが浮かび出た腕を掲げて見せる。
すみ「すずちゃん、うち、治るかねえ?」
すず、そのすみの手を左手で握る。
すず「治るよ。治らんとおかしいよ」

● **草津、森田家の海苔干し場**

家を後にするすずに、マリナが声をかける。
マリナ「もう行くん？　待ち合わせは夕方なんじゃろ?」
すず「はあ、その前に江波へ寄ろうと」

● 江波沖

舟に乗せてもらったすず。

● 江波の雁木

上陸するすず。

すず「ありがとうございます」

船頭「おう。そこ、足許に気をつけての」

足許に、人骨がある。

すず、愕然とする。

● 江波の浦野家

原爆の爆風で傾いだすずの実家、丸太のつっかえ棒で支えられている。
ガラスの割れた窓から誰かが外をのぞき、引っ込む。
すず「お母ちゃん?」
すず、駆け寄り、窓の破れ目からのぞく。
家の中で、戦災孤児の三兄妹が身を寄せ合っている。
孤児たち「スイマセン」「スイマセン」「スイマセン」
すずも途方に暮れる。
『**キセノ　要一**
草津　森田家へ　連絡乞フ
十郎　すみ』
と、貼紙されたかつての我が家の前を、
すず、立ち去る。

● 中島本町だった被爆地

瓦礫だらけの中を彷徨い歩く、家の無い戦災孤児の姿。

すず、一枚の葉書を手に、原爆で破壊された産業奨励館を見つめている。

と、通る人が駆け寄って来る。

女性「サチコ……さん?」

すず「いえ」

女性「ああ……」

また、別の人が、いきなりすずの顔をのぞく。

男性「キヨコさん、キヨコさんじゃろう?」

すずの顔を見て、声をかけた人、がっかりと去ってゆく。

すず、ふと目を上げる。

リンに似た後姿を見つけたのだ。

駆け寄り呼び止める。

すず「リンさん!」

が、振り向いたその人は、まったくの別人。

すず「すみません」

頭を下げる。

くたびれ、瓦礫の上にへたり込む。

すず「はー」

また誰かがすずの傍らにやって来る。

周作「すずさん」

顔を上げると、周作がいる。

すず、立ち上がる。

すず「よう、ご無事で」

周作「海軍は11月いっぱいでのうなった。復員官事務所への引継ぎも終えた。これでもう……」

と、通る女性が周作にすがりつく。

通る人「あっ、あんた!」

が、振り向いた顔を見て、
通る人「……ごめん、違うたわ」

● 相生橋

コンクリートの欄干が歪んだ橋の上。

破壊しつくされた広島市が、平べったく広がっている。

すず「この街では、みんなが誰かを亡くし、誰かを探しとるんですね」

周作「うん。すずさん。わしとすずさんが初めて会うたんはここじゃ。もうあの頃には戻らん。この街もわしらも変わり続けてくんじゃろうが、わしはすずさんがいつでもすぐわかる」

周作、微笑んで、すずのほくろのある頬に手で触れる。

すず「周作さん、ありがとう。この世界の片隅にうちを見つけてくれて。ほいでも、もう離れんとって下さい」

ふたりの背後を、12年前のばけものが通

り過ぎてゆく。

毛だらけ、いや髭だらけのその顔。

背負い籠からワニが顔出し、すずと周作に手を振る。

相生橋の前に広がる広島の戦災地が、時間が巻き戻され、被爆以前の土地の姿に戻る。

人々が普通に暮らしていた広島市。

●**普通の家の中**
日めくりカレンダーが、8月6日を示している。

陸軍軍人の遺影と白布の箱に、仏飯が供えられている。

遺影の人の娘である国民学校2年生のヨーコ、母とともに、平凡な朝食を食べている。

——オレンジ色の閃光。

●**廃墟となった街**
頭上をきのこ雲で閉ざされ、月夜のように暗い廃墟の街。

母に手を引かれ、歩くヨーコ。

母は、右半身にガラスの破片をしたたかに浴び、右腕は途中から千切れてしまっている。

母、力尽き、瓦礫の上に腰をおろす。

寄り添って、母の体にもたれかかるヨーコ。

夜が来る。

いくらか明るい朝が来る。

また、日が沈む。

日が昇る。

寄り添うヨーコ、集まる蝿を手で払う。

蝿、変わらぬ姿勢で座り続けるヨーコの母に、黒々とたかっている。

母の耳から、蛆がこぼれる。

ヨーコ、立ち上がりしばらく母の亡骸を見つめている。

●**廃墟の街**
戦災孤児となったヨーコ、ぼろをまとい、さ迷い歩く。

走り始めた電車、頭上を飛ぶB－29が撒くＤＤＴ。

トタンを布団代わりに眠る夜。

●**広島駅**
タイトル『昭和21年1月』

屋根が落ちた駅舎の外に仮設待合室が設けられている。

遺骨の持ち主「しっ、しっ」

ヨーコ、ベンチの上に置かれた白い布の遺骨箱の前から追い払われている。

と、ヨーコの前に、海苔でくるまれた小さな俵むすびが転がって来る。

ヨーコ、それを捕まえる。

口へ運ぼうとして、その目、何かを捉える。

おむすびを転がしてしまったのは、ベンチに腰掛けた女の人のようだ。その右腕が短い。

ヨーコの脳裏に、右腕を切断された母がよぎる。

ヨーコ、おむすびをすずに差し出す。

すず「ありがとう。ええよ、食べんさい」

ヨーコ、ベンチのすずの横に座る。

ゆっくり、おいしそうにおむすびを食べる。

周作「いっそ家を出てこっちで所帯を持つか？　お母さんやらすみさんの事もあるし」

すず「広島も心配じゃけど、呉はうちが選んだ居場所ですけえ」

小さな手が、すずの頬についた飯粒に伸びる。

すず「？」

ヨーコ、その小さな飯粒をうまそうに食べる。

そして、すずの右手にしがみつく。

すずと周作、顔を見合わせる。

そして、ふたり微笑んで、ヨーコを見る。

すず「あんた。よう生きとってくれんさったね」
　すずの左手、ヨーコの手を撫で、握る。

●夜の呉線客車

　満員の車内に、すずと周作、それにヨーコがいる。
すず「次は呉よ」
ヨーコ「くれ？」
右手の声「どこにでも宿る愛。あちこちに宿る切れ切れの愛」

●走る列車

右手の声「新しい笑顔。今、それもお前の一部になる」
　新宮トンネルを出たところに、視界を遮る目隠し塀はすでに無く、むき出しになった旧呉軍港が横たわっている。

●呉駅

　仮設駅舎の前へ出て来る乗客の中に、すずたちもいる。
ヨーコ「くれ？」
すず「ほうよ。ここが呉」

●蔵本通

　本当の親子のように歩く三人の前方に、灰ヶ峰が見える。

　戦時中暗かった町が明るさを取り戻している。

周作「見い、九つの嶺に守られとろう。ほいで九嶺いうんで。右のんは休山。左のんは鉢巻山。ほいで、真ん中のんが灰ヶ峰。あの裾がわしらの家じゃ」

●北條家、四畳半の茶の間

右手の声「今、わたしに出来るのはこのくらいだ」
　すずの右手にすがりついて、うつらうつらするヨーコ。
　微笑んで見つめるすず、頬を掻きながら。
　周作も、頭を掻きながら。
　サンも円太郎も、小林夫妻も、径子も、どこかを掻く。
サン「……この子」
円太郎「ものすごいシラミじゃ！」
小林の伯母「あーあー」
サン「大鍋に湯う沸かし！　着とるもんみな煮るで」
小林の伯父「明日進駐軍でＤＤＴまぶして貰うたらええわ」
周作「とりあえず風呂かのう」
すず「最後の方がええんじゃないですか？」
径子「晴美の服じゃ小まいかねえ」
　晴美の服を取り出して眺める径子。
　そうした家族の光景を、失われたすずの右手が絵に描く。
右手の声「もうこんな時、爪を立てて背中を掻いてやることもできないが、ときどきはこうして思い出しておくれ」
　右手、消える。

●段々畑

　ヨーコと港をながめるすずと周作、それに径子。
すずの心の声「それからもずっと、毎日は続いている」

（2012．2．6）

解説

寺脇　研

たいへんな世の中になったものだ。政府から全国に緊急事態宣言が発せられ、外出自粛や事業停止の要請が出るなんて。まるで近未来ＳＦみたいな状況になってしまった。２０１９年の映画状況を回顧している場合ではなく、「今」と「これから」ばかりが気になる。

映画館は軒並み休業状態で、ミニシアターの存亡さえ危うくなっている。新作の公開は無期限延期のような状態となり、製作現場も完全ストップ。映画界の機能が停止した。日本が滅亡寸前だった先の戦争末期ですら、映画は作り続けられていたし、映画館は営業していたというのに。

この原稿を書いている6月下旬の時点では、緊急事態宣言解除で全ての制約が解かれ、一応映画館も営業再開している。映画製作の動きも始まった。しかし、映画館にはものものしい感染対策が施され、「ソーシャル・ディスタンス」とやらを取るため席数も半分以下になっていて落ち着かない。何より、満席にできないのでは完全な再開とは言えず、興行収入の確保もおぼつかない。

したがって、新作公開も滞ったままだ。製作開始に踏み切る決断も難しいだろう。秋には、この春を席巻した「第一波」より厳しいウイルス蔓延の「第二波」が到来すると専門家たちが口々に予想しているからだ。未来が読めず、どこまでこれが続くのかわからない不安感の下に、日本映画界（いや世界中そうなのだろうが）は置かれている。いったい、どうなるのか。２０２０年版のこの年鑑が発行されるのかさえ定かではない。

シナリオ作家である諸兄姉は、元々が基本的に家にいて一人で仕事をする商売だから「三密」とやらには無縁、それなりに窮屈だとはいえ、生活が激変したわけではないだろう。ただ、脚本家としての仕事内容は変化するのかもしれない。特に映画の場合だ。

この世界的コロナ流行により、ネット配信への動きは急加速するだろう。そうでなくてもNetflixが映画興行の新しい形として席巻する気配だったのに、映画館の営業が不安定なまま推移すれば「映画館ばなれ」は常態化してしまうに違いない。

ミニシアターの危機が叫ばれ、クラウドファンディングで3億円を超える寄付が集まったり、これまでなかった行政からの支援が検討されたりしているものの、一時的には有効だとしても長期化すると持たなくなる。いや、シネコンだって危ない。巨額の製作費を回収しなければならず、公開時には莫大な宣伝費を投じる大型商業映画が、公開日直前に劇場閉鎖になるリスクのある映画館を使おうとするだろうか。

近い将来、映画は映画館で観るものではなくなってしまうかもしれない。そのとき、映画作品の在り方はどうなっていくのか……。

Netflixならでは成立する『アイリッシュマン』のような製作費1億6千万ドル（約170億円！）の世界規模で通用する大作はいいが、そんなものを日本映画界は生み出せるのだろうか。現在の日本映画の大部分は国内だけでの興行、しかもそのまた大部分は数百万から2、3千万までの規模で、シネコンではなくミニシアターで公開することによって日の目を見ている。果たして、この種の作品に未来はあるのか？

ただ、これはコロナ禍が続いた場合の長期的な話である。当面考えられるのは、映画館公開を前提にした上でのことになる。今年から来年あたりまでの動きでいえば、予算規模の大きな作品ほど、製作に入るのがためらわれるだろう。興行で収益を得られる可能性が見通せないからだ。再び緊急事態宣言となるリスクを計算すれば、当然ながら慎重にならざるを得まい。

してみれば、低予算映画の出番となる。事実、本来全国のシネコンで3ケタのスクリーン数を使って大々的に公開される類いの作品は、映画館の全国的再開から2ヶ月後の8月7日に封切りとなる『映画ドラえもん　のび太の新恐竜』まで現れない予定になっており、それまでに公開されるのはミニシアター系作品ばかりとなる模様だ。

当分は、低予算ゆえに資金回収できなくてもリスクの低いこうした作品の比率が高くなると思われる。儲けようなどという目論見なしに、ただその映画を作りたい一心で資金調達し観客に観てもらおうとの熱意が勝っているから、こうなってくると経済的打算抜きの強みがある。「製作委員会」に名を連ねる出資企業に配慮して、話題の小説や漫画を原作にしたり、人気テレビ番組の焼き直しだったり、知名度があるだけで演技もおぼつかないタレントを主役に据える必要もないわけで、作りたいものを作れる方向には行くだろう。

そう考えると喜ばしい方向だが、懸念もいくつかある。低予算映画は、原作料の負担も大きいのでオリジナル脚本になりがちだ。それ自体は、脚本の役割が大きくなって喜ばしい。しかし、さらに予算を惜しむと監督自身が脚本をも書くことになり、シナリオ作家の役割が薄れてしまいかねない。また、低予算であっても相対的にいえば劇映画は金がかかるために、より安価で製作可能なドキュメンタリー映画がさらに増える可能性もある。ただでさえ、ミニシアターでは同じ低予算ならドキュメンタリーの方が集客できるとされてきている中、その傾向に拍車がかかってしまうかもしれない。

そんなこんなの思いを抱きつつ、協同組合日本シナリオ作家協会の会員による「'19年鑑代表シナリオ集」出版委員会が選定した10本の脚本を改めて読んだ。

いや、くだくだ述べてきた先行き予測より以前に、ミニシアター系作品のオンパレードである。

『空の瞳とカタツムリ』は池袋シネマ・ロサ、『こどもしょくどう』は岩波ホール、『嵐電』『この世界の（さらにいくつもの）片隅に』はテアトル新宿、『メランコリック』はアップリンク、『火口のふたり』は新宿武蔵野館をメインに封切られた。シネコンでの上映があった『半世界』『凪待ち』『宮本から君へ』も、いわゆるシネコン系作品ではない。わずかに、東映を中心の製作委員会が製作し、東映が配給した『カツベン！』だけが純然たるメジャー作品だ。

既に、年鑑に掲載して歴史に残したくなる作品は、ミニシアター系に偏していたのである。それは健全な結果だが、ミニシアター自体の存続が危ぶまれる流れになると、果たしてどうなるのだろうか。先の見えない中、不安になってしまうのも仕方がないということか。

さて、作品の簡単な解説を。

『半世界』は、阪本順治監督が温めてきた企画を自ら脚本化した。題名は、従軍写真家として日中戦争に赴いた前衛写真家・小石清が中国の庶民を撮った写真展（１９４０年開催）の題名からとったという。中国は戦場でも日本国内は平和だった時期に、当時の日本人に対してこの題名をぶつけた小石と同じように、阪本は現在の日本人に「もう一つの世界」を想起させようとしている。

『空の瞳とカタツムリ』には、荒井晴彦が「企画」としてクレジットされている。その企画を、これが映画脚本デビューとなる荒井美早がオリジナル脚本に仕上げた。男でも女でもない自分の性に実感を持てぬまま、自己の生きている社会に対して違和感を覚えつつ暮らす若者たちの姿は、世の中の見せかけの繁栄の裏にある暗い混沌を匂わせて鋭い。雌雄同体の生き物を使った奇妙な題名は、相米慎二が考えついたものだというが、脚本はそれを、2010年代末の日本の気分に馴染ませている。

『こどもしょくどう』は、『百円の恋』14、『志乃ちゃんは自分の名前が言えない』18などで知られる脚本家であるとともに、『14の夜』16では監督、さらには小説家としても活躍する足立紳の原作を、足立自身が脚色し、『火垂るの墓』08などの日向寺太郎が監督している。現在の社会が抱える子どもの貧困という問題を、「食」という観点から描き出す。

『嵐電』は、『ゲゲゲの女房』10などの監督作で知られる鈴木卓爾が、この作品の監督補を務めてもいる浅利宏と共同でオリジナル脚本を執筆し、自ら監督している。鈴木は京都造形芸術大学（現・京都芸術大学）映画学科で教える立場でもあるため、大学が製作を支援するとともに、嵐電こと嵐山電鉄が全面協力して、京都ローカルのたたずまいを生かした一種幻想的物語となった。

『凪待ち』は、原作小説があるのではないかと思わせる複雑な組み立てだが、加藤正人のオリジナル脚本である。舞台を宮城県石巻市としたことで、当然、東日本大震災を後景に置き、「喪失と再生」というテーマが浮き彫りになってくる。地域の「再生」と個人の「再生」が絡み合って、重厚な人間ドラマが展開していく。『半世界』の稲垣吾郎同様、元SMAPの香取慎吾に新境地を拓かせた。

『メランコリック』は、オリジナル脚本・監督・編集を一手に引き受けた田中征爾のデビュー作である。アメリカで映画を学んだ後、日本のITベンチャー企業で働く田中が、平日働き週末撮影するという荒技で完成させたという。出演している2人の俳優と製作ユニットを結成して作りあげた、純然たる自主映画だ。ミステリー、ホラー、恋愛など多彩なドラマ要素をてんこ盛りにした構造が、若い作り手たちの熱気を感じさせる。

『火口のふたり』は、白石一文の原作小説を荒井晴彦が脚本化し、自ら監督した。私自身、「企画」として名を連ねているが、それはこの企画が低予算自主製作で進行していた頃の名残なのである。脚本の出来が商業資本の参加につながり、作品のスケールを大きくして豊穣な映画となったのは慶賀の至りだ。結果、キネマ旬報ベストワンなど、多くの映画賞を獲得している。今、コロナの不安感の下で再見すると、さらに味わい深いのではなかろうか。

『宮本から君へ』は、新井英樹の漫画を真利子哲也と港岳彦が脚色し、『ディストラクション・ベイビーズ』16の真利子が監督している。新井の漫画は１９９０年から94年に連載され、バブル崩壊期の日本型サラリーマン社会を熱血でぶっ飛ばす主人公が話題となった。それが二十数年後の２０１８年に真利子の脚本・監督で連続テレビドラマ化され、『蜜のあわれ』（16石井岳龍）などの港が脚本に加わって映画となった。

『この世界の（さらにいくつもの）片隅に』は、世界的大ヒット作となったアニメ『この世界の片隅に』16を、「従来のバージョンとは主題が異なる『もう一本の映画』として」再構成したものである。こうの史代の原作漫画を片渕須直が脚色し片渕自身が監督するという座組みは変わらないが、１２９分だったものが今回は１６８分になっており、アニメーション映画としては史上最長とされる。それにしても、『この世界の片隅に』のシナリオが年鑑掲載にならなかったのに今回は掲載という事情（？）が興味深い。

『カツベン！』は、大正時代の映画館を舞台に、映画草創期の人間模様を描いた作品である。大手映画会社東映が、１００年以上前の日本映画界を再現しようとした意欲的な試みだった。オリジナル脚本を担当した片島章三は、長く助監督として働いた後、脚本も手がけた『ハッピーウエディング』16で監督デビューしている。観る側としては、30年にわたり映画製作の現場を知り尽くしてきた片島の経験が、随所に生かされているのではないかと想像したくなる。

二〇一九年　日本映画封切作品一覧

（　）内は、配給会社

〈1月〉

『劇場版総集編　メイドインアビス　前編　旅立ちの夜明け』※アニメ（角川ANIMATION）　脚本：倉田英之　小柳啓伍　原作：つくしあきひと　監督：小島正幸

『アストラル・アブノーマル鈴木さん』（SPOTTED PRODUCTIONS）脚本・監督：大野大輔　出演：松本穂香　西山繭子

『おけちみゃく』（カエルカフェ）脚本：落合雪江　監督：秋原北胤　出演：綾田俊樹　ベンガル

『温泉しかばね芸者』脚本：田中慧　監督：鳴瀬聖人　出演：辻凪子　ナカムラルビイ

『この道』（HIGH BROW CINEMA）脚本：坂口理子　監督：佐々部清　出演：大森南朋　AKIRA

『劇場版　Fate/stay night [Heaven's Feel] II.lost butterfly』※アニメ（アニプレックス）　脚本：桧山彬　原作：奈須きのこ　TYPE-MOON　監督：須藤友徳

『君から目が離せない～Eyes On You～』（アトリエレオパード）脚本：菅野臣太朗　岡部哲也　監督：篠原哲雄　出演：秋沢健太朗　真田麻垂美

『マスカレード・ホテル』（東宝）脚本：岡田道尚　原作：東野圭吾　監督：鈴木雅之　出演：木村拓哉　長澤まさみ

『映画刀剣乱舞』（東宝映像事業部）脚本：小林靖子　監督：耶雲哉治　出演：鈴木拡樹　荒牧慶彦

『チワワちゃん』（KADOKAWA）脚本・監督：二宮健　原作：岡崎京子　出演：門脇麦　成田凌

『夜明け』（マジックアワー）脚本・監督：広瀬奈々子　出演：柳楽優弥　YOUNG DAIS

『劇場版総集編　メイドインアビス　後編　放浪する黄昏』※アニメ（角川ANIMATION）　脚本：倉田英之　小柳啓伍　原作：つくしあきひと　監督：小島正幸

『LOVEHOTELに於ける情事とPLANの涯て』（HIGH BROW CINEMA）脚本・監督：宅間孝行　出演：三上博史　酒井若菜

『めんたいぴりり』（よしもとクリエイティブ・エージェンシー）脚本：東憲司　原作：川原健　監督：江口カン　出演：博多華丸　富田靖子

『かぞくわり』（日本出版販売）脚本・監督：塩崎祥平　出演：陽月華　佃井皆美

『闇の歯車』（東映ビデオ）脚本：金子成人　原作：藤沢周平　監督：山下智彦　出演：瑛太　橋爪功

『十二人の死にたい子どもたち』（ワーナー・ブラザース映画）脚本：倉持裕　原作：冲方丁　監督：堤幸彦　出演：杉咲花　新田真剣佑

『PSYCHO-PASS サイコパス Sinners of the System Case.1 罪と罰』※アニメ（東宝映像事業部）脚本：吉上亮　監督：塩谷直義　SSストーリー原案：塩谷直義　シリーズ原案：虚淵玄

『そらのレストラン』（東京テアトル）脚本：深川栄洋　土城温美　監督：深川栄洋　出演：大泉洋　本上まなみ

『愛唄 ―約束のナクヒト―』（東映）脚本：GReeeeN 清水匡 監督：川村泰祐 出演：横浜流星 清原果耶

『あした世界が終わるとしても』※アニメ（松竹メディア事業部）脚本・監督：櫻木優平

『二階堂家物語』（HIGH BROW CINEMA）脚本：アイダ・パナハンデ アーサラン・アミリ 監督：アイダ・パナハンデ 出演：加藤雅也 石橋静河

『ビルド NEW WORLD 仮面ライダークローズ』（東映ビデオ）脚本：武藤将吾 原作：石ノ森章太郎 監督：山口恭平 出演：赤楚衛二 高田夏帆

『デイアンドナイト』（日活）脚本：藤井道人 小寺和久 山田孝之 原案：阿部進之介 監督：藤井道人 出演：阿部進之介 安藤政信

『パラレルワールド・シアター』（Tick Tack Movie）脚本・監督：堤真矢 出演：須田暁空美

『想像だけで素晴らしいんだ―GO TO THE FUTURE―』(MOONSHINE Inc)脚本・監督：アベラヒデノブ 出演：山本圭壱 上中丈弥

〈2月〉

『七つの会議』（東宝）脚本：丑尾健太郎 李正美 原作：池井戸潤 監督：福澤克雄 出演：野村萬斎 香川照之

『雪の華』（ワーナー・ブラザース映画）脚本：岡田惠和 監督：橋本光二郎 出演：登坂広臣 中条あやみ

『赤い雪 Red Snow』（アークエンタテインメント）脚本・監督：甲斐さやか 出演：永瀬正敏 菜葉菜

劇場版『リケ恋～理系が恋に落ちたので証明してみた。～』（エクセレントフィルムズ）脚本：幸修司 伊藤秀裕 原作：山本アリフレッド 監督：旭正嗣 佐藤敏宏 出演：浅川梨奈 西銘駿

『映画コラショの海底わくわく大冒険！』※アニメ（ギャガ）脚本：広田光毅 監督：奥村よしあき

『劇場版シティーハンター〈新宿プライベート・アイズ〉』※アニメ（アニプレックス）脚本：加藤陽一 原作：北条司 総監督：こだま兼嗣

『BACK STREET GIRLS ―ゴクドルズ―』（東映）脚本：増本庄一郎 伊藤秀裕 原作：ジャスミン・ギュ 監督：原桂之介 出演：白洲迅 柾木玲弥

『40万分の1』（エムエフピクチャーズ）脚本・監督：井上博貴 出演：副島和樹 立石晴香

『洗骨』（ファントム・フィルム）脚本・監督：ゴリ 出演：奥田瑛二 筒井道隆

『コードギアス 復活のルルーシュ』※アニメ（ショウゲート）脚本：大河内一楼 監督：谷口悟朗

『あまのがわ』（アークエンタテインメント）脚本・監督：古新舜 出演：福地桃子 柳喬之

『フォルトゥナの瞳』（東宝）脚本：坂口理子 三木孝浩 原作：百田尚樹 監督：三木孝浩 出演：神木隆之介 有村架純

『トラさん～僕が猫になったワケ～』（ショウゲート）脚本：大野敏哉 原作：板羽皆 監督：筧昌也 出演：北山宏光 多部未華子

『半世界』（キノフィルムズ）脚本・監督：阪本順治 出演：稲垣吾郎 長谷川博己

『劇場版 ダンジョンに出会いを求めるのは間違っているだろうか―オリオンの矢―』※アニメ（ワーナー・ブラザース映画）脚本・原作：大森藤ノ 監督：桜美かつし

『笑顔の向こうに』（テンダープロ／プレシディオ）脚本：川崎龍太 原案：瀬古口精良 監督：榎本二郎 出演：高杉真宙 安田聖愛

『劇場版「王室教師ハイネ」』※アニメ（エイベックス・ピクチャーズ）シリーズ構成：うえのきみこ 原作：赤井ヒガサ 監督：菊池

カツヤ
『アイアンガール　FINAL WARS』（渋谷プロダクション）脚本：村川康敏　監督：藤原健一　出演：明日花キララ　赤井沙希
『おっさんのケーフェイ』（インターフィルム）脚本：橋本夏　監督：谷口恒平　出演：川瀬陽太　松田優佑
『翔んで埼玉』（東映）脚本：徳永友一　原作：魔夜峰央　監督：武内英樹　出演：二階堂ふみ　GACKT
『ねことじいちゃん』（クロックワークス）脚本：坪田文　原作：ねこまき　監督：岩合光昭　出演：立川志の輔　柴咲コウ
『母を亡くした時、僕は遺骨を食べたいと思った。』（アスミック・エース）脚本・監督：大森立嗣　原作：宮川サトシ　出演：安田顕　松下奈緒
『僕の彼女は魔法使い』（日活）脚本：チーム・アリプロ　原案：大川隆法　監督：清田英樹　出演：千眼美子　梅崎快人
『あの日のオルガン』（マンシーズエンターテインメント）脚本・監督：平松恵美子　出演：戸田恵梨香　大原櫻子
『凛―りん―』（KATSU-do）脚本：渡邉真子　原作・脚本監修：又吉直樹　監督：池田克彦　出演：佐野勇斗　本郷奏多
『血まみれスケバンチェーンソーRED 前編ネロの復讐』（プレシディオ）脚本：福原充則　原作：三家本礼　監督：山口ヒロキ　出演：浅川梨奈　あの
『ジャンクション29』（スターキャット）脚本：玉田真也　ウエダアツシ　飯塚花笑　加藤結子　保坂大輔　監督：ウエダアツシ　山田晃久　出演：田中俊介　本多力
『血まみれスケバンチェーンソーRED 後編ギーコの覚醒』（プレシディオ）脚本：福原充則　原作：三家本礼　監督：山口ヒロキ　出演：浅川梨奈　あの
『お前ら全員めんどくさい！』（日本出版販売）脚本：中村能子　原作：ＴＯＢＩ　監督：宝来忠昭　出演：小野賢章　小宮有紗
『空の瞳とカタツムリ』（太秦）脚本：荒井美早　監督：斎藤久志　出演：縄田かのん　中神円
『ラストラブレター』脚本・監督：森田博之　出演：ミネオショウ　影山祐子

〈3月〉

『九月の恋と出会うまで』（ワーナー・ブラザース映画）脚本：草野翔吾　山田麻以　山本透　原作：松尾由美　監督：山本透　出演：高橋一生　川口春奈
『映画ドラえもん　のび太の月面探査記』※アニメ（東宝）脚本：辻村深月　原作：藤子・F・不二雄　監督：八鍬新之介
『宇宙戦艦ヤマト2202 愛の戦士たち　第七章「新星篇」』※アニメ（松竹メディア事業部）シリーズ構成：福井晴敏　原作：西崎彰司　監督：羽原信義
『岬の兄妹』（プレシディオ）脚本・監督：片山慎三　出演：松浦祐也　和田光沙
『Noise』（マコトヤ）脚本・監督：松本優作　出演：篠崎こころ　安城うらら
『シスターフッド』（sky-key factory）脚本・監督：西原孝至　出演：兎丸愛美　ＢＯＭＩ
『君がまた走り出すとき』（キャンター）脚本：岡芳郎　原案：中泉裕矢　クマテケイ　監督：中泉裕矢　出演：寛一郎　山下リオ
『ハッピーアイランド』脚本・監督：渡邉裕也　出演：吉村界人　大後寿々花
『よあけの焚き火』（桜映画社）脚本・監督：土井康一　出演：大藏基誠　大藏康誠
『歯まん』（アルゴ・ピクチャーズ）脚本・監督：岡部哲也　出演：馬場野々香　小島祐輔
『PSYCHO-PASS サイコパス Sinners of the System Case.3 恩讐の彼方に―』※アニメ（東宝映像事業部）脚本：深見真　シリー

ズ原案：虚淵玄　SSストーリー原案：塩谷直義　監督：塩谷直義

『劇場版ウルトラマンR／Bセレクト！絆のクリスタル』（松竹メディア事業部）脚本：中野貴雄　監督：武居正能　出演：平田雄也　小池亮介

『君と、徒然』※オムニバス（ポニーキャニオン）脚本：堀江貴大　監督：長谷川圭佑　出演：福田愛依　都塚寧々

『きばいやんせ！私』（アイエス・フィールド）脚本：足立紳　山口智之　監督：武正晴　出演：夏帆　仲野太賀

『ライズ ダルライザー ―NEW EDITION―』（ダルライザープランニング／アムモ98）脚本・監督：佐藤克則　原作：和知健明　出演：和知健明　三浦佑介

映画『クロガラス1』（エイベックス・ピクチャーズ）脚本・監督：小南敏也　出演：崎山つばさ　植田圭輔

『ニッポニアニッポン　フクシマ狂詩曲《ラプソディ》』（ラピュタ阿佐ヶ谷）脚本・監督：才谷遼　出演：隆大介　寺田農

『まく子』（日活）脚本・監督：鶴岡慧子　原作：西加奈子　出演：山崎光　新音

『君は月夜に光り輝く』（東宝）脚本・監督：月川翔　原作：佐野徹夜　出演：永野芽郁　北村匠海

『えいがのおそ松さん』※アニメ（松竹）脚本：松原秀　原作：赤塚不二夫　監督：藤田陽一

『Bの戦場』（KATSU-do）脚本：お〜い！久馬　原作：ゆきた志旗　監督：並木道子　出演：よしこ　大野拓朗

『グリザイア：ファントムトリガー THE ANIMATION』※アニメ（角川ANIMATION／MBSアニメーション）脚本・監督：天衡　原作：フロントウィング　原案：藤崎竜太

映画しまじろう『しまじろうとうるるのヒーローランド』※アニメ（東宝映像事業部）脚本：山本由実　原作：ベネッセコーポレーション　監督：河村貴光

『映画プリキュアミラクルユニバース』※アニメ（東映）脚本：村山功　原作：東堂いづみ　監督：貝澤幸男

『美しすぎる議員』（渋谷プロダクション）脚本・監督：五藤利弘　出演：川村ゆきえ　青柳尊哉

『新橋探偵物語』（オーピー映画）脚本：奥山雄太　監督：横山翔一　出演：春原未来　卯水咲流

『小さな声で囁いて』脚本：山本英　山崎陽平　監督：山本英　出演：大場みなみ　飯田芳

『L・DKひとつ屋根の下、「スキ」がふたつ。』（東映）脚本：江頭美智留　原作：渡辺あゆ　監督：川村泰祐　出演：上白石萌音　杉野遥亮

『PRINCE OF LEGEND』（東宝）脚本：松田裕子　監督：守屋健太郎　出演：片寄涼太　飯島寛騎

『ハリウッド大作戦！』（ENBUゼミナール）脚本：上田慎一郎　監督：中泉裕矢　出演：真魚　濱津隆之

『ソローキンの見た桜』（KADOKAWA／平成プロジェクト）脚本・井上雅貴　香取俊介　大浦光太　コンスタンチン・サモイレンコ　原作：田中和彦　原案：青山淳平　監督：井上雅貴　出演：阿部純子　ロデオン・ガリュチェンコ

『放課後ソーダ日和　特別版』（SPPOTTED PRODUCTIONS）脚本・監督：枝優花　出演：森田想　田中芽衣

『美人が婚活してみたら』（KATSU-do）脚本：じろう　原作：とあるアラ子　監督：大久明子　出演：黒川芽以　臼田あさ美

『こどもしょくどう』（パル企画）脚本：足立紳　山口智之　原作：足立紳　監督：日向寺太郎　出演：藤本哉汰　鈴木梨央

『俺は前世に恋をする』（Abukawa corporation LLC.）脚本：中村公彦　監督：荒木憲司　出演：薫太　河上英里子

『天然☆生活』（Spectra Film）脚本：鈴木由理子　永山正史　監督：永山正史　出演：川瀬陽太　谷川昭一朗

『さらば大戦士トゥギャザーV』脚本・監督：松本純弥　出演：KENTA　職業怪人カメレオール

『夢の音』脚本・監督：松浦健志　出演：眉村ちあき　山崎恒輔

『映画　少年たち』（松竹）脚本：石川勝己　脚本協力：川浪ナミヲ　高見健次　監督：本木克英　出演：ジェシー　京本大我

『劇場版　トリニティセブン―天空図書館《ヘブンズライブラリー》と真紅の魔王《クリムゾンロード》―』※アニメ（エイベックス・ピクチャーズ）脚本：サイトウケンジ　原作：サイトウケンジ　奈央晃徳　監督：錦織博

『鬼滅の刃　兄妹の絆』※アニメ（アニプレックス）脚本制作：ufotable　原作：吾峠呼世晴　監督：外崎春雄

『ワイルドツアー』脚本・監督：三宅唱　出演：栗林大輔　山崎隆正

映画『クロガラス2』（エイベックス・ピクチャーズ）脚本・監督：小南敏也　出演：崎山つばさ　植田圭輔

〈4月〉

『麻雀放浪記2020』（東映）脚本：佐藤佐吉　渡部亮平　白石和彌　原案：阿佐田哲也　監督：白石和彌　出演：斎藤工　もも

『ラ』（アークエンタテインメント）脚本・監督：高橋朋広　出演：桜田通　福田麻由子

『4月の君、スピカ。』（イオンエンターテイメント）脚本：池田奈津子　原作：杉山美和子　監督：大谷健太郎　出演：福原遥　佐藤大樹

『星に語りて～Starry Sky～』脚本：山本おさむ　監督：松本動　出演：要田禎子　螢雪次朗

『テニスの王子様　BEST GAMES!!　乾・海道vs宍戸・鳳／大石・菊丸vs仁王・柳生』※アニメ（松竹メディア事業部）脚本・監督：川口敬一郎　シリーズ構成：広田光毅

『脂肪の塊』（T&Y FILMS）脚本・監督：天野友二朗　出演：みやび　田山由起

『JK☆ROCK』（ファントム・フィルム）脚本：谷本佳織　監督：六車俊治　出演：山本涼介　福山翔大

『焦燥』（アルゴ・ピクチャーズ）脚本：高原秀和　宍戸英紀　監督：高原秀和　出演：小田飛鳥　那波隆史

『名探偵コナン　紺青の拳』※アニメ（東宝）脚本：大倉崇裕　原作：青山剛昌　監督：永岡智佳

『多十郎殉愛記』（東映／よしもとクリエイティブ・エージェンシー）脚本：中島貞夫　谷慶子　監督：中島貞夫　出演：高良健吾　多部未華子

『殺人鬼を飼う女』（KADOKAWA）脚本：吉田香織　原作：大石圭　監督：中田秀夫　出演：飛鳥凛　大島正華

『映画版　ふたりエッチ～ラブ・アゲイン～』（AMGエンタテインメント）脚本・監督：近藤俊明　原作：克・亜樹　出演：青山ひかる　佐々木道成

『ぼくらのショウタイム』脚本：根本ノンジ　監督：榊英雄　出演：橋本良亮　戸塚祥太

『老人ファーム』脚本：三野和比古　原作：MINO Bros.　監督：三野龍一　出演：半田周平　麻生瑛子

『阿吽』（第七詩社）脚本・監督：楫野裕　出演：渡邉邦彦　堀井綾香

『キングダム』（東宝／ソニー・ピクチャーズエンタテインメント）脚本：黒岩勉　佐藤信介　原泰久　原作：原泰久　監督：佐藤信介　出演：山崎賢人　吉沢亮

『愛がなんだ』（エレファントハウス）脚本：澤井香織　今泉力哉　原作：角田光代　監督：今泉力哉　出演：岸井ゆきの　成田凌

『劇場版　響け！ユーフォニアム〜誓いのフィナーレ〜』※アニメ（松竹）脚本：花田十輝　原作：武田綾乃　監督：石原立也

『映画クレヨンしんちゃん　新婚旅行ハリケーン〜失われたひろし〜』※アニメ（東宝）脚本：うえのきみこ　水野宗徳　原作：臼井儀人　監督：橋本昌和

『クロノス・ジョウンターの伝説』（パル企画）脚本：太田龍馬　蜂須賀健太郎　原作：梶尾真治　監督：蜂須賀健太郎　出演：下野紘　井桁弘恵

『波乗りオフィスへようこそ』（マジックアワー）脚本・監督：明石知幸　原案：吉田基晴　出演：関口知宏　宇崎竜童

『いつか輝いていた彼女は』（SPOTTED PRODUCTIONS）脚本・監督：前田聖来　出演：小倉青　mahocato

『センターライン』（プロダクション MOZU）脚本・監督：下向拓生　出演：吉見茉莉奈　星能豊

『バースデー・ワンダーランド』※アニメ（ワーナー・ブラザース映画）脚本・丸尾みほ　監督：原恵一

『ピア〜まちをつなぐもの〜』（ユナイテッドエンタテインメント）脚本：山国秀幸　藤村磨実也　原作：山国秀幸　監督：綾部真弥　出演：細田善彦　松本若菜

『あの日々の話』（SPOTTED PRODUCTIONS）脚本・監督：玉田真也　出演：山科圭太　近藤強

〈5月〉

『映画　賭ケグルイ』（ギャガ）脚本：高野水登　英勉　原作：河本ほむら　尚村透　監督：英勉　出演：浜辺美波　高杉真宙

『ルパンレンジャーVSパトレンジャーVSキュウレンジャー』（東映ビデオ）脚本：荒川稔久　原作：八手三郎　監督：加藤弘之　出演：伊藤あさひ　結木滉星

『薔薇とチューリップ』（NBCユニバーサル・エンターテイメント）脚本：ねじめ彩木　原作：東村アキコ　監督：野口照夫　出演：ジュノ　谷村美月

『恋するふたり』（ユナイテッドエンタテインメント）脚本：大浦光太　監督：稲葉雄介　出演：染谷俊之　芋生悠

『キュクロプス』（アルミード）脚本・監督：大庭功睦　出演：池内万作　斉藤悠

『浜辺のゲーム』（和エンタテインメント）脚本・監督：夏都愛未　出演：堀春菜　カトウシンスケ

『轢き逃げ　最高の最悪な日』（東映）脚本・監督：水谷豊　出演：中山麻聖　石田法嗣

『チア男子!!』（バンダイナムコアーツ／ポニーキャニオン）脚本：登米裕一　原作：朝井リョウ　監督：風間太樹　出演：横浜流星　中尾暢樹

『初恋〜お父さん、チビがいなくなりました』（クロックワークス）脚本：本調有香　原作：西炯子　監督：小林聖太郎　出演：倍賞千恵子　藤竜也

『甲鉄城のカバネリ〜海門決戦〜』※アニメ（松竹メディア事業部）脚本・監督：荒木哲郎

『ばあばは、だいじょうぶ』（イオンエンターテイメント／エレファントハウス）脚本：仁瀬由深　原作：楠章子　いしいつとむ　監督：ジャッキー・ウー　出演：冨士眞奈美　寺田心

『僕に、会いたかった』（LDH PICTURES）脚本：錦織良成　秋山真太郎　監督：錦織良成　出演：TAKAHIRO　山口まゆ

『映画　としまえん』（東映ビデオ）脚本・監督：高橋浩　出演：北原里英　小島藤子

『映画版　ふたりエッチ～ダブル・ラブ～』（AMGエンタテインメント）脚本・監督：近藤俊明　原作：克・亜樹　出演：青山ひかる　佐々木道成

『電気海月のインシデント』（イオンエンターテインメント）脚本・監督：萱野孝幸　出演：境啓汰　愛佳

『11月19日』脚本：神谷正智　神谷正倫　監督：神谷正智　出演：中村優里　兵藤大地

『コンフィデンスマンＪＰ』（東宝）脚本：古沢良太　監督：田中亮　出演：長澤まさみ　東出昌大

『居眠り磐音』（松竹）脚本：藤本有紀　原作：佐伯泰英　監督：本木克英　出演：松坂桃李　木村文乃

『うちの執事が言うことには』（東映）脚本：青島武　原作：高里椎奈　監督：久万真路　出演：永瀬廉　神宮寺勇太

『蒼穹のファフナー　THE BEYOND　第一話「蒼穹作戦」第二話「楽園の子」第三話「運命の器」』※アニメ（ムービック）シリーズ構成：沖方丁　原作：XEBEC 監督：能登隆

『魔睡』（アイモーション）脚本：池田智美　原案：森鴎外　監督：倉本和人　出演：岩本和子　中村祐樹

『最果てリストランテ』（アイエス・フィールド）脚本・監督：松田圭太　出演：村井良大　ジュンQ

『雪子さんの足音』（旦々舎）脚本：山崎邦紀　原作：木村紅美　監督：浜野佐知　出演：吉行和子　菜葉菜

『モラトリアム　完全版』脚本・監督：澤佳一郎　出演：品田誠　尾身美苗

『空母いぶき』（キノフィルムズ）脚本：伊藤和典　長谷川康夫　原作：かわぐちかいじ　監督：若松節朗　出演：西島秀俊　佐々木蔵之介

『プロメア』※アニメ（東宝映像事業部）脚本：中島かずき　原作：TRIGGER　中島かずき　監督：今石洋之

『貞子』（KADOKAWA）脚本：杉原憲明　原作：鈴木光司　監督：中田秀夫　出演：池田エライザ　塚本高史

『嵐電』（ミグラントバーズ／マジックアワー）脚本：浅利宏　鈴木卓爾　監督：鈴木卓爾　出演：井浦新　大西礼芳

『小さな恋のうた』（東映）脚本：平田研也　監督：橋本光二郎　出演：佐野勇斗　森永悠希

『バイオレンス・ボイジャー』※アニメ（よしもとクリエイティブ・エージェンシー）脚本・監督：宇治茶

『歎異抄をひらく』※アニメ（キューテック）脚本：和田清人　原作：高森顕徹　監督：大野和寿

『武蔵―むさし―』（アークエンタテインメント）脚本・監督：三上康雄　出演：細田善彦　松平健

『兄消える』（エレファントハウス／ミューズ・プランニング）脚本・戌井昭人　監督：西川信廣　出演：柳澤愼一　高橋長英

『パラレルワールド・ラブストーリー』（松竹）脚本：一雫ライオン　原作：東野圭吾　監督：森義隆　出演：玉森裕太　吉岡里帆

『長いお別れ』（アスミック・エース）脚本：中野量太　大野俊哉　原作：中島京子　監督：中野量太　出演：蒼井優　竹内結子

『さよならくちびる』（ギャガ）脚本・監督：塩田明彦　出演：小松菜奈　門脇麦

『LUPIN THE ⅢRD 峰不二子の嘘』※アニメ（ティ・ジョイ／トムス・エンタテインメント）脚本：高橋悠也　原作：モンキー・パンチ　監督：小池健

『僕はイエス様が嫌い』（ショウゲート）脚本・監督：奥山大史　出演：佐藤結良　大熊理樹

『ライフ・オン・ザ・ロングボード 2nd Wave』（NexTone）脚本：喜多一郎　金杉弘子　監督：喜多一郎　出演：吉沢悠　馬場

ふみか

『オーファンズ・ブルース』（アルミード）脚本・監督：工藤梨穂　出演：村上由規乃　上川拓郎

『いつまでも忘れないよ』脚本・監督：堀内博志　出演：猪野広樹　崎山つばさ

『黒い乙女Q』（AMGエンタテインメント）脚本・監督：佐藤佐吉　出演：浅川梨奈　和田聡宏

〈6月〉

『二宮金次郎』（映画「二宮金次郎」製作委員会）脚本：柏田道夫　原作：三戸岡道夫　監督：五十嵐匠　出演：合田雅吏　田中美里

『ずぶぬれて犬ころ』（パンドラ）脚本：山口文子　原作：横田賢一　監督：本田孝義　出演：木口健太　仁科貴

『町田くんの世界』（ワーナー・ブラザース映画）脚本：石井裕也　片岡翔　原作：安藤ゆき　監督：石井裕也　出演：岩田剛典　高畑充希

『エリカ38』（Katsu-do）脚本・監督：日比遊一　出演：浅田美代子　平岳大

『ガーデンアパート』（アルミード）脚本・監督：石原海　共同脚本：金子遊　出演：篠宮由香利　鈴木悠

『月極オトコトモダチ』（SPOTTED PRODUCTIONS）脚本・監督：穐山茉由　出演：徳永えり　橋本淳

『満月の夜には思い出して』（SPOTTED PRODUCTIONS）脚本・監督：川北ゆめき　出演：時吉襟加　野島健矢

『悪い女はよく稼ぐ』（ピープス）脚本：木崎加奈子　柏原寛司　監督：原隆仁　出演：長谷直美　熊切あさ美

『旅のおわり世界のはじまり』（東京テアトル）脚本・監督：黒沢清　出演：前田敦子　染谷将太

『泣くな赤鬼』（KADOKAWA）脚本：上平満　兼重淳　原作：重松清　監督：兼重淳　出演：堤真一　柳楽優弥

『ウィーアーリトルゾンビーズ』（日活）脚本・監督：長久允　出演：二宮慶多　水野哲志

『柴公園』（AMGエンタテインメント）脚本：永森裕二　監督：綾部真弥　出演：渋川清彦　大西信満

『TRAVERSEートラバースー』（映画「TRAVERSE」製作委員会）脚本：岡田有甲　川久保直貴　原作：藤康弘　監督：岡田有甲　出演：田部井淳　恋

『潤一』（スターサンズ）脚本：砂田麻美　原作：井上荒野　監督：北原栄治　広瀬奈々子　出演：志尊淳　藤井美菜

『劇場版　誰ガ為のアルケミスト』※アニメ（アスミック・エース）脚本：根元歳三　原作：今泉潤　FgG　総監督：河森正治　監督：高橋正典

『耳を腐らせるほどの愛』（KATSU-do）脚本：石田明　監督：豊島圭介　出演：井上裕介　森川葵

『Fate/kaleid liner prisma ☆ Illya プリズマ☆ファンタズム』※アニメ（角川ANIMATION）脚本：井上堅二　水瀬葉月　原作：ひろやまひろし　TYPE-MOON　監督：大沼心

『青春ブタ野郎はゆめみる少女の夢を見ない』※アニメ（アニプレックス）脚本：横谷昌宏　原作：鴨志田一　原作イラスト：溝口ケージ　監督：増井壮一

『ガールズ&パンツァー　最終章　第2話』※アニメ（ショウゲート）脚本：吉田玲子　監督：水島努

『女の機嫌の直し方』（よしもとクリエイティブ・エージェンシー）脚本：蛭田直美　脚本協力：横澤夏子　原作：黒川伊保子　監督：有田駿介　出演：早見あかり　平岡祐太

『踊る！ホラーレストラン』（オフィスルゥ／

フィルムメーカーズクラブ）脚本・監督：渡邊世紀　出演：原田大二郎　大塚みどり

『燃えよ！失敗女子』（ユナイテッドエンタテインメント）脚本：岩崎う大　監督：仁同正明　出演：秋本帆華　坂本遥奈

『ザ・ファブル』（松竹）脚本：渡辺雄介　原作：南勝久　監督：江口カン　出演：岡田准一　木村文乃

『きみと、波にのれたら』※アニメ（東宝）脚本：吉田玲子　監督：湯浅政明

『劇場版　ファイナルファンタジーXIV 光のお父さん』（ギャガ）脚本：吹原幸太　原作：マイディー　監督：野口照夫（実写パート）山本清史（ゲームパート）出演：坂口健太郎　吉田鋼太郎

『薄暮』※アニメ（プレシディオ）脚本・監督：山本寛

『明治東京恋伽』（キャンター）脚本：おかざきさとこ　監督：副島宏司　出演：伊原六花　宮崎秋人

『ある町の高い煙突』（エレファントハウス／Kムーブ）脚本：松村克弥　渡辺善則　原作：新田次郎　監督：松村克弥　出演：小島梨里杏　渡辺大

『あいが、そいで、こい』（ENBUゼミナール）脚本：村上かのん　監督：柴田啓佑　出演：小川あん　高橋雄祐

『カスリコ』（シネムーブ／太秦）脚本：國吉卓爾　監督：高瀬将嗣　出演：石橋保　宅麻伸

『ココロ、オドル　満月荘がつなげる3つのストーリー』※オムニバス（ファンファーレ・ジャパン）脚本・監督：岸本司　出演：尚玄　吉田妙子

『カクテル・パーティー』※アメリカ＝日本　脚本：レジー・ライフ　大城立裕　山里勝己　原作：大城立裕　監督：レジー・ライフ　出演：三ツ井禎　市川達生

『一文字拳　序章　最強カンフー少年対地獄の殺人空手使い』脚本・監督：中元雄　出演：茶谷優太　白畑伸

『スリーアウト！―プレイボール篇―』（クリエイターズフィールド／ココロヲ・動かす・映画社○）脚本：村松正浩　監督：諸江亮　出演：新井愛瞳　窪田美沙

『凪待ち』（キノフィルムズ）脚本：加藤正人　監督：白石和彌　出演：香取慎吾　恒松祐里

『新聞記者』（スターサンズ／イオンエンターテイメント）脚本：詩森ろば　高石明彦　藤井道人　原案：望月衣塑子　監督：藤井道人　出演：シム・ウンギョン　松坂桃李

『今日も嫌がらせ弁当』（ショウゲート）脚本・監督：塚本連平　出演：篠原涼子　芳根京子

『ホットギミック　ガールミーツボーイ』（東映）脚本・監督：山戸結希　原作：相原実貴　出演：堀未央奈　清水尋也

『劇場版パタリロ！』（HIGH BROW CINEMA）脚本：池田鉄洋　原作：魔夜峰央　監督：小林顕作　出演：加藤諒　青木玄徳

『それいけ！アンパンマン　きらめけ！アイスの国のバニラ姫』※アニメ（東京テアトル）脚本：米村正二　原作：やなせたかし　監督：矢野博之

『センコロールコネクト』※アニメ（アニプレックス）脚本・監督：宇木敦哉

『デリバリー』（ホーネット）脚本・監督：室賀厚　出演：鈴木つく詩　長濱慎

『フレームアームズ・ガール～きゃっきゃうふふなワンダーランド～』※アニメ（ポニーキャニオン）シリーズ構成：三重野瞳　原作：壽屋　監督：川口敬一郎

〈7月〉

『Diner ダイナー』（ワーナー・ブラザース映画）脚本：後藤ひろひと　杉山嘉一　蜷川実花　原作：平山夢明　監督：蜷川実花　出演：

藤原竜也　玉城ティナ

『いちごの唄』（ファントム・フィルム）脚本：岡田惠和　原作：岡田惠和　峯田和伸　監督：菅原伸太郎　出演：古舘佑太郎　石橋静河

『劇場版 Free!-Road to the world-夢』※アニメ（松竹）構成：横谷昌宏　監督：河浪栄作

『最短距離は回りくどくて、blanc』（OP PICTURES）脚本・監督：山内大輔　出演：向理来　塩口量平

『こはく』（SDP）脚本：守口悠介　監督：横尾初喜　出演：井浦新　大橋彰

『歌ってみた　恋してみた』（アルミード）脚本・監督：西荻ミナミ　出演：上埜すみれ　大島薫

『ミュウツーの逆襲 EVOLUTION』※アニメ（東宝）脚本：首藤剛志　原案：田尻智　監督：湯山邦彦　榊原幹典

『広告会社、男子寮のおかずくん』（バップ）脚本：金杉弘子　原作：オトクニ　監督：三原光尋　出演：黒羽麻璃央　崎山つばさ

『TOURISM』※シンガポール＝日本（boid）脚本・監督：宮崎大祐　出演：遠藤新菜　SUMIRE

『17歳のシンデレラ』（アルミード）脚本：寺西一浩　表情豊　監督：寺西一浩　出演：寺西優真　川津明日香

『天気の子』※アニメ（東宝）脚本・監督：新海誠

『東京喰種　トーキョーグール【S】』脚本：御笠ノ忠次　原作：石田スイ　監督：川崎拓也　平牧和彦　出演：窪田正孝　山本舞香

『アンダー・ユア・ベッド』（KADOKAWA）脚本・監督：安里麻里　原作：大石圭　出演：高良健吾　西川可奈子

『五億円のじんせい』（NEW CINEMA PROJECT）脚本：蛭田直美　監督：ムン・ソンホ　出演：望月歩　山田杏奈

『暁闇』（SPOTTED PRODUCTIONS）脚本・監督：阿部はりか　出演：中尾有伽　青木柚

『練馬ゾンビナイト』脚本・監督：高良嶺　出演：平山輝樹　安本依里花

『アルキメデスの大戦』（東宝）脚本・監督：山崎貴　原作：三田紀房　出演：菅田将暉　柄本佑

『劇場版　仮面ライダージオウ　Over Quartzer』（東映）脚本：下山健人　原作：石ノ森章太郎　監督：田崎竜太　出演：奥野壮　押田岳

『騎士竜戦隊リュウソウジャー THE MOVIE タイムスリップ！恐竜パニック!!』（東映）脚本：山岡潤平　原作：八手三郎　監督：上堀内佳寿也　出演：一ノ瀬颯　綱啓永

『アスリート～俺が彼に溺れた日々～』（パル企画）脚本：村川康敏　脚本協力：皐月彩　監督：大江崇允　出演：ジョーナカムラ　こんどうようぢ

『藍色少年少女』（アルミード）脚本・監督：倉田健次　出演：遠藤史人　三宅花乃

『パラダイス・ネクスト』（ハーク）脚本：半野喜弘　余為彦　游善鈞　監督：半野喜弘　出演：妻夫木聡　豊川悦司

『浜の記憶』（「浜の記憶」製作委員会）脚本・監督：大嶋拓　出演：加藤茂雄　宮崎勇希

『教科書にないッ！5』（日本出版販売）脚本：今奈良孝行　原作：岡田和人　監督：佐々木詳太　出演：森川彩香　馬場良馬

『教科書にないッ！6』（日本出版販売）脚本：今奈良孝行　原作：岡田和人　監督：佐々木詳太　出演：森川彩香　馬場良馬

〈8月〉

『ドラゴンクエスト　ユア・ストーリー』※アニメ（東宝）脚本・総監督：山崎貴　原作：堀井雄二　監督：八木竜一　花房真

『夏少女』（「夏少女」上映委員会）脚本：早坂暁　監督：森川時久　出演：桃井かおり

間寛平

『ちびねこトムの大冒険　地球を救え！なかまたち』※アニメ（エスユー企画）脚本・監督：中村隆太郎　原案：飯野真澄

劇場版『ONE PIECE STAMPEDE』※アニメ（東映）脚本：冨岡淳広　大塚隆史　原作：尾田栄一郎　監督：大塚隆史

『JKエレジー』（16bit.inc.）脚本：香水義貴　松上元太　監督：松上元太　出演：川瀬陽太　小室ゆら

『つむぎのラジオ』脚本・監督：木場明義　出演：長谷川葉生　米澤成美

『ダンスウィズミー』（ワーナー・ブラザース映画）脚本・監督：矢口史靖　脚本協力：矢口純子　出演：三吉彩花　やしろ優

『イソップの思うツボ』（アスミック・エース）脚本：上田慎一郎　共同脚本：浅沼直也　中泉裕矢　監督：上田信一郎　中泉裕矢　浅沼直也　出演：石川瑠華　井桁弘恵

『黒い乙女A』（AMGエンタテインメント）脚本・監督：佐藤佐吉　出演：浅川梨奈　和田聰宏

『メランコリック』（アップリンク／神宮前プロデュース／One Goose）脚本・監督：田中征爾　出演：皆川暢二　磯崎義知

『松永天馬殺人事件』（SOTTED PRODUCTIONS）脚本・監督：松永天馬　出演：松永天馬　冨手麻妙

『劇場版おっさんずラブ～LOVE or DEAD～』（東宝）脚本：徳尾浩司　監督：瑠東東一郎　出演：田中圭　林遣都

『二ノ国』※アニメ（ワーナー・ブラザース映画）脚本・原案：日野晃博　原作：レベルファイブ　監督：百瀬義行

『火口のふたり』（ファントム・フィルム）脚本・監督：荒井晴彦　原作：白石一文　出演：柄本佑　瀧内公美

『VAMP』（ブラウニー）脚本・原作：小中千昭　監督：小中和哉　出演：中丸シオン　高橋真悠

『なれない二人』（スタジオブルー）脚本・監督：樋口幸之助　出演：泉澤祐希　古川彰悟

『残念なアイドルはゾンビメイクがよく似合う』（ブラウニー）脚本・監督：森川圭　出演：森田亜紀　階戸瑠李

『星に願いを』（ブラウニー）脚本・監督：佐々木勝己　出演：兼田いぶき　正田貴美佳

『シオリノインム』（ブラウニー）脚本・監督：佐藤周　出演：松川千紘　宇田川さや香

『アイムクレージー』（シンカ）脚本：加藤結子　工藤将亮　監督：工藤将亮　出演：古舘佑太郎　桜井ユキ

『星を捨てて』（エジソンプロモーション）脚本・監督：前田万吉　菊池恭兵　出演：京乃希和　菅原彩香

『引っ越し大名！』（松竹）脚本・原案：土橋章宏　監督：犬童一心　出演：星野源　高橋一生

『この素晴らしい世界に祝福を！紅伝説』※アニメ（角川ANIMATION）脚本：上江洲誠　原作：暁なつめ　監督：金崎貴臣

『プリズン13』（AMGエンタテインメント）脚本・監督：渡邉謙作　出演：堀田真由　板野友美

『恋するアンチヒーロー～THE MOVIE～』（トキメディアワークス）脚本：小泉剛　羽仁修　原作：羽仁修　監督：小泉剛　出演：高崎翔太　橋本祥平

〈9月〉

『台風家族』（キノフィルムズ）脚本・監督：市井昌秀　出演：草彅剛　新井浩文

『ヴァイオレット・エヴァーガーデン　外伝―永遠と自動手記人形―』※アニメ（松竹）脚本：鈴木貴昭　浦畑達彦　原作：暁佳奈　監督：藤田春香

『タロウのバカ』（東京テアトル）脚本・監督：

大森立嗣　出演：ＹＯＳＨＩ　菅田将暉

『**かぐや様は告らせたい～天才たちの恋愛頭脳戦～**』（東宝）脚本：徳永友一　原作：赤坂アカ　監督：河合勇人　出演：平野紫耀　橋本環奈

『**いなくなれ、群青**』（KADOKAWA／エイベックス・ピクチャーズ）脚本：高野水登　原作：河野裕　監督：柳明菜　出演：横浜流星　飯豊まりえ

『**ビルド　NEW WORLD　仮面ライダーグリス**』（東映ビデオ）脚本：武藤将吾　原作：石ノ森章太郎　監督：中澤祥次郎　出演：武田航平　高田夏帆

『**影に抱かれて眠れ**』（BS-TBS）脚本：小沢和義　原作：北方謙三　監督：和泉聖治　出演：加藤雅也　中村ゆり

『**スタートアップ・ガールズ**』（プレシディオ）脚本：高橋泉　監督：池田千尋　出演：上白石萌音　山崎紘菜

『**左様なら**』（SPOTTED PRODUCTIONS）脚本・監督：石橋夕帆　原作：ごめん　出演：芋生悠　祷キララ

『**かぞくあわせ**』※オムニバス（ルネシネマ）脚本・監督：長谷川朋史　大橋隆行　田口敬太　出演：しゅはまはるみ　藤田健彦　茎津湖乃美

『**記憶にございません！**』（東宝）脚本・監督：三谷幸喜　出演：中井貴一　ディーン・フジオカ

『**人間失格　太宰治と3人の女たち**』（松竹／アスミック・エース）脚本：早船歌江子　監督：蜷川実花　出演：小栗旬　宮沢りえ

『**ある船頭の話**』（キノフィルムズ）脚本・監督：オダギリジョー　出演：柄本明　村上虹郎

『**王様になれ**』（太秦）脚本・監督：オクイシュージ　出演：岡山天音　後東ようこ

『**みとりし**』（アイエス・フィールド）脚本・監督：白羽弥仁　出演：榎木孝明　村上穂乃佳

『**アイネクライネナハトムジーク**』（ギャガ）脚本：鈴木謙一　原作：伊坂幸太郎　監督：今泉力哉　出演：三浦春馬　多部未華子

『**HELLO WORLD**』※アニメ（東宝）脚本：野崎まど　監督：伊藤智彦

『**見えない目撃者**』（東映）脚本：藤井清美　森淳一　監督：森淳一　出演：吉岡里帆　高杉真宙

『**葬式の名人**』（ティ・ジョイ）脚本：大野裕之　原案：川端康成　監督：樋口尚文　出演：前田敦子　高良健吾

『**おいしい家族**』（日活）脚本・監督：ふくだももこ　出演：松本穂香　浜野謙太

『**3人の信長**』（HIGH BROW CINEMA）脚本・監督：渡辺啓　出演：TAKAHIRO　市原隼人

『**初恋ロスタイム**』（KADOKAWA）脚本：桑村さや香　原作：仁科裕貴　監督：河合勇人　出演：板垣瑞生　吉柳咲良

『**乱反射**』脚本：成瀬活雄　石井裕也　原作：貫井徳郎　監督：石井裕也　出演：妻夫木聡　井上真央

『**セカイイチオイシイ水～マロンパティの涙～**』（太秦）脚本・監督：目黒啓太　原作：小嶋忠良　原案：湯川剛　出演：辻美優　赤井英和

『**惡の華**』（ファントム・フィルム）脚本：岡田麿里　原作：押見修造　監督：井口昇　出演：伊藤健太郎　玉城ティナ

『**宮本から君へ**』（スターサンズ　KADOKAWA）脚本：真利子哲也　港岳彦　原作：新井英樹　監督：真利子哲也　出演：池松壮亮　蒼井優

『**任侠学園**』（エイベックス・ピクチャーズ）脚本：酒井雅秋　原作：今野敏　監督：木村ひさし　出演：西島秀俊　西田敏行

『**銀河英雄伝説　Die Neue These　星乱　第一章**』※アニメ（松竹）シリーズ構成：高木登　原作：田中芳樹　監督：多田俊介

『劇場版　そして、生きる』（WOWOW）脚本：岡田惠和　監督：月川翔　出演：有村架純　坂口健太郎
『ホラーちゃんねる』※オムニバス（パル企画）脚本：山下大士　四詩画つつし　能塚裕喜　西野里沙　印東由紀子　大渡佑紀　安齋智子　木村文　海宝晃子　脚本監修：村川康敏　監督：大橋孝史　出演：菅原茉椰　岩立沙穂
『お嬢ちゃん』（ENBUゼミナール）脚本・監督：二ノ宮隆太郎　出演：萩原みのり　土手理恵子

〈10月〉

『蜜蜂と遠雷』（東宝）脚本・監督：石川慶　原作：恩田陸　出演：松岡茉優　松坂桃李
『ヒキタさん！ご懐妊ですよ』（東急レクリエーション）脚本・監督：細川徹　原作：ヒキタクニオ　出演：松重豊　北川景子
『HiGH&LOW THE WORST』（松竹）脚本：高橋ヒロシ　平沼紀久　増本庄一郎　渡辺啓　監督：久保茂昭　出演：川村壱馬　吉野北人
『牙狼〈GARO〉―月虹ノ旅人―』（東北新社）脚本・監督：雨宮慶太　出演：中山麻聖　石橋菜津美
『典座―TENZO―』（空族）脚本：相澤虎之助　富田克也　監督：富田克也　出演：河口智賢　近藤真弘
『ダウト～嘘つきオトコは誰？～』（キャンター／スターキャット）脚本：鹿目けい子　監督：永江二朗　出演：堀田茜　稲葉友
『東京ワイン会ピープル』（キグー）脚本：林ミカ　原作：樹林伸　監督：和田秀樹　出演：松村沙友理　大野いと
『先生から』（PERFECT WORLD）脚本・監督：堀内博志　出演：赤澤遼太郎　北川尚弥
『下忍　赤い影』（AMGエンタテインメント）脚本：龍一朗　監督：山口義高　出演：寛一郎　山口まゆ
『LET IT BE ―君が君らしくあるように―』（キュー・テック）脚本：ふじわら　原作：ツキノ芸能プロダクション　監督：伊藤秀隆　出演：堀田竜成　石渡真修
『BLACKFOX』※アニメ（東映ビデオ）脚本：ハヤシナオキ　総監督：野村和也　監督：篠原啓輔
『いけにえマン』脚本・監督：中元雄　出演：白畑伸　高江洲波江
『向こうの家』脚本：川原杏奈　監督：西川達郎　出演：望月歩　大谷麻衣
『青のハスより』脚本・監督：荻島健斗　出演：栗原類　大友律
『はらわたマン』脚本・監督：中元雄　出演：高江洲波江　田辺奈菜美
『真実』※フランス＝日本（ギャガ）脚本・監督：是枝裕和　出演：カトリーヌ・ドヌーヴ　ジュリエット・ビノシュ
『最高の人生の見つけ方』（ワーナー・ブラザース映画）脚本：浅野妙子　小岩井宏悦　犬童一心　監督：犬童一心　出演：吉永小百合　天海祐希
『空の青さを知る人よ』※アニメ（東宝）脚本：岡田麿里　原作：超平和バスターズ　監督：長井龍雪
『ブルーアワーにぶっ飛ばす』（ビターズ・エンド）脚本・監督：箱田優子　出演：夏帆　シム・ウンギョン
『WALKING MAN』（エイベックス・ピクチャーズ）脚本：梶原阿貴　監督：ANARCHY　出演：野村周平　優希美青
『東京アディオス』（プレシディオ）脚本：大塚恭司　内田裕士　監督：大塚恭司　出演：横須賀歌麻呂　柳ゆり菜
『WELCOME TO JAPAN 日の丸ランチボックス』（ブラウニー）脚本：継田淳　西村喜廣　監督：西村喜廣　出演：藤田恵名　屋敷

紘子
『いつかのふたり』（トラヴィス）脚本・監督：長尾元　出演：中島ひろ子　南乃彩希
『楽園』（KADOKAWA）脚本・監督：瀬々敬久　原作：吉田修一　出演：綾野剛　杉咲花
『スペシャルアクターズ』（松竹）脚本・監督：上田慎一郎　出演：大澤数人　河野宏紀
『世界から希望が消えたなら。』（日活）脚本：大川咲也加　原案：大川隆法　監督：赤羽博　出演：竹内久顕　千眼美子
『駅までの道をおしえて』（キュー・テック）脚本・監督：橋本直樹　原作：伊集院静　出演：新津ちせ　坂井真紀
『探偵は、今夜も憂鬱な夢を見る。2』（ユナイテッドエンタテインメント）脚本：野本史生　原案：長田安正　監督：毛利安孝　出演：廣瀬智紀　小越勇輝
『解放区』（SPACE SHOWER FILMS）脚本・監督：太田信吾　出演：太田信吾　本山大
『AI探偵』（ノースシーケーワイ）脚本・監督：千葉誠治　出演：荒牧慶彦　石原壮馬
『映画スター☆トゥインクルプリキュア　星のうたに想いをこめて』※アニメ（東映）脚本：田中仁　原作：東堂いづみ　監督：田中裕太
『愛の小さな歴史　誰でもない恋人たちの風景　vol.1』（コピアポア・フィルム）脚本・監督：越川道夫　出演：瀬戸かほ　宇野祥平
『銀河英雄伝説　Die Neue These　星乱　第二章』※アニメ（松竹）シリーズ構成：高木登　原作：田中芳樹　監督：多田俊介
『108～海馬五郎の復讐と冒険～』（ファントム・フィルム）脚本・監督：松尾スズキ　出演：松尾スズキ　中山美穂
『超・少年探偵団NEO　―Beginning―』（coyote）脚本：三重野瞳　芦塚慎太郎　原案：江戸川乱歩　監督：芦塚慎太郎　出演：高杉真宙　堀田真由
『Thunderbolt Fantasy　西幽げん歌』※人形劇（KADOKAWA）脚本・原案・総監修：虚淵玄
『くらやみ祭の小川さん』（ビーズ・インターナショナル）脚本・監督：浅野晋康　出演：六角精児　高島礼子
『普通は走り出す』脚本・監督：渡辺紘文　出演：渡辺紘文　萩原みのり
『キミだけにモテたいんだ。』※アニメ（東宝映像事業部）脚本：和場明子　樋口七海　脚本構成：岡田磨里　監督：久藤瞬
『桃源郷ラビリンス～生々流転～』脚本：ヨリコジュン　菅野臣太朗　原作：岡山ヒロミ　監督：ヨリコジュン　出演：鳥越裕貴　高橋健介
『夏の夜空と秋の夕日と冬の朝と春の風』（ギグリーボックス）脚本：向井宗敏　三谷伸太朗　監督：向井宗敏　出演：齊藤なぎさ　宮世琉弥
『冴えない彼女の育てかた　Fine』※アニメ（アニプレックス）脚本・原作：丸戸史明　総監督：亀井幹太
『TOKYO24』（Humanpictures）脚本・原作：寺西一浩　監督：寺西一浩　軽部進一　岡田主　出演：寺西優真　ヴァンス
『一粒の麦　荻野吟子の生涯』（現代ぷろだくしょん）脚本：重森孝子　山田火砂子　来咲一洋　監督：山田火砂子　出演：若村麻由美　綿引勝彦
『血を吸う粘土～派生』（ブラウニー）脚本・監督：梅沢壮一　脚本協力：神山順　出演：藤井愛稀　ＡＭＩＫＯ

〈11月〉

『閉鎖病棟―それぞれの朝―』（東映）脚本・監督：平山秀幸　原作：帚木蓬生　出演：笑福亭鶴瓶　綾野剛
『マチネの終わりに』（東宝）脚本：井上由美子　原作：平野啓一郎　監督：西谷弘　出演：

福山雅治　石田ゆり子
『**最初の晩餐**』（KADOKAWA）脚本・監督：常盤司郎　出演：染谷将太　戸田恵梨香
『**ブラック校則**』（松竹）脚本：此元和津也　監督：菅原伸太郎　出演：佐藤勝利　高橋海人
『**どすこい！すけひら**』（アークエンタテインメント）脚本：鹿目けい子　原作：たむら純子　原案：清智英　監督：宮脇亮　出演：知英　草川拓弥
『**喝風太郎!!**』（S・D・P）脚本：守口悠介　原作：本宮ひろ志　監督：柴田啓佑　出演：市原隼人　藤田富
『**積むさおり**』（「積むさおり」製作委員会）脚本・監督：梅沢壮一　出演：黒沢あすか　木村圭作
『**ミゾロギミツキを探して**』（ニューシネマワークショップ）脚本・監督：吉野竜平　出演：河合瑠果　松木大輔
『**ひとよ**』（日活）脚本：高橋泉　原作：桑原裕子　監督：白石和彌　出演：佐藤健　鈴木亮平
『**Re：ゼロから始める異世界生活　氷結の絆**』※アニメ（角川ANIMATION）脚本：横谷昌宏　原作：長月達平　監督：渡邊政治　川村賢一
『**夕陽のあと**』（コピアポア・フィルム）脚本：嶋田うれ葉　監督：越川道夫　出演：貫地谷しほり　山田真歩
『**生理ちゃん**』（吉本興業）脚本：赤松新　原作：小山健　監督：品田俊介　出演：須藤蓮　二階堂ふみ
『**蒼穹のファスナー　THE BEYOND 第四話「力なき者」第五話「教え子」第六話「その傍らに」**』※アニメ（ムービック）構成：冲方丁　原作：XEBEC 監督：能戸隆
『**ヌンチャクソウル**』（ガチンコ・フィルム）脚本・監督：木場明義　出演：黒木正浩　高橋篤
『**影踏み**』（東京テアトル）脚本：菅野友恵　原作：横山秀夫　監督：篠原哲雄　出演：山崎まさよし　尾野真千子
『**殺さない彼と死なない彼女**』（KADOKAWA／ポニーキャニオン）脚本・監督：小林啓一　原作：世紀末　出演：間宮祥太朗　桜井日奈子
『**地獄少女**』（ギャガ）脚本・監督：白石晃士　原作：地獄少女プロジェクト　原案：わたなべひろし　出演：玉城ティナ　橋本マナミ
『**わたしは光をにぎっている**』（ファントム・フィルム）脚本：末木はるみ　中川龍太郎　佐近圭太郎　脚本協力：石井将　角屋拓海　監督：中川龍太郎　出演：松本穂香　渡辺大知
『**恐怖人形**』（キグー）脚本：奥山雄太　青山悠希　監督：宮岡太郎　出演：小坂菜緒　萩原利久
『**いのちスケッチ**』（ブロードメディア・スタジオ）脚本：竹道雄　監督：瀬木直貴　出演：佐藤寛太　藤本泉
『**FIND**』（キャンター）脚本：廣木俊文　監督：山嵜晋平　出演：鶴見萌　熊澤風花
『**下忍　青い影**』（AMGエンタテインメント）脚本：龍一朗　監督：山口義高　出演：結木滉星　寛一郎
『**テニスの王子様　BEST GAMES!! 不二vs切原**』※アニメ（松竹メディア事業部）脚本：広田光毅　原作：許斐剛　監督：川口敬一郎
『**カーテンコール**』（ミカタ・エンタテインメント）脚本・監督：諸江亮　出演：茂木忍　大森美優
『**ミドリムシの夢**』（「ミドリムシの夢」製作委員会）脚本：太田善也　監督：真田幹也　出演：富士たくや　ほりかわひろき
『**白と黒の同窓会**』（ミカタ・エンタテインメント）脚本：家中泰造　監督：躰中洋蔵　出演：吉川友　藤江れいな
『**虹色の朝が来るまで**』（フィルモット）脚本・

監督：今井ミカ　出演：長井恵里　小林遥

『決算！忠臣蔵』（松竹）脚本・監督：中村義洋　原作：山本博文　出演：堤真一　岡村隆史

『フラグタイム』※アニメ（ポニーキャニオン）脚本・監督：佐藤卓哉　原作：さと

『爆裂魔神少女　バーストマシンガール』（アルバトロス・フィルム）脚本：小林勇貴　継田淳　監督：小林勇貴　出演：搗宮姫奈　花影香音

『遮那王―お江戸のキャンディー3』（トリウッド）脚本・監督：広田レオナ　出演：須賀健太　三浦涼介

『海抜』（アルミード）脚本・監督：高橋賢成　出演：阿部倫士　松﨑岬

『ガンバレとかうるせぇ』（SPEAK OF THE DEVIL PICTURES）脚本・監督：佐藤快磨　出演：堀春菜　細川岳

『HYDRA』（ポリフォニックフィルム）脚本：金子二郎　監督：園村健介　出演：三元雅芸　miu

『銀河英雄伝説　Die Neue These　星乱　第三章』※アニメ（松竹）シリーズ構成：高木登　原作：田中芳樹　監督：多田俊介

『羊とオオカミの恋と殺人』（プレシディオ）脚本：高橋泉　原作：裸村　監督：朝倉加葉子　出演：杉野遥亮　福原遥

『HUMAN LOST 人間失格』※アニメ（東宝映像事業部）脚本：冲方丁　原案：太宰治　冲方丁　監督：木﨑文智

『MANRIKI』（HIGH BROW CINEMA／東映ビデオ）脚本・原作：永野　監督：清水康彦　出演：斎藤工　永野

『OUT ZONE』脚本：小島遊まり　監督：菅乃廣　出演：松中みなみ　沖正人

『漫画誕生』（アースゲート）脚本：若木康輔　監督：大木萠　出演：イッセー尾形　篠原ともえ

『ハルカの陶』（ブロードメディア・スタジオ）脚本・監督：末次成人　出演：奈緒　平山浩行

『演じ屋　reDESIGN』（トリウッド）脚本・監督：野口照夫　出演：奈緒　今井孝祐

『種をまく人』（ヴィンセントフィルム）脚本・監督：竹内洋介　出演：岸建太朗　竹中涼乃

〈12月〉

『ルパン三世　THE FIRST』※アニメ（東宝）脚本・監督：山崎貴　原作：モンキー・パンチ

『午前0時、キスしに来てよ』（松竹）脚本：大北はるか　原作：みきもと凜　監督：新城毅彦　出演：片寄涼太　橋本環奈

『ゴーストマスター』（S・D・P）脚本：楠野一郎　ヤングポール　監督：ヤングポール　出演：三浦貴大　成海瑠子

『〝隠れビッチ〟やってました。』（キノフィルムズ）脚本・監督：三木康一郎　原作：あらいぴろよ　出演：佐久間由衣　村上虹郎

『幸福な囚人』（ＡＢＣライツビジネス）脚本・監督：天野友二朗　出演：山中アラタ　児玉拓郎

『魔法少年☆ワイルドバージン』脚本：宇賀那健一　今田健太郎　今村竜士　監督：宇賀那健一　出演：前野朋哉　佐野ひなこ

『good people』（NexTone　ティ・ジョイ）脚本：渋谷靖　サイモン里　監督：渋谷靖　出演：ジェイ・ウエスト　今宿麻美

『カツベン！』（東映）脚本：片島章三　監督：周防正行　出演：成田凌　黒島結菜

『屍人荘の殺人』（東宝）脚本：蒔田光治　原作：今村昌弘　監督：木村ひさし　出演：神木隆之介　浜辺美波

『ぼくらの7日間戦争』※アニメ（ギャガ／

KADOKAWA）脚本：大河内一楼　原作：宗田理　監督：村野佑太

『映画　妖怪学園Y　猫はHEROになれるか』※アニメ（東宝）脚本：日野晃博　原作：レベルファイブ　原案：日野晃博　監督：高橋滋春

『ツングースカ・バタフライ―サキとマリの物語―』（マメゾウピクチャーズ）脚本：深澤浩子　野火明　原案：久保直樹　監督：野火明　出演：亜紗美　丁田凛美

『この世界の（さらにいくつもの）片隅に』※アニメ（東京テアトル）脚本・監督：片渕須直　原作：こうの史代

『僕のヒーローアカデミア　THE MOVIE　ヒーローズ：ライジング』※アニメ（東宝）脚本：黒田洋介　原作：堀越耕平　監督：長崎健司

『さそりとかえる』（ユナイテッドエンタテインメント）脚本・監督：毛利安孝　出演：横尾瑠尉　鷲尾修斗

『仮面ライダー　令和ザ・ファースト・ジェネレーション』（東映）脚本：高橋悠也　原作：石ノ森章太郎　監督：杉原輝昭　出演：高橋文哉　奥野壮

『みぽりん』脚本・監督：松本大樹　出演：垣尾麻美　津田晴香

『男はつらいよ　お帰り寅さん』（松竹）脚本：山田洋次　朝原雄三　監督：山田洋次　出演：渥美清　倍賞千恵子

劇場版『新幹線変形ロボ　シンカリオン　未来からきた神速のALFA-X』※アニメ（東宝映像事業部）脚本：下山健人　監督：池添隆博

＊掲載は主な劇場公開作品。

JASRAC 出 2005843-001

日本シナリオ作家協会
「'19年鑑代表シナリオ集」出版委員会

松下隆一（長）
荒井晴彦
新井友香
いながききよたか
今井雅子
川嶋澄乃
長谷川隆
吉村元希

'19年鑑代表《ねんかんだいひょう》シナリオ集《しゅう》

2020年7月20日　初版発行
編　者　日本シナリオ作家協会
「'19年鑑代表シナリオ集」出版委員会
発行所　日本シナリオ作家協会
〒107-0052
東京都港区赤坂5-4-16　シナリオ会館
TEL 03(3584)1901

ISBN 978-4-907881-10-8

落丁・乱丁本はお取り替えいたします。